KB253941

역사 앞에서

역사 앞에서

한 사학자의 6·25일기

김성칠 지음 정병준 해제

작년 봄 김기협(金基協) 선생으로부터 만나자는 연락을 받았다. 인연이라고는 십수년 전 현대사연구소 자문위원으로 일하면서 함께 제주도를 답사한 정도였다. 선생은 역사학계의 수재이자 문사로 이름을 얻었지만, 방랑자의 자유로운 삶을 산다고 풍설로만 전해듣던 차였다.

만난 자리에서 〈역사 앞에서〉의 개정판 편집을 맡아달라는 부탁을 받았다. 유족들의 손을 거치지 않고 이 책을 객관화하고 비판적으로 조망할 수 있도록 해달라는 것이었다. 초판에서는 어쩔 수 없이 유족들이 개입했지만, 시간이 많이 흐르고 세상도 많이 변했으니 이제 '가족의 품'에서 '공공의 광장'으로 내어놓을 때가 되었다는 얘기였다. 해설을 붙이든 교주(校註)를 덧붙이든 간에 그건 마음대로 하라는 뜻이었다. 이미 어쩔 수 없는 인간관계들이 만들어놓은 글 빚들에 허덕이는 형편이었지만, 어떤 영문인지 그 자리에서 그러마 하고 선뜻 승낙하고 말았다.

이 책의 초판이 나온 지 15년이나 지난 시점이었다. 초판이 간행된 1993년에 대학원 박사과정생이었는데, 조동걸(趙東杰) 선생님으로부터 이 책과 관련해 해방 후 한국사학계의 여러가지 모습과 경향을 재미있게 들었던 기억이 있다. 또한 많은 호평(好評)들이 오고갔으나 정작 이 책을 찬찬히 완독하지는 못했다. 묵은 글 빚 위에 새 글 빚을 얹었지만, 정작 책과 저자에 대해서는 잘 알지 못하는 상황이었다. 스스로 생각해도 기이한 일이었고, 사려깊지 못한 결정이었다고 고소(苦笑)를 금치 못했다.

나중에 돌이켜보니 아마도 김기협 선생의 풍모와 묘한 매력 때문이 아니었겠나 생각했다. 몇년 전 한국전쟁에 관한 책을 썼고, 해방전후사가 전공이므로 이 작업을 맡는 것이 그리 미타(未妥)할 일은 아니라고 위안을 삼았다. 내가 이 책과 관련을 맺게 된 사적 인연은 이러했다.

작업의 첫 출발은 일기를 꼼꼼히 다시 읽는 것에서 시작되었다. 사적 기록인 일기의 첫 대목은 갑자기 남의 사생활을 버젓이 대문 열고 목도(目睹)하는 느낌처럼 당황스럽고 불편했다. 이 이질감과 어색함은 점점 흥미로 변화하기 시작했고, 종내 압도되는 데 그리 오랜 시간이 걸리지 않았다. 이 일기가 사적 세계와 공적 세계의 교차지점에 놓여 있으며, 일기라는 사적 기록의 형식을 취했지만, 저자가 역사가로서 소명의식을 자각하고 쓴 공적 기록이자 일종의 사론(史論)·사설(史說)이라는 점을 곧 깨닫게 되었다.

특히 한국전쟁의 발발과 북한점령 시기의 체험, 수복 후 풍경에서 숨이 턱 막혔다. 역사학자의 세련된 통찰력과 경험에서 우러나온 진정성으로 격랑의 시대를 명징하게 드러내 보여주었기 때문이다. 한국전쟁기 한국측 자료, 미국측 자료, 미군이 북한에서 노획한 문서철, 소련 해체 이후 공개된 러시아문서 등을 종횡으로 짜깁기해서야 다가설 수 있었던 시대상과 진실을 저자는 자기 경험과 통찰력을 통해 단숨에 드러내 보여주었던 것이다. 시대정신을 느낀다는 것, 시대의 냄새를 맡는다는 것은 문자와 글에 갇혀 있던 과거를 해방시키고, 그 시대와 역사를 평면에서 구조와 입체로 형상화해내는 것이기도 하다. 시대를 경험해본 사람, 그 시대를 고민해본 사람만이 가질 수 있는 강점이다. 이런 글 솜씨와 시대인식을 가졌던 저자에 대한 궁금증이 일었다.

저자 김성칠(金聖七, 1913~51)에 대한 단서라고는 이 책에 근거한 몇 편의 간단한 글과 회고담뿐이었다. 역사학자라는 직업세계에서 가끔 이 일이 인문학자의 영역이 아니라 실오라기의 단서를 잡고 그 뒤에 가려진 진실의 깊이를 캐는 수사관이나 보물사냥꾼의 영역이 아닌가 하는 느낌을 가지곤 한다. 김성칠을 추적하는 작업이 그러했다. 직업이 주는 기쁨이자 두려움 같은 것이다. 그에 대해 잘 알지 못했고, 알려진 바 많지 않았으므로 그의 일생을 복기한다는 것은 쉬운 일이 아니었다. 남겨진 자료에 근거해 그의 39년 인생을 되짚어나가자 제일 먼저 그가 쓴 글들이 쏟아져 나왔다. 이 책 말미에 붙어 있는 저작목록에서 드러나듯이 김성칠은 1928년부터 1951년까지 7권의 번역서, 2권의 단독 저서, 5권의 교과서(공저), 30여편의 신문 투고문, 50여편의 논문·잡지 기고문을 썼다. 김성칠의 저작들을 쌓아놓고 그 엄청난 분량에 깜짝 놀라고 말았다. 나아가 그의 박학다식(博學多識)·박람강기(博覽强記)에 경탄을 금치 못했다. 정보화시대의 도움을 받았으나 아직 찾지 못한 글들이 더 있으리라고 생각한다. 그가 남긴 저작들에 대한 정리·분석은 또다른 작업이 될 것이며, 근현대 '역사학의 역사〔史學史〕'를 쓰는 데 적지 않은 도움이 될 것이다.

김성칠의 일대기를 정리하고, 저작목록을 만드는 과정을 통해 그의 개인적 삶, 사회활동과 학문세계가 파악되었다. 이에 기초해 연보가 만들어졌고, 그의 삶과 글, 일기에 대한 해제작업이 가능했다. 한국 근현대사의 곡절을 몸으로 체현한 김성칠의 삶은 비판적 긍정론에 가까운 것이었다. 현실을 비판하고 그곳에 안주하지 않으며, 늘 자신의 위치와 그 시대를 되새겼지만, 사회적 실천과 개인적·학문적 온축(蘊蓄) 속에서는 후자를 택했다. 북한점령기 자서전에 쓴바, "역사적 필연성을 믿었으나 성격이 다우지지 못해서 온건한 학구(學究)로 지냈음"이 바로 그의 소회였다. 그의 시대를 읽는 것은 남다른 경험이자 부끄러운 일이었다.

남겨진 그의 일기 가운데 가장 가슴아픈 대목은 서울대, 그 가운데서도 문리대의 모습이었다. 일제하 경성제국대학으로 출발해 20여년 동안 불과 300여명의 한국인 졸업생을 배출한 이 학교는 해방 후 경성대학·서울대학으로 변모했고, 좌우·남북의 갈등 속에서 표류했다. 한국전쟁의 발발 이후 피난을 가지 못한 서울대 학자들은 월북·납북되거나 수복 후 부역혐의로 처벌을 받아야 했다. 한국전쟁을 거치고 제대로 살아남은 사람들은 극소수에 불과했다. 불행한 역사와 모멸의 시대가 한국의 미래를, 그 인적 재원들을 모욕하고, 상처입히고, 빼앗아갔던 것이다. 이 일기는 이들에 대한 기록이자, 해방 이후 한국전쟁기에 이르는 기간 한국 최고학부의 지성사의 기록이며, 한국 역사학계의 역사였다. 까마득한 후배이자 역사학계의 말석을 차지하는 사람으로서 그 기록에 의미를 부여하고, 해석하고, 설명하는 작업은 보람이자 영광이었다.

처음에는 당대를 경험했고, 김성칠과 교분이 있었던 분들에 대한 인터뷰를 진행할 계획이었지만, 작업이 진행되면서 그 생각을 접었다. 증언의 힘을 부정하지는 않지만, 21세기의 시점에서 자유롭게 해석·평가하고 싶었기 때문이었다. 시대와 인물에 대한 서술에서 사실·평가·경중의 착오가 없지 않을 것이다. 어긋나거나 잘못된 부분이 있다면 그것은 해제자의 몫이자 책임이다.

개정판을 내기로 약속한 지 1년이 지난 후에야 작업이 완성되었다. 해제, 연보, 저작목록, 본문 교주 등의 작업이 개정판에서 새로 이루어졌다. 이화여대 대학원의 김지연은 여러 도서관을 오르내리며 자료를 찾고 복사하는 수고를 아끼지 않았고, 이혜영은 연보의 초안을 만들어주었다. 서울대 대학원의 한진금은 서울대 구관도서관의 자료들을 찾아주었다. 시간과 노력을 아끼지 않은 대학원 동학(同學)들의 마음에 감사를 표한다. 창비에서는 인문사회출판부의 안병률 팀장, 김도민 씨가 애써주셨다. 병중의 이남덕(李男德) 선생님은 한번도 찾아뵙지 못했지만, 쾌차하셔서 개정판을 함께 마주했으면 하는 바람이다.

과거는 현재를 비추는 거울이다. 외면한다고 잊히지 않으며, 닦지 않으면 흐려져 볼 수 없게 될 뿐이다. 자신을 망각하지 않는 현재와 그 미래를 위해 거울 한조각을 닦는 심정으로 쓴다.

2009년 비극적 6월의 초입에서
정병준

김성칠 선생의 일기에 부쳐

신경림

김성칠 선생이 남긴 일기가 책으로 나오게 돼서 여간만 반갑지 않았다. 해방 이듬해에 나온 그의 『조선역사』야말로 내가 우리글을 배우고서 처음으로 읽은 제대로 된 책이었다는 인연이 있어서다. 어쩌면 나는 그 책을 가지고 우리말과 우리글을 공부했다고 말하는 편이 더 옳을지도 모른다. 내가 그 책을 손에 넣을 수 있었던 것은 아버지가 그 책을 발간 보급한 금융조합의 지방 말단서기로 근무하고 있었기 때문이다. 퇴근하면서 아버지가 들고 온 그 책의 표지나 모양은 아이들 것 같지 않았지만, 책에 한참 굶주려 있던 터라 나는 대뜸 달려들어 읽기 시작했고, 이내 빨려들어 밤이 새는 줄도 몰랐다. 이튿날 교장선생이 4학년 이상의 전교생을 모아놓고 하는 도의(道義)시간에 나는 그 책을 펴놓고 읽다가 들키고 말았다. 학생들 앞으로 끌려나가 거의 10여분이나 을지문덕이 수나라의 대군을 무찌르는 대목을 소리

높여 읽는 수모를 겪었지만, 쉬는 시간이 되자 내가 가진 책을 보겠다
고 아이들이 나한테 몰려들었다. 방과후 나는 아이들 몇을 조합으로
데리고 가서 그 책을 사주었는데, 그날 돈을 가지고 있지 못했던 아이
들이 다음날 가보니 이미 책이 동났더라면서 울상을 짓던 일이 아직
도 기억에 새롭다. 나는 그 책을 한번 읽고 만 것이 아니라 읽고 또 읽
어 외다시피 했으며, 중학교에 들어가서까지도 애지중지 책꽂이에 소
중하게 꽂아놓았었다.

내가 『조선역사』를 그토록 열심히 읽는 것을 보고 아버지는 지은이
가 한때 같은 금융조합에 근무했다고 말해서 내 귀를 번쩍 띄게 했지
만, 한번도 대면한 일이 없다는 말을 듣고 실망했던 일도 생각난다.
조선역사라면 다 재미있을 줄 알고 떠돌이 책전(册廛)에서 최남선(崔
南善)의 『조선역사』를 샀다가 한문투성이에 질려 제대로 펴보지도 못
하던 일, 70년대 중엽 무슨 일이 있어 정보부에서 집뒤짐을 하다가,
그때까지 용케도 간직하고 있던 그 책을 무슨 큰 불온서적인지 알고
압수해 갔다가 그들이 낭패해하던 일도 생각난다. 한편 아쉬움도 없
지 않으니, 70년대 초 나는 봉양농협의 상무로 계시는 아버지의 친구
부탁으로 고향에 있는 중학교의 교가를 작사한 일이 있다. 그 부탁을
하러 서울로 나를 찾아온 그분한테서, 지금 생각하니 김성칠 선생 얘
기를 들은 것 같다. 내가 무심히 넘겼던 것은 그가 봉양조합에 근무했
으리라고는 짐작도 못했기 때문이다. 교가를 작사해줬다고 해서 봉양
에 들러 그분한테 술대접을 받은 일도 있는데, 그 술집이 이 일기에
나오는 송별회를 했다는 평화옥이다. 며칠 전 다시 찾아가보니 없어
졌는데, 그때까지만 해도 김성칠 선생을 직접 알거나 만난 사람도 있
고 여러 흔적이 남아 있었으리라. 1895년 유인석(柳麟錫) 등 유생이 모

여 향음례(鄕飮禮)를 하고 거병함으로써 을미 의병전쟁의 횃불을 든 장담(長談)이며, 황사영(黃嗣永)이 그릇 굽는 토굴에 숨어 신유사옥(辛酉邪獄, 1801년)의 내용을 비단에 써서 북경의 주교 구베아(A. Gouvea)에게 알린 천주교 사적지인 배론〔舟論〕도 모두 봉양 관내에 속한 탓으로, 나는 봉양엘 여러차례 갔으면서도 김성칠 선생이 이곳과 관계있으리라고는 짐작도 하지 못했다.

일기를 읽으면서 나는 새삼스럽게 숙연해진다. 이 시대를 사는 우리들 모두가 너무 아무렇게나 살고 함부로 글을 쓰고 있는 것이 아닌가 하는 반성도 하게 된다. 가령 하루의 연명이 어려운 전쟁통에도 명륜동 앞길에서 중공군의 팔로군 사령부에서 발급한 군인증을 주워 주머니에 집어넣는 학자적 자세와 사명감, 1950년 9월 10일자 일기의 높고 예리한 문화의식은 오늘의 젊은이들이 꼭 새겨두어야 할 대목이리라.

"인민공화국의 일 중에 제일 마음에 드는 것은 한글전용이다. 그러나 이상스러운 것은 한글을 전용하면서도 한문에서 나온 문자는 조금도 줄어들지 않고 도리어 새 문자를 만들어서까지 쓴다. '독보회'라는 것은 늘 들어도 무슨 의미인지 모른다. 그밖에 '창발성을 제고하여서'라든가 '견결히 반대한다'라든가 '청소(靑沼)한 우리 인민공화국'이라든가 하는 말들을 잘 쓴다. 모두 귀에 생소한 말들이다."

공화국 어문정책의 문제점을 이렇게 정확하게 집어낸 사람이 그 말고 또 있을까. 이것들이 바로 오늘 이 땅에 사는 젊은이들이 가장 애용하는 말이 되고 있다는 사실이 아이러니라면 아이러니다.

또한 그의 시국관은 당시의 양심적 지식인의 고뇌와 방황을 알게 하는 것이어서 흥미롭다. 그는 1950년 9월 16일자 일기에서 스스로

"대한민국에 그리 충성된 백성은 아니었다"고 전제하고 그 까닭을 "그(대한민국)의 해나가는 일이 일마다 올바르지 못한 것 같고 그의 되어가는 품이 아무래도 미덥지가 않아서 언제든 한번은 인민공화국 백성이 되지 않을 수 없는 날이 오려니 하고 예견하였었다"고 설명한다. 그러면서도 인민공화국에 대한 기대도 몇해 전 한 잡지가 특집한 북조선 문화인 좌담회를 읽고 갑자기 식었다고 고백한다. "이기영(李箕永), 한설야(韓雪野), 이태준(李泰俊) 같은 사람들이 모여 말끝마다 우리의 영명한 지도자 김일성 장군 만세를 부르고 모든 사회현상이, 심지어 우순풍조(雨順風調)한 것조차 김일성 장군의 영명하신 지도의 덕택인 것처럼 떠드는 것이 비위에 맞지" 않았다는 것이다. 철두철미한 자유주의자로서의 그의 풍모가 느껴지는 대목이지만, 어느 쪽이 옳은지는 따져는 보면서도 어느 쪽이 승세인가 하고 기웃거리거나 출세를 위해서 나다니지 않았다는 표현에서, 그가 바른 기록을 남길 수 있는 동력이 무엇이었는가를 깨닫게 된다.

후세에 그의 일기가 사료로서의 가치를 지닐 것을 미리 안 것일까, 아니 그렇게 되도록 스스로 노력했던 듯, 그는 사람 하나하나 정황 하나하나를 정확하게 표현하고 있다. 특히 6·25 때의 일기가 그래서, 산골에서의 인민위원회선거 장면, 괴나리봇짐에 소총 한자루와 초라한 삽자루를 들고 미군의 고도로 발달된 기계화부대와 맞서 싸워야 하는 인민군, 평양으로 가기 위해 찾아와 산길을 묻는 친구 영화배우, 짧은 세월에 영고성쇠를 두루 겪는 이윤기라는 이웃 사람, 치열한 시가전과 미군에 의한 소탕전, 인민군 유격대의 기습으로 벌어진 마을 한복판에서의 전투, 폐허가 된 서울의 모습, 그 어느 하나도 허술하게 기록된 것이 없어 마치 눈앞에 보는 것처럼 생생하다. 이 일기는 우리의 머릿속에 잘못 입력된 6·25 전후사는 말할 것도 없고, 우리가 관념적으로만 알고 있는 해방공간의 사회사를 바로 아는 데 더없이 좋은 길잡이가 되어줄 것이다.

그의 뛰어난 관찰력, 문장력 덕이겠지만, 이 일기는 재미가 있어 한 대목도 허투루 보아넘기지 못하게 하는 미덕도 아울러 가지고 있다. 교제의 폭도 넓었던 듯 꽤나 많은 사람이 나오는데, 전형적인 양심적 지식인이요 학자로 알았던 한 국문학자가 형편없는 속물이라고 적은 것을 보니, 한 세대 이전의 사람들에 대해서 우리가 잘못 알고 있는 점이 얼마나 많을까, 다시 한번 돌아보게도 된다. 김일출(金一出) 같은 이름만 들었지 그 업적도 사람도 모르는 이름들을 발견하게 되는 것도 이 일기가 주는 적잖은 즐거움이다. 그러나 무엇보다도 그의 학문하는 자세, 세상을 사는 자세에서 우리는 배울 바가 많다. "말로나 글로나 수다를 떨지 말 일" "겸손하고 너그러우며 제 잘한 일을 입밖에 내거나 붓끝에 올리지 말 일" "쓰기보다 읽기에, 읽기보다 생각하기에." 이것은 그가 1950년 1월 1일자 일기에 적은 새해의 맹세이지만, 나도 올해는 이것을 새해의 좌우명으로 삼아야겠다. (1993년)

일러두기

1. 이 책은 사학자 김성칠의 일기첩(日記帖) 가운데서 뽑은 것이다.
   1945~46년 일기와 1950년 1월 일기에서는 학문·가정·교우에 관계되는 것들만 뽑
   았다. 1950년 6월 25일~1951년 4월 8일까지의 일기는 모두 수록했다(없는 날짜는
   일기를 쓰지 못한 날이다).
2. 원 일기첩은 200자 원고지를 편철(編綴)하여 만든 책자에 국한 혼용문이 띄어쓰기
   없이 종서로 되어 있는데, 이 책에서는 필요한 한자만 괄호 안에 살려두었고 특별한
   경우를 제외하고 현대 맞춤법과 외래어표기법을 따랐다.
3. 일기문의 문단은 현대 독자들이 읽기 편하도록 편집했다.
4. 원 일기첩에는 논설문 몇편과 기행문 한편이 함께 실려 있었음을 밝혀둔다.
5. 개정판을 내면서 간단한 어휘설명은 본문에 방주로, 주요 인물과 상황 등은 후주
   로 처리했으며, 일기에 대한 자세한 해제와 김성칠의 연보와 저작목록을 새로 덧붙
   였다.

제1부

1945년 12월에서 1950년 1월까지

1945년 12월

1945년 12월 1일 〔4시 기상〕

개고 춥다. 밤에 눈오다.

김구(金九) 주석 이하 임시정부 요인(要人)의 입국을 보도한 신문을 얻어볼 수 있었다.

오세창(吳世昌) 씨는 그의 서울신문 사장 취임사에 "다만 숙원의 해방을 눈감기 전에 본 것만이 복에 겹고 운운" 하시었고, 김구 선생은 기자단의 질문에 대답하시어 "혼이 들어왔는지 육체까지 가지고 들어왔는지, 꿈인지 생시인지 모르겠다" 하시었고, 이시영(李始榮) 선생은 워낙 노령에 행보도 임의롭지 못한 것을 보고 신문기자가 약을 잡수서야 하겠습니다 하니 "약이라니, 나는 그저 고국에 돌아온 것이 무엇보다도 약이오"라고 하시었다 한다.

홍명희(洪命熹) 선생은 혁명투사를 맞이하는 말씀에 "이생에서는 다시 서로 만나지 못하리라고 나도 단념하고 그분들도 단념한 존경하는 선배라든지 친한 친구들이라든지를 저생이 아니요, 이생에서 다시 만나게 된다니 아무리 생각하여도 꿈같습니다" 하시었다.[1]

1945년 12월 3일 〔6시 기상. 구름 끼다〕

유재홍(柳在烘) 씨의 복명에 의하면 내가 연합회 본부 지도과 참사가 되었으니 얼른 부임하라는 기별이 자꾸 지부로 오나 전신전화가 통치 않기 때문에 연락을 하지 못했으니 곧 상경하라는 의미의 말과 또 지부장 사무취급으로 신임되었다는 조병순(趙炳純) 씨의 편지가 왔다. 그러나 여러가지로 생각한 끝에 금명일 중으로 서울 가서 취임을 거절하기로 했다. 이건 내가 도도해서 참사에의 승진을 미타(未妥)하게 여겨서 그러는 게 아니다. 그리고 또 반드시 안일(安逸)의 길을 취해서만도 아니다. 나의 나아갈 길은 따로이 있고 그 길을 똑바로 가기 위해선 지도과 참사가 부적임이기 때문이다. 차라리 당분간 이 조합에 그냥 눌러 있으면 좋겠다.[2]

낮에 학교에서 후원회에 나와달라는 기별이 있어서 나갔더니 학교에 과동(過冬)할 준비가 없고 또 선생들의 급료도 지불되지 않으므로 아동 매명하 장작값 20원과 선생 양식 한말씩을 모으겠다 하기에 그 부당함을 지적하고 면민 전체를 통해서 호세등급에 좇아서 교육비를 풀어서 충용(充用)하라고 제안하였다. 왜 그러냐 하면, 의무교육의 정신으로 보아서 학부형만에게 과대한 부담을 시키는 것이 불가하고, 또 그중에는 사실 그러한 부담을 할 만한 실력이 없는 사람이 많을 것이고, 그러면 그 결과 교육에서의 탈락자가 많이 생길 것이니, 교육을 진흥 보급시켜야겠다는 본지에도 어긋나고 또 갹금도 소정의 액을 언을 수 없을 것이며, 결국은 전곡을 낸다 아니 낸다 하는 문제로 교육에 이상한 파란이 생길 것이니 통히 재미없는 노릇이다. 그러지 않아도 해방 후 교육의 내용이 시시하다는 불평이 학부형 측에 많고 또 그 생각이 옳든 그르든 간에 아이들을 학교에 보낸댔자 기껏해야 언문자나 배우는 것뿐이니 그럴 바엔 차라리 집에서 반절을 깨쳐줌만 같지 못하다 하는 판에 힘에 겨운 부담까지 하라면 앞으로 날씨는 추워오고 통학하기도 힘드는 계절이고 하니 모두들 집에서 주저물러앉아버리거나 마을의 서당에 보내거나 할 것이니, 이건 신국가 건설도상에 있어서 교육의 중대 문제가 아니냐.

지방공의(地方公醫) 조규찬(曹圭燦) 씨가 청풍으로 간다기 청해다가 저녁을 함께 하였다.

다섯시 차로 이순형(李純衡) 씨 떠나다.

1945년 12월 4일 〔6시 기상. 개다〕
두시 차로 서울 향발.

차중에서 뜻밖에 김홍기(金弘基)[3] 군을 만났다. 성대(城大)에서 지원병 통에 서로 헤어진 지 만 2년 만이다. 그동안 공장으로 피해다니면서 무한한 고초를 겪었다는 이야기.

밤 열시에 서울 내리었으나 마땅한 여관도 없고 해서 김군을 따라 효자동까지 걸어가서 그 매씨 댁에서 하룻밤 신세를 졌다.

1945년 12월 5일 〔5시 기상〕
간밤에는 눈이 풀풀 날리더니 오늘은 개었다.

아침에 나오는 길에 진명여교에 들러서 김득중(金得中)[4] 씨를 찾았더니 교통사고로 누워 있다기 광화문통으로 나와서 그의 사택(私宅)을 방문하였다. 그동안 옥(獄)에서 고생을 해서 그런지 부상 때문에 그런지 2년 만에 만난 그의 얼굴은 몹시 여위고 창백하다. 본시 건강치 못한 그인지라 다정스런 미소의 그늘에도 쓸쓸함이 깃들인 것 같다. 하늘은 양심적인 이 동무에게 건강을 아끼지 말기를.

혜화정(町)으로 이철(李哲)[5] 군을 찾았더니 요사이는 인민공화국에 가서 일 본다고 부재. 그는 기어이 갈 길을 가고야 마는구나 하고 생각하니 불 아니 땐 그의 방처럼 세상이 한결 추워지는 것만 같이 여겨진다.

병중의 김씨도 좌익과 연락을 갖는 것 같고, 이렇듯 모든 정직한 동무들이 지향하는 그 길은 과연 오늘날의 조선을 바로잡는 최선의 길일까. 일반 민심의 동향과 아울러 생각할 때 동포들끼리 서로 분열 항쟁함에나 이르지 않았으면 좋겠다. 일부에서는 일부러 그러기를 바라는 소아병(小兒病)의 무리가 많음으로 보아 더욱 마음이 놓이지 않는다.

오후에 연합회에 갔더니 늦게 왔다고 모두들 걱정하고 기다리는 중이었다. 비록 기간(其間)에 연락이 잘되지 않은 탓이기도 하지마는 다른 사람들은 모두 출근한 지 보름이 넘는다는 말을 듣고는 하도 미안해서 차마 그만두겠다는 말을 할 수가 없다.

하상용(河祥鏞) 씨를 통해서 신(新) 회장에게서 사령을 받았다. 구(舊) 회장 이하 일인(日人) 간부 환시하에서 다시 미인(米人, 미국인)의 사령을 받게 되니 얼굴에 모닥불을 퍼붓는 것 같다. 저놈들이 옛날은 우리들에게 와서 머리를 굽신거리더니 이제는 또 미인의 앞에 같은 태도로 나갈 것이다 하고 일인들이 속으로 비웃을 걸 생각하니 이 자리에 나온 것이 자꾸만 후회스럽다.

저녁에는 유홍상(柳興相) 씨가 자기 집으로 가자고 해서 따라 갔더니 전차를 얻어탈 수 없어서 몹시 고생하였다. 안전지대에서 한시간이고 두시간이고 전차를 기다리노라니 이 시민이 이 불편한 전차로 해서 능률이 저하될 것은 차치하고라도 날마다 초조하게 기다리는 이 전차로 해서 날로 신경질이 더해질 걸 생각하니 여간 사소한 문제가 아니라고 생각된다.

1945년 12월 6일 〔3시 기상. 개다〕

오늘 처음으로 과장 자리에 앉아서 일을 보았다. 이 변란통을 이용해서 좀더 좋은 자리를 하나 얻어둘 양으로 분주(奔走)하는 여러 사람의 틈에 나도 한몫 끼이게 된 것이 아닐까 하고 혼자 어이없는 웃음을 지었다.

참사 김주인(金周仁)[6] 군은 짐 가지러 시골 가서 아직 오지 않았고 서기가 두분. 한분은 나이 많은 분으로 세상의 풍파를 많이 겪은 이인 것 같고 한분은 제주도 출신이라는 젊고 팽팽한 이다. 저번 직원들의 스트라이크도 이분이 중심이었고, 그후도 출근은 하나 태업(怠業)중이라고 여러 방면으로부터 특별히 주의하라는 경고가 많다. 그럴수록 나는 이 청년을 살려서 써보았으면 하는 의욕이 움직인다. 기회 보아서 정리해버리라는 동료의 고마운 충고에도 그저 웃고 말았다.

군정청(軍政廳)에서 각 조합으로 발송하라는 예규(例規)도 그냥 쌓아두고 모두들 할일이 없다고 하므로 그걸 끄집어내어서 분류정리를 시작하니 두 사람도 기쁘게 협력해준다. 먼지를 덮어쓰고 발송준비를 하고 있노라니 이군이 들여다보고 연합회에는 과장 겸 소사를 한 사람 두었구만 하고 익살을 피운다. 나는 그저 사람 좋게 웃고 말았다. 방황하고 빗나가려는 젊은 사무원들을 그놈들 하고 대립적으로 나가지 말고 그들과 손잡고 나갔으면 하는 것이 나의 염원이다. 파업, 태업하는 건 물론 좋지 않은 일이라 생각한다. 그러나 그들에게도 알지 못할 고민이 있으리라. 그들이 설혹 잘못된 길로 나아간다고 하더라도 역시 조선의 중견 청년임에는 틀림없다. 그들을 잘 이끌어나가서 훌륭한 앞날의 주인공이 될 수 있도록 하는 것이 우리의 책무가 아닐까.

오후엔 서울신보사를 찾아갔더니 억지로 붙들려서 진고개 남궁장(南宮莊)으로 가서 만찬 대접을 받았다.

나와서 박선생님[7]과 철군을 만날 양으로 혜화정 가는 전차를 타려고 한시간 넘게 기다리다가 그만두기로 하고 신당정 서정렬(徐廷烈)씨 댁에 가서 하룻밤 묵었다.

하도 춥기에 거리에서 홍차 한잔을 마셨더니 값이 5원, 써 이즈음 물가의 일반을 짐작할 수 있으리라.

1945년 12월 7일 〔4시 기상〕

다습고 개다. 간밤에는 비가 좀 왔다.

오랜만에 근간 미국 잡지를 구경할 수 있었다. 문제의 『라이프』지도 7월달치를 보았다. 종전(終戰) 임시임에도 그 지질(紙質)이라든지 그 인쇄기술로 보아서 미국의 국력엔 새삼스레 경탄하지 않을 수 없다. 거기에 도전한 일본제국주의를 용감하다고 할까 철없었다고 할까 침략광이라고 할까.

군정청에 인사를 갔다. 미인(米人)들의 많음에 놀라지 않을 수 없다. 그리고 해방 후에 갑자기 높은 지위를 얻어 한 조선 사람 관리들

에게 ○○○○적인 풍조가 없었으면 하고 저으기 빈다. 그러나 한글로
된 공문은 볼수록 신기한 일이고 탐탁하기 그지없고, 영문으로 번역
하는 수고나 없었으면 좋겠다.

오후의 과장회의를 중도에 나와서 서정렬 씨와 동행으로 밤차로 원
주를 내려오다. 연착해서 자정이 넘었다.

낮에 유길서점[8]에서 『조선인명사서(朝鮮人名辭書)』[9]와 『지나지명대
사전』[10]을 7백원에 샀다. 『초당(草堂)』[11]의 원고료로써.

1945년 12월 9일 〔5시 기상. 개었다 흐렸다〕
몇곳 인사 다니고 이사 준비.

대규를 그 집에 다녀오라고 보내다.

어수선한 중에 하루해를 보냈다. 될 수만 있으면 제 집에 살고 움직
이지 않는 것이 좋겠다.

누가 영전을 축하하기에 오죽하면 이 어려운 시절 이 엄동설한에
남부여대(男負女戴)하고 보따리를 꾸리지 않으면 안될 신셀까 하고 자
조(自嘲)하였다.

1945년 12월 10일 〔4시 기상. 눈오다〕
각 관공서 인사 다니고 종일 짐 꾸리다. 어떤 사람이 또 축의(祝意)
를 표하고 봉양(鳳陽)을 왜 그리 헌신짝같이 버리느냐 하기, 요사이처
럼 물가가 비싸고 생활이 곤란한 시절엔 봉양같이 아늑한 고장에서
시량(柴糧)의 걱정이나 잊고 사는 것이 속소위(俗所謂) 등 따습고 배부
른 노릇인데 나는 그러한 청복(清福)도 누릴 팔자가 되지 못해서 불본
의(不本意)하게도 이곳을 밀려나게 되었다 하고 웃었다. 밤에는 직원

들의 석별연이 있어서 내 과거 이야기를 대충 해주었다. 소년수(少年
囚)의 이야기[12]는 빼고.

1945년 12월 11일 〔4시 기상. 눈오다. 간밤엔 몹시 추웠다〕

새벽에는 원고 쓰고 하루 종일 짐 묶다.

이영재(李榮載) 군이 찾아와서 될 수 있으면 서울서 함께 지내자고
말하였다. 윤필원(尹弼遠), 김용목(金容穆), 하우영(河又榮), 남기숙(南
基淑)의 여러 사람이 모두 서울 가겠다는 지망이나 모두 데리고 가는
것도 문제다.

나무를 사서 역으로 실어내고 자재를 구해서 짐을 꾸리고, 그리고
화차의 교섭 등 어려운 일이 산적하나 여러 직원들의 성의있는 노력
으로 모든 일이 순조로 되어간다.

염병준(廉炳俊) 군의 집에서 찹쌀 한말 가져오다.

오후에는 지방 인사들의 송별연이 평화옥에서 있었고 저녁은 유의
순(劉義洵) 서기 댁에서 먹었다.

아내가 서울 가면 고옥남(高玉南) 씨와 더불어 여성잡지를 해보겠
다는 의향이었다. 그 건설적인 기획이 좋고 또 현하 조선의 문화정세
로 비추어보아서 여성, 아동의 계몽이 절대로 필요한 일이므로 매우
좋은 의견이라 생각되었으나 한편 생각해보면 남자도 저널리즘으로
흐르는 것은 삼가야 할 일인데 더욱이 여자로서 그 방면으로 나가는
것이 과연 온당한 일일까 의문이고 문득 박연암(朴燕巖)의 허난설헌
(許蘭雪軒) 관(觀)이 생각나서 난색을 보였더니, 언하에 당신이 재미없
다 생각한다면 무어든지 그만두겠다는 대답. 순간 나는 이 순정의 아
내를…… 하고 가슴이 뻐근하였다. 될 수만 있으면 그는 기봉이와 기

봉이의 동생들에게 온 정성을 쏟고 여가 있으면 공부하고, 그리고 잡지는 자기가 만드는 것보다는 동무들이 만드는 데 부득이해서 글이나 쓰고 하면 좋겠다.

1945년 12월 14일 〔5시 기상. 개다〕

새벽아침 먹고 청전리(靑田里)를 나서서 대홍상점에 셈 치르고 아홉시 자동차로 봉양(鳳陽)을 나와서 조합장 댁에서 점심 대접 받고 두시 차로 출발. 유의순, 윤필원, 염병준 세 사람이 동행. 역두에 전송하러 나온 여러분에게 다같이 힘써서 좋은 새나라를 이룩하자고 간단한 인사말을 하였다.

………

작년 3월 전란통에 이곳엘 부임할 땐 이른 봄바람이 쌀쌀하였다. 이제 거진 이태 동안의 가장 어려운 시절을 여기서 지내고 비록 따뜻할망정 12월의 엄동설한에 다시 이곳을 떠나게 되니 감개무량하다.

정거장마다 승객도 밀리지만 그보다도 음식장사가 더 많아서 엿장수, 김밥장수, 떡장수, 술장수, 국수장수, 담배장수 등 이루 헤아릴 수 없이 많고, 심지어 냉수를 떠다주고 50전씩 받는 아이들이 부지기수다. 그런데도 봉양만은 장사치가 하나도 없는 것을 동행 직원들이 지적하고, 그것은 조합에서 구휼사업으로 무료급식을 했기 때문에 그네들이 돈 받고 팔 수도 없었으려니와 그보다도 구휼사업의 영향으로 염치지심(廉恥之心)이 길러져서 그 사업이 끝난 오늘날도 음식장사가 하나도 없는 것이라고 말하였다.

밤에는 신설정에.

1945년 12월 19일 〔날씨가 약간 풀리는 것 같다.〕

참사 김주인 군과 서기 최영식(崔英植) 군(제주도 출신)이 내 부재 중에 싸우고 최군의 언동이 대단히 불공하며 하극상하려 한다고 해서 간밤의 과장회의에 상정되어서 결국 주무과장의 단호한 처분을 기다리기로 되었다고. 김군이 나에게 최군의 징계 면직을 요구한다.

최군은 출근이 항상 늦고, 시간중에도 흔히 자리를 비우고, 자리에 있어도 일을 감잡아 하지 않는 등 나로서 보아도 그리 좋은 직원은 아닌 것 같다. 그러나 김군 자신도 내 눈에는 최군보다 별반 나을 것이 없는 것 같다. 나는 빠담뿡해도 너는 바람풍하라는 식이다.

통히 일선 조합에서 새로이 임명되어온 중견층들이 그저 잠자코 일을 부지런히 해나가서 저절로 어떠한 새로운 분위기를 만들어서 전부터 있던 사보타지(태업)의 직원들까지 그러한 분위기에 자연히 물들게 해서 저네들은 우리들을 심복해서 따르고 우리는 저네들을 따뜻한 심정으로 이끌어 나가야지, 그저 덮어놓고 이놈들 나쁜 놈들 하고 대립적으로 나가고 힘으로 그네들을 몰아세우는 것은 결코 양책(良策)이라고 할 수 없다. 그네들에게도 가지가지 마음의 오뇌(懊惱)와 불복(不服)이 있을 것이다. 우리가 그들의 처지와 뒤바꿔 생각해서 그 마음을 일일이 헤아릴 수는 없다 하더라도, 그저 표면적인 사상(事象)만을 지적해가지고 함부로 구박주는 것은 양심적인 조치라고 할 수 없을 것이다. 더욱이 우리들도 부임해서 시일이 옅고 아직 자리가 잡히지 않았다고 볼 수 있는데 이러한 불집부터 쑤시는 것은 현명한 일이 아닐 것이다.

오전 열한시부터 임시정부 개선환영행진이 있다고 해서 전차도 움직이지 않고 MP(헌병)와 경관들이 가두에 늘어서서 경위(警衛)가 대단

하다. 책상을 사려고 염군과 함께 황금정 일대를 두루 뒤졌으나 구하
지 못하고 피곤하기만 하다.

거리에는 꽃전차가 화려하고 광복군과 소년군(少年軍)의 행진이 장
엄하고 유량한 나팔소리에 울려나오는 애국가의 멜로디가 이때까지
일본 일색의 가두데모만 보아오던 나에게는 눈물겹도록 기쁜 현상이
지만 한편으로 인민공화국 측과 한국민주당 측이 서로들 민족반역자
라 욕하고 죽일놈 살릴놈 하는 격렬한 삐라를 돌리는 것이 마음 아픈
노릇이다.[13] 이 우매한 정치광(政治狂)들과 탐권배(貪權輩)들이 선량한
동포들을 항쟁의 구렁으로 몰아넣고 조국의 광복에 일말의 암운(暗
雲)을 끼치게 한다면 어찌할 것인가. 그들의 북새통에 몇십리 길을 걸
어오면서 이러한 걱정이 머리를 떠나지 않았다.

한자(漢字)철폐운동의 소문을 듣고 게으른 중학생들이 공부를 소홀
히 한다니 세상일은 진실로 간단히 헤아릴 수 없는 일이다. 한자전폐
(全廢)는 장래의 이상이고 지금의 소학 하급생부터 실시해야 할 것이
며 현재 중학생들은 물론 부지런히 한학공부를 해서 우리 고유문화의
소화에 유감이 없어야 할 것이다. 이것은 영어전폐운동과 꼭같은 일
이다. 이 성스러운 운동이 일부 중학생들의 나태의 구실이 된다면 참
으로 유감스러운 일이다.

1945년 12월 20일 〔개고 따뜻해지다〕

오늘 연합회를 쉬고 종일 책 정리.

밤에는 이재형(李載瀅)[14] 군이 놀러 와서 김주인 군이 과장이 못되
어서 안달이란 말을 전하고 나와 주인 군의 처지가 거꾸로 되었다면
어떨까 하는 말을 하기에 그저 웃고 말았으나 내가 만일 미타한 자리

에 놓이게 되었다면 기어이 취임을 거절했을 것이요, 일단 승낙하고 취임한 이상은 제 소임을 성실히 해나가야 할 것이라고 생각하였다. 오후엔 마을의 여인들이 와서 하도 어수선하게 지껄이기에 여자가 세 사람 모이면 두 사람이 자꾸만 이야기를 주고받고 옆에 한 사람은 나는…… 나는…… 하다가 말할 틈을 얻지 못해서 애닲아 죽는다는 아버지의 말씀을 생각하고 웃었다.

1945년 12월 22일 〔흐리멍덩한 날〕

「소년사(少年史)」 기고(起稿, 글을 쓰기 시작함). 아침 일찍 나가서 철(哲)군을 찾았으나 부재. 길에서 이본녕(李本寧)[15] 군을 만나 동성상업(東星商業)까지 들렀다가 박선생님 댁엘 찾아가서 한시간 동안 이야기하고 놀았다.

낮에 연합회에 잠시 들렀다가 오후엔 지부에 가서 양주동(梁柱東) 씨의 조선사 강의를 들었다. 이 일세의 재자(才子)의 풍모는 내가 평소에 그린 바와는 다소 달랐다.

철이나 본녕이나 다 제 갈길을 찾아가는 것을, 나만 언제까지나 외도를 헤매는 것 같아, 울울한 심회, 공연히 심사만 사나워진다.

1945년 12월 26일 〔흐리다〕

인민보(人民報)에 연합회 신(新) 간부의 비행을 적발한 기사[16]가 실려서 불유쾌하다. 동료가 그러한 비난을 받는 것도 불유쾌하거니와 신문의 태도가 건설적이 아님도 불유쾌하다.

철이가 놀러 왔다. 모두가 문학자동맹[17] 같은 걸 만들어서 조직적으로 부서를 맡아 공부해가는데 내 공부는 너무 원시적이라는 충고가 있었으나, 나는 어떤 테두리 속에 들어가서 기계 제품과 같이 일률적인 공부를 하고 싶지가 않다.

밤에는 과장회의를 한다고 쓸데없는 걸 지껄이다가 자정이 되었다.

1945년 12월 29일(土) 〔개었다 흐리다〕

오피스에 앉았노라니 한나절 내객(來客)의 폭주.

전남지부장 박영희(朴永熙) 씨를 6년 만에 뵈니 감개무량.

충북지부장 조병순 씨와 경북중학 교유 김사영(金士永) 씨, 제천조합의 한·성 양씨 등.

제천조합의 황·한·성 3인이 서기대회를 발기했으니 내 의견이 어떠냐 하기 그러한 회합은 아무리 그 동기가 좋더라도 불순분자의 이용하는 바 되기 쉽고 또 현하와 같이 질서가 문란한 때는 발기인의 의도와도 어긋나게 탈선하는 수가 있으니 그러한 점에 충분한 용의와 또 자신이 있다면 하는 것도 좋겠다고 말하였다.

나오는 길에 김득중, 박노창(朴魯昌), 이철 제인(諸人)을 찾았다.

이날 막부삼국외상회의[18]의 결과라고 해서 조선은 5개년간 신탁통치한다는 뉴스가 들어와서 거리마다 비분을 이기지 못하는 삐라가 나붙고 상점은 모두 문을 닫고 군정 관계의 조선인은 모두 총사직·총파업하기로 해서 거리는 일시에 숨죽은 것 같았다. 전차도 움직이지 않아서 안국정서 원정까지 걸어나오느라고 여간 고생이 아니었으나 조선 사람의 보조가 이렇게 일치하는 것만이 대견히 여겨졌다.

어떤 상점에는 '통분휴업(痛憤休業)'이라는 문구를 써붙였다.

저녁에는 이 문제로 과장회의, "신탁통치 결사배격, 자주독립 직시관철"을 결의하였다.

1946년 1월 30일(水) 〔따뜻한 날씨〕

한달 동안 일기를 걸렀다.

반성(反省) 없는 생활이었다. 그러나 반성할 겨를이 없었다.

12월 22일에 기고한 『조선역사』[19]를 출근하는 겨를에 쓰려니까 시간이 나지 않아서 12월 30일부터 집안에 들어박혀서 밤낮으로 써서 한달 만에 끝마치었다. 그동안도 1월 17~19일의 지부장회의 때문에 1주일은 전연히 손대지 못했으나 아내의 협력으로 예정보다 오히려 빠르게 탈고할 수 있었다.

이 기간 원고에 몰려서 시간이 없고, 또 일야칩거(日夜蟄居)로 생활의 변조(變調)가 없었기 때문에 일기를 한달 동안 쉬다.

그저께 밤에 하상용 씨 댁에서 술먹고 나오는 길에 이재형 군에게 업혔다가 넘어져서 이군이 지팡이 짚고 출근하는 양이 보기 딱하였다. 내 나이 하마 동심을 버려야 하련만. 그날밤 나는 술취한 것도 아니었고.

어저께 법전(法專) 서무과장 박씨가 와서 교편을 잡아달라는 교섭이 있기에 오늘 오후 한청(韓青)빌딩의 법전 사무소를 찾아서 교장 고병국(高炳國) 씨, 후원회장 이홍종(李弘鐘) 씨를 만났다. 그쪽에서는 전임으로서의 요망이 있었으나 내 형편을 말하고 시간강사로 나가기로 승낙하였다.

김상기(金庠基) 씨에게 부탁한 서문(序文)이 늦어서 오늘 박선생님을 통하여 초고(草稿) 중, 하권까지 마저 보내었다.

1946년 1월 31일(木)
이달 초순부터 풀린 날씨가 사온(四溫)이러니 했던 것이 한달 가까이 추위를 잊은 것 같다.

낮에 박선생님을 대학에 찾아가 뵈다.[20]

오후에 하상용[21] 씨를 통하여 란드래이 회장[22]에게서 법전의 시간을 맡아도 좋다는 것과 역사책을 연합회 발행으로 해도 좋다는 승낙을 받았다.

1946년 2월 1일(金) 〔따뜻한 날씨〕
몹시 바쁜 하루였다.

평화당 대표자를 불러서 『조선역사』 인쇄의 계약을 맺었다. 2만부, 한부에 6원 50전씩.

다섯시 차로 남행하기로 하고 출장서류 대강과 회장의 증명서를 얻어가지고 역으로 나갔더니 오늘이 음력 그믐날이므로 역 구내가 몹시 붐비었다.

Traffic Controlling Bureau엘 들렀더니 회장이 이미 전화로 연락해 두었으므로 곧 좌석 지정을 받을 수 있었다. 미국 사람에게 빌붙어서 일반 동포들이 가지지 못하는 좌석을 차지하지 마라는 아내의 부탁이었고 나도 그 말이 지당한 줄 알지만 이번에 일부러 이 길을 취해보기로 하였다.

조선 사람들의 타는 차는 그렇게도 초솔(草率, 엉성하고 볼품없음)한 것이건만 미군인 전용차량은 2등 침대차를 개조한 것으로서 호화로운 것이었고 그나마 조선 사람의 손으로 각별히 소제(掃除, 청소)해놓은 것이었다. 이러한 것이 멀리 온 손님을 위해서 우리들의 반가운 심정을 표하는 것이고 또 저네들도 겸손한 마음으로 고맙게 받는 것이면 좋으련만 만일 그렇지 못해서 우리들은 힘에 눌려서 상전을 섬기는 마음으로 이러한 설비를 베풀고 또 저네들은 어떠한 우월감으로써 이 대접을 받아들인다면 통곡할 현상이다. 이래도 민중의 지도자들은 이념의 고집과 세력 다툼에만 눈이 어두워 있으니 한심한 일이다. 해방 이후의 이러한 수모를 그네들은 어떻게 보는 것일까.

역 포옴 안에 소련 사절단이 식당차를 빌려서 거기서 숙식하고 있었다. 그들이 따뜻한 난방장치 속에서 호화로운 음식을 먹고 있는 걸 조선 사람들은 추운 포옴에 서서 무얼 하러 넘겨다보고 있는지 딱한 일이다. 그저 외인(外人)이 신기하기만 해서 구경하는 축들이라고 보기엔 그만한 철은 났을 법한 중학생 이상의 무리들이건만.

좌석을 준다기에 미군 전용차량에 탔더니 MP들이 와서 next car로 가라고 몰아세운다. 계집아이 둘만 남기고 기타의 조선 사람은 좌석 지정이 있어도 전부 쓰레기통 같은 다음 찻간으로 쫓아내고 그리고 그 찻간에 이미 타고 있는 일반승객들은 또 몹시 붐벼서 설 자리도 없는 다음 찻간으로 내어쫓는다. 간혹 그런 줄을 모르고 이 찻간에 타는 사람이 있으면 총부리를 내어밀고 left go를 연발하면서 기어이 next car로 떠밀어낸다. 이쪽 차량에는 열 사람도 못다 타서 아주 비다시피 하고 다음칸은 수백명이 붐비어서 창밖에까지 넘칠 지경이다.

앞엣 찻간에 탄 계집아이들이 얄밉기 그지없다. 그러나 next car의 수많은 승객들은 이 찻간에 탄 우리들을 또 그와같이 얄밉게 생각하리라.

밤이 깊을수록 한기가 스며드는데 유리가 깨어진 차창으로부터 눈보라 섞인 매운 바람이 불어치고 그나마 거의 비다시피 한 찻간이므로 사람의 훈기도 없어서 몹시 춥다. 이러한 곡경은 미인(米人)에게 좌석 지정을 받은 당연한 업보(業報)리라.

1946년 2월 2일(土)
음력 정월 초하루.

차중에서 설을 쇠고 밤중 지나서 대구역에 하차. 영천 가는 차는 8시 50분이라야 있고 해서 역전 음식점에 들렀더니 거기서도 만주 갔다온 사람들의 만주 이야기로 판을 친다. 또 한곳에서는 태백산 어디서 장군이 났다는 이야기며 정감록(鄭鑑錄)이며 질병의 유행과 그 예방부첨(豫防符籤)에 관해서 이야기가 한창이었다. 사회의 혼란에 따른 인심의 불안 때문에 이러한 현상이 생기는 것이겠지만 그 내용이란 지극히 한심스러운 것이므로 듣다 못해서 그런 이야기는 모두 허황한 것이며 또 우리들은 어떻게 살아나가야 될 것인가에 대해서 설명해주었다.

찻간이나 정거장이나 모두 해방 전보다 지저분한 것은 어인 까닭일까. 역두(驛頭)에 붙은 치졸한 좌익 삐라는 이 지방의 경향을 어렴풋이나마 짐작하게 한다.

집에 가니 설 차사(茶祀)는 이미 지낸 뒤였다. 몸이 고단한 것을 억지로 참고 성묘를 다녔다. 다녀와서도 세배하러 오는 사람이 끊이지 않아서 조용히 쉴 겨를이 없었다.

밤에 자리에 든 뒤에 아버지께서 전쟁중에 내가 한 말이 그때는 기연미연(其然未然, 긴가민가)했으나 지금 생각해보니 모두 옳았다는 것을 말씀하시었다. 첫째 일본이 금명년 중으로 전쟁에 질 것이며 지면 조선은 독립한다는 것이며, 둘째 전쟁으로 한창 들볶이고 여러가지로 인심을 동요시키는 유언(流言)이 있어서 도저히 고향을 지키고 살 수 없으니 충청도로라도 이사해야겠다고 말씀하셨을 때 내가 그 불가함을 역설하고 고향에 있어야 종전 전후의 어려운 시기를 지낼 수 있다고 한 것이 작금의 식량사정 기타로 보아서 옳다는 것이며, 셋째는 빚을 걱정하시는 것을 내가 인플레의 필지(必至, 반드시 그렇게 됨)를 말씀드리고 정리의 중지를 간망한 것 등이며, 그것을 굳이 믿지 않았기 때문에 밭 한 뙈기 판 것을 후회하시기 강군의 집 판 사정을 이야기하고 그것쯤은 조곰도 애석히 생각할 것이 아니라는 것을 말씀드리었다.

그러고도 여러가지 가정 사정의 이야기로 고단한 것도 잊고 자정을 넘기었다. 아버지께선 불매증(不寐症)이 있다는 것이며 그러한 새벽이면 몹시 시장하다는 말씀을 하시어 내가 자식된 도리를 다하지 못함이 가슴 아팠다. 그러나 이날밤 아버지는 나보다 먼저 잠드셨다. 잠드신 얼굴엔 흰수염이 더욱이 드러나 보여서 정정하시던 옛모습이 어제런 듯해서 아버지께선 갑자기 늙으신 것만 같은 착각을 버릴 수 없었다.

백발의 아버지가 시장한 새벽을 가지신다는 말씀이 잊혀지지 않아서 나는 그 잠드신 얼굴을 보고 또 보고 잠들 수 없었다. 이윽고 아버지께서 잠을 깨시어 너는 간밤에도 잠을 자지 못했을 텐데 얼른 자려무나 하고 말씀은 하시나 또다시 이야기의 실마리가 풀려서 끝이 없었다. 나는 새벽녘에 졸려서 허튼 대답을 하면서 밤을 꼬박 새우고 말았다.

1946년 2월 6일 〔개다〕

낮에 재무부장실에서 광공부장과 함께 도내 공장 생산품을 전부 금융조합에서 맡아서 배급하기로 그 세부취급규정에 대한 협의가 있었다. 이날 박찬희 군을 도청관방에서, 이상길 군을 노조에서, 김일식(金一植) 군을 전매국의 쟁의현장에서, 윤장혁(尹章赫) 군을 민성일보사(民聲日報社)에서, 장적우(張赤宇) 씨를 이목 씨 댁에서 만났다.[23]

장씨에게는 조선공산당의 신탁문제에 관련한 오류를 지적했더니 솔직히 그들의 잘못을 승인하였다. 민족전선의 혼란을 막고 또 건국의 위기를 극복하기 위해서 좌익이 좀더 양보할 필요가 있지 않겠느냐고 했더니, 우익의 극단한 반동화와 당래할 그들의 쿠데타를 위하여 어느 일선을 사수하지 않을 수 없다는 말을 하였다. 나는 또 좌익 파쇼와 또 일부 공산당원들의 소아병적인 경향 때문에 민심이 공산당에서 이탈하고 있으니 공산당이 독선주의를 고집하지 말 것과 또 학생들을 정치전선에 몰아내지 말고 잠심(潛心)해서 공부할 수 있도록 유의해달라는 요망을 하였다.

어제 박군 댁에서도 강신묵 씨에게 공산주의의 이념은 좋으나 조선

공산당의 잘못은 용인할 수 없다는 것이며, 소련과 스딸린을 우상화하지 마라고 하고 공산당의 사대주의를 시급히 청산할 필요가 있음을 역설하였다. 오늘 장씨에게도 젊은 공산주의자 중에 공산당을 유아독존(唯我獨尊)으로 여기고 스딸린을 전지전능으로 생각하는 경향이 있다고 했더니 그도 웃었다.

밤에 화월식당에서 김의균(金宜均) 지사 이하 각 부장을 초대해서 연회가 있었다. 농상부장 서만달(徐萬達) 씨가 여러 사람을 붙들어서 함부로 욕설을 퍼부어도 모두 감수하므로 부쩍 기수가 나서 종말엔 나를 대하여 이 자식 금융조합에 무슨 교무과가 필요하냐고 트집을 걸기에 너 같은 자식을 가르치기 위해서 필요하다고 받아주었더니 노발대발해서 덤비었다. 아무리 술자리라 하더라도 그 아니꼬운 버릇을 고쳐주고 싶었으나 나는 주인측이고 그는 손님이며 또 금융조합 전체의 일을 위하여 참고 자리를 비켰다.

밤에는 정경득(鄭庚得) 씨가 자꾸 끌어서 그 댁에 가서 잤다.

밤차로 임홍식(林興植) 씨는 부산 간다고 하였다.

1946년 2월 8일 〔눈오다〕

미군 철로계의 증명서를 가졌으므로 미군 전용차에 타려다가 다른 군정청 조선인 관리들과 함께 가슴패기를 몹시 얻어맞았다. 가슴이 사뭇 떨리고 눈에 눈물이 핑 돈다. 개도야지처럼 함부로 얻어맞고 쫓겨나서 화차(貨車)에 가까스로 설 자리를 비집을 수 있었다.

소년 시절에 왜인 경찰에게 무지스레 얻어맞았고 이제 다시 미국군인에게 이 봉변을 당했다. 약소민족의 설움이 새삼스레 뼈에 사무친다. 그래도 그때는 일정(日政)을 반항하다가 얻어맞았지만 이번엔 미군정에 빌붙어서 좀 편한 자리를 얻으려다가 이 봉변이다. 그들의 만행을 책하기보다도 내 지지리 못났음이 한스럽다. 아무리 몸이 고달프더라도 다른 동포들과 함께 붐비는 중에 고생하는 것이 옳은 것을, 그들의 증명서를 이용하려던 내 태도가 근본적으로 잘못이었다. 떠나기 전에 아내가 그 비루칙칙한 증명설랑은 쓰지 마라던 것을, 그 말이 옳다고는 생각하면서도 몸의 컨디션이 좋지 못함을 양심에의 변명으로 삼고 차중의 안일을 얻고자 한 내 생각이 무엇보다도 잘못이었다.

가뜩이나 늦게 떠난 차가 김천에서 또 기관차의 고장으로 여러 시간 지체하고 용산역에 내리니 여섯시가 넘었다.

집에 오니 기봉이가 싱글벙글. 성찮은 걸 보고 나가서 한 주일 동안 마음을 졸이다 집에 가까이 올수록 더욱 마음이 안달이던 것을 이제 그의 벙싯거리는 얼굴을 대하니 마음의 긴장이 한꺼번에 탁 풀리는 것 같다.

1946년 2월 11일(月) 〔날씨가 저으기 풀린다〕

어제 집 가까이 있는 고물상에 가서 교자상(음식 차리는 사각형 床)과 화로 등 물품을 약간 사왔는데 아내가 헌 물건에 대해서 몹시 찝찝하게 여기는 모양이다. 그의 결벽성은 내가 항상 높이 평가하는 바이고 또 마음속으로 존경하는 바이나 실생활에 있어선 좀더 수더분하게 살아갈 수 없을까 한다. 더욱이 우리네 같은 가난뱅이 생활엔 그러할 필요가 있지 않을까 한다.

수돗물에 약냄새가 난다 해서 그토록 싫어하던 것을 순교자들의 초절(超絶)한 인내 생활을 읽고 먹도록 노력해보겠다고 해서 여간 반가운 일이 아니었다. 물에까지 스며든 미국 냄새(사실은 그런 것도 아니지만)를 싫어하는 그의 결벽은 은근히 나와 그의 프라이드로 생각하는 바이나 남편이 참고 먹는 것을 먹으려고 애써보려고도 하지 않는 것을 한편 섭섭하게 여기었는데 이제 순교사(殉敎史)로 하여 그러한 반성의 기회를 얻은 것은 참으로 기쁜 일이다.

낮에 오피스에 최봉래(崔鳳來) 군이 찾아와서 점심을 함께 먹으면서 오랜만에 그와 재미있는 이야기를 주고받았다. 북선(北鮮)에 있어서 소련군이 조선의 기계 설비를 뜯어가는 것은 당래(當來)할 세계대전에 선처하기 위함일지도 모르는 일이며, 만일 세계 약소민족 해방을 주창하는 소련의 정책에 있어서 필요한 일이라면 조선의 손실은 참지 않을 수 없는 일이고 소련을 의존하지 않고는 조선은 미국 금융자본의 식민지화하고 말 것이니 공산당이 모스끄바의 지령을 그대로 추종하지 않을 수 없다는 그의 견해는 도저히 수긍할 수 없는 일이어서 나는 그의 사대주의적 경향과 공식주의(公式主義)에 따르는 정치에의 무반성(無反省)을 지적하고 한동안 격론을 되풀이하였다.

김득중 씨를 찾았더니 부재중이어서 만나지 못했으나 부상한 것이 거진 나았다는 표증이어서 반가웠다.

대학에 박선생님을 찾아가 뵙고 김상기 선생 댁까지 가서 서문을 얻어왔다.[24] 서문의 내용이 기대했던 이보다도 나아서 고마웠다.

저녁에 윤석범(尹錫範) 씨가 찾아와서 나와 함께 교무과로 오고 싶다 하기 좋다고 승낙하였다. 어제 김용목 군이 와서 같은 요망을 하였으나 그는 지도과에서 참고 기다리는 것이 좋겠다고 일러주었다.[25]

1946년 2월 16일

책을 보려도 머리가 띵하고 종일 누워서 할일이 없으므로 허튼 생

각에 잠기다. 횡서(橫書)에 대해서 아내와 생각해보다.[26]

과학서는 횡서로 하더라도 문학 기타 일반 기술(記述)은 역시 종서(縱書)로 하는 것이 동양류의 독특한 점이 아닐까. 더욱이 우리 문자의 자체(字體) 구성으로 보아서 그것이 순편(順便)할 것 같다. 심리학자는 말하기를 안구(眼球)의 생리상 횡서가 좋다 하나 이 역(亦) 그러한 편부(便否)보다도 자체의 본질로 보아서 따져야 할 것이다. 자체를 아주 풀어헤쳐서 써야 한다는 건 더욱 서양의 맹종이 아닐까 하는 바이다. 또 그러한 것이 학리상(學理上) 가능하다 할지라도 조급히 실시를 서두를 것이 아니고 장시일의 충분한 연구와 시험적 실시를 거쳐서 만인의 수긍하에 소루(疏漏) 없는 실시를 기하여야 할 것이다. 이러한 일은 민족문화에 지대한 영향을 끼칠 일이므로 만일 학리와 실지가 맞지 않는 일이 있다면 문화노선상에 심대한 혼란을 야기하게 될 것이다. 그리고 횡서의 주장자가 마침 당로(當路)했다고 독단적으로 실행하는 것은 더욱 삼가야 할지니, 그는 학자로서의 겸허한 소이(所以)가 아니며, 후일에 반대자가 당로해서 또 본시대로 뜯어고치는 일이 있다면 어이할 것인가.

1946년 3월 19일

병후에 몸은 시원치 않은 것을 하도 일이 몰려서 진종일 돌아다니다간 늦게 집에 와선 곤해서 녹아떨어지고 해서 한달이나 일기를 걸렀다.

2월 25일부터 법전에 시간을 보게 되었다.

월 AM 10.10-12.00 1학년 국사

화 AM 10.10-12.00 2, 3학년 국어(시조론 時調論)

목 PM 0.40-2.30 2, 3학년 국사

틈만 있으면 강의 준비에 힘써야 하고 누워서도 늘 다음 강의가 걱정이다. 훈장도 고된 노역이다. 국사도 아직은 상고사(上古史)라 어리뻥하지만, 국어의 시조론은 본시 무모(無謀)이었던만치 무척 힘들다. 그러나 공부되기는 한다.

돈암정 154의 10호에 10만원으로 집 한채를 계약하고 그동안 대구의 정용(正瑢)을 불러다 지키는 한편 복덕방 남형우(南衡佑) 씨 형제에게 부탁해서 수리를 하는 중이다. 세상은 참으로 넓고도 좁은 것 같다. 교무과의 윤석범 씨에게 부탁해서 돈암정 근처에 집을 하나 알아보아달랬더니 하루는 그럼직한 것이 있다기에 함께 나갔더니 거간하는 사람이 뜻밖에 봉양(鳳陽)서 온 남씨였다. 소개하려던 윤씨가 도리어 어리뻥하였다. 이리하여 집일을 믿고 해나갈 수 있어서 여간 다행한 일이 아니었다.

그동안 『조선역사』의 간행이 진척중이다. 내가 누워 있는 사이에 구매과와 보급과 사이에 소관 사항의 시비가 있고 하씨의 간섭으로 보급과로 옮겨가서 다소 일의 진행이 지체되었으나 호화판 5백부 보통판 5만부의 예정으로 해나가고 있다. 박원식(朴元植) 씨 기안의 추천장도 2천매 각도(各道)로 발송되었고 보급과의 광고도 어제부터 도하의 각 신문에 게재중이다. 그동안 거진 날마다 교정이 나와서 끙끙 앓으면서도 잠을 덜 자고 이를 보았다.[27]

연합회 일은 교무과의 진용 정비가 얼핏 되지 않아서 윤서기 한 사람을 데리고 일을 보아나가는 중인데 식당과 농장일이 포개어서 안비막개(眼鼻莫開, 눈코 뜰 새 없이 바쁨)의 형편이다. 식당일은 3월 4일부터 매일 전직원에게 점심을 제공하기로 되어서 더욱 붐빈다. 그동안 이

사보(理事補) 모집안을 꾸며서 중역들과의 교섭이 끝나 이제 군정청과 절충중이다. 이러한 비지네스는 나에게는 벅찬 일이다.

장덕수(張德秀) 씨 등 민주의원(民主議院) 측이 하상용, 임홍식 씨 등을 초청해서 공작한 결과 과장회의에서 중역들이 우익과 결탁하기를 선포하였을 때 나는 그 비(非)를 지적하고 두시간 동안 고군분투하였다. 다시 3월 9일 오후 인민비판사(人民批判社) 주최로 좌익편에서 금융조합 문제를 논의하고 민전(民戰), 전평(全評), 전농(全農), 해방일보 등 좌익의 논객들이 금융조합에 공격의 일제 화살을 보내왔을 때 나는 그들의 공식주의적인 관념론을 상대로 세시간 동안 항변하였다.

그러나 금융조합의 우익 편향은 이제 결정적인 사실이 되고 말았다. 이러한 의미에서도 나는 이 기관을 물러나야겠다. 나는 현하의 조선에 있어서 좌익의 경거망동을 싫어한다. 그러나 우익의 혼란도 보기 숭하다. 어느 편으로든 나 자신이 규정받는 걸 나는 좋아하지 않는다. 그러한 기관에 간부의 일원으로 몸을 담아두는 것도 생각할 문제이다.

박선생님의 주선으로 대학에 연구실을 하나 얻게 되었다.[28] 법문학부가 2월 18일부터 개강이니 곧 이곳을 그만두고 대학으로 나가야 할 것을 집 문제, 책 문제 기타로 달이 지났다. 박종홍(朴鍾鴻) 선생과 김상기 선생에게 여간 미안하질 않다. 이것도 마음의 큰 부담이다.

이렇게 여러가지 일이 한데로 뒤몰려서 나는 난생처음으로 제일 바쁜 고비를 넘고 있는 것 같다. 이밖에 또 현철(鉉澈) 군의 입학과 강경석(姜慶錫) 군의 취직 등 어려운 문제가 없지 않다.

전차를 타고 가면서 보면 정류장마다 서 있던 군중들이 서로 먼저 타려고 애쓰는 양이 잘 보인다. 오래 서 있어서 지루하기도 하고, 시간이 바쁘기도 하고, 또 어설피 굴다가는 번번이 타지 못하는 경험이 있기에 그러하겠지만, 너무 지나치게 덤비는 것 같다. 나 자신 전차를 타려고 할 때는 저 모양이거니 생각하니 자기염오(厭惡)를 느끼기조차 한다. 이번 차에 꼭 타지 않으면 무슨 큰 낭패라도 있을 듯한, 모두 그러한 표정들이다. 타고 내릴 때 붐비고 떠다밀고 하는 것보다도 전차가 가까이 갔을 때 창문을 향하여 오는 그 표정들이 너무 심각하여 거의 필사적이라고 해야 할 지경이다. 오래 굶주리던 동물이 먹이를 바라볼 때 이러할 것이거니 하고 상상하면 마음이 사뭇 괴롭다. 사소한 일에 심각한 표정을 갖는 민족은 지극히 불행한 환경 속에 살아왔기 때문일 것이고, 또 그러한 마음가짐 자체가 불행한 현재의 표상이며, 또 앞으로 불행을 빚어내는 기틀이 될 것이다.

이번 차를 놓치면 다음 차도 탈 수 있을 것이요, 또 설혹 다음다음 차도 못 탄다 할지라도 걸어서 이 장안을 헤매기에 이를지라도, 또 그러기 때문에 지각을 하고 약속을 어기고 그날그날의 볼일에 다소간의 낭패되는 일이 있다 할지라도 전차를 바라보고 그토록 심각한 표정을 지을 수 있는 민중은 스스로도 불행하고 또 주위의 사람을 기쁘게 할 수도 없을 것이다. 이러한 표정을 날마다 되풀이할 것이고, 하루에도 몇번 거듭할 것을 생각하니, 그러한 민중의 한 사람으로 살아가는 나 자신이 우울하다.

더욱이 만원 전차의 창밖에 주렁주렁 매달리어 전차타기에 인생을 도박하는 광경은 오늘날 이곳 시민의 불행과 초조와 혼란이 이 일면에 응결해 있는 것 같아서 보기에 아슬아슬하다고 하기엔 너무나 중대한 문제일 것 같다. 중학생들과 청년층이 더 심한 것 같다. 뚜벅뚜

벅 지축을 울릴 듯한 기개로 걸어다녔으면 좋으련만 새파란 청춘을 전차 한번 타기에 도박하는 그 심경은 다만 스릴을 좋아하는 젊은 심리의 표현이라고 할 수도 없다. 나는 이 광경을 볼 때 흔히 전날은 진부한 사상이라고 생각하던 "身體髮膚, 受之父母, 不敢毁傷, 孝之始也"[29]란 문구를 상기한다. 훼상 정도라면 몰라도 어버이 끼쳐준 귀중한 생명을, 혹은 자연의 섭리로 생겨나서 앞으로 많은 일을 해야 할 사람들이 그 소중한 젊은 생명을 5리나 10리 길을 좀 수월케 가려고 도박한다는 건 참으로 딱한 일이 아닐 수 없다. 차장이 매어달리면 위태하니 다음차를 타라고 아우성을 질러도 막무가내하다. 다음차가 곧 온다고 달래어도 들은체만체다. 지도자에게 오랫동안 속아왔기 때문에 스스로의 문제를 스스로의 판단에 의하여 해결하지 않으면 안된다는 마음의 무장이 있어서 차장의 말을 듣지 않는 것이거니 하고 생각하면 슬픈 일이다. 한번은 바로 전에 매어달렸던 사람이 떨어져서 교통사고를 일으켰는데도 그 광경을 목도한 사람들이 역시 그 전차에 매어달린다. 이러한 걸 용기라고 할 수 있을까 하고 생각해보아도 그럴 수 없을 것 같다. 무신경이라고 한말로 평해버리기에도 너무나 심각한 사태이다. 더욱이 만원 전차에 주렁주렁 매어달린 광경을 미국 사람들이 자동차를 시원스레 몰아가면서 건너다보고 비웃는 양을 볼 때 슬픔과 울분이 가슴에 유연(油然)히 솟아난다. 우리들 자신에게 골부림하고 싶은 충동조차 느껴진다.

또 정거장에서 전차를 기다릴 때 보면 날씨는 춥고 갈 길은 바쁘고 전차는 좀체 오지 않고 하기 때문에 그러하겠지만 모두 너무 초조해하는 것 같다. 발을 동동 구르는 여인, 기웃기웃 연신 찻길만 내어다보는 아이들, 쓸데없는 울분을 터뜨리면서 안절부절못하는 키 큰 사나이들, 모두 제 마음을 스스로 달달 볶는 것 같다. 때로 한시간이고 반시간이고 그러한 초조한 시간을 가지면서도 누구 하나 눈감고 명상하는 어른도 없고 책을 꺼내어서 공부하면서 차를 기다리려는 중학생도 없다. 모두 제 자신을 초조의 도가니 속에 삶고 그 열병을 옆엣 사람에게 전파시킬 뿐이다. 이러한 시간을 20분이고 30분이고 가지는 끝엔 할 수만 있으면 노유(老幼)를 떠밀고라도 앞을 다투려는 심경에 이를 것이고, 또 생명을 걸고라도 전차를 타고야 말겠다는 모험을 감행하기에 이를 것이다. 서울의 교통난은 시민에게 여러가지 불편을 선사하고 있지만 가장 지대한 문제는 시민을 신경질로 몰아넣는 것이 아닐까 한다. 이러한 초조를 날마다 되풀이하는 시민이 노멀한 정신 상태를 가지고 스스로의 마음에 여유를 지니는 한편 주위엣 사람들을 기쁘게 할 수는 없지 않을까 하고 나는 저어한다. 나는 지금 서울시민이 모두 일촉즉발의 신경질이 되어가고 있는 것을 슬퍼한다. 붐비는 전차에서 좀 밀고 밀렸다고 곧잘 시비가 일어나는 광경을 볼 때 그들이 오피스나 가정에 가서도 잘못하면 주위엣 사람들과 부닥뜨리기에 이르지 않을까 하고 나는 저어한다.

붐비는 전차에 내리는 사람이 미처 내릴 사이도 없이 타려는 사람들이 들이밀기 때문에 내리지도 못하고 타지도 못하고 전차도 가지 못하게 되는 꼴을 가끔 본다. 서울시민은 이러한 광경을 통하여 무질서와 혼란과 또 서로 앞을 다투는 것이 피차에 불리한 것임을 알았으면 좋으련만, 그러한 전체의 파멸 속에서도 나 한 사람 용하게 빠져 탈 수 있으면 다행이라는 생각을 갖게 된다면 생각만 하여도 몸서리칠 일이다.

어제 아침은 전차가 하도 붐벼서 내리기가 힘드니까 어떤 중학생들이 반대 방향으로 내리려 하였다. 차장이 그쪽으로는 내리는 것이 아니라고 하여도 학생들도 그러면 어떻게 내릴 수 있느냐는 항변이다. 힘껏 애쓰면 바른 길로 내릴 수 없는 바도 아니며, 또 설사 내릴 수 없어서 종점까지 가는 한이 있더라도 룰은 지켜야 할 것을. 위험을 무릅쓰고 또 룰을 깨뜨려가면서도 편의를 얻고자 하는 생각은 삼가야 할 것이다. 더욱이 규칙을 지키라는 차장의 충고를 넘보는 듯한 그들의 심사는 타기(唾棄, 침 뱉듯 버리다)할 것이다. 오늘 이 땅의 무질서, 무규율과 혼란과 불안을 무엇으로 구할 수 있을까.

1946년 3월 20일

일전에 아내에게 조선은 토지문제만 해결되면 농업자본주의는 발달할 여지가 없다는 걸 말하고, 그러므로 공산주의도 조선에 있어서는 공식주의적이어서는 안된다는 말 끝에 조선농업은 수전(水田)을 기축으로 하는 아세아적 생산양식[30]의 제약을 받기 때문이라고 했더니, 그때 평창(平昌)의 사례로 수전 경작을 하는 어떤 과부가 밤이면 제 논에 물을 댈 양으로 수멍 어귀에 먹감는 체하고 몇시간이든지 들어앉았기 때문에 그 논에 물이 차서 그 여인이 나오기까지는 다른 사람이 물을 대지 못한다는 이야기를 들었다. 이걸 그저 우습다고 하기엔 너무나 심각한 이야기다. 조선 수전농업의 가장 단적인 모습일 것이다. 조선 사람의 살려고 애쓰는 양이 역력히 나타나 보이는 것 같다. 후일 좋은 단편의 취재가 되겠기에 적어둔다.

    ………

1946년 3월 22일

오늘 이긍종(李肯鐘)[31] 씨에게 사의(辭意)를 전하고 "내가 연합회에 들어온 지 얼마되지 않아서 자리를 옮기는 것이 미안하고 또 이선생을 뫼시고 좀더 일을 조력해드리지 못하는 것이 구연하다"고 말했더니 "연합회를 위해서 개인간 사정(私情)으로 보면 매우 섭섭한 일이지마는 조선 전체로 보아선 공부할 사람은 공부하는 것이 좋겠다"고 매우 이해있는 대답을 하였다. 어제 하상용 씨도 자기는 나를 추천한 심정으로나 연합회 일로 보나 또 가정적인 친함으로 보나 섭섭하기 그지없지만 학문에의 의욕을 저지할 수도 없어서 난처하다고 하였다.

1946년 3월 24일(日)

매우 음산한 날씨였다.

오전엔 아내가 기봉이를 업고 세 사람이 함께 육신묘(六臣墓)를 참배하러 갔다. 우리들이 결합하기 전에 이곳을 찾으려다가 그만둔 이야기를 하고 웃었다.

10년 만에 보는 육신묘는 더욱 황폐해 보였다. 군사시설이라 해서 함부로 파헤치고 무심한 백성들은 밭을 이룩하고 나무 한 그루 남은 것이 없고 풀 한 포기 성한 것이 없는 기막힌 현상이었다.

오후엔 정용이와 함께 서강(西江) 밭을 보러 갔다.

1946년 3월 25일

아침 첫시간 1학년 반에서 육신묘 이야기를 해주었더니 학생들이 대단히 감격하고 곧 우리들이 수호운동을 일으키자는 진지한 제의가 있었다. 잠자고 있는 민족의 피는 건드리기만 하면 마른 나무개피에 성냥을 그어댄 것처럼 타오름을 보고 기쁘기 그지없었다.

나는 오늘 민족의 피의 끓어오름을 보았고 내 천직이 여기 있음을 느끼었다.

1946년 3월 26일

2, 3학년 반에 육신묘 이야기를 해주었더니 역시 같은 반응이었다.

대학 예과 김종무(金鐘武) 선생이 법전으로 찾아와서 교원양성소의 역사 시간을 보아달라는 부탁이 있었다.

오늘 서울신문에 난 역사책 광고. 박원식 씨의 문(文).

1946년 3월 29일

오후에는 차낙훈(車洛勳)[32] 씨와 함께 본정(本町) 서사(書肆, 서점)를 들러서 책을 몇가지 구하였다. 『인삼사(人蔘史)』[33] 『조선도자명고(朝鮮陶磁名考)』[34], 끄릭의 『철학(哲學)과 정치(政治)』, 『대륙문화연구(大陸文化研究)』[35] 『표음불화사전(標音佛和辭典)』 등.

아침에 유(柳)씨와 함께 나가면서 성서의 우리말 번역이 그리 신통하지 못하다는 이야기가 나서 그의 필생의 사업으로 성서 번역을 권해보았다. 그는 진지한 학도이고 또 독신자(篤信者)인만치 적임이라고 생각되기 때문이다.

봉양의 염수해(廉壽海) 씨가 신별금(贐別金)을 모아가지고 왔다. 떠난 지 여러 달이 지난 오늘날 아직도 잊어버리지 않은 지방 인사들의 다정한 마음씨가 고마웠다.

1946년 3월 30일

오후에 명륜정 3정목 99의 명제세(明濟世)[36] 씨 댁을 찾았다.

강보에 싸였던 대성(大星)군이 벌써 열한살이어서 5학년에 다닌다고 하고 그 아우 해성(海星?)이 벌써 학령(學齡)에 가깝다 하니 새삼스레 세월의 빠름을 깨닫게 된다.

명선생은 아직도 나를 지목(之牧)이라 부르신다. 언젠가 선생님께 글월을 올릴 때 관헌의 눈을 기이기(피하기) 위해서 임시로 그러한 이름을 지어 쓰고 지금은 나도 까맣게 잊어버린 것을 선생님은 나의 아호(雅號)로 여기시고 아직도 기억하고 계신다. 내가 세상에 그린 조그만 파문(波紋)은 내가 잊어버리어도 남은 잊어버리지 않음을 이로써 알 수 있다.

1946년 4월 1일

아침에 법전엘 잠시 다녀서 처음으로 대학 연구실엘 나갔다. 읽고 싶은 책을 방 가득 쌓아두고 하루 종일을 공부에 쓸 수 있거니 생각하니 오랜 여행이 끝나고 제 집엘 돌아온 것 같다. 아내는 연구실 방이 북향이라서 공기가 음랭할 것을 걱정하나 그래도 텁텁한 분위기 속에서 마음에 맞지 않는 일을 갖는 것보다 얼마나 다행한 일인지 모르겠다. 건강도 앞으로 좋아질 것을 나는 확신한다.

1946년 4월 3일

아침에 법전 강의를 마치고 연합회에 들렀다가 일찍 나와서 영창서관(永昌書館)에서 『십삼경주소(十三經註疏)』[37]를 사고 기봉이 돌을 위해서 과일과 과자를 사고 유기(鍮器)를 사려다 사지 못하고 늦게 집으로 돌아갔다. 진고개에서 작약과 달리아, 그라디올러스를 샀으나 쇠고기 사기를 깜박 잊어버렸다.

1946년 4월 4일(삼월삼짇날)

기봉이 돌날.

아침에 소제하면서 보니 기봉이가 웅얼웅얼하고 놀기에 작년 이맘때쯤에 세상에 나오려고 버둥거려서 어머니를 괴롭혔는데, 하고 아내와 웃었다.

돌잡힐 때 제일 먼저 벼루를 만지작거리다가 다음에 책을 만지고 그러고는 활을 한번 스쳐보고 다시 책을 집어서 한장한장 넘기고 놀 뿐, 옆에 있는 쌀과 돈에는 손이 가질 않았다.

아이 어버이는 이러한 걸 보고 웃고 온세상 시름 다 잊어버리고 그리고 거기에 심각한 의의(意義)를 부회(附會)하려 한다. 아이 어버이는 바보다. 바보로서 지극한 행복을 느낀다.

아내가 며칠을 두고 밤 돋우어 지은 까까옷 입고, 놈이 아주 의젓해 보인다. 키가 어물쩍하게 크다.

아침에는 정용이도 오고 신설정 아내의 고모와 팔판정 그의 숙모도 오시고 낮에는 서병무(徐丙武) 씨와 강경석 군과 명제세 선생님이 오셔서 좋은 돌을 맞이하였다.

이날 날씨도 매우 좋았다. 며칠 동안 질금거리던 날씨가 밤사이 우뢰소리가 들리고 비가 죽죽 내리기 걱정했더니 아침서부터 개기 시작하여 낮에는 바람 향기롭고 먼지 일지 않고 햇볕이 다사로운 아주 좋은 날씨였다.

오후에는 연합회에서 송별연이 있었고 밤에는 우리 집에서 동료 과장들을 불러다 놀았다.

1946년 4월 7일

이사(移徙).

어릴 땐 아버지의 오막살이집에서 나고 자랐고, 공부하러 다니느라고 오랫동안 하숙방을 돌아다니었고, 그후론 금융조합 집으로 옮아다니었고, 이제 평생 처음으로 삼간두옥(三間斗屋)이나마 내 집이라고 구해 들게 되었다.

낮에는 이재형, 진성이(陳聖伊), 전성우(全性遇) 제인(諸人)과 함께 김주인 군 댁에서 대접받았다.

저녁에는 우리 부엌에서 처음으로 밥을 지어먹었고 밤에는 내 방에서 처음으로 잠을 이루었다.

1946년 4월 8일

아침에 걸어서 법전엘 나갔다. 안암정 뒷산을 넘고 영도사(永導寺)를 지나서 보전(普專) 앞으로 해서 법전으로 넘어가는 길을 새로이 개척하였다. 오르고 내리는 수고는 있으나 도진(都塵)을 떠난 고요한 산길이 그지없이 마음에 탐탁하다.

대학에도 걸어다니겠다. 매일 아침저녁으로 30~40분씩 이렇게 조용하고 깨끗한 길을 다님으로 해서 적당한 운동이 되어서 내 건강에 퍽으나 좋을 것이다.

1946년 4월 9일

법전 다녀서 연합회에 들렀더니 본관에서 미군에게 쫓겨나서 이사

하느라고 어수선하다. 총무과 진(陳)참사로부터 전별금 수금한 것을 받았다. 아무런 하는 일 없이 연합회엘 들렀다 나와서 이런 것까지 받기가 대단히 면구하였다. 윤범수, 마홍범, 진성이, 양기상, 안종림, 최영식, 김주인, 이기우, 이재형, 유성수, 유홍상, 민용기, 권오흡, 차낙훈, 이건영, 나선영, 이재홍, 권병호, 김은수.

김상기 교수에게 졸업논문은 청조(淸朝) 고증학(考證學)의 조선학인(朝鮮學人)에 끼친 영향, 특히 『북학의(北學議)』의 사상과 그 청조학인에의 반응을 중심으로 써보겠다 했더니 여러가지 조언을 해주시었다.[38]

오늘 서울에 심한 지진이 있었다.

1946년 4월 10일

아내가 기봉이를 업고 부엌에 들어가서 아침밥 짓느라고 애쓰는 것이 보기 딱해서 내가 받아 안았더니 놈이 아주 기를 쓰고 우는 품이 결기가 대단하다. 일부러 목청을 돋우어서 우는 것은 이 며칠부터이다. 구조가 좋고 또 가스가 있어서 편리하던 원정(元町) 부엌에서 살다가 여기 와서의 불편을 아내는 내 공부를 위하여 아무런 사색이 없으나 기봉이란 놈이 투덜거리는 것 같다. 저도 부모의 뜻을 헤아린다면 다소곳하련만.

저녁때 정용이가 연구실에 와보고 사벽(四壁)을 에워싼 책에 눈이 뚱그렇다. 내가 연합회에 있으면서 경제적으로 여유있는 생활을 하는 게 좋을까 또는 고생스럽더라도 이러한 분위기 속에서 공부해나가는 것이 좋을까 하는 것을 그는 어렴풋이나마 이해하는 것 같다.

정용이를 데리고 황금정으로 가서 책장과 책상과 의자를 샀다. 이

로써 내 생활이 차츰 안정되어가리라. 늦게 집으로 가니 기혁(基赫)
군이 와서 기다리고 있었다.

1946년 4월 13일

오후에는 동양사 합동연구 분실(分室)에서 동양문화연구회 동양사
분과회 제1회 연구발표회가 있었다.

민석홍(閔錫泓) 군의 「상대지나(上代支那)의 제천(祭天)과 그 대상
(對象)」.

전해종(全海宗) 군의 「고대사회상태(古代社會狀態)에 대한 일고찰
(一考察)」.

젊은 학도들[39]의 정진하는 양이 믿음직하다.

김홍기 군이 연구실로 찾아왔다.

1946년 4월 14일(日) 〔좋은 봄날씨〕

집에서 온종일 책과 세간 정리.

기봉이 재롱 날로 늘어간다. 인제 아주 영글지게 "두두다다" 하고
무얼 자꾸 중얼거리며 "엄마" 하고 부를 줄 안다. 이가 아래위로 두개
씩 나서 잇몸이 근지러운지 뽀독뽀독 소리를 내는 때가 있고 방긋 웃
으면 하얀 이빨이 내다보이기도 한다. 그러나 아직 그 이로 밥알을 씹
어 먹을 줄은 모르고 밥알을 무척 좋아하긴 하지만 그냥 삼켜버린다.
어머니를 전보다 더 따라서 조곰도 떨어지지 않으려고 하나 저녁때
내가 들어가면 아주 좋아서 옷도 갈아입기 전에 나한테 와서 안기려
고 끙끙거린다.

1946년 4월 15일

아침에 1학년 시간이 파하고 나서 나는 일개 강사로서 강단에서 이런 말을 하는 게 아니고 제군의 선배로서, 또 제군과 다 같은 일개 학도로서 좌담식으로 제군에게 제언한다 하고, 법정학교(法政學校) 문제[40]를 계기로 하여 그 이후로 학원(學園)이 대단히 불안한 것은 혼란한 사회사상(社會事象)의 반영이겠지만 학원만은 그 본분을 지키어 연학(研學)의 길에 매진해야 할 것이라는 거며, 우리의 공부는 건국의 초석이 되고 또 앞날의 조선의 희망이 여기에 달렸으니 더욱 자중해야 할 것이라는 거며, 38도 이북에선 우익 학생의 주동으로 학원에 불상사가 접종(接踵) 발생하여 공부를 폐하게 된 곳도 많다는데 이남에선 또 좌익 학생들의 선동으로 이처럼 학원이 불안하니 이래저래 조선 학생들은 모두 허청거리고 아까운 시간을 낭비하고 만다. 우리가 논다고 그사이에 세상이 모두 한동안 멈춰준다면 모르거니와 세계는 초속도로 움직이고 있고 각국의 학도들은 모두 밤낮을 가리지 않고 공부한다는데 남보다 몇배나 더 힘써야 할 조선의 학도가 남북을 통하여 모두 학업을 포기하고 있으니 이러고서야 10년 20년 후의 조선이 또한 남에게 뒤질 것이 아닌가. 동경(東京) 학생들은 우리보다도 더한 악조건을 극복하고 신문 배달로 생선장수로 또 혹은 구루마(수레)를 끌어서도 이를 악물고 공부를 계속해나간다는데, 그네들보다도 훨씬 학적 수준이 낮은 조선의 학도들이 생활조건이 곤란하다 해서 고향에 내려가 번둥번둥 놀고, 되지도 아니할 무리한 조건을 내걸고 동맹휴학을 한대서야 어찌 될 말인가.

나는 아침으로 보전(普專)을 지나오지만 그 훌륭한 학원을 텅 비워두고 학생들은 가두에서 방황함을 생각할 때 한심한 생각을 금할 수 없다. 오늘날 사회에는 또 학원에는 가지가지 불의 부정이 있을 수도 있을 것이다. 그러나 학생들로서 그 불의·부정을 규명하고 시정하려면 반드시 동맹휴학이라는 해결의 수단밖에 없을 것인가.

우리는 피상적인 사회조류에 휩쓸려서 이에 부화뇌동하지 말고 사상(事象)의 본질을 잘 파악해서 신중히 처해야 할 것이라는 것을 강조하였다.

1946년 4월 16일

아침에 집을 나서서 법전에 가려고 산길을 향해 가니 모든 사람이 나와 반대 방향으로 걸어오고 있다. 그들은 시(市)의 변두리에 사는 사람들로서 도심지대에 출근하러 나가는 길이고 나는 산을 넘어 시외에 있는 학교로 향하기 때문이다.

당연한 일이긴 하나 문득 내 머리에 떠오르는 것은 나는 만인(萬人)과 길을 달리하고 있다는 것이다. 좋은 지위와 많은 보수와 안정된 생활을 박차버리고 스스로 형극의 길을 가려 하는 나의 지향(志向)은 확실히 이 많은 사람들과 반대 방향으로 움직이고 있는 것이다. 그러나 나에게는 모든 것을 잘 이해하고 고난을 함께하려는 아내가 있다. 몇 해 동안 칩복(蟄伏)해서 내 모든 정열을 학문에 쏟으련다.

청주의 유근철(柳根喆) 씨에게서 온 글월에 최재룡(崔在龍) 씨로부터의 전언(傳言)이라 하고, 이왕 연합회에서도 나왔다고 하니 전부터 말이 있던 제천고등여학교의 교장으로 올 수 없느냐, 도(道) 당국과 제천지방의 요망이 있으니 고려해보라는 문의(文意)기에, 서울의 어려운 생활에 부대껴서 지방의 그러한 자리가 마음에 당기지 않는 바도 아니요, 더욱이 제천이라 함에 문득 가고 싶은 마음이 나기도 하나 몇해 더 고생을 겪으면서 공부해보리라는 초지(初志)를 이제 갑자기 버리기가 싫고, 또다시 짐을 꾸려서 이사할 일은 생각만 해도 머리가 아프다, 여러분의 후의에는 감격하나 그 뜻을 받들 수는 없노라고 답장하였다.

1946년 4월 17일

대학 예과 학생들이 근래 학원의 유행병처럼 되어 있는 동맹휴학을 반대하는 성명이 신문지상에 발표되었다.[41]

정치모략의 학원 침입을 반대하고 학원의 순수와 자유를 지키려는 것이며, 동맹휴학은 최후의 수단임을 재확인하고 연학(研學)에 전심해서 국가재건에 공헌하겠다는 것이며, 태만 정신을 맹휴(盟休, 동맹휴학)의 미명하에 호도하려는 그릇된 생각을 배격한다는 것이며, 어느 것이나 다 현하 학원의 불안에 대처할 학도의 노선을 정확하게 파악하였다. 이러한 청년학도들이 있으매 믿음직하다. 조선의 앞길에 빛을 그릴 수 있다.

1946년 4월 22일

신문기사의 허위보도라고 하면 반드시 어떠한 사실을 날조한 경우에만 한하지 않고 어떠한 사건의 연속 중에서 일부분을 고의로 묵살해버린다거나 그와 반대로 강조해서 표현하는 것은 독자의 판단을 어긋나게 함에 있어서 허위보도와 조곰도 다를 것 없을 것이다.

일기를 쓰는 것도 이와 마찬가지라는 생각을 나는 늘 가지게 된다. 거짓말을 쓰는 일기는 일기가 아닐 터이니 아예 말할 것도 없거니와, 번쇄한 일상생활을 기록함에 있어서 도저히 생활의 전면(全面)을 지면에 재현시킬 수는 없는 일이고 자연히 생활 중에서 가장 인상적인 사실을, 그중에서도 일기를 적는 순간 머리에 떠오르는 것만을 기록하게 될 것이니 이는 나의 경험으로 보아 부득이한 일이 아닐까 한다.

그러나 그 가장 인상적인 사실을 추리는 데 있어서 사심(私心)의 개재가 있을 수 있고 또 있기가 쉬운 일이다. 이리하여 일기에 거짓말은 쓰지 않는다더라도 생활의 본연의 자태는 나타나지 않고 왜곡되어서 표현되는 수도 있을 것이다. 그러나 이는 정도(程度)의 문제이니 일기가 사진일 수 없고 그림인 바에는 화가의 보는 눈에 따라서 소재 중에서 적당한 취사선택이 있을 것은 당연한 일이며, 그리함으로써 아름다운 그림을 그려낼 수 있을 것이다. 그러나 서투른 화가가 자기의 주견을 고집해서 소재의 어떤 부면(部面)만을 고의로 강조하는 결과는 화면에 자연의 진실성을 나타내지 못하고 왜곡된 표현을 하기에 이를 것이다. 내가 일기를 쓰는 데 있어서도 이와같은 화가의 과류(過謬, 잘못)를 범하지 않는가 나는 늘 반성한다.

그러나 나는 때로 내가 나의 가장 가까운 사람과 다툰 일이 있을 때는 일기를 쓰지 않는다. 일정한 시간이 지나서 마음의 흥분이 풀릴 때 생각해보면 피차에 아이들 같은 고집이어서 지면에 재현할 만한 두드러진 사실도 아니어서 그만두게 된다. 이렇게 함이 일기의 진실성에 어긋나고 또 자기반성의 기회를 놓쳐버리는 것이 되지 않을까 하고 생각하는 때도 있으나 흥분된 마음으로 사랑하는 사람의 이미지를 그리고 싶지 않으며 평상적이 아닌 내 마음으로 평상적이 아닌 저쪽의 자태를 그려서 앞으로 자손의 눈에라도 비칠까 두려워하는 바이며, 또 설사 내가 죽기 전에 내 일기를 불살라버리는 현명과 여유가 있다 하더라도 그러한 기록을 통하여 내 사랑하는 사람의 왜곡된 이미지를 문자에 표현하는 과정을 통해서 내 머릿속에 고정화하고 또 그 표현을 시시로 읽음으로 해서 더욱 그 불순(不純)한 환영(幻影)을 내 가슴속에 날인함으로써 공연한 불신과 증오를 조장해서 피차의 생활을 불행에 이끄는 결과가 될 것을 저어하기 때문이다. 더욱이 그가 갑자기 죽는 일이라도 있다 하면 그의 아름다운 마음씨는 그려두지 않고 그의 이그러진 마음씨만을 그려두어서 그를 그러한 왜곡된 면만으로써 선명한 인상을 되풀이할 것을 생각하면 그것은 나의 여생의 가장 큰 불행을 내 스스로 장만하는 것이 되기 때문이다. 그와 나와는 너무나 가깝고, 또 가깝기 때문에 때로 다투는 일도 있으리라. 그것은 우리가 인간으로서의 아름답지 못한 일면이다. 그러나 나는 이 일면만을 문자로 강조하고 그리함으로써 그 일면만을 고정화하고 추출해내어서 시일이 지남에 따라 다른 좋은 면은 모두 망각의 심연으로 몰아넣고 이 일면만을 길이길이 반추함은 사랑하는 그를 모독함일뿐더러 나 자신을 불행하게 하는 것이며, 우리들의 생활에 불충한 소이(所以)가 될 것이다.

그야 가장 가까운 사람과 말다툼이나 하고 천애고독(天涯孤獨)의 안타까운 심경에 놓일 때 그 뒤끓는 가슴속을 문자로 표현함으로 해서 다소 후련해질 수도 있을 것이다. 그러나 한때 가슴이 후련해질 수 있다고 우리들의 생활을 파멸에로 이끌어넣는 어리석음을 감행하지 않으리라. 나는 아무리 살아가는 것이 괴롭더라도 술에 도취하지 않고 아편에 마비되지 않으련다. 나는 아무리 괴로운 순간에라도 사랑하는 사람의 이그러진 얼굴을 사진박지 않으리라.

1950년 1월

1950년 1월 1일 〔비오고 따뜻한 날씨〕

『도엽박사환력기념 만선사논총(稻葉博士還曆記念滿鮮史論叢)』[42]을 읽었다.

찾아온 사람

강한영(姜漢永), 김석선(金錫鏇), 강길운(姜吉云), 이정숙(李貞淑), 김영선(金英善), 오두수(吳斗洙), 김상술(金相述), 김기화(金基華), 김익현(金翼鉉), 대규(大圭) 형제, 세돈(世燉) 형제

새해의 맹세

1. 말로나 글로나 수다를 떨지 말 일.

2. 겸손하고 너그러우며 제 잘한 일을 입 밖에 내거나 붓끝에 올리지 말 일.

3. 남의 잘못, 학설의 그릇됨을 타내지(드러내어 탓하다) 말고 제 바른

행동과 제 깊은 공부로써 이를 휩싸버릴 것.

4. 약속을 삼가고 일단 승낙한 일은 성실히 이를 이행할 일.

5. 쓰기보다 읽기에, 읽기보다 생각하기에.

6. 사소한 일이라도 먼 앞날을 헤아리고 인생의 깊은 뜻을 생각해서 말하고 행할 일.

7. 날마다(하루도 거르지 말고) 무엇이든 읽고 생각하고, 그 결과를 일기(日記)로 적어둘 것.

1950년 1월 2일 〔개고 다습다〕
『만선사논총』을 읽었다.

1950년 1월 3일 〔다순 편〕
청목(靑木)의 『아동심리학』[43]을 읽었다. 중국인 유학생 양통방(楊洞方) 군이 찾아와서 학문에 관한 여러가지 이야기를 하였다. 특히 고려 시대의 사료(史料)를 찾는다기에 서긍(徐兢)의 『선화봉사고려도경(宣和奉使高麗圖經)』[44]의 필독을 권하다.

김치, 약밥〔八寶飯〕, 떡국을 모두 잘 먹고 포도주를 내었더니 "葡萄美酒夜光杯, 欲飮琵琶馬上催. 醉臥沙場君莫笑, 古人征戰幾人回"란 두보(杜甫)의 시(詩)[45]를 읊었다.

양(楊)군의 고향은 서강성(西康省) 서창(西昌: 寧遠)이라고.

1950년 1월 4일 〔날씨 추워지다〕
『아동심리학』을 마저 읽다.

1950년 1월 5일 〔눈보라 날리고 춥다〕

『열하일기(熱河日記)』개역(改譯)[46]을 다시 시작하다.

세배를 나서서 먼저 새형님께 들렀다. 이병도(李丙燾) 선생 댁을 거쳐 박선생 댁에서 동양사(東洋史)의 두 김선생과 함께 도소주(屠蘇酒, 설날아침 마시는 술)를 마시다.

밤에는 이송주(李松珠) 씨가 찾아오다.

1950년 1월 6일 〔개고 춥다〕

『열하일기』〔鵠汀筆談〕[47] 개역.

이순신 장군 개고(改稿).

시 번역 둘[48]

쓸쓸한 난바다에 가을이 짙어
하늘 높이 기러기 울고 가는데
시름 겨운 이 마음 잠 못 이룰 제
새벽달 유심한 양 창에 비끼네
水國秋光暮　驚寒雁陣高
憂心輾轉夜　殘月照弓刀

바람에 섞어치는 어둔 이 밤은
나라의 앞길인 양 잠 아니 오네
가슴을 어이는 듯 살을 깎는 듯
겨레의 이 아픔을 어이 씻을까
蕭蕭風雨夜　耿耿不寐時

懷痛如摧膽 傷心似割肌

1950년 1월 7일〔영하 18°1의 추위〕

『동양사개설(東洋史槪說)』[49] 3교(三校)를 보다.(1~91)

낮에 학교에 나갔던 길에 화로와 책 몇권을 샀다.

『경제연감(經濟年鑑) 1949』『조선연감(朝鮮年鑑) 1948』『국문학개설(國文學槪說)』『조선의 민요(民謠)』『생활의 향기』(최재희)

1950년 1월 8일

『고려사(高麗史)』1·2권을 읽다.

「곡정필담(鵠汀筆談)」을 해독하기 위하여 『한서(漢書)』「가의전(賈誼傳)」[50]을 읽다.

이종악(李鍾岳) 군 내방.

1950년 1월 9일

『고려사』3·4·5권을 읽다.

횡실사(橫室使)란 것이 무슨 뜻인지?

1950년 1월 10일

『고려사』6·7·8권을 읽다.

1950년 1월 11일

『고려사』9·10권을 읽다.

이선호(李先鎬), 이종국(李宗國) 군 내방.

1950년 1월 12일

『고려사』 11·12권을 읽다.

쌀값 소두 한말에 1900원.

1950년 1월 13일

『동양사개설』 3교(93~160)를 보다.

편집원의 지나친 친절로 모래폽을 모래탑이라 고치었고, '도고'는
지웠다가 ?표를 달아두었고, '고임'은 전번에 꼬임이라 한 것을 고쳐
두었더니 다시 고임을 지우고 꾀임이라 써놓았었다.

1950년 1월 14일

『고려사』[51] 13·14권을 읽다.

연합회에 가서 문방흠(文方欽, 조사과장), 박원식(교육부장), 안종림(이
사) 제씨와 더불어 지명조사(地名調査)에 관한 상의를 하다.

여러해 만에 박영희 씨를 만나다.

1950년 1월 15일

『고려사』 15권을 읽다.

제2부

1950년 6월에서 8월까지

1950년 6월

1950년 6월 25일

낮때쯤 하여 밭에 나갔더니 가겟집 주인 강군이 시내에 들어갔다 나오는 길이라면서 오늘 아침 38전선(三八全線)에 걸쳐서 이북군이 침공해와서 지금 격전중이고 그 때문에 시내엔 군인의 비상소집이 있고 거리가 매우 긴장해 있다고 뉴스를 전해주었다.

마(魔)의 38선에서 항상 되풀이하는 충돌의 한 토막인지, 또는 강군이 전하는 바와 같이 대규모의 침공인지 알 수 없으나, 시내의 효상(爻象, 나쁜 상황)을 보고 온 강군의 허둥지둥하는 양으로 보아 사태는 비상한 것이 아닌가 싶다. 더욱이 이북의 조국통일민주주의전선(祖國統一民主主義戰線)에서 이른바 호소문[1]을 보내어온 직후이고, 그 글월을 가져오던 세 사람이 38선을 넘어서자 군 당국에 잡히어 문제를 일으킨 것을 상기(想起)하면 저쪽에서 계획적으로 꾸민 일련의 연극일는지도 모를 일이다. 평화적으로 조국을 통일하고자 호소하여도 듣지 않으니 부득이 무력을 행사할 수밖에 없다고.

그 호소의 내용은 세상에 자세히 알려져 있지 않으니 다른 것은 모르거니와 신문지상의 전하는 바에 의하면, 대통령 이승만(李承晩) 박사를 비롯하여 이남의 정계 요인 아홉 사람을 제외하고 통일하자는 것이라니 이것은 이해할 수 없는 일이다. 이대통령 이하 아홉 사람의 정치인에게 큰 오류가 있을지도 모른다. 그러나 이것은 별개 문제이다. 이를 바꾸어 생각한다면, 이남에서 통일을 제안하면서 김일성(金日成) 수상(首相) 이하 이북의 정계 요인들을 모두 제외하고 하자면, 글쎄 이북에선 이를 들을 법한 일인가. 이런 제안을 해놓고 이북에서 듣지 않는다고 소위 북벌(北伐)을 한다면 그게 당연한 일이라고들 국민은 수긍할 수 있을 것인가.

그러나 이북의 소위 조국통일 호소에 대한 이남의 처사도 온당한 것이라고 할 수는 없다. 넘어온 사람은 곧 되돌려보내고 그 제안의 불합리함을 천하에 밝히는 것이 떳떳한 일이 아닐런가. 제안의 내용은 우물쭈물 비밀에 부치고 이른바 호소문을 가져온 사람들을 잡아서 전향(轉向)을 시키고 방송을 하고 하니, 아무리 억지의 제안을 가져왔대도 사자(使者)의 형식으로 월경(越境)해온 사람들을 잡아서 족치는 것이 도리에 어긋남이며, 그들이 대한민국에 넘어와 보고 감격한 나머지 이북을 배반하기에 이르렀다는 발표는 좀 지나치게 어수룩한 수작이고, 국민은 또 어떠한 교묘한 고문(拷問)을 썼기에 일껏 결심하고 넘어온 사람들로 하여금 그토록 쉽사리 변절하게 하였을까 하고 다시 한번 생각지 않을 수 없을 것이다.

하여튼 쌀값이 소두 한말에 3천원의 고개를 바라보게 되고 민생고

가 극도에 빠진 오늘날 이 닥쳐온 전란을 백성은 어떻게 대처할 수 있
는 것인가.

1950년 6월 26일

아침 일찍 버스 정류장에 나가서 아무리 기다려도 버스가 오지 않
는다. 시간이 지났는데도 기다리는 손님이 여느날처럼 많지 않다. 어
제의 전투 개시로 말미암아 버스가 징발(徵發)된 듯싶다. 걸어서 학교
에 나갔더니 하룻밤 사이에 거리가 어쩐지 술렁술렁하다. 어제 저녁
무렵부터 밤사이에 멀리서 천둥하는 듯한 소리가 은은히 들려오더니
오늘 사람들의 이야기를 들으니 이북군이 이미 38선을 넘어서 의정부
방면으로 쳐들어오는 대포 소리라 한다.

연구실에는 여느날과 같이 강·김 두 학생이 나와서 공부하고 있었
다. 내가 기획하는 조그만 학술조사에 이 학생들이 중심이 되어 협력
하고 있고, 그러므로 내 연구실을 이 학생들에게 공개하여온 것이다.
두 사람이 모두 매우 성실한 천품(天品)이고 또 꾸준한 노력가이다.
강은 사상적으로 아무런 말썽이 없이 얌전하게 공부만 하는 학생이
고, 김은 국대안(國大案)에 반대하였다 하여 학도호국대 감찰부 학생
들에게 좌익(左翼)으로 지목을 받는다 하나 이는 감찰부 학생들의 지
나친 신경과민이고 내가 보는 한 그는 순수한 리버럴리스트이다.[2] 국
대안으로 말하면 나 자신 가장 이를 싫어하는 사람의 한 사람이므로
이렇게 생각되는 건지는 모르지만, 당시에 국대안을 반대한 학생이라
하여 이를 모두 좌익으로 모는 것은 잘못일 것이다. 당시의 국대안 반
대투쟁을 좌익측에서 이를 조종한 혐의가 있다 하여 그러한 성싶으나
우리가 보기엔 모든 기회를 노리는 좌익이 국대안에 대한 불평을 이

용하고 이를 선동하였을 것은 사실이나, 그렇다고 순수한 기분에서 모순과 불합리의 권화(權化)인 당시의 국대안을 반대한 학생들을 모두 좌익으로 몰아서 두고두고 이를 닦달한다는 것은 국가적 견지로 보아서도 득책(得策)이 아닐 것이다. 이는 반드시 국대안을 반대한 학생들만을 두고 할말이 아니지만, 대체로 우익(右翼)측이 너무 편견(偏見)을 고집하여 그 때문에 양심적인 중립분자를 많이 좌익으로 몰아세우는 경향이 없지 아니함은 우익을 위해서도 결코 좋은 현상이 아닐 것이다.

강·김 두 학생이 오늘 모처럼 월요일이니 조회(朝會)를 한번 구경하는 것이 어떠냐기에 운동장으로 나가보았다. 이는 연래로 월요일 아침마다 있는 것이고 이에는 교원도 출석해달라는 당국측의 요망이 거듭 있었으나 나는 아직 한번도 나가본 일이 없었다. 그것은 첫째로 집이 워낙 멀리 떨어져 있어서 수업 시간도 없는 월요일날 아침에 일부러 일찍 나오기가 힘든 일이기도 하지만, 또 한가지 이유는 이 조회를 둘러싸고 여러가지 불유쾌한 일을 듣고 보고 하기 때문이다. 그중에서 한두가지 예를 들면, 우익 학생들이 선생의 출결(出缺)을 조사하여 이를 A 문교부장관에게 직접 연락한다는 풍설이 파다하고, 또 한번은 교수회에서 체조 선생이 어떠한 암시(暗示)를 주면서 출석을 강박하는 듯한 언사를 농(弄)하여 우리들의 기분을 몹시 상하게 한 일이 있었다. 이래저래 몇해 동안을 두고 나는 조회 구경을 못했었는데, 오늘은 마침 학생들이 권하기도 하고 또 어쩐지 이것이 마지막 조회처럼 생각되어서, 대체 그 조회라는 건 어떻게 하는 것인지 한번 보아두고도 싶었다. 또 내 지나친 천착일는지 모르나 오늘아침에 우정 나를 권한 학생들의 마음속에 이처럼 긴박한 정세이니 얼마쯤 협력하는 태세를 보여둠이 좋지 않으냐 하는 마음씨도 있는 양싶다.

조회는 학장의 시국에 관한 훈화로 시작되었으나 그 훈화라는 것이 학자다운 깊이도 없고 애국자다운 열정도 없고 국제정세에 대한 평범한 약간의 전망이 있은 후 결론으로 조국의 이 비상한 사태에 직면하여 젊은 학도로서의 마음의 준비가 있어야 되겠다는 것이었으나 그 마음의 준비가 어떠한 내용의 것인지 아무런 시사(示唆)도 없었다. 그러나 이것을 과연 학장 한 사람의 박력없는 탓이라고만 할 수 있을까? 이는 오늘날 명철보신(明哲保身)을 위주하는 무기력한 이곳 인텔리들의 통폐(通弊)일 것이다. 그리고 나 자신, 그 가장 전형적인 한 사람이 아닐는지? 이것 역시 미·소 양대 세력의 초점에 서 있는 불행의 한 꼬투리라고 보면 볼 수도 있을 것이다.

낮에 이근무(李根茂) 씨가 찾아와서 경기여중(京畿女中)에 다니는 따님의 수학을 지도해줄 가정교사를 한 사람 천거해달라기 문주석(文珠石) 군을 불러서 의논해보았더니 동무들간에 알아보면 그럴 법한 사람이 있으리라 하였다. 될 수 있으면 이학부(理學部)에 다니는 여학생이 좋으리라 덧붙여 말해주었다.

오늘 하루 호외(號外)가 두번이나 돌고 신문은 큼직한 활자로 "괴뢰군(傀儡軍)의 38전선(三八全線)에 긍(亘)한 불법남침"을 알리었다. 은은히 울려오는 대포 소리를 들으면서 괴뢰군에 대한 비방과 욕설로 가득 찬 지면(紙面)을 대하니 내일이나 모레쯤은 이 신문의 같은 지면이 괴뢰군에 대한 찬사와 아부로 가득 차지지 않을까 하는 생각이 문득 머리를 스치었다. 시시각각으로 더해가는 주위의 혼란과 흥분과는 딴판으로 신문보도는 자못 자신만만하게 "적의 전면적 패주"라느니 "국군의 일부 해주시(海州市)에 돌입"이라느니 "동해안 전선(戰線)에

서 적의 2개 부대가 투항(投降)"이라느니 하는 낙관적인 소식들을 전
하여주고 있다.

아직도 나이 스물이 될락말락한 강군이 신문을 보다 말고 "적이 투
항해왔는지 국군이 투항해갔는지 알 게 뭡니까" 하고 그 애티있는 입
언저리에 쓴웃음을 머금는다. 나는 이 말을 듣고 한동안 가슴이 설레
었다. 이는 단순히 신문기사에 대한 경멸이라든가 국방부의 보도에
대한 불신이라든가 하는 것이 아니고, 강군의 젊은 모습에 민족의 니
힐을 역력히 읽을 수 있어서 나는 사뭇 슬프기만 하였다. 하도 시달리
고 들볶이어서 민족의 얼은 이미 젊음의 순진을 잃어버리고 모든 사
물에 대한 비뚤어진 해석을 갖게 된 것이 아닐까. "우리는 새파랗게
젊은 나이에 지니지 않아도 좋을 많은 상념을 지니지 않을 수 없었
다"라고 한 폴란드 시인의 슬픈 노래가 다시금 생각키운다.

집으로 오는 길에 보니 학교에서 느낀 이상으로 거리는 물끓듯하였
다. 한길엔 되넘이고개를 향하여 질풍(疾風)같이 달리는 군용차가 끊
일 사이 없고 언제 풀려나왔는지 길가에는 소학교 아동들이 성을 쌓
듯 둘러서서 그 고사리 같은 손들이 아프게 박수로써 질주하는 군용
차를 환송하고 있다.

'전쟁이 기어이 벌어지고 말았구나' 하는 생각에 뒤이어 '5년 동안
민족의 넋을 가위누르던 동족상잔(同族相殘)이 마침내 오고야 마는구
나' 하는 순간 갑자기 길이 팽팽 돌고 눈앞이 깜깜하여졌다. 약간의
현기증을 느낀 것이었다.

1950년 6월 27일

새벽 라디오에 신성모(申性模) 국무총리 서리의 특별방송이라 하여

72

정부가 수원으로 옮아가게 되었다 한다. 밤사이 대포 소리가 한결 가까이 들려왔으나 '그래도 설마 서울이야' 하고 진득이 배겨보리라 마음먹었던 것이 단박에 맥이 탁 풀린다.

아침이면 으레껏 하는 버릇으로 닭과 오리를 둘러보았으나 마음은 건성이었다. 문간방에 있는 만수(金鐘沃)와 순규(朴淳圭)에게 오늘 아침 차로 고향에 내려가라고 일렀으나 저들에겐 사태가 잘 이해되지 않는 것 같다. 만수는 고향서 온 학생이고 순규는 그와 친한 충청도 고학생(苦學生)이다. 두 사람이 모두 내 명령을 거역하기는 어려우나 그렇다고 당장에 짐을 묶어서 서울을 떠나야만 할 절박한 사정도 딱히 이해되지 않아서 매우 난처해하는 모양이다.

두 사람이 모두 스물 안팎의 청년 학생이나 그들은 나를 믿고 나는 그들을 탐탁히 여겨오던 터이므로 여느때 같으면 망설이는 그들에게 지금 전국(戰局)이 비상히 긴박해올 성싶다든가 오늘 아침 차를 붙잡아 타지 아니하면 다시는 차도 없을 것이고, 또 경우에 따라선 서울을 빠져나갈 수 없게 될는지도 모를 일이라든가, 어차피 너희들을 부모의 슬하로 보내놓아야만 내 마음이 놓이지, 어떠한 동란(動亂)이 벌어질지 모를 이 판국에 남의 자식을 데리고 있을 수 없다는 거며, 그들이 납득할 수 있도록 설명해주었을 것이며, 또 설명해주어야 할 것이나, 어쩐지 오늘 아침은 마음이 내키지 않아서 그대로 마구 몰아세우고

"보따리가 다 무에냐, 길에서 어떠한 변이 있을지도 모를 노릇이고 또 차도 여간 붐비지 않을 것이니 가방만 들고 학교에 가는 것처럼 하고 가거라."

하여 사뭇 우기고 또 아침밥을 지어서 시름없이 먹고 있는 것을 숟갈을 빼앗다시피 하고

"밥먹을 생각 말고 주먹밥이라도 꿍처 넣어서 얼른 떠나거라. 오늘 아침 차가 마지막 차가 될지도 모를 일이고 또 반드시 붐빌 것이니, 얼른 가서 차를 잡아타야지. 못 타면 걸어서라도 되돌아 오지 말고 고향으로 바루 가거라."

하고 등을 떠밀다시피 하여 억지로 내어보내었다.

그들의 떠나는 양을 보고 새삼스레 마음이 약간 설레었다. 앞으로 서울이 어떠한 동란의 와중에 휩싸일는지, 세상이 바뀌는 일이 있다면 나 자신은 어떠한 처지에 서게 될 것인가. 피란! 피란한다면 이 손바닥만한 38 이남에 어디는 안전한 곳이 있을 것인가. 이 여름철에 어린것들을 데리고 생활의 둥우리를 떠나서 어디메 살 곳을 찾을 수 있을 것인가.

『열하일기(熱河日記)』에서 박연암(朴燕巖)이, "조선 사람은 걸핏하면 피란하길 좋아하지만 구태여 피란하려면 서울이 제일일 것이요, 산중으로 피란함과 같음은 가장 어리석은 짓이니, 첫째 병나기 쉽고, 병나도 고칠 수 없으며, 며칠 안 가서 양식이 다할 것이요, 양식이 다하지 않더라도 도적이 빼앗아갈 것이다. 더욱이 세상과 동이 떠서 난리가 어떻게 움직여가는지도 모르고 헛되이 산중에서 목숨을 버리기 쉬우리니 세상에서 이보다 더 어리석은 짓이 어디 있으리요" 한 말이 문득 머리에 떠오른다.

아침 후에 정용이를 불러서 양식과 옷과 이불을 얼마쯤 땅속에 묻고 책상서랍을 들추어서 대한민국의 국채(國債)며 이와 비슷한 몇가지 서류를 불살라버리었다. 경희(璟熙)며 장희(璋熙)며 대규(大圭) 형제들에게 오전중으로 다녀가라고 기별하였으나 인편(人便)이 부실했는지 오지 않는다. 그러나 온대도 별수없는 노릇이다. 그들은 내 조언이 없더라도 시대의 움직임에 대한 그들의 민첩한 감수성으로 하여 이 거센 물결을 잘 헤엄쳐나갈 수 있을 것이다.

마을에 나가니 골목마다 사람들이 모여서 술렁술렁하다. 모두들 전에 없이 긴장한 얼굴들이다. 강군의 가게에 들러서 외상값을 치르고 계란과 국수와 술과 담배와 과자를 얼마쯤 샀다. 마음 같아선 가게에 있는 물건을 많이 들여다놓고 싶었으나 남의 이목이 번다해서 조금씩 사렸는데 계란 같은 건 강군 내외가 권해서 많이 들여왔다. 농성할 준비다.

정세는 시시각각으로 변한다. 한시간 전까지도 골목길에 어슬렁거리던 사람들이 낮때가 가까워질 무렵엔 이미 피란 보퉁이를 꾸려들고 아이들을 들쳐업고 마을 앞 행길을 빠져나가고 있다. 미처 진지를 구축할 겨를도 없이 앞산에선 대포를 걸어서 불을 뿜고 있고 전선(前線)에서 물러나온 병정들인 듯 모자에 풀을 담뿍 꽂은 군인들이 한두 사람씩 산골을 타고 내려오는 것이 보인다. 그들의 맥빠진 몰골로 하여 모든 것이 짐작이 가지만 북에서 수없이 밀려내려오는 탱크는 이쪽 대포알이 아무리 명중하여도 움쩍도 않는다는 그들의 보고 온 이야기가 모든 사람의 가슴에 불안의 납덩이를 던져주고 가는 것이다. 우리도 생각다 못하여 정용이 가는 편에 아이들을 붙여 보내고 아내도 겨우 백날이 지난 협아를 업고 나섰다. 아내는 떠나면서 부풀어오른 감정을 억제하고 강잉히(억지로) 웃어 보여주었다. 나도 웃으면서 아이들을 조심하라 일렀다.

가족들을 보내고 텅 빈 집안에 홀로 남으니 비로소 긴장이 풀리고 몸과 마음이 모두 허탈(虛脫)한 것 같다. 내 방에 들어가 침대 위에 번듯이 누워서 두 팔을 깍지껴 베개삼으니 국제정세랑 민족과 국가의 운명이랑 우리집과 나 개인의 형편이랑 모든 것이 파노라마처럼 머릿속에 비치어지나 하나도 종잡을 수 있는 결론을 끄집어낼 수가 없다. 포성이 지척에서 간단없이 울리어온다. 어떡하면 이 동란의 와중을 헤엄쳐나가서 살아날 수 있을까 생각해보아도 별로 신통한 궁리가 돌지 않는다. 오늘밤에 죽는 일이 있어도 숭업지 않게 깨끗이 죽어야겠다 마음에 다짐하였다.

라디오를 틀어놓으니 대한민국 공보처 발표라 하고 아침에 수원(水原)으로 천도(遷都) 운운한 것은 오보(誤報)이고, 정부는 대통령 이하 전원이 평상시와 같이 중앙청에 집무하고 있고 국회도 수도 서울을 사수(死守)하기로 결정하였으며, 일선에서도 충용무쌍(忠勇無雙)한 우리 국군이 한결같이 싸워서 오늘 아침 의정부를 탈환하고 물러가는 적을 추격중이니 국민은 군과 정부를 신뢰하고 조금도 동요함이 없이 직장을 사수하라고 거듭 외치었다.[3] 그러나 자꾸만 가까워지는 총포성은 무엇을 의미함일까?

오후 두세시쯤이나 되었을까 한 반시각 전부터 골목길에서 웅얼웅얼하고 웅성대는 소리가 차츰 높이 들리어오므로 무슨 일인가 하고 일어나 나가보니 마을 사람들이 어른아이 할 것 없이 모조리 산으로 산으로 기어올라가고 있다. 이웃집 춘자 할아버지랑 춘자 어머니랑, 선생님은 어찌할 양으로 그러고 있느냐고 묻는다. 이 마을을 비우란 무슨 명령이 있어서 모두들 이러느냐고 되물으니, 그는 딱히 모르나 아까 어떤 군인이 와서 이 마을이 오늘 밤안으로 전투지구가 될 것이라 하여 모두들 산으로 피하는 것이라 한다.

나는 다시 한번 박연암의 말을 마음속으로 뇌어보고 방으로 되돌아서 탄환이 날아들어올 성싶은 바깥쪽 벽에 이불을 가리고 다시 침대

위에 네 활개 뻗고 누웠다. 라디오는 국방부 정훈국 보도과장 김현수(金賢洙)[4]의 특별방송이라 하여 "맥아더 사령부의 전투 지소(支所)를 오늘 직각으로 서울에 설치하게 되어 내일 아침부터 미국 비행기가 직접 전투하게 될 것이니 일선 장병과 후방 국민은 맡은 바 전선과 직장을 사수하라"는 내용을 녹음해두고 몇번을 되풀이하여 방송하였다. 그러나 나는 이 방송도 그리 믿어지지 않았다. 이 어려운 시절 막다른 판국에 있어서 국가의 공식발표를 믿지 못하는 내 마음이 슬펐다. 나라고 개인이고 간에 언제나 바른말을 해야 할 것이고 일시의 편익을 위하여 허위(虛僞)의 길을 밟는 것은 이 곧 자멸(自滅)의 길과 통하는 것임을 새삼스레 절실하게 느끼었다.

다섯시쯤 하여 처가댁 식구들이 와서 온마을이 모두 비었는데 왜 혼자 이러고 있느냐고 책망이다. 산에 가서 고생하느니 침대 밑에 들어가서 이불 뒤집어쓰고 이 밤을 새울 작정이라 하였으나 굳이 동행하기를 권하므로 구태여 고집 세울 일도 아니라 생각되어 따라나서기로 하였다.

그러나 정작 산에 올라가보니 골짝마자 기슭마다 사람투성이여서 바윗돌 틈서리라도 의지될 만한 곳은 발 디밀 틈이 없다. 이 등성이 저 등성이 그럴 만한 곳이 없을까 하여 기웃거리다가 나중엔 지쳐서 어느 산모롱이 소나무 그늘에 아쉬운 대로 자리잡았다.

땀을 들이면서 생각하니 가족을 딴 곳으로 보내고 내가 무얼 하러 이런 곳에 와 있는가 싶다. 더욱이 만일에 돈암동서도 산비알로 피란해야 할 지경에 이른다면 아내가 혼잣손에 아이들 셋을 데리고 어떡할 것인가. 생각이 이에 미치매 한시각도 이곳에 지체할 수 없이 마음이 설렌다.

이때는 이미 산등성이마다 병정들이 진지를 다지고 지향(指向)을 잡을 수 없는 포화(砲火)가 불을 뿜기 시작하였다. 나는 안어른에게 아이들을 가보야겠다 하고 미처 붙잡을 사이도 없이 미끄러지듯 그곳을 빠져나와서 성북동임직한 방향으로 걸음을 재촉하였다. 산비알은 걷고 등성이에선 기고 하여 일정한 간격을 두고 일렬로 늘어선 총부리와 총부리 사이를 더듬어서 겨우 성북동 골짜기로 접어들었다. 날은 이미 기울고 비조차 부슬부슬 내리어 나는 다급한 마음에 삼선평(三仙坪) 전찻길까지 한달음에 뛰어갔다. 전찻길에는 군용 자동차가 쏜살같이 달리고 길 양편에는 사람들이 성을 쌓다시피 모였다.

이윽고 자동차의 통행이 뜸하고 양편에 서 있던 사람들이 움직이기에 전찻길을 넘어설 양으로 앞으로 내달았더니 뜻밖에 길에 지키고 섰던 군인이 총자루로 내 옆구리를 힘껏 내지르고 서북(西北)사투리로 무어라 욕설을 퍼부었다. 나는 너무 아파서 말이 나오지 않고 그 자리에 고꾸라질 뻔하였으나 가까스로 정신을 수습하여 오던 길로 되돌아섰다. 그러나 이때는 이미 사람의 성이 허물어져서 많은 사람들이 물밀듯 전찻길을 횡단하고 있었으므로 나는 물결에 밀리듯 그 틈에 끼여서 앞으로 내달았다. 결리는 쪽으로 몸을 비틀어서 역시 달음박질로 정용의 집까지 닿았을 제는 기진맥진하였으나 그래도 가족들의 무사한 얼굴들을 대하니 저으기 마음이 놓이었다.

그러나 문득 치어다보니 맞은편 낙산(駱山) 성벽을 의지하여 아군의 대포가 자리잡았고 산 위엔 병정들이 즐비하게 깔리어 있다. 저편의 대포알이 필시 이 포진지(砲陣地)를 겨냥하여 날아올 것을 생각하니 그 바로 앞자락인 정용의 집으로 온 것은 그야말로 대포알 마중하러 온 것이나 진배없다. 아내와 이 일을 의논하고 경동중학 앞 이극원

(李克垣) 씨 댁으로라도 옮아갈까 하는 참에 어디선지 대포알이 횡하니 날아와서 흙먼지를 말아올리고 그러고는 거리에 사람의 그림자가 끊어졌다. 우리는 마침내 이 위험지대에서 난리의 첫날밤을 새우게 되었다.

어둑어둑할 무렵부터 비는 본격적으로 내리기 시작하고 대포알은 쉴새없이 머리 위를 날고 있었다. 휘잉하고 하늘을 찢는 듯 공중을 나는 소리, 이어서 탕 하고 포탄의 터지는 소리. 저것이 백에 한번 추호라도 겨냥을 잘못하면 우리는 죽을 운명에 놓여 있다 생각하니 듣기에는 그리 유쾌한 음성이 아니었다. 안 권식은 아이들을 데리고 마루 밑 지하실로 들어가고 자형(姊兄)과 나와 정용이는 부엌바닥에 거적때기 깔고 누었다. 메루(개)가 대포 소리에 놀라서 자꾸만 우리들 사이로 파고들어서 난처하였다.

1950년 6월 28일

밤새 비는 끊이었다 이었다 하였으나 대포 소리는 한시도 멈추지 아니하였다. 연기를 내는 것이 어떨까 하는 걱정도 있었으나 워낙 배가 고팠으므로 밥도 지어 먹고 또 차츰 신경이 무디어져서 밤중 지나선 자다말다 눈을 붙이기도 하였다. 처음엔 일부러 여기 와서 죽으면 억울한 일이라고 생각되기도 하고 아이들이나 탈이 없었으면, 그러나 고아가 되기보다는 차라리 죽는 것이 낫지 않을까, 아내라도 살아남으면 그럭저럭 건사할 터이지, 고향의 늙으신 아버지가 얼마나 걱정하실까 따위의 여러가지 상념(想念)이 머리를 어지럽게 하였으나 나중엔 이도저도 없고 될 대로 되어지이다 하고 모든 것을 운명에 내어 맡기는 심경으로 변하였다.

운명! 운명이란 걸 나는 평소에 그리 대수롭지 않게 여기었고, 운명이란 것도 어느 만큼은 인간의 노력으로 좌우되는 것이 아닐까 하고 생각하였었으나 이제 내 힘으로 어이할 길 없는 크나큰 동란에 부딪혀서 삶과 죽음이 하치않은 우연에 달리었고 그나마 경각(頃刻)으로 끝이 날 것만 같이 생각되매 운명이란 역시 만만치 않은 존재로 내 눈에 비치었다. 이럴 때 하나님의 존재를 믿고 그에게 귀의(歸依)할 수 있는 사람이라면 좀더 빨리 마음의 안정을 얻을 수 있지 않았을까 생각되었다.

날이 샐 무렵 하여 전투는 한결 더 치열해지는 듯 대포 소리와 총소리가 뒤섞이어 콩볶듯 한다. 하룻밤 사이 닦달이 되어 새벽녘에는 얼마쯤 마음의 여유가 생겼음인지 처음에는 그저 두렵기만 하던 포탄이 이제는 가는 것인지 오는 것인지 분간하리만큼 되었는데 이렇게 볶아치니 무엇이 무엇인지 통히 정신이 돌지 않는다. 가끔 멀지 않은 곳에서 베폭을 찢는 듯한 사람의 비명이 들려오곤 한다. 바로 산 아래 평지엔 벌써 시가전(市街戰)이 벌어진 모양이다.

이제 육십줄에 든 자형이 "이왕 힘이 모자랄 바엔 무고한 시민의 희생을 내지 말고 선선히 물러서야만 할 것이 아닌가" 하니 스물 남짓한 생질(甥姪)은 "입에 물린 떡을 뺄기가 그리 쉬울라고요. 싸움은 하루이틀에 결말이 나는 것이 아니니 버틸 수 있는 데까지 버텨야지요. 시민의 희생쯤이야 우리 눈으로 보니 애처롭지, 저들에게야 무슨 그리 큰 대술라고요" 한다. 이 역시 세대의 차이일 것이다.

이윽고 날이 밝아오자 포성이 뜸해지기에 밖을 내다보니 낙산 위에 늘어섰던 포좌(砲座)가 간 곳이 없고 멀리 미아리고개로 자동차보다도 크고 육중해 보이는 것이 이곳을 향하여 천천히 내려오고 있는 것으로 보아 저것이 대포알을 맞아도 움쩍하지 않는다는 이북의 탱크가 아닌가 싶다. 앞으로 내려다보이는 돈암동 거리엔 이미 사람의 나다니는 양이 보이고 전찻길엔 이상한 군복을 입은 군인들이 떼지어 행진하고 있다.

그 지긋지긋하던 포성이 그치어 사람들의 얼굴엔 이제야 겨우 살아났다는 안도감이 역력히 보이나 밤사이 세상은 아주 뒤집히고야 만 것이다. 우리는 좋든 싫든 하룻밤 사이에 대한민국 아닌 딴 나라 백성이 되고 만 것이다.

낮때쯤 하여 아이들을 앞세우고 돈암동을 떠나 집으로 향하였다. 거리에는 이미 붉은 기를 흔들며 만세를 부르는 사람이 있고, 학교 깃대엔 말로만 듣던 인공국기(人共國旗)가 바람에 나부끼고 있다. 되넘이고개(미아리고개)를 넘어서 동소문(東小門, 혜화문)을 향하여 탱크며 자동차며 마차며 또 보병들이 수없이 많이 쏟아져나오고 있다. 그들은 비록 억센 서북사투리를 쓰긴 하나 우리와 언어·풍속·혈통을 같이하는 동족이고 보매 어쩐지 적병이란 생각이 나지 않는다. 어디 멀리 집 나갔던 형제가 오랜만에 고향을 찾아오는 것만 같이 느껴진다. 그들이 상냥하게 웃고 이야기하는 걸 보면 아무래도 적개심이 우러나지 않는다.

이건 내가 유독 대한민국에 대한 충성심이 적기 때문만이 아닐 것이다. 어제 본 국군과 이들과 무엇이 다르단 말이냐. 다르다면 그들의 복장이 약간 이색질 뿐, 왜 그 하나만이 우리 편이고 그 하나는 적으로 돌려야 한단 말이냐. 언제부터 그들의 사이에 그렇듯 풀지 못할 원수가 맺히어 총검을 들고 죽음의 마당에서 서로 대하여야 하는 것이냐. 서로 얼싸안고 형이야 아우야 해야 할 처지에 있는 그들이 오늘날

누굴 위하여 무엇 때문에 싸우는 것이냐. 나는 길바닥에 털퍽 주저앉아서 땅을 치고 통곡하고 싶은 심정이었다. 그러나 나는 울래야 울 수 없는 인민공화국 백성이 되고 있는 게 아니냐.

아리랑고개엔 국군이 버리고 간 대포가 미아리고개를 향하여 정신 나간 사람처럼 멍하니 서 있고, 집에 돌아오니 비루가 내달아서 반겨 맞이할 뿐 별다른 이상(異狀)이 없었다. 길거리엔 더러 벽이 뚫어지고 유리창이 부서진 집들도 보였으나 밤새 볶아친 셈치곤 인명에나 가옥에나 그리 큰 피해 없음이 다행한 일이었다. 피란 갔던 마을 사람들도 한창 돌아오는 중이었다. 모두들 서로 죽었다 새로이 살아난 사람들처럼 무척 반가워하였으나 시국(時局)이라든가 정치에 대해선 입을 봉하고 말하는 사람이 없었다. 그러나 저녁 무렵엔 이미 붉은 완장을 차고 거리를 왔다갔다하는 청년들이 있었다. 그중에는 어제까지 대한청년단(大韓靑年團)[5]의 감찰부 완장을 차고 자전거를 달리던 청년도 섞여 있었다.

1950년 6월 29일

홍(洪)군[6]이 옥(獄)에서 나왔다. 어제 나와서 큰댁에 들렀다 오늘 집을 찾아왔다. 그는 내 전문학교 때 가장 가까이 지내던 친구의 한 사람이요, 이즈음 사회에서 드물게 보는 이지적이요 양심적인 법학도(法學徒)이다. 해방 후에도 그는 그의 재간과 역량에 비기어 비교적 불운한 처지에 놓여 있었으나 그의 냉철성과 정의감은 조금도 마멸되지 않은 듯하여 나는 허턱 그것이 좋았다.

그가 언젠가 나를 찾아와서 한민당(韓民黨)의 욕과 더불어 그에 못지않게 공산당에 대한 불만을 늘어놓고 간 지 며칠 아니되어 법원내 당세포(黨細胞)사건으로 구금되었단 소문을 듣고 처음에 나는 내 귀를 의심하였었다. 그가 홍군 아닌 여느 사람 같으면 당에 관계하고 있으면서도 일부러 꾸며서 하는 수작이었거니쯤 짐작할 수도 있으나 나는 홍군의 인품으로 미루어보아 그 진실성을 추호라도 의심하고 싶지 않았던 것이다.

그가 집행유예로 나와서 직업도 잃고 집도 없이 떠돌아다니는 것이 보기에 딱해서 마침 비어 있는 밭엣집에 들게 한 것이 이내 변호사를 개업하게 되어 충무로 어귀에 조촐한 사무실까지 가지게 되었던 것이다. 이 시절도 그는 내가 보는 한, 전과 다름없는 정의파여서 어느 정치세력에 가담하여 옳고 그름을 헤아리지 아니하고 덤빌 그러한 열혈한(熱血漢)이 아니었다. 그즈음 나는 그와 아침저녁으로 대하면서도 그가 전에 고생한 사건이 참이었는지 아니었는지 물어보지 아니하였다. 전에는 그것이 큰 의문이었으나 막상 그를 대하고 보니 예런 듯 조금도 변함없는 그의 사람됨에 모든 의문이 저절로 풀려버렸던 것이다.

한동안 세상에서들은 그가 법정에서 담당판사에게 대하여 피차에 자리를 바꾸어 서는 날이 있을 것이라고 호통하였다는 소문이 파다하였으나 나는 처음부터 말 같잖은 소리라고 자신있게 부인해버렸던 것이다. 홍군은 성격상 그럴 수 없는 사람임을 누구보다도 내가 잘 알기 때문이었다. 그와 반대로 홍군은 담당판사 임한경(林漢璟) 씨의 말이라 하여 "양심적인 인텔리라면 아예 지하운동에 발을 들여놓지 마라. 그는 결국은 스스로 자기 자신을 배반하고 서로 믿고 지내던 친구들을 배반하기에 이를 것이다. 현실은 그처럼 가열(苛烈)한 것이다"라고 자못 감명깊게 나에게 두어번이나 이야기해준 일이 있었다.

그즈음 그는 종로서에 몇번 불리어가서 문초를 받고 보도연맹(保導聯盟)에 들기를 욱권하므로 부득이 가맹수속을 밟았으나 전에 한 사건으로 걸리었던 서범석(徐範錫) 같은 사람이 요새는 너무 지나치게 굴어서 기분 나쁘다는 이야기를 지나가는 말로 나한테 한 일이 있었다. 그러한 이야기를 한 지 얼마 아니 가서 그는 다시 서대문형무소에 수감되었다. 그것이 바로 두석달 전 일이었고 그후론 그 처남들이 몹시 걱정들 하면서 여러모로 수소문한 결과 그리 대수로운 사건은 아니란 말을 들었는데, 이북군이 쳐들어와서 어제 새벽 탱크를 선두로 한 부대가 서대문에 이르자 간수(看手)들은 미리 어디론지 도망해 가버리고 옥문(獄門)이 저절로 열려서 나왔다는 것이다.

본시 학교시절에도 꼬챙이란 별명을 듣던 그의 몸을 더욱 수척하여지고 햇볕을 못본 얼굴이 몹시 창백하였다. 그는 그저께 밤에 밭에서 유탄(流彈)에 맞아 죽은 개를 밭 귀퉁이에 고이 묻어주고 나서 스스로의 마음속에 타이르듯 "형무소에서 나온 사람들이 나오는 길로 곧 일들을 붙잡아서 맹렬히 활동한다고들 하지만, 나는 당분간 느긋이 휴양하면서 세상의 되어가는 형편을 보고 싶소. 그래야지만 첫째 내 몸이 부지할 것이고, 또 나는 본시 진정한 볼셰비끼가 아니었으니까" 하였다. 나는 역시 홍승기(洪承琪)다운 말이라고 긍정하였다.

벌써 자치대(自治隊)라고 쓴 붉은 완장을 붙인 우락부락하게 생긴 청년들이 낯선 총들을 메고 다니면서 집집마다 식량의 보유량을 조사해간 수량대로 모조리 내달라는 것이다.

"만고 역적 이승만 도당(徒黨)들의 학정(虐政)으로 말미암아 선량한 인민들이 많이 굶어죽을 지경에 놓여 있으니 우선 가진 것을 다같이 나눠 먹어야 한다. 그러면 이제 인민공화국에서 1주일 안으로 식량을 넉넉히 배급하여줄 것이다."

"이루 헤일 수 없이 많은 수량의 식량이 이제 배편으로 인천에 수송중이니 늦어도 1주일 안으로 서울시민들에게 배급해줄 수 있을 것이다. 우리는 작년에 이미 이남으로 밀고 내려올 실력이 갖추어졌으나 다만 식량준비가 불충분하여 이제까지 미루어온 것이다. 이제 이북엔 3년분의 식량이 비축되어 있다."

선전이 너무 푸짐하여, 아이들을 위해선 쌀말이나 감추어두길 잘했다고 생각되었다. 이북·이남 어느 편에서 먼저 선손을 걸었느냐는 시비(是非)의 초점도 그들의 말을 미루어 짐작한다면 저절로 분명해질 일이다.

1950년 6월 30일

학교 일이 궁금하기도 하고 연구실에서 공부하다 둔 것을 정리도 해야겠으므로 오늘은 학교에 나가기로 하였다. 전차는 아직 통하지 아니하였고 전신주에는 몇 곳이나 "6월 30일 오후 한시 문리대(文理大) 교수·학생 모이라"는 전단이 붙어 있다. 김상기(金庠基) 선생을 찾아뵙고 같이 학교에 나갔더니 낯선 학생들이 문간을 지켜서 경계가 어마어마하고 교정의 이곳저곳엔 평소에 좌익으로 지목받던 학생, 졸업생 또는 퇴학이나 제명 처분당한 학생들이 활발히 움직이고 있다. 그중에는 잘 아는 학생들도 있어서 반가이 달려와서 "선생님 무사하셔서 무엇보다도 다행이올시다" 하는 학생들도 있으나 대부분은 아는 듯 마는 듯한 학생들이다. 학교 자동차에 '문리대학생자치위원회(文理大學生自治委員會)'란 베간판을 크게 해 달고 거리를 호기롭게 달리는 학생들도 있다. 그중에 사학과의 이종악(李種岳) 군도 섞여 있어서 자못 의외였다.

사무실을 들여다보니, 역시 학생들이 판을 치고 있고 그중의 한 사람이 안내해주어서 전의 교무과장실로 들어가니 이병기(李秉岐), 이병도(李丙燾), 최윤식(崔允植)[7], 김구경(金九經)[8], 성백선(成百善)의 제씨들과 더불어 작년 말에 학교를 그만두신 김일출(金一出) 씨, 그보다 훨씬 전에 학교를 물러난 이명선(李明善) 씨, 5·30선거 때 공주(公州)에서 출마했다가 구금되었던 류응호(柳應浩) 씨 등의 얼굴이 보이었다.[9] 오늘은 한시에 모이라고는 했으나 이는 주장 학생들이 두고 하는 말이요, 교수들은 내일 모이기로 하고 오늘은 그 예비회담만을 가질 것이라 하며, 무슨 비밀한 이야기가 있는 듯 몇몇 사람이 번다함을 꺼리는 듯한 눈치이므로 곧 연구실로 가서 책상서랍과 근자에 보던 서책들을 정리하고 바로 집으로 돌아왔다.

거리에는 또 한동안 잠잠하던 벽보활동이 맹렬히 되살아났다. 얼마 전에 코뮤니스트 이철(李哲)을 보고 "이즈음은 그 야비한 문구의 나열인 좌익계열의 벽보가 나붙지 않아서 전신주랑 담벼락이랑 깨끗해서 보기 좋다" 하여 은근히 그의 심술을 돋우어준 일이 있거니와 어제오늘 철(哲)군들의 기분이 매우 좋을 것이다.

"만고역적 이승만 도당의 괴뢰집단 전면적 궤멸"이라거니 "이완용(李完用)의 정신적 후예인 매국노 이승만 타도"라거니 "역적 괴수 이승만 생포"라거니 하는 것들이 있는가 하면, 한편으론 "우리의 영명한 지도자 김일성 장군 만세"라거니 "조선 민주주의인민공화국 만세"라거니 "조선의 우수한 아들딸들인 영용무쌍(英勇無雙)한 인민군 만세"라거니 하는 것들은 쓰다쓰다 신명이 나면 아주 천추만대에 전해야 할 듯이 뻥끼(페인트)로 더께더께 칠하여 놓았다. 개중에는 한걸음 더 나아가 "스딸린 대원수 만세"라거니 "세계 민주진영의 성벽인 소련 만세"라거니 "조선민족의 친애하는 벗이시며 세계 약소민족의 해방자이신 스딸린 대원수 만세"라거니 하는 따위의 지나친 표어들이 집집마다 담벼락마다 붙어 있다. 이 몇해 동안 들려오던 소문이 과연 허설이 아니로군 하고 공연히 울분에 들먹이는 나 자신을 고소(苦笑)하였다.

길 가면서 절실히 느낀 점은 나 혼자 사치한 옷을 입고 나와서 주위와 어울리지 아니함이었다. 내 천성이 몸치장에 덩둘하여(둔하여) 의복 같은 것이 언제나 너무 검소하다 하여 가까운 사람들의 충고를 들어오던 터인데, 오늘은 어이 된 셈인지 신사복에 중절모 갖추어 쓴 것이 나 혼자뿐이고 모두들 허름한 노동복 쓰봉(양복바지)에 윗도리는 샤쓰바람이고 머리는 한결같이 탈모(脫帽)가 아니면 보릿짚 모자이다. 신만은 내가 4, 5년래로 구두를 신어본 일이 없으므로 오늘도 신고 나온 운동화가 그리 어색하지 않으나 몸차림은 세상 사람들이 모두 짜고 나왔는데 나 혼자 그 의논에 참여하지 못한 듯 쑥스럽다.

학교서 나오는 길에 변해진 거리의 모습이라도 보아둘까 하여 명륜동 앞길을 지나노라니 길바닥에 이상한 종이쪽이 떨어져 있기에 주워보니 중공(中共)의 팔로군 사령부(八路軍司令部)에서 발급한 김익로(金益魯)란 사람의 군인증(軍人證)[10]이었다. 그는 불과 몇달 전에 발부한 것이었다. 뜻하지 않은 좋은 사료(史料)를 얻어서 주머니에 집어넣었다. 인민군이 들어온 후 거리엔 소련병이 탱크를 조종한다는 소문이 파다하였으나 이는 내가 직접 못 보았으니 믿을 만한 말이 못되고 중공군이 가담해 있다는 말은 기연가미연가(긴가민가)했는데 적어도 중공군적(中共軍籍)을 가진 조선병정이 이 전투에 참가해 있다는 사실은 이 종이쪽으로 보아 움직일 수 없는 일이다.

창경원 담모퉁이를 돌아 대학병원 영안전(靈安殿) 근처를 지나노라니 행인들이 웅기중기 모여 서서 철망 너머로 무엇을 들여다보면서 수군수군하고 있기에 호기심에 끌려서 그 옆으로 가보니 거적으로 아무렇게나 덮어둔 시체를 보고 그러는 것이고 그도 하나둘이 아니었다. 수군대는 사람들의 말을 들으면 인민군이 들어와서 대학병원에 들어 있는 국군 부상자들을 끌어내어 총살해버린 것이라 하나 설마 그럴 리가 있을 것 같지 않고 지나가는 풍설이라 종잡을 수 없는 일이다. 나는 조선 사람의 명예를 위하여 그것이 사실이 아니기를 바란다.[11]

1950년 7월

1950년 7월 1일

아침 일찍 국문과의 이(李)군이 찾아왔다. 지난 27일 낮에 와서 고향으로 내려가야겠으나 차비가 없다 하여 주어 보냈는데, 정거장에 나갔어도 이미 차가 없어서 가지 못했노라 한다. 이군의 말에 군대가 학교를 쓰게 되어 연구실도 모두 비워야 하게 되었다 한다. 오늘 있다는 학교의 모임은 어제의 그러한 분위기로 보아 나가지 않으려 하였었으나, 그럼 어차피 나가서 읽다 둔 책이며 쓰다 만 원고들을 가져와야겠고, 그러려면 부득이 회의에도 얼굴을 내어놓아야 하지 않을까 생각되었다.

무력한 백성들만 속여서 남겨두고 저희들끼리 도망간 대한민국에 굳이 충성을 세우려는 건 아니나 세상이 갑자기 뒤엎이고 보니 우리처럼 행동이 굼뜬 축들은 새 나라 백성되기가 무척 힘들고 또 회의에 나간다든가 아니 나간다든가 하는 일 같은 건 생각하기에 따라선 사소한 일일는지 모르나 그때그때 처신하기에 난처한 경우가 한두가지가 아니다. 세상살이에 매미 허물 벗듯 '돌변'하는 재주를 배우지 못하였음이 이런 때는 한스럽다.

이군을 따라 열시쯤 하여 학교에 나갔다. 나도 오늘은 짤막한 노타이에 쓰봉만 걸치고 거리에 나가서 이백원짜리 보릿짚모자를 한개 샀다. 옛 글월에 "국파 산하재(國破山河在)"라더니, 나라가 갈리면 사람들의 복장부터 변하는 것일까. 청초(淸初)에 한민족(漢民族)들이 새삼스레 치발호복(薙髮胡服)하던 심정이 그 어떠하였으리 싶다.

학교는 이미 인민군이 들어와서 그 일부분을 쓰고 있고 연구실에는 아직도 들지 아니하였으나 책은 내어가지 못한다는 것이다. 가까이서 보니 인민군들은 생각했더니보다 나이 어린 군인들이 많고, 또 일반으로 영양이 좋지 못한 얼굴들을 하고 있는 것이 의외였으나, 대체로 보아서 규율이 엄격하고 훈련이 철저한 것같이 보였다. 한말로 하면, 인민군에 대한 내 첫인상은 매우 좋았다. 그러나 이러한 내 첫인상은 그로부터 한시간 후에 산산이 부서질 사건이 돌발하였다.

어제와 같은 장소 같은 시각에 몇분 새로 나오신 선생님들을 더하였을 뿐 어제와 같은 얼굴들이 모여 서로 조심성스레 이야기를 주고받고 있는데 갑자기 병정 두 사람이 나타나서 따발총을 우리 가슴에 겨누고 손을 들라 한다. 나는 생전 처음으로 당하는 변에 가슴이 덜컥 무너지는 것 같았으나 시키는 대로 두손을 높이 쳐드는 수밖에 없었다. 그때 내 손은 약간 떨리었다. 그는 무서움보다도 분노에 치가 떨린 때문이었다. 그들은 패잔병처럼 손을 들고 섰는 우리들 한 사람 한 사람을 이윽히 노려보고 나서 "이중에 반동분자가 섞이어 있지 않소” 하였다.

“우리들은 모두 이 대학 선생들이오” 하니, “선생들 중에라고 반동분자가 없으라는 법이 어디 있소” 하고 자못 경멸하는 듯 야비한 웃음조차 입언저리에 짓는다. 그중에서도 우두머리인 성싶은 키 큰 청년의 하는 수작이다. “남반부의 대학이란 반동의 소굴이 아니었소” 하고 사뭇 호통하는 조다.

“그런 게 아니오. 우리 문리과대학은 좌익사상의 온상이라 하여 괴뢰정권의 주목이 이만저만한 게 아니었소” 하고 변명하는 선생은 지난번 교원숙청 문제가 있었을 때 앞장은 서지 아니하였어도 뒤에서 부채질을 한 분이다. 우리들 모두의 생명을 지켜주기 위한 발언이거니 생각하면 한편 고맙긴 하나 어쩐지 이런 데 섭쓸려서 구차스레 주워넣는 ‘삶’이 주접스럽게만 느껴진다.

이윽고 손은 내릴 수 있었으나 한 사람은 여전히 따발총 구멍을 우리들 가슴패기에 겨누어 있고, 한 사람이 밖으로 나가서 한식경 있다 돌아오더니 “이중에 김구경이란 사람이 있거든 나서라” 한다. 순간 모든 시선이 김구경 씨에게로 쏠리었다. 무엇에 결린 사람처럼 창백한 얼굴로 김씨가 병정들을 따라 나가고 방 안은 다시 정적(靜寂)으로 돌아갔으나 아무도 입을 열어 말하는 이가 없었다.

이 통에 교수회고 무어고 넋빠진 모임이 되어버려서 이명선(李明善) 등 몇몇 사람이 미리 짜놓은 플랜에 따라 이병기 씨를 허울만의 좌장(座長)으로 앉히고 일사천리로 의정(議程)을 진행시키었다. 회의가 끝날 무렵 하여 아까의 병정들이 김구경 씨를 다시 데리고 왔다. 그 새파란 나이의 애송이 병정이 백발이 성성한 늙은 대학교수들을 향하여 “교원동무들, 이 사람이 죽여야 마땅한 사람인지 그렇지 아니한 사람인지 여러 동무들의 여론을 듣고자 합니다. 우리 인민공화국은 이렇듯 인민의 의향을 들어서 죄인을 처단하는 것입니다" 하고 사뭇 어깨를 으스댄다.

아무도 입을 열어 말하려는 사람이 없다. 병정은 우리가 면에 바시어 말을 못하는 것이나 아닌가 짐작되었음인지 김구경 씨를 옆엣 방으로 보내어 기다리게 하고 "아까 어떤 학생의 말을 들으면 그는 반동분자라 하였습니다. 여러 동무들로 말하면 한 학교에 있어서 잘 알 터인데 왜 다들 말이 없는 거요" 하고 재촉이 심하다.

어떤 선생이 마지못해서 "그는 우리 학교에서 중국어와 중국문학을 맡아 가르치는 선생입니다. 그외의 것은 우리는 잘 모릅니다" 하니 그는 고발자의 증언과 자기의 추측이 더욱 들어맞았다는 듯이 "아, 그럼 공자왈 맹자왈 하는 사람이군요. 그러니까 아직도 머릿속에 봉건 잔재가 가득 차 있는 게지요. 그럼 학생들을 함부로 때리는 테러 반동분자란 것이 바이(아주) 빈말은 아닐 것 같소" 하고 여러 사람의 동의를 구하는 눈치다. 보아하매 군에 따라다니는 정치부원인 성싶은데 중국어, 중국문학이라 하면 공자왈 맹자왈 하는 것으로만 아는, 판무식꾼이나 진배없다.

"김구경 선생뿐만 아니라 우리 학교에선 학생을 때려가며 가르치는 일은 전혀 없습니다. 우리 학교는 그런 학교가 아닙니다" 하고 어느 분이 변명하였으나 그는 불량스런 눈망울을 굴리면서 "그럼 학생 동무가 거짓말할 리가 있나요" 한다. 변호인의 말은 고발자의 말보다 믿어지지 않는다는 눈치다. 그도 처리하기가 자못 난처한 듯 한동안 망설이고 나서 "여러 교원 동무들이 이 사람의 장래를 보증해준다면 우리는 구태어 이 사람을 죽이고 싶지 않소" 하고 아무도 딱히 나서

서 보증하겠노라 안담(按擔, 책임지다)하는 사람도 없건만 흐지부지 놓아주고 가버리었다.

이리하여 한 사람의 학자가 죽음의 고개를 넘어왔다. 그 고개를 넘고 넘지 못함은 주정뱅이 같은 젊은 병정의 기분에 오로지 달려 있는 것이다.

1950년 7월 2일

마을 사람들의 이야기를 들으면 우리 마을에서는 우리 반 반장 집안이 인공국에 대하여 대단한 열성분자들이고 따라서 20호(戶) 반장에서 승격하여 2백호 온 마을 일을 보는 구장(區長)이 되었다 한다. 그래서 그런지 동회(洞會) 사무실 앞을 지나다 보면 그전 구장(區長) 성윤길(成允吉) 씨는 보이지 않고 반장 이윤기(李允基) 씨의 얼굴이 언제나 보이곤 한다. 그 때문인지 우리 반 반장 일은 앞집 문간방에 들어 사는 장취객(長醉客) 진주(晉州) 사람이 대리를 보노라 한다. 성명은 잘 모르나 찢어지게 가난한 살림에 언제나 거나하게 술이 취하여 광기 할머니네 술집에 밤낮 드나드는 것이 보이므로 우리는 그를 별명하여 장취객이라 하였던 것이다.

며칠 전까지 서슬이 대단하던 군경(軍警)과 및 그 가족들은 어디론지 자취를 감추었거나 그러지 아니하여도 집을 쫓겨나고 반동분자로서 추궁을 받아 전전긍긍하고 있는 한편, 이때까지 그늘에 숨어서 쥐구멍을 찾고 있던 공산주의자와 그 동정자들이 문자 그대로 제세상을 맞이하여 네활개를 치고 다니게 되었다. 세상은 분명히 뒤엎인 것이다. 여태껏 대한청년단의 간부로서 부지런히 일하고 또 언젠가는 나에게까지 청년단의 교양강좌를 맡아달라고 졸라서 몹시 거북하게 굴던 R청년이 전에 없이 내 손을 힘차게 잡아 흔들면서 "참 좋은 세월이 왔습니다" 하고 무엇 내가 그런 세월이나 가져온 듯이 반겨 인사한다.

이러한 사람의 입에서 이러한 말을 들었을 때 무어라 대답해야 좋을지 참으로 난처하다. 대관절 그의 정체를 알 수 없기 때문이다. 그가 진정한 청년단원이었으나 지금 도망가지 못하고 어리뻥하고 있는 것인지, 그렇지 않으면 공산당의 프락치로 청년단에 들어 있었던 것인지, 내 둔한 머리론 판단할 길이 없다. 따라서 그의 말이 진심에서 우러나온 말인지, 목숨을 부지하기 위하여 억지로 지어 하는 말인지, 또는 어떠한 목적으로 나를 떠보려고 일부러 그러한 말을 하는 것인지 도시 분간할 수 없다.

마을엔 붉은 완장을 차고 다니는 사람들이 많아졌다. 무어라 글씨를 쓴 것도 있으나 더러는 그저 붉은 헝겊조각을 감고 다니는 사람도 있다. 그런 건 건달로 차고 다니는 것인지, 그렇지 않고 글자 없는 거기에 진정 무슨 의미가 있는 것인지, 이 또한 판단할 길이 없다. 그중엔 전에 방공(防共) 무어라 하는 단체의 열성분자로 우리가 거기 적극적인 협조를 하지 않는다 해서 눈망울을 굴리던 사람도 있다. 오늘 또 나를 보면, 붉은 세상에 팔을 걷고 나서지 않는다고 호통할까봐 나는 못나게시리 비슬비슬 그들의 시선을 피하여 도망치듯 집으로 들어와 버렸다.

1950년 7월 3일

집마다 인민공화국기(人民共和國旗)가 나부끼고 있다. 혁명과 해방을 상징한다는 붉고 푸른 바탕 속에 붉은 별이 반짝이는 이 기폭이 얼마나 많은 우리나라 젊은이의 동경의 표적이었던가, 또 증오의 과녁이었던가.

몇달 전의 일이었다. 낙산의 허물어진 성벽 위에 새벽달이 비낄 무렵. 그 밑 어떤 여자중학교의 깃대에 인공기(人共旗)를 높이 달려는 한 떼의 청년과 이를 훼방하려는 또 한떼의 청년들이 있었다. 그들은 죽음을 무릅쓰고 싸웠다.

퍽은 시적(詩的)인 이야기였으나 그들이 한 겨레임을 생각할 때 가슴 아픈 시(詩)였다. 이 꿈 같은 이야기는 이제 엄연한 현실로 나타나서 포효(咆哮)하는 대포 소리가 아직도 우리의 귓전을 울리고 있지 않은가.

나도 붉은 잉크와 푸른 잉크를 내어놓고 공화국기(共和國旗)를 그리기 시작하였다. 우리 집 대문간에 달기 위하여서다. 윗집 기가 혹시 격식에 틀리지나 않았을까 해서 일부러 동회 앞에까지 가서 눈여겨보고 와서 그렸다. 그리면서도 아내와 서로 보고 멋없이 웃었다. 아침저녁으로 국기를 고쳐 그려야만 하는 우리 신세를 자조함에서였다.

일본 명절에 국기를 달지 않았다 해서 칼찬 순사들에게 뺨을 얻어맞고 발길로 차이는 마을의 어른들을 어릴 때 흔히 보았다. 여남은 살 될까말까 하였을 무렵이다. 어디서 누구한테 배운 노름이었는지 모르나 사랑방 벽에 태극기(太極旗)를 그려 붙여놓고 어린 가슴을 파닥이던 일이 있었다. 지금 생각하니 아마 만세운동의 영향이었던 듯싶다. 내가 그린 태극기를 조용히 뜯어서 불사르시던 어머님의 뺨엔 두 줄기 눈물이 흘러내리셨고 나는 그날 밤 순사에게 목덜미를 잡힌 꿈을 꾸고 울면서 잠을 깬 일이 있다.

8·15 때 비로소 마음놓고 태극기를 그리던 감격이 어제런 듯 새롭건만 오늘은 울부짖는 포화(砲火) 아래서 또 한개 우리나라의 국기를

그려야 하다니.

마음으로 인민공화국 백성이 된다는 표적은 기를 달면 그만이려니 했더니, 그뿐만이 아닌 듯싶다.

집마다 대문에 "조선민주주의인민공화국 만세"라거니, "영명한 우리의 지도자 김일성 장군 만세"라거니, "세계 약소민족의 벗 스딸린 대원수 만세"라거니 하는 표어가 붙어 있다. 너무 판에 박은 듯해서 이것마저 남의 것을 보고 베껴올 생각은 차마 나지 않는다. 꼭이 붙여야 한다면 어떠한 문구가 좋을까.

"우리의 힘으로 남북통일이 될 것을 기뻐한다"든가 "부지런히 일하면 굶지 않고 살 수 있는 세상이 올 것을 기대한다"든가 하는 문구들은 어떠할까.

막상 이러한 문구를 써붙일까 하다가도 다시 생각해보면 개패(이름표) 차듯 문간에 그까짓 문구를 써붙이기가 아무래도 마음에 내키지 않고 또 써붙인댔자 한편에선 "그자식 흘미죽죽한(야무지지 못한) 타령도 하고 있다. 교양감어리로군" 하고 리스트에 올릴 것이요, 다른 한편에선 "되우(몹시)도 밭게(빠르게) 머리가 돌아가는군. 해바라기 부럽지 않겠다" 하고 마음속으로 침을 뱉을 것이다.

1950년 7월 4일

오늘이 아버지의 생신날이다. 아버지의 생신에 대어가지 못한 것이 금년이 처음이 아닌가 싶다. 더욱이 이제는 아버지와 나와 딴 나라 백성이 되어 있다. 더러는 인민군이 청주까지 내려갔다는 소문이 있으나 아직도 한강 저편에서 싸운다는 말도 있다. 거리에 나가본 사람이 "수원 완전해방"의 벽보를 보았다 하니 그쯤 내려간 것이 사실일

까. 대포 소리는 아직도 쿵쿵하고 울려오고 있다. 아무렇든 서울과 경
상도는 이제는 딴 나라이다. 서울의 난리 소문을 들으시고 아버지는
얼마나 걱정하실 것인가. 지금쯤 아버지는 밥상을 앞에 놓으시고 흰
수염에 눈물을 지으시지나 않는지.

낮에 신현우(申鉉禹), 현수(鉉守)의 형제와 장세진(張世鎭)의 세 사람
이 찾아왔다. 현수와 세진은 모두 대한민국 관리로 있다가 대한민국
을 배반하고 이에 몰려나서 서울로 도피해온 사람들이다. 그중에서도
신은 나의 죽마고우다. 대한민국 시절에는 얼씬도 하지 않던 이 사람
들이 한꺼번에 셋이나 찾아오니 어째 정신이 얼떨떨해진다. 그들은
좋아라고 떠들어대나 나는 자꾸만 몸이 도사려지고 말에 조심이 간
다. 만나면 막걸리잔이라도 기울이고 웃고 시시덕거려야 할 이 친구
들이 이처럼 서먹서먹해짐은 어인 까닭일까.

"이런 때 왜 집에서 빈둥빈둥 놀고만 있는가" 하는 말도 지나가는
말인지 뼈있어 하는 말인지 분간하기 힘들다.

"대낮에 빈둥빈둥 놀러 다니는 사람들도 있는데 뭐, 어떤가" 하고
웃어버리었으나 그들이 과연 놀러 다니는 사람들인지 일이 있어 다니
는 사람들인지 그도 딱히 모를 노릇이다.

"인제 그 곰팡내 나는 연굴랑 한동안 주머니에 집어넣어두고 민
족·국가를 바로세우는 일부터 하세. 연구실은 그후에 돌아가도 될 것
이 아닌가" 하는 말도 전 같으면 농지거리로 듣고 욕설로 대꾸할 수
도 있으나 오늘은 그래지지 않는다.

손님들이 돌아간 후 신변정리를 하였다. 언제 어떠한 일이 있어도
당황하지 않기 위하여서이다. 언제나 나를 조심성이 너무 많고 세상
을 지나치게 겁내며 살아간다고 핀잔 주던 아내도 이즈음은 나같이

소심익익(小心翼翼)해진다. 봉아며 목아며 협아만은 우리처럼 밤낮으로 마음 졸여가며 한평생 살아가야 하지 않아도 좋도록 해주어야겠건만 과연 그러할 수 있을는지?

1950년 7월 5일

대규가 와서 왜 이렇게 접치고 들어앉았느냐고 걱정이다. 누구는 어디 나가서 무슨 일을 하고 누구는 어떠한 움직임을 보이고 있고, 모두들 이렇게 바쁘고 또 바쁜 척하고 있는데 혼자 그러고 있으면 반동으로 몰릴 것이 아니냐고 성화다. 하긴 들어보면 그럴 법하기도 하다. 대규가 손꼽아 헤이는 사람들 중엔 평소부터 좌익이거나 또는 그 동반자적인 경향을 갖고 있던 사람도 있지만 전연 그렇지 않던 사람들도 있다.

"평소에 붉던 사람은 붉은 세상이 좋아서 날뛸 것이고, 그렇지 않던 사람은 겁이 나서 그런 척이라도 하려고 덤비겠지만, 나같은 사람이야 무어 어떨 것이 있나. 누워서라도 책이나 부지런히 읽으면 그게 일하는 것이 아닌가" 하였으나 내 마음의 한 귀퉁이에서도 어쩐지 이 세상은 그래서만은 통하지 않을 것 같고, 또 듣고 있는 대규도 내 말에 불복(不服)인 듯 피식이 웃고 만다.

"최○○ 씨[12] 같은 분도 외아재와 같은 처지지만 28일날부터 혜화동 파출소에 나와서 진두지휘를 하고 있던걸요" 하기에 네가 잘못 본 게지, 그럴 리가 있느냐고 윽박질러주었더니 마침 정용이가 와서 저도 보았다는 것이다.

참으로 알 수 없는 일이다. 최는 일찍부터 얼마쯤 좌익사상에 공명(共鳴)하였고, 또 이북에 간 백남운(白南雲)[13] 씨와도 가까운 줄 알기는 하지만 그는 스스로 이성(理性)을 가진 학자로 자처하는 사람이 아닌가.

"학자도 그럴 수가 있을까" 했더니, "학자도 그래야만 하는 세상인가 봅니다" 하고 대규가 나보다 한수 위다.

그러고는 명륜동에서 벌어진 인민재판의 이야기.

그저께 마을에서 반을 통하여 한집에 한 사람씩 성균관 앞으로 모이라기 나가보았더니 청년 몇 사람을 끌어다놓고 따발총을 멘 인민군들이 군중을 향하여

"이 사람이 반동분자요 아니요?" 하고 물으매, 모두들 기가 질려서 아무말이 없는데 그중에 한두 사람이 ― 나중에 생각해보니, 아마도 그들을 적발한 사람인 듯 ― "악질 반동분자요" 하고 소리치니 두말없이 현장에서 총을 쏘아 죽이는데, 그 피를 뿜으면서 버둥거리다 숨지는 양이 보기에 하도 징그러워서 그 자리에서 도망치듯 빠져나와버리었다 한다. 그 죽은 청년들이 어떤 반동행위를 했는지 군중은 알지 못한 채.

"그러나 이젠 군령(軍令)으로 인민재판을 금했답니다."

듣는 사람들이 하도 무서워했기 때문인지 대규는 이말 한마디를 덧붙였다.

1950년 7월 6일

학교에 나가보았더니 그동안 자치위원회(自治委員會)가 조직되어 류응호 씨가 위원장, 김일출 씨가 부위원장, 그 밑에 상임위원이 성백선 씨 등 몇 사람이고 서기장(書記長) 격으로 심리학 연구실의 조수로 있었다는 낯선 친구가 앉아 있었다. 그러나 모든 일은 이명선 씨의 지

시를 받고 있는 듯.[14] 유씨란 분이 옆에서 보기에도 딱하리만큼 일언
일동(一言一動)에 이씨의 눈치를 보고 그의 무언의 지휘에 따라 움직
이고 있다. 본시 류씨란 분의 성격이 그러한 때문이기도 하겠지만, 세
상에서들 말하는 괴뢰니 꼭두각시니 하는 그 너무나 전형적인 실례를
보여주는 것 같아서 우스웠다. 그러면 왜 이씨가 표면에 나와서 위원
장 노릇을 하지 않을까. 선거의 결과라고 하겠지만, 그 소위 선거란
건 얼마든지 마음대로 할 수 있었을 텐데.

학교는 그동안 인민군이 들고 자치위원회는 총장 관사의 2층을 쓰
고 있었다. 아래층은 대학 본부의 사무소로 되어 있고.

오늘 나온 목적인 자치위원회의 일원이란 신분증명서를 얻으려니
김○○이란 그 서기장 격의 인물이 내 출근이 좋지 못해서 줄 수 없다
는 것이다. 지금은 방학 때가 아니냐, 교원이 방학에 날마다 나와야
할 머리(까닭)가 어디 있느냐고 반문하였더니, 그는 자기도 알 수 없는
일이지만 좌우간 날마다 한번씩은 나와서 갖추어둔 출근부에 도장을
찍어야 한다는 것이다. 그리고 앞으로는 일요일도 없다는 것이다. 보
아하니 몇몇 선생님들이 나와서 잡담을 하고 있다. 역시 일이 없어도
매일 한번씩 나와야 하기 때문인 모양이다. 돈암동선은 전차도 통하
지 않는 이즈음, 이 더운 날씨에 10리길을 내왕하여 날마다 저렇게 잡
담을 해야 한다는 건 참으로 딱한 노릇이다.

별실(別室)에서 상임위원들과 모여서 무슨 의논인가 하고 있는 위
원장을 불러내어서 신분증명서도 부탁하고 또 매일 출근의 무리함을
말하였더니 "일이 없는 게 아니랍니다. 아니하니까 그렇지요. 이제부
터 8월 15일까지 날마다 학생들과 더불어 가두시위 행렬을 하라는 겁
니다. 오늘도 학생들은 씩씩하게 열을 지어 나갔는데 선생님들이 몇

분이나 따라가셨는지 모르겠습니다" 한다. 딴은 아까 들어올 때 밖에서 그러한 게시(揭示)도 보았지만 '설마 그럴 리야 있을라고, 누가 잘못 쓴 것이지. 무슨 놈의 데모를 두달 동안이나 날마다 한담' 하고 혼자 지레짐작하고 말았던 것이다. 내가 상식이 없는 사람인지 세상이 상식이 없는 것인지 딱히 모를 노릇이다.

거리에는 온통 벽보의 범람이다. 너무 많아서 오히려 효력을 감쇄하지나 않을까 생각되리만큼.

누구는 문련(文聯)에서 일하고 누구는 교협(敎協)에서 일하고 누구는 과맹(科盟)에서 일하고 누구는 전평(全評)에서 일하고 누구는 인위(人委)에서 일하고 누구는 민청(民靑)에서 일하고 누구는 여맹(女盟)에서[15] 일하고…… 하는 소문이 자자하더니 그 일한다는 게 모두 8월 15일까지 날마다 시위행렬이나 하고 또 한편으로 이러한 벽보나 만들어내고 붙이러 다니는 것이 아닐까 싶다. 퍽은 부지런한 사람들이다. 대개는 같은 문구를 이 단체 저 단체에서 경쟁적으로 써붙인 것 같다.

그 내용은 한결같이 조선민주주의인민공화국과 김일성 장군과 인민군과 소련과 스딸린을 예찬하는 것이 아니면 이승만 매국도당을 욕한 것이다. 그밖에 많은 것은 어느 직장 사람들 언제 모이라, 어느 학교 선생과 학생들 어느날까지 등교하라, 아니하면 제명한다 하는 것들이다. 이른바 만고역적 이승만을 생포한 것이 사실인지 아닌지 이즈음은 아무런 구체적인 벽보도 나붙지 않았다.

한가지 토픽 뉴스는 "미국의 트루먼 대통령이 조선에서 손을 떼겠다고 성명(聲明)하였다"는 것을 대서특필로 거리에 써붙이었다. 그리고 UN위원단과 미군 군사사절단이 동경(東京)으로 도망갔다는 것이며, 그중에는 한강을 헤엄쳐서 허둥지둥 달아났다는 이야기를 욕설을 가미하여 재미나게 써붙이었다.

"미국이 조선에서 손을 뗀다"고. 그들이 중국에서 한 일을 생각하면 있을 법도 한 일이다. 그러면 지난 27일 오후에 국방부 보도과장 김현수의 명의(名義)로 맥아더 전투사령부의 지부가 그날로 서울에 생기고 그 이튿날부터 미군이 참전한다는 거듭된 라디오 방송은 거짓이었던가. 설사 거짓이 아닌데도 대한민국의 패망이 걷잡을 수 없어서 미국이 미처 손쓸 사이가 없었을 것이 아닌가.

그러나 한편으로 생각해보면, 지난 27일 신문에 UN안전보장이사회의 움직임이 보도되었는데, 이북군의 철퇴를 권고한 것이다. 듣지 않는다고 그대로 두고 말 것인가. 하긴, 과거의 국제연맹도 그런 식으로 우물쭈물하는 사이에 에티오피아가 희생되고 일본은 만주를 삼켜버리고 중국을 넘어다보게 되었거든.

그러나 한가지 모를 일은 38선이란 게 제2차 세계대전의 결과로 맺어진 미·소의 세력한계선이고 이 선에서 본의 아니게 물러나는 건 한쪽에서 2차대전의 전과를 포기하기 시작함이나 다름없는 노릇인데, 그게 정말 있을 수 있는 일일까.

1950년 7월 7일

어제 부탁해놓은 신분증명서가 될 법하기에 오늘도 아침 일찍 학교에 갔다.

학교에서 이력서와 자서전을 쓰라고 한다. 잘하면 인민공화국 교육성에서 붙여준다는 것이다. 모두들 낙제감어리 같아 보이건만 모두들 저는 붙을 모서리가 있지 않을까 함에서인지 땀을 뻘뻘 흘리면서 쓰고 있다. 이렇게 말하는 나도 그 축에 하나로 끼였다. 쑥스럽게 무슨 자서전이리요 했더니, 그 내용을 명시하여 여덟살 이후의 경력, 특히 투쟁 경력과 사상 경향, 정당 관계, 숭배하거나 영향받은 인물 등을 될수록 자세히 쓰라는 것이다. 모두들 깨알 박듯 가늘게 쓰고 더러는 아주 책으로 만들어 오는 이(철학과 김군)도 있건만 나는 아무리 쓰려도 다섯줄밖에 더 쓸 것이 없어서 싱겁다. 제가 제 사상 경향을 써얀다니 참 따분한 노릇이다.

이력: 별지 이력서와 같음

투쟁 경력: 없음

정당·사회단체: 관계한 일 없음

숭배하거나 영향받은 인물: 없음

하고 보니 내가 읽어보아도 너무 멋없는 것 같아서 '사상 경향'의 조목 밑에 "역사적 필연성을 믿었으나 성격이 다우지지 못해서 온건한 학구(學究)로 지냈음"이라 써놓고 보니 내딴은 너무 지나친 제스처를 보인 것 같아서 스스로 얼굴이 붉어졌으나 보는 이는 "이 따위 개수작이 다 무에람" 하고 눈을 흘길 것을 생각하니 등골에서 진땀이 날 노릇이다. 그렇다고 다섯줄 모두 '없음'이라 써바침은 일부러 반발하는 것같이 보일는지도 모를 일이고 달리는 어떻게 써볼 재간이 없어서 그냥 써내었다.

이력서에는 사회성분이란 대목이 있다. 처음에는 무슨 말인가 했더니, 모두들 인텔리라고도 쓰고 소시민이라고도 쓰는 모양이다. 출신은 '빈농'이라거나 '노동자'라고 씀이 제일 좋다 한다. 갑자기 빈농의 아들이 되고 노동자의 아우가 된 친구들이 없지 않을 것이다.

이력서도 여덟살 이후에 지난 일을 다만 며칠이라든가 한두달에 걸친 일이라도 빠짐없이 적고 유치장에 들어간 일, 병원에 입원한 일 같은 것도 그 까닭, 그 기간, 그 장소 등을 자세히 기입하라 하였으나 내 건 써놓고 보니 너무 간단해서 좀 멋쩍다. 이력서나 저서전을 자세히 기록하여야만 붙을 수 있는 것이라면 나는 하릴없이 떨어진 신세다. 그러고도 한편 마음속으로는 설마 내야 하는 생각이 없지 않다. 사람 이란 참 잘 되어먹은 동물인가 싶다.

그러나 냉정히 판단한다면 십중팔구는 떨어질 것이고, 정말 떨어지 면 어찌하랴 싶다. 다행히 밭뙈기나 있으니 농사를 지어먹고 살지. 하 나 농사를 지어먹고 살게 그냥 내버려둘 것인가. 학교에서 떨리면 반 동으로 몰려서 처단받지나 않을 것인가. 생각하면 생각할수록 불안이 꼬리를 물고 뒤따른다. 그러나 될 대로 되라지, 지금 나한테 무슨 재 간이 있단 말인가. 이대도록 주접스러운 삶인 것을. 청산하게 되는 날 청산하면 그만이 아닌가.

학교에서 조선인민보와 해방일보[16]를 보았다. 오랜만에 신문을 보 니 신기한 생각이 앞선다. 인민군의 진격속도는 매우 빨라서 동으로 원주(原州), 제천(堤川)에 이르고 서로는 수원을 거쳐 평택(平澤), 천안 (天安)으로 내려미는 모양이다. 그러나 미군의 참전이 사실인 모양이 니, 앞으로 이 민족의 운명이 어떠한 방향으로 전개될 것인가.

1950년 7월 8일

거리에서 학생들의 데모하는 양을 보았다. 지나가는 사람에게 물 으니 날마다 있다는 것이다. 앞으로 8월 15일까지 계속한다는 말인 가. 모두들 배고파서 허리띠를 졸라매고 다니는 이즈음에 저들은 무 얼 먹고 저런 기운이 생기는가 싶다. 걸음도 힘차고 그 모습도 씩씩해 보인다. 얼굴은 상기되었으나 희망에 빛나는 눈들이다. 앞선 것이 남

자 중학생들. "원쑤와 더불어 싸워서 죽은/우리의 주검에 영광이 있
으라/깃발을 덮어다오 붉은 깃발을"[17] 하는 그 가사는 피비린내가 풍
기는 것 같아서 그리 좋은 줄 모르겠으나 곡조도 좋고 제일 그 부르는
사람들이 씽씽하여 보기 좋다. 인생은 사랑도 있고 평화도 있으련만
왜 하필 원쑤와 싸움과 죽음만을 저토록 강조하는 것일까 싶다. 그도
사회의 풍상(風霜)을 겪어낸 투사들만이 부르는 노래라면 어울릴 법
도 한 일이지만 아직도 천진난만하여야 할 애송이 중학생들이 "원쑤
와 더불어 싸워서 죽은……" 하는 노래를 소리 높여 부르는 양을 보고
있으면 내 가슴이 쓰리다.

다음은 여학생들. 남학생들에게 못지않게 씩씩하고 활발하다. 한
학교의 학생이 그리 많지는 않으나 워낙 여러 학교가 동원된 모양이
다. 대개는 전에 좌익으로 지목을 받아서 퇴학처분을 당한 학생들이
주동이 되어서 이에 동정하는 학생들이 모였다 하니 씩씩하고 기운차
보이는 것도 무리가 아닐 성싶다.

그다음이 대학생들. 우리 학교 학생이 선등으로 몇십명 열을 지어
서 가고 있다. 역시 전에 처분당한 학생들의 얼굴이 많이 보인다. "이
승만 괴뢰집단 타도"라든가 "조선민주주의인민공화국 만세"라든가
하는 플래카드는 있을 법도 한 일이지만 김일성 장군과 스딸린 원수
의 초상화를 크게 만들어가지고 떠메고 다니는 양은 그리 좋은 풍경
으로 보이지 않는다. 적어도 대학교육을 받은 청년들이, 그나마 머리
가 좋다고 자부하는 축들이 어쩌면 저럴 수 있으랴 하고 생각하니 교
육에 대한 자신이 한풀 꺾여진다.

1950년 7월 9일

오늘은 밭에 나가 김도 매고 홍군을 만나서 세상 이야기나 하렸더니 홍군의 부인 말씀이 저달 29일날 아침 우리 집에 와 있을 때 서범석이란 사람이 찾아와서 데려간 후로 얼마 동안 소식이 없어서 애태워했더니 며칠 전에 나와서 하는 말이 그길로 친구들에게 붙들려가서 법원자치위원회(法院自治委員會) 일을 맡아보게 되었는데, 하도 바빠서 구내에서 합숙하기로 되어 집에도 가끔밖에는 나올 수 없다고 하더라 한다. 나는 또 한번 정수리를 얻어맞은 듯 얼떨떨하였다.

"감옥에서 나온 사람들이 나오는 길로 곧 일들을 붙잡아 한다지만 나는 좀 느긋이 쉬어볼 작정이오. 대관절 그래야만 내 몸이 부지할 것 같고, 또 나는 본시 진정한 볼셰비끼가 아니었으니까" 하고 그날 아침 홍군이 말하였을 무렵에 과연 한 청년이 찾아와서 방약무인(傍若無人)한 태도로 홍군과 수작하고 그러고는 나한테 인사도 없이 홍군을 데리고 나간 일이 있었다. 그럼 그가 바로 그 서범석이란 자였던가. 언젠가 홍군이 보도연맹[18]에 전에 한 사건으로 고생하던 서라는 사람이 있어서 강연을 하라느니 무얼 하라느니 하고 유달리 자기에게 짓궂게 굴므로 구 연맹으로라도 나와야겠다고 걱정하던 바로 그 서가 아닌가.

홍군을 믿을 수 없는 사람으로 돌려야 할 것인가, 세상이 그런 세상이 되었단 말인가.

이렇게 모두들 분주히 일하는 세상에 나 혼자 밭에서 김매는 것이 남의 눈에 퍽은 괴이하게 보일 것만 같아서 될수록 나무그늘에 숨어서 일하였다. 한낮의 뙤약볕이 하도 따가워서 플라타너스의 그늘에서 땀을 드리우고 있으려니 옆 행길에 지나가는 두 청년의 주고받는

말······

"근사한데."

"뭐가 말인가?"

"밭 말이네. 복상나무를 심었군."

"왜 이 사람, 생각이 나나."

"아닌게아니라 탐나는걸. 누구네 꺼야?"

나는 나무그늘에 숨어 귀를 기울였다.

"글쎄 모르겠어. 하지만 누구네 꺼든 상관있나. 반동으로 몰아 내쫓아버리면 고만이지."

점점 멀어져가는 청년들의 뒷모양을 아카시아 울 너머로 넘어다보았다. 활개를 치며 팔에는 완장을 두르고 손에는 종이뭉치를 든 뒷모양이 기운차 보인다. 민청원(民靑員)들인가보다. 나는 이마의 땀을 훔쳤다.

1950년 7월 10일

학교에 회의가 있다기 나가보았더니 교육성으로부터 각 학교의 책임자가 결정되어서 그 발표가 있었다.

대학 총책임자에 이명선 씨

대학원에 김일출 씨

문리과대학에 류응호 씨

중앙도서관장에 성백선 씨

들으니 그밖에도 상과대학에 김석규(金錫珪) 씨, 사범대학에 이원학(李源鶴) 씨, 단국대학(檀國大學)에 이본녕(李本寧) 씨, 한국대학(韓國大學)에 차낙훈(車洛勳) 씨 등등이 지명되었다고 한다.[19]

이명선 씨란 우리가 학교에 다닐 때 중국문학과 연구실에 있어서 일인 중에서도 악질이던 신도(辛島)의 조수라기보다도 심부름꾼처럼 우리는 보아왔고, 연구발표회라도 있을 때면 언제까지든지 입을 헤벌리고 있어서 다물지 못함을 자못 민망스럽게 여겼던 터이다. 그래도 대한민국에서 최규동(崔奎東) 씨 따위를 총장으로 임명하여 학교를 자멸로 이끄느니보다는 우선 그의 젊음만이라도 탐탁하게 여겨진다.

그러나 또 그 취임인사라는 것이…… “우리는 무엇보다도 먼저 우리가 지금 이승만 매국도배와 및 그를 사주, 조종하고 있는 미 제국주의와 싸우고 있다는 것을 알아야겠고, 따라서 우리의 모든 힘은 조국을 수호하고 이를 승리에로 이끄는 방향으로 기울여야 할 것이며, 그리함에는 우리 자신이 먼저 총을 들고 일어서고 학생과 및 사회가 이에 따르도록 인도하여야 할 것이다. 이 길밖에는 우리가 걸어갈 길이 다시 없음을 알아야 한다. 여기 대해서 추호라도 회의를 품는 이가 있다면 그는 민족의 대열에서 탈락되어야 할 것이다”라는 의미의 말을 하였다. 그의 아직도 채 다물지 못한 입언저리의 어느 곳에서 이렇게 힘찬 말이 굴러나오는가 하고 나는 자못 황홀하여 그의 얼굴 모습을 치어다보았다. 이 말을 선전포고라고 하면 그지없이 훌륭한 내용이련만 대학에서 하는 인사말로는 지난날 일제가 태평양전쟁으로 들볶아칠 때도 이러한 일은 없었을 것이다.

그야 새로운 세상에선 반드시 자본주의사회의 격식을 지켜야 할 며리는 없는 노릇이지만, 그래도 이씨에게는 선배격의 교수가 즐비하게 늘어 앉았는데, 이런 생각을 하는 것은 역시 내 머리가 아직도 덜 깬 때문이리라.

1950년 7월 11일

이즈음 서울시내에서 가장 큰 문제는 먹을 것이 없는 것과 의용군[20]을 강제로 모집하는 것과 그리고 새로 생긴 말이지만 가장 많이 떠드는 전출(轉出) 문제의 세가지일 것이다.

그러나 민(民)은 이식위천(以食爲天, 먹고사는 것이 가장 중함)이니만큼 무어니무어니 해도 식량이 제일 큰 문제이다. 인민군은 들어와서 제일 먼저 집집마다 식량을 조사하고 이를 뒤져내어서 마을의 굶는 사람들에게도 나눠주고 남으면 자기네도 갖다 먹곤 하였다. 그리고 그때의 약속은 1주일 안으로 식량배급이 있다고 장담하였었다. 그러나 2주일이 지난 오늘날까지 아무데서도 식량배급이 있단 말을 못 들었고, 백성들도 이제는 아무도 이를 믿고 기다리는 사람이 없게끔 되었다. 이북서 넘어온 친구들이 "것 보우, 개들이 하는 수작을 믿으문 못쓴다 하잖습니까" 하고 여태껏 저들의 선전을 건성으로 들어온 우리를 책망하곤 한다.

대한민국 시절에 쌀값이 2천원을 넘었다 해서 백성들이 아우성을 친 일이 어제런 듯한데 인민군이 들어온 후로 5천원 고개를 거짓말처럼 넘기고 이제는 만원을 바라보게 되었다. 그래도 드러내놓고 불평을 말하는 사람을 보지 못했다. 앞뒷집이 모두 굶는다는 소문이고 온 마을이 그런 것 같다. 넉넉한 마을 같으면 미리 준비하여 갈무려둔 곡식도 있고, 또 정 없으면 옷가지라도 들고 나가 팔아서 만원짜리 쌀이라도 바꿔다 먹을 수 있을 터인데, 우리 마을같이 가난한 마을은 참으로 딱한 형편이다. 보리농사라도 조금씩 한 집이 더러 있어서망정이지, 그렇지도 않았다면 이미 어느 지경에 갔을는지 모를 일이다.

물길에 나다니는 여인네들의 얼굴이 많이 부석부석해 보이고 골목 길에서 장난하고 놀던 아이들이 모두 기운없어 하고 누렇게 시들어져 가는 것만 같아 보인다. 그래도 다행히 마침 여름철이라서 푸성귀가 흔하고 푸성귀가 다하면 풀이라도 뜯어먹을 수 있어서 아주 굶어 죽는 일은 드문 것 같다. 오늘 마을 사람들에게서 들은 말이지만, 대개의 풀은 기름에 무쳐 먹으면 큰 중독을 일으키는 일이 없다 한다. 그래서 이즈음 기름값이 다락같이 올라간다고. 옷값이 지천으로 싸지고. 모두들 다투어 양식으로 바꿔 먹기 때문에……

집에서도 땅에 묻어두었던 양식을 꺼내어서 가까이 지내는 몇몇 집에 양식 말씩이나 나누고 나머지로 몇달 동안 아침밥 저녁죽의 계획을 세웠다. 그러나 하루 한끼니나마 밥을 먹는 것이 자못 송구스럽다. 이웃집에 들릴까봐 아이들에게 밥 먹을 때 떠들지 말도록 타이르고 아내와 더불어 날로 허리끈을 졸라매곤 한다.

다음은 의용군의 강제모집 문제…… 당국은 그 조직적인 모든 기관을 동원하여 애국적인 청년남녀는 모두 의용군의 대열에 나서라고 외치고 있다. 마을에선 동민을 모아 보내고, 학교에선 학생들을 끌어 보내고, 직장에선 종업원을 채찍질해 보내고, 그래도 부족함인지 가두에서 젊은 사람을 붙들어 보낸다 하여 큰 공황(恐慌)들을 일으키고 있다. 이즈음 며칠은 그 때문에 그런지 거리에 젊은 사람의 내왕이 부쩍 줄어들었다.

또 하나는 전출문제…… 얼마 전에 이희승(李熙昇) 선생의 말씀을 들으니 반장회의에 시달이 있기를, 서울시민 백오십만 중에서 오십만을 줄이고 백만만 남길 예정이라더니, 과연 이 며칠 동안 이곳저곳에 소위 전출명령(轉出命令)이란 것이 내리어서 시내는 벌집을 쑤신 것 같다.

말인즉 꼭이 서울에 머물러 있지 않아도 좋을 사람들을 지방의 농
장과 공장, 혹은 광산으로 보낸다는 것인데, 명령이 내리면 몇십시간
안으로 떠나야 하고 짐은 묶어놓으면 인민위원회에서 맡아두었다가
나중에 보내준다 하고, 우선은 목적지에 가면 의식주가 다 마련되어
있다는 것이나, 갑자기 이런 명령을 받아서 하룻밤 안으로 정든 집을
비워놓고 정처없이 떠나지 않으면 안될 운명에 놓인 사람으로 보면
땅을 치고 통곡하여도 시원치 않을 노릇이다.

1950년 7월 12일

신문에 보면 어느 대학에서 몇십명, 어느 중학에서 몇백명, 심지어
동덕(同德) 같은 덴 여자중학이면서도 5, 6학년 전원 2백명이 미적(美
敵)과 이승만 도당에 대한 적개심에 불타서 자진 의용군에 지원하였
다는 시세 좋은 이야기가 꼬리를 물고 게재되어 있다. 지원하면 그날
로 곧 출진(出陣)하는 것이 이 나라의 특색이다. 마을에선 학교에 나
간 자녀들이 돌아오지 않는다 해서 부형들이 야단법석이다. 어찌된
영문인지 몰라서 학교에 찾아가보면 이미 지원한 그 길로 바로 가서
영예스럽게도 전원 심사에 합격하여 곧 입대하였다는 것이다. 철없는
어머니들은 눈물을 짜가면서 "글쎄 그 몹쓸 것이 마지막으로 애비 에
미 얼굴이나 한번 보고 간단 말이지, 옷도 갈아입지 않고, 그 다 떨어
진 신발을 끌고. 대관절 어디로 간지 알아야지만 면회라도 갈 수 있
지, 이런 답답한 노릇이 있나" 하고 넋두리를 늘어놓지만 그건 시국
을 올바로 인식하지 못하기 때문이다. 어느 세월이라고 그런 사사로
운 불평을 늘어놓는담.

들건대 대학생들의 지원은 그 수도 적지만, 지원한 사람들은 대개가 그럴 만한 동기가 있었다 한다. 첫째는 먹을 것이 끊어진 때문이니, 시골에서 올라와 하숙하던 학생들은 주인집에서 밥도 얻어먹을 수 없고 고향으로 내려갈 길도 막히고 그들에게 만원짜리 쌀을 사먹을 돈이 있을 턱은 더욱 없어서 굶다 못하여 의용군으로나 지원해 나갈 수밖에.

더러는 의식적으로 자원해 나가는 사람들도 있지만 그중에서도 당 관계가 간접으로라도 있는 학생들은 앞으로 계속하여 후속부대를 긁어모아 보내기 위하여 아직은 자꾸 지원해도 거듭 심사에 떨어지는 판이고, 이들은 스스로 이름지어 '세위'라 하니 국문과 이군의 설명을 들으면, 이건 '세포위원(細胞委員)'이란 뜻이라 한다.

그리고 또 한가지 대학생들이 의용군에 지원하게 되는 동기는 이른바 '세위'의 끊임없는 선전으로 "적어도 대학생 된 자는 지금 의용군으로 나가서 한번은 치르고 와야지만 앞으로 인민공화국에서 사람값에 가지, 그렇지 않으면 이미 대한민국의 백성질은 했겠다, 무엇으로 이를 속죄할 길이 있으며, 반동이 아님을 증명할 수 있을 것이냐. 적어도 묵은 껍질을 벗어버리고 새나라의 새로운 백성이, 그도 지도층이 되려면 의용군 지원은 필수의 길이다. 그리고 이르면 이를수록 좋다." 이러한 줄기찬 선전이 그들의 불안한 심리를 채찍질하고 그들의 젊은 공명심을 부채질한 것이다.

그러나 중학생과 여학생의 경우는 얼마쯤 이와 다른 것 같다. 좌익 계열의 선생과 학생들이 선두에 나서서 덮어놓고 학교에 나오기를 선전한다. 어느 학교 학생 어느날 몇시까지 모이라. 교양강좌가 있다. 이날에 나오지 않는 학생은 제적된다. 이것은 벽보 기타로 드러내놓고 하는 선전이요, 이면으로 또 개별적으로 하는 선전은…… 나오지 않는 학생은 반동으로 처단한다, 정치보위부(政治保衛部)에 넘긴다 하여 학생을 모조리 모아놓고는 교양강좌란 이름 아래 해방일보나 조선인민보를 교재로 격렬한 선전을 하여 아이들의 정신을 얼떨떨하게 해놓고는 곧 궐기대회로 넘어간다.

몇몇 세위(細委)들이 번갈아 등단하여 "조국과 민족을 위하여 우리는 이 악독한 미제국주의와 그의 주구들인 이승만 매국도당들을 쳐부셔야 한다" "우리 조국의 완전 자주독립을 전취하려는 이 성스런 대열에서 낙오하려는 비겁한 자는 적어도 우리 학교에서는 한놈도 없을 것이다. 만일에 그러한 놈이 있다면 민족의 이름 아래 엄정한 심판을 받아야 할 것이다" 하면 대열 중에서 "옳소! 옳소!" 하고 더러는 "우리는 먼저 그러한 반동분자와 가열하고도 무자비한 투쟁을 하여야 할 것이오" 하고 공중을 향하여 굳센 주먹을 휘두르기도 한다.

이리하여 장내는 이상한 흥분의 도가니 속으로 들어간다. 이때 사회자가 "그럼 우리는 전원 의용군으로 지원합시다" 하면 "찬성이요, 찬성!" "찬성이오!" 하는 소리가 빗발치듯 한다. 너무 감격하였음엔지 더러는 한 사람이 두번 세번 연거푸 찬성을 부르짖는다. 장내의 분위기는 급각도로 전환하여 갑자기 찬물을 끼얹은 듯 살얼음이 돈다. 사회자는 기회를 놓치지 않으려는 듯 "전원찬성인 것 같소만 만일에라도 우리의 결의에 반대의견이 있는 동무는 말해주시오" 하고 다짐을 받는다. 그러면 학도호국단(學徒護國團) 시절의 감찰부원 못지않게 우악스럽게 생긴 친구들이 그 우락부락한 눈망울을 굴리면서 "반대! 반대가 있으면 어디 말해봐" 하고 자못 못마땅한 듯 혼잣말처럼 배알는다. 이리하여 30초 혹은 1분이 지나면 "그럼 반대의견이 없는 모양이니 만장일치로 가결이오” 하는 선언이 내린다. 다음은 한 사람 한 사람씩 서명날인으로 예정한 절차를 밟고 그러고는 미리 마련해둔 “○○중학교 전원 의용군 지원”이란 플래카드를 들고 시가행진을 하고 그 길로 곧 심사장으로 향한다.

어떤 여학교에선 이러한 절차로 궐기대회가 끝난 뒤 학생들이 서로 붙안고 통곡하였다 한다. 그러나 그건 너무 감격해서 울었다는 것이다.

1950년 7월 13일

김상술(金相述) 군이 찾아왔다. 그는 내 외사촌누이의 아들로 집이 가난하나 머리가 좋아서 일찍 사범학교를 마치고 시골 어느 중학교의 교원으로 있다더니 작년 여름에 갑자기 상경하여, 좌익혐의로 학교를 떨려났다 하고 시내 어느 여학교에 취직하여 다니는 사람이다. 지금 교육분과위원회의 어느 의원과 가까운 사이라더니 그의 반연(絆緣, 인연)으로 일이 잘 펴인 모양이다.

오늘 찾아와선 그동안도 당과 선이 끊어지지 않았다는 것이며, 지금은 당의 문화부면의 일을 맡아보게 되어 주로 반동 문화인들의 동정을 감시하는 소임을 맡아서 이미 정인보(鄭寅普), 최현배(崔鉉培) 씨 등을 찾아보았고, 아직도 대학교수급이 무더기로 남아 있어 매우 바쁘다는 이야기를 하고, 그러고는 한다는 수작이 반드시 사생활 때문만이 아니고 일 관계로 꼭 필요하니 돈 8만원만 돌려달라는 것이다.

“지금 내한테 그런 돈이 있을 턱이 있나” 하여도 “그래도 아저씨가 힘쓰면 그만쯤이야” 하는 억지야 얼마든지 받을 수 있지만, 전후의 말의 맥락을 따져보아 자못 불쾌한 감정이 앞선다.

돈은 사실 없는 것이고 보매 그럭저럭 거절할 수 있었으나 모처럼 오신 손님이라 하여 아내가 우리도 굶는 점심을 차려 내온 것을 맛있게 먹고는 "아저씨 댁에 오니 점심을 다 먹을 수 있고 별천집니다" 하는 인사. 그리고 나에게 보여주는 특별한 호의겠지만 "왜 학교에 날마다 나가지 않으십니까. 각 기관에서 각인의 근태(勤怠)상황이 일정한 기간을 두고 줄창 당에 보고됩니다. 당에선 그것이 무엇보다도 귀중한 참고자료가 되거든요. 그리고 사람을 판단하는 데 있어선 과거의 경향이고 무엇이고 그런 건 다 문제가 되지 않습니다. 오로지 현재에 있어서의 그 사람이 가지는 태도 여하와 협조의 정도 여하가 문제되는 것입니다. 날마다 빠지지 말고 나가십시오. 나가셔서 유세대(遊說隊)로도 활동하시고 복구대(復舊隊)에도 얼굴을 보이시고 그리고 물론 뽑혀지지는 않을 겁니다마는 의용군으로도 지원하심이 좋을 겁니다."

듣고 있으려니 하도 어처구니가 없어서 대답할 말이 선뜻 생각나지 않는다. "그 왜, 홍익대학(弘益大學)의 정선생 말입니다. 참으로 열심이시거든요. 부인은 폐병을 앓으시고 아이들이 여섯인가 얼만가 굶고들 지내는데, 그런 건 도시 계교(서로 견주어 살펴봄)하지 않으시고 이 더운 철에 날마다 수십리씩 걸어다니시면서 유세대로 맹렬한 활동을 하시거든요. 그러고도 매일같이 당에 오셔서 무슨 할일이 없느냐시지요. 당에서도 모두들 감격하고 있답니다. 여럿의 말이 얼마 두고 보아서 후보당원으로라도 주워 올릴 모양입디다."

"그럼 그 사람이 당원도 아니면서 그런담" 하니 "그러믄요. 중간에 선이 끊어졌거든요. 지금은 새로 당원되기가 좀처럼 쉬운 노릇이 아니랍니다" 한다.

‘선’이 이어졌느니 끊어졌느니 하는 말들이 모두 알 듯 모를 듯한 말들이고, 그러고도 묘한 일종의 매력을 가진 말들이다. 전에 당원으로서 활동한 일이 있었어도 마침 자기가 소속한 세포가 죽었다든가 잡혔다든가 혹은 노선에서 이탈했다든가 해서 당과의 연락이 끊어졌으면 이를 선이 끊어졌다고 하는 모양인데, 지하운동 시절에는 그런 일도 있을 법한 일이고 이것이 또 본인으로선 매우 안타까운 노릇일 게다. 일껏 자기는 이 세상이 오게 하기 위하여 목숨을 내놓고 싸웠는데, 막상 그 세월이 오고 보니 아무도 알아주는 사람이 없고.

김군은 또 우리 학교의 선생들 이름 쓴 것을 보이고 이 사람들의 사상 경향, 종래 학교에 있어서의 좌우익 학생에 대한 태도와, 6·25 이후의 동정과, 될 수 있으면 최근의 심경과 그리고 가정형편이라든가, 교우관계라든가, 교섭이 있는 사회단체·정당이라든가, 그의 주요한 저서·논문 등을 될수록 세밀히 조사해달라 한다.

나는 종래로 이 사람들과 학문적인 교섭 이외는 개인적으로 아무런 연락이 없고, 따라서 이들에 대해서 아무것도 모른다. 내가 시외에 살아서 낮으로 시간에 나갈 뿐이니 그럴 수밖에 더 있느냐, 학교에 나가 있는 시간에도 모두들 제 연구실에서만 공부하고 있으니 다른 관청·회사만큼도 동료들끼리 접촉이 없다. 통히 서로 모르고 지낸다 해도 과언이 아니다. 그리고 앞으로의 조사도 안담할 수 없는 것이, 내가 이즈음은 이처럼 둔종(볼기짝과 그 근처에 나는 종기)이 나서 학교에도 나가지 못하고 있으니 아무리 협조하고 싶은 마음이 간절해도 할 수 없는 형편이다 하고 완곡히 이를 거절하였다.

그럼 선생들의 주소라도 알려주고 집을 알거든 약도라도 그려달라 하는 것을, “주소를 내가 다 어찌 일일이 외우고 있을 수 있느냐. 그들의 집을 찾아가본 일이 없으니 약도는 더욱이 그릴 재간이 없다. 선생들의 주소를 알려거든 학교의 자치위원회를 찾아가보라” 하니, “그게야 알고 있지요마는” 하고 자못 불만한 기색으로 돌아갔다.

돌려보내놓고 생각하니 어쩐지 마음이 개운치 못하다.

1950년 7월 14일

김익현(金翼鉉) 군이 찾아왔다. 그는 고향에서 온 일가 청년이다. 지금 와룡동에서 반장 일을 보고 있는데, 의용군이니 전출이니 하는 문제도 문제려니와 노력동원이니 시위행렬이니 하여 상부로부터 날마다 몇 사람씩의 출동명령이 있건만 마을에 나가보면 모두 굶어서 즐비하게 누워 있는 형편이니 차마 눈으로 그 효상(爻象, 몰골)을 보고는 나오라 할 수가 없고…… 하여 반장 일을 그만두어야겠는데, 그러고 나면 그 자신의 의용군 문제가 앞서므로 얼핏 결단이 서지 않고 있는 참에 마침 아는 사람의 반연이 있어서 동 인민위원회에 나가서 일할 수 있는 계제(階梯)가 생겼는데, 이리하면 신분도 보장되고 생활에도 얼마쯤 유조(有助)할 것 같으나 한편으로 생각해보면, 이는 인민공화국에 적극적으로 협조하는 것이니 나중 일이 두려워서 어찌하면 좋을지 모르겠다는 것이다.

“대한민국이 옳으냐, 인민공화국이 바르냐” 따라서 “대한민국을 따르느냐, 인민공화국을 좇느냐” 하는 확고부동한 태도가 서 있지 않고 결국은 어느 쪽이 이길 것이냐, 그럼 어느 쪽을 위하여 일하는 것이 유리할 것이냐, 그보다도 당장 어느 쪽인 척해두는 것이 우선 위험도 모면하고 나중에 가서도 말썽이 없을 것이냐. 이리하면 선결문제가 대한민국과 인민공화국 둘 중의 어느 편이 구극(究極)의 승리를 거둘 것이냐 함에 있다.

그가 바로 말은 하지 않지만 이러한 문제의 해답을 내 입에서 듣고 싶어하는 모양이다. 따라서 내 대답이 시원할 수가 없다.

"글쎄, 그럼 반장 일을 보기가 힘들겠군."

"그렇지만 동인위(洞人委)에서 일하고 아니하는 건 자네가 판단해서 할 문제지, 내가 무어랄 수가 있나. 자네도 잘 아는 터이지만 나같은 책상물림이 이렇듯 어지러운 시절을 만나서 나 자신 어떠한 길을 걸었으면 좋으랴 하고 망설이고만 있는 참인데, 글쎄 무슨 주제에 남의 일까지 판단할 수 있을라고."

"남의 일이라고만 생각 말으시고 아즘이 직접 이런 경우에 처했다면 어떡허실까 그걸 좀 말씀해주시지요."

"글쎄 인위(人委)라는 게 무엇인지, 어떠한 일을 하는 곳인지, 내가 아주 백지라니까. 그런 걸 생각해본 일도 없는데 어찌 갑자기 내 일이라 치고 무슨 판단을 내릴 수 있을 것인가. 그럴 것 아닌가."

"그런 사양의 말씀만 말으시고 후진을 위해서 분명히 나아갈 길을 가르쳐주시는 것이 도리 아니오니꺼. 저는 무슨 말씀이 계실 줄로만 믿고 일부러 아즘을 뵈이러 온 것을요."

안동사투리를 마구 써가면서 자못 진지한 태도를 보인다. 그러나 이것이 어느 세월이라고 내가 허투루 입을 놀릴 것인가 싶어서 나는 점점 마음의 무장을 굳게 한다.

"이즈음처럼 템포가 빠르게 돌아가는 세상에 있어선 우리 같은 사람은 곧 시대의 퇴물이 되어버리는 것이니 이 시대 이 세월을 이해하고 판단함에 있어서는 젊은 세대의 예민한 감수성이 필요하다고 나는 믿네. 그러한 의미에 있어서 내가 오히려 자네들에게 묻고 배워서 나아가야 할 것일세."

"그럼 대관절 이 전쟁의 결말은 어찌될 것이오니꺼?"

"그게야 전쟁을 하는 직접 당사자들도 꼭이는 모르고 할 것을, 내가 어찌 알 수 있을 것인가."

"꼭 무슨 예언을 하시라는 게 아닙니다. 대강 짐작되시는 점을."

"이런 시골구석에 들어앉아서 무슨 짐작이 설 수가 있나. 다만 내가 잘 알고 또 좋은 일이라고 생각되면 어련히 자네에게 권하리요마는, 자세히 알지도 못하고 이러니저러니 무책임한 말을 할 수 없는 내 처지를 자네가 알아주면 그만일세."

"잘 알겠습니다."

하였으나 그가 진정 내 말을 알아들었는지 아닌지는 앞으로 두고 보아야 알 일이다.

1950년 7월 15일

경신(儆新)학교 뜰에서 농민조합 창립총회가 있다 하여 아내가 참석하였다. 이즈음은 무슨 모임이 있으면 부인네가 나서는 것이 버릇처럼 되었다. 다른 목적으로 모였던 회합이 곧잘 궐기대회로 변하여 그 자리에서 의용군을 뽑아 보내게 되므로 백성들은 이제는 다 눈치를 알아채고 무슨 모임이든지 집회에는 노인이 아니면 여자로 판을 친다. 젊은 남자가 몇명씩 끼긴 하지만 이는 다 충분히 신분이 보장되는 사회자나 및 그 프락치들이다. 다른 남자 집회자가 섞이지 않으니 이즈음은 이들이 너무 유표(有表, 두드러진 특징) 나고 또 그 공작이 아주 노출되어서 삼척동자에게도 그 트릭이 빤히 들여다보인다는 것이다. 참으로 재미있는 현상이다.

그 모임이라는 것이 하도 잦아서 가정 부인네들이 골치를 앓고 있
다. 전에 북조선서 나온 사람들이 "날마다 모임으로 세월을 보낸다"
하여 얼마쯤 과장한 표현이거니 하고 들었으나 겪어보니 바이 빈말이
아니다. 이걸 전부 주부가 도맡아 나가야 하는 형편이니 과로에 빠지
지 않을 수 없다. 더욱이 양식이 떨어진 가정에선 그 걱정까지 주부가
해야 하게 되었으니 참으로 딱한 일이다. 사내가 벌어오는 일이라곤
이 세상에서 공산당질하는 이외엔 하나도 없이 되고, 부득이 옷가지
나 패물 등속을 들고 시장이나 혹은 가까운 시골로 가서 양식과 바꿔
와야 하는데, 이것마저 사나이는 중로(中路)에서 채어 곧잘 함흥차사
(咸興差使)가 되고 마니 늙수그레한 노인이라도 없는 집은 여인네가
나서지 않을 수 없게끔 되었다.

이리하여 어느 집에서나 사나이는 뒷방 구석에서 아이나 보아주고
번둥번둥 낮잠이나 자는 해롭잖은 신세가 되었으나 마음만은 그럴 수
도 없는 것이 언제 어떠한 불벼락이 떨어질지 항상 전전긍긍하고 있
기 때문이다.

농민조합은 마을의 노인들과 여인네들이 모이긴 하였으나 외부에
서 온 사람을 중심으로 움직여, 처음에 그의 기다란 연설이 있었는데,
가로되 "이때까지 마을에서 유지연(有志然)한 사람은 물론이고 관청
물을 먹은 사람이나 땅마지기를 가진 사람은 못쓴다. 농민조합은 어
디까지나 빈농과 고용농민을 중심으로 하지 않으면 안된다" 하여, 그
러면 위원장 이하 임원들을 어떻게 고르느냐 하는 문제에 이르러, 서
로들 그런 사람을 아무리 물색해보아도 모두 무식꾼이고 하여 결국은
그 전형을 사회자가 지명한 의장단에 일임하기로 하였는데, 뽑힌 결
과를 놓고 보니 남로당원이거나 혹은 그에 추종하는 사람들임에는 틀

림없으나 결코 그들이 빈농이거나 혹은 남의 집 머슴살이하는 사람들은 아니더라고.

1950년 7월 16일

거리에는 미군에 대한 욕설이 이승만 괴뢰집단에 대한 그것만 못지않게 벽보의 한부분을 차지하고 있다. 공식석상에서도 이즈음은 '미국'이라고 하는 일이 없고 언필칭 '강도 미 제국주의'라 일컫는다. 신문에도 '미제의 침략'이란 문구가 특호 고딕으로 나타나게 되었다. 괴뢰정권을 욕하는 데 있어서 언제나 '강도 미제의 주구'니 '흡혈귀 미제의 사주를 받아서'니 하는 형용사가 붙게 되었다. 아름다울 '美'자가 어느새 쌀 '米'자로 바꾸어진 것은 전에 일본이 태평양전쟁 때 귀축미영(鬼畜米英)이라고 욕하던 시절에 역시 미국을 쌀 '米'자로 표시하였던 것을 생각게 한다.

'해방의 은인'이란 최대한의 찬사를 써가면서 마음에서 우러나는 기쁨으로 그들을 맞이한 것이 어제런 듯하건만 오늘은 인간이 쓸 수 있는 모든 욕설과 저주를 그에게 퍼붓게 되었다. 나는 조금이라도 미군을 두둔할 생각이 있어서 이런 말을 하는 것이 아니다. 인사(人事)의 번복이 심함을 서글퍼함에서이다.

이 며칠 동안 가끔 미국 비행기가 와서 산발적으로 폭격과 기총소사(掃射)가 있고, 그럴 때면 대공포화가 불을 뿜어서 무료한 시민에게 새로운 화제를 제공하곤 하였는데, 오늘은 용산 방면의 대폭격이다.

오늘 오후 구름 낀 하늘을 뚫고 B29인 성싶은 미기(美機)의 여러 편대(編隊)가 차례차례로 나타나선 폭탄을 던지고 가고, 또 와선 던지고 가고 하기를 거듭하여 두어시간 동안을 계속하매, 그사이에 화약고라도 터지는 것 같은 큰 음향이 일정한 간격을 두고 거듭 울리어오고, 그럴 때마다 30리 밖에 있는 우리 집이 울컥울컥하고 몹시 흔들린다. 용산 쪽 하늘은 이내 검은 연기로 먹장을 갈아붙인 것 같고 그 사이로 화염이 끊임없이 치솟아서 처절한 광경이다.

이상한 것은 이러한 맹폭(猛爆)이 있음에도 미제에 대한 일반시민의 적개심이 별로이 불타오르는 것 같지 않고, 더러는 시민의 머리에 폭탄을 퍼부음이나 다름없는 이 폭격에 되레 일종의 희망을 품는 것 같아 보이니 이상한 일이다. 그러한 사람들이 소위 반동분자로 지목받는 사람이라거나 또는 대한민국 군경의 가족만이 아님을 보면 더욱 놀라지 아니할 수 없다.

들으매, 오늘의 폭격으로 말미암아 용산 방면의 군사시설과 교통시설이 많이 파괴되긴 하였으나 그보다도 이른바 해방촌이 맹폭을 입었고, 이로 하여 무려 수천명의 무고한 희생자가 났다 한다. 그러나 방금 제 마을이 불바다가 되고 제 머리에 폭탄이 쏟아지건만 그래도 높은 곳에 올라가 비행기를 보고 손수건을 흔든 여인이 있었다 한다. 이는 미친사람이 아니고 그날 아침에 전출명령을 받은 어떤 가족이었다고.

1950년 7월 17일

오늘 오랜만에 학교에 나갔더니 선생들이 모두 용산의 폭격지대 정리작업에 복구대로 출동하였다 하고 마침 김일출(金一出)[21] 씨만 남아 있어 조용히 이야기할 기회를 얻었다.

김씨와 나는 같은 학과에서 연구실을 이웃하여 있고 고향도 같은 경상도이며 또 나이도 나보다 한두살 위여서 연래로 매우 가까이 지내는 사이다. 그는 학문적으로도 매우 깊을뿐더러 인간적으로도 성실하고 침착한 분이어서 나는 항상 그를 경중(敬重)하고 아껴오는 터이다.

그러나 그는 단순한 학자만이 아니고 정치에도 비상한 흥미를 가졌으며, 돌아가신 여운형(呂運亨) 씨와도 가깝게 지낸 모양이고, 또 이여성(李如星)[22] 씨와는 남매간이라서 처음부터 인민당(人民黨)의 수뇌부의 한 사람으로 활약하였었다. 그렇다고 학문연구를 소홀히하는 일이 없고 또 학생지도에도 퍽은 열심이었으며 강의도 매우 호평이었다. 그러는 한편 을지로에 신문화연구소(新文化硏究所)를 내어 『신문화(新文化)』란 월간잡지도 내고 사학연구회(史學硏究會)를 조직하여 연구 분위기를 조성하기에 힘썼다.[23]

그가 반대하던 인민당의 공산당에의 합동(合同)이 기어이 실현되고 또 그가 늘 말하던 '여(呂)선생'이 조난(遭難)한 후로 그는 연구실에 있는 시간이 더 많아졌으며, 그는 유물사관(唯物史觀)을 투철하게 이해하고 또 이에 공명하였건만 이를 함부로 휘둘러서 말썽을 일으킴과 같은 일은 없었다.

그가 안호상(安浩相)[24] 씨의 눈에 걸리어서 이명선, 이본녕 양씨와 더불어 문리대 좌익교수로 문제가 되었었고, 또 그의 처남 이영무(李英茂)사건에 관련하여 한때 육군형무소에 수감되었었으나, 본시 별다른 일이 없었기 때문에 이내 무사할 수 있었다. 그러나 그는 이북에 매부인 청정 화백(靑汀畵伯)이 있고 또 그 아우 김태홍(金泰弘) 씨가 이북 정권의 연락원으로 38선을 넘나다니었느니만큼 나는 항상 그를 통하여 이북 소식을 얻어들을 수 있었고 그도 또 믿고 나에게 말하였었다.

그러나 그는 항상 "이북에도 자유주의는 용납되지 않는 것 같으니 우리는 갈 곳이 없어요" 하고 호젓이 웃곤 하였다. 그러던 그가 금년 봄에는 "앞으로 세상이 어찌될지 모르니 우리도 몇몇 사람끼리 모여서 그 방면의 책이나 읽으면서 천천히 마음의 준비나 해둡시다" 하는 것을, 이미 모이기로 말이 다 되었다는 사람 중의 한둘의 인간이 미덥지 않다 하고 나는 이를 거절해버리었다. 그러나 그런 후로도 우리들의 사이는 더욱 서로 믿고 서로 아끼었다.

6·25 이후로도 학교에서 두세번 만났으나 전처럼 조용한 연구실도 없고 또 그가 몹시 바쁜 것 같아서 조용한 기회를 얻지 못하였던 것이다.

그는 먼저 이명선 씨가 나를 지목하여 "김모는 많이 협조해주리라고 믿었었는데 기대에 어긋난다"고 하던 말을 전하고 될수록 주목을 받지 않도록 하는 것이 좋을 성싶다고 일깨워주었다.

그러고 나서 노동당(勞動黨)이 근민당(勤民黨)[25]에 대하여 너무 심하게 굶을(구는 것을) 말하였다. 근민당의 간판을 붙인 집은 반드시 절대의 권력이 부여된 시 인민위원회 또는 군 기관에서 수용하기 때문에 당 본부고 지당부고간에 간판을 둘러메고 다닐 수밖에 없는 형편임을 말하고 이승엽(李承燁)[26]이란 사람이 이처럼 옹색한 사람일 줄은 몰랐다고 말하고 노동당에서들은 공공연히 근민당이 자기 비판을 하고 또 전향을 해야 한다고 떠드니, 글쎄 천하에 이럴 법이 있느냐고 통탄하고.

"그러나 사람이란 건 사회적으로 한번 어떠한 규정을 받으면 좀체 거기서 발을 씻고 나설 수 없음을 이번에 절실히 느끼었다. 이제 정치란 것에 멀미가 날 지경이어서 어떻게 하고 싶으나 이 하늘 아래서 호흡하고 있는 이상 김일출은 근민당 사람이란 레떼르를 지워버릴 수는 없이 되었다" 하고 또 호젓이 웃어 보이었다.

역시 그는 인민공화국의 백성이 되었어도 자유주의의 허울을 벗지 못하였고 앞으로도 벗지 못하리라 생각되었다.

1950년 7월 18일

아침에 나가면서 보니 아니나다를까 며칠 전까지 '근로인민당 성북구 당부'란 큼직한 간판이 걸려 있던 저축은행 돈암동 지점의 묵은 점포에 전의 간판은 간 곳 없고 '서울시 인민위원회 성북구 전출지도소'라는 새로운 간판이 걸려 있다. 그와 반면에 그 맞은편 언덕 위 수도원 자리의 무슨 왕궁처럼 생긴 호화로운 저택에는 '조선노동당 성북구당부'란 찬란한 간판이 붙어 있다.

학교에 나가 보니 책상 위에 '건설대 지원서'라는 것이 놓여 있고 이미 여러 교수들이 서명 날인하였다. 못본 척하고 말려니 김삼불(金三不) 군이 은근히 불러서 "선생님 저기에 서명하시는 것이 좋을 것 같습니다. 모두들 하시니까요. 내용은 전재지(戰災地)의 복구라든가 하는 건설사업에 가담하겠다고 지원하는 것인데, 뭐 지원하셨다고 도까다(土方, 농사일)처럼 날마다 일터에 나가셔야 한다든지 하는 그런 일은 없습지요. 당국에서도 그저 여러 선생님의 성의를 보려고 하는 것일 게고, 여러 선생님으로 말씀하면 이리함으로써 과거를 청산하고 우리 인민공화국에 적극 협력하시겠다는 결의를 표명하시는 게 되구요. 봅시요, 늙은 선생님들까지 죄다 지원하셨답니다" 하고 각근히 권한다.

"내가 무슨 청산해야 할 과거가 있기에" 하고 호통하고 싶은 울컥하는 마음을 가까스로 참고 "나는 이즈음 건강이 좋지 못해서 학교도 나오다 말다 하는 형편이 아니오. 이런 데 이름만 걸어놓고 실지론 의무를 이행하지 못하느니보다는 차라리 건강하기를 기다려서 하는 것이 좋을 성싶소" 하고 다시 무슨 말이 있을까봐 얼른 그 자리를 나와 버리었다.

김군의 말마따나 거기 이름을 적었다고 설마 날마다 일터에 나가야 하는 건 아니겠지만, 이를 지원함으로써 과거를 청산하느니 마느니 하면 문제는 달라진다. 죽어도 그런 아니꼬운 소릴 듣고 거기다 내 이름을 적어넣을 수는 없는 노릇이다.

김삼불 군이란 국문과의 수재로 장래가 촉망되는 젊은 학도이다. 그가 좌익에 공명하는 것쯤은 평소부터 알고 있었지만 이처럼 맹랑한 친구일 줄은 몰랐다. 이즈음 학교에는 김삼불 군, 임건상(林建相) 군 같은 졸업생들이 나와서 어느 사이엔지 모르게 차츰 자리를 잡고 앉게 되었다. 교협(敎協)에서 삐라나 써주고 붙어다니던 얼치기 친구들이 모두 문리과대학 교수로 등장하게 되었다.

1950년 7월 19일

학교에 들어 있던 인민군의 일부가 다른 곳으로 옮아가고 그 대신 서울시 인민위원회의 일부가 학교로 소개(疏開)해와서 도서관과 연구실까지 모두 쓰게 되었으므로 우리가 가서 이를 치워주어야 한다 해서 오늘은 오랜만에 학교 교사(校舍)엘 들어가보았다. 지난 16일의 용산 폭격으로 당국이 몹시 당황해하는 여파이리라.

서울시 인위(人委)는 군에서 절대한 권력을 위양받아서 정부가 수도로 옮아올 때까지 정부와 같은 기능을 발휘한다 하며, 따라서 여기서 일 보는 사람은 모두가 당원이어야 한다는 것이다. 그래서 그런지 교문에의 출입이 매우 엄중하다. 예사 군이 들어 있는 이상이다.

연구실에 들어가보니 한심하기 짝이 없다. 문이 쉽사리 열린 곳은 그만이지만 쇠를 채워두어서 잘 열리지 않은 곳은 모두 발길로 차서 문을 부숴버리었다. 내부의 모양은 이루 다 말할 길이 없다. 수세미로 화해버린 연구문헌과 고문서(古文書), 표지는 뜯기어서 견장(肩章)이 되고 알맹이만 굴러다니는 양서, 휴지로 쓰다 남은 당서(唐書), 이런 것들이 산란한 중에 더욱이 가슴 아픈 것은 이 몇해 동안 심혈을 기울여서 만든 카드들이 더러는 구석에 꾸겨박혀 있지만 대부분은 산일(散逸)해버리고 없다.

인민군은 그 규율에 있어서나 그 개개의 소질에 있어서나 우리가 상당히 높이 평가하고 있는데 병정이란 역시 이런 것인가 싶어 자못 한심스럽다.

지명연구회(地名研究會)에서 쓰려고 내어다 둔 5만분지 1 지도는 많이 수세미로 되어 있고 연구회에서 애써 조사해놓은 귀중한 많은 자료들은 휴지로 쓰이었다. 지난 한해 동안 이를 위하여 가진 애를 쓰고 다니던 일을 생각하니 떡심이 풀린다. 전쟁이란 이런 것인가? 이민족도 아닌 동족끼리, 우리의 소중한 문화재를 이다지도 몰라주는 것일까. 카드가 없어진 일과 아울러 생각하니 그 자리에 펄썩 주저앉아서 엉엉 울고 싶다.

어떤 연구실을 들여다보니 책장에 백묵으로 "남방부의 뭉하는 디러저 잇다" 하고 그리 훌륭하지 못한 솜씨로 써갈긴 것이 있다. 아마 "남반부 문화는 뒤떨어져 있다" 하는 내용인 듯싶다. 소련말로 씌어진 책들이 없고 한문(漢文)이나 영어로 된 책들만 가뜩 쌓여 있으니 그들의 눈에는 봉건 냄새와 적성 분위기가 풍길 뿐일 테니 뒤떨어져 있다고 생각되지 않을 것이냐고 어느 고명한 선생님의 해석이시다.

남반부니 북반부니 하는 말들은 그들이 반드시 쓰는 문자이다. 이미 조국이 통일되었다고 전제하고 생각하면 그럴 듯한 어법이다. 이러한 말들만 쓰기로 하면 통일에 대한 초조감이 더욱 세어질 것이다.

1950년 7월 20일

오늘도 학교에 나갔다. 시인위(市人委)가 거기 와 있고 인위(人委)의 문화선전부(文化宣傳部)엔 철(哲)이 일보고 있다 하니 한번 만나서 이즈음 세상의 돌아가는 형편을 그와 더불어 터놓고 이야기하고 싶었기 때문이다. 인민공화국에 얼마쯤의 기대를 갖고 있다가 되우 실망하는 사람은 나 하나뿐만이 아닐 것이다. 그러면 이 사태를 저들은 어떻게 보고 있는 것일까. 다른 맹목적인 공산주의자와 달라서 철은 이성을 지닌 사람이니 그는 이 현실을 과연 무어라 보고 있는 것일까. 만나면 붙들고 할 이야기가 얼마든지 있을 것 같다. 혼자 주먹을 치고 울분해 하되 아무에게도 하소할 수 없는 사회의 가지가지 불합리한 현상도 그를 만나면 마구 펴놓을 수 있으려니, 설사 만나서 아무런 결론에 이르지 못할지라도 우선 내 마음만은 얼마쯤 후련해질 수 있으려니…… 하여 오늘 아침의 내 발걸음은 한결 가벼웠다.

그러나 아침에 교문을 들어서기조차 매우 힘들었다. 도서관의 책임을 맡고 있는 성(成)씨가 어제 제 입으로 내 이름을 연락해두겠노라 하였고 또 나도 나중에 거듭 다짐해두었었는데, 오늘 이 관문을 출입할 수 있는 사람의 리스트에 내 이름이 실려 있지 않다. 성씨의 그 재치있는 얼굴이 나중에 나를 만나면 또 무어라 변명할까 싶다. 문밖에서 거진 반시간 동안이나 기다려도 학교와의 연락은 되지 않고 그만 그대로 돌아갈까 하던 참에 마침 드나드는 공산당원 중에 나는 잘 모르나 저는 나를 알아보는 사람이 있어서 위병소에 말해서 겨우 들어갈 수 있었다. 이것이 틀림없는 우리 학교이고 그리고 이 교문은 이 몇해 동안 아침저녁으로 드나들던 문임을 생각하면 감개무량하다.

문화선전부에 갔더니 마침 철이 있었다. 대뜸 "너와 만나고 싶어서 찾아왔다. 마구 두들겨주고 싶은 일이 얼마든지 있다" 했더니, 뜻밖에 매우 난처한 기색을 보이고 "나 지금 한창 바쁜중이니 밖에서 기다리면 열두시 점심참에 나가마" 한다. 그도 그럴 성싶다. 그들에게 있어서 지금이 얼마나 바쁜 철이라고 아침부터 한만(閑漫)하게 찾아온 내가 불찰이지 싶어 앞으로 두시간 반 동안을 꾹 참고 기다리리라 하였다. 그처럼 어려운 문을 들어왔으니 나갔다가 나중에 다시 들어올 수도 없는 노릇이고.

철은 내 전문학교 때 가장 가까이 지내던 친구이다. 학교를 나와서도 우리 두 사람은 십년 넘게 지기(知己)로 사귀었다. 8·15 이후로 그가 보수적인 가정을 박차고 나와서 좌익운동을 하고 다니면서부터 피차의 길이 어긋나서 "정치광(政治狂) 노릇 그만하고 불문학 공부나 계속하려무나. 그게 진정한 민족과 사회를 위한 길일 것이다. 네놈들이 아무리 안간힘을 쓰기로서니 그로 하여 일이 바로잡힐 듯싶으냐. 결국은 미·소 중 어느 한 세력의 앞잡이 노릇을 한 폭밖에 되지 않으리니, 그 아니 어리석은 짓인가" 하면 그도 지지 않고 "네놈들처럼 민족과 국가의 운명이야 어느 지경으로 가든, 이를 남의 일처럼 좁은 연구실 창구멍으로 내다보고만 있을 수 있느냐 말이다. 옳고 그름을 판단할 수 있는 젊은 양심을 지니었다면 어찌 뛰쳐나와서 일하지 않고 가만히 앉아 배길 수 있을 것인가" 하여 만나면 언제까지나 줄다리기를 끊이지 않았던 것이다.

때로 공산당의 잘못을 들어서 짓궂게 육박(肉迫)할라치면 처음엔

기를 쓰고 저들의 입장을 들어서 그러지 않을 수 없음을 말하다가도 이쪽에서 저영 욕설이 심하면 "우리 세상이 되어보아라. 네놈 같은 반동분자, 기회주의자를 제일 먼저 잡아다 목을 자를 테니" 하고 호기를 부리었으나 나중에는 "그게야 사람의 하는 일이 어디 완미(完美)할 수야 있나. 그러나 그 기본노선이 옳은 것인 줄 안다면 함께 그 잘못된 점을 고쳐나가려고 노력하여야 할 일이지, 언제까지나 방관만 하고 있을 수 있을 것인가" 하여 서로 웃고 마는 것이었다.

그래도 다시 만나면 "이 죽일 놈아, 민족의 흥망이 관두에 서 있는 오늘 그래도 연구실만 지키고 있으면 고만인 줄 아느냐. 두고 보아라, 그 알량한 연구실인들 언제까지나 붙들고 있을 수 있을 것인지. 이 어리석은 놈 같으니" "그 미친놈 같은 소리 작작 하려무나. 너의 말대로 하루이틀에 끝날 민족문제가 아니어든, 삼천만이 모두 정치에 미쳐 날치고 교육은 비워둔다면 내일의 조선은 텅 비인 머리로 무얼 한단 말이냐. 이 소견이 바늘구멍처럼 좁은 놈 같으니" 하여 서로 지지 않으려 하였다.

더욱이, 북조선의 공업시설을 소련이 떼어갔다는 소문이 파다할 무렵, 신탁통치의 막부삼상(莫府三相) 결정에 대하여 거족적인 반대운동을 일으켰다가 공산당이 하룻밤 사이에 이를 번복하였을 때, 미소공위(美蘇共委)가 끊일락 이을락 할 시절, 이른바 10·1사건[27]을 일으켜 동족상잔의 비극을 자아내었을 때, 북조선이 갑자기 전기를 끊어서 남조선의 생산시설이 마비상태에 들어갔을 즈음해서는 둘이 만나면 밤을 패어가면서 격론을 되풀이하였다. 예를 들면 전기문제 같은 것도 양편의 주장에 무슨 특별난 것이 있는 것이 아니고, "남조선은 조선이 아니냐, 남조선의 산업이 망그러지고 남조선의 백성이 헐벗고 굶주리게 되면 너희놈들이 고소할 게 무에냐? 결국은 조선 전체가 더욱더 뒤떨어져서 외국의 수모감어리나 되고 말 것이지” 하면 “내가 끊은 게냐, 이 망할 놈아. 끊은 측도 등신·바보가 아닌 바엔 끊을 만한 이유가 있은 게지. 그래 그 전기를 가져다 미국놈들이 텅그스텐이나 캐어가고 수많은 애국자들에게 가지가지 악착한 전기고문을 마구해도 제발 많이만 가져다 쓰옵소서 할 천치들은 어디 있을 것이냐” 하는 것이지만, 결국은 여기서 또 파생되고, 또 이와 관련이 있는 여러가지 현실문제에 말이 미치고, 또 자칫하면 이념문제에도 이야기가 번져서 우리들의 토론은 끝이 없었다.

그러는 중에 우리들의 우정은 날로 깊어갔다. 그는 나를 가리켜 “미꾸라지에 기름 바른 놈”이라 욕하고, 나는 그를 대하면 “허파에 바람구멍이 난 미친놈”이라 윽박질러주었으나 그는 이정(而丁)[28]의 사인을 받은 책들을 나에게 보여주리만큼 나를 믿었었고, 나는 그를 대하면 공산당의 욕을 마음놓고 할 수 있는 오직 한 사람의 친구였다. 나는 공산당 아닌 사람과 더불어 공산당의 욕을 하리만큼 주책없는 사람이 아니었고, 또 공산당원을 만나서 함부로 공산당의 욕을 하리만큼 목숨을 아끼지 않는 철부지도 아니었으니만큼 가슴에 뭉클한 공산당에 대한 불평은 언제나 철을 만나야만 풀 수 있었다.

그러나 그가 좌익출판문화협회(左翼出版文化協會)의 일을 끝막고 무슨 명색 없는 일로 분주히 돌아다닐 때 때로 우리 집에 들러서 며칠씩 묵고 가는 일이 있었으나 우리는 그저 그가 피곤하니까 한적한 시외에 쉬러 오는 것이거니 하는 마음으로 그를 기쁘게 맞이하였고, 그가 돈이 떨어졌다고 하면 양식 팔 돈이라도 내어주면서 “이걸 가지고 당비(黨費)로는 쓰지 말게. 내가 잡혀갈까봐 겁나서 하는 말이 아니고, 나는 아직도 공산당의 하는 일이 옳은지 그른지 딱히 알 수 없기 때문일세” 하면 그가 말로는 “이 영원히 방랑만 하는 가엾은 회색분자(灰色分子)여” 하고 비꼬았으나 그의 마음속으론 나의 부탁을 저버리지 않으리라, 굳게 믿을 수 있는 사이였다.

그의 결혼 때 일만 해도, 인천의 어떤 늙은 혁명투사의 딸과 말이 있어서 거진 결정짓게 되었다는 거며, 더욱이 그 규수마저 여투사(女鬪士)로 맹활동중이란 말을 듣고 나는 일부러 고씨[29]를 적극 추천하였었다. 그가 고씨를 해롭잖게 여기는 눈치였으나 의리에 걸려서 몹시 괴로워하고 망설이는 양을 보고, “혁명가와 혁명가는 동지로 사귀어서 좋지, 함께 가정을 이루면 스산할 걸세. 가정이란 혁명전(革命戰)의 연장이어선 안되고 혁명가의 안식처가 되어야 할 테니까. 그리고 너도 소위 문학을 공부했다는 놈이 결혼이 의리로 좌우되어선 아니되는 것쯤이야 알 것 아닌가. 또 한가지 공산당을 위해서 진언(進言)하노니, 너는 고씨를 맞아서 그 보수주의자를 붉게 물들이고, 너와 말이 있다는 그 색시는 또다른 분과 그러하고 하면 더 좋을 게 아닌가” 하는 식으로. 내 설복(說服)이 주효했는지 고씨의 매력이 절대한 때문이었는지 마침내 철과 고씨 사이의 약속이 성립되었으나, 그러나 또 한 난관이 혼주(婚主)가 되어야 할 철의 형 인(仁)[30]씨의 완고함이었다.

인씨는 바로 그때 검찰총장으로 있어서 그 아우 철의 행동이 눈의 가시이고, 더욱이 철이 그 조카인 인의 아들딸들을 붉게 물들인다 하여 인은 노발대발, 가정에선 “철이 우리 집안을 망치는 놈이다” 하고 울부짖고 신문기자들을 인견(引見)하고선 “철같은 놈은 잡아 죽일 수밖에 없다”고 성언(聲言)하였다는 것이다. 그러나 규수측 혼주는 신랑측 혼주의 동의 없이 이 혼인을 성립시킬 수 없다 할 것이고, 그게 또 지당한 말씀이고…… 하여 나는 심히 어려운 일인 줄로 짐작이 가면서도 모처럼의 중매쟁이 노릇을 흐지부지하고 말 수도 없어서 하루는 용기를 내어 철의 매부 하상용(河祥鏞) 씨를 동반하고 남산 밑 관저에 인씨를 찾았었다.

먼저 철의 자당을 뵙고 내의(來意)를 말하였더니 나를 붙들고 눈물을 흘리시면서 "이런 고마울 데가 어딨소. 내가 그놈을 늦게 낳아서 막내둥이로 애지중지 길렀더니 글쎄 그놈이 그 지경이어서 형의 눈 밖에 나고 나이 30이 넘었어도 장가도 들지 않고 그놈이 아주 패륜하고 말 일을 생각하면 나는 잠이 오지 않는 것을, 참 이런 고마울 데가 어딨소" 하고 무척 감격하시는 모양이나 "그럼 맏아드님께 말씀해서 이 혼인이 성사되도록 하시지요" 하면 그만 풀이 죽어서 "내가 말해서 될 일이라면 여지껏 있었을라구. 그러지 말고 제발 되도록만 해보우. 적선이지, 적선이고말고" 할 뿐이시다. 나는 부득이 인씨를 직접 만났다. 미리 하씨에게 부탁해서 내가 철과는 인간적으론 친해도 공산주의자는 아니란 것을 분명히 밝혀서 소개받고 그 말을 꺼내니 "선생 모처럼 오셨으니 우리 이야기나 하고 놉시다. 철 말은 아예 마십시오. 그놈은 인간이 아니랍니다" 하고 나서 공산당은 파괴를 일삼는 강도집단일 뿐 아니라 살부회(殺父會)를 조직하는, 이 하늘 아래 용납할 수 없는 궁흉극악한 도배라는 것을 최근의 형사사건에 나타난 예를 들어가면서 장광설을 늘어놓으신다.

이렇듯 공산당에 대한 혐오감이 머리끝까지 사무친 이분의 주위에 그 아들과 딸을 비롯하여 동생, 누이동생, 조카, 모두가 철의 편에 동조함을 생각하면 모든 것이 시대의 장난이요, 민족의 비극이라고밖에 할 수 없다.

이분으로 말하더라도 그 어렵던 일제시대를 깨끗이 살아나온, 우리의 존경할 만한 분이다. 그는 그 당시 변호사로 있으면서 사상(思想)사건이라면 한푼 보수를 받지 않고 자진해서 맡고 자기비용을 써가며 정성껏 보아주었다. 그때 그는 민족주의사건이고 공산주의사건이고를 구별하지 않았다. 그가 한쪽 발을 이끌고 부자유한 몸으로 천리길을 멀다 않고 다니면서 지방의 학생사건에 이르기까지 도맡아서 지성으로 보아주는 그 풍모(風貌)는 성스럽기조차 하였다. 이러한 그의 태도가 일제(日帝)의 눈에 거슬리지 않을 리 없어서 마침내 그는 어학회(語學會)사건에 연좌(連坐)하여 함흥감옥에 갇히었었다.

그러면 이렇듯한 형의 뜻을 받들지 못한 철이 불량패자(不良悖子)런가. 그는 내가 보는 한 가장 양심적인 청년의 한 사람이고, 이 형에 이 아우! 역시 민족의 비극이랄 수밖에.

"선생은 의절(義絶)했다고 하시지만 핏줄이라는 게 어디 그리 쉽게 끊어지는 겁니까. 선생이 영제(令弟)를 미타(未妥)히 여기시는 건, 그 사람에 있지 않고 그 사상에 있다고 말씀하셨지만, 사상이야 핏줄과 달라서 고쳐질 수도 있을 것 아닙니까. 다만 선생은 생각하시기를 영제의 사상은 고쳐지지 않을 것이라 하시겠지만, 그러나 이 점은 다른 각도에서 다시 한번 생각해볼 수도 있는 문제일까 합니다. 여태껏 부모형제로서 달래보아도 안되고 친구로서 일깨워주어도 어찌할 수 없는 철의 사상이긴 합니다마는, 그러면 우리는 이로써 우리의 할일을 다했다 하고 아주 철을 단념하고 말아도 좋을 것입니까. 그러나 단념하여지지 않는 것이 혈연이고 우정입니다. 우리는 남은 한가지 방법을 마저 써보는 것이 우리의 도리가 아닐는지요. 그건 다름아니고 그에게 교양있고 덕성있는, 그러고도 사상이 온건하고 그 온건한 사상에 틀이 잡힌 배필(配匹)을 얻어주어서 부인의 감화로…… 말이 우습습니다마는, 부부란 건 피차에 감화를 미치는 것이니까…… 그 부인의 힘으로 설사 꼭이 철의 사상을 돌이킨다고는 예견하지 못할망정 우리는 이 마지막 손까지 써보고야 마는 것이 우리의 도리가 아니올는지? 나 자신 철의 사상이 그리 쉽게 돌아서리라고 기필(期必)하지 않습니다마는 그 예봉(銳鋒)이 얼마쯤 무디어질 수는 있을 것이며, 적어도 그를 서재로 돌아오게 할 수만 있으면 큰 성공이 아닐까 합니다. 이는 철을 우격다짐으로 꺾는 것이 아니고 이때까지 가리어져 있는 철의 본바탕을 나타나게만 할 수 있으면 될 줄로 생각합니다. 아시다시피 철의 성격이 본시 그러한 사람이 아니니까요.”

인씨는 끄응 하고 말이 없었다.

이리하여 인씨의 주혼(主婚)으로 철과 고씨와의 혼인식이 검찰총장의 관저에서 행하여지고 1년 후엔 철도 아버지가 되어 그 딸을 무척 귀여워하였었다.

그러나 재미난 현상은, 고씨는 본시 그 가정과 교양은 물론이고 체질적으로 과격사상에 반발하는 사람이었건만, 혼인말이 났을 때 “신랑은 인간적으론 다시없는 좋은 사람입니다마는 사상적으로는 전형적인 볼셰비킵니다” 했더니, 대학에서 영문학을 전공한 그리고 몸집이 뚱뚱하고 지극히 침착하고 이지적인 스물여덟살의 이 규수는 “누가 사상과 혼인하나요. 양심적이문 그만이지요” 하여, 우리는 한편 미쁘게도 생각하고 또다른 한편으로 오늘날 이 회오리바람치는 현실 속에서 사상을 초월한 이 결혼생활이 어느 방향으로 키를 잡을 것인가 하여 아슬아슬하게도 생각되었던 것이다.

철이 금년 봄에 잡혀서 서대문 형무소에 수감되었을 때 가족들이

천단히 서울신문에 탈당 성명서를 내고 인씨가 주선하여 담당검사로 하여금 본인이 이 성명을 시인하기만 하면 놓아주기로 하여 검사실에 불리어갔을 때 그는 서슴지 않고 "이 성명은 내 본의에 어긋난 것이오" 하여 입회(立會)한 인씨로 하여금 자못 난처하게 하였던 이야기는, 듣는이 중에 더러는 "그 맹추, 형 덕에 아직도 고문 맛을 몰라서 철부지로군" 하는 사람도 있고, 더러는 "역시 철이 철답다" 하여 그 사상에는 공명(共鳴)하지 못하여도 그 인간됨에는 감탄하였던 것이다.

장근 두시간 반을 기다려서 오정이 지났건만 철은 나타나지 않는다. 하던 일을 끝내느라고 점심시간이 좀 늦어지는 게지 하고 아무리 기다려도 영 소식이 없다. 반시간이 지나고 다시 무료하고 초조한 반시간을 보내고 한시가 지나서 다시 문화선전부란 데를 가보았더니, 철은 여전히 아까 그 자세대로 돌아앉아서 일을 하고 있다.

내가 좀더 기다려야 할까보다 하고 그대로 돌쳐나와서 다시 한시간이 더 지나도 깜깜무소식이다. 거듭 가보아도 철은 역시 그 모양이다. 이제는 할 수 없어서 문간에 앉은 사람을 보고 "이철 동무를 만나러 왔습니다" 했더니, 그 친구 문을 탁 닫고 나오면서 "지금 자리에 없습니다" 하고 천연스럽다.

"지금 저기 앉아 있지 않소" 해도 "아닙니다" 할 뿐.

"글쎄 바쁘면 만나지 않아도 좋으니 다음 만날 약속이라도 하고 가야겠소" 하였으나 "안됩니다" 하고 아주 담벼락이다.

나는 돌아섰다. 눈앞이 아찔하였다.

철은 틀림없이 있었건만……

내 소리를 분명히 들었으련만……

나는 다리가 후들후들 떨렸다. 점심을 굶은 때문만이 아니다. 점심은 인민공화국 백성이 되면서부터 포기한 것이 아니냐. 돌아오는 길이 보이기도 하고 보이지 않기도 하였다. 그래도 나는 울지는 아니하였다.

1950년 7월 21일

어제 학교에서 나오던 길로 자리에 누웠다. 오늘 하루도 몸을 까딱하기가 싫다.

낮에 대규가 와서 "철이 몹시 미안하다 하고 그리고 틈 보아서 일간에 한번 나가겠노라고 하더라" 한다.

말이 그렇지, 그가 나올 성싶지 않다. 나와도 그를 만나서 무슨 이야기가 하고 싶을 것 같지 않다.

1950년 7월 22일

밭에 나갔더니 저녁때 마침 홍(洪)군이 나와서 만났다. 그를 만난 지도 달이 가깝다. 그러나 그동안 몇 세월을 지낸 듯싶다.

"그동안 몹시 바빠서 한번도 찾아볼 겨를이 없었노라" 하는 긴장한 그 모습을 볼수록 한낮에 김매러 다니는 나 자신만이 이 세상에서 낙오된 듯싶다. 김영재(金寧在)[31] 씨가 검찰청 자치위원장으로 자기와 책상을 나란히 하고 있어서 한번 만나면 비루라도 마시고 싶다고 하더란 말을 전하고 법원 일은 자못 재미있게 되어가는 것같이 말하였다.

홍군이 법원 일을 맡아보고 김씨가 검찰청 일을 맡아본다면…… 하고 저윽이 마음이 놓이는 것은 이 또한 무슨 까닭일까. 나는 추호도 죄를 범한 일이 없는 몸이건만.

홍군은 말말끝에 법원자치위원회가 그동안 두번이나 이사하게 된 경위를 말하고 그때마다 군이 와서 30분 혹은 40분의 말미를 주고 명도(明渡, 비우라는)명령을 내리는데, 그 시간 안으로 이사를 마치느라고 땀을 빼기는 했지만 군의 민속(敏速)·준엄하게 일을 처리하는 것이 좋더라고 자기의 감상을 덧붙여 말하였다.

나는 대답할 말이 없어서 홍군의 얼굴만 넋빠진 것처럼 치어다보았다. 머리가 이쯤 돌 수만 있으면 행복일 게다 하고 오히려 부럽게 생각되었다. 자치위원회의 빈번한 이사는 법원뿐만이 아니고 학교의 경우도 마찬가지다. 맨 처음에 학교 사무실을 쓰고 있었으나 여기를 비우라고 해서 총장 관사로 옮긴 것이 얼마 가지 않아서 총장 관사엔 교육성(敎育省)이 들게 되니 비워달라 해서 수의과대학으로 옮아갔었고, 거기서 또 쫓겨나서 지금은 신도성(愼道晟) 씨의 관사를 쓰고 있는 형편이다. 다른 기관들도 수없이 이사다니는 이야기를 많이 들었다. 주먹이 한 온스라도 더 굵은 놈이 덜한 놈을 언제든지 마구 쫓아낼 수 있는 세월이다. 그도 30분, 기껏해야 한시간의 말미를 주고. 하여튼 하루 동안의 말미로 수십년 동안 살아오던 제 집을 아무 까닭없이 쫓겨나서 거리를 방황하게 되는 전출명령이 서슬이 시퍼런 작금이다. 그러나 문제는 이러한 데 오히려 일종의 미(美)를 느끼고 찬탄하여 마지않는 홍군과 및 그와같은 수없이 많은 사람들의 머리이다.

1950년 7월 23일

최봉래(崔鳳來)[32] 군의 집엘 들렀더니 경동(京東)중학의 남(南)선생 부인이 오셔서 울면서 하는 말씀……

"남선생이야 아시다시피 어디 평소에 지나치게 군 일이 있습니까.

그저 수십년 동안을 하루같이 수학선생 노릇을 하였고…… 하여 교감이 되었지만 그건 연조(年條)가 오랜 덕분이지, 어디 출세랄 수 있습니까. 그 또래가 모두 교장으로 울리고 있는 판인데. 하도 말수가 없고 또 세월에 나부낄 줄 모르는 성미고 보니 평소에는 갑갑스럽기도 하였지만, 세상이 이래 되고 보니 그것도 해롭잖은 일이었다 하고 안심하고 있었지요. 선생들 중에도 더러 피신하는 이들이 있었지만 남선생은 워낙 혐의받을 일이 없으니까 그럴 생각도 내지 않았답니다. 그래도 하도 들리는 소문이 위름(危懍, 몹시 두렵다)하여…… 김선생과 신선생이 창고에 갇혀서 며칠씩이나 굶고 학생들에게 몹시 매를 맞고 두분이 모두 거진 죽어가는 몰골을 해가지고 학생들에게 끌려서 어디론지 간 후로 다시는 그 가족들이 소식을 알 길이 없으며 교장 선생도 학생들에게 붙들려서 정치보위부(政治保衛部)로 넘겼단 소문을 듣고 나는 한동안 가슴이 떨려서 세상이 가라앉을 때까지 잠시 어디로 가 보시는 것이 좋을 것 같소 하고 말하였으나 남선생은 한다는 대답이 '나는 오십 평생에 가르친 죄밖에 죄진 일이 없는데 내가 가긴 어딜가' 하고 태연하시더니, 그리고 아무런 일도 없는 것 같더니 한 1주일 전에 학생 둘이 와서 새로 오신 학교 책임자가 남선생을 만나잔다고 학교로 뫼시고 가선 그 길로 오시지 않는구먼. 워낙 성미는 꼬옹한 분이 당치 않을 변을 당하시어 행여 무슨 일이라도 있을까봐 잠이 오지 않소" 하고 부인은 다시 눈물을 지으신다.

최군이 전에 경신중학교에 다닐 적에 남선생에게서 수학을 배웠었고, 또 이쪽에서 좌익운동에 가담하여 일하다가 작년에 월북(越北)하였던 사람이므로 혹시 최군이 옛날 은사를 위하여 주선해줄 수 있을까 하여 부인이 일부러 오신 모양이다.

1950년 7월 24일

불문학과의 손우성(孫宇聲)[33] 교수를 통하여 학교에 나오란 기별이 있었으므로 아침 일찍 나가보았더니 오늘은 선생님들이 전에 없이 많이 모이셨다. 일간에 심사가 있다는 것이다. 그 준비로 또다시 이력서와 자서전 2통씩을 써내라 한다. 벌써 세번째이다. 그리고 갈수록 자세히 쓰기 마련이다. 무슨 이력서를 밤낮 쓰이느냐 했더니 교육성에서 나왔다는 친구가 이력서 양식에 대한 설명을 하다 말고 "우리는 지난 5년 동안에 이력서를 쉰번도 더 썼습니다. 여러 선생님들도 앞으로 자꾸자꾸 쓰셔야 할 것입니다" 하고 웃는다. 모두들 따라 웃었으나 무엇 때문에 이력서를 그처럼 많이 써야 하는 것인지, 그는 아마 교육성 친구도 딱히 모르는 모양이다. 크라보첸코의 책[34]이 생각난다.

"이렇게 세밀한 이력서를…… 교우관계와 친척관계까지를 미주알 고주알 캐어가면서 그도 번번이 바뀌어진 양식에 따라 자꾸 쓰고 나면 나중엔 제 이력, 제 생활환경에 대해서 아주 자신을 잃어버리게 되고, 혹시 당국에 문초라도 받을 경우엔 본인보다도 비밀경찰이나 정치보위부에서 더 완전 세밀한 자료를 갖게 되어서 꼼짝달싹할 수 없이 되었다"는 의미의 기록이 있었던 듯싶다.

1950년 7월 25일

이북서 온 책들을 판다기 6·25 이후 처음으로 도심지에 들어가서 화신(和信)엘 들렀다. 국영백화점이란 간판이 걸려 있고, 물건은 그리 많지 않으나 질서정연하다. 한성택(韓成澤) 군이 무슨 부장이라기 오랜만에 만나볼까 싶어서 찾았으나 마침 자리에 없고, 방안의 장식이랑 제구(諸具)가 으리으리하다. 전속인 듯한 이쁘장한 여점원이 잠깐만 앉아 기다리라 하였으나 너무 진한 귀족적인 분위기에 현기증이 나서 그만 나와버렸다.

서적부에 가서 『역사의 제문제』란 사학 잡지 다섯권[35]과 『조선어문법』이란 단행본을 샀다. 『당사(黨史)』니 『선집(選集)』이니 하여 술이 두텁고 값이 싼 책들이 많으나 당원이 아니면 팔지 않는다는 것이다. 철저한 차별대우다. 책을 사가지고 아래층으로 내려오는 길에 공습경보의 싸이렌이 나서 지하실에 대피하였다. 손님을 대피소로 인도하는 점원들의 태도와 동작이 틀이 잡히고 자연스러워서 좋았다. 함께 대피한 사람들 중엔 인민군들도 있고 여자군인도 있다. 말로만 듣던 여자군인을 처음으로 가까이서 보았다. 여기서 본 인민군들도 모두 행동거지가 단아하고 정중하여, 이즈음 늘 갖는 느낌이지만 인민군은 질이 좋고 훈련이 잘되어 있다. 맨 처음에 학교에서 받은 인민군에 대한 불쾌한 인상은 갈수록 씻겨진다.

공습이 두어시간 동안이나 계속되고 또 바로 화신의 옥상을 목표로 하는 것 같아서 손에 땀을 쥐었다. 가끔 멀지 않은 곳에 폭탄이 떨어진 듯 화신이 통으로 울리고 기총소사하는 소리가 연거푸 귀창을 찢을 것만 같다. 정릉리서 멀리 바라다만 보던 폭격과는 감상이 아주 다르다.

집에 오니 아내가 몹시 억울해하는 표정으로 "세상에 이럴 법이 다 있소" 하고 한탄한다. 왜 그런가고 까닭을 물으니, 오늘 낮에 정숙이가 반장집 가게에 가서 다마네기(양파)를 달랬더니 "다마네기가 다 무어냐. 그런 말 쓰려거든 일본으로 가거라. 반동분자네 집 아이라 다르다" 하여 이것이 또 듣고만 있지를 못하고 "반동분자가 뭐 택혼가. 우리 집이 왜 반동분자여” 하고 말대꾸를 하여 한동안 부산했다는 것이다.

나중에 알아보니, 반동분자란 건 무슨 깊은 곡절이 있어서가 아니요, 대학선생이란 사람이 이 좋은 세상에 번둥번둥하고 지내는 것이며, 문간에 남이 다 써붙이는 표어도 써붙이지 않았으니 반동분자가 아니고 무엇이냐 하는 것이며, 그보다도 ‘반동분자’란 남을 욕할 때 으레껀 쓰는 말이라 한다. 그야 어찌하였건, 정릉리의 모범적인 민주가정으로 이제 한창 서슬이 푸르른 반장댁…… 아니, 지금은 동장댁과 티격태격이 있었다는 건 이러한 세월이니만큼 꺼림칙한 일이다.

“그 아직 털도 벗지 않은 애송이 여맹원(女盟員)들이 우리 집에까지 몰려와서 교양을 받아야 되겠다거니 어떻다거니 하고 되고말고한 입부리를 놀리니, 글쎄 교양을 받는다는 건 이즈음 말로 감옥에 간단 의미랍니다. 그래 분하지 않소” 하고 아내는 아직도 분이 덜 풀린 모양이다.

“그까짓 것들, 지금 한창 어깻바람이 나서 그러는 걸 귀엽게나 보아두지, 별수 있소” 하고 웃어버렸으나 이미 술잔은 엎질러진 것이고, 우리집 일이 당으로 어떻게 보고가 되어서 언제 어떠한 불벼락이 내리지나 않을 것인지, 세월이 세월이니만큼 마음이 섬뜩하다.

1950년 7월 26일

이른바 각급 인민위원회선거라 하여 신문으로 라디오로 가두선전으로 또는 집회를 통하여 그토록 선전하던 인민위원회선거가 우리 마을에선 오늘 있었다. 가장 민주적인 방식으로 우리의 대표를 우리 손으로 선거한다 하여 민주선거, 민주선거 하고 이에 신물이 나도록 들어오던 것이 과연 어떤 것인지 내 눈으로 보아서 비로소 적확히 알 수 있었다. 인민공화국 백성이 된 덕분이다.

얼마 전부터 정릉리의 선거는 27일에 행한다 하여 벽보도 붙고 임시인위(臨時人委)에서 계몽선전도 하고 다니기에 어떠한 사람이 입후보하는가 싶어서 자못 흥미를 가지고 보아왔는데, 입후보자가 미리 발표되기를 기대한 것은 내가 민주선거의 정체를 잘 모르기 때문이요, 27일에 있다는 선거가 25일 오후에 가서야 26일 오전 다섯시에 당겨서 한다고 갑자기 발표되었다. 꼭두새벽에 그도 정릉의 산속에서 한다는 건 뙤약볕도 피하고 비행기도 피할 목적이라 수긍되지만, 시일을 이랬다저랬다 해서 무엇을 꺼리는 듯한 눈치가 보임은 무슨 까닭일까. 이직도 우리가 생각하느니보다 치안이 확보되어 있지 않은 것인지도 모르겠다.

어느 영(令)밑이라 기권을 할손가.

이날 새벽 아직도 어두울 무렵에 반장이 대문을 두드리고 얼른 나오라고 독촉이 성화 같다. 아직 잠도 안 깬 어린것들을 업고 안고 일가 총출동으로 나갔다. 마을이 모두 비다시피 하고 정릉의 산골로 향하였다. 이리하여 다섯시 정각 전에 일만 수천명의 유권자가 능 앞 풀밭에 모였다. 인원점검이란 나올 때 반장이 이름 쓴 종이쪽들을 나눠주는 걸 갖고 와서 선거장 어귀에 내면 그만이다. 이 종이쪽을 내는 것이 선거권 행사를 표시하는 유일한 증좌(證左)인 듯, 회장은 아무런 질서가 없이 빽빽이 앉고 서고 하였을 뿐이다. 혹은 폭격이 염려스럽기도 하고 더러는 집에 아이도 두고 온 모양이어서 슬금슬금 뒤편으로 빠져나가는 축들이 있건만 그건 아무 상관이 없는 모양이다.

이리하여 유권자 전원참집(參集)의 성황리에 역사적인 민주선거의 막은 열리다…… 이건 인민보(人民報)의 대서특필하는 문구다.

정자각(丁字閣) 앞에 무대가 설치되고 먼저 사회자의 인사가 있고 어떤 젊은 친구의 경과보고에 들어가 국제정세 해부의 기다란 허두(虛頭, 첫머리)에 비롯하여 조선의 최근세사에 관한 장황한 설명이 있고, 끝으로 강도 미제의 사주로 말미암아 6·25를 기하여 그 주구 이승만 매국도당이 동족상잔의 불집을 터뜨려서 평화를 애호하는 우리 인민공화국으로서도 마침내 이를 반격하지 아니할 수 없어서 — 이때 내 주위에서 무심코 실소(失笑)하는 젊은이가 있었다 — 오늘날 영광스러운 이 선거에 이르렀노라는 긴 경과 보고서를 읽는 것이 장근 30분이 걸렸다.

반격을 시작했다는 데서부터 좀더 자세히 소개하면…… 우리 인민의 가장 우수한 아들딸들인 영용(英勇)한 인민군은 반격을 시작한 지 불과 60시간 만에 수도 서울을 완전 해방하여 이승만 도당의 야만적인 압제하에 신음하던 150만 서울시민을 구출하고 계속 남진하여 한 달 미만에 적의 최대 거점인 대전(大田)을 해방시키고 경기도와 충청도를 완전 제압하였으며, 이제 전라도를 석권하고 경상도로 쳐들어가는 중이니, 저 파렴치한 침략자 미제를 바닷속으로 몰아넣을 날도 멀지 않았다……는 것이다.

다음은 의장단의 선출로 들어가서 사회자가 어떤 방법으로 하랴 하니 군중 속에서 “사회자에게 일임합니다” 하는 동의가 있고 연거푸 “좋소” “좋습니다” 하고 외치는 찬성이 있다. 사회자가 “그러면……” 하고 조금도 서슴지 않고 일곱 사람의 이름을 내리 부른다. 그러자 낯선 얼굴들이 단상으로 올라가서 주욱하니 늘어앉는다.

다음은 입후보. 군중 속에서 어떤 사람이 일어나서 “아무개를 추천

합니다" 하니 서기석에서 "좋습니다" 하고 이름을 적는 모양이다. 또 어떤 사람이 일어나서 다른 아무개를 추천합니다 하니 역시 "좋습니다"…… 이러하기를 여남은 번 계속하였을 무렵이다. 또 어떤 사람이 어떤 사람을 추천하려는 것을 사회자가 밀막고 나서서 "일곱명 선거에 이미 아홉명이나 입후보 추천이 있었으니 입후보는 이만큼으로 마감하는 것이 어떻소" 하니 또 "좋습니다" "옳습니다" 하는 소리. 이리하여 입후보는 끝났다. 그러나 나로선 이상스레 생각되는 것이 추천자가 피추천자의 성명을 부르는 것이 더러는 기운차게 외치는 경우도 있지만 더러는 분명치 않아서 비교적 가까이 앉아 있는 나로서도 똑똑히 알아들을 수 없는데, 단상의 서기석에 앉은 젊은 기록원들은 용하게도 모두 다 잘 알아듣고 한번 서슴는 일도 없다. 참으로 기적에 가까운 불가사의(不可思議)이다.

일곱명 선거라는 것도 나는 이제 들어서 비로소 알았다. 참 덩둘한 유권자이기도 하다.

다음은 입후보자에 대한 토론이라 한다. 이 또 무엇을 어떻게 하는 놀음일까.

추천자가 피추천자를 데리고 한 사람 한 사람씩 단상에 올라가서 약력소개가 있다. 판에 박은 듯이 빈농의 출신 또는 노동자의 출신으로 인민을 위하여 악전고투하여 왔다는 추상적 문구의 나열이고 끝으로 남로당원이란 당적을 밝힌다. 그러면 일부에서 박수갈채.

양봉가(養蜂家) 서정욱(徐廷煜) 씨도 입후보자로 추천되었는데, 그의 소개는 이채를 띠었다. 이분이 그 많은 생리(生利) 중에서 하필 양봉을 하시게 된 것은 벌의 사회생활이 우리의 이상(理想)하는 사회와 같음에 깊은 관심을 가지시어…… 여러분, 꿀이 소용되시는 분은 서

선생에게로 가면 얼마든지 거저 나눠드립니다…… 하여 폭소.

이리하여 우리 반 반장이던 이윤기(李允基) 씨도 입후보되었고, 또 그 누이 뚱뚱보 색시는 추천자가 되어 어떤 여투사를 입후보시키었다. 전에 지하운동을 하여 감옥에도 드나들었다는 이씨의 아우 두 사람은 보아하니 군중 틈에 끼여서 "옳습니다" "좋습니다"로 크게 활약하는 중이고 아직도 국민학교에 다니는 어린 계집아이는 화환을 들고 막후에서 대기하고 있고, 참으로 찬연한 민주가정의 활동이다.

이른바 토론이란 이렇듯 싱거운 약력소개 정도에 그치는 것인가 했더니, 아니다. 맨끝으로 공씨라는 분의 입후보 소개가 끝나자 이윤기 씨의 아우 한 사람이 군중 속에서 "공씨의 당적을 밝히시오" 하니 그때 막 계하로 내려오려던 추천자가 다시 등단하여 "한독당(韓獨黨)입니다" 한다. 그러자 역시 군중 속에서 "한독당은 적성을 띤 정당인데 우리는 그러한 정당에 소속된 사람을 우리의 대표로 뽑을 수 없소" 한다. 역시 군중의 일부에서 옳소, 옳소 하는 소리.

그러자 한쪽에서 손을 쳐들고 의장을 불러서 언권(言權)을 얻는 청년이 있다. 보아하니 뜻밖에도 우리 학교 언어학과에 새로 입학한, 국수집 아들의 그 창백한 얼굴이다. 전에 양정(養正)중학에 다닐 때 좌익에 가담하여 무기정학 처분을 받았다 해서 마을에서도 소문이 자자하고 경찰에서도 지나보지 않던 청년이다. 저 군이 무슨 소리를 하려고 저러는가 했더니, 한다는 소리가 "우리는 인물 본위로 우리의 대표를 뽑아야 할 것이지, 반드시 당적에만 구애될 것이 무엇 있소. 더욱이 공선생으로 말하면 지금 우리 정릉리 임시인위의 부위원장으로 계셔서 민주건설에 주야로 분투하시는 분이고, 한독당으로 말하면 남북협상에도 참가한 애국정당이 아니오?" 말이 미처 끝나기도 전에 우뢰

같은 박수 소리. 어디선가 발을 구르기조차 한다. 이 철부지 청년은 오늘 오후 내무서(內務署)에 인치(引致)되었지만 이 순간만은 인기의 절정이다.

그러자 또 한 사람이 나서서 "안될 말이오. 한독당은 과거에 미 군정과 협조하여 이승만 망국도배와 더불어 우리나라를 강도 미제에 팔아먹는 일익을 담당한 죄상이 분명하오. 우리는 그러한 매국정당에 몸담아 있는 사람을 우리의 대표로는 도저히 내세울 수 없는 일이오. 우리는 반드시 남로당이어야만 한다는 건 아니지만 남로당만이 우리 인민을 위하여 싸웠고, 또 우리 인민을 위하여 싸울 수 있는 진정한 우리 인민의 정당이란 걸 알아야 할 것이오" 하고 또 한 사람이 나서서 "한독당의 죄상은……" 하고 시작하자 공씨가 일어서서 이를 밀막고 "나는 이 자리에서 입후보를 사퇴합니다" 하여 이 격렬한 토론이 비로소 끝났다. 이리하여 일곱명 선거에 여덟명 입후보자가 나타났다.

다음은 정말 선거.

나는 서씨에게 투표할까, 이씨에게 투표할까, 혹은 또 기권할 수도 있는 것일까 하고 마음속으로 궁리하는 판인데 사회자가 입후보자를 한 사람씩 불러세우고 "이분이 어떻소" 하니 이 구석 저 구석에서 좋소, 좋소 하는 소리. "그럼 이분에 반대하는 분 손을 드시오" 하니 한쪽 구석에서 멋도 모르고 손을 들었다가 옆엣 사람에게 핀잔을 듣고 내리곤 한다……

이리하여 이윤기 씨가 만장일치로 당선, 박수로 환영. 그다음 사람도 유권자 백퍼센트의 절대지지로 당선. 이리하여 선거는 일사천리로 진행되다가 여(女)입후보자에 가서 반대거수가 제법 많아져 그 수를 세고 달고 하였으나 세는 중에도 들고 내리고 옆에서 핀잔 주고 호령

하는 데 따라 들고 내리고 하여 일정하지가 않았다. 어떻게 이를 세어서 숫자를 내는지 참 용하기도 하다.

그러나 이러한 자리에서 반대거수가 조옴 힘든 노릇인가. 그러니까 처음부터 찬동하는 사람에게 손들라 하지 않고 반대하는 사람에게 손들라 하는 술법이 그럴 듯하기도 하다. 처음엔 사람들이 모두 어떤 영문인지도 모르고, 또 얼마쯤 기가 질려서 손을 들다 말다 하더니 여후보의 차례에서부터 눈치를 힐끔힐끔 보면서 들기도 하고, 들었다가 눈총을 맞고 슬금슬금 내리기도 하고 하던 것이 어떤 지극히 초라한 행색의 여당원 차례에 가서 손이 마구 들어진다. 이렇게 모두들 기세 좋게 드는 것을 보더니 이번엔 또 무슨 드는 영문인가 하여 너도 나도 하고 드는 모양이다. 그리하여 절대다수가 손을 들었다…… 반대의 의사표시로!

이번의 여당원이 그 이력에 있어서나 사회측의 추천 열의에 있어서나 다른 사람에 비하여 아무런 손색이 없건만, 또 모두들 갑자기 나타난 입후보들인지라 군중의 대부분이 입후보자에 대한 인식이나 판단이 있을 리 만무하건만, 이처럼 한 과감한 반대의사 표시는 이 또 무엇일까. 짐작건대 그 행색이 그 형국이 하도 초라하여 "아무렇기로서니 저를 우리의 대표로" 하는 자존심이 허락지 않는 모양이고, 또 하나는 이때까지의 선거절차에 대한 그윽한 불만이, 경멸이 모두들 손을 드는 기세를 타서 폭발한 것 같기도 하다. 군중심리란 참으로 묘한 것이다. 하여튼 사람은 외양부터 훤치레(휜칠)하고 볼 일이다.

그건 고사하고 사태가 이렇게 되고 보니 사회자와 의장단측이 당황할밖에. 그리고 또 군중 속에 들어가 섞여 있는 의사진행 추진파들이 (나는 이렇게 명명하여 보았다. 얼마 동안 유심히 보고 있으려니 그들의 그룹은 손으로 셀 수 있을 만큼 그 존재가 분명하고 그 행동이 유표하다.) 마침 이 여후보가 떨구고 싶은 사람이었다면 일은 제창(齊唱)으로 된 것이지만, 보아하매 그렇지가 않은 것 같아서 사세 맹랑하게 되었다.

사회자와 의장단이 번갈아 일어나서, 이 동무는 과거에도 인민을 위하여 목숨을 내놓고 싸웠고 지금도 싸우고 있는…… 그러니까 우리 인민의 가장 적당한 대표일 수 있다는 것을 거듭 강조하고—물론 이제나저제나 구체적으로 어떻게 싸웠고 또 싸우고 있다는 말은 없다. 추상적인, 그리고도 격월(激越)하고 미려(美麗)한 문구로써 수식할 뿐인 것이 그들의 한 특징인 것 같다—그러는 한편 군중 속의 의사진행 추진파들이 무슨 의미인 줄 알고 손을 드느냐고 일깨워도 주고, 덩달아 함부로 손을 들면 그 책임을 질 각오가 있느냐고 암시도 주고…… 이렇듯 유형무형으로 눈부신 계몽지도 공작을 하였다. 그러는 중에 한 사람 두 사람씩 손을 내리기 시작하였다. 오랜 시간 손을 들고 있었으니 내리는 건 생리적 욕구이기도 하리라. 그러고선 손든 사람의 수를 세는데, 이곳저곳서 한 사람 한 사람씩 똑바로 쏘아보아가면서 천천히 세니 세는 중에도 손이 올랐다 내렸다 하는 형편이어서 우리가 보아선 갈피를 잡을 수가 없는데, 그래도 사회자측은 용하게도 숫자를 내어서 반대거수가 몇십 몇명이니(그 수가 분명히 들리지 않았다) 이 동무도 유권자 절대다수의 지지로 당선되었다고 발표.

그다음은 일곱 사람의 위원이 위원장을 호선(互選)하고, 이들에게 꽃다발 진정이 있고, 그리고 국민학교 아동들의…… 아니, 인민학교 아동들의 인민가요 합창이 있었다. 그 병아리 같은 입들이 언제 배워서 그렇게 잘도 부르는지 "장백산 줄기줄기 피어린 자욱/압록강 굽이궂이 피어린 자욱/오늘도 자유조선 꽃다발 위에/역력히 비춰주는 거룩한 자욱/아아 그 이름도 그리운 우리의 장군/아아 그 이름도 빛나는 김일성 장군" 하는 김일성 장군의 노래를 들으면서 "아, 깜빡 잊었구나" 하고 생각되는 건, 입후보가 여덟 사람이었는데(아홉 사람 중에서 한 사람은 자진사퇴하였고) 당선이 일곱 사람이니 한 사람이 어떠한 절차를 밟아서 낙선되었는지, 이런 멍청한 일이 있나. 잠시도 자리에서 떠나지 아니하고 종시 열심히 보고 듣고 하였는데, 글쎄 명색 유권자란 것이 어떻게 해서 당선과 낙선이 결정되었는지 그도 모르고 말았다니. 행여나 싶어서 조심조심 옆엣 사람에게 물어보았으나 그도 모른다는 것이다. 그역 나와 마찬가지 천치다. 군중의 반대의사 표시로 말하면 아까의 그 여후보자가 압도적으로 많았건만 그도 절대 다수의 지지로 당선이라 선언되었었고, 나중에 꽃다발을 받을 때 보아도 분명히 영예스런 우리의 대표 중에 끼였었고, 참으로 알다가도 모를 노릇이다.

인민가요의 합창이 끝난 뒤 조선민주주의인민공화국과 김일성 장군과 스딸린 대원수의 만세삼창으로 역사적인 민주선거를 끝막았다. 선거중에도 몇번이나 미국 비행기가 하늘에 떴으나 다행히 폭격은 없었고 정자각의 기둥에 커다랗게 붙어놓은 김일성 장군과 스딸린 대원수의 초상이 종시 우리를 지켜주었었다.

1950년 7월 27일

어제 새벽의 우리 마을 인민위원회 선거상황이 오늘 저녁의 조선인민보[36]에 커다랗게 났다.

"유권자 전원참집의 성황리에 역사적인 민주선거의 막은 열리다"

에서 비롯하여 "피어린 투쟁 경력에 빛나는 입후보들, 인민의 열광적인 환호 아래 인민의 대표로 등장"이라거니 "전체 인민의 열성적인 지원 아래 인민정권의 기초는 반석 위에 서다" 하는 말들로 끝맺었다.

어제 선거장에서 한독당을 옹호하여 인기를 독점하던 국수집 아들은 어제 오후 내무서에서 나오자 그길로 온 식구가 통틀어 고향인 용인으로 내려갔다 한다. 자취를 감추기도 재빠르거니와 뉴스 퍼지기도 빠른 세상이다.

나는 여태껏 라디오를 잘 모르고 지냈다. 현대문명에 대한 감각이 둔한 때문도 있지만 첫째는 가정을 지닌 후로 외국방송을 마음대로 들을 수 있는 좋은 기계를 살 만한 경제적 여유가 없었고, 또 이곳의 프로는 일부러 라디오를 사서 듣고 싶도록 마음에 당기지 않았었다. 그러나 아이들이 클수록 라디오의 필요를 느끼었었고, 또 마침 작년 겨울에 원고료의 수입도 있고 해서 단파(短波)의 씀직한 것을 하나 샀더니, 들고 오는 길에 정명교(鄭明敎) 군이 성동서원의 취체(取締, 단속)에 걸려서 물품을 빼앗기고 말았다. 그즈음 단파는 당국의 허가가 있어야 가질 수 있었기 때문이다. 친구들의 말에 절차를 밟으면 우리 같은 사람도 단파 청취허가를 얻을 수 있다 하였으나 가뜩이나 말썽 많은 세월에 이북방송이라도 듣고 있지 않나 하는 혐의를 받을 것 같아서 몇번 성동서에 걸음하고 말았었다.

6·25 직전에 무슨 마음이 내키어서 용출(龍出) 군에게 부탁하여 단파 아닌 것을 하나 사둔 것이 이즈음은 아주 요긴하게 쓰인다. 아침저녁으로 "조선민주주의인민공화국 인민군 총사령부의 보도"를 듣고 또 자수자들의 전향성명도 방송으로 들을 수 있다. 모두들 원고를 마음대로 쓸 수 있는 건 아니겠지만, 그래도 전에 대한민국 내무장관을

지냈다는 김효석(金孝錫)[36]의 그 지나치게 비굴하고 치사스러운 주책 덩어리의 내용에 비기어 안재홍(安在鴻)[37], 조소앙(趙素昂)[38] 씨 등 소위 중립파들의 방송[39]이 오히려 김효석보다는 대한민국을 덜 욕하고 인민공화국에 덜 아첨하여서 듣기 좋았다. 이는 그 개인의 인품(됨됨이)에 달린 문제이기도 하지만, 이래서 중립이란 귀한 것이 아닐까 싶었다. 그리고 또 평소에 모씨는 자기에게 아첨하는 사람만을 쓴다는 풍설이 파다하였으니, A에게 아첨 잘하는 사람은 세상이 뒤바꾸면 또 B에게 아첨할 수 있는 것이 아닐까.

김규식(金奎植)[40] 박사의 방송은 그 어조조차 침통하였고, 또 그가 모씨를 못마땅해하는 말들은 일부러 어떤 편에 듣기 좋게 하려 하는 것이 아니고 폐부에서 우러나오는 불만의 폭발인 것 같아서 듣는이로 하여금 감개무량하게 하였다.

1950년 7월 28일

손우성(孫宇聲) 선생이 오셨다. 내일 심사가 있을 터이니 학교에서 나오라는 연락이 있었다는 것이다.

"심사는 무슨 심사여, 우리를 모욕 주면서 그 따위 군색스런 구실을 장만하지 않아도 얼마든지 우리를 파면시킬 수 있는 저들이 아닌가" 하고 역정을 내신다. "우리를 떠보고 모욕 주고 하는 데 그들의 일이 있고 그들의 흥미가 쏠리는 게지요" 하고 맞장구를 쳤으나 손선생이 어떠한 분인지 뒷구멍으로 슬며시 켕기기도 한다. 한 마을에 살면서도 전에는 통히 모르고 지났었고, 6·25 직전에 이분이 성균관대학에서 우리 학교로 옮아오신 줄도 나는 몰랐었다. 이번에 학교와의 연락관계로 피차에 집을 알게 되어서 몇번 오고가고 하였을 뿐이다.

그 소박한 맵시와 중후한 인격이 믿음직하여 오늘도 이러한 이야기가 나온 것이다.

손선생의 말씀 중에 재미난 비유가 있었다. "공산당원들은 피라미드를 쌓는 이집트의 노예와 같다"고.

1950년 7월 29일

오늘 심사가 있어서 나와야 한다기 아침 일찍 학교에 나갔다. 그래 그런지 오늘은 선생님들이 거진 다 나오셨다. 이른바 '계속 남진중'인 분과 내무서 혹은 정치보위부에 붙들려간 분, 붙잡으러 올 법해서 도피한 분을 제외하곤 전원참석인 것 같았다. 나는 제일 늦게 들어가서 빈 자리에 앉는다는 것이 앉고 보니 이명선 씨와 유응호 씨의 다음 자리였다. 좀 거북하게 되었으나 하는 수 없는 노릇이다.

심사, 심사 하던 그 심사란 대체 누가 어떻게 하는 것인가 했더니, 이씨가 먼저 일어나서 오늘은 심사를 받기로 예정했었으나 교육성의 형편으로 내일로 미루게 되었으니, 이왕 모인 김에 다른 의사를 진행하자고 전제하고……

"이승만 괴뢰집단이 그들의 상전인 강도 미제의 사주를 받아서 무모하게도 일으킨 6·25 불법침공에 대하여 영용무쌍한 우리 인민군이 정의의 칼을 짚고 일어서서 쉽사리 이를 물리치고 도망하는 적을 추격하여 단시일내에 조국통일의 성스런 과업을 완수하려던 것이 미제의 야만적인 무력간섭으로 말미암아 필요 이상의 피를 흘리게 되었다. 그러나 이미 적의 최대거점인 대전이 함락되고 적은 대구, 부산의 묘액(猫額, 고양이 이마처럼 아주 좁은 곳)만한 지역 안으로 몰리어가고 있어서 이들을 완전히 바닷속으로 몰아넣는 것도 이제는 시일 문제가 되어 있다.

한편 해방지구에선 역사적인 각급 인민위원회의 선거와 세기적 과업인 토지개혁이 급속도로 진행되어가고 있다. 여태껏 간악한 제국주의자와 및 악덕 지주, 자본가 들의 압제와 착취에 부대끼던 인민들이 비로소 진실한 해방을 맞이하여 얼마나 기뻐하고 있는가는 해방이 된 지 한달도 못되는 동안에 서울시와 및 부근 해방지구에서 이미 54만의 남녀 학생과 청년들이 솔선 자진하여 의용군의 대열에 가담하였음을 보아서도 알 수 있다. 우리 교육계에 있어서도 우리들이 가르치던 학생들은 조국 완전 해방을 위한 이 성스런 전열에 나아갔다. 학생들만 내보낼 수 없다 하여 각 학교의 선생님들도 모두 그 뒤를 따르고 있다.

그러면 우리 문리과대학은 어떠한가. 아직 선생님들 중에서 한분도 의용군의 대열에 나선 분이 있음을 듣지 못하였다. 괴뢰 시절에도 우리 학교는 명실상부한 최고학부로 자부하였고 남도 그러려니 하였었는데, 해방 후 한달 동안의 우리들의 발자취는 우리 자신이 돌아다보아도 참으로 한심스럽고 부끄럽다.

우리는 하루바삐 옛 허울을 벗어버리고 새 시대의 호흡을 호흡하여야 할 것이다. 이것이 우리들의 앞에 놓여진 지상명령(至上命令)이다. 이 가열한 조국해방전쟁에 있어서 우리만이 낙오되었다 하면 앞으로 우리는 과연 우리나라의 학자로 남아 있을 수 있을 것인가. 우리 학교는 그래도 과연 그 존립이 허용될 것인가. 나는 단연코 그럴 수 없으리라고 생각한다.

그러면 우리들의 취할 길은…… 오늘 이 자리에서 전원 의용군을 지원하여 우리의 결의를 사회에 표명함이다. 물론 지원한다고 다 심사에 합격하여 일선에 나간다던가 하는 일은 없을 것이다. 내가 짐작건대 대부분의 선생님이 본의 아니게도 심사에서 떨어질 것이다. 심사는 우리가 상상하느니보다 엄격한 것이다. 그러나 전원지원이란 우리의 결의표명은 이 단계에 있어서 절대 필요한 것으로 믿는다. 이리함으로써 우리의 일거수일투족에 주목하고 있는 사회에 지대한 영향을 줄 수 있는 것이며, 또 이것이 우리 학교와 우리들 자신이 새 시대에 살아남을 수 있는 유일한 길인 것이다."

이어서 류응호 씨가 "나도 동감입니다. 여러분 선생님들도 물론 여기에 아무런 이의가 없으실 줄로 믿습니다만, 있거든 말씀해주십시오" 하고 일동을 둘러보았으나 장내는 태고림(太古林)의 정적이다.

1분, 2분, 시간이 흘러갔으나 모두들 강직한 자세에 침통한 표정일 뿐, 숨소리조차 끊어진 듯싶다. 가엾다 여러 선생님들, 이대로 앉아서 미라가 되려는가.

그러자 이윽고 이씨가 입을 열어서 "그럼 이의가 없으신 모양이니 전원 찬동해주신 것으로 믿습니다. 고맙습니다. 이로써 역시 우리 문리과대학이 살아 있다는 표시가 사회에 천명될 것이며, 우리들을 반동 인텔리들이라고 하는 욕설이 중상(中傷)이었음을 훌륭하게 반증(反證)할 수 있는 것입니다" 하고 자못 만족해하는 표정(表情)이다.

다음은 류씨가 미리 준비하여둔 종이쪽과 인주통을 앞으로 내어놓으면서 "그럼 여기에 차례로 서명날인해주십시오" 한다. 아까부터 어째 자리를 잘못 정했는가보다 했더니 아니나다를까, 이 전쟁의 본질이라든가, 거기에 의용군의 일원으로 가담하는 일 자체의 시비라든가 하는 문제는 그만두고라도, 심사가 있다고 모아서 의용군 출진(出陣)을 강요하는 이러한 굴욕적인 지원에 대한 이루 형언할 수 없는 반발심은…… 그러나 이를 함부로 털어놓았다간 나 자신이 어떠한 지경에 이르를는지 헤아릴 수 없는 일이니 어쩌면 자연스러운 계제로, 또 될 수 있으면 내 입이 아닌 남의 입을 통해서 이 울분이 터쳐졌으면 하는 은근한 기대도 보람이 없고, 마침내 불똥은 내 발등에 떨어진 것이다.

나는 내 앞에 놓여진 종이를 물끄러미 들여다보다가 내 있는 용기를 다하여 "사회자의 동의가 있었을 뿐, 재청도 아무것도 없이 이를 어찌 결의라 할 수 있을 것이오. 이 문제는 생각하기에 따라선 중난(重難)한 일이고 또 될 수 있으면 완전한 합의를 보는 것이 좋을 성싶으니 시간이 좀 걸리더라도 천천히 충분한 토의를 거쳐서 하는 것이 어떻소" 하니 그제야 모두들 오랜만에 숨을 내어쉬면서 "옳습니다", "좋은 의견이오" 한다. 이리하여 문제는 본격적인 토론으로 들어갔다. 그러나 순간 이씨의 미간에 깊은 주름살이 지는 것을 보고 나는 약간 가슴이 설레었다.

여러가지 의견이 나왔다. 그러나 한결같이 힘차지 못하였다. 논리학을 적어도 다 한번씩은 읽었음직한 대학 선생님들, 모처럼 발언을 해놓고는 공연히 사회자의 눈치만 힐끔힐끔 보고 반대도 찬성도 아닌 흘미주근한(흘미죽죽한) 결론으로 끝맺었다. 영문학을 한다는 어떤 젊은 친구 왈 "일신상의 중대한 문제니 집에 가서 아내와도 의논해보고 내일 표결함이 어떻소" 하여 모두 실소(失笑). 그 친구 핀잔만 듣고 머쓱하였다.

그러할 즈음에 체조선생 최인호(崔仁浩) 씨가 기운차게 일어나서 "아무리 토의해보았댔자 별다른 의견은 없으실 것 같고, 또 우리는 지금 아무것도 주저 준순할 때가 아니니 전원일치로 지원을 결의합시다" 하여 마침내 사회자가 거수로 표결하기를 선언하니 반대는 다만 두 사람. 평소에 쟁쟁한 리버럴리스트로 자처하던 분들, 모두 눈이 꺼벙꺼벙해서 손을 들었다.

중국문학의 민선생님, 뚱딴지도 유분수가 있지, "우리의 결의표명으론 의용군 지원 말고라도 여러가지 방법이 있을 줄 압니다. 우리 대학교수의 연명으로 리이 UN 사무총장[41]과 트루먼 미 대통령에게 야만적인 폭격을 그만두어달라고 메시지를 보내는 것이 어떠할까요" 하여, 선생은 아마 의용군 지원 대신 이것을 하는 것이 어떠랴 하는 본의겠지만, 결과로 보아선 또 한가지 더욱 난처한 제안인지라 모두들 가슴이 내려앉았으나 사회자가 워낙 외곬으로 한 목표만을 겨냥하고 있었기 때문에 다행히 이 문제만은 정식의제에 오르지 않고 말았다.

1950년 7월 30일

오늘은 정말 심사가 있었다. 오늘 이 수험자격을 얻는 댓가로 어제 의용군 지원을 선불(先拂)한 셈이다. 구술시험을 치르는 학생들 모양으로 한 사람씩 차례차례로 불려가서 이미 제출한 이력서와 자서전과 또 기타의 증빙서류를 놓고 심문이 시작된다.

심사관은 교육성에서 나왔다는 지나치게 혈색이 좋은 군과 홍익대학에 선생으로 있었다는 분과 또 한 사람.

대뜸 한다는 소리가 "왜 이북에 오시지 아니하였소?" 하는 맹랑한 수작. 다음은 "선생의 사관(史觀)을 들려주십시오" 하는 난처한 질문.

"그런 건 간단히 말하기도 힘들고, 또 이런 자리에서 무어라기 거북한 일이오. 굳이 아시려면 달리 길이 없지 않을 텐데" 하니 그들도 웃는다.

나중엔 "선생은 일민(一民)학술원[42]에 관계하신 일이 있지요" 하고 엉뚱한 유도심문이다.

이렇게 명색 심사를 끝맺고 나서 "내일 아침 열시부터 경기중학에서 심사를 계속하는 한편 교원들의 모임이 있으니 전원참집하시오"…… 이러고도 또 무엇이 미진함일까.

1950년 7월 31일

이삼일 전부터 돈암동 전차가 통하였으나 빈번한 공습으로 말미암아 탔다가 내렸다가 하느라고 잘못하면 걷느니보다도 시간이 더 걸린다. 비행기가 뜨면 전차는 그 자리에 붙어버리고 승객은 내려서 골목길, 처마밑으로 대피한다.

이러노라고 열시에 경기중학에 대어가기는 힘들었다. 경기중학은 지금 중견 교원의 장기 강습회가 열리고 있는 곳으로 우리 학교에선 국문과의 가람, 일석(一石) 양(兩) 선생과 조수 한 사람, 철학과의 박선생님[43], 그리고 사학과의 김일출 씨가 청강하고 있다. 강사로 와 있는 김한주(金漢周) 군이랑 박시형(朴時亨) 씨랑 만났다. 오랜만에 만나는 반가운 얼굴들이나 그들은 이제 승리의 깃발 아래 서 있고 우리는 심사의 대상이 되어 직업은커녕 생명의 위협조차 받고 있는 처지가 아닌가.

심사의 계속이니 무어니 하더니, 와보니 형편에 의하여 심사의 계속은 또 다음으로 미루고 오늘은 대·중학 교원의 총궐기대회가 있다는 것이다. 그러면 미리 그렇다지, 이건 철두철미한 속임수의 연쇄극이다. 교원의 궐기대회면 전번에 종로에서 있었단 말을 들었는데, 거기서 한번 했으면 고만이지, 또 무슨 궐기대회람.

넓은 강당에 입추의 여지가 없으리만큼 많은 교원들이 모였다. 대부분의 선생님이 심사의 계속이나 또 심사에 관련된 무슨 모임이 있거니 하고 나오신 모양이다.

먼저 서울시 임시인민위원회 위원장 이승엽 씨의 장광설(長廣舌)이 있었다. 내용은 판에 박은 것이었으나 그 말하는 품이 힘차고 믿음직하였다. 어딘지 모르게 노혁명가(老革命家)의 풍모가 풍기어서 인상이 좋았다.

다음은 또 무슨 결의니 선언이니 메시지니 하기에 중간에 슬쩍 빠져나오고 말았다. 미리 문간에 자리잡고 있어서 용이히 그리할 수가 있었다. 나중에 들으니 여기서도 또 전원 지원극으로 끝맺었다 한다.

오후엔 역사학회(歷史學會)에서 박시형 씨를 초대하여 종로에서 간담회를 열었다. 그러나 쟁쟁한 중견 사학도들이 모였건만 학문에 관한 이야기는 하나도 없고, 이북에서의 학제와 학교의 현황, 그리고 주장 교원들에 대한 대우며 심지어 고기와 설탕을 한달에 얼마씩 탄다는 이야기로 시종하였다. 윤기있고 자신에 넘치는 그 표정과 수년 전 연구실에 드나들던 때의 그의 꺼벙한 모습을 상기하였다. 또 한가지는 원고료의 푸짐한 이야기. 대개는 젊은 역사학 박사 박씨가 소련어가 무엇보다도 필수임과 또 이북에선 학자들이 잘 길러지고 있다는 이야기를 자랑스러운 어조로 말하면 모두들 몹시 부러워하는 표정으로 이를 듣고 있었다. 심사에 붙을지 말지 한 이 양반들의 심중은 자못 복잡한 바 있을 것이다.

1950년 8월 1일

한글학회의 유열(柳悅)[44] 씨가 찾아왔다. 돈암동서 소개(疏開)하여 이 마을의 허남구(許南九) 씨 댁에 방을 빌려 들었다 한다. "형도 인제 '류렬'로 창씨개명(創氏改名)하게 되었군요" 하니 "그게야 어느 것이 옳은지 다시 결정지어야 할 문제지요" 하기, "그쪽에서 낸 『조선어문법』 책을 보니 이극로(李克魯)[45], 김병제(金炳濟)[46] 씨 들도 가서 아무런 보람이 없는 모양인데, 더욱이 피점령 지역에 와서 당신 같은 분의 의견을 듣고 쉽사리 고칠 성싶소? 하여튼 형도 딱하게 되었소. 끝까지 진리를 위하여 소신을 굽히지 않을까? 정치적 압력에 굴복하고 마나?" 하고 아픈 곳을 다치니 "인민공화국은 학자와 문화인을 알아준다"던 그 호기롭던 이야기가 쑥 들어가고 만다.

우랄 알타이 어계족에 있어선 첫 음절에 있어서의 'ㄹ' 발음이 나지 않는 것인데, 이북에선 로동자, 리승만이라 쓰고 있다. 문법책에는, 쓰기는 그렇게 쓰더라도 읽기는 노동자, 이승만으로 읽으라 하였으나 평안도사투리는 곧잘 로동자, 리승만으로 발음하고, 또 심지어 우리가 노동자, 이승만이라 하면 반동이라고 욕한다…… 언제까지나 괴뢰의 구습(口習)을 버리지 못한다고.

'반동(反動)'이란 레떼르 하나 때문에 적어도 남의 앞에선 '리승만'이라 하여야겠고 그게 싫으면 될수록 어두(語頭)에 'ㄹ' 음이 붙는 말은 안 쓰도록 조심하지 않으면 안되게 되었다.

1950년 8월 2일

며칠 전에 인민보를 보니 중앙청 정면에 김일성 장군과 스딸린 대원수의 커다란 초상이 걸려 있다. 관청이나 회사의 정면 위에도 흔히들 이 두분의 초상화를 달아두었다. 그리고 사무실 안에도 들어가면 마주 바라보이는 높직한 곳에 이 두 사진이 의좋게 나란히 걸려 있다. 도서관의 성씨가 이 사진들을 받아서 소홀히 다루었다 하여 이명선 씨에게서 톡톡히 무안을 당했다는 이야기도 들었다.

미술동맹(美術同盟), 사진동맹(寫眞同盟)의 사람들은 이제 이 두분의 초상화를 어찌하면 더 아름답게 더 많이 그리고 베끼고 복사하고 번각(飜刻)해내는가에 전력을 기울이고 있다 한다. 그분들이 침식을 잊다시피 하고 활동하여주신 덕택으로 집마다 사진 두장씩을 나눠주어서 벽에 모시게 되었다. 우리 집에서도 이 사진들을 받기는 받았는데 어수선한 중에 어디다 흘러버렸는지 간 곳이 없다.

오늘은 봉아가 광기네 집에 놀러 가서 그 집 벽에 붙인 이 사진들을 보고 매우 신기해하더라 하여 광기 할머니가 "댁에는 김일성과 스딸

린의 사진이 없는가 보지요" 하여 등골에 찬땀이 흘러내렸다. "내 책
방에 붙여두었더니 그놈이 못 보았나보군" 하였으나 내 말이 어색할
밖에. "자기는 죽어도 거짓말은 하지 말아야겠다. 일제 때 어떤 부득
이한 사정으로 한번 거짓말한 것이 상기 마음에 접힌다"고 저서에 쓰
신 고려대학의 윤리학 선생님. 들으매 이미 오래전에 반동으로 몰려
학교에서 떨려나고 지금은 반 도피생활을 하고 있다는데, 아직도 거
짓말을 하지 않을 수 있는지 궁금한 일이다.

일전에 최봉래 군을 만나서 "너무 스딸린의 사진을 앞세우는 건 한
번 고쳐 생각해볼 일이 아닌가. 그 때문에 민중의 감정이 좋지 못한가
보던데" 하고 인민공화국을 위하여 걱정해주었더니, "의식수준이 뒤
떨어진 남반부 인민들의 감정을 좇아서 일할 수야 있나. 처음부터 옳
은 것을 보여주고 또 이를 강력히 앞세우고 나가서 우리를 민중이 따
라오도록 해야만 하지" 한다. 우리와는 동떨어진 딴 세상 사람의 말
을 듣는 것 같다. 역시 아직도 나 자신의 의식수준이 뒤떨어진 때문일
게다.

1950년 8월 3일

지난 5월엔가 『라이프』지에서 스딸린의 생일날 밤에 부다페스트에
서 불꽃을 올리는 사진을 보고 "이러할 수도 있는가. 이러해야만 하
는가" 하고 자못 의아한 생각을 품었었는데, 북조선에서 발간된 잡지
를 보니 우리 인민공화국에서도 스딸린의 생일에 굉장한 선물을 보내
었음은 물론이요, 이날을 경축하기 위하여 평양을 비롯한 북조선 방
방곡곡에서 솔문을 해 세우고 기행렬(旗行列)을 하고 만세를 부르고
꽃불을 올렸다 한다.

청(淸)나라 건륭제(乾隆帝)의 70생일을 경축하기 위하여 주하사(奏賀使) 박명원(朴明源) 일행이 북경(北京)으로 갔다가 다시 열하(熱河)로 돌아들게 되었다는 이야기는 연암(燕巖)의 『열하일기(熱河日記)』에서 보았지만, 그때 서울에서 축하행사를 하였단 말은 듣지 못하였다.

일찍 월남해온 동포들의 입에서 평양에 스딸린가가 있고 신의주에 몰로또프 광장이 생겼단 말을 듣고 설마 그럴 리야 하고 기연가미연가했더니, 이즈음 소련과 스딸린을 떠메고 나서는 걸 보면 그도 있을 법한 일이다. 언제나 이 민족이 사대(事大)를 안하여도 살 수 있을까.

1950년 8월 4일

요즈음은 폭격이 날로 심하여져간다. 비행기가 처음은 한강을 노린다는 소문이 있었고, 다음은 용산을 두들기더니 차츰 도심지대로 번지고 작금은 서울의 변두리에도 소이탄(燒夷彈), 로켓탄을 퍼붓는다. 얼마 전에는 청량리, 창동역 방면을 폭격했다더니 엊그저께는 미아리 유지공장(油脂工場)을 잿더미로 만들었다 한다. 미아리를 겨냥할 제는 비행기가 바로 우리 집 지붕마루 위에서 거꾸로 내리박히는 것 같아서 아슬아슬하였다.

이제는 정릉리도 안심이 되지 않는다. 우리 집에서 백미터 남짓밖에 거리가 떨어져 있지 아니한 경신(儆新)학교는 인민군이 꽉 차게 들어 있다. 학교 앞 숲에서는 말을 매어두고 달구지를 만들고 있다. 또 무슨 사령부인지는 알 수 없으나 연락병인 듯한 병정들이 흔히 사령부의 있는 곳을 묻고 다니는 걸 보면 우리 마을의 어느 골짝에 무슨 사령부가 있음이 분명하다. 그러면 언제 정릉리가 폭격대상이 될는지 모를 노릇이다. 더욱이 미군이 동경(東京)을 폭격할 제도 변두리부터 쓸어 들어갔다고 하지 않은가.

어디서 나온 말인지 미군이 원자탄을 쓰기로 하였다는 풍설이 파다하다. 더러는 비행기에서 떨어뜨리는 삐라를 주워 보았는데 서울서 40리 밖으로 피란가라는 문구가 씌어져 있더라고…… 그러니 서울에 원자탄을 던질 심산이 아니겠느냐고 그럴듯하게 꾸며대는 유언(流言)도 있다. 이 말에 속아서 하루는 정릉리 사람들까지 보따리를 이고 지고 피란 나가는 것을 보았다.

"한국사변에 원자탄이야 쓰지 않겠지. 쓰더라도 설마 서울에야 떨어뜨리지 않겠지" 하는 추측이 가긴 하지만 모두들 술렁술렁하면 공연히 마음이 뒤숭숭해져서 새삼스레 『히로시마』라든가, 『장기(長崎)의 종(鐘)』[47]이라든가 하는 책들을 꺼내어 읽어보기도 한다. 그러면 또 "지금의 원자탄은 일본에 쓴 것보다 몇십배의 성능을 가진 것이라니 그까짓 책들은 읽어 무엇하리요" 하는 사람도 있다.

뒤뜰에 방공호를 파고 그 안에 장난감을 들여다놓아서 폭격이 있는 날이면 아이들을 그 안에 들어가 놀게 하였으나 서울에 원자탄이 떨어지는 날이면 그만이고, 그야 그럴 리 없을 터이지만 경신학교가 너무 가까운 게 불안스러워서 봉아와 목아만이라도 어느 시골에 보내두었으면 싶건만, 첫째 그럴 만한 곳이 없고, 있으면 경희(璟熙)를 접혀 보낼 수도 있지만 아이들이 우리를 떨어져서 오래 있을 것 같지 않고, 더욱이 이 의용군 등쌀통에 경희를 마음놓고 어디로 보낼 수도 없는 노릇이고 하여 이즈음은 아내와 의논하느니 그 문제이나 이렇다 할 묘안이 생각나지 않는다.

오늘은 우이동으로 나가보았다. 우이동은 한적한 곳이라 들었다. 우리 마을에서는 치마바위 고개를 넘으면 연락하기가 쉽고 거기다 방

칸이라도 얻어서 가족의 일부분이라도 소개할 수 있으면 위험분산의 의미에서 좋지 않을까 함에서였다.

봉아와 목아를 광주리에 담아서 자전거 뒤에 싣고 경희가 끌어서 길을 떠났다. 아이들은 원족(遠足, 소풍)의 기분이 나서 좋아하나 어른들의 가슴은 납덩이로 내리누르는 것 같다. 길가에는 자동차 부서진 것이 널렸고 다리란 다리는 모두 끊기었고 더러는 탱크의 각좌(擱坐)된 것도 있었으며, 군데군데 새로 만든 흙무더기는 죽은 병정들을 끌어 묻은 것이라 하여 이 고장은 전쟁 기분이 농후하였다.

하루 종일 두루 알아보았으나 이미 서울서 피란민이 많이 나와 있어서 빈 방을 얻을 수가 없고, 더욱이 시내에서 나와 있는 사람들을 이 마을의 인위에서 반동분자일 것이라 지목한단 말을 듣고는 마음이 내키지 않아서 그냥 돌아오고 말았다.

1950년 8월 5일

민주선전실(民主宣傳室)이란 것이 생겼다. 마을의 몇몇 곳에 집회실을 마련하여두고 아침저녁으로 사람들을 모아 시국에 대한 이야기도 들려주고 신문도 읽어 들려준다 한다. 어른과 아이들을 모아선 인민가요를 가르치곤 한다.

우리 마을에서도 동회 사무소에도 생겼고 손씨네 가루 빻던 집도 민주선전실이 되었다. 이즈음은 동회 앞을 지나기가 무엇해서…… 저 작자가 왜 학교에는 나가지 않는고, 반동으로 몰려난 것이나 아닐까 하고 누가 나를 유심히 보는 것만 같아서 밭에 갈 일이 있어도 일부러 조(趙)박사네 집 앞을 돌아서, 또 될수록 마을 사람들이 나다니지 아니함직한 시간을 골라서 비슬비슬 남의 눈을 피하여 다니는 것이 버롯처럼 되었는데, 오늘은 마침 밭에서 일하다 아랫밭 손씨네 집 민주 선전실로 불려들어갔다.

민청원(民靑員)의 시국해설이 있다 하여 집에 있는 사람이며 들에서 일하는 사람이며 길가던 사람이며 닥치는 대로 잡아앉혀서 이야기를 듣게 하는 모양이다. 나이 아직 스무남은 살밖에 되지 않음직한 젊은 친구, 당돌하게는 생겼으나 아직도 애티가 뽀송뽀송하다. 투쟁경력은 어떠한지 모르나 별로 교양은 있는 듯싶지 않은 이 친구, 판에 박은 듯한 강도 미제와 및 그 주구 이승만 매국도당에 대한 욕설이며 인민군의 거칠 것 없이 쳐내려가는 양이며 마침내는 적들을 바닷속으로 몰아넣고야 말리라는 필승의 신념 같은 것을 이야기함에 있어서도 가끔 말문이 막혀서 그를 시종하여 따라다니는 여맹(女盟)의 처녀아이들이 퉁겨주곤 한다.

가장 흥미로운 이야기는…… 서울시민들이 이렇듯 굶기를 밥먹듯 하는 이유는, 괴뢰집단이 도망갈 때 서울에 비축되었던 식량을 저희들이 가져가려니 무겁고 두고 가려니 배아프고 해서 한강물 속에 모두 집어넣어버리고 갔기 때문이라고. 그리하여 지금 한강물 속에는 쌀이 질펀하게 깔려 있다고. 딴은, 이렇게 하면 인민들의 배고픔에 따르는 그 참을 수 없는 분만(憤懣)을 적개심으로 유도할 수 있으니 그럴 듯한 궁리이긴 하다. 그러나 문제는 백성들이 이러한 선전을 곧이듣는지, 어떤지?

이 친구, 이런 어수룩한 수작을 무슨 지령으로 하는 건지, 또는 제 조작으로 하는 소리인지 알 수 없으나 자꾸만 내 눈치를 흘끔흘끔 보는 것 같아서, 나는 또 내 듣는 태도에 무슨 유표스런 점이라도 있지 않았을까 해서 사뭇 마음이 송구스러웠다.

1950년 8월 6일

명대목(明大木)이 찾아왔다. 본시도 그리 영양이 좋지 못한 분이었
지만 매우 초췌한 얼굴이다. 이즈음 이러한 손님이 찾아오면 늘 하는
버릇대로 사랑 뒷방으로 안내하고 신발을 뒷문턱으로 돌려놓고 길게
로 향한 문은 덧문까지 꼭꼭 닫아 걸고 마주 앉으니 마음부터 먼저 억
색하다.

행여나 싶던 명선생은 정치보위부로 잡혀갔고 그리고 대성(大星)
군은 학교에 나갔다 의용군으로 붙들려가고 자기네는 전출명령을 받
아서 명륜동 집을 떨려나고……

"글쎄, 다른 사람은 몰라도 명선생 같은 분이 왜 남하하시지 않고
그냥 남아 계셨단 말씀이오. 그래 아무렴 무사하실라고" 하니, "우리
도 욱권해보았지만 어디 들으셔야지요…… 이렇게 허망하게 서울을
버리는 정부가 어디는 부지할 수 있을라고. 결국은 바다를 건너서 망
명하고야 말리니 내 이제 이러한 행색을 해가지고 육십 평생을 그를
상대로 싸우던 원수의 땅으로 가서 녹록한 생을 줍느니보다는 차라리
동포의 손에 죽어서 이 땅에 묻히고 싶다 하시고 영 움직이시지 않는
걸요. 그도 이박사께서 차라도 돌려주시고…… 하여 내려가실 수 있
도록 서둘러주셨다면 또 모르지만, 정부는 부통령도 내버리고 외국
사신들에게까지 충분한 연락을 하지 않고 허겁지겁 도망하는 판이니
그리할 마음의 여유가 있을 수도 없는 일이고. 그러니 어떡합니까, 설
사 움직이신대도 이제 70을 바라보시는 노인이 젊은 피란꾼들과 더불
어 배와 길을 다투어야 할 판이니, 또 당신의 성미에 단박 죽어도 그
러기는 싫으실 것이고. 아마 떠나셨대도 어차피 내려가시지는 못하셨

을 겝니다마는" 하고 눈물이 글썽글썽해진다.

"그럼 왜 어디 피하시기나 하지 아니하시고 꺼벙꺼벙 앉아서 붙들려가신단 말씀이오" 하고 나니 내가 사뭇 명대목을 책망하는 어조여서 미안스럽다.

"그도 말이 없잖아 있었습니다마는…… '내가 뭐 죄지은 일이 있다고 쥐구멍을 찾고달고 한단 말인가, 붙들려가서 죽어도 인제 그리 아깝지 않은 목숨인 것을. 이 꼬락서니를 보고 사느니보다 차라리 눈을 감아버리는 것이 낫지. 김일성이 나를 잡아간다! 가면 그든 그 졸개든 만날 수 있을 테지. 만나면 이 짓이 떳떳하지 못함을 말해줘야지. 삼천만 한 핏줄기에 동족상잔이 말이 되는가. 공산주의가 좋으면 국으로나 하고 있지, 왜 남의 나라의 지령을 받아서 동포들을 향해 총부리를 겨눈단 말인가. 40년 동안 일제의 몹쓸 착취와 닦달을 받고 나서 뼈만 앙상하게 남아 있는 가엾은 조선 사람들이 아닌가. 피차에 서로 위하고 아껴주어야지, 저희들끼리 서로 칼부림질해서 함께 넘어져 죽을 까닭이 무엇 있나. 이북에서 그런 말 들을 성싶으냐고…… 듣고 안 듣는 건 저희들 소견이고, 나는 내 할말을 해야 할 것이 아닌가' 하시고 그냥 계시다 순순히 포박을 받으셨답니다. 아버님의 그러한 태도가 도리어 화감어리나 되지 않을까 두렵습니다" 하는 그의 눈에는 눈물이 맺히었다.

말하고 있는 사이에도 어디 그리 멀지 아니한 곳에 폭격이 있는 듯, 두세번 연거푸 집이 울컥하고 문풍지가 드르르 울렸다. 그럴 때마다 나를 물끄러미 쳐다보는 그의 미간에는 약간의 희망을 읽을 수 있었다.

"선생님 어떻습니까, 이래도 복구할 희망이 있을까요" 하고 그는 일어서면서 마지막으로 질문을 던졌다. 이러한 유의 질문에는 이미 버릇이 되다시피 해서 "전쟁이란 건 끝나보아야 알지요, 그 방면에 소매(素昧, 견문이 좁고 사리에 어두움)한 내가 미리 어떻다 예언할 수야 있습니까" 하고 판에 박은 대답이 되고 말았으나 그를 돌려 세워놓고 생각하니 그에게만은 좀더 구체적인 이야기를 해주었더면 싶다.

1950년 8월 7일

돈암동 소방서 앞에서 물역(物役)가게를 내고 있는 홍군의 처남 최씨가 며칠 전에 내무서에 붙들려갔다 한다. 전에 민보단(民保團)[48] 부단장을 잠시 지낸 일이 있어서 그것이 동티가 났다는 것이다. 그날로 그 형제들이 법원 자치위원회 위원장으로 있는 매부 홍군을 찾아 뛰어갔으나 홍군은 자못 냉철한 얼굴을 들고 "오늘은 바빠서 움직일 수 없소" 하더란다. 최(崔)씨의 제 형제가 몸은 달고 어디 다른 데 말해볼 곳은 없고 하여 무관한 사이임을 믿고 번갈아 자꾸 조르니 나중엔 사뭇 짜증을 내면서 "거기라고 함부로 사람을 죽이는 곳도 아니고 또 대한민국처럼 마구 고문을 하는 일도 없는 법이오. 되려 좋은 수양이 되리다. 대한민국에 충성을 다하던 백성들은 다 한번씩은 치러야 할 것이오" 했다 하여 최씨네 형제들이 노발대발이다.

설마 홍군이 그처럼이야 말했으리요 싶지마는 홍군과 그 처남 최씨 형제들과는 내가 듣고 보기에도 그러할 사이가 아닌 성싶다. 남매간이란 정의는 그만두고라도 홍군이 해방 이후 줄곧 불운한 처지에 놓여 있어서 생활이 어려운 것을 보고 그 처남들이 혹은 쌀을 보내오고 혹은 나무를 실어오고 혹은 옷감을 마련해오는 등 우리가 보기에도 그러했지만, 그 부인의 말씀을 들어도 5년 동안을 하루같이 그러했다 한다. 더욱이 홍군이 두번이나 감옥에 들어갔을 때 그 처남들의 애태우면서 주선하고 다니는 양은 옆에서 보기에도 감격할 만하였다. 그러니까 그런지는 모르지만 홍군의 본댁에선 아주 모르고 지내다시피하고 그 처남들이 백방으로 길을 뚫어서 판검사와 연락을 가진다, 변호사를 댄다 하여 그제 형제들이 한결같이 분주하였었다. 들으매 남매간의 정의도 정의려니와 그 자당께서 외동딸이자 막내인 홍군 부인을 몹시 귀여워하였으므로 최씨의 제 형제가 그 자당의 뜻을 받들어서 그 누이 내외를 끔찍이 돌보아주는 것이라 하였다.

나는 최씨 제 형제를 본시는 몰랐지만 홍군이 마침 그 처남들의 빌딩 한귀퉁이에 사무소를 갖고 있어서 자주 만났었고, 또 홍군이 수감되었을 때 애쓰고 돌아다니는 것을 매양 보아서 잘 알지만, 그들은 모두가 순직한 사람들이고 또 부지런히 일하는 실업가이지, 정치적 색채는 전연히 보이지 않는 사람들이었다. 그 한 사람이 민보단에 관계한 것이 죄목이라 하나, 마을에서 약간의 주선력이라도 있는 사람은 싫고 좋고 간에 민보단에서 이름을 빌려가기 첩경인데, 그걸 또 자수를 하지 않았다고 책잡는다니 그게 뭐, 자수감어리가 될 성싶지도 않다.

하여튼 홍군도 어떠한 딱한 사정이 있는지는 모르지만 그 처남들은 자기네들의 홍군에 대한 심정이 심정인만큼 이번 홍군에 대한 실망이 더욱 큰 것 같다. 제일 난처한 것이 중간에 끼여서 어찌할 줄 모르는 홍군의 부인이다. 울면서 남편에게 매달리어도 "집에서 번둥번둥 놀고 있으면 무얼 하나, 거기 있으면 수양이나 되지" 할 뿐, "이 찌는 듯한 여름에 그 고생을……" 하고 애태우면 "대한민국 시절에 잘 지낸 사람들은 그러한 경험도 있어야 하느니" 하고 남의 일처럼 말한다고. 이는 그 부인이 집엣 사람보고 하는 설운 사정 이야기.

사람의 성격마저 달라지게 하는…… 당의 힘이란 참 무서운 것이거니 하고 새삼스레 감탄하여진다.

1950년 8월 8일

돈암동 새형님께 나갔던 길에 학교에 들렀더니 직업동맹 결성식이 있다는데 선생들은 통히 나오신 분이 없다. 저번 의용군에 강제지원을 당하고는 아무도 나오는 분이 없다 한다. 배재학교 강당으로 모이라는 지원병 심사에도 나만 나가지 않았는가 했더니 나중에 들으니 모두들 보이콧한 모양이고 이병도 씨와 김상기 씨, 그리고 박선생님과 김일출 씨 등 몇몇 분이 나가서 사흘 동안을 아침저녁으로 조밥 한 덩이씩만 얻어먹고 젊은 의용군 지원자들과 함께 딩굴다가 나오셔서 병으로 누우셨다고. 갔다 온 분의 이야기를 들으니, 심사란 것도 통히 질서가 잡히지 않아서 일이 잘 진척되지 않고, 그 때문에 지원자들을 사흘씩 나흘씩 돼지우리 속에 가두어 두듯 하여 생 병자가 날 지경이더라고.

직업동맹(職業同盟) 결성식에 있어서의 이명선 씨의 이야기는……
"이때까지의 교육자협회니 교원노동조합이니 하는 것을 모두 발전적으로 해소하고 직업동맹으로 합류하는 까닭은 우리의 정부 및 정부기관에 대한 태도가 근본적으로 달라지기 때문입니다. 즉 우리는 이때까지 정부를 적으로 하고 싸워왔지만, 이제 우리의 목적으로 하던 이상 사회가 실현되었으니만치 우리는 앞으로 정부와 협조하고 또 정부기관과 표리일체가 되어 그의 시책이 효과적으로 완수되도록 힘써야 할 것입니다."

이씨의 말을 듣고 보니 노동조합은 노동자의 사회경제적 복리(福利)를 증진하기 위하여 일하고 있다는 우리들의 상식이 그릇된 것임을 알았다.

뽑힌 임원은 채희국(蔡熙國), 임건상(林建相), 정찬영(鄭燦永)의 제(諸)군들.[49] 모두 교협(敎協) 혹은 과맹(科盟)에서 일하다 넘어온 분들로서, 종래의 교원은 한분도 끼지 않았다. 며칠 나오지 않는 동안에 문리대가 아주 딴 학교가 되어버렸음을 알 수 있다.

인민군이 빌려갔던 톱을 돌려왔다. 병정들이 가져간 물건은 으레껏 없어진 줄로만 알았었는데 이렇게 명심해서 일부러 가져다주는 것이 여간 고맙지 않다. 그 물건이 대견해서가 아니고 그 마음씨가 탐탁하다. 그 병정 한 사람이 미뻐서가 아니고 우리 민족 전체에 대한 새로운 희망을 가질 수 있기 때문이다. 그렇듯 미뿐 우리 민족의 새싹들이 한 사람이라도 그릇된 정치가의 야망을 달성하기 위한 제물(祭物)이 되지 말고 굳건히 살아남기를 빌고 바란다.

1950년 8월 9일

김상기 선생이 학교 소식을 가지고 일부러 나오셨다. 저번 심사에 보류가 되었다…… 하는 것은 듣기 좋게 말하기 위하여서이고, 사실은 심사를 통하여 파면되었다는 것이다. 이명선 씨가 매우 미안해하면서…… 자기도 무진 애를 써보았지만, 더욱이 사회생활과 선생들은 사관(史觀)의 문제도 있고 하여 대부분이 보류의 형식을 밟게 되었다고. 이씨가 미안해할 며리도 아무것도 없는 것이다. 의용군 지원극이 있은 이후로 우리는 이미 심파지한 지 오래다.

김선생의 말씀이…… 사람을 시켜서 기별할 수도 있는 일이지만 이녁이 일부러 나오신 것은 앞으로 파면된 사람들에 대한 어떠한 조치가 있을는지도 모르니 각별히 조심하라고 이르기 위해 나오셨다고…… 그리고 이즈음 신문에 수원이랑 대전이랑 영동이랑 여러 곳에서 미군과 대한민국 측이 무고한 민중을 많이 학살하였다는 사실을 강조하고 있는데, 이는 이쪽에서 하려는 일을 위하여 미리 터를 닦는 것일는지도 모른다고…… 역사가다운 투철한 말씀이시다.

단국대학을 맡아보는 이본녕 군이 사람을 보내어서 "이왕 문리대에서 떨어졌으니 자기 학교에라도 오면 어떠냐, 앞으로 일정한 단계에 이르면 학교의 근본적인 개편이 있을 것이며, 그리고 그때는 교원도 재배치하게 될 것이니 단국이고 어디고 간에 붙어두면 결국은 마찬가지이다" 하는 것을, "걱정해주어서 고맙다. 그러나 이번 기회로 교육계에서 물러나고 싶다. 훈장의 똥은 개도 먹지 않는단 말이 있지 않느냐. 그러잖아도 어쩐지 훈장이란 직업이 내 성격에 맞지 않는 것 같아서 벌써부터 발을 빼고 싶었으나 적당한 기회가 없어 하던 참이다. 내, 앞으로 다른 부문에서 보다 더 국가를 위하여 일할 터이니 군은 항상 내 보장이 되어달라" 하는 의미의 회답으로 어물어물하고 말았다.

내 진의를 통찰함직한 그는 내 말을 들으면 또 한번 픽 웃을 것이다. 그러나 웃을 따름이고, 다른 장난에 이르지는 아니할 것을 나는 믿는다.

1950년 8월 10일

대규가 경동(京東)중학에 취직하여 그 이튿날로 의용군에 뽑혀갔단 말을 듣고 명륜동 누님을 찾았더니 누님은 영규를 데리고 장사하러 나가시고 없다. 정규가 혼자 집을 보고 있다가 전에 없이 반겨한다.

"무얼 먹고 지나니, 굶지나 않니" 하고 물으니 "외아재가 보내주신 걸 먹고 그다음엔 고종의 배급을 한 파수 대신 타다 먹고 그러고는 형들이 간 후에 자전거를 팔아서 여태껏 살고 있으나 그걸 다 먹어버리면 안된다고 어머니가 나물장사를 해서 아침은 한끼니씩 밥을 끓여먹고 낮과 저녁은 나물을 무쳐서 먹는다"고, 설명이 애처롭다.

이들 형제는 어릴 때부터 배불리 먹어본 일이 별로 없을 것이다. 누님이 척푼(隻分, 몇푼 안되는 적은 돈)없이 홀로 이 아이들을 건사하느라고 죽을 고생을 하셔도 언제나 주림이 그의 뒤를 따라다니었다. 이제 또 이러한 난리를 만나서, 누님은 하루 한끼닐망정 제대로 자시지 못할 것이다…… 생각하니 굶주리는 아이들보다도 누님이 더 가엾으시다.

덥고 기운이 진하여 한동안 마루에 누웠으려니 정규가 부엌에 가서 무얼 가지고 와서 일어나 먹으라고 권한다. 배추 시레기를 삶아서 된장에 무친 것이다. "네나 먹어라. 내가 먹으문 너희들이 모자라지 않니." 몹시 시장하건만 체면하지 않을 수 없는 계제다. "아니요, 어제 마침 팔고 남은 배추 시럭이 많아서 오늘은 먹고 남도록 삶아두었답니다" 한다. "정말이냐" 하고 다그치니 부엌에 가서 큰 소래기에 하나 듬뿍 가져다 보인다.

시장하던 참이다. 한그릇 폭이나 실히 먹었다. 내 먹는 양을 물끄러미 쳐다보더니 "외아재네도 양식이 없어요?" 한다. 그는 아직도 나이 겨우 열살을 넘을까 말까 한 소년이다. "응, 모자란다" "대학교수도 소용없나요?" "누구나 마찬가지지" 하니 그는 아니란 듯이 "고종은 배급을 먹고 남을 만치 타온대요" 한다. 그가 말하는 고종이란 이석(李錫)을 두고 하는 말일 것이다.

석(錫)은 본시부터 재주 많기로 이름이 있었고 중학생 시절부터 운

동에 가담하여 우금 20년 동안 변함없이 지하에서 활약하다 지금은
의용군 총사령부의 책임자로 있다 한다.

1950년 8월 11일

문간방을 치우다 보니 학생들이 먹다 남겨두고 간 보리쌀이 서너
되 자루에 들어 있다. 아내를 불러 보였더니 반색을 하고 좋아한다.
임자는 없지만, 우선 먹어놓고 나중에 이야기하기로 의논이 일치되었
다. 난리를 치르는 중에 우리도 차츰 닦달이 되어가는가 싶다.

전쟁과 윤리(倫理), 이 둘을 연결하여 생각한 학자는 없었을까. 전
쟁은 인간을 변질시키는 것임을 이즈음 절실히 느낀다. 따라서 윤리
도 바뀌어져야 할 것이다.

호박밭에 낯선 사람이 들어가서 함부로 호박을 따고 있다. 웬 사람
이냐 물으니, 굶어 죽을 지경이어서 하는 수 없이 들어왔다 한다. 보
아하니 얼굴이 누렇게 부어 있다. 이러한 사람들을 대하여 소유권을
주장할 수는 도저히 없는 일이다.

1950년 8월 12일

학교에선 떨려났고, 혹시 신변에 언제 어떠한 일이나 생기지 아니
할지, 미리 홍군에게 파면된 사실이나 알려두어야겠다 하고 저녁 무
렵 그가 나올 때쯤 하여 밭에 나갔더니 홍은 그동안에 콧수염을 길러
서 얼굴이 아주 딴판으로 보인다.

왜 그런지 나와 콧수염과는 아직 별로이 사귀지 못하였다. 콧수염
을 기른 사람들을 대하면 대뜸 경멸하고 싶은 생각이 앞서는 것은 또
어이한 비뚤어진 심정일까. 그 모양이 당돌해 보여서 그런지 내 주위

에서 콧수염을 기른 사람들이 내 비위에 역한 사람들이기 때문인지 그는 딱히 알 수 없다. 판무식꾼이나 진배없는 고향친구가 해방 덕분에 혼란한 틈을 타서 격에 맞지 않는 감투를 쓰더니 제일 먼저 콧수염을 길렀다. 얼마 전까지 우리 학교 부총장으로 있다가 지금은 국회의원이 된 이모(李某)도 본시 전연히 모르는 사람이고, 따라서 아무런 호오(好惡)가 생길 머리가 없지만, 나는 자꾸만 그의 직위와 콧수염이 모두 그 사람에 걸맞지 않은 것같이만 생각되어서 인상이 그리 좋지 못하였다.

한데, 새로이 법원 자치위원회 위원장이 되신 홍군, 또 콧수염을 길렀다. 나는 그 콧수염만 한동안 치어다보다 정말 하고 싶은 말은 나와지지 않았다. 앞으로 그에게도 여느 마을 사람들에게와 같이 학교에 그냥 붙어 다니는 것처럼 하지 않을 수 없는 나 자신이 슬펐다.

1950년 8월 13일

낮에 어떤 사람이 자전거를 타고 와서 나를 민청(民靑)사무실로 나오라 한다…… 그도 시급히.

이즈음은 대문을 굳게 잠가두고 누가 찾는 사람이 있으면 아내가 나가서 주인은 학교에 가서 지금 집에 있지 않다고 말하고, 그러는 사이에 나는 신발을 치우고 뒤켠으로 슬금슬금 꽁무니를 빼고, 이러는 것이 버릇처럼 되어 있는데, 오늘도 그러한 공작이 보람이 있어서 나는 감쪽같이 집에 없는 사람이 되고 전령(傳令)온 친구는 "주인이 없으면 대신 누구라도 얼른 나와야 해요" 하고 독촉이 성화같다.

올 것이 기어이 오고야 말지 않았나 싶다, 그런 걸로 치면 저쪽의 하는 투가 좀 허술하긴 하나. 그러나 민청에서 유독 나를 찾을 머리가 없는 노릇인데. 하여튼 나는 숨고 아내가 대신 가보기로 하였다. 그러나 더위에 땀을 흘리며 다녀온 아내가 전하는 말은…… 우리 집 개를 달라는 것이었다고.

"그럴 바엔 온 사람이 그렇다고 할 말이지, 이 더위에 사람을 오라니 가라니 하고" 하고 아내가 자못 불평이다. "그래야 서슬이 푸르른 표적이 되지 않소" 할밖에. 소문을 듣고 뛰어온 안어른이 "잘되었다, 비이루가 액땜을 해줬는가 보다" 하고 풀이가 그럴듯하시다.

비이루는 벌써 3년째 우리집 식구가 되어 있는 충직한 개다. 싸이렌 소리가 나면 맞받아서 한곡조 좋이 뽑는 맹랑한 친구다. 저번에 우리가 돈암동으로 피란 갔을 젠 혼자서 집을 지켜준 갸륵한 공로가 있다. 그 비이루, 비이루가 마침내 전쟁의 희생이 되는 것이다.

이내 아까 그 젊은이가 와서 개를 끌고 갔다. 저도 눈치를 아는지 안 가겠다고 몸부림을 치고 목이 졸리도록 뒤를 돌아다보며 광기네 담 모퉁이로 사라졌다. 슬픈 목소리만을 남기고…… 봉아와 목아가 울상을 하고 뒤를 따랐으나……

"평안도내기들은 어쩌문 그렇게 개장국을 좋아한담" 하는 안어른의 말씀은 군용으로 쓰겠다는 말에 대한 부정(否定)이시다. 개를 보내고 나니 집안이 사람 하나 없는 것보다 더 허전하다.

1950년 8월 14일

쌀을 한줌 넣고 거기다 호박이랑 호박순이랑 다른 푸성귀를 듬뿍 넣어서 머얼거니 쑨 죽이 이즈음은 우리의 상식(常食)처럼 되었다. 오늘내일로 양식이 동이 나는 것은 아니로되 앞길은 막연하고 아이들은 식욕이 왕성하고 하여 이러한 비상조치를 취하지 아니할 수 없다. 이거나마 끼니를 잇는 것이 마을 사람들에게 오히려 송구스러울 지경인데 아이들은 이처럼 절박한 사정을 알 턱이 없다.

"정녕 쌀알을 넣긴 넣었는데 워낙 잡초가 무성하여 보이지가 않는구려" 하고 죽을 푸면서 아내는 서글픈 웃음을 짓는다. 처음 얼마 동안은 아이들이 다소곳하니 받아먹기에 "그놈들도 전쟁을 아는가보다" 하고 한결 다행히 여겼더니 이즈음은 죽상을 대하면 외면한다. 그래도 잘 타이르면 봉아는 그러려니 하고 술을 들지만 목아는 아무리 말해도 본체만체다. 정 말하면 울음을 터뜨리고 만다. 언제까지 이래야만 할는지 앞길을 생각하면 아득할 뿐이다.

1950년 8월 15일

8·15 기념폭격이 있을 것이라 하여 모두들 공포와 또 기대의 복잡한 심경으로 이날을 맞이하였는데, 여느때보다 유달리 심한 폭격은 아니었다. 당국에서도 이 점을 위구(危懼)하였는지 기념행사는 동회별로 하고, 그 시간은 대개 꼭두새벽이 아니면 어둘녘이었다. 장소도 나무그늘 같은 데를 골라 하였다. 아내가 참석하고 와서 하는 말을 들으면 무식한 여인네들을 모아놓고 "6·25사변의 불집을 먼저 일으킨 것은 대한민국이요, 따라서 동족상잔의 비극을 자아낸 책임은 응당 이승만 괴뢰도당이 져야 할 것"이라고 거듭 강조하였으나 실감이 나지 않았으며 "뭐, 덜레스가 38선을 보러 온 것은 개나리꽃을 꺾기 위함이 아닐 것이라든가, 김효석(金孝錫)이 북벌(北伐)계획을 증언하였다든가" 하는 신문과 라디오에서 밤낮 되풀이하는 똑같은 수작에는 적어도 서울시민은 속지 않을 것이라고.[50]

조선인민보에 8·15 기념표어가 수없이 많이 나 있다.(12일부日附)

이런 것도 정부에서 결정하여 일반에 공시하면 일반은 기계적으로 이를 외우고 담벼락에 써붙이고 해야 한다는 것이다.

1950년 8월 16일

세상이란 참 우스운 것이다. 나는 별반 죄지은 기억이 없고, 또 아무도 나를 잡으러 다니는 사람이 없건만, 나는 공연히 겁을 내어서 세상을 비슬비슬 피해 다니는 못난 사람이 되고 말았다. 어떠한 한계의 사람이 반동으로 몰리는 것인지, 또 몰리면 어떠한 경로를 밟아서 어떠한 처단을 받는 것인지? 이런 것이 모두 분명치 아니하고 정치의 필요에 따라, 또 더러는 그 많은 끄나풀들의 감정 여하에 따라 아무라도 언제든지 반동으로 몰릴 수 있는 것이며, 또 한번 몰리고 보면 그때그때의 객관적 정세의 변동 여하에 따라, 또 더욱 불안스런 것은 국(局)에 당(當)한 사람의 판단이랄까, 좀더 나쁘게 말하면 기분 여하에 따라 어떻게라도 처단되는 것이다. 이리하여 불안을 자아내는 별별 소문이 돌고 있다. 더러는 대한민국 시절에 상당히 날치던 사람들도 아직은 아무런 일 없이 지나고 있는데, 그런가 하면 참으로 애매하다 싶은 사람들이 많이 경을 치고 허망하게 총살을 당하고 한다. 그러니 특별한 줄이라도 닿지 않는 사람은 누구나 공포심에 사로잡히지 않을 수 없다.

이것이 바로 인민공화국의 장기(長技)인지도 모른다.

누구나 굶어 죽을 지경이 되어 생명을 유지하려면 당(黨)의 장단에 맞추어 춤추지 않을 수 없고…… 누구나 얼마쯤의 공포증에 사로잡혀 정부의 하는 일에 무조건 백지위임장을 써 바치지 아니할 수 없는…… 어떠한 의미에 있어선 정치기술로서 만점일는지도 모른다.

집에 틀어박혀 있는 것이 편킨 하나 세상소문이 하도 깜깜해서 최봉래 군을 만나보았으면 싶건만 최군의 집까지 가기가 불안스럽다. 최군은 이북요원으로 넘어와서 신분보장이 되느니만큼 일본방송도 듣고 다른 소식에도 통하고…… 그러고도 나와는 학교 때부터 비교적 무관하게 지내었고, 또 서로 믿고 지내는 사이여서 웬만한 것은 아는 대로 툭 털어놓아주는 친구이다.

설마 내야 어떠리…… 하는 안감힘도 써보나 아무래도 큰거리를 저벅저벅 걸어다닐 용기는 나지 않아서 약수암 절 앞 골짜기로 하여 정릉고개를 넘고 신흥사 뒷등성이를 지나서 돈암학교 옆에 있는 최군의 집을 찾았다. 고개마루턱에서 보니 정릉리고 돈암동이고 간에 그 번잡하던 거리가 죽은 듯 고요하고 움직이는 것이라곤 강아지 한마리도 얼씬하지 않는다. 혹시나 공습경보라도 내린 것이 아닐까 싶었으나 그런 것도 아니었다. '죽음의 거리'란 말이 있더니, 이런 걸 두고 하는 말일까. 정치의 힘이란 과연 무섭기도 하다.

최군은 인민군이 낙동강 도하작전(渡河作戰)에 성공하였다 하여 매우 기분이 좋았다. 동으론 포항을 확보하여 경주와 울산에 육박하고 서론 진주, 마산지역에 나아갔으니 대구, 부산도 이제는 풍전등화(風前燈火)와 같은 운명에 놓여 있다고……

듣고 있으면 신명나는 이야기이긴 하나 인민군의 이렇듯한 힘은 대체 어디에서 나오는 것일까. 미군 포로가 날로 늘어가고 있는 사실로 보아서든지 또 미기(美機)의 폭격이 날로 격심해가는 것으로 보아서든지 미국이 직접 참전하고 있는 것만은 틀림없는 사실 같은데, 그렇듯한 일본도 마침내는 손을 들지 않을 수 없던 미국의 힘과 겨뤄서 자꾸만 이겨나간다는 사실은 아닌게아니라 조선 사람으로서 어깻바람이 나는 사실이 아닐 수 없다. 정치의 하기에 따라선 우리도 이렇듯 굳센 힘을 낼 수 있는 것을 생각하니 그 정치세력의 잘잘못은 고사하고 또 그에 대한 내 처지의 여하를 초월해서 일종의 민족적 긍지를 갖게 하는 사실이다.

인민공화국의 경기 좋은 이야기는 자꾸만 벌어나서 이북엔 탐관오리(貪官汚吏)가 없고 따라서 정부의 부패를 모른다는 사실에 번지어, 이 역시 이북의 실정에 비추어 비로소 민족적인 절망감에서 벗어날 수 있다고 말해주었더니, 그는 자못 기분이 좋아서 탐관오리에 대한 추상(秋霜) 같은 이북 재판의 실례를 들어 이야기해주었다.

그러나 내용을 자세히 캐어 물어보니 전문가의 재판관이 있는 것도 아니고, 또 무슨 준거(準據)할 법전이 있는 것도 아니어서 다 같은 범죄 내용에 대하여서도 판결이 얼마든지 다를 수 있었다는 것이다. "그럼 재판의 객관적인 공정 타당성은 무얼로 보장하나" 하니 일찍 법학을 전공한 일이 있는 이 친구, 그런 건 자본주의사회에서나 운위(云謂)될 문제라는 것이다.

"그때그때의 사회정세에 비추어보아서 인민정권에 가장 잘 봉사할 수 있는 판결이라면 이는 곧 인민을 위한 올바른 재판인 것이다." 이것이 최군의 결론이었다.

언젠가 이북의 욕을 잘 쓰는 잡지에서 "이북에선 다 같은 공안(公案)을 가지고도 원피고(原被告)의 사회성분 여하에 따라 정반대의 판결이 지어지는 것이다. 즉 노동자와 빈농은 어떠한 억지라도 써서 지주와 기업가를 죽도록 곯리고 그리고 소송에 걸면 반드시 이긴다. 그리고 이들 부르주아지가 몰락하고 국영(國營)이 되는 날이면 노동자와 빈농은 이때까지 지나치게 향유하던 모든 자유권을 박탈당하고 무엇이든지 인종(忍從)하지 아니할 수 없는 노예로 전락한다"는 의미의 글을 본 성싶은데 적어도 재판에 관한 한 그러한 비난도 생길 것 같다.

그러나 어떠한 모순을 내포하였던 간에 탐관오리를 남김없이 적발하여 이들을 추상같이 처단함으로 말미암아 사회의 부패를 방지할 수 있다면 그건 참 좋은 일이다. 그러나 사회의 부패가 방지되는 건 반드시 그 이유만이 아닐 것이다.

최군의 이야기는 더욱 번지어서 이북의 정치조직이 매우 치밀하다는 이야기를 하고 거기서는 인민증(人民證)제도가 엄격히 시행되고 또 인보(隣保)조직이 확실하여 여하히 교묘한 불순분자라도 잠입(潛入)할 틈이 없고 또 이웃 마을 삼촌댁을 찾아가더라도 반드시 당국에 알려야만 하게끔 되었다고 자랑삼아 말하였다.

그가 작년 봄엔가 월북하기 전에 한번은 나를 만나서…… 경상도에서 시행하고 있는 도민증(道民證)제도가 부질없이 인민을 괴롭히는 학정(虐政)이란 것이며, 또 서울에서 행하여지고 있는 유숙계(留宿屆)[51]제도가 대한민국의 정치적 약체성을 폭로하는 것밖에 아무것도 아니라고 비난하던 일이 문득 생각나서 나는 마음속으로 고소(苦笑)를 금치 못하였다. 고소하면서도 겉으로 타내어 말하지 못하는 것은, 그런 것이 빌미가 되어 반동으로 몰리면 어떡하나 하는 기우(杞憂)에서이다. 최군은 성격상 결코 그러한 사람이 아니라는 것을 내 모르는 바 아니지만, 이 세상에 누군들 믿을 수 있으리 하는 생각이 언제나 내 머리에서 떠나지 않기 때문이다. 이러한 심리상태는 확실히 비극이다.

언젠가 정희준(鄭熙俊) 군이 "경찰관서 앞에 기관총을 놓고 바리케이드를 쌓고 금줄을 치고…… 이렇듯 인민이 무서우면서도 무엇하러 정권만 움켜잡고 있는지 몰라” 하던 말이 생각난다. 아지못게라, 인민공화국은 얼마나 인민을 믿고 인민으로 하여금 믿게 하고 있는지?

1950년 8월 17일

“한 집에 장정 한 사람씩 밤 여덟시에 인민위원회 앞으로 모이라” 하여 아내가 나갔더니, 반끼리 점호를 끝마치고 나서 어디론지 부역하러 나갔다는 것이다, 방향도 일의 종류도 전연히 비밀에 붙이고. 아내는 마침 집에 젖먹이 어린이가 있다는 말을 하고 또 광기네 할머니랑 경신학교 여선생이랑 모두들 잘 이해해주어서 곧 돌아올 수 있었으나 마을의 여인네들은 모두 새벽녘에 돌아왔다. 나중에 들으니 10리고 20리고 머언 곳에 끌려가서 탄환인가 싶은 물건들을 머리에 이어 날랐다는 것이지만, 아무런 영문도 모르고 집에서 밤새 기다린 가족들의 조바심이 어떠하였으리?

들으면 결국 일에도 그리 큰 공정(工程)을 나타냈는가 싶지 않은데 그 야반(夜半)의 동원이 미치는 인심에의 영향은 어떻게 보는 것일까. 정치의 빈곤이 아니면 정치의 탈선이랄 수밖에.

1950년 8월 18일

6·25사변을 계기로 미국의 좌익진영에도 분열이 생기어 월레스 같은 사람도 정부의 정책을 지지하기로 하였다는 소문이 있는데(이 소문은 우리가 일제시대에 카이로선언의 존재를 안 것과 마찬가지 정도로 은밀히, 또 부정확하게) 인민보와 해방일보에서는 거진 매일같이 미국의 파업과 미군의 전쟁반대 데모와 세계 각국 인민의 스톡홀름 평화호소에 대한 절대지지와 미국 및 일본 부두노동자들의 조선향

(向) 군수물자 적재 반대운동 등을 대대적으로 보도하고 있다. 얼마쯤 사실일는지 모르나 적어도 지나친 과장임이 분명하다.

그러나 그런 건 다 있을 수 있는 선전이다. 오늘 정숙이가 광우네 집〔李允基 宅〕에서 듣고 온 이야기는 참으로 절창이다…… 이즈음 미군의 폭탄이나 대포알은 맞아도 아무렇지도 않은 불발탄이 많다. 이를 깨쳐 보니 그 속에는 휴지랑 겨, 톱밥 같은 것이 들어 있고, 더러는 격렬한 반전 삐라도 섞여 있다고…… 갑오년(甲午年) 동학란 때 교인(敎人)은 총알을 맞아도 죽지 않는다는 말이 있었다더니, 시대는 변해도 전쟁에는 역시 어수룩한 말이 도는 법인가보다.

1950년 8월 19일

세월은 참으로 빠르다. 인민군이 하룻밤 사이에 서울에 진주하고 지하에 숨어 있던 공산주의자들이 영웅과 같이 사람들의 면전에 나타나고 어중이떠중이들이 모두 좌익인 체 투쟁경력이 대단한 체 뽐내던 것이 어제런 듯한데 벌써 그들의 황금시대는 지나간 듯, 사람들은 모두 겉으로 타내어 말하지는 아니하나 속으로는 거의 전부가 공산주의를 외면하게 되었다. 아무런 정령(政令)에도 비협력적이고 돌아서면 입을 삐쭉한다.

첫째는 그들의 그 입버릇처럼 인민을 위한다는 정치가 일마다 인민에게 너무 각박하기 때문이요, 둘째는 미군이 참전하고 그 폭격이 우심해지자 세상은 멀지 않아 반드시 번복하고야 말리라는 추측에서이다. 이러한 기미를 눈치채고 볼세비끼들은 더욱 초조해하지만 그럴수록 백성들은 더욱 미련한 체한다.

이렇게 서로 반발하는 현상이 한 가정 안에 벌어지는 비극이 있으니 홍군의 가정이 그 전형적인 것의 하나일 것이다. 홍군은 처음에 스스로 볼셰비끼가 아니라 하였지만 지금은 가장 열성적인 한 사람으로 활약하고 있다. 그 부인을 보고도 왜 여맹(女盟)에 나가서 일하지 않느냐고 채찍질이고 윤자랑 남석이랑 아이들에게도 그 가열(苛烈)한 문구로 얽혀진 인민가요들을 가르치고 있다. 6·25를 전후하여 그 부인이 아이들을 데리고 퍼언히 굶고 있을 때에 비기면 이즈음은 양식을 가마니로 배급타다 놓고 지내는 품이 그럴듯하다. 기봉이도 "윤자네는 쌀가마니가 있어" 하고 몹시 부러워하는 눈치다.

그러나 홍군의 부인은 아직도 그 머리가 홍군을 따라가지 못하고 있다. 집엣 사람을 보기만 하면 "세상이 또 뒤엎어진다지요" "아무렴 미국에 당해낼 수가 있을라구요" "그러문 우리 같은 사람은 어찌될까요" 하고 진정 답답한 하소연을, 아무에게도 통사정할 수 없는 의논을 하는 모양이다. 아내도 허투루 대답할 수 없는 일이므로 "글쎄 우리야 뭐 압니까, 홍선생은 어떻게 말씀하시나요" 할밖에. 그러나 부인의 말을 들으면 홍은 그런 이야기를 꺼내는 것을 몹시 싫어하고 "우리가 지는 날이면 조선 사람은 씨가 남아나지 않고 다 죽을 것이니 그런 일은 생각지도 마라"고 한다는 것이다.

그러나 부인은 그 말이 믿기어지지 않고 아무래도 미군이 이길 것만 같아서 자기가 여맹에 나가지 않는 것은 물론이요, 남편도 지금 일에서 손을 빼는 것이 좋을 것이라 하여 불호령을 받는다. 그러나 남편의 필승의 신념이 굳으면 굳을수록 자기는 필패의 예견만이 납덩이처럼 가슴을 누르고, 더욱이 남편의 친정오빠에 대한 태도가 너무나 무자비하여 자신의 처지와 마음이 모두 괴롭고 남편이 그 한 중요한 멤버로 되어 있는 사회가 불의부정(不義不正)의 집단만 같이 느껴져서

186

을 들고 한손에 사랑" 하고 기세를 올린다. "목아야, 그 노래도 부르면 못써" 하고 이제는 봉아가 타이른다. 목아는 네살이고 봉아는 여섯 살이다. "그럼 나 뭐 부르라고" 하고 목아는 형에게 떼를 쓰고 때로는 울음보를 터뜨린다. 제 아는 건 둘뿐인 것을, 이걸 다 못쓴다니까 몹시 기분을 잡친 모양이다. "장백산 굽이굽이 피어린 자욱, 하면 되지" 하고 봉아가 일깨워주나 목아는 아직도 모르니 짜증만 날밖에.

1950년 8월 21일

인민보에 실린 김일성 장군의 8·15기념사가 "8월을 해방의 달로 하여야 한다"고 강조하고 있다. 김일성 장군의 연설이라도 있으면 그 내용을 한자도 빼지 않고 5호 활자로 박아서 신문의 전후면에 다른 기사는 하나도 없이 몰밀어 싣는 것이 이 나라의 또 한가지 색다른 풍습인 듯싶다. 국민은 그 편언척구(片言隻句)라도 금과옥조(金科玉條)처럼 우러러 받들어야 하는 것이다.

이러한 그다음날부터는 또 "김일성 장군의 연설을 받들어서" 하고 날마다 각계각층의 이에 화답하고 이에 아첨하는 이야기를 계속하여 싣고 또 사회 각반(各般)의 현상을 이에 관련시켜서 설명하는 기사로 날이날수 신문의 전면을 메우고 만다. 농부가 부지런히 김매는 것도, 학생이 놀지 않고 공부하는 것도, 기차가 기운차게 달리는 것도 이 모두가 김일성 장군의 연설을 우러러 받들고 이에 감격하여 한다는 것이다. 해가 뜨고 별이 반짝이고 하는 이런 일들은 아직은 김일성 장군의 연설과는 상관이 없는 모양이다. 그러나 비가 제때에 오고 돼지가 새끼를 많이 낳고 하는 일들은 역시 김일성 장군의 연설에 감격하여 천지신명이 우리 인민공화국을 돌보아주시기 때문일는지도 모른다.

그러나 이번 연설 중에서 잊히지 않는 한가지 점은 그가 이 8월을 해방의 달로 하여야 한다고 일반 국민과 전선 병사에 대하여 거듭 강조한 점이다. 이 말은 생각하기에 따라선 "이 8월 안으로 전쟁을 결말 짓지 아니하면 우리는 승리의 기회를 놓치고 말 것이다." 좀더 깊이 생각한다면 "다시는 더 싸워나갈 기력이 없다" 하는 말과 같이 여겨진다. 적어도 몹시 초조해하는 심정이 그 힘찬 연설의 이면에 엿보인다. 이는 우리의 시국판단에 중대한 자료가 되는 것이다.

1950년 8월 22일

불문학의 손(孫)선생이 찾아오셨다. 그동안 양식 구하러 이천(利川)·여주(驪州) 등지의 먼 시골로 갔다 오신 모양이다. 발은 부르터서 절고 손은 폭탄의 파편에 맞아서 붕대를 감고, 스스로 말씀하시는 바와 같이 패잔병과 같은 몰골이시다.

이미 50은 되셨음직한 이 귀한 우리나라의 학자님이 이 8월의 뙤약볕 아래 가지가지 위험을 무릅쓰고 보리쌀말이나 넣은 루크사크를 짊어지고 몇백리 길을 다니셨음을 생각하면 가슴이 뭉클하여진다. 그러나 선생님은 자못 태연하시어 "그래도 내 처지는 나은 편입니다. 나이 늙수그레하니 안심하고 이렇듯 양식말이라도 날라올 수 있고. 처음엔 앞길이 아주 막막했습니다마는 이제 해보니 생활에 대한 자신이 생깁니다. 인제 날품팔이고 도까다고 무엇이든지 해낼 것 같습니다."

"왜 그처럼 멀리 나갔느냐구요. 서울 가까이, 적어도 백리 안으로는 양식을 구해볼 길이 없으니까요. 그동안 우리보다 더 빠른 사람들이 근방의 마을을 이미 샅샅이 뒤져서 한톨 여유가 없는가봅니다. 그 대신 물건은 참 흔하거든요. 서울 사람들이 광목이랑 벨벳 치마랑 팔

목시계랑 이런 것을 얼마나 가져다주었는지 지금 서울 주변의 농촌 사람들은 참으로 호사하게 되었나봅니다."

"제일 힘드는 노릇이 나룻배로 한강을 건너는 것이었습니다. 미국 비행기가 이 원시적 교통기관마저 두절시킬 양으로 나룻배만 겨냥하고 있는 것 같거든요. 좀 뜨음하다 싶어서 움직이면 용하게 알고 와서 들이덤비지요. 강 위를 낮게 떠서 맴돌면 폭탄을 쓰지 않아도 비행기의 선풍(旋風)으로 말미암아 전복되고 만답니다. 그런데도 기총소사를 하고, 폭탄을 떨어뜨리고. 날이날수록 한강에서의 희생이 얼마나 한지 모른답니다. 그런데도 어떻게 건너느냐구요. 그러니 어떡합니까, 그렇다고 아이들을 굶겨 죽일 수도 없는 노릇이고. 그야말로 결사적이지요. 우리가 공부할 땐, 어디 보리쌀말이나 얻어볼 양으로 나룻배에서 목숨을 걸고 덤비게 될 줄이야 생각인들 하였겠습니까?" 하면서 손선생은 허허 웃으셨다.

"서울도 비행기는 오지만 시골에 비기면 문제가 아니랍니다. 신작로를 완전히 끊을 목적이겠지요. 다리란 다리는 다 폭격해버려서 원체 우마차 같은 건 다니기도 힘들지만, 차라고 명색 붙은 것이 얼씬하기만 하면 용하게 알고 와서 두들겨 부순답니다. 소와 말의 등에 싣고 다녀도 그렇지요. 그러니까 탄환이랑 식량이랑 모두 사람의 등으로 져나르는 수밖에 없지요. 이러구두 원, 전쟁이 될까요."

"사람도 흰옷을 입고 다니면 그만이지만 군복을 입은 건 용하게 알아낸답니다. 하늘에서 어찌 그리 세세히 알까보냐구요? 비행기가 어디 옛날 비행기와 같은 그런 것이라야 말이지요. 나뭇가지 사이를 비집고 풀포기를 헤치고 다니다시피 하는걸요. 그래서 길 가다 마소나 군인을 만나면 일부러 피해 다닌답니다. 그 마소나 군인이 무서운 건 아니지요만. 그러기 때문에 이즈음은 인민군들도 많이 조선옷으로 입고 다닌답니다. 옷을 바꿔 입어도 비행기가 인민군을 알아낸다고들 하지만 그건 변복한 인민군의 한 부대가 어찌하다 폭격을 당한 일이 있었기 때문에 생긴 말이고 사실로야 그럴 수 있나요. 그러나 인민군이 변복한 때문에 생긴 비참한 이야기 한가지는……"

"광주(廣州) 어느 산골길에서 피란민들이 보여서 애국가를 불렀다거든요. 아니 그 '아침은 빛나라 이 강산/은금에 자원도 가득한' 하는 것 말고 '동해물과 백두산'을 말요. 그럴 수가 있느냐구요. 있다마다 뿐입니까. 백성들의 대한민국에 대한 충성심이 오늘날과 같이 불타오른 건 일찍 없었을 겁니다. 인민공화국 백성이 되어보고 모두들 대한민국을 뼈저리게 그리워하거든요. 거기다 더욱이 피란하는 신세. 감상적이 된다는 건 아직도 포시라운 때의 말이고, 굶주리고 노다지로 비를 맞고 한둔하고 이러기를 날이날수록 계속하면 아주 절망적이 될거 아닙니까. 그 고생도 고생이려니와 언제 죽을지도 모를 목숨이고. 하니까 우리들이 집에 앉아서 생각하는 바와는 위험에 대한 감각이 달라지거든요. 잃어진 대한민국에 대한 그리움에서랄지, 또는 동족상잔의 내란을 일으켜서 자기네들의 집과 재산을 불태워버리게 하고, 이러한 죽을 고비에로 몰아넣는 인민공화국에 대한 반발심에서랄지, 하여튼 될 대로 되어라 하는 거진 자포자기적인 심리로 어느 한 사람이 '동해물과 백두산이' 하고 목청을 돋우면 아무것도 거리낄 것 없다는 듯이 모두들 따라 합창하고, 그리고 마지막엔 통곡으로 변한다거든요. 한번은 이러한 장면을 변복한 인민군이 목도하고 갑자기 권총을 내어서 난사하여 많은 희생자를 내었다고요. 그런 이야기를 들었건만 우리도 산골에 호젓이 모이면 또 그 노래를 부르고 울고 하였답니다.”

1950년 8월 23일

‘대구 완전해방’의 벽보가 거리에 나붙고 있다. 라디오에도 신문에도 아무런 발표가 없건만 이 뉴스의 출처는 대체 어디인지? 좌익계열의 사람들에게 물어보면 “대구가 분명히 해방은 되었으나 우리 인민공화국에선 그것이 완전 점령되어 다시는 적군이 손대지 못할 정도로 확실한 것이 아니면 공식발표를 하지 않기 때문에 그런 것이다” 하고 그럴듯하게 꾸며댄다.

복규가 해방된 대구에 여맹(女盟) 선발대로 가게 되었다기 “인민군 총사령부의 보도를 보아도 아직은 다부원(多富院) 방면에서 싸우고 있는 것[52]이 분명한데 대구는 무슨 대구를 간단 말이냐” 하고 책망하니 “아니오, 해방된 대구에 들어가보고 어제 저녁에 올라온 사람이 있는걸요. 그보다 더 분명한 사실이 어딨습니까” 한다. 더 할말이 얼마든지 있으나 그는 내 생질이긴 하지만 또 이석(李錫)의 외종매(外從妹)이기 때문에 잠자코 말았다.

1950년 8월 24일

아랫집 바깥어른이 경희의 자전거를 빌려 타고 양식 구하러 갔다가 광주 땅에서 인민군에게 자전거를 빼앗기고 돌아오셨다. 달리도 그러한 풍설(風說)이 파다해서 떠나실 때 조심하시도록 말씀드렸는데 기어이 일을 당하고 마셨다. 경희가 전재산을 털어서 새로 산 것임을 뻔히 아는데 중간에 선 우리들의 처지가 매우 난감하게 되었다.

당신도 떠나실 때 “내것도 아닌 것을 빼앗겨서야 쓰나. 이 늙은 것이 사정 이야기를 하면 설마 저희들도 사람이 아닐라고" 하셨으나 길에서 붙들려 승강이를 하다가 마을의 인위(人委)에까지 끌려가서 "아무런 사정도 듣기 싫다. 군에서 시급히 필요해서 그러는 것을, 저영 듣지 아니하면 너같은 반동분자는 쏘아죽일 수밖에 없다" 하고 권총을 꺼내어 드는 것을, 그래도 죽기를 한사하고 매어달렸더니 마침내 사람을 떠다밀어박질러버리고 자전거를 타고 가버렸다는 것이다.

1950년 8월 25일

거리에 대구 해방설이 유포(流布)된 지 여러날이건만 전국은 교착 상태로 들어간 듯, 조선민주주의인민공화국 인민군 총사령부의 보도도 전처럼 신명이 나지 않고 풀이 죽어 보인다. 아침은 풍기(豊基)다 저녁은 영주(榮州)다 하고 그처럼 구체적인 지명을 들기 좋아하던 친구들이 이즈음은 애매모호한 추상적인 문구로 수식하려는 노력의 흔적이 역연(亦然)하다. 김일성 장군이 그토록 부르짖던 '해방의 달'도 앞으로 며칠 남지 아니하였는데 총사령부의 보도는 아침저녁으로 "적의 유생역량(有生力量)에 심대한 타격을 주었다" 하는 정도로 같은 사실을 가지고 번번이 다른 문구의 작문을 짓기에 고심초사(苦心焦思)하는 것 같다.

전국(戰局)은 확실히 어떤 전환기에 다다른 것 같은데 이러한 시외(市外)에 파묻혀 있으면 아무런 소식도 얻어 들을 수 없는 것이 답답해서 어디 좀 나가보고도 싶으나 길에서 붙들려서는 아니될 것이고 가만히 생각해보니, 성북동 이병도 선생 댁은 우리 마을서 산등성이를 타고 넘어가면 될 것 같다.

가보니 마침 김상기 선생도 와 계셨다. 시국의 이야기며 6·25 이후의 학자들의 동향에 대하여 피차의 정보를 교환하고 재미있는 하루해를 보내었다.

"앵글로쌕슨족의 기질을 몰라보아도 분수가 있지, 그들이 한번 잡고 늘어지면 기어이 끝장을 보고야 말 것을 함부로 덤비는 그들이 철부지랄 수밖에."

이는 이선생의 이야기이고,

"그들이 물러나기 직전 며칠 동안은 어디로든 피신해야 하리다. 미국과 대한민국측이 물러날 때마다 학살을 되풀이한다고 자꾸만 선전하는 것이 다 유의(有意)해서 하는 것이리다."

이는 김선생의 자신있는 예견이시다.

그러나 이러한 막다른 골목에 서서도 두분의 성격이 뚜렷이 대조가 되어서 재미롭다. 이선생은 북조선의 한길언(韓吉彦) 씨가 찾아와서 마음으론 선생의 학설을 지지하나 (주로 삼한三韓·사군四郡 문제에 관하여) 정치적 압력 때문에 이를 표명할 수 없다고 말하더란 이야기를 하시고, 될 수만 있으면 어물어물 지내시려는 눈치이나 김선생은 인민공화국에 대하여 감정적으로 반발이시다.

낮에는 호박 풀대죽이 나왔었다. 가족들이 호박장사를 하여 그 남는 것으로 이렇게 죽을 쑤어 자신다는 것이다. 김선생의 가족은 참외장사를 하다 되레 밑천을 잘리었단 말씀을 하시고. 모두들 우선은 시계랑 옷가지를 팔아서 생활해나가지만, 앞으로 한두달만 더 계속되면 아무래도 굶어 죽을 수밖에 없으시다는 말씀들. 두분 다 우리나라에서는 다시없는 귀한 존재들이건만, 학자들을 이렇게 학대하고도 이 나라가 바로 서나갈 수 있을까.

1950년 8월 26일

한달 이상이나 걸려서 밤낮 떠들던 토지개혁[53]도 이제는 끝이 났다. 지주의 토지를 몰수하여 토지 없는 농민 또는 고용(雇用)농민에게 나눠준다기 우리 것도 날아가는가 했더니, 논은 이러한 사태를 염려하여 미리 아랫댁 명의로 해두었기 때문에 말썽이 없었고, 밭은 과수원이기 때문에 무사한 성싶다. 그러나 인민공화국의 토지증권(土地證券)을 얻기는 힘든 노릇이었다. 농민조합비니 증권교부대(證券交付代)니 토지개혁 축하비용이니 하여 수입 없는 생활에 부담도 부담이려니와, 이에 관련된 무슨 조사니 무슨 회합이니 하는 것이 하도 많아서, 이럴 지경이면 아예 땅을 버리는 것이 좋지 않을까 할 무렵에 비로소 낙착(落着)이 된 듯싶다.

그러나 일은 갈수록 난처하게만 되었다. 오늘은 무·배추의 파종 명령서가 내리었다. 이런 명령서가 아니기로서니 어련히 농사지으리요 하니, 듣는 측이 깜짝 놀란다. "댁에서까지 그처럼 이해가 없으셔서야 어떡합니까. 우리 인민공화국에선 모두가 계획경제인걸요" 한다.

"무·배추는 아시다시피 이 지방은 이미 파종의 적기가 지났고, 또 그렇더라도 땅만 축축하면야 늦었건 말건 지금 당장 씨를 내릴 수도 있는 일이지만, 이렇게 달포나 가물어서 먼지가 풀풀 나는 밭에 씨를 내려보았댔자 타죽을 뿐일 것이고, 비 오기를 기다려서 한다면 아주 시기를 놓치고 말 것입니다. 더욱이 우리 밭으로 말하면, 본시 강변 바닥이라서 워낙 가물사리를 심히 타기 때문에 해마다 얼마쯤 심어보는 것이 번번이 모두 말라죽어버려서 금년에는 아주 김장농사를 단념하고 호박이나 늦게까지 두고 따먹을 작정입니다" 하였으나 "댁의 사정은 댁의 사정이고, 나라일은 그렇게 맘대로 되는 것이 아닙니다.

194

상부에서 모두 일정한 계획이 서 있어서 정릉리는 금년에 몇 정보의 무와 또 몇 정보의 배추를 갈도록 하라는 지시가 있고, 우리는 이 지시에 따라 다시 각 개인의 농지 면적을 참작하여 공평하게 배정하는 것입니다. 댁에선 어떠한 형편이 있더라도 지정된 면적에 파종하여 가을에 일정량의 현물세와 공출을 내어야 하는 것입니다. 그래야만 우리나라 수도 서울의 국가기관과 공장에서 일하는 분들의 김장을 담글 수 있을 것이 아닙니까. 이것이 계획경제라는 것입니다” 하고 어디까지나 계획경제를 앞장세운다.

“우리는 구구한 사정을 하려는 것이 아니고, 지금 파종의 적기가 지났다는 것과 날씨가 도저히 파종할 수 없다는 것과 그리고 우리 땅이 무·배추에 적지가 아니라는 것을 말하고자 할 뿐입니다. 파종하는 것만이 제일이 아니고 파종해서 물건이 되도록 해야만 할 텐데, 모든 조건이 불가능한 것을 어찌 계획경제라고 억지로 할 수 있는 노릇입니까” 하였더니, 이 양반 사뭇 짜증을 내시고 “우리도 다 그만쯤은 알고 있습니다마는 국가의 명령을 개인적인 사정에 따라 변경할 수는 도저히 없는 일입니다. 그리하면 계획경제는 아주 파탄이 되고 마는 것이며, 계획경제를 파탄에 이르도록 한다는 것은 국가를 파괴하는 행동과 마찬가지입니다. 그러므로 개인의 편불편(便不便), 이불리(利不利)에 따라 채소 생산계획에 균열이 생기도록 일할 수는 없을 것 아닙니까” 한다. 일부러 논리를 비약시켜서 이쪽을 습복(慴伏)시키려 함인가 싶다.

“우리는 결코 어느 한 개인의 편부(便否)와 이불리(利不利)를 위해서 말하는 것이 아닙니다. 객관적으로 보아서 불가능한 것을 하려다가 아주 실패하고 말면 국가적으로도 손실이 아닌가요. 지금 이처럼 식량이 어려울 때 호박이라도 먹을 수 있는 것을 그나마 갈아엎고 무·배추를 심어서 아무것도 되지 않으면 이는 결코 개인만의 문제라 생각할 수 없을 것입니다” 하니 “저엉 댁에서 갈 수 없으시다면 인위(人委)에서 갈겠습니다. 그건 요량(料量)해 하시지요” 하여 이 문제는 끝맺었다.

1950년 8월 27일

이즈음 신문에는 노동법령의 실시를 가지고 판을 짜고 있다. 토지 개혁에 이어서 노동법령의 실시…… 그들의 말을 좇으면 “빛나는 민주개혁이 차례차례 성공적으로 완수되어가고 있다”는 것이다. 신문에는 날마다 그 해설과 또 이에 감격하여 앞으로 자기가 맡은 일의 능률을 올리기에 전심전력을 기울이겠다는 각 직장 대표의 맹서(盟誓)가 실려지고 있다.

지상(紙上)을 통하여 알 수 있는 이 법령의 골자는 ‘8시간 노동제’와 ‘성별, 연령별, 국적별을 초월한 균일 임금제’와 ‘노동 보험제’와 ‘임산부의 특별 보호제’ 등을 들 수 있을 것이다. 법령으로로선 취할 점이 많으나 대체 토지개혁이고 노동법령이고 간에 무엇이 시급해서 이토록 초조하게 덤비는 것인지 우리는 이해할 길이 없다. 그야말로 ‘가능한 지역에서부터의 실시’라는 것도 중공은 워낙 땅이 넓고 국공전(國共戰)이 장기화했느니만큼 생각할 수도 있는 일이지만 조선에서 이 혼란통에 하루가 바쁘다고 서두는 것은 알다가도 모를 일이다.

어떻게 생각하면, 토지개혁도 급할는지 모르지만 방금 포탄이 날아들고 있는 땅에서 어느 경황에 올바른 개혁이 될 수 있을 것인가. 비교적 의식수준이 높다고 일컫는 정릉리에 있어서도 옆에서 보기에 민망한 일이 한두가지가 아닌데, 하물며 동란 와중의 시골에서 무엇이 올바로 되어갈 수 있을 것인가. 개혁은 반드시 총검의 아래 포탄 소리를 들으면서라야 가능한 것인가.

또 신문에서 흔히 선전되는 바와 같이 진정으로 "땅을 얻었으니까 내 아들을 싸움의 마당으로 내보내겠다"는 것인가. 중공에선 이러한 술책으로 인심을 수람(收攬)했다는 이야기를 들었다. 그러나 조선은 사정이 다르다. 날마다 찾아오는 미국 비행기를 보고 땅 받은 사람들이 그렇게 탐탁하게 여기지 않는다는 말도 들었다. 이 손바닥만한 땅 안에서 너무 조급히 굶을 보고 내심 경멸하는 사람도 많다는 이야기를 들었다.

묻노니, 언제나 그대들의 공식주의를 양기(揚棄)할 수 있으랴. 문제는 노동법령에 있어서 더욱 그러하다. 이 전란의 소용돌이 안에서 국영(國營)과 군수(軍需) 이외에 무슨 공장이 움직이고 있는가. 거기서도 8시간 노동제를 준행(準行)하려는가. 할 수는 있는가? 모르긴 하되 8시간 노동제는 노동법 중에서도 골자의 골자일 성싶은데, 눈감고 아웅할 수작을 왜 이대도록 조급히 서두는 것인지? 참으로 이 정치는 우리의 머리로서는 이해할 수 없는 일이 한두가지가 아니다.

1950년 8월 28일

인민보(人民報)에 식량운반 돌격대에 관한 기사[54]가 사진을 넣어서 실려 있다. 그 내용은…… 경기도 여주군의 농민들이 강도 미제와 그 주구인 이승만 매국도당들에 대한 적개심에 불타서 그들을 하루바삐 격멸하려면 자기네들의 힘으로 할 수 있는 일이 무엇일까를 궁리한 결과 식량을 모아서 서울에 나르기로 하고, 70노인이랑 열세살 먹은 아이랑 젖먹이 어린이를 가진 여인이랑…… 이러한 사람들이 쌀 두말 혹은 세말씩을 혹은 지고 혹은 이고 이 8월의 불볕 아래 2백리 길을 걸어서 서울에까지 가져왔다. 오는 도중에서 혹은 병들어 죽고 혹은 폭격에 희생이 되었으나 이 사람들은 그러면 그럴수록 점점 더 침략자에 대한 적개심에 불타서 맹세코 그들을 쳐 무찌르고야 말 결의를 새롭게 하고 있다고.

이런 기사는 광적인 열성분자가 있어서 이거나마 자랑이라고 쓴 것인지, 또 혹은 반동기자가 있어서 인공국의 내막을 폭로하려고 일부러 쓴 것인지 우리로선 분간할 길이 없다. 이러한 기사를 읽고도 인공국의 정치는 참 훌륭하다고 생각할 어수룩한 친구가 세상에 과연 있을 것인지?

1950년 8월 29일

세상이 바뀌니 신문이 퍽은 달라졌다. 우리의 미련한 소견으론 이왕에 있던 신문은 그 논조만 바뀌고 그냥 남을 수 있을 것이 아닌가…… 적어도 좌경적인 색채를 지녀서 대한민국에서 언론의 자유를 얻지 못하여 고민하던 몇몇 신문만은 남아 있어서 좋은 세상을 보려니 했더니, 흑백의 구분이 없이 전부 하룻밤 사이에 몰밀어 폐간이 되고 말았다. 우익신문들은 반동으로나 굴었으니 할 말이 없겠지만, 좌익신문들은 이를테면 사형선고를 받으러 춤추고 덤빈 폭이 되었으니 그 감회 어떠하리. 아주 하루아침에 폐간이 되어놓고 보면 언론의 자유니 무어니 하고 떠들 겨를도 없을 것이니 딱할밖에.

그리고 그들의 시설을 전부 몰수해서 대신 나오는 것은 해방일보와 조선인민보와 노동신문 등, 모두가 정부와 당의 기관지뿐. 조보(朝報)

만 발간되던 봉건시대에의 복귀랄까. 하여튼 무어라 표현해서 좋을지 모를 정도의 철저한 언론통제다. 대한민국 시절에 지저분한 신문을 자꾸 내어서 귀한 종이만 없애고 간상(奸商)과 정상배(政商輩)의 협잡할 무대를 제공하는 것 같아서 몹시도 언짢게 여기었더니, 이렇게 되고 보니 무능지(無能紙)의 난립이던 그 시절이 되레 그립다.

신문의 내용에 이르러선 더욱 심한 것이, 한 말로 표현한다면, 그는 지면(紙面)이 아무리 커도 일종의 선전삐라에 지나지 않는다. 좀더 구체적으로 말한다면, 관보(官報)를 겸한 정부의 선전삐라랄까?

먼저 일면 상단에는 정부의 공시(公示)사항이 특별히 큰 활자로 실린다. 예를 들면, 조선민주주의인민공화국 최고인민회의의 결의사항이라든가…… 날마다 되풀이하는 일이지만 의장 김두봉(金枓奉)과 서기장 강양욱(姜良煜)의 이름을 큼직하게 넣어서. 영웅 칭호 등 훈공(勳功) 규정의 제정이라든가, 김일성 장군의 말씀이라든가, 또 김일성 장군과 다른 소련 위성국 원수와의 사이에 교환된 메시지의 내용이라든가, 그렇지 아니하면 인민들의 김일성 장군 혹은 스딸린 대원수에게 바치는 찬사·헌사 등이다. 남은 부분에 인민군 총사령부의 보도를 비롯하여 영웅 칭호를 받은 용사들의 무공담(武功譚), 공산주의 제국의 여러가지 정치적 성공, 자유주의세계에 있어서의 파업, 데모 같은 것을 얼마쯤 선동적 필치로 보도한다.

때로 UN총회나 안전보장이사회에 관한 기사가 실리는 일이 있으나 이는 반드시 말리끄의 연설을 중심으로 이를 해설하는 정도에 그치고 다른 일반적인 뉴스는 싣지 않는다. 예하면 말리끄와 오스틴의 양편에서 동시에 어떠한 제안이 있었어도 말리끄의 제안만을 분명히 하고 오스틴의 제안은 알 수 없게 된다.[55] 이러한 경우, 우리는 흔히 해설적인 욕설을 통하여 그 내용의 대강을 어렴풋이 짐작할 수 있을 뿐이다. 더욱 이상한 것은 그 말리끄의 연설일망정 진작 싣는 것이 아니고 적어도 3, 4일, 늦으면 한 1주일 후에야 비로소 신문에 나타난다. 자유주의 세계에서 당일, 혹은 그 이튿날로 뉴스를…… 그도 쌍방의 입장이라든가 이에 대한 세계의 여론 같은 것을 분명히 알 수 있는 사실과는 천양지판(天壤之判)이다.

그나마 그날 신문을 그날로 볼 수 있는 일은 극히 드물다. 거리에 나가면 그날 신문을 그날 사볼 수 있지만, 앉아서 배달을 기다리려면 며칠에 한번씩 통으로 묶어다 준다. 전에 있던 신문의 보급소니 판매소니 하는 것은 중간착취 기관이라 하여 이를 일체 없이하고 인민위원회를 통하여 반으로 신문이 나오는데, 어쩌면 그렇게도 전에 총독부에서 매일신보(每日申報)를 반포(頒布)하던 방식과 흡사한지 나는 가끔 이 생각을 하고 혼자 웃는다.

이리하여 신문을 통해 우리가 세상일을 알 수 있는 것은 대개 1주일 혹은 열흘 후이다. 그러나 신문에서 세상일을 알려 하는 것은 어리석은 생각이다. 정치는 언제나 진선진미(盡善盡美)하게 잘되어나가고 신문은 이에 대한 최대한의 찬사와 송사(頌辭)를 되풀이할 뿐. 사회는 언제나 이 나라에 대한 열광적인 환호로 가득 차 있고 사고라든가, 부정(不正)이라든가 하는 일은 약에 쓰려도 찾을 길이 없다…… 적어도 신문의 사회면을 통하여 보면.

1950년 8월 30일

비는 아주 잊어버린 듯 아니 오고 밤마다 달이 휘영청 밝다. 이즈음은 달밝음을 이용하여 밤으로 부역이 잦다. 이른바 계획파종에 순종하지 아니하는 밭들을 갈아 다 비워서 무·배추를 갈지 않으면 안되게 시리 만들어주는 것인데, 이에는 부인네들어 잘 동원된다. 그 까닭은 호박밭이고 고추밭이고 마구 거둬붙이는 것이니까 부산물이 있을 수 밖에.

"날씨는 이처럼 가물고 이미 철 지난 무·배추나마 언제 파종할 수 있을는지 모를 노릇인데, 당장 벋어나는 호박덩굴을 거둬붙이기가 죄스러워서 손이 떨리더군요. 그 호박이 당장 굶어 죽어가는 얼마만큼의 생명을 구할 수도 있을 것인데" 하고 광기네 할머니가 소감을 말씀하신다.

이웃집 노인 한분이 이 며칠 시름시름 앓는다더니 마침내 죽었다. 마을에서들은 굶어 죽었다는 소문이다.

아나똘 프랑스의 소설 『제신(諸神)은 목마르다』를 읽다. 18세기 불란서혁명 당시의 세상이 어쩌면 그렇게도 오늘날 이 땅의 현실과 부합되는 것인지, 끝까지 특별한 홍취 속에서 읽어내려갈 수 있었다.

1950년 8월 31일

오두수(吳斗洙) 군이 찾아왔다. 용하게도 살아 찾아온 것이 반갑다. 그의 친구가 한 사람 단파(短波)를 몰래 듣는 사람이 있는데, 그 사람의 말을 들으면 맥아더가 김일성 장군에 대하여 강경한 조건으로 항복을 요구하였다 하며, 한편 2주일내로 조선사변을 끝마치겠노라 성언(聲言)하였는데 그 2주일 마감이 이제는 며칠 남지 않았다 하며, 또 미군은 비행기로 인민군의 보급로를 끊었을 뿐만이 아니고 군함으로 전조선 해역을 봉쇄하여 이제는 이북측이 더 전쟁을 계속할 기력이 없어졌다는 거며, 그리고 경상도 전선 일대에서 UN군과 대한민국군

이 총반격으로 옮아가서 착착 성공을 거두는 중이며, 일설엔 이미 추
풍령을 넘어서 영동(永同)에 이르렀다는 말도 있다는 여러가지 신기
한 뉴스를 전하였다.

"선생님은 이 전쟁을 어떻게 보십니까?" 하기에 "첫째는 동족상잔
함이 슬프고, 둘째는 미군과 조선 사람이 겨루어 방금 피를 흘리고 있
는데, 우리는 오히려 미군에 마음을 붙이고 있는 사람이 많게끔 되었
으니 이 사실이 더욱 슬프다" 하였다.

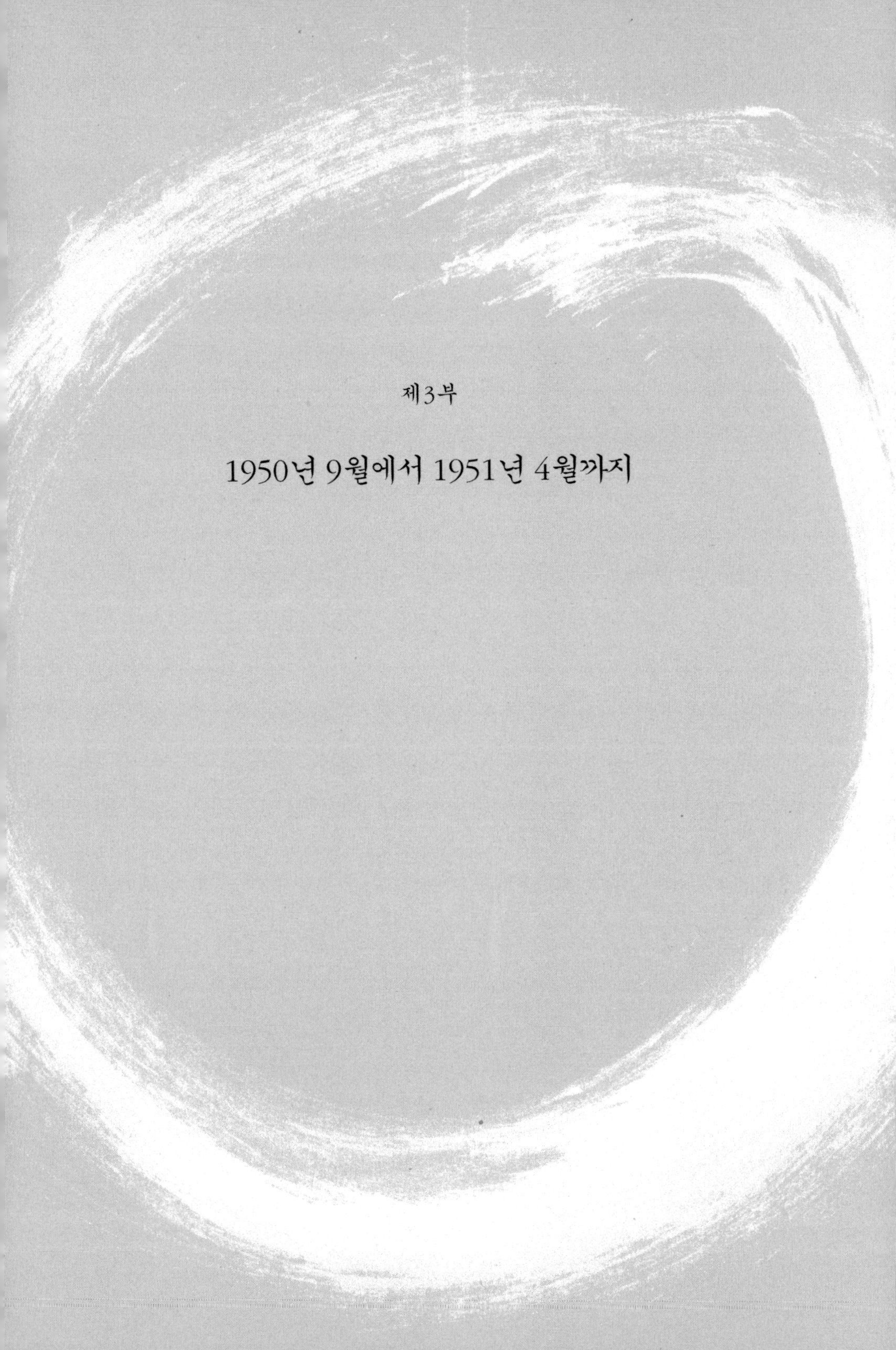

제3부

1950년 9월에서 1951년 4월까지

1950년 9월

1950년 9월 1일

9월 1일! 벌써 가을이다. 비 없이 그대로 생량(生凉, 가을 기운)이 되었다. 이 한여름을 살아낸 일을 생각하니 꿈같다. 꿈 중에도 악몽이다. 밤사이 폭격 소리에 잠을 깨어서 유난히 밝은 새벽 달빛을 바라보고 누웠노라면 40의 고개를 바라보는 사나이의 뺨에 어느덧 눈물이 흘러내린다. 민족의 앞길을 생각하면 그대로 통곡하고 싶다. 동족상잔의 마당에 외세가 겹들어서 우리의 조국은 이제 무서운 살육과 파괴의 수라장으로 화하고 있다. 지금 이 순간에도 얼마나 많은 동포가 혹은 죽고 혹은 거지가 되고 얼마나 많은 집이 혹은 스러지고 혹은 불살릴 것인가. 일인(日人)이 버리고 간 집과 공장에 지난 5년 동안 우리는 무엇을 보태놓고 다시 이를 파괴하고 있는 것일까.

설사 당장에 이 전쟁이 끝난다더라도 우리는 무얼 먹고 무얼 입고 살아나갈 수 있을 것인가. 한쪽으로 기울어지면 구호식량이라도 들여올 수 있지만, 다른 한쪽으로 기울어지는 날이면 나 자신부터가 굶어 죽을 수밖에 도리 없음을 생각하면 마음이 사뭇 억색하다. 거지가 되지 않으면 굶어 죽는 것이 우리 겨레의 운명이 아닐까.

그도 외력(外力)의 침략을 받은 결과라면 울분을 던질 상대라도 있지만, 남의 장단에 놀아나서 동포끼리 서로 살육을 시작한 걸 생각하면 더욱 가슴이 어두워진다. 지금 세계의 어디에 좌우의 알력이 없으리요마는 하필 우리가 그 가장 혹심한 피해자가 되어야 하는 것일까. 만백성이 잘살기 위함이라고 염불처럼 뇌던 친구들, 만백성이 잘살게 하는 길은 반드시 살인과 방화를 일삼는 이른바 무자비한 투쟁의 고개를 넘어야 하고 마침내 동족끼리 서로 칼부림하는, 멸망에의 길로 통하여야만 하는 것일까.

그들도 물론 처음부터 이렇게 될 줄 예견하고 한 노릇이야 아니겠지. 소련에서 얻은 탱크와 대포로 마구 내려 밀면 대한민국쯤이야 며칠 안으로 다 요정(了定)을 낼 수 있을 것이고 미국은 중국에서의 전례와 같이 허둥지둥 손을 떼고 말 것이니 그사이에 얼마쯤 희생이 있더라도 분열되어 있느니보다는 통일하는 것이 훨씬 나을 것이 아닌가. 아니, 어떠한 무리를 해서라도 반드시 통일해야 할 것이고, 통일하려면 우리가 주동이 되어서 해야만 하지, 그렇지 아니하면 우리는 발붙일 곳이 없어질 것이고(이것은 상층부의 감각) 조선은 미제의 밥이 되고 말려니 하고(이것은 멋도 모르고 덤비는 축들의 견해) 몹시 초조하였을 것이고, 그러려면 미국의 방위선에서 조선은 제외되었다고……적어도 이것이 미 국무성측의 연래의 주장이라고 미국의 신문·잡지에 지도까지 넣어서 보도되던 금년 초두에 그들의 남침결의는 굳어졌을 것이다.

하여튼 그들이 정세판단을 그르치고 무모한 경거망동을 함부로 하여 결국은 동포를 어육(魚肉)내고 조국을 초토화하는 것을 생각하면 그들의 죄악은 우리 민족에 있어서 영원히 지워질 수 없는 것이다. 그들도 피와 눈물이 있는 동물이라면 지금쯤은 회한(悔恨)의 정(情)을 금치 못할 것이다. 그러나 이것은 어디까지나 결과를 두고 하는 말이다. 동기로써 보면 인민공화국이나 대한민국이나 조금도 다를 바 없을 것이니, 그들은 피차에 서로 남침과 북벌을 위하여 그 가냘픈 주먹을 들먹이고 있지 아니하였는가. 인민공화국에 있어서의 끊임없는 남침의 기획과 선전은 이미 천하가 다 아는 뚜렷한 사실이고, 또 이미 실천을 통하여 분명히 되고 말았으니 더 말할 필요조차 없으려니와, 대한민국의 요로(要路)에 있는 분들이 항상 북벌을 주장하고, 또 더러는 우리의 손목을 붙들고 말리는 사람만 없다면, 우리는 1주일 안으로 평양을 석권할 수 있다고 호언장담을 되풀이하던 일이 아직도 기억에 새롭다.

다만 이 둘 중에 다른 점이 있다면, 하나는 인민을 채찍질하여 밤낮으로 침공의 준비에 전력을 기울였고, 하나는 큰소리만 뼁뼁 하였을 뿐 사실은 침략에 대처할 수 있는 준비도 게을리하였었고, 또 한편의 종주국은 졸개야 어느 지경에 가든 한번 씨름해보라고 무책임한 지령을 내렸고, 한편의 종주국은 사려 깊게도 결코 선손을 걸어서는 아니 된다고 손목 잡고 말렸던 것이다.

그리고 또 한가지 다른 점은 한편에선 신성불가침의 지령이 내리고 괴뢰가 이를 우러러 받들면 다른 여하한 사람이 어떠한 좋은 의견이 있더라도 이를 마음대로 발표할 수가 없고, 정부의 관리나 일반시민들은 모두 입부리를 갖추어 "황공무지, 지당하여이다" 하고 합창을 하는 수밖에 없으며, 정세판단이 분명히 그릇되었다고 확신하는 경우에도 그를 주장하려면 제 목이 먼저 달아나고 말 것이니, 영명(英明)한 우리의 지도자의 명령에 절대복종하는 수밖에. 그러면 다른 한편에 있어선 언론자유의 민주주의 원칙이 확립되었었나 하면 이는 장담할 수 없는 일이다. 조○○ 박사가 서울신문에 북벌단행론(北伐斷行論)을 당당히 발표하였을 때 이를 보고 눈살을 찌푸린 많은 대학교수들 중에 과연 한 사람이나마 이를 반박한 글을 쓴 사람이 있었나. 원체 무기력한 훈장 타성(惰性)이 그나마 정치에 너무 소극적이어서 이런 일에 객기를 부릴 만한 사람이 없었기도 하려니와, 그때의 사회적 분위기가 쓰려면 과연 쓸 수 있었을 것인가.

1950년 9월 2일

사구(四球)라도 서울 이외의 방송이 들린다기에 시험삼아 들어보았더니, 대한민국 방송도 들리고 일본방송도 나온다. 진즉 이런 줄 알았더면 하고 아내와 더불어 호젓이 웃어보기도 한다.

"자유의 소리, 대한민국 방송입니다" 하는 대목에 울컥하고 목이 메어짐은 어인 까닭일까. 언제 내가 대한민국에 이처럼 마음을 붙이었던가?

"공산세계에 머무는 여러분, 여러분은 군사시설에 가까이 가지 마시고 부디 살아남아서 좋은 세월을 맞이합시다" 하는 소리에 아내와 손을 맞잡고 울었다. 내가 퍽은 감상적이 되었나보다.

색다른 방송을 들으면서부터 우리의 생활이 한결 밝아진 것 같으나 그 듣는 것이 여간 어려운 노릇이 아니다. 생량은 했다지만 아직도 더운 여름철에 우리는 번갈아 이불을 뒤집어쓰고 듣는다. 한참 듣노라면, 오금이 저리고 땀이 줄줄 흐르지만 그래도 무슨 신기한 소문이나 들을 수 있을까 하여 괴로운 줄을 모른다. 그러는 중에도 한 사람은 밖에 나가서 소리가 혹시 새어나지나 않나 하고 가슴을 졸인다.

먼저 싸이클을 맞추고 음량을 조절해서 높지도 낮지도 않게 하기가 어려운 노릇인데, 듣다보면 분명히 누가 훼방을 노는 탓인 듯, 딴 방송으로 변해버린다. 꼭 이야기가 가경(佳境)에 들어갈 무렵해서 이 장난이다. 허겁지겁 다시 바로미터를 돌리노라면 때로 턱없이 크고 높은 소리가 나와서 질겁을 먹게 한다.

인민공화국의 방송은 유열(柳悅) 씨의 말마따나 힘차기는 해도 같은 내용의 이야기를 날마다 되풀이하여 딱 질색이다. 이즈음 많이 하는 것은 침략자 미제에 대한 분만과 이를 격멸하고야 말리라는 각오와 각급 인민위원회 선거의 결과와 토지개혁의 진척상황과 토지를 받은 농민들의 감사와 노동법 실시에 대한 감격과 그리고 반역자 처단에 관한 서명운동의 이야기들이다.

날마다 이야기하는 사람의 이름은 바뀌지만 그 내용은 어찌나 그리 판에 박은 듯 같은 것인지 두번 듣고 나면 세번째는 이에 신물이 날 지경이다. 좀더 머리를 쓰면 설사 한 사람이 만드는 원고라도 그 내용에 있어서 다소 다른 흥취를 가미할 수 있으련만, 이는 인민공화국을 위하여 유감된 일이라 아니할 수 없다.

머리가 나빠서만 그런 것이 아니고 표현의 자유가 극도로 제한되어 있기 때문이라는 견해는 과연 옳은 것인지?

1950년 9월 3일

마을에서 의용군으로 나갔던 청년들이 벌써 부상병이 되어가지고 여러 사람 돌아왔다. 혹은 다리를 절고, 혹은 손이 달아나고, 혹은 어깨에 붕대를 감고 참담한 몰골로 돌아왔으나 그래도 돌아온 사람들은 나은 폭이고, 같이 나간 사람 중에서도 행방불명된 사람, 죽은 사람, 죽지는 아니하여도 중상을 입어서 올 수가 없었다는 사람들의 이야기를 해서 온 마을이 갑자기 울음바다로 변하였다. 전쟁의 비참함이 새삼스레 뼈에 사무치게 느껴지는 모양이다.

모두들 영동(永同) 전선에서 부상한 것으로 이 더위에 부자유한 몸을 해가지고 치료도 변변히 받지 못하면서 오륙백리 길을 걸어왔다는 데는 놀라지 않을 수 없다. 이 사실은 우리에게 여러가지 암시를 준다.

─부상자가 미리 짐작한 이상으로 많고, 병원시설도 부족하려니와 새로 만들 능력도 없고, 그리고 교통운수 기관이 아주 마비되어 있다는 것이다.

부상병들이 와서 공언하지는 않으나 그 가족과 친지들에게만 은밀히 한 이야기가 새어나온 것을 들으면, 지금 일선은 사람과 기계가 싸우고 있는 것과 마찬가지여서 어떠한 새로운 국면의 타개가 없으면 도저히 지탱해나갈 수 없으리라 한다. 이것은 우리가 짐작한 바와 같다.

대체 어찌할 양으로 고귀한 인명을 무한정으로 미군의 대포밥을 만드느냐는 공분(公憤)의 소리를 듣게 된다.

1950년 9월 4일

학교 소사(小使)가 7월분 봉급조서에 도장을 받으러 왔다. 7월달 월급을 이제야 서류를 만들어 온다는 것이 그나마 현금을 가져온 것도 아니고, 또 그 계산방법이 인민공화국이 아니면 도저히 생각할 수도

210

없는 기괴한 것이다.

우리는 8월달에 들어서 심사에 떨어졌으니 7월까지는 형식상 버젓한 교원이었느니만큼 7월분 봉급을 준다는 것은 그럴듯한 일이나 그 계산 기준을 일률로 2만원으로 하고 출근한 날짜 비례로 준다는 것이다. 예하면 내가 열하루 출근이니 7095원이라는 식으로. 이를테면 일급(日給)을 받은 폭이다. 이러한 약속은 아니었건만……

그러나 그것이 인민공화국의 방식이라면 굳이 시비를 걸지 않겠다. 우리들 종래로부터 있던 교원들에게는 이렇듯 전대미문(前代未聞)의 각박한 방법을 쓰는 대신 정찬영(鄭燦永), 채희국(蔡熙國) 등 새로이 임명된 교원 16명에게는 무조건하고 일률로 2만원씩의 지급이다. 이들이 이처럼 대량으로 채용된 것도 이제 비로소 알았지만, 그들이 학교에 나타나기 시작한 것은 적어도 7월말이 아니면 8월 들어서이다. 내가 아는 한도 그렇거니와 날마다 나가는 소사의 말로도 분명하고, 더욱 우스운 것은 그중의 대부분이 아직 전연히 학교에 나와 있지 않다는 것이다. 그야 언제부터 나오든 간에 발령일자를 당겨서 할 수도 있고 그럴 테면 월급도 전액 지불할 수 있는 것이지만, 7월달에는 아직 출근부에 이름도 얹히지 아니한 이들에게는 전액을 지급하고 종래로부터 있던 우리들에게만 일급으로 계산한다는 건 아무리 생각해도 이해할 수 없는 일이요, 인민공화국이 아니면 생각할 수도 없는 일이며 이명선(李明善) 씨가 아니면 꿈도 못 꿀 노릇이다.

이명선 씨가 걸핏하면 우리는 머리를 고쳐야 한다더니 이러한 처사에도 "지당하여이다" 하고 순종하기까지 머리를 고치기는 좀 힘들 것 같다. 우리는 떨려난 사람들이다. 7월분 봉급이란 바라지도 아니하였다. 아니 준대도 가서 달라고 할 사람은 별로 없을 것이다. 모두

들 비슬비슬 피해 다니는 축들이 아닌가. 받고 싶기로서니 어떻게 학
교까지 나가서 청구할 수 있을 것인가. 이렇듯 주지 않아도 좋을 것을
준다고 해놓고 사람을 모욕 주는 건 참으로 기분 나쁜 일이다.

"내 본시 날품팔이가 아니었으니 일급 받을 머리가 없고, 하여튼 7
월분 봉급을 포기하겠소이다" 하니 소사가 10리길을 찾아오느라고
땀뺐다는 이야기를 하고 "이 먼 곳을 거듭 다녀야 하지 않게시리 그
만 도장을 찍어주십쇼. 어떡합니까, 선생님. 이런 세상에 경우를 밝히
시지 마시고 그만 눈 딱 감고 거두어주십시오" 하면서 웃고 사정하므
로 도장은 질러주었다.

1950년 9월 5일

전선이 한동안 교착된 것은 그동안 달이 밝고 날씨가 개었기 때문
이다. 그저 아쉬운 대로 사흘만 비가 오면 대구와 부산을 밀어버리기,
문제가 아니련만. 좌익계열이 이렇듯 선전하고 목을 늘여서 기다리
던 비.

"비가 오거든 9월이고 10월이고 배정된 면적대로 무·배추를 갈라.
좀 늦고 이른 것이 문제가 아니다. 불가능을 가능으로 하는 곳에 싸우
는 국민의 열의가 보이는 것이다." 계획파종을 강제하기 위해서 호박
밭과 고추밭을 밀어버리고 목이 빠지도록 기다리던 비.

그렇듯한 비가 오늘부터 오기 시작한다. 우리는 비를 맞으면서
무·배추의 씨를 내렸다. 이 고장 기후와 토질과 재배작물의 특성으로
보아서 안될 것이 너무나 명백한 사실이지만, 이 판국에 당국자와 말
썽을 일으키기가 싫어서 억지로 하였다. 그러나 문제는 파종에 있지
않다. 지금 당장에 식량의 보탬을 하던 호박을 못 먹게 되고 또 밭을

가느라고 가외의 비용이 나고 하는 것은 그런대로 참으면 그만이지만 가을에 가서 파종면적에 비례한 현물세 같은 것을 내라고 하면 큰일이다.

토지개혁으로 토지를 얻은 농민들도 계획 파종과 현물세와 성출(誠出) 때문에 골치를 앓고 있다는 소문이 바이 빈말이 아닐 듯싶다.

1950년 9월 6일

의용군으로 나가면 남은 가족에겐 식량의 특별배급이 있고 또 그뿐만 아니라 인민위원회에서 생활의 모든 면을 걱정해준다던 이야기는 나도 귀에 못이 박이도록 들었지만 그 의용군이 일선에 나가서 부상하고 돌아온 오늘날까지 그들에게 식량 한알의 배급이 있다는 말을 듣지 못하였다. 대규 형제가 나갔건만 누님 댁은 여자와 아이들만이 남아서 배추 시레기를 삶아 먹고 목숨을 이어간다.

우리 앞집 유씨 댁에서도 활동할 수 있던 청년 둘이 차례로 나가고 집에는 70 노인 양주와 병든 여인과 어린아이의 일곱식구가 남아 있다. 굶다굶다 지쳐서 이제는 움직일 기력도 없어 즐번하게 누워 있다는 것이다. 민주가정으로 이름이 높은 바로 그 앞집 이윤기 씨네는 양식을 가마니로 들여오고 또 그 여러 형제가 한 사람도 의용군에 나가지 않을뿐더러 저녁마다 굽는 냄새에 이웃 사람들의 굶주린 비위가 뒤집힐 지경이라고.

이즈음은 미국 비행기가 고사포(高射砲)의 위협도 없이 밤낮으로 서울의 하늘을 찾아오니 등화관제(燈火管制, 적의 야간공습을 대비해 등불을 모두 가리거나 끄는 일)가 엄격할밖에. 조금이라도 불빛이 새면 마을에서 야단이고 경신학교에 들어 있는 인민군이 달려와서 총으로 쏜다고 위협이다. 그러나 위에서 말한 유씨댁은 일부러 불을 밝게 켜놓고 누가 와서 무어란 대도 끄지 않는다.

"총을 쏘라우. 이대로 창사가 곯아비틀어져 죽는 괴로움보다는 차라리 총을 맞아 죽는 것이 좋지. 폭탄이 떨어져서 한꺼번에 다 죽으면 더더욱 시원하겠지." 인민군들도 어찌 하는 수가 없다. 이웃에서들도 마음이 놓이지 않지만 그 효상(爻象)을 보고 차마 무어라고 말할 수가 없다. 생에 대한 자포자기는 정도의 문제이지, 이즈음 같아선 얼마쯤은 지닌 사람이 많을 것이다.

1950년 9월 7일

이즈음 우리 마을에서는 어느 집에서나 도토리를 따다 말리지 않는 집이 없다. 모두들 북한산에 올라가서 도토리 따는 것이 생업이 되었다. 그런 줄 알았음인지 산에서 또 의용군 모집이 있기 때문에 젊은 남자들은 며칠씩 나가다가 말고 이 고된 일도 역시 노인네와 여인들과 아이들이 맡아 하게 되었다.

도토리를 따다 껍질을 벗기고 물에 담가서 오랫동안 유독성분(有毒成分)을 우려낸 후에 말려서 가루로 빻아 떡도 해 먹고 묵도 만들어 먹는다. 옛날의 비황(備荒) 책에서나 듣고 보고 하던 이야기를 20세기의 한마루턱에 앉아서 몸소 겪게 되었다. 하루 진종일 도토리 껍질을 벗기고 나면 손톱 밑이 얼얼하니 아프다. 그리 못 견디게 아픈 것은 아니지만 생각하면 절로 눈물이 난다.

"외아재는 밤낮 공부만 한다더니 공부해도 그처럼 굶는 것을. 나는 아예 공부하지 말고 공산당을 할랍니다" 하던 열세살짜리 정규의 말이 다시금 생각난다.

1950년 9월 8일

그처럼 떠들던 '해방의 달'이 지난 지도 이미 1주일이 넘었고 미국이 2주일의 기한부로 항복을 요구하였다던 그 기한도 이미 지난 지 오래건만 전선은 한달 가까이 다부원 선에서 왔다갔다하는 모양이고, 간간이 숨어서 듣는 이남방송과 일본방송도 별로 신통한 소식이 없고, 인민군 총사령부는 아침저녁으로 적의 유생역량(有生力量, 전투에 참여한 모든 것)을 분쇄하였다는 소리뿐. 며칠 전에는 하루이틀 폭격이 뚝 끊기기에 인제 무엇이 되었나보다 하고 은근한 기대를 품었더니 이즈음은 새로운 기세로 맹렬한 폭격을 되풀이하고 있고……

모든 일이 하도 궁금해서 김일출(金一出) 씨나 만나면 무슨 새로운 뉴스를 들을 수 있지 않을까 하여 다시 정릉고개를 넘고 성북동 골짜기를 빠져서 혜화동의 김씨 댁 문을 조심조심 두드렸더니 김씨는 장기강습으로 평양에 가고 없고 그 춘당(椿堂) 김두명(金斗明) 씨가 반겨 맞는다. 집이 협착(狹窄)해서 늘 걱정이시더니 마침 그앞 가겟집 사람들이 전출로 몰려나고 그 빈집을 얻어서 약방도 내고 조그만 가게도 열고 계시다.

이 어른도 미국에 대한 적개심이 대단하시다. 그들만 손을 대지 않고 그냥 내버려두었으면 벌써 전에 남북통일을 완수하여 우리 동포끼리 오붓한 새살림을 할 수 있었을 것을 객쩍은 친구들의 등쌀에 이 희생이 무엇이냐고 통탄하신다. 하긴 일리가 있는 말씀이시다.

"둘째자제 태홍(泰弘) 씨의 소식은?" 하고 물으니 인민군이 내려왔을 처음엔 찾아내었다고들 하더니 아무리 면회를 하려고 애써도 되지 않고 그후로 종적이 묘연해지고 만 것이 필시 죽기는 죽은 모양인데,

대한민국이 죽였는지 인민공화국의 손에 죽었는지 그도 분명치 않다고. 하긴, 양편에 다 미움받을 조건은 구비했으니까…… (김태홍金泰弘 씨는 3인 대표의 한 사람으로 평화호소문을 가지고 월남하다 잡혀서 전향하고 서울방송의 마이크를 통해 인공국의 욕을 한 분이다.)

김씨가 말씀하신 재미난 이야기 한토막.

— 대구는 아군에게 완전히 포위되어 그들에 대한 일체 보급로가 끊어졌으므로 비행기로 공중에서 식량이랑 탄환이랑을 떨어뜨리고 있는데, 자칫하면 그 복주머니가 아군측의 진지에 떨어져서 인민군은 뜻하지 아니한 초콜릿을 얼마든지 먹을 수 있다고.

1950년 9월 9일

이즈음은 어디 나갈 일이 있어도 아이들을 먼저 내어보내 보아서 골목길에 사람이 없음을 밝히고서야 나가고, 들어올 때도 멀찌감치 숲속에 몸을 감추고 서서 마을의 동정을 살핀 후에 들어오곤 한다. 마을에서 찾아오는 일이 있어도 아내가 나가서 "주인은 양식 구하러 시골에 갔다" 하고.

나는 아이들에게 '아빠'란 말을 입에 올림을 굳이 금하고 사랑 뒷방이나 안방 뒷마루에서 책과 더불어 세월을 보낸다.

금융조합연합회에 다니던 종제(從弟) 경희(璟熙)도 하숙집에서 밥 얻어먹을 길이 없을 것이고 또 그 나이의 청년을 아무데나 두어두기가 불안스러워서 집에 데려와서 나와 같은 생활을 하고 있다. 위험은 나보다도 그가 더 많다. 그러나 들키지만 않으면 이웃에서도 경희가 우리 집에 있는 줄을 모른다.

이때까지는 뒤란 벽돌 사이에 틈을 비워두고 수상한 사람이 오면 그 속으로 숨던 것을 이마적 와서는 그도 마음이 놓이지 않아서 마룻장 한구석을 표나지 않게 뜯고 그 안에 가마니때기와 베개를 상비해 두었다가 대문을 두드리는 기척이 있으면 종형제(從兄弟)가 그 속으로 들어가 눕기로 하였다. 참으로 주접스럽기도 한 삶이다.

그런데 오늘은 소루(疏漏)하게도 인민군에게 들키고 말았다. 아내는 봉아와 목아를 데리고 기저귀를 빨러 개울에 가고 경희는 사랑 뒷방에 있고 나는 안방 뒷마루에 누워 책을 보면서 간간이 방에 혼자 놀고 있는 협아를 어르고 있는데, 장독대 너머 한분네 대추나무에서 무슨 웅얼웅얼하는 소리가 나기에 또 아이들이 나무에 올라갔는가보다 하고 무심히 치어다보니 뜻밖에도 인민군 두 사람이 올라가 대추를 따 먹으면서 이쪽을 내려다보고 무엇을 지껄이고 있지 않은가.

나는 그 순간 몸이 오싹해짐을 느꼈다. 이 대낮에 젊은 사나이가 번둥번둥하고 있음을 보았으니. 그도 남의 눈을 피하는 듯 뒤켠에서 소리도 내지 않고, 대체 어떠한 신분의 사람이 무엇을 하고 있는 것일까 하고 그들은 의혹을 품을 것이 아닌가. 바로 엊그저께도 여러날을 계속하여 경신학교 마당에 방공호(防空壕)를 파느라고 마을 사람들을 동원시켰어도 아녀자들만 나와서 일이 되지 않는다고 짜증을 내더라는데.

더욱이 인민군은 군대지만 군대로서 독립한 존재가 아니고 여맹(女盟)과 민청(民青)과는 표리일체(表裏一體)의 관계가 있는 듯, 밤낮 함께 섭쓸려 다니고 있는데…… 하고 생각이 이에 미치니 모든 일이 나무아미타불일 것 같아서 사지의 맥이 탁 풀린다.

아내가 와서 함께 걱정한 끝에 일부러 대문을 열어젖혀서 사람이 나가는 기척을 내고 ─ 나중에 말썽이 생기면 손님이 다녀갔다는 구실을 삼으려고—방에 들어앉아서 그래도 개운하지 못한 마음으로 아이들과 더불어 콩을 까고 있으려니 한분네 집에서 떠들썩하는 소리가 난다. 나는 얼른 마루밑 구멍으로 들어가 눕고 아내를 시켜서 동정을 살피라 했다. 나중에 들으니……

한분네가 밖에 나갔다 오는 길에 보니 인민군들이 대추나무에 올라앉아서 아직 풋익은 대추를 마구 조기고 있으므로 멀찌감치서 큰소리를 질렀더니 인민군들이 되레 한분네의 뺨을 치면서 "당신은 우리 인민군에 대하여 어떠한 적의를 품었기에 풋대추깨나 따먹었다고 마을 한복판에서 소리소리 지르는 거요" 하고 마구 휘몰아세웠다는 것이다. 그들은 한분네가 그 남편이 굶어 죽은 후로 악에 받쳐 있는 줄은 모를 것이다.

저녁때 한분이가 아직도 새파란 풋대추를 한사발 갖고 왔다. 어찌한 것이냐고 물으니 "대추 때문에 병정들에게 뺨까지 얻어맞고 어머니가 분김에 모조리 훑어버리셨어요. 본시는 이것이 익으면 양식말과 바꿔 먹을 작정이었지만, 어차피 두었댔자 익도록 남을 것 같지도 않다면서."

1950년 9월 10일

인민공화국의 일 중에 제일 마음에 드는 것은 한글전용이다. 그러나 이상스러운 건 한글을 전용하면서도 한문에서 나온 문자는 조금도 줄어들지 않고 도리어 새 문자들을 만들어서까지 쓴다. '독보회'라는 건 늘 들어도 무슨 의미인지 모른다. 그밖에 "창발성을 제고하여서"라든가 "견결히 반대한다"라든가 "경각성을 높여서"라든가 "청소한 우리 인민공화국"이라든가 하는 말들을 잘 쓴다. 모두 귀에 생소한 말들이다.

어떤 친구는 이를 욕하여 "한글을 전용한다는 것은 우민정책(愚民政策)의 필연한 결과이다. 좀더 구체적으로 말하면, 인텔리를 모두 몰아내고 무식한 노동자·농민들에게 일을 맡기려니 한글로만 쓰지 않을 수 없고, 그러고도 한문 문투를 그대로 버리지 않고 쓰는 것은 어리석은 백성들이 앵무새처럼 지령을 복창할 줄은 알아도 정작 내용은 알듯 모를 듯하게 하여 주문(呪文)을 외우는 듯한 정신 마취에 걸리도록 하려 함이다"라고 그럴듯하게 말하나 이는 공산주의자와 마찬가지로 세상일을 비뚤어진 면에서만 보고 될수록 나쁘게만 해석하려는 것이어서 내 구미에 맞지 않는다.

이북에는 적어도 김두봉(金枓奉) 씨, 이극로(李克魯) 씨, 김병제(金炳濟) 씨 들이 있는데, 그리고 문장가로도 이기영(李箕永) 씨, 이태준(李泰俊) 씨를 비롯하여 한설야(韓雪野), 안회남(安懷南), 김남천(金南天), 임화(林和), 이원조(李源朝) 등 다사제제(多士濟濟)한데, 어쩌면 그렇게도 진부(陳腐)한 표현방식을 언제까지고 답습하고 있는 것일까. 설사 의식적인 어떠한 움직임이 없더라도 오랫동안 한글을 전용하노라면 저절로 말씨가 부드러워지지 않고는 배길 수 없을 것인데, 갈수록 어려운 한문 문자투성이가 되어감은 대체 어찌한 때문일까.

그런데 최근에야 그러한 까닭을 어렴풋이 짐작하게끔 되었다. 모스끄바에서 간행된 조선어판 『공산당사(共産黨史)』니 『레닌선집』이니 하는 책들을 보니 그 표현방식이 이북의 그것과 꼭같다. 경각성이니 창발성이니 하는 말들도 그런 데서 나온 성싶다. "이것은 필시 모스끄바에 토박이로 있는 조선 사람들의 손으로 번역되었을 것이고, 그들은 현대 조선어의 세련미와는 오랫동안 절연되다시피 해 있으니 자연히 한두 세대씩 묵은 조선어를 쓰게 될 것이다. 그리고 평양은 모스끄바의 문화를 직수입하고 또 이를 신성시하여 아무런 비판도 개선도 할 수 없는 것이 아닐까" 이렇게 생각할 수 없을는지?

1950년 9월 11일

비이루가 응소(應召)된 후로 닭을 한마리 두마리씩 잡아먹기도 하고 아는 사람에게 주기도 하여 이제 닭은 씨가 졌다. 이웃에서 풋대추를 따 치우는 것과 마찬가지 심리에서다. 염소도 돈암동 정용이 집으로 보내두었고 토끼는 아랫댁에서 가져갔다. 고양이도 먹을 것이 없으므로 벌로 놓아버렸고, 이리하여 우리 집 동물원이 아주 삭막하게 되었다. 다만 물오리만이 아직 네마리가 남아 있다. 금년 봄에 무진 애를 쓰고 깨인 것이고, 또 아이들이 이를 신기해하는 흥미감이 아직도 남아 있기 때문에 오리만은 손을 대지 않고 그대로 내버려두었던 것이다.

간밤에 밤중이 지났을 무렵이다. 누가 우리 집 대문을 요란하게 흔들고 소리를 지른다. 밤에는 아무러한 사람이 찾아오더라도 자는 척하고 대문을 열어주지 않는 것이 우리 집 가규(家規)처럼 되어 있다. 그러나 하도 오래, 하도 싱구이 대문을 두드리고 "기봉아, 나다 나" 하고 이름까지 대므로 아내가 마지못하여 나가보았다.

그동안 나는 미처 마루밑 구멍에도 들어가지 못하고 담에 기대어 늘어놓은 댑싸리 밑으로 기어들었다. 어두워서 누가 와 보아도 들키지 않으리라 짐작되었음으로써였다. 그러나 아내는 대문 밖에서 이야기가 긴 모양이고, 댑싸리 그늘에는 웬놈의 왕모기가 그처럼 많이 있었는지. 얼굴, 목, 팔, 발 할 것 없이 마구 물어뜯어서 삽시에 온 전신이 부르튼다. 가렵고, 아프고, 쑤시고, 모기도 가지각색인 성싶다. 그러나 나는 소릿기 없이 꾹 참을 수밖에.

이윽고 아내가 들어와서 오리를 잡아 내가는 모양이더니 그제야 대문을 닫고 빗장을 지르는 소리가 난다. 나는 비로소 살아난 듯싶었으나 온몸이 엉망진창이 되었다.

찾아온 이는 앞엣집 왕(王)서방네 딸이라는데, 그가 인민군의 숙수를 데리고 와서 그 집에 들어 있는 인민군 장교의 술안주를 장만해야 하니 닭을 잡아달라 하는 것을 닭이 없다 하니 그러면 오리라도 기어이 달라 하여 그 흥정으로 시간이 걸린 모양이다. 오리값으론 미역을 한 광주리 가져왔다. 거래는 해롭잖이 되었지만 나는 죽을 고생을 겪었다.

왕서방네 딸이라면 전에 대한청년단(大韓靑年團)의 여자부(部)에서 일 보던 사람인데 이제는 이렇게 인민군 장교들의 술안주를 구하러 다니게 되었으니, 그도 마음속으로는 고소(苦笑)를 금치 못할 것이다.

1950년 9월 12일

인민의 손으로 인민의 심판관을 선거하니 모이라 하여 아내가 다녀왔다.

심판관이란 배심판사와 같은 직책을 가진 것으로 고양(高陽)군에서 경기도의 심판관을 한 사람 뽑기로 되었는데, 고양군에서는 숭인(崇仁)면이 민주(民主)면이라 하여 숭인면에 이를 돌리고, 숭인면에선 정릉리가 민주촌(民主村)이라 하여 정릉리로 이를 돌리었다 한다. 우리 마을로서는 그지없이 영광스러운 일이나 선거는 참으로 묘한 선거이다. 그러고도 왈 우리의 손으로 우리의 심판관을 선거하였다……

자세한 선거절차는 내 눈으로 보지 못해서 알 수 없으나 아내의 말을 들으면, 역시 저번에 인민위원회를 선거할 때와 같은 방식이고, 입후보로선 우리 반 반장이던 이윤기(李允基) 씨와 또 한분 조(趙)씨라는 분이 등장하였으나 사회자측이 이씨에 뜻이 있는 것 같아서 이씨를 먼저 부의(附議)하매 과반수 이상의 거수가 있었고, 그다음 조씨의 차례엔 이씨 때보다 훨씬 더 많은 손이 올랐으나 한번 손을 든 사람은 거듭 들지 못하는 법이라고 윽박질러서 결국은 이씨의 당선으로 낙착이 되었다는 것이다. 조씨로 말하면 연령으로나 학식으로나 열력(閱歷)으로나 인품(人品)으로나 모두가 이씨의 위여서 유권자들은 결국 어리뺑하고 말았다고.

이씨로 말하면, 우리의 이웃에 이처럼 훌륭한 분이 계셨던가 하고 새삼스레 놀라지 않을 수 없다.

나이는 40 전후, 저번 인위(人委)선거 때 소개를 들으면 빈농의 출신으로 보통학교도 다 마치지 못하였고, 우리 반 반장을 해서 내가 잘 아는 터이지만, 그는 판무식꾼에 가까운 분이다. 이력이라고는 반장을 지냈고 직업은 구멍가게. 본인은 별다른 투쟁경력도 없는 모양이고 그 아우 둘과 뚱뚱보 누이동생이 전에 감옥에 들락날락한 일이 있다더니 6·25 이후에 민주가정으로 서슬이 푸르르다. 지금은 정릉리 인민위원회 위원에 우리 마을 구장을 겸하였고 이즈음은 언제나 거나하게 취한 모양이시더니 이제 경기도 심판관으로. 참으로 눈부신 출세다.

그러나 소송기록은 순한글로 쓴대도 내용을 이해할 수 없을 것이니 그런 분들이 모여서 대체 재판을 어떻게 하려는 것인지. 최봉래(崔鳳來) 군의 말을 들으면 "재판의 공정타당성은 문제로 삼지 않는다"더니 그러면 할 수도 있겠지.

이윤기 씨는 이제 모두들 정릉리의 왕이라고 부른다. 사실 그러하기도 하다.

1950년 9월 13일

『역사의 제문제』를 읽다.

1950년 9월 14일

전쟁이 나고 또 한가지 곤란한 문제는 의사(醫師)이다. 이 몇해 동안 대어놓고 우리 가족의 병을 보아주시던 숭인병원 의사 김성식(金聖植) 씨는 진즉 가족을 데리고 어디론지 가버리셨다. 온후한 성격에 독실한 크리스천이시어서 언제나 미소를 머금은 그 풍모가 환자들로 하여금 일종의 아늑한 안도감을 갖게 하던 선생은 전쟁과 함께 연기처럼 사라져버리고 말았다.

우리 마을에서 진즉 가족을 데리고 남하한 분은 아마 김의사 한분뿐일 것이다. 들리는 말에 한민당(韓民黨)은 서울이 점령되기 전에 일찍 손을 써서 당원들을 모두 피란케 하였다더니, 그럼 김선생은 한민당원이었다는 풍설이 사실이었을까? 5·30선거 때 조병옥(趙炳玉) 박사의 편을 들어서 맹활약하신 사실은 알고 있지만, 평소에 보면 그 책상머리에 항상 김구 선생의 사진을 꽂아두었기에 기연가미연가(긴가민가)했더니.

또 한분 가위 이웃에 살아서 급하면 달려가곤 하던 쎄브란스의 조광현(趙光鉉) 씨. 아마 학위(學位)를 가지신 듯 마을에서들은 조박사로 통한다. 이분은 6월 27일 아침에 학교에 나가신 채 행방불명이 되어서 그 부인은 꼭 돌아가신 줄로만 알고 노상 눈물로 세월을 보내시고 있다.

"인민군이 들어올 때까지도 학교에서 국군의 부상병들을 치료하고 있었는데 인민군이 들어와서 그들을 모두 처치해버릴 양으로 내어달라는 것을 끝까지 거절하다 반동으로 지목되어 그 자리에서 총살되고 말았다"는 소문이 돌아서 부인은 이 말을 듣고 한동안 기절을 하였었다. 조선 거부(巨富)로 일컫는 안악 김씨의 집에 태어나서 고생을 모르고 자라난 부인이 어린 아기들을 데리고 양식은 없고 부군(夫君)의 억색한 소식에 상심은 되고 해서 낙태(落胎)로 이즈음은 앓아 누우셨다는 소문.

그러나 세상일은 알고도 모를 것이, 조박사와 서광욱(徐光昱) 씨와는 이 마을에서 가장 친한 사이인 줄로 알고 있는데…… 조씨는 평소에 공산당이라면 감정적으로 반발하고 우리를 대하여서도 기회있을 때마다 그들에 대한 감정을 털어놓고 하여 우리는 오히려 그의 우익 편향을 지적하곤 하였는데, 조씨는 전쟁과 함께 행방불명이고 서씨는 이제 정릉리 인민위원회 위원장으로 계시어 우리 마을의 좌익의 거물이시다.

조박사는 성격이 워낙 솔직한 분이므로 서씨를 대하여서도 물론 좌익에 대한 비판이라기보다 오히려 악감정을 털어놓았을 것이고 남로당원 서광욱 씨는 아침저녁으로 듣는 이 욕설에 장단을 맞춰주면서 몇해를 두고 가장 친한 사이로 지내왔다…… 이러한 사실은 우리의 상식으론 이해하기 힘든 일이다. 하여튼 조박사가 여기 남아 있었다면 어찌되었을까 싶다.

또 한분 적십자병원 산부인과 과장으로 계시다는 고희붕(高羲鵬)

씨. 귀족의 후예이고 일본식 교육을 받아서 조선말을 일본 사람처럼 하는 고박사. 흔히 남빛 뉴똥 치마를 입고 다니시는, 아직도 새파랗게 젊은, 여자의대(女子醫大) 학생이라는 그 부인. 이 두분은 피란 가지 않고 남아 계시더니 지금은 두분 다 군 병원에 징집되어 일 보고 계신 다고. 그러니 우리에게는 있으나마나다.

숭인병원 위에 정릉병원이라는 게 있었다. 전에는 전연히 교섭이 없었으나 다른 병원이 다 없어졌으므로 아내가 혐아를 데리고 가본 모양이다. 다녀와서 부부가 다 의사로 일하더란 말을 하고 "그 집은 아마 빨갱이들인가봐요" 한다. 어째서 그런 줄을 아느냐 하니 "벽에 걸린 지도에서 태극기만 박박 지웠던걸요" 하기에 "그게야 이즈음 누구나 다 그러는 것 아닌가" 하니 "그래도 내 마음에 어쩐지 그렇게만 생각됩디다" 하고 웃는다.

'빨갱이'라는 어감이 우리들의 귀에 그리 거슬리지 않고 들리던 때가 어제런 듯하건만, 적어도 날로 부패해가는 대한민국을 바로잡고 우리 민족에 새로운 희망을 던져줄 수 있는 그러한 무엇이 아닐까 하고 은근한 기대조차 품었더니…… 불과 두세달 동안에 그 말에서 받는 인상이 이대도록 달라진 것은 대체 무슨 까닭일까. 아내의 말을 들으면 정릉병원의 의사 양주(兩主)는 아무래도 빨갱이인 듯, 환자를 다루는 것도 어째 건성인 것 같고, 손은 청진기를 들고 있어도 마음은 항상 정치의 나팔소리에 맞추어 북치고 나설 궁리만 하고 있는 것 같아서 의사로서 미덥지 않다는 것이다.

그러는 중에 새로이 개업한 것이 인민병원이다. 숭인병원은 주인 김성식 씨가 피란 간 후에도 그 형 되는 사람이 원주 출신이라는 그 빈혈증의 간호부를 데리고 환자를 받고 있었는데 8월초에 반동으로 몰려나고 집과 병원시설 전부를 인민위원회에서 몰수하여 새로이 인민병원을 내었다. 그러나 의자랑 침대랑은 모두 인민위원회에서 가져다 쓰고 중요한 기계류는 어디론지 실어가버리고 인민병원은 허울만 가지고 문을 열었다.

전에는 의사와 간호부 두 사람이 호젓이 꾸려나갔어도 언제나 상냥한 얼굴로 환자를 맞이하였는데, 지금은 그밖에 사무원과 회계원과 사동(使童)이 따로 있다. 인민공화국엔 웬 젊은 남자들이 이렇게 지천으로 있는지, 이렇게 한산한 직업을 가지고서도 그들은 어찌해서 의용군으로도 나가지 않는 신분보장이 되는 것인지. 백성들은 모두 굶어 버드러져가고 있는 이즈음 그들은 모두 딴 세상 사람들인 듯 영양도 좋다.

이 살결이 피둥피둥하고 얼굴이 약간 험상궂게 생긴 친구들이 시간 중에도 할일이 없으니까 대낮에 장기판을 둘러싸고 앉았고, 그러고도 "외상값을 가리러 왔습니다" 하면 "지금은 점심시간이요, 한시 지난 후에 오시오" 한시가 지나서 가면 "지금은 식사중이니 밖에서 기다리시오" 하는 식이다. 급한 환자가 있어서 아침 일찍 가면 "지금은 시간 전이요, 아홉시가 지나거든 오시오." 아홉시가 지나서 가면 "선생님이 아직 오시지 않았으니 좀 기다리시오." 왕진을 청할라치면 "이렇게 바쁜데 왕진이 다 무어요." 다섯시가 조금이라도 지나서 가면 의사, 간호부, 사무원, 회계원, 사동 모두 있건만 "시간이 지났습니다, 내일 오시오" 한다.

인민공화국의 모든 부분에 다 이렇듯 심한 관료주의가 좀먹고 있는 것은 아니겠지만, 그리고 정릉리의 인민병원은 그 유독 극심한 일례일는지 모르나 하여튼 모든 기업의 국영화는 좀더 연구하여야 할 문제이다.

1950년 9월 15일

자수(自首)라는 말이 있다. 인민군이 들어와서 서울의 질서가 잡히자 거리거리에 "대한민국의 관리, 군인, 경관, 대한청년단원, 민보단원(民保團員) 기타 대한민국을 위하여 일한 사람들은 모두 자수하라. 자수한 사람은 무조건 포섭하고 그 신분을 보장한다. 그렇지 아니한 사람들은 언제나 엄정한 처단을 받을 날이 있을 것이다" 하는 의미의 방이 붙었다. 홍군의 처남 최씨 같은 분은 전에 민보단 부단장을 지낸 일이 있으면서도 자수하지 아니했다 해서 잡혀간 후로 소식이 묘연하다.

그러나 많은 사람들이 자수서를 써가지고 가서 내무서(內務署)에 자수하였다. 그중엔 진즉 풀려나와서 무사한 사람도 있지만 자수하러 가서 구금된 채 아직 나오지 못한 사람들도 많이 있다. 일단 풀려나와서 안심하고 있던 사람들로서 다시 붙잡혀 들어간 사람도 있다. 우리 마을에서도 상공부(商工部)의 무슨 과장인가 하던 사람이 자수하러 가서 그냥 눌러 있고 돌아오지 않는다. "자수하면 무조건 포섭한다더니" 하고 그 가족들이 눈물을 짜보아도 어디 가서 따질 곳이 없다.

1950년 9월 16일

어디서 은은히 대포 소리가 들려온다. 밤이면 더욱 분명히 들린다. 너무나 강렬한 기대에 흥분되어서 밤새 잠이 들지 않는다.

식량도 다 되어간다. 직장에서도 떨려났다. 긴긴 여름 동안을 햇볕을 보지 못하고 살았다. 대문만 삐걱하면 가슴이 덜컥 내려앉고 허겁

지겁 마루구멍으로 기어들어가지만 그 마루구멍일세 만전을 기할 수
는 없다. 이곳저곳서 무고한 시민들이 수없이 많이 잡혀 들어가고 그
리고 때로 처참한 학살을 당한다는 소문이 꼬리를 물고 들려온다.

가을바람이 불면서부터 초조한 마음이 한층 더하여 겉으로는 태연
한 척해도 가슴속으론 내(연기)가 날 지경이다.

나는 본시 대한민국에 그리 충성된 백성이 아니었다. 그의 해나가
는 일이 일마다 올바르지 못한 것 같고 그의 되어가는 품이 아무래도
미덥지가 않아서 언제든 한번은 인민공화국 백성이 되지 않을 수 없
는 날이 오려니 하고 예견하였었다. 그러므로 육군이라 써붙인 찝차
를 타고 마을길에 들지를 아니하였고 대한청년단에서 교양강좌를 맡
아달라는 것을 병이라 핑계하였던 것이다.

그러면 인민공화국에 대해선 각별한 향념(向念)을 품었었느냐 하면
그런 것도 아니었다. 내 인민공화국에 대한 기대는 몇해 전 『민성(民
聲)』지의 북조선 특집호 중에서 북조선 문화인 좌담회의 기사를 읽고
갑자기 식어졌었다. 이기영, 한설야, 이태준 같은 사람들이 모여 말끝
마다 우리의 영명(英明)한 지도자 김일성 장군 만세를 부르고 모든 사
회 현상이, 심지어 우순풍조(雨順風調)한 것조차 김일성 장군의 영명
하신 지도의 덕택인 것처럼 떠든 것이 비위에 맞지 않아서 그후에 언
젠가 철(哲)을 보고 "그자들이 모두 환장을 해서 그런 것일까, 또는 정
치적 압력 때문에 부득이해서 그런 것일까. 어쩌면 문화인이란 것이
그처럼 입을 갖추어 아첨할 수 있는 것인가" 하고 욕설을 퍼부어준
일도 있었다.

그러나 인민공화국은 그처럼 부패하지 않았다는 것이 무엇보다 탐
탁하였고, 또 설사 나같은 사람이야 인민공화국 백성이 되기로서니

포섭되지 아니할 머리(까닭)야 있나 하고 안심하였었다. 이렇게 말하면 듣는이는 나를 회색분자, 기회주의자라고 욕할는지 모르나 내 기회주의는 한번도 어느 편이 승세인가 하고 기웃거리지 아니하였고, 어느 편이 올바른가 하고 마음속으로 따져보긴 하였으나 그 어느 편에 좇아서도 보다 더 출세해보려는 생각은 털끝만큼도 품어본 일이 없으므로 내 양심에 물어보아서 부끄럽지 아니하였다.

지금 내가 인민공화국에서 이렇듯 생명의 위협을 느끼고 지하에서 전전긍긍하고 있는 것도, 아무도 나를 잡으러 온 사람이 없었고, 또 잡으러 온단 말도 듣지 못하였다. 어찌 생각하면 일종의 강박관념에 억눌려서 스스로 죄인 행세를 하는 것인지도 모른다. 그러나 뜻하지 아니한 때 뜻하지 아니한 사람이 잡혀가고 총맞아 죽고 하니 한시도 마음을 놓을 수 없는 것은 당연한 일이다.

이미 학교에서 떨려났으니 언제든지 반동이란 레떼르를 붙이면 붙여질 수 있는 신분이다. 또 반동이라면 언제 어떠한 처단을 받아도 아무 문제 없는 세상이다. 그러나 이대로 몇달을 더 간다면 나는 잡혀 죽지 아니하여도 굶어 죽고야 말 것이다. 내 모든 생활의 길은 끊기었고, 이런 세상이 되면 힘이 되어주려니 했던 친구들은 면회사절이다.

내 잠들지 아니하는 지나친 초조감은 이러한 내 처지와 생활환경 속에서 우러난 것이다. 그저께 밤 일본방송에서 UN군이 4만명 증강하기로 되어 9, 10월중에 2만명, 11, 12월중에 2만명이 오게 되었다고 자랑스런 발표가 있었으나 나는 이 발표를 들을 때처럼 실망한 일이 없다. 하루이틀을 다투고 있는 우리들에게, 그러면 이 전쟁은 언제까지나 끌려는 것인가.

"우리가 다 죽고 난 뒤에 서울이 수복되려나" 하고 아내와 더불어 고소(苦笑)하였다. "이렇게 백성을 다 죽인 후에 독립은 해서 무얼 하며 통일을 한들 무얼 합니까" 하던 김의사의 형의 말씀이 생각난다.

그러나 간밤엔 분명히 대포 소리가 들리었다. 지금도 귀를 기울이면 은은히 들리는 것 같다. UN군이 인천에 상륙했다는 풍설(風說)이 돌고 있다. 대포 소리가 이쯤 들리면 대체 몇리 밖에서 나는 것일까. 하여튼 전선이 대구·부산으로 졸라들고 있지는 않은 모양이다. 인민군 총사령부의 보도에서도 적이 군산에 상륙을 기도하는 걸 분쇄하였다고 발표하였다.

"군산에 올라오는 척해서 그리로 이쪽의 병력을 이끌어놓고는 인천쯤에 상륙하려는 겐지도 모르지."

"군산 상륙기도를 열흘 이상 지나서야 비로소 발표하였으니 지금 인천에 상륙했대도 공식발표는 열흘 후에나 있을지 말지 하지."

우리들은 이러한 뒷공론들이다. 그런데 여기 눈이 번쩍 뜨이는 뉴스가 있다. 월미도 밖 무슨 섬엔가 살던 사람이 아랫마을에 피란을 와 있다는 것이다. 어디서 함구령이 내리었는지 자세한 이야기는 하지 않으나 인천 쪽에서 이리로 피란을 온다는 사실은 과연 무엇을 의미함일까.

1950년 9월 17일

이즈음은 국군가족 좌담회라는 것이 있고 또 그들이 방송국의 마이크를 통하여 국군 장병들에게 귀순을 권고하는 방송을 하고 그 원고가 때로 신문지상에 소개된다. 혹은 어머니가 그 아들을 향하여, 혹은 아내가 그 남편을 불러서, 혹은 누이가 그 오빠를 일컬어, "우리들은 인민군의 따뜻한 손길 아래서 무엇 하나 부자유하지 않은 안온한 생활을 하고 있습니다. 그러나 당신이 조국과 민족을 배반하고 인민을 향하여 총부리를 겨누고 있음을 생각하면 가슴이 아픕니다. 때는 늦지 않습니다. 지금이라도 인민의 편으로 돌아오십시오. 인민공화국은 두손을 들어서 당신을 환영할 것입니다” 하는 식이다. 그중에서도 오늘 덕화의 어머니가 그 남편에게 보내는 호소의 말은 사람들의 폐부를 찌르는 것이 있었다.

“당신이 인민의 적이 되어 강도 미제와 이승만 괴뢰도당의 편에 서 있음을 생각하면 우리들은 얼굴을 들고 나설 수가 없습니다. 덕화는 아빠를 대신하여 속죄하겠다고 의용군을 지원해 나갔습니다. 나는 밤마다 당신과 덕화가 서로 총을 겨누고 칼을 들고 찌르려는 꿈을 꾸고 잠을 이루지 못합니다. 돌아오소서, 하루바삐. 인민의 편으로 돌아오소서” 하는 내용이었다.

남편은 국군의 장교로 나가 있고 처자는 인민공화국에 남아 있어서 차마 죽지 못하는 그날그날을 보내고 있고 그 딸은 마침내 의용군으로 나가지 않을 수 없어서 결국은 그 아버지에게 총부리를 겨누게 되는…… 이러한 비극이 어찌 덕화네 가정에만 한하였으리요. 혹은 부자간에 혹은 형제끼리 적 편에 서서 서로 죽이지 아니하면 죽을 수밖에 없는, 이 비참한 현실은 땅을 치고 통곡하여도 시원치 않을 노릇이다.

1950년 9월 18일

어제부터 인민군 한 소대가 우리 집에 들었다. 무슨 통신대대 제2소대라나. 장 이하 총원 16명. 소대장만이 이북 출신의 정규 인민군이고 그 여외(餘外)는 전부 강경(江景)서 뽑힌 의용군이다. 경성전기학교 학생이었다는, 아직도 16, 7세밖에 되어 보이지 않는 애송이도 있다.

그가 연락병이다.

소대장은 생김생김도 그리 품위가 있어 보이지 않고 또 교양도 별로 없는 듯. 독보회 때 대원들에게 강의하는 걸 들으면 그 말소리는 힘차도 내용은 엉망진창이다. 경각성이니 창발성이니 하는 문자들은 많이 늘어놓아도 그 의미는 분명히 깨치지 못한 듯, 도무지 맥락이 닿지 않는 문자의 나열이다. 그래도 다 하고 나서 "알아들었나" 하면 예, 예 하는 대답이다. 알아들은 사람들이 참으로 용하다 싶다. 교양 정도는 소대장보다 대원들이 모두 높은 것 같다. 그중에는 한 사람 고등교육을 받은 사람도 있어서 이 사람이 아마 당원(黨員)인 듯, 당으로의 교육은 그가 맡아 하고 있는 모양인데 그 태도가 매우 은근하고 인상이 좋았다.

인민군이 들어가자 마을의 청년들이 모두 의용군을 지원하였는데 2주일 동안의 훈련을 거쳐서 자기네들은 곧 인민군에 편입되었다는 것인데, 인민군이 된 지 아직 한달밖에 안되는 품으로는 규율도 엄정하고 기술교육도 잘되었었다. 모두들 전에 통신 방면의 경험이 있었느냐고 물으니 그렇지도 않다는 것이다.

그중에 한 사람은 가정에서 한문을 많이 읽었다면서 집에 있는 한문책들을 보고 매우 좋아한다. 이 친구 기분이 좋아서 여러가지 이야기를 늘어놓던 끝에 "아직도 산중에는 이르는 곳마다 국군이 많이 남아 있어서 대공신호(對空信號)를 올리고 진지를 다지고 있으며, 자기네들도 안양(安養)에서 이들에게 포위되어 하마터면 큰일날 뻔하였다"는 이야기를 비롯하여 차츰 재미난 이야기가 벌어질 판인데, 당원 동무가 눈짓을 하고 슬쩍 화제를 돌려버린다.

소대장 동무는 유성기(留聲機)에 기갈을 만난 사람처럼 밤낮 유성기만 틀어놓고 앉았다. 몇장 아니되는 우리 집 소리판을 몇번이고 되풀이하여 틀고 나선 대원들을 시켜 마을을 들춰서 소리판이라고 명색 붙는 것이면 죄다 가져다 틀고 있다. 그중에는 별별 야비한 유행가와 만담 같은 것이 다 있어서 듣기에 구역이 날 지경이건만 소대장 동무는 그런 것일수록 신이 나서 거듭거듭 틀고 있다. 대원들 중에서도 눈살을 찌푸리고 민망해하는 눈치건만 소대장 동무만은 혼자 자못 흥에 겨워 있다. 이런 줄은 모르고 길가는 사람이나 또 혹은 마을 사람들이나 마을에 들어 있는 다른 인민군들이 우리 집을 어떻게 생각하랴 싶어서 마음이 졸이건만 그는 유성기에 정신이 팔려서 침식을 잊을 정도이다.

처음에 와서 "댁에 유성기 없습니까" 하고 물을 때 "예 있습니다" 하고 내어준 것이 후회막급이나 이미 엎지른 물이다. "라디오는 없습니까" 하고 물었을 때…… 이건 다른 각도에서 거짓 대답을 한 것이지만, 없다고 잡아뗀 것이 잘했다 싶다. 그러나 그들이 보기 전에 허겁지겁 줄을 떼어서 갈무리느라고 혼이 났고, 봉아가 옆에서 보고 섰다가 "라디오 줄을 왜 떼어?" 하고 소리를 질러서 등골에 찬 땀이 흘렀었다.

1950년 9월 19일

처음에 와서 하룻밤만 자면 떠난다던 군인들이 오늘로 사흘째건만 움직일 기미가 보이지 않는다. 그들 보기에 날마다 집에서 번둥번둥하고 있기가 불안스러워서 오늘은 학교에 나간다고 알리고 안방 다락 위로 올라갔다. 앉았으면 머리를 숙여야 하므로 아예 자리를 깔고 누워서 잠도 자고 책도 읽고 하였다.

그러나 평소엔 눕는 것이 편하다고 하지만 긴긴해를 온종일 누워 배기기도 지루하다. 장병(長病)으로 누워 앓는 사람들이 얼마나 괴로우랴 싶다. 점심은 주먹밥을 얻어먹었다. 저녁은 아이들이 잠들면 내려가리란 것이 오늘 따라 아이들은 저녁을 먹고 나서도 잘 생각이 없이 노닥거리고만 있다. 밖에서 군인들이 웅성거리니 자극이 되어서 얼른 잠이 오지 않는 모양이다.

봉아가 생각난 듯이 "아빠가 왜 아직 아니 와?" 하면 목아가 덩달아 "그래" 한다. 엄마가 옆에서 "아빠는 오늘 아니 오실지도 모른다. 너희들부터 먼저 자거라" 해도 "나 아직 잠 아니 와" "나도" 한다. 참 질색이다. 시장한 것은 아무렇지도 않지만, 벌써부터 오줌이 마려운 걸 참고 있었는데 이제는 시각이 어렵다. 이럴 줄 알았더면 미리 요강이라도 올려두었을 것을 하고 후회도 하여보나 부질없는 일이다. 조급한 마음에 문틈으로 아이들의 동작을 살펴보나 그들의 눈은 갈수록 말똥말똥해진다.

인민군의 진주로 말미암아 곡경(曲境)을 치르는 것은 나뿐만이 아니다. 경희는 인민군이 앞문으로 들어올 때 뒷문으로 내어보내서 밭으로 갔다. 그러나 밭에 가 있으면서도 밭엣집에 알려서는 아니되니 더욱 어려운 노릇이다. 밭엣집으로 말하면, 홍군은 본시부터 서로 뜻이 통하여 무엇이든지 털어놓고 지내는 사이였으나 지금은 어쩐지 전과 같지 않은 것 같다.

그가 자기는 진정한 볼세비끼가 아니다, 따라서 남처럼 함부로 날치지는 아니하겠다 하고 말하던 그날 아침부터 나가서 일을 맡아보게 된 것은 전의 경력과의 관련도 있고 하여 부득이한 일이 아니었는가도 처음은 생각되었지만…… 그 부인에게 여맹(女盟)에 나가서 일하

도록 강요하고 아이들에게 인민가요를 일삼아 가르치고 있다는 이야
기를 듣고선 그의 말마따나 그는 진정한 볼셰비끼가 아니고, 또 한때
보도연맹(保導聯盟)에도 가맹한 일이 있고 하여 뒤가 꿀리니까 하는
노릇인가 하고도 생각해보았지만…… 그가 그 셋째처남이 잡혀갔을
때 취한 그 냉정한 태도라든가 그 부인을 향하여 그 젊은 처남과 처질
(妻姪)들이 의용군에 나가지 않는다고 마구 욕설을 퍼부었다던가……
하는 사실들로 미루어보아 경희의 도피생활을 그에게 알릴 수는 없는
일이다.

그야 물론, 그가 알았다고 당국에 고발한다던가 하는 일은 절대로
없을 줄로 믿는다. 그러나 우리 종형제를 그 때문에 사람답지 않게 여
길 것을 생각하면, 그렇게 생각하는 기틀이 옳고 옳지 아니함은 별문
제로 하고, 하여튼 그에게는 알리고 싶지 않다.

이미 이만큼 나와 그와의 사이는 멀어지고 만 것이다. 내가 빈둥빈
둥 놀고 있으니 직장에서 떨려난 것은 그도 번연히 짐작이 가련만 그
는 그 문제에 관하여 입 밖에 내어 말하는 일이 없다. 혹은 내가 거북
해할까봐 나를 위하여 그러는 것인지도 모르지만 우리는 본시 그러한
사이가 아니었다.

직업도 없고 따라서 배급도 받지 아니하니 아이들 데리고 식량의
곤란은 어떠하냐고 지나가는 말로라도 걱정이 있을 법한 일이건만,
안팎간에 그런 사색이 없다. 전에 부인이 저엉 곤란할 때면 집에서 얼
마쯤 나눠가고 했으니까 우리 집엔 언제나 식량만은 넉넉하리라고 생
각해서 그러는 건지도 모른다. 그러나 배급 타온 양식 가마니를 우리
집 사람들의 눈에 뜨일까봐 조심해하는 눈치는 무슨 까닭일까.

시사문제에 관해서도 전에는 만나면 서로 이승만정부의 잘못에 대

하여 욕도 하고 공산당 노선의 그릇된 점을 지적하여 비판도 하고 하였었다. 그럴 때마다 두 사람의 보는 점이 비슷비슷하고 해서 피차에 아무런 간격이 없었다. 그러던 것이 시사문제에 관하여서도 이야기하고 싶은 것이 산더미처럼 많은 오늘날, 그는 입을 봉하고 말이 없다. 통히 말하고 싶은 의욕이 없는 것 같고, 또 나를 만나기조차 거북해하는 눈치다.

설마 그가 나를 백안시(白眼視)하고 나를 반동분자로 규정짓고 있는 건 아니겠지만, 그도 짐작에, 나와 더불어 이야기하면 이제는 전처럼 서로 생각하는 핀트가 맞지 않을 것만 같은 예감이 드는 모양이다. 그러니 이야기를 시작해서 설사 격렬한 논쟁으로 끝맺는다던가 하는 일은 없겠지만, 적어도 피차에 어색한 기분으로 헤어지게 되지 아니할까 하는 그의 육감에서 그러함일 것이다.

하여튼 이야기를 하면 할수록 피차의 어긋난 견해가 서로 분명히 되고, 따라서 서로의 거리만 멀어지게 되지 않을까 하는 생각은 나도 마찬가지다. 우정이란 과연 이러한 것일까, 이래도 좋은 것일까 하고 잠들지 않는 밤마다 마음속에 반추해보건만, 그럴 때마다 남는 것은 서글픈 생각뿐이요, 결론은 인생에 대한 절망이다. 경석(慶錫)도 가고, 철(哲)도 가고, 승기(承琪)도 갔다. 나에게 남은 것이 과연 무엇일까.

우리의 우정이 본시 약한 것이었을까? 본시 약한 것은 아니었어도 해를 거듭함에 따라 풍화작용을 일으켰음일까? 그도 저도 아니고 우정은 연령에 따라 농도가 희박해지는 본질의 것일까? 또는 우정의 문제가 아니고 정치의 힘이 너무 강렬하기 때문일까? 하필 왜 내 친구들은 모두 다 빨갱이가 되어버리는 것일까, 본시 그러한 사람들이 아니었건만……

경희에게는 날마다 벤또밥을 싸서 정숙이가 풋콩대 밑에 숨겨서 날라다준다. 낮이면 복숭아나무 그늘에 누워서 책을 보고 밤이면 비어 있는 돼지우리에 들어가 잔다는데, 나뭇잎이 우거져 있는 건 남의 눈에 뜨일 염려가 없어서 좋으나 밤으로 모기가 들끓어서 잠을 잘 수 없다는 것이다. 내가 댑싸릿대 밑에 들어갔을 때의 생각이 나서, 만일 그런 모기떼들이라면 하룻밤인들 어찌 지나는가 싶다.

1950년 9월 20일

대포 소리가 날로 가까이 들려온다.

우리의 가슴은 기대에 부풀어오른다.

인민공화국은 대한민국처럼 선선히 수도 서울을 비워주지는 않을 것이다. 십중팔구 서울서 격렬한 시가전이 벌어질 것이 예상된다. 그러면 서울시민들의 위험률도 따라서 높을 것이다. 그러나 그러한 죽음에의 개연성이 많은 이 대포 소리의 가까워짐이 이대도록 가슴 졸여가면서 기다려짐은 이 또한 어인 까닭일까. 이는 단순히 아사(餓死)에 대한 공포라든가 자유에 대한 그리움이라든가 하는 것만이 아니고 그보다도 훨씬 복잡하고 훨씬 미묘한 여러가지 감각과 감정의 주합(輳合)에서 오는 것인 듯싶다.

이제는 인천상륙설이 한낱 지나가는 풍설에 그치는 것이 아니고, 대포 소리의 들려오는 품으로 보아 적어도 김포 방면까지는 들어온 것 같고 소문에는 이미 영등포에 미군이 들어왔다고들 한다. 배고픈 사람들이 지어낸 말이겠지만, 인천과 영등포에 들어온 UN군들은 들어오는 길로 굶주리고 있는 시민들에게 밀가루 한포대씩을 나눠주었다고. 말만 들어도 푸짐하다.

집에 들어 있는 인민군들도 약간 당황해하는 눈치다. 저희들끼리도 이만한 대포 소리는 몇리 밖에서 나는 것일까 하고 공론이 자자하다. 싸우는 사람들에게까지 전선의 분명한 소식을 알려주지 않는 것이 그들의 장기(長技)인 듯싶다. 저희들끼리 40리라커니 50리라커니 떠들썩한 중에 당원 동무가 "이건 적어도 100리 밖에서 나는 것이오" 하고 자신있게 말한다. 마음속으론 반드시 그렇게만 생각지도 아니하는 듯한 얼굴 모습이다. 이때 소대장 동무가 밖에서 들어오면서 "100리고 10리고 간에 이건 다 연습하는 소린데 무얼 그래" 하고 핀잔이다. 아무도 이 말을 곧이듣지 않겠지만 이러한 때 알아들은 척한 표정을 짓는 것이 이 나라의 풍습인 듯싶다.

"출동준비를 완료하고 대기하라"는 전령이 왔다. 총기를 분해소제하고 통신기구와 간단한 옷보따리들을 둘러메고 그러고는 삽 한자루씩을 나눠 갖는다. 그들에게는 배낭이라고 이름지을 만한 것이 없다. 가죽은 없더라도 베로라도 지어 썼으면 좋으련만 괴나리봇짐 그대로의 행색이다. 소대장 동무만은 훌륭한 사무용 가죽가방을 지니었는데 이는 분명히 노획품인 듯, 신사복에나 어울릴 것이지 이를 들고 한만(閑漫)히 전장에 나다닐 수는 도저히 없을 것이다. 그도 이것만은 짐작이 가는 듯 차마 들고 가지는 아니하고 괴나리봇짐에 싸서 연락병의 등에 지웠다.

그러고는 한참 무엇을 생각하는 것 같더니 연락병을 시켜서 대청벽에 걸린 란도쎌[1]을 줄 수 없느냐는 것이다. 아내가 봉아를 붙들고 나중에 더 좋은 것을 사줄 테니 네 란도쎌을 인민군 아저씨에게 주자고 타일러서 승낙을 얻었다. 소대장 동무, 란도쎌을 옆구리에 차고 거기다 종이랑 연필이랑 넣으면서 매우 기분이 좋으시다. 란도쎌 대신 삽 네자루를 우리에게 준다기에 값을 받을 것까지는 없다 해도 이왕 남는 것이니, 하고 졸병들을 시켜서 광에 넣어준다.

이러는 중에도 미국 비행기는 빈번히 정릉리의 상공에 나타나곤 한다. 폭격도 전보다 훨씬 템포가 빨라진 것 같다. 비행기 소리가 날 때마다 병정들은 처마 밑에 대피한다. 가는 길에서도 비행기가 나타나거든 길 옆으로 재빠르게 엎드려서 움직이지 마라는 신신당부다.

"지금 목표는 마포(麻浦)이나 거기 가서 또 어디로 출동하게 되는지는 다시 명령을 기다려야만 한다"는 지시. 일선으로 나가는 모양이다. 미워질래야 미워질 수 없는, 아무리하여도 내 동생이나 조카들처럼밖에 여겨지지 않는 순진무구한 저 청년들이 다만 그릇된 지도자들을 만났음으로 말미암아 괴나리봇짐에 하잘것없는 소총 한자루와 초라한 삽 한자루씩을 들고 나가서 고도로 발달된 미군 기계화부대와 부딪쳐서 그 대포알 밥이 될 것을 생각하니 다락 위에 누워 있는 내 눈시울이 절로 뜨거워진다.

그들은 과연 몇시간 후에 닥쳐올 저들의 운명을 아는 것일까, 알고도 저렇듯 태연자약함일까. 그러나 그런 걸 다 알기엔 너무나 나이 어리고 너무나 순진할 것 같다. 그러므로 그들이 더욱 가엾게 여겨진다.

며칠 동안을 두고 보아도 그들이 받는 교육은 철두철미 공산주의의 그 단조로운 공식론의 되풀이이고 시국과 전국(戰局)에 대하여서도 어디까지나 진상을 엄폐(掩蔽)하고 기계적인 적개심의 고취뿐이다. 방금 일선에로 출동하는 순간에 있어서도 "대구와 부산이 모두 다 완전 해방되었다" "인천에 상륙을 기도한 적들은 여지없이 격퇴되었다. 그러나 그들은 번번이 격퇴되면서도 집요하게 상륙기도를 되풀이하고 있다" "그들은 완전히 바닷속으로 밀려들어갔다. 들어가선 지

푸라기라도 붙들려는 심리로 필사적인 노력을 계속하고 있다. 그러나 그때마다 우리 영용(英勇)한 인민군의 총검 아래 쓰러지고 만다" "우리 조국의 아름다운 강토를 피로 물들이던 침략자의 마수는 마침내 그들이 받아야 할 업보를 받게 되었다. 우리는 그들의 마지막 한 놈의 목숨까지를 끊기 위하여 이제 일선으로 향하는 것이다" "조국통일의 성스러운 과업이 성공적으로 완수되는 최후의 순간에 이르렀다. 우리의 형제 자매들을 수없이 많이 학살하고 우리의 공장, 우리의 주택을 남김없이 파괴하려던 피묻은 손은 이제 물러가고 있다. 우리는 그들을 몰아내는 마지막 단계의 영예스러운 임무를 맡게 될 것이다" 하는 식으로 그들은 고무 격려되고 있다. 그들의 선전은 참으로 입신(入神)의 지경이다…… 선전의 가장 기본 요소인 진실성과 성실성을 제외한다면.

준비가 다 된 후의 남은 시간을 이용하여 창가(唱歌)를 부르고 있다. 소대장이 직접 지휘하고 잘못된 점을 고쳐주고 있다. 봉아와 목아가 신명이 나서 좋아한다.

1950년 9월 21일

아내가 밭에 갔다 와서 홍씨 부인이 짐을 묶고 있는 것을 보니 아마 이사 갈 모양인가 싶더라고.

"설마 그럴 리야 있을라고, 이사를 가려면 미리 말이 있을 테지" 하였으나 생각해보면 그럴 법도 한 일이다. 우리가 점점 가까이 울리어오는 대포 소리를 들으면서 부풀어오르는 기대에 가슴을 졸이는 한편, 좌익으로 활약하던 이들은 또다른 의미에서 가슴을 졸이고 있을 것이다. 정릉리의 왕이라고 일컫던 이윤기 씨도 전에처럼 거나하지 아니하고, 그래 보아서 그런지 몹시 당황해하는 기색이더라고.

그래 짐을 꾸리는 부인을 보고 "어디 이사를 가게 됩니까" 하고 아내가 물으니 "남편이 아직 아무말이 없으니 이사할 수는 없지만 어째 마음이 불안스러워서 그냥 가만히 앉아 배길 수가 있어야지요" 하고 모호한 대답을 하기에 "우리는 꾸욱 처박혀 있어서 아무런 소문도 듣지 못해 답답하오마는 그래 홍선생은 무어랍디까" 하고 또 물으니 "어디 말이나 하게 해야지요. 아무래도 세상이 다시 뒤집힐 것 같지 않느냐고 물으면 버럭 역성을 내면서 '그리 되면 우리 조선 사람이 다 죽고 말게 될걸, 그렇게 되기가 소원이래서 그따위 수작을 하느냐'고 됩더 야단이지요. 그러나 나는 아무리 생각해보아도 내일모레로 곧 일을 당할 것만 같고 그 양반은 그 모양이고 하니 어떻게 해야 좋을지 모르겠습니다."

"그럼 친정에라도 가 계시지요."

"글쎄 친정이 다 뭡니까. 동생은 잡혀가서 죽은지 산지도 모르고. 그때 홍서방이 하도 냉정하게 굴어서 내가 중간에서 얼마나 울었는지 모른답니다. 오빠들은 날 인제 의절(義絶)한다고들 하지만 오빠들의 말이 옳은걸요. 어머닌 이래저래 밤낮 울고만 계시답니다. 내가 무슨 면목으로 다시 친정엘 발을 들여놓을 수 있을라고요" 하더라고.

그러나 오후엔 마침내 부인이 아이들을 데리고 떠나버리었다. 어디로 간다고도 밝히지 않고……

홍군은 끝내 나를 만나지 않고 가버렸다.

그럴 수도 있을까. 볼셰비끼면 다 그런 것일까.

그러나 홍군은 나를 만남이 도리어 나중에 나에게 불리하지나 않을까 걱정해주기 때문인지도 모른다.

가을하늘을 쳐다보아도 서글프기만 하다.

1950년 9월 22일

복규가 찾아왔다. 와서 눈치만 살금살금 보고 있기 "여맹(女盟) 일이 바쁘지 않나? 어째 오늘은 나올 틈이 있었나?" 하니 이즈음은 그리 바쁜 일이 없다고 한다.

"대관절 네가 무슨 일을 한다고 여맹이니 무어니 하고 다니는 거냐. 오빠가 시키더냐, 어머니가 그러라더냐, 네가 좋아서 다니는 거냐."

"아무도 가라고 한 것도 아니고 내가 가고 싶어한 것도 아니지만 마을에서 나오지 않으면 안된다고 아침저녁으로 졸라서……"

"남이 조른다고 기집애가 함부로 아무데나 나가는 것이냐. 그럼 마을의 처녀들이 다 나가 일한단 말이냐" 하여보아도 이미 엎질러진 물인 것을. 공연히 석(錫)의 귀에만 들어가면 재미없게 여길 것을, 싶다.

"인천상륙은 한 모양인데, 그래 너는 앞으로 어찌할 작정이냐."

"인천에 상륙했느니, 영등포에 들어왔느니 하는 건 다 데마[2]랍니다. 그저께 인천을 가보고 와서 하는 사람의 말에, 올라온 적은 모조리 총에 맞아 죽고 물에 빠져 죽고 해서 인천은 지금 아무렇지도 않답니다."

"그 인천을 다녀왔다는 사람이 한달 전에 대구를 다녀온 사람이 아니냐. 너는 어째 그러한 사람들의 선전만을 듣고 다니느냐."

"그때는 몰라도 이제는 대구와 부산이 다 해방되었답니다."

"누가 그런 소리를 하던?"

"벽보도 나붙고 또 여맹에서도 축하행렬 계획을 하고 있는걸요."

"저 대포 소리를 들으면서 말이냐."

"그건 연습하는 것이라는데요, 뭐."

진실로 먹일 약이 없는 사람들이다. 한편 인민공화국의 마취력이 부럽기도 하다.

1950년 9월 23일

밤이면 미아리고개를 넘어서 자동차와 화물자동차가 쉴새없이 북으로 향하여 움직이고 있다는 소문이다. 그도 벌써 여러날 밤째인데 이미 얼마나 많은 사람과 화물이 흘러나갔는지 모른다는 것이다.

그중에서도 가슴 아픈 이야기는 밤마다 수없이 많은 죄수들을 걸려서 끌고 가는데, 보아하매 상당한 신분과 지위를 가진 사람이 대부분인 것 같으나 꼬지 꿰듯 줄에 엮어서 강행군을 시키고, 몸이 불편하거나 마음이 내키지 않아서 지체하는 일이 있으면 욕설을 퍼붓고 채찍으로 갈기며, 무넘이고개³를 넘어서는 저엉 말을 듣지 아니하면 그 자리에서 총살해버리고 간다는 것이다.

낮에 복규가 웬 낯선 부인을 데리고 왔다. 이석(李錫) 씨의 부인이라는데 짐을 얼마 동안 맡아줄 수 없느냐는 의논이다. 나중에 혹시 동티나 나지 않을까 싶은 염려가 없지 않으나 무슨 물건이냐고 물으니 옷가지와 이불 보퉁이라기 그러마고 쾌히 승낙하였다.

그러나 다시 생각해보면 그 내용품이 설사 옷과 이불이 아니란대도 맡지 않겠다 할 수는 없는 일이요, 맡은 이상엔 나중에 가서 당국에 고발을 한다던가 할 수도 없는 노릇이니 이 땅의 백성질하기란 참으로 어려운 일이다.

1950년 9월 24일

지서 옆에서 유치원을 경영하던 심현(沈顯) 씨가 총살되었다는 소문이다. 청수장(淸水莊)에서도 한 사람 죽었다는 이야기고.

심씨는 집에 있다 끌려나와서 개울가 방적(紡績)하는 집 앞에서 맞아 죽었다는데 그 부인이 따라와서 이를 막으려다가 역시 총을 맞아서 한쪽 볼이 꿰어지고. 아이들은 모두 어리고 마을 사람들은 모두 겁을 집어먹어서 내다보려고도 하지 아니하고…… 거적때기를 덮어서 그 자리에 내버려둔 채 하룻밤을 지났다는 것이다. 가엾은 일이다.

심씨는 들리는 소문에 빨치산이 내려와서 유치원을 비워달라는 걸 얼핏 이에 응하지 않은 것이 그 죄목이라 하나 딱히 알 수 없는 일이다. 그는 일본서 무슨 고등공업을 나왔다던가 하는 분으로 '심현 모노타이프 연구소'라는 간판을 붙이고 있으나 무슨 내용인지는 잘 알 수 없고 언제나 보면 정원에서 채소와 과일나무를 손질하고 계시었다. 나이 지긋하고 도무지 말수가 없는 분이며 통히 밖에 나다니는 것을 보지 못하였으니 무슨 반동으로 놀기나 한 일도 없었을 것이다.

그뿐만 아니고 시내에서도 벌써부터 학살이 계속되고 있다는 소문이 파다하다. 김상기(金庠基) 선생의 말씀이 적중하는가 싶다.

1950년 9월 25일

어제부터 시가전이 치열한 듯싶다. 이제는 포성뿐만 아니고 불길이 보이기 시작한다. 동대문에서 을지로 어름이 아닐까 싶은 곳에 검은 연기가 짚둥처럼 하늘 높이 길길이 오른다. 밤에는 그 연기 뭉텅이 속으로 빨간 불길이 올라서 처참하다.

비행기는 24시간 폭격이다. 얼마나 많은지 그 수효도 헤일 수 없을 만큼 번갈아 떠서 목적물을 하나하나씩 부숴나가는 모양이다. 정릉리 골짜기에도 새빨간 로켓포탄을 거듭거듭 쏟아부었다.

이미 좌익의 수뇌부들은 모두 달아나고 병정들만 얼마쯤 남아서 대항하고 있는 모양인데 이왕 도망할 바엔 선선히 자리를 물러나기나 하지, 쓸데없이 버티어서 많은 인명을 손상하고 시가를 초토화할 것이 무엇 있나 생각되지만, 그들은 이리함으로써 도망하는 시간적 여유를 얻는지도 모른다.

이윤기 씨네도 짐을 옮기고 달고 야단이다. 뚱뚱보 색시는 인천 상륙설이 있을 무렵 의용군을 지원해 갔다. 마지막으로 당원도 부른다는 말이 있었다. 본인도 미적(米敵)을 몰아내지 못하면 살아 돌아오지 않으리라 하고 나갔다. 철두철미 신념에 사는 그들이 부럽기도 하다.

1950년 9월 26일

다 저녁때에 김춘득(金春得) 군이 크낙한 보따리를 짊어지고 찾아왔다. 그는 예명(藝名)을 독은기(獨銀麒)'라 부르는 영화배우이다. 중학 때 나와 한 방에서 뒹굴던 옛 친구이다. 본시 그리 의식이 분명한 사람은 아니었으나 예술인이 많이 좌경하는 통에 그도 얼마쯤 영향을 입은 것 같고, 또 누구나 다 마찬가지로 오랫동안 일제의 가혹한 압제 밑에 신음해오다가 8·15 이후 큰 기대를 가졌던 것이 남조선의 문화 정책이라는 것이 하도 빈곤하여 기대가 컸던 만큼 실망도 컸었고, 그후 대한민국정부가 선 후로도 이 실망은 한층 더해서 마침내 이남에 대한 반발심이 이북에 대한 동경으로 변했었고 거기다 또 이북의 활발한 선전공작이 주효하여 마음이 불그레해진 판에 이번 6·25를 맞이했던 것이다.

그리하여 그는 이제 북으로 떠나지 않으면 안되는 것 같다. 이 몇해 동안 폐를 앓고 지금은 나았다고 하나 아직도 허약해 보이는 그가 저 큰 보따리를 지고 밤길을 톺아서 몇백리 길을 어찌 가내랴 싶다. 그나마 산길을 묻고 있다. 평양까지만 가면 이미 그 딸 순심(純心)이 교양 받으러 먼저 가 있으니까 어떻게라도 될 터이지만.

이리하여 자꾸만 없어지는 문화인과 기술자들. 몇십년을 길러야 하는 이들을 하루아침에 다 떠나보내고 앞으로 대한민국은 어떻게 살림을 꾸려나가려는 것인지?

글줄이나 쓰고 그림폭이나 그리던 사람들, 심지어 음악가·영화인에 이르기까지 쓸 만한 사람이 많이 북으로 가버렸다. 학계로 말하여도 신진발랄한 사람들이 많이 가고 우리같이 무기력한 축들이 지천으로 남아 있다. 간 그들이 모두 다 볼셰비끼였다면 또 모를 일이지만 중립적인 입장을 지키던 사람들 또는 양심적인 이상주의자들이 죄다 가버렸음을 생각하면 우리는 깊이 반성하는 바 있어야 할 것이다.

물론 간 그들에게도 잘못이 있을 것이다. 남의 밥에 있는 콩이 더 굵어 보이는 심리도 있었을 것이고, 턱없이 현실에 불만하고 이상만을 추구하는 젊음 때문이기도 할 것이고, 그런데다 이북의 선전공작이 강력하고 또 좋은 미끼로서 나꾸었다는 점도 있을 것이다.

그러면 그것뿐일까. 이남의 분위기는 과연 그들에게 유쾌한 기분으로 일할 수 있었을까, 그들의 인권이 보장되고 그들의 생활이 안정되었었나 함을 생각해볼 때, 결국은 그들의 등을 떠밀어서 38선 밖으로 몰아낸 것이나 다름없다고도 볼 수 있을 것이다.

나는 오늘 저녁 한 사람의 양심적인 예술가를 또 북으로 떠나보냄에 있어 그가 이 몇해 동안 병고와 생활난과 고문의 위협에 허덕이었음을 생각하고 이 땅의 문화정책이 너무나 빈약함을 통탄하여 마지않는다.

1950년 9월 27일

시가전의 불길이 자꾸만 가까워진다. 이제는 대포 소리와 아울러 소총 소리도 콩볶듯 한다. 전선은 시가의 중심부를 지나서 이쪽으로 넘어선 것 같다.

패잔 인민군이, 빨치산이, 좌익 민간인들이 수없이 많이 우리 마을을 지나서 북한산 모롱이로 빠져나가고 있다. 아무렇게나 입은 그들의 차림차림, 극도로 초조해 보이는 그들의 면모, 그들은 정녕 우리의 형제자매들이건만. 왜 그대들은 떠나야만 하는 것이오?

오후엔 대포 소리가 이상히도 가까이 들린다 싶더니 밭에 가 있던 아내가 달려와서 박격포탄이 지금 경신학교에 떨어지고 있으니 시급히 이 자리에서 떠나야겠다고 한다. 허겁지겁 불 단속을 하고 밭으로 나갔다. 마을 사람들이 모두 눈이 휘둥그레서 피란들 하고 있다.

밭에서 건너다보니 경신학교의 언저리에 떨어지는 포탄이 흙연기를 올리고 있다. 머리 위로 비행기가 어지럽게 날고 있다. 사격의 조준을 바로잡아주고 있는 모양이다. 한방이 개울가 초가집에 떨어져서 가루를 만들었다. 이 포탄 속에서도 마을 사람들의 얼굴에 한결 생기가 돌아 보임은 내 잘못 본 탓일까?

1950년 9월 28일

새벽부터 인민군이 버리고 간 군수물자 약탈극이 벌어졌다. 인민군은 물러나고 아직도 국군과 UN군은 들어오지 않았다. 모두들 용하

게 그런 기미를 눈치챘다. 온 동민이 총동원하여 피륙이며 식료품이
며를 두고 서로 많이 가지려고 수라장을 연출한 모양이다. 밭에 아침
가지고 갔던 정숙이가 몇시간이 되어도 오지 않기에 걱정하였더니 비
단 한토막을 들고 들어왔다. 손에 명예의(?) 부상을 입고. 물자에 환
장들을 한 조선 사람이다.

낮때를 지나서 골목길이 술렁술렁하고 소총 소리가 요란하게 나기
에 또 무슨 변란인가 하였더니, 이제야 비로소 미군이 들어와서 소탕
전을 하는 모양이다. 아내가 아이들 데리고 밖에 나갔기에 마음이 놓
이지 않는다. 몇시각을 두고 탄환이 빗발치듯하여 방에 있어서도 얼
굴을 들 수가 없다. 그중에 한알이 사랑방 벽을 뚫고 들어와서 잉크병
을 깨뜨리는 소리에 깜짝 놀랐더니 마침 내 머리 위를 지나가서 무사
하였다. 부엌문을 엇비슷하게 꿰뚫은 놈은 어디서 어떻게 들어온 것
인지 종잡을 수가 없다.

이윽고 소탕전도 끝나고 아내도 아이들과 함께 무사히 돌아왔다.
나도 오랜만에 마음놓고 대문 밖을 나설 수 있었다. 한동안 죽었다 다
시 살아난 것만 같다.

1950년 9월 29일

새벽에 인민군 유격대가 기습하여 와서 마을 한복판에서 미군과의
사이에 격전이 있었다. 원체 불의에 가까이 침투해왔으므로 미군도
그 우수한 화력을 쓸 길이 없어서 적지 아니한 희생자를 낸 모양이다.
보는 이들은 모두 인민군의 왕성한 공격 정신을 찬양하였었다. 그들
이 어느 편에 서 있는 군사임은 별문제로 하고 조선 사람이 그처럼 용
감하다는 말에 나는 허턱 좋았다.

더욱이 웃지 못할 넌쎈스는, 누가 시킨 것인지 자발적인 것인지는
모르나 미군이 지나가면 아이들이 손뼉을 치고 환영하는 뜻을 표하는
버릇이 있는데 사자(死者)와 부상자를 담가(擔架, 들것)로 실어나르는
것을 보고도 그런 줄을 모르고 손뼉을 치며 좋아라고 하였기 때문에
미군은 약이 오르고, 그러나 말로는 설명해 들릴 수 없고 하여 마구
돌을 집어던지더라고. 아이들은 모처럼 그들을 좋아한다는 의사표시
를 하였는데 뜻밖에 돌팔매를 받으니 어리둥절할밖에. 이 역시 민족
의 비극의 한토막이리라.

1950년 9월 30일

하도 오랫동안 집 속에서만 처박혀 있었으므로 오늘은 봉아와 목아
를 데리고 청수장께로 소풍하러 나섰다. 그러나 어째 다리도 후들후
들 떨리는 것 같고 또 눈에 익은 산수를 돌아보아도 여느때와 같은 친
밀감보다는 혹시 그 속에서 무엇이 튀어나오지나 않을까 싶은 공포감
이 앞서서 멀리까지 가지 않고 말았다.

경희를 석달 만에 다시 연합회로 보냈다. 6·25 당초에는 집에만 들
앉아 있기가 갑갑해서 자꾸만 나가려는 것을 억지로 붙잡아두어
서—그 결과 나중에 심사에서 떨어졌다는 소식을 듣고 얼마쯤 불안
해하는 것을 무어라 위로했으면 좋으랴 했더니, 석달 동안 가진 고생
을 하고 참고 견딘 보람이 있어서 오랜만에 그의 즐거워하는 얼굴을
보니 내 마음도 한결 밝아진다.

1950년 10월

1950년 10월 1일

밭에서 일하노라니 김용출(金龍出) 군이 찾아왔다. 석달 동안 숨어 살았음을 그가 말하지 않아도 그 얼굴로 보아서 짐작할 수 있다. 하여튼 피차에 살아서 다시 만날 수 있음이 무척 반갑다.

박찬응(朴贊鷹) 군과 정명교(鄭明教) 군이 모두 고향에 내려가서 일했다는 소문, 아까운 청년들을 다시 만날 수 없이 될까 한스럽다. 박군의 그 학구적인 진지한 태도와 정군의 그 재치있고 명랑하던 모습이 눈 속에 아리아리하다. 그들에게 무슨 죄가 있으리. 모두가 불행한 민족의 탓인 것을.

용출 군이 동무의 권면에 따라 다시 일해보겠다기 그 지각 없음을 준절히 일러주었다. "전에는 갑의 일에 기웃거리다가 지금은 을의 일에 가담함을 나는 탄하지 않는다. 갑의 일이 잘못된 것이란 확신을 얻었으면 서슴지 않고 옳은 방향으로 돌아섬이 물론 좋을 것이다. 또 지금 이 차판에 을의 일에 가담함이 나중에 어떠리라는 그러한 공리적인 생각에서 타산하는 것은 더욱 아니다. 다만 너는 조선에서도 귀한 기술을 배우는 학도이다. 사회의 일은 너 아니라도 얼마든지 할 사람이 있을 터이지만 네가 하는 공부는 한 사람이라도 더, 한시각이라도 지체 말고 부지런히 하여야 할 것이 민족의 지상명령이 아닐 것인가.”

1950년 10월 2일

거리에 나가보았더니 흐르느니 눈물뿐이요, 앞서느니 한숨이다.

문자 그대로 폐허로 화한 종로 네거리, 종각(鐘閣)은 흔적도 없고 인경〔人定〕은 땅에 털썩 주저앉아 있었다. 뼈대만 엉성하니 서 있는 빌딩의 지하실 속에선 하마 일주일이 지났을 오늘도 오히려 타오르는 연기와 함께 이루 형언할 길 없는 매캐한 냄새가 풍기고 새카맣게 타버린 전신주 옆에 무참하게 끊기고 흐트러진 전선으로 말미암아 길을 찾아내기가 힘들었다.

중앙청의 시커먼 몰골에 찌그러진 모습은 낮에 나온 망령과 같아서 거들떠보기가 무섭고 번화하던 육조(六曹)거리는 타다 남은 벽돌과 기왓장의 잿더미로 화하였었다. 일제가 남기고 간 적산 서울에 우리는 5년 동안 무엇을 보태놓고 오늘날 이토록 파괴를 자행하였을까. 땅을 치고 통곡하여도 시원치 않을 이 심정, 다리만이 후들후들 떨린다.

광화문 네거리의 비각(碑閣)은 허물어지고 남대문은 구멍이 뻥뻥 뚫리었다. 쎄브란스도 타버리고 서울 정거장은 쓰레기통 속에 담긴 찌그러진 성냥갑처럼 을씨년스럽게 보였다. 다리도 지쳤거니와 마음이 더욱 고단하여 나는 서울역 앞에서 울면서 발길을 돌리었다.

싱싱한 잎째로 무참히 타버린 가로수 플라타나스여, 언제나 다시 네 몸에 윤기가 돌고 새 움이 돋아날런가.

1950년 10월 3일

예상했던 바와 같이 학교는 UN군이 쓸 테니 모든 교사(校舍)를 비워내라는 명령이 내리었다. 일인들이 그네들의 식민정책의 일환으로 세워진 이 학교는 엄연히 우리 땅에 서 있었건만 조선 사람 학생의 비율은 5대 1로 그 존재가 희미하였고 많은 젊은 청년이 원한에 사무친 눈으로 이 교사를 흘겨볼 뿐, 현해탄(玄海灘)을 건너고 압록강을 넘어서지 아니할 수 없었으며, 8·15 직후 잠시 동안 편향적인 자치위원회가 날치었으나 이내 미군이 진주(進駐)하여 이 교사를 쓰게 되었고, 이 듬해 봄에 미군이 옮아가고 경성대학으로 새로운 발족을 보았으나 군정 당국의 우매한 문교정책과 모든 기회를 이용하여 마지않는 좌익계열의 파괴적인 투쟁전술이 주합(輳合)하여 잠잠하던 학원에 때아닌 국대선풍(國大旋風)[5]이 일어나서 오랫동안 혼란의 실마리가 풀리지 아니하였고, 그렇듯한 불안의 공기가 미처 가셔지기도 전에 6·25사변으로 말미암아 인민군이 들고 뒤미처 이른바 시 인민위원회가 소개하여오고 이들이 함께 도망하여 가자마자 뒷수습할 시간도 없이 다시 미 제8군사령부로 쓰이게 된 것이다. 가엾다, 이 땅 학원의 기구한 운명이여.

1950년 10월 4일

연구실에 있던 책을 분간하여 학교 책은 도서관으로 돌리고 개인 책은 집으로 날라왔다. 세돈(世墩) 형제와 현철이 하루 종일 수고하였다.

교사를 쓰는 태도에 있어서도 인민군과 이번 군대와는 얼마쯤 다른 점이 있다. 인민군은 들어올 때 학교 책임자를 보고 "오늘부터 학교는 군이 쓸 테니 너희는 물러나거라. 물건은 고스란히 그대로 두고. 우리가 잘 보관할 것이다" 하였던 것이다. 그리하여 그 결과가 어찌 되었는지는 이미 말한 바와 같다. 그러나 이번엔 "어느날 몇시까지 학교를 비워내어라. 너희들의 물건은 그동안 깨끗이 치워버리고. 우리는 결코 손대지 않을 것이나, 그러나 무슨 물건인지 모르고 잘못 건사하는 경우가 있을는지도 모르니" 하는 식이다.

이러한 분별은 교양의 차이에서 오는 것인지 또 혹은 생각의 다름에 말미암음인지 모르거니와 이른바 인민위원회가 서울시민에게 총검으로 전출을 강요할 때 "입은 그대로 가라. 가는 곳엔 집과 살림과 먹을 것이 다 마련되어 있다. 여기 짐은 인민위원회에 맡겨두면 잘 보관하여 두었다가 나중에 보내주마" 하였다. 그들이 강제로 끌려간 곳이 어떠한 낙원이었는지 그는 보지 못해서 모르거니와 인위가 책임지고 맡아서 보관하여 나중에 보내까지 주리라던 그들의 가재도구는 지금은 고물시장에 넝마로 나돌고 있으니 설사 그들이 전쟁에 지지 않았더라도 들리는 바 리(里)·동(洞) 인위(人委) 구성의 인적 소질로 보아 얼마나 양심적으로 보관되었을는지는 자못 의문되는 점이다.

1950년 10월 5일

마을에 한동안 들어와 있던 미군이 물러나고 어제부터 국군이 들어왔다. 미군들은 제대로 한둔하는 모양이더니 국군은 밤이 되면 민가에 찾아와서 방을 빌려달라고 성화다. 우리도 어젯밤부터 사랑방과 문간방을 비워주었다. 천리전진(千里戰塵)에 피로한 겨레의 젊은이들 이매 구수한 그 얼굴들이 모두 내 친동생처럼 대견하게 느껴지나 한 편으론 불과 며칠 전에 인민군이 이 방에 들었던 일을 생각하면, 더욱이 이들과 총부리를 서로 겨누어 지금은 생사를 알 길이 없는 그들이 역시 똑같은 씩씩한 겨레의 젊은이들이었음을 생각하면 가슴이 미어지는 듯하다. 죽지 않았으면 지금쯤은 패잔병으로 몸둘 곳이 없을 그들과 지금 내 앞에 앉아 있는 이 늠름한 국군과는 아무리 생각해도 우군이지 적군일 리 없을 것 같다. 그들에게 무슨 죄가 있으리, 지도자를 잘못 만난밖에.

"전선에서 양군이 서로 어울려 육박전에 들어가 칼로 적을 찌르려 할 때 문득 얼굴을 치어다보니 그것이 바로 틀림없는 내 둘째형이 아닌가, '형님!' 하고 칼을 내동댕이치는 순간 엉엉 울었다"는 이야기는 그래도 웃으면서 들을 수 있었으나 "우리 국군의 용맹함은 UN군이 한결같이 탄복하는 바입니다. 글쎄 육박전에 들어가 서로 어울리면 상대편의 얼굴을 짓찧고 심하면 코를 물어뜯는 일이 있었으니까요" 하는 말엔 그 싸움이 동족끼리란 것을 생각하면 가슴이 쓰리고 아팠다. 나는 이제 국군을 앞에 놓고 며칠 전 이 방에 들었던 인민군이 지금 곧 대문을 열고 들어와서 이들과 서로 어울려서 팔씨름이라도 하고 놀 것만 같이 생각되어, 그들이 서로 얼굴을 짓찧고 코를 물어뜯는 일 같음은 상상하기도 힘든 일이다.

밤에는 군인들이 술을 사와서 함께 마시고 놀았다.

"처음에 적이 쳐들어올 때 우리의 장비란 것이 보잘것이 없어서 소총으로 탱크를 대하는 격이었으니 될 법이나 한 일이겠어요? 우리는 눈물을 머금고 물러나지 않을 수 없었습니다. 미국 사람들이 처음엔 우리를 믿지 않고 무기를 대어주면 장개석(蔣介石) 군대처럼 그것이 곧 공산군 손으로 넘어갈 줄로만 알았대요. 그러나 차츰 싸워볼수록 우리 국군이 용감하고 굳건하여 한부대도 적과 내통한다거나 적의 편으로 넘어간다거나 무기를 버리고 함부로 도망질친다거나 하는 일이 없기 때문에 그들도 차츰 우리를 믿게 되어서 마침내는 우리에게 충분한 장비를 대어주게 된 것입니다" 하는 미쁜 이야기.

"장비를 하고 나서부터는 우리는 결코 뒤로 물러설 군대가 아니었습니다. 그러나 미군 사령부에서 자꾸만 후퇴를 명령하거든요. 글쎄 일껀 완강히 저항하는 적을 물리치고 전략상 요지를 점거해놓으면 곧 '무조건 후퇴' 명령이 내립니다그려. 젊은 장교들은 주먹으로 책상을 치고 운 일까지 있습니다. 자꾸 밀려만 갈 때에야 그것이 어디 미군의 원대한 작전상 요청인 줄 알았겠어요? 때로는 이놈들이 남의 싸움에 칼을 빼들고 와서는 허턱 뒤만 사리는 게 아닐까 사뭇 노엽기만 한 일도 있었습니다. 그러나 예정한 선까지 적을 끌어다 출혈을 강요하고는 한번 반격명령이 내리매 그야말로 노도(怒濤)와 같은 기세로 쳐들어올 수 있어서 비로소 어깨가 으쓱해졌습니다" 하는 우스운 이야기.

"6·25 전에 우리가 용산서 병영생활을 할 때 거리에 나오면 사람들이 어디 우리를 거들떠보기나 했습니까? 일제 때 병정들을 대우함에 비기어 우리는 퍽으나 분개하였습니다. 그로 보면 이번 서울시민들의 고생이야말로 잘코사니(고소하다)라고 볼 수도 있지요." 이는 좀 지나친 이야기가 아닐는지.

1950년 10월 6일

아내가 간직하여 두었던 태극기를 내걸었다. 석달 동안 낯선 인공기(人共旗)가 펄럭이던 바로 그 깃대에 다시 태극기를 달아놓고 저으기 마음이 후련해짐을 느끼었으나 해바라기인 양 이 깃발 저 깃발을 갈마꽂는 내 몰골이 몹시 서글프기도 하다. 그러고도 행여 산에 있는 게릴라 부대들이 이 깃발을 보고 밤에 내려와서 말썽을 부리지나 않을까 저으기 걱정되는 내 마음의 잔조로움이여.

저녁때 누가 대문을 호기롭게 두드리기 문간에 나가보았더니 웬 군인이 인조견(人造絹)으로 된 낡아빠진 국기를 가지고 와서 우리 기와 바꿔 달라는 것이다. '여보, 우리도 좋은 것을 좋아하고 나쁜 것을 싫어하는 마음씨는 당신과 다를 바 없는데, 이런 무리한 법이 어디 있소' '그래봬도 그 기폭에 우리들의 한숨이 서리고 우리들의 눈물이 얼룩진 것이오. 아무게나 가지고 와서 바꿔달라니 남의 감정을 짓밟는 것도 분수가 있지 않소' 하고 하고 싶은 말이 많았으나 아무말 없이 하자는 대로 바꿔주었다. 그는 총을 메고 있기 때문에.

1950년 10월 7일

학교에 나갔더니(총장관사로 옮았음) 마을 사람들을 동원시켜서 각 연구실 비치도서를 도서관 서고로 옮긴다기 합동연구실로 가서 고병익(高柄翊), 전해종(全海宗) 두 사람과 더불어 일을 보살피고 거들어주었다. 서고의 복도에 아무런 구분 없이 마구 쌓아올리는 양서(洋書)와 한서(漢書)의 산더미, 언제 저를 정리해서 다시 공부를 제대로 할 것인가 생각하니 아득한 생각만이 앞섰다.

이미 운동장 한구석에는 발전기가 움직이고 있고 방을 치우는 중에도 연방 코큰 친구들이 와서 돌아보고는 간다. 저희들끼리 방을 배정하는 것 같기도 하고, 어찌 보면 우리 일이 굼뜨다고 성화를 부리는 것 같기도 하다. 열람실에 가보았더니 군인들이 구둣발길로 열람대를 부수고 있었다. 저들은 침대나 테이블을 들여놓기 위해 그러는지 모르나 우리들의 추억이 서리었고 앞으로도 두고두고 젊은 학도들에게 이용되어질 이 좋은 문화시설들이 무참히 짓밟히는 것을 볼 때 맥이 풀려서 다시 더 일할 기운이 나지 않았다.

1950년 10월 8일

정용이가 와서 문 밖에 자전거를 세워두었었는데 그것이 누구 거냐고 말썽이 되어 군에 따라다니는 정보원인 듯한 청년에게 몹시 힐난을 받고 기어이 옆집으로 불리어가서 간곡히 이쪽의 경위를 밝혔는데도 무리한 책망을 많이 들었다. 마침 그 사람은 술이 취한 듯하여 응수하기가 매우 힘들었다.

이근무(李根茂) 씨의 삼촌되는 분이 찾아와서 밭엣집을 보았으면 하기에 뫼시고 나갔더니 그전 반장집 앞에서 군의 불심검문을 받았다. 신분증명서를 보여달라기 일부러 가져다 보여주었는데도 단지 신분증명서는 항상 몸에 지니고 있어야 한다는 한가지 조건만으로 기다란 훈시를 듣지 않으면 안되었다. 같은 말을 거듭 되풀이하고 다시 되풀이하고, 말할 때마다 술냄새가 몹시 풍기어서 매우 난처하였다.

1950년 10월 9일

학교에 교수회(敎授會)가 있었다.

이병도(李丙燾) 씨가 의장으로 앉아서 그간의 경과를 대강 설명하고 문교부 방침으로 교원들이 모두 새로이 심사를 받게 되어서 우리 학교에서도 심사위원회[6]가 구성되었으나 될수록 광범위로 포섭하여야 할 것이라는 의견을 말하였다.

　이어 조윤제(趙潤濟) 씨가 위원 구성에 대한 약간의 불평을 말한 뒤 이번 심사야말로 가혹하게 하지 않으면 안된다고 말하고, 그리고 자기는 6·25 이후 제1차 숙청으로 떨려났지만, 이는 그 뒤에까지 남아 있은 사람들과는 본질적으로 다른 것이라고 덧붙여 말하였다. 그러자 조씨와 함께 제1차 반동숙청에 걸렸던 몇몇 사람들이 자기네만이 객관적으로 증명된 진실한 애국자임을 강조하고, 그리고 이번 심사위원 중에는 그렇지 못한 사람들까지 섞여 있는 것이 자못 불만이라고 말하였다.

　그러는 중에 김선기(金善琪) 씨가 들어와서 옆엣 사람에게 수군수군 전말을 묻고 나서 심사위원 중엔 인공국 시대에 몸을 더럽힌 사람도 있을지 모르니 그러한 사람이 어찌 자기처럼 깨끗한 사람들을 심사할 수 있을 것이냐, 죄인이 양민(良民)을 재판한대도 분수가 있지 될 말이냐고 그 큰 눈망울을 껌벅껌벅해가면서 거듭 자기주장을 되풀이하여, 여러 사람이 그렇지 아니함을 누누이 말하였으나 좀처럼 양해하려 하지 않았다.

　이에 신도성(愼道晟)[7] 씨가 참다 못하여 우리는 데모크라시를 위하여 싸우고 있으나 그러나 지금은 계엄령하여서 중의(衆議)로 모든 일이 결정지어질 단계가 아닌 만큼 일단 정해진 사실을 두고 파당(派黨)적 입장에서 분란을 일으키려는 태도는 삼가야 할 것이고, 또 1차 숙청에 걸렸거나 2차 숙청에 걸렸거나 이는 본질적으로 다른 것이 아니니, 자기도 1차 숙청에 걸리긴 하였으나 2차 숙청에 걸린 분들을 보고 조금이라도 탄할 머리는 없으며 이는 결국에 있어서 오십보이소백보(五十步而笑百步)하는 넌쎈스에 지나지 않을 것이라고 말하였다.

그리고 조윤제 씨는 신도성 씨가 씨의 독특의 궤변으로 공정한 발언을 봉쇄코자 하나 신씨의 태도야말로 진실로 파당적인 것이 아니냐고 힐난하고 이어 김선기 씨가 거듭거듭 자기처럼 깨끗한 애국자는 이미 몸을 더럽힌 사람들의 심사는 받을 수 없다는 뜻을 강조하였다.

김상기 씨가 이를 반박하여 추상적인 언사로 회의의 진행을 방해하지 말고 구체적인 사실을 들어서 부적당한 심사위원을 탄핵함이 좋지 않으냐고 발언하였으나 김선기 씨는 누가 그렇다는 것이 아니고 만일 그러한 사람이 섞여 있으면 큰일이 아니냐고 모호한 답변을 되풀이하였다.

문리대여, 너는 그러고도 대학의 대학임을 자랑하려느냐.

1950년 10월 10일

반장이 반원 명부를 적으랄 때도 일부러 "한자로 써야 합니다" 하고 힘주어 말한다. 괴뢰집단의 한글전용에 대한 반동이 오지 않을까 걱정하였더니 아니나다를까.

옳은 짓은 누가 하기로니 옳은 일이고 좋은 것은 누가 지니기로서니 좋음에 틀림이 없을 터인데 조선 사람으로서 당연히 하여야 할 한글전용을 이북이 먼저 실천했다 해서 이에 반발할 까닭이 무엇일까.

거리의 벽보 같은 것도 이왕 붙이는 바엔 우리 동포가 한 사람이라도 더 알아볼 수 있는 것이 좋을 것이고 그리함에는 한글로만 써야 할 것인데, 이즈음은 일부러 유식한 체하는 어려운 한자들을 많이 쓰고 그중에는 웃지 못할 잘못된 표현들을 함부로 하고 있다. "정의는 필승했다"가 무슨 의민지? 더욱이 우심한 것은 '괴수무정군단 격멸부대 제7사단 제8연대 입성만세(傀首武丁郡團擊滅部隊第七師團第八聯隊入城

萬歲)'라는 전단이 많이 붙어 있다. 이것도 말이 되는지, 축문(祝文)·제문(祭文)에 토를 달지 않고 읽는 상투 심리가 지금 서울의 거리에 범람하고 있다. 한심하다기엔 좀 지나친 현상이다.

1950년 10월 11일

아랫집 어른이 리어카를 끌고 양식 구하러 가는 길에 한 순경이 짐을 좀 날라달라 하므로 어느 영이라 거역할 길이 없어서 끄는 대로 따라갔더니, 어떤 집으로 들어가서 실심한 듯이 한숨만 짓고 앉아 있는 그집 여인을 얼러서 "너희는 빨갱이니 의복이며 금침이며 살림을 모두 꾸려서 내놓아야 한다" 하고 가재도구를 내어 실어서 성북동에 있는 자기가 점거해놓은 집으로 옮아가곤, 육십이 가까운 노인이 땀을 뻘뻘 흘리면서 실어갔는데도 수고했다는 인사 한마디 없이 "인제 끝났으니 가" 하더라고.

설마 그런 일이 있을 수 있을까 하였더니 경성농업(京城農業) 교원으로 있는 신(申)군이 시골로 피란 가서 아직 오지 않았는데 어떤 경관이 그 집을 점거하고 가산을 전부 차압하여 그대로 점유사용하고 그러고는 이웃에 성언(聲言)하여 가로되 "신모(申某)는 빨갱이니 다시 오면 잡아 죽인다"고. 신군 억울하게 집과 가산을 잃고 빨갱이란 누명까지 쓰게 되었으니 돌아오면 그 심경이 어떠하리.

1950년 10월 12일

연암 선생의 글에 "예로부터 학자·정치가는 문득 입을 열면 진시황의 분서갱유(焚書坑儒)를 욕하고, 상앙(商鞅)·한비(韓非)의 법치주의를 탄하나 그러나 입으로는 이를 비난하면서도 실지로 행하는 일을 보면 모두가 진황(秦皇), 상(商)·한(韓)의 길을 유공불급(猶恐不及)으로 따르고 있다"라는 말씀이 있었던 듯하다.

8·15 해방 후 사람들은 모두들 혀끝으로 혹은 붓끝으로 끊임없이 히틀러, 무쏠리니의 무리를 욕하고 침뱉었다. 그러나 우리의 주위엔 모든 것이 자꾸만 히틀러, 무쏠리니 식으로 되어가는 듯한 착각을 느끼었다. 이번에도 말로만은 괴뢰집단이 불공대천지원수(不共戴天之怨讐)인 듯 떠들면서 하는 짓이란 본을 그린 듯, 판에 박은 듯한 것이 한두가지가 아니니 도적놈의 짓이라도 그 장기(長技)는 배운다는 아량에서 나옴일까. 예를 들면……

 * 별로 일도 없는데 일요일까지 출근해야 한다니, 교통기관도 없는데 국민을 지치게만 하면 능률이 오를 건가.

 * 심사해서 사람 떨구기. "일이야 있건 없건 날마다 나와야 심사의 대상이 될 수 있다" "이러이러한 서류를 당장에 내지 아니하면 심사 대상에서 제외된다."

어쩌면 말투까지 그리 용하게 입내(흉내)를 내는지.

1950년 10월 13일

이희승(李熙昇) 선생이 참혹한 전재(戰災)를 입으셨다고.

서대문 방면이 해방되던 날 아침, 하도 여러날째 선생님 댁 근처에 포탄과 그 파편이 비 오듯 쏟아지고 하여 가족이 모두 사랑방에 모여 이불을 덮어쓰고 있는데, 젖먹이 어린 손녀가 갑갑하다고 발기작거려서 며느님이 이불 귀퉁이를 들치고 보니 우지끈우지끈 하는 소리가 심상치 않아, 이미 깨달았을 젠 몸채가 다 타서 내려앉고 사랑채에까지 불길이 돈 때이므로 헌 옷가지를 걸치고 있던 그대로 맨발로 밖으

로 뛰어들 나와서, 나오실 제 부인이 포탄 파편에 약간 부상하였으나
온 가족이 생명만은 건지셨다고.

안으로서들은 의복과 금침을 하나도 꺼내지 못해서 서운해하나 선
생님으로선 한평생 모으신 귀중한 책이 모두 타고 원고며 카드까지
모조리 타버려서 다시 재기할 기력을 얻을까 싶지 않으시다고. 선생
님의 말씀이 "나는 목숨만 살아남았을 뿐, 내 생명의 반은 불길에 사
라져버렸다" "거리거리의 참혹한 형상이 모두 남의 일같이 보이질
않아, 그리고 어쩌다 전재를 입지 않은 집을 보면 그 집 주인은 얼마
나한 적덕(積德)을 쌓았기에 그럴까 하고 여겨진다"고.

1950년 10월 14일

명대목(明大木)이 살아서 찾아왔다. 참으로 희한하고 반가운 일이
다. 7월초엔가 찾아와서 명제세(明齊世) 선생이 납치되셨단 말을 하고
"인제는 세상이 복구될 희망이 아주 없지 않을까요" 하고 절망적인
의견을 말하기, 하도 무서운 세상인지라 바로 대어주지는 못하고,
"글쎄 그게야 뉘가 꼭이 알 수 있답니까, 두고 보아야 하지요" 하고,
이윽고 다시 "옛 성현의 말씀에 회오리바람은 한나절을 잇대어 부는
법이 없고 소낙비는 진종일 퍼붓는 법이 없답니다" 하였으나 묵묵히
앉았다 일어나 갔으므로 내 말이 그에게 어떠한 반향을 일으켰을는지
는 딱히 알 수 없었다.

그후 풍편에 그가 의용군으로 끌려갔다기, 다시는 이 세상에서 만
날 수 없지 않을까 생각하였더니, 뜻밖에 그는 이북에서 도망쳐 돌아
왔다고 한다. 참으로 신기하고 반가운 일이다.

그가 전하는 이북의 소식.

─여름이라 그렇긴 하겠지요만 사람들은 남녀노소 없이 모두들 맨발이고 신 신은 사람은 1할도 못되는 형편입디다. 옷이라곤 그저 여름옷 한벌, 겨울옷 한벌뿐이더군요. 그리고 문을 조선종이로 바른 집은 헤일 만큼 적고 집집마다 신문지 조각으로 더께더께 문구멍을 기워 발랐습디다.

─물론 살기가 어렵기야 하겠지만, 그래야지만 일이 되지 않을까요. 여기선 너무 자유를 찾고 부패하고. 이북을 가보니 정신이 번쩍 나는 것 같습디다. 우리도 좀더 단속하고 누를 건 누르고 해야만 될 줄 압니다.

─우리 의용군이 지나가는 곳마다 여맹(女盟)에서 식사를 제공하는데 그 일사불란한 훈련과 조직이 부럽습디다. 그런 점은 우리도 본받아야 하지 않을까요.

괴뢰집단의 일이라도 좋은 점은 물론 우리가 배워야 할 것이다. 그리고 그들의 조직과 훈련은 과연 우리보다 앞선 듯싶다. 그러나 인간을 기계나 다른 물질처럼 알고 이를 학사(虐使)하여 모든 힘을 전쟁준비에로만 기울이는 정치는 그리 좋은 정치라 할 수 없을 것이며, 백성을 허턱 괴롭게만 구는 정치는 본받을 만한 것이 못될 것이다. 그러나 그러한 집단이 바로 이웃에서 호시탐탐하고 있다는 건 참으로 꿈자리 사나운 노릇이다.

1950년 10월 15일

자기처럼 깨끗한 애국자는 인공국 치하에서 이미 몸을 더럽힌 사람의 심사는 받을 수 없다고 저번날 교수회에서 삿대질을 해가면서 덤비던 친구가 기어이 문교부에까지 가서 드잡이를 놀아 선배인 심사위원들을 갈아 내꼰지고 자기가 대신 심사위원이 되어선 새로이 수사기관의 나부랭이나 얻어 한 불량청년처럼 어깻짓하고 다니는 품이 보기 싫어서 학교고 무엇이고 정이 뚝 떨어진다.

그러나 아니꼽다고 학교에 나오지 않을 수 없는 것이…… 아무런 일이 없건만 교직원은 날마다 하루 한번씩 학교에 나오지 않으면 안 된다는 게시가 나붙어서 전에는 없던 출근부까지 만들어서 교통도 임의롭지 못한 이즈음 날마다 몇십리씩 다리품을 팔아야 하게 마련이고, 그나 그뿐인가, 생각난 듯이 새로운 무슨 동태보고서니 무슨 경력조사서니 하여 "오늘 안으로 써내야 한다. 써내지 않는 자는 심사의 대상에서 제외한다" 하여 우리들에게 가장 두려운 협박문구를 벼락식으로 써붙이기가 일쑤이니 굶주린 창자를 움켜쥐고서라도 그 아니꼬운 꼴 보러 학교에까지 터덜거리고 나오지 않으면 안된다.

모든 것을 집어치우고 집에서 농사를 짓거나 그도 아니되면 산에 들어가 중이라도 되었으면 좋으련만 그도 그럴 수 없는 노릇이…… 그럭저럭하다 심사에나 떨어지고 직업에서 퉁겨져나기나 한다면 마을에서라도 적색분자(赤色分子)나 혹은 부역자가 아닌가 하는 치의(致疑)를 받기가 첩경(捷徑)일 것이고 그러다 자칫하면 수사기관의 신세를 지게 될지도 모를 일이니 인간가치야 떨어지거나 말거나 꾹 참고 배기는 것이 상책일 것 같다.

때로는 이런 게야말로 '인간의 평가절하'가 아닐까 하여 자조(自嘲)하여보기도 한다. 이런 굴욕을 참는 버릇이 길러지면 늘그막엔 대체 무엇이 될까 하고 스스로 위구(危懼)의 염(念)을 품어보는 때도 있다. 이처럼 사표(師表)로서의 프라이드를 짓밟아버리고 나중에 무슨 낯으로 다시 교단에 설 수 있을까 하고 사뭇 송구스러워지기도 한다. 그러나 낮에 총 메고 술취한 군인이 집에 찾아와서 주인은 무엇을 하는 사람이며 지금은 어딜 갔느냐 하고 으르대다 갔단 말을 들으면 역시 모든 것을 참고 배겨야 되겠다는 생각이 앞선다.

〈참고〉
교직원 경력조사서 (3통)
신경력조사서 (1통)
공무원 동태조사서 (5통)

〈공무원 동태조사서〉
부·국·과명(部局課名), 직위, 직명(職名), 연령, 주소, 성명
조사사항
1. 자치위원회 관계: 가입 연월일 / 담당 사무 / 출근일수
2. 괴뢰 기관에의 협력 사항: 채용 연월일 / 지위 / 담당 업무 / 출근일수(월별)
3. 정당단체의 가입상태: 당명 또는 단체명 / 가입 연월일 / 소개자 또는 권유자 성명
4. 자수서 제출상황: 제출 연월일 / 제출기관 / 소개자 또는 권유자 성명
5. 기타

1950년 10월 16일
인공국(人共國) 시절에 '계속 남진중(南進中)'이란 말이 웃음거리로 유행하더니 지금은 '남하'란 말이 세도가 당당하게 씌어지고 있다.

지난 6월 27일 "우리는 중앙청에서 평상시와 다름없이 일 보고 있으며 우리 군은 이미 의정부를 탈환하고 도처에서 적을 격파하여 적은 전면적으로 패주하고 있는 중이니 시민은 안심하고 직장을 사수하라" 하고 목이 메도록 거듭 되풀이하여 방송하는 사이에 정부는 '남하'하고 모당(某黨)은 국민을 포탄 속에 속여서 내버려두고 당원끼리만 비밀로 연락하여 '남하'를 권면(勸勉)하였다 하고 정부의 고관 혹은 모당의 당원이 아니더라도 눈치빠른 사람들은 약삭빠르게 피란하여 정처없이 나선 것이 그럭저럭 가다보니 대구나 혹은 부산에서 우연히 정부와 행동을 같이하게 되어 이른바 '정부를 따라 남하한' 것이 되고, 그리고 우리 마을의 예를 들면, 상복이네 외삼촌처럼 눈이 굵고 천성으로 겁많은 축들이 일찍 서둘러서 '남하'의 계열에 들었고, 또 명순네처럼 포성을 듣고는 허파가 뒤집혀서 어린아이 넷을 젖먹이까지 내버려두고 자기들만 '남하'하였고, 그리고 어리석고도 멍청한 많은 시민(서울시민의 99% 이상)은 정부의 말만 믿고 직장을 혹은 가정을 '사수'하다 갑자기 적군(赤軍)을 맞이하여 90일 동안 굶주리고 천대받고 밤낮없이 생명의 위협에 떨다가 천행으로 목숨을 부지하여 눈물과 감격으로 국군과 UN군의 서울입성을 맞이하니 뜻밖에 많은 '남하'한 애국자들의 호령이 추상같아서 "정부를 따라 남하한 우리들만이 애국자이고 함몰 지구에 그대로 남아 있은 너희들은 모두가 불순분자이다" 하여 곤박(困迫)이 자심하니 고금천하(古今天下)에 이런 억울한 노릇이 또 있을 것인가.

이미 정부의 각계 수사기관이 다각적으로 정비되었고 또 함몰 90일 동안에 적색분자와 악질 부역자들이 기관마다 마을마다 뚜렷이 나타나 있으니 이들을 뽑아내어서 시원히 처단하고 그 여외(餘外)의 백성들을랑 "얼마나 수고들 하였소. 우리들만 피란하게 되어서 미안하기 비길 데 없소" 하여야 할 것이거늘, 심사니 무엇이니 하고 인공국의 입내를 내어 인격을 모독하는 일이 허다하고, 심지어는 자기의 벅찬 경쟁자를, 평소에 자기와 사이가 좋지 않던 동료들을 몰아내려고 하는 일조차 있다는 낭설이 생기게끔 되었으니 거룩할진저, 그 이름은 '남하'한 애국자로다.

1950년 10월 17일

현철 군이 그저께 아리랑고개에서 불심검문을 만나 "어디 갔다 오느냐" 하기에 "동무 집에 놀러 갔다 온다" 하였더니 "동무란 말을 쓰는 걸 보니 너 빨갱이 아니냐" 하더라고. 우리 연배면 '친구'라는 좋은 말이 있지만 현철이 나이 또래에는 '동무'라야 격에 맞을 터인데 무슨 알맞은 대용어라도 찾아내어야겠다.

8·15 이후에 경북 안동농업학교(安東農業學校)의 교장 권모(權某)가 그 교사의 지붕이 붉은 기와로 이어졌다 하여 많은 비용을 써가면서 고쳐 이은 일이 있었다. 이것은 거짓말 같은 참말이다.

1950년 10월 18일

— 인공국(人共國) 시절엔 굶어도 악에 받쳐 그리 배고픈 줄도 모르고 지냈으나 정부 환도 후론 마음의 고삐가 늦추어진 때문인지 더 헛헛한 것 같기만 하고 한달 가까운 심사놀음에 여지껏 봉급도 배급도 주는 것이 없는데 추위는 닥쳐오고 이제야말로 굶어 죽게 되는 것이 아닌가 싶으이.

─젠장 미군이 들어오면 밀가루 풀대죽이라도 쑤어 먹도록 해주려니 하고 기대가 컸더니 오그라들기만 하는 창자에 실망도 크이.

─처음엔 매 세대에 밀가루 한포대씩을 나눠주느니, 쌀을 5홉씩 배급 주느니 하여 말만 들어도 푸짐하더니 5홉이 2홉으로 줄고 2홉이 다시 1홉 4작으로 줄고 그거나마 뚝 끊어지고 쌀값은 소두 한말에 8천원대를 내릴 줄을 모르니 인공국 석달 동안에 옷가지 나부랭이나마 팔아먹을 것은 다 팔아먹었고 인제는 꼼짝없이 굶어 죽는 수밖에 없이 되었어.

─나무 한평에 마포서 6만원이고 시내까지 태가(駄價, 운송비)만 1만원을 넘으니 굶어 안 죽기로서니 올겨울은 얼어 죽을 것일세.

이것이 대학 선생들의 대화다. 주접스러운 생(生)이여!

1950년 10월 19일

학교의 임시 책임자 방종현(方鍾鉉) 씨를 만나서 이희승 선생의 심사에 대한 이야기를 하였다.

"이희승 선생이 적색분자나 혹은 좌경한 분이 아님은 방선생이 나보다도 더 잘 아실 터이니 하는 말입니다. 그는 어두운 밤에 만져보더라도 알량한 민족주의자임을 사회가 한결같이 시인하는 바 아닙니까.

그가 소위 교책(敎責)이란 자에게 이용당하여 인공국의 심사에 떨어지지 아니하고 끝까지 학교에 남아 있기는 하였으나 아무런 적극적인 부역행위가 없었음은 이번 조사에 밝히 드러났을 게 아닙니까? 선생은 남하해서, 물론 당시의 사정을 아시기야 하겠지만 뼈에 저리게 느끼지는 못하실 겁니다. 당시의 사세로 보아 저들이 심사에 붙여주는데도 마다하고 물러서기란 사실 지난한 노릇이었습니다.

당장 가족이 굶주리는 터에 봉급을 준다, 배급을 준다 하니 그도 좋은 미끼였지만, 그를 만일 거부한다면 반동으로 몰아서 생명이 어느 지경에 이르를는지 모를 일이니 이미 '남하'의 기회를 놓친 바에야 뉘 능히 후련히 떨치고 일어설 수 있었으리까. 이는 사람마다 가슴에 손을 얹고 스스로의 마음에 물어보아야 할 일입니다.

하여튼 민족의 불행이지, 어찌 이선생만을 탄할 수 있으리까. 더욱이 이선생은 아시다시피 참혹한 전화를 입어서 일조에 의식주의 모두를 잃어버리고 앞으로 겨울을 지내실 도리가 막연하실 터인데 학교에서마저 떨려나신다면 그 마음이 얼마나 적막하시리까. 학계로 본다 해도 가장 높은 수준에 있는 양심적인 학자를 한분 잃게 된다면 이는 민족의 커다란 손실이 아니고 무엇이겠습니까. 정치적으로 생각한다 해도 우리는 대한민국이 이희승 선생 한분을 포섭할 수 없으리만큼 편협하고 고루하지는 않을 줄로 굳게 믿습니다.

더욱이 다른 사람 아닌 방선생이 책임자로 앉아서 한 과에서 가장 가까이 뫼시던 이희승 선생 한분을 구하시지 못하신다면 천하 후세에 무어라 변명하시렵니까. 같은 경우에 계신 분으로 가람(嘉籃) 선생은 문맹(文盟)[8] 관계로 전부터 괜한 소문이 돌고 있으니 말씀드리지 않는 것이고, 박종홍(朴鐘鴻) 선생은 나는 잘 알지만 방선생은 어느 정도까지 아시는지 미심하여 일부러 말씀을 피하는 바입니다. 이희승 선생만은 방선생이 책임지시고 좋도록 해결지어주서야 하겠습니다.

물론 방선생도 이 문제에 관하여 나와 같은, 혹은 나 이상의 걱정을 하고 계실 줄 잘 압니다마는 교원 중에도 방선생과 같은 생각을 가진 사람이 또 있음을 알려드리기 위하여 일부러 말씀드리는 바입니다."

듣고 나서 방선생은 "잘 알겠습니다, 고맙습니다" 하고 웃으면서

"일을 맡아본 후로 여러분이 나를 찾아주셨습니다마는 오늘 김선생이 처음으로 동료를 두둔하는 의미의 발언을 해주셔서 매우 유쾌하게 여기는 바입니다."

1950년 10월 20일

류응호(柳應浩) 씨가 들어 있던 관사에 신사훈(申四勳) 씨가 들었더니 밤으로 총 멘 사람이 찾아와서 집을 내어놓으라고 협박하기 때문에 신씨는 얼씬하지 못한다는 이야기가 나서 분명한 관사의 비치품이건만 낮으로도 자위대란 완장을 두른 사람들이 와서 침대랑 의자랑 함부로 집어간다는 사실에 말이 번져, 결국은 류씨가 버리고 간 책 문제도 화제에 올랐다.

내가 공연한 말참견을 하여 "류응호 씨의 책은 학교 도서관으로 옮아오는 것이 좋으리다" 하였으나 다른 사람들의 말투를 들으니, 모두 다 류응호, 류응호 하는 품이 나 혼자 경칭을 붙인 것이 어울리지 않아 마음속으로 사뭇 송구스러웠다.

6·28 직후 모두들 '만고역적 이승만' 하고 날치던 판에 섣불리 '이승만 씨'라 불렀다가 철학과 졸업생에게 톡톡히 힐책을 듣고 혹시 반동으로 몰리는 기틀이나 되지 않을까 몹시 마음 졸이던 생각이 난다.

1950년 10월 21일

어제 아침에 정숙이가 밭에 갔더니 어떤 사람이 우리 집에 들어서 이미 살림을 배포하여 놓고 군인의 가족이라고 서슬이 시퍼렇더라고 하기에 식후에 나가보았더니 벽에다 '육군정보국 정한영(陸軍情報局 鄭漢英)'이라 백묵으로 써붙이고 본인은 없으나 웬 구지레한 늙은이가 우리 나무로 아침밥을 짓고 우리 소채(蔬菜)를 제것처럼 함부로 뽑다가 나한테 들켰으면서도 걸핏하면 ‘우리 군인’이 하고 내세우기에 자세한 경위를 캐어보니 903부대 정보원으로 있는 군인이 그 직권을 남용하여 우리 집을 빼앗아 그 장모를 준 모양이다. 정보국이니 정보원이니 하는 것을 강조함으로 보아 고스란히 집을 빼앗기지 않으면 잡아다 경을 칠 수 있음을 풍기는 모양이다.

“남의 집에 들려면 주인에게 말이 있어야지, 함부로 드는 법이 어디 있느냐” 해도 그런 일은 우리 군인이 알지, 노인 자기는 모르노라 하고, 그리고 그 군인은 며칠이 가도 보이지 않으니 참으로 딱한 노릇이다. “염소 먹이로 일껀 뜯어 말린 콩잎을 아무말 없이 제것처럼 불때어버리는 법이 어디 있느냐” 하여도 “군인의 밥을 짓기 위하여” 할 뿐, 그 군인은 그림자도 보이지 않는다.

1950년 10월 22일

조(趙)박사가 돌아왔다기 찾아보았다. 조박사는 마을에 사는 쎄브란스의 의사로 6·28 당시 학교에 나간 채 그대로 남하하여, 그 부인이 한동안 남편의 생사를 몰라 몹시 안타까워하였고, 그 부인은 아이들을 데리고 악착한 난리를 겪노라 낙태(落胎)를 하고 죽을 고생을 하였었다.

그는 본시부터도 우익이었지만 이번 남하했다 돌아와서 더욱 사상이 철저해진 듯, “우리는 당분간 데모크라시고 무엇이고 다 집어치우고 가열(苛烈) 무자비한 숙청과 탄압이 있어야 할 것입니다” 하여 그 준엄한 기세에 듣는 사람의 기세가 한풀 꺾이는 듯하다.

나는 문득 그가 마을에서 가장 친하게 사귀던 서광욱(徐光昱)이 인

공국 시절에 인민위원회 위원장으로 피선되어 한동안 크게 날치던 일
이 생각나서 쓴웃음을 삼키었다. 그러나 "우리 국군의 용감함은 이번
전란을 통하여 내외인이 한결같이 탄복하는 바이지만 나는 의사로서
부상병들의 꿋꿋한 기상에 놀랐습니다. 몽혼(朦昏, 마취)도 하지 않고
팔과 다리를 잘라낼 때 수술하는 우리의 손이 떨렸습니다마는 병정들
은 입을 꽉 다물고 참을 뿐 아프다고 울부짖는 사람이 없었습니다"
하는 그의 말에는 나도 모르게 미소를 머금었다.

1950년 10월 23일

이택식(李澤植)[9] 군이 육군 병기행정본부에 취직하기 위하여 국회
의원이나 정부 고관의 추천이 필요하다기에 함께 국회로 찾아가서 이
재형(李載瀅) 군을 만났다. 처음부터 공사간 정부나 국회에 드나들지
않고 국회의원이나 정부 고관을 찾지 않기로 한 것이 나의 신조였으
나 택식 군의 부탁이므로 부득이하였다.

"모두가 절망일세. 모처럼 외원(外援)이 극진하고 민심이 귀일하여
천재일우의 호기를 만났건만 상하교정리(上下交征利)하는 이 부패상
으로 무엇을 이룩한단 말인가" 하는데 "절망이란 무능한 자의 자멸
적인 언사가 아닌가. 어느 시대 어느 사회에 불리한 조건이 없었겠는
가. 그러나 어떠한 악조건이라도 이를 극복하고 새로운 건설을 이룩
함이 진실로 유능한 정치가의 밟을 길이 아닐런가" 하고 격려는 하여
주었으나 내 마음도 그만 못지않게 암담하였다.

"부산 역전에서 내가 목격한 일일세. 일선에서 보내온 부상병들이
혹은 팔을 둘러메고 혹은 다리를 절름거리면서 수십리 길을 걸어가는
데 정부 고관들이 그 옆으로 자동차를 호기롭게 타고 가면서 그들에

게 먼지를 끼얹으면서도 미안한 생각이 없는가보데."

이는 그가 아직도 진실을 보는 눈이 무디지 않았음을 말함이다.

1950년 10월 24일(UN Day)

어제는 조경희(趙敬熙) 군을 찾았더니 그 어른의 하시는 말씀이, "앞으로 우리나라의 잘되고 못됨이 이번에 어느 정도로 사람을 포섭하느냐 배제하느냐에 달렸을 것일세. 진짜 빨갱이로 광신적인 사람이야 철저히 적발하여 엄중처단해야 할 터이지만, 그런 사람은 이미 다 달아나고 인공국 시대에 생명을 건지기 위해 부득이 협력한 체한 사람들을 샅샅이 뒤져낸다면 꼬리에 꼬리를 물어서 끝이 없을 것일세. '나는 악질로 굴지 않았으니 나쯤이야' 하고 안연(晏然)히 있는 사람들을 잡아 족친다고 무엇이 될 것인가. 그건 정치력의 빈곤을 자백하는 것밖에 아무것도 아닐세. 그런 축들이야 대한민국에서도 얼마든지 충량(忠良)한 국민이 될 수 있는 사람들이 아닌가.

10·1사건 때 보나 이번 사변으로 보나 녹아나는 것은 비교적 중립적인 선량한 백성들이거든. 악질들은 제 한 칸이 있으니까 미리 다 도망해버리고, 어중뻥뼁한 사람들이 꼭 잡혀서 경을 치는 법이거든.

앞으로 복구에 건설에 얼마든지 할일이 많은데 일껏 우리 편으로 돌아설 수 있는 사람들을 왜 밀어내어서 적으로 돌린단 말인가. 참으로 이보다 더 어리석은 일이 없단 말일세.

이번 전란에 집이 탔느니 공장이 부서졌느니 해도 그러한 물적 손실보다도 인적 손실이 훨씬 더 타격일 걸세. 물건은 얼른 만들어낼 수도 있고 남의 것을 빌려올 수도 있지만 사람이야 한 사람의 기술자일지라도 좋은 바탕을 가진 데다 수십년 공을 쌓아야 되지 않은가. 그렇다고 남에게서 간단히 빌려올 수도 없는 노릇이고.

우리나라는 가뜩이나 인재가 부족한데도 8·15 해방 후 사람들이 아직도 정치의식이 불분명한 때에 좌익 사람들이 활발히 움직여서 그 때문에 많은 유능한 사람이 좌익 행세를 하게 되었고, 이번에도 6·25 이후 얼마 동안은 세상이 마구 그쪽으로 기울어진 것같이만 보여져서 종래로 비교적 중립적인 태도를 지니던 사람들이 많이 그리로 쏠리게 되었네.

이래저래 똑똑한 사람이 많이 좌익과 관계를 맺게 되어 우리나라를 위하여 일할 기회를 놓쳐버린 것이 개인적으로나 국가적으로나 여간 애석한 일이 아닌데, 지금 남아 있는 중립분자까지 억지로 몰아내려는 짓은 참으로 무모하달까, 심하면 민족의 자살행위로밖에 볼 수 없느니.”

1950년 10월 25일

삼선평(三仙坪) 길에서 성북동의 국(鞠)[10]씨를 만났다. 동아일보에 관계하시면서 일제시대에 성북동 골짜기에서 벌과 더불어 고고(孤高)한 생활을 하시던 분이다. 학교 시절 언젠가 여름철에 그 댁에까지 가서 폐를 끼친 일이 있는데, 하마 몰라보리만큼 세월이 흘렀다. 몹시 초조해하는 행색이시기에 무엇 걱정되시는 일이 있느냐고 물으니, 따님이 돈암국민학교에서 일 보고 계셨는데, 역시 학교에 교원 노릇하던 그 부군이 6·28 직후 대수롭지 않은 일로 정치보위부에 잡혀갔으므로 어찌하면 그 남편을 구해낼까 하여 고심한 나머지 인민공화국에 성의를 보여서 반동가정이 아니란 표시를 할 양으로 여맹의 일을 보았었는데, 이번에 그것이 동티가 나서 그 따님이 헌병대에 체포되었다는 것이다.

"사위는 인민공화국에 잡혀가서 행방불명이고 딸은 대한민국에 구금되어 있고 외손들은 갑자기 고아가 되어 와서 밤낮 보채고만 있으니 글쎄 내 마음이 편할 수 있으리까" 하고 호젓이 웃으신다. 그러한 일이 어찌 그 가정뿐이리요 싶어서 가슴이 쓰리다. 아무런 힘을 보태 어드릴 수가 없고 오히려 듣지 않았느니만 같지 못하다 생각되었다.

1950년 10월 26일

택식 군의 부임차가 아침 여덟시 광교(廣橋) 옆 병기행정본부 앞에서 출발한다기 새벽 일찍 나와서 이에 편승하였다. 6·25 이후 처음으로 한강을 건너는 것이다. 마포에 부교(浮橋)가 놓이고 그 부교 위로 자동차가 다니기로 되어 있건만 우리는 다리 앞에서 검둥이 미군들에게 강제로 하차되어 나룻배로 한강을 건넜다. 강둑에 검문소가 있어서 배 타는 사람들의 신분조사가 심하다. 그러나 이러한 검문에 걸릴 염려가 있는 사람은 미군에게 돈을 집어주든지 계집을 사주든지 해서 미군차를 타고 버젓이 강을 건넌다는 것이다.

다리란 다리는 죄다 파괴되어서 곳곳에 가교를 가설하는 중이고 자동차는 번번이 개울을 가로질러 건너야만 하였으나 다행히 물이 많지 않은 철이라서 수월하였다. 밤에는 대전서 쉬었다. 대전의 파괴상은 상상했더니보다도 더 심했다. 우리는 유리창이 다 부서져서 한데나 다름없는 어느 병원의 벤치 위에서 하룻밤을 보내었다. 폐허로 화해 버린 시가지 한복판에 비끼는 찬 달빛을 바라보면서 이것이 앞으로의 우리들의 신세이거니 하니 서글픈 생각을 금할 수 없었다.

1950년 10월 27일

어제오늘 서울서 내려오면서 특히 느껴지는 점은 길가에 각좌(擱坐)된 탱크의 많음이었다. 경부선 연선(沿線)에서 부서진 이북의 탱크만 해도 몇백대가 될는지 모르겠다. 이는 중앙선에도 있고 또다른 곳에도 있을 것이니 국군과 UN군은 단순히 인민군과만 싸우는 것이 아니고 간접으로는 소련과 싸우는 것임을 이 막대한 탱크의 양으로써 짐작할 수 있다.

연선에는 가을 마당질이 한창이었다. 마침 모내기가 끝나서 이북군이 밀어들어왔다가 추수하기 전에 몰려갔기 때문에 많은 전재민(戰災民)들이 비록 집은 불타고 가재도구는 잃어버렸을망정 금년 겨울에 굶어 죽지는 아니하려니 생각하니 마음 든든하였다.

밤에는 대구서 쉬었다. 연로의 참담한 파괴상에 비기어 온전히 남아 있는 대구가 되레 신기하게 느껴졌다.

1950년 10월 28일

오랜만에 아버지의 슬하(膝下)에 무릎을 꿇었다. 어디 머언 외국에라도 가서 죽을 고비를 겪고 요행히 목숨을 주워온 것만 같다. 내 손목을 어루만지시면서 눈물이 비 오듯 하는 늙은 아버님, 그동안 이 한낱 아들 때문에 얼마나 애태우셨을까. 너무 걱정하신 나머지 병석에 누워 계시었다.

"옛날에 자식과 동행한 사람이 돌아와서 그 아들이 파선(破船)한 배에 오르는 것을 보았다 해도 믿지 않고 내 아들이 그럴 수 없으려니 했다는 어버이가 있다고 하지 않습니까. 이제는 다시 난리가 나더라도 과히 걱정하지 마십시오" 하고 사뢰어도 아버지는 그저 눈물을 지으실 뿐.

— 돈암동이 쑥대밭이 되고 전찻길에 쌀가마가 딩굴어도 주워다 먹을 사람이 없다.

— 웬만한 사람은 모조리 잡혀가거나 총살을 당하거나 했다. 더욱 대학교수쯤은 남은 사람이 하나도 없다.

이러한 소문이 들려올 때 아버지의 심중이 그 어떠하셨으랴?

석양에는 어머님의 산소에 가서 목놓아 울었다. 살아 돌아온 보고 는 눈물일 수밖에.

1950년 10월 29일

우리 고향까지는 인민군들이 들어오지는 아니하였고 들어온다 해 서 모두들 소개(疏開)를 당했다는데…… 이곳 사람들은 "소개를 했 다"고 아니하고 "소개를 당했다"고 한다. 군경이 나가야 한다고 하도 성화를 대어서 한 이삼십리 밖으로 한 열흘 동안씩 나갔다 들어왔다 는데, 그동안에 양식이고 나무고 이불이고 옷이고 간장이고 된장이고 간에 모조리 없어지고 남은 것은 사람의 등에 지고 가져간 것밖에 없 더라고. 이리하여 모두들 거지와 다름없이 되어 있다.

적도 들어오지 않았다는데 누가 다 그리했느냐고 물으니, "그때 남 아 있던 사람이 그랬지 뉘가 그래요. 군경과 그 끄나풀과 또 그들과 통하여 나중까지 남을 수 있었던 사람들이지요" 한다. 나는 내 귀를 의심하고 싶었다. 그제야 곰곰 생각해보니 서울서 어떤 남하했던 국 회의원이 후퇴할 때마다 군경이 한몫 본다 하던 말이 생각난다.

군경의 전부가 그러한 것은 물론 아닐 것이고 그 중에 악질분자가 있어서 그럴 것인데, 이를 숙청할 길이 그다지도 없을까. 대한민국의 행정력은 이다지도 거세(去勢)된 것일까.

1950년 10월 30일

친척 댁에 인사하러 다녔다. 강변에 거뭇거뭇하게 그슬린 돌이 많기에 어찌한 것이냐고 물으니 여기보다 북에 있는 여러 고을의 피란민이 이리로 몰려와서 한여름 4~5만명의 사람들이 이 골짜기에 꽉 들어차 있었는데 그들이 밥 지어먹던 자리라 한다.

어른아이 할 것 없이 먹을 것도 변변치 못한데 햇볕이 내리쪼이거나 비가 오거나 해도 들어설 곳이 없고 저엉 심하면 마을의 부엌바닥이나 처마 밑을 찾아들지만 그도 다 수용될 수 없으며, 병자는 잇대어 나도 치료를 받을 길이 없고 그중에서도 해산하는 부인이며 숨 모으는 노인들이 있어서 생지옥 그대로의 참상이었다고 한다.

"그런 중에도 글쎄 CIC[11]의 끄나풀이라는 녀석들이 있어서 피란하고 있는 가엾은 처녀들을 오열(五列, 반대파)의 혐의가 있다 해서 데려다 능욕하기, 군인들이 우매한 피란농민들을 협박해서 소를 빼앗아가기, 값은 치러준다지만 시가의 10분지 1도 못되는 정도이고. 그러한 군인들을 좇아다니면서 그 소를 사서 장사하는 악덕한들도 있었답니다. 피란짐을 소에다 싣고 와서 소를 빼앗겨버리고 울고 있는 농민이 얼마나 되었는지 모른답니다. 그러한 일들을 볼 때 민족의 장래를 생각하면 앞이 캄캄해집니다" 하는 마을의 청년을 무어라 위로해주었으면 좋을지 모르겠다.

1950년 10월 31일

면내에 사일제(四日堤)라는 큰 못이 있다. 주회(周回, 둘레)가 20리라지만 가이없이 넓다. 금호평야를 관개(灌漑)하는 수리조합의 저수지이다. 이 평야에 농사를 짓는 수만명 농민의 생명선이다.

어제 그 못에 술취한 순경이 두 사람, 수류탄을 가지고 고기를 잡다가 잘못 수문(水門)을 파괴하여 못물이 지금 노도(怒濤)처럼 빠져나가고 있다. 마침 관계 두 면(面)의 청년단과 소방대를 비상소집하여 물길을 잡았기 때문에 큰 수해는 면할 것 같으나 못물은 며칠이 가든 다 빠지고 말 것이니 명년(明年) 농사는 이미 잡쳐놓은 것이나 다름없다 한다. 봄비가 아무리 많이 와도 그 못의 반도 3분지 1도 물이 잡히지 않는다 한다.

그 수류탄은 유격대와 싸울 때 쓰라는 것이지, 고기 잡아 먹으라고 한 것이 아니건만 대낮에 술이 취해서 이러한 불장난을 하고 있는 경관을 믿고 사는 백성이 불쌍하다. 그러한 일이 있어도 당국자의 책임을 묻지 않는 대한민국이다.

가난한 농민들에게 막대한 액(額)의 시국(時局) 대책비라는 것이 풀려나왔다. 이건 받아서 무엇에 쓰는고 하니 순경들이 술 받아 먹고 대낮에 술주정하게 마련인 돈이라고 입 가진 농민들은 다들 말하고 있다. 설마 그럴 리야 없으련만.

1950년 11월

1950년 11월 1일

김상적(金相迪) 군을 만났다. 지방경찰의 간부로 있는 그는 일찍 10·1사건 때 칼로 얼굴을 찍혀 하마터면 죽을 뻔한 일이 있었다. 단순히 그 까닭만이 아니겠지만, 이때로부터 그는 좌익에 대하여 감정적인 혐오감을 갖고 있다고 들었다. 중학교 교원으로 있으면서 당과 관계를 맺어서 6·25 때 열성적으로 활약하였고 지금은 이북에 가 있을 김상술(金相述) 군은 그의 쌍둥이 동생이다.

그들은 둘 다 어릴 때 신동(神童)이란 이름을 들었다. 지금으로부터 20년쯤 전의 어느해 봄에 청송(靑松)의 산촌에서 보통학교를 마치고 사범학교의 시험을 보기 위하여 대구로 나온 두 소년은 어느 것이 형인지 어느 것이 아우인지 분간하기 어려웠었고, 그리고 또 쌍둥이로서 형제간에 의가 좋기로 이름난 그들이다. 그들이 지금은 딴 이념의 세계에 사는 딴 나라 백성이 되었다. 부자·형제간에 갈라서는 비극은 오늘날 이 땅에 한둘이 아니지만 상적 군을 만나서 다시금 그 감회가 새롭다.

1950년 11월 2일

대구서 박우동(朴右東) 씨를 만났다. 그 난리에 어떻게 살아났느냐고 자못 신기해한다.

"본시 무력한 훈장이었으니까 어물어물하고 난리를 치를 수 있었지요. 인공국이라고 내가 무슨 처음부터 원수가 맺힌 건 아니었지요만 그 찌는 듯한 더운 여름에 날마다 학교에는 나와야 된다 하는데 집은 워낙 멀고 전차도 끊어지고 더위는 몹시 타는 사람이 먹는 것은 부실하고 해서 본 습성의 게으름을 피웠더니 그 덕분에 파면이 되었고 인공국에서 파면이 된 사람이니 대한민국에서 와서 주워주었지요."

"그래도 웬만한 사람이면 모두 납치해가고 해서 흔히들 지하에 숨느라고 죽을 고생을 했나보던데요."

"우리야 그 웬만한 사람의 축에 들기나 합니까. 우리같이 정치적 반응이 없는 인간들을 잡아가서 인공국에선들 대체 무엇에 씁니까. 나중엔 워낙 많이들 잡혀간다, 총살을 당한다 하는 바람에 지레 겁을 집어먹어서 마을에서도 얼굴을 내놓지 않고 살았지만 그건 괜한 걱정이었고, 끝까지 아무도 나를 잡으러 온 사람은 없었습니다. 하여튼 이번 경험을 통해서 내가 절실히 느껴지는 점은, 난리가 났을 때 교묘히 숨느니보다도 평소에 마을 사람들과 좋게 지내고 또 세상에 아무와도 원수를 맺지 않는 것이 어떠한 경우에라도 살아남는 제일 좋은 방법이 아닐까 하는 것입니다."

"몇달 동안이라도 인민공화국의 백성이 되어보셨으니까 그에 대한 감상은 어떠하십니까?"

"내야 인공국의 공기를 호흡하고 살았다 뿐이지 인공국과 무슨 교섭이 있어야지요. 석달 동안 줄창 집안에만 들어박혀 있었으니 무슨 견문이 있을 턱이 있습니까. 이제 좀 있으면 몸소 이와 부닥뜨려 나간 분의 좋은 체험담들을 듣고 읽고 할 기회가 올 것입니다. 하여튼 이제 인공국은 우리에게 수수께끼의 존재가 아니고 그 적나라한 정체를 우리들 눈앞에 드러내놓았습니다. 이를 통하여 우리에게 가만히 생각되는 점은 저쪽의 조직과 훈련이 매우 우수하다는 것입니다. 그러므로 이른바 인민군들도 대체로 질이 좋았습니다. 우리 민족도 하기에 따라서는 반드시 사회가 부패하고 군이 불량화하고만 마는 것이 아니라는 확증을 잡을 수 있어서 기뻤습니다. 그러나 그 정치가 허위의 선전만을 일삼고 인간을 인간으로 다루지 아니하는 그 무자비성에 있어서는 참으로 정이 떨어졌습니다.

하여튼 이때까지의 경향으로 보아 이북의 양심적인 분자들은 많이 대한민국을 그리워해서 남하하였고 이남의 이상주의자들은 인민공화국에 절대의 기대를 가지고 많이들 월북하였는데 이들이 다같이 커다란 실망을 품고 있지나 않을까 합니다. 그러나 이미 다시 어디로 갈 곳은 없고 해서, 말하자면 정신적인 진퇴유곡(進退維谷)에 빠져 있지나 않을까요. 이들에게 무슨 길을 열어줄 방책이라도 있다면 나는 목숨을 내어놓고서라도 일해보겠습니다마는……"

1950년 11월 3일

엄(嚴)선생을 만났다. 강경석(姜慶錫)[12] 군의 부인이다. 나를 만나면 혹시 아들 문구(삼만이)의 소식이라도 들을 수 있을까 했던 모양이나 이미 이북으로 가버린 그의 소식은 낸들 알 턱이 없다. 청상과부인 시어머니의 등쌀에 못 이겨서 남편과 헤어지고 홀로 대구에 와서 소학교 교원으로 계시면서 남편과 아들이 돌아올 날을 기다리던 그에게 뜻하지 않았던 6·25사변은 그의 남편과 아들을 영영 만날 기약이 없는 딴 나라로 보내버리었다.

"그 어린것이 몇백리 산길을, 그나마 포탄과 폭격의 위협을 받아가면서 무사히 걸어갈 수 있었을까요……

글쎄 그럴 법이 어딨습니까, 이때까지야 아비에게 있으나 어미에게 있으나 마찬가지지만 그 고난의 길을 떠날 바엔 문구만은 이 어미에게 돌려보내고 가는 것이 좋으련만……

학교에서 문구 또래의 아이들을 다루노라면, 더욱이 문구의 모습이 눈에 밟히어 하루에도 몇번 남몰래 눈물을 지우곤 합니다. 그러나 이때까지는 언제든 만나는 날이 있으려니 하는 기대나 할 수 있었지만 이제는 영 만날 기약이 없을 것만 같이 자꾸만 생각되어……

글쎄 그 어린것이 가다가…… 무사히 갈 수나 있겠습니까……"

하는 엄선생의 눈에는 피눈물이 고인다. 이야기를 듣고 있는 나도 저절로 울어진다. 달리 위로할 말이 없다.

앞으로 이 여인이 무엇에 마음을 붙이고 살아나갈 수 있을까 생각하니 남의 일이라도 자못 암담하다. 문구는 홀로 간 것이 아니고 그 조모(祖母)와 아버지를 따라갔으니 필시 무사히 갈 수 있었을 것이요, 거기 가면 또 여기와 마찬가지로 사람이 사는 곳이니 그 아버지의 그늘 밑에서 큰 고생 없이 자라날 수 있을 것이며, 그리고 언제든 남북통일이 되면 어머니를 찾아올 것이니 안심하고 기다리시되, 그렇다고 늘 남편과 아들만 생각하고 계시지 말고 다른 무슨 적당한 사업이나 학문에 취미를 붙여서 지내시는 것이 좋으리라 말해주었으나, 말하는 나 자신에게도 공허하게만 울려오는 이러한 말들이 그의 마음을 어느 정도 가라앉힐 수 있을는지 의문이다.

강경석 군은 내 소년시절부터의 가장 가까운 지기(知己)의 한 사람이다. 우리의 우정은 20년 동안을 하루와 같이 지냈고, 나는 그의 드물게 보는 양심적인 태도에 항상 경의를 품었었다. 그러던 그가 해방 후 서로 자주 만나지 못하는 사이에 좌경해버렸고, 또 그가 좌익이든 우익이든 내 친구임에는 틀림없던 것이 이제는 교전중의 딴 나라 백성이 되어버렸다.

그러나 곰곰 생각해보면 그렇게 되기까지에는 얼마쯤 내 잘못도 있고, 어쩌면 나한테 대한 반발심이 얼마쯤 그의 좌경화에 가작용(加作用)을 하였는지도 모른다. 이 일을 생각하면 나는 지금도 회한의 정이 앞선다.

8·15를 맞이한 후 그는 대구로부터 충청도의 두메에까지 일부러 나를 찾아왔었다. 우리는 며칠 동안 밤낮을 두고 우리의 앞으로 해야 할 일을 함께 의논하였다. 둘이서 숙(塾)을 하나 내고 좋은 청년들을 길러보자는 것이 그때 우리들의 주제였다. 그는 이 일에 아주 열심이었고 나도 어느만큼 동감이었다. 우리는 낮으로 솔밭을 거닐면서도 이 이야기였고 밤으로 자리를 같이 하고선 밤을 패어가면서 그 공론이었다. 때로는 새로운 희망에 불타오르기도 하고 가다간 난관에 부딪혀 가슴을 졸이기도 하였다. 그러던 것이 구체적인 실행 방책과 그 시기에 있어서 얼마쯤 의견의 차이가 있어서 당분간 더 두고 연구해보자는 것이 주위 환경의 급격한 변화로 말미암아 마침내 실현을 보

지 못하고 말았다. 그후 서울에 다시 모여서도 그는 민족과 국가를 생각하는 불같은 순정에서 정치에 깊은 관심을 가졌으나 나는 연구실에 잠차지고 있어서 같은 인생의 길을 걷지 못함이 마침내 우리들의 거리를 얼마쯤 동이 뜨게 하였었다.

그러나 그는 바르고 옳다고 믿는 길을 발견한 이상 혼자만 가고 말 사람이 아니었다. 한두번 우리는 다시 조용히 그 문제를 생각해볼 기회가 있었다. 그러나 이때는 이미 그는 너무나 굳은 확신에 살았고 나는 또 그러한 길을 걸을 수 없는 것이 내 성격이었다.

이리하여 우리는 헤어지고 말았다…… 그러나 이렇게 서로 멀리 헤어져 살게 될 줄은 몰랐었다. 생각하면 '인생'이 서글프기만 하다.

1950년 11월 4일

길에서 김유진(金有鎭) 군을 만났다. 김충섭(金忠燮) 군의 소식을 물어도 전연히 알 수 없다는 것이다.

1941년 여름이니 이미 10년 전 일이다. 내가 그해 여름을 팔공산 동화사(桐華寺)에서 지났었는데[13] 그 절에 대구고보(大邱高普) 학생 세 사람이 와서 입학시험 준비를 하고 있었다. 인적이 드문 산중에서 함께 한여름을 나면서도 피차에 별다른 교섭이 없었다. 그저 서로 웬 공부버러지들이 와 있군, 할 뿐. 그러다가 9월이 가까워서 헤어질 무렵 비로소 통성명(洞姓名)을 하고 인사가 있었다. 김충섭, 권세환(權世煥), 윤중기(尹重基)…… 이 세 사람은 반드시 나중에 우리나라의 일꾼이 되려니 하고 그때 나는 굳게 믿었었다.

그후로 서로 소식을 모르고 지났었는데 연전에 우연히 김충섭 군이 문리과대학에 적을 두게 되었고 또 사학(史學)을 전공하게 되어 가까이 지나는 사이가 되었으며 권군은 지금 지하운동으로 들어가서 맹렬한 활동을 하고 있으며 윤군은 신경쇠약에 걸려서 집에 있다는 소식을 들을 수 있었다. 그러니까 김군은 세 사람 몫을 공부해야 되겠다 하고 둘이서 웃은 일이 있었다.

처음엔 김군의 사상은 어떤가 하고 생각도 되었으나 지나볼수록 그는 순수한 리버럴리스트이고, 그러나 그의 마음은 너무나 순되고 아름다워서 도저히 무슨 진한 물감으로 색칠할 수 없는 그러한 마음씨가 아닐까 생각되었다.

그러던 그가 6·25 때 한번은 나를 보고 "대의원(代議員)으로 이북에 가 있던 어떤 친구의 말을 들으니, 그가 한번은 농촌의 실정을 보러 간 일이 있는데, 마을 사람들이 모두 대의원 동무, 대의원 동무 하고 친근하게 대해주는 것이 좋았고, 또 마을에 집집마다 라디오와 축음기와 훌륭한 옷장들이 있어서 그야말로 우리들이 꿈꾸던 이상사회의 실현이었다고 합디다. 이북은 참으로 좋은가 보지요" 하는 그의 얼굴에는 이상주의자로서의 그의 열렬한 기대를 읽을 수 있었다. 그는 그러한 기대와 동경을 품고 이북으로 갔을 것이다.

그러나 명대목이 가서 눈으로 보고 와서 전하는 "농촌에는 문명의 이기(利器)라고는 전등불밖에 아무것도 없고 옷은 모두가 여름옷 한 벌과 겨울옷 한벌뿐이고 발에 신을 걸친 사람이 드물었고 문은 모두들 신문지로 누덕누덕 기웠었다" 하는 그러한 농촌을 그가 본다면 그는 얼마나 실망할 것인가?

1950년 11월 5일

내려올 때는 마침 택식 군의 부임차에 편승할 수 있어서 좋았으나 서울로 올라갈 일을 생각하니 아득하다. 돈있는 사람은 돈으로 길이 트이고 권세있는 사람들은 권세로 편안히들 여행할 수 있지만 우리 같은 책상물림에게는 아무것도 없으니. 대구 와서 사흘 동안 초조히 돌아다녀보아도 신통한 길이 열리지 않는다.

오늘은 아침 일찍부터 역에 나가 기다렸더니 마침 북행하는 기차가 있어서 비비고 들어가 용하게 얻어 탔다. 그러나 객차는 한량(輛)만 연결인데 불통에서부터 곳간으로 지붕마루 위로 사람이 매어달릴 수 있는 대로 매달리었다. 이른바 열차지옥이다. 그래도 우리는 아직도 젊은 덕택으로 교양을 일시 주머니에 집어넣고 차량 안에 비집고 들 수 있었다.

차 안은 부산으로 피란 가 있던 사람들이 대부분이었다. 영양 부족인 얼굴에 누더기 같은 옷들을 걸치고 때묻은 아이들을 주렁주렁 차고 가는 여인네들. 그중엔 피란중에 남편이 병정에 뽑혀가서 소식이 없고 아이들은 주렁주렁 매달리어 어찌했으면 좋을지 모르겠다고 한숨짓고 배고파 보채는 아이들에게 짜증만 내는 젊은 어머니도 있었다.

차 안은 콩나물 박이듯 사람이 들어서서 몸을 움직일 수가 없다. 웬 사람이 이렇듯 지천으로 많은가 싶어 짜증이 날 지경이다. 퀴퀴한 땀냄새에 골치가 아프다. 아이들은 제자리에서 오줌을 싸고 똥을 누고 하여 이루 형언할 수 없는 차 안의 공기다. 차창을 다 열어두었건만 그만쯤으로선 차 안의 냄새를 처리할 길이 없다. 후끈후끈하니 찌는 듯한 삼복더위의 시궁창 냄새다.

그나마 차가 움직이는 동안은 살겠는데, 이 차는 움직이는 시간보다 서 있는 시간이 몇 갑절이다. 하잘것없는 시골 정거장에 몇시간이고 한정도 없이 서 있는 데는 아주 죽을 노릇이다. 정거할 때마다 차창으로 기어내렸다 기어올랐다 하는 수밖에 없다. 이리하여 24시간 동안에 대구에서 구미(龜尾)역까지에 이르니 100리도 못되는 거리다. 앞으로 서울까지 가려면 1주일이 걸릴지 열흘이 갈지 모를 노릇인데, 이미 사람은 파김치가 되고 오줌 빛깔이 누르다 못해 붉은 빛이다. 내 기운으로 도저히 서울까지 가낼 것 같지 않다.

1950년 11월 6일

밤중에 구미역에 닿은 열차가 아침이 되어도 떠날 생각을 하지 않는다. 기다리다 못해서 역 사무실에 들어가보니 기관수와 화부들이 잠자고 있다. 손님들을 내버려두고 이게 무슨 짓들이냐고 힐책하니 앞으로 차가 밀려서 움직일 수 없다는 것이다. 그러면 그런대로 손님들에게 알려주어야 하지 않느냐 하니, 이 차는 본시 사람을 태우는 차가 아닌데 손님들이 제멋대로 탔으니 그것까지 자기들이 아랑곳할 바 아니라고 한다. 하긴 철도가 아직 공식적으로 여객을 받고 있지는 않다. 모두들 제가 아쉬워서 탄 사람들이다. 그렇다고 그렇게 말할 수도 있을 것인가.

하여튼 나는 그 차에 더 배길 수가 없어서 짐을 가지고 내렸다. 내린다고 무슨 수가 있는 것은 아니지만, 더 타고 있으면 병이 날 것만 같아서. 민족의 고난을 함께 겪어가기에는 내 체질이 아직도 덜 닦달되었구나, 이래서는 안되겠다 생각되지만…… 차라리 걸어가면 그만이 아니랴 싶다.

가을 새벽의 선선한 공기를 즐기면서 플랫포옴에 앉아서 피곤한 머리를 쉬고 있으려니 웬 급행열차가 호기롭게 들이닿는다. 역부에게 물으니 영군(英軍)전용의 군용열차라고 한다. 마침 출입구에 나와 서

있는 늙수그레한 군인 한 사람을 보고 사정 이야기를 했더니 자기의 권한은 아닌 듯, 어찌했으면 좋을지 난처해하는 눈치다. 그러는 동안에 차가 움직이기 시작했으므로 그대로 집어탔다. 김천(金泉)까지 한 달음에 달렸다. 아까의 차 같으면 또 하루는 걸렸을 거리다.

김천까지 오는 동안에는 군인들과 이야기도 하고 물건도 나눠 먹고 해서 재미있게 지났다. 더욱이 그들은 아일랜드 사람들이라 해서 더욱 친밀감을 느꼈다. 그러나 김천에 정거해 있는 동안에 상관이 와서 기어이 내리라고 한다. 구구한 사정을 해보아도 이 차에는 군인 이외의 사람, 더욱이 조선 사람은 태우지 않기로 되어 있다 한다. 이 말을 듣고는 공연히 모욕을 당한 것 같아서 허겁지겁 차를 내렸다.

역 앞에 나가 물어보니 서울로 가는 트럭이 많아서 그중에는 만원만 내면 더러 손님을 태우는 차도 있다 하나 나한테는 만원이 없다. 오는 길에 기차에서 내다보니 김천 시내로 들어오는 강둑 다릿목에서 헌병들이 내왕하는 트럭을 단속하고 있었다. 그리로 가보았으나 수없이 많이 지나다니는 차건만 나를 태워줄 만한 차는 하나도 없을 것 같다.

한나절을 번히 다릿가에 앉아 있으니 헌병들이 웬 사람이냐고 묻는다. 형편을 대충 이야기하였더니 자기네는 자동차를 단속하는 사람들이고 행인의 편의를 도모하는 기관이 아니라 하고 웃었으나 이 사람 좋은 젊은 헌병은 마침내 그럴듯한 화물차를 한대 퉁겨주었다. 이리하여 나는 이날 대전까지 닿아올 수가 있었다.

1950년 11월 7일

차에서 보니 길가의 마을은 집들이 모두 파괴되고 불살렸으나 길에서 얼마쯤 들어가 있는 마을과 집들은 비교적 안전하다.

우리나라는 이를 비유하면 세계의 길갓집이 아닐까.

1950년 11월 8일

집에 오니 그사이 철(哲)의 부인 고(高)씨가 다녀갔다 한다. 그 잉부(孕婦, 임신부)가 어린것을 업고 무거운 보따리를 이고 남편을 따라 몇 백리 길을 허둥지둥 따라가다 마침내 어찌할 수 없는 막다른 골목에 이르러 남편을 여의고 되돌아온 이야기는 눈물 없이 들을 수 없었다. 밤낮으로 산길을 톺아가느라고 고씨도 성질이 많이 거칠어졌고 더욱이 아기는 끊임없는 총포성에 겁을 먹어서 밤이면 단잠을 이루지 못하고 자꾸만 놀라 깨어서 그칠 줄 모르고 울기 때문에 정말 옆엣 사람이 견딜 수 없을 지경이었다고 말하고 아내는 눈물지었다.

고씨가 본시 주눅한 성질이었기에 망정이지 그렇지 아니하였다면 그는 실성할는지도 모를 일이다. 그의 모녀에 하느님의 가호가 계시옵기를.

1950년 11월 9일

우리 마을 구장 성윤길(成允吉) 씨가 붙들려 들어갔다. 그가 비록 그리 유식한 편은 아니어도 매우 유능하고 성실한 인물인 줄 나는 잘 알고 있다. 마을 일을 꾸려나가는 데 있어서도 언제나 정의감을 기초로 한, 그리고도 고집에 흐르지 않는…… 그리고 항상 내일을 생각하는 마음의 여유가 있었다.

6·25사변 때는 구장을 떨려나서 지게 지고 밭으로 일하러 다니는 모습을 나는 가끔 보았었다. 9·28 직전에 "이미 UN군이 서울 시가를

제압해서 정릉리가 수복될 것도 하루이틀에 지나지 않을 것이니 안심하라"는 말을 일러주던 그였다. 그가 부역자[14]로 체포되었다는 것은 참으로 뜻밖의 사실이다. 가뜩이나 인재(人才)가 가난한 우리 마을에서 그처럼 유능한 분을 얼토당토않은 죄목을 얽어서 희생시킨다는 건 참으로 애석한 일이다. 누가 구장을 하고 싶은 사람이 있었던 모양이나 수사기관에서 이러한 엉뚱한 짓을 하는 건 참으로 유감스런 일이다.

1950년 11월 10일

아침에 뜻밖에 강대량(姜大良)[15] 씨가 찾아왔다. 그는 사학과의 조교수로 있던 분으로 6·25 바로 1주일 전에 고향으로 내려가고 그후 소식이 없었는데, 그 부인이 교육성(教育省)의 봉급과 식량배급을 타기 위하여 기관과 선배들을 찾아다니면서, 강씨는 오래전부터 당원이었고, 또 최근에는 유격대의 일을 보아서 얼마 전에 해군에 잡혀 죽은 김재룡(金在龍)[16] 조수도 사실은 강씨의 부하였다는 것을 누누이 설명하고 다녀서, 비로소 그가 그러한 사람임을 세상이 다 알게 되었다. 평소에는 이병도 주임교수의 절대적인 지지를 받는 순수한 학도(學徒)로만 알려져 있었다.

그가 좌익인 줄을 나는 1년 전부터 알고 있었다. 그가 헌병대에 붙들려가서 고생할 뻔한 것을 이병도 씨가 윤보선(尹潽善) 씨에게 연락해서 나올 수 있었다는 것을 나에게만은 이야기한 일이 있었고, 또 이본녕(李本寧) 군이 마포서에 붙들려갔을 때 어떤 서원이 문리대에는 강대량이란 놈도 있다지 하더란 말도 들었었다. 그러나 세상에선 그의 부인이 선전하기 전에는 아무도 몰랐었다.

이리하여 그는 이미 서울에 돌아올 수 없는 사람으로 여겼더니……
그는 몹시 초췌한 행색이었다. 자기의 형적이 탄로난 줄은 모르고 서
울에 올라왔다가 지금은 졸연히 한강을 빠져나갈 수가 없어서 도피생
활을 하고 있는데 워낙 얼굴을 아는 학생들이 많아서 마음이 놓이지
않는다는 말을 하고, 그러고는 자못 심각한 얼굴로 "내가 서울 와서
가장 상심한 것은 내 형적이 탄로가 났다는 사실보다도, 인민군이 패
하여 도망갔다는 사실보다도, 인민공화국의 정치가 철두철미 인심을
잃었다는 사실입니다. 그야 쫓겨간 며느리 펀드는 시어머니 없다는
격으로 인심이란 으레 그런 것이거니 짐작은 가지만, 지금 서울시민
의 적색에 대한 감정은 단순히 그러한 것 이상의 뿌리 깊은 무엇이 있
는 것 같습니다. 그 때문에 우리도 발붙일 곳이 없고요. 어떻습니까?
김선생, 김선생은 공정한 입장에 계신 분이니 이를 어떻게 보십니
까?" 하였다.

끝으로 "전국을 어떻게 봅니까" 하고 내가 물으니 "아주 선이 잘리
어서 정세를 판단할 만한 아무런 근거가 없습니다마는 추위가 오면
전국은 또 얼마쯤 달라지지 않을까요" 한다. 무서운 사람들이다.

성균관대학에서 문리과대학의 개강식이 있었다.

1950년 11월 11일

자동차는 흑인이 더 난폭하게(wildish하게) 모는 것 같다. 피의 때
문일까. 아직도 그들의 피는 이러한 문명의 이기를 쓰기엔 좀 이른
것이 아닐까. 야성적이라 함은 한편 시들지 아니한 씽씽함을 뜻함이
리라.

1950년 11월 12일

고향서 온 친구의 이야기이다.

여름에 낙동강 전선에서 후퇴할 무렵 피란민들이 강변에 구름같이
모여들었으나 강을 건널 길이 아득하고 시간을 지체하면 미군이 비행
기로 폭격하게 될는지도 모를 일이고…… 하여 크게 혼란한 중에 늙
은 어버이와 어린아이를 데린 어떤 젊은 내외가 아무리 하여도 늙은
이와 어린이를 다같이 건사할 수는 없을 지경에 이르러 어린아기를
강물에 던져버렸다는 이야기를 하고, 그리고 그 내외의 효성에 모든
사람이 감탄해 마지않았다고.

갸륵한 일이다. 그러나 이 사건을 통하여서도 조선 사람은 앞을 내
다보지 않고 항상 뒤를 돌아다보고 사는 민족이라는 비판은 옳은 것
임을 수긍할 수밖에 없다. 그러나 이건 우리의 천성이 아닐 것이다.
유교와 함께 몸에 밴 습성이다.

1950년 11월 13일

고갯길에서 손우성(孫宇聲) 선생을 만났다. 얼굴이 퉁퉁 붓고 걸음
을 잘 못 걸으신다. 어찌하신 것이냐고 물으니, 저달 중순께 길에서
불시검색(不時檢索)을 받았는데 그때 마침 가방 속에 인민공화국 시절
의 양곡 배급조서가 들어 있어서 그 때문에 그 즉시로 성북서에 구인
되어 여지껏 이십여일 동안을 고생하고 어제 비로소 놓여 나왔다는
것이다.

양곡 배급조서라면 인민공화국이 처음으로 들어왔을 때 공무원에
게 특별배급을 준다고 희떠운 소리를 해서 자치위원회에서 쓰인 일이

있었다. 어찌된 영문인지 자꾸만 격식이 틀렸다 해서 세번인가 네번인가 고쳐 써냈었다. 그도 한꺼번에 넉장씩. 가족관계를 밝혀서 세밀하게 써내고, 그러고는 끝내 배급이 없었다. 우리들을 쫓아낸 뒤에 당원들과 그 끄나풀들만이 나눠 먹었다고 들었지만.

그런 종이라면 내 가방 속에도 들어 있을는지 모른다. 그렇기로서니, 아무렴 그깐 일로 국립대학 교수를 잡아다 이십여일씩이나 가둬두고 저 모양을 만들어 내어보낸담. 참으로 대한민국을 위하여 통곡할 노릇이다.

1950년 11월 14일

국군이 평양에 들어가서, 또 기타의 이북지역에서 약탈과 강간을 함부로 하여 이북동포들의 커다란 실망을 사고 있다는 소문이 들려온다. 가슴 아픈 소문이다. 제발 소문에 그치고 사실이 아니기를 빌고 바란다.[17]

석달 동안 순화(醇化)될 대로 순화된 서울시민의 마음이 9·28 이후 일부 군경의 난행으로 말미암아 흐려졌음을 생각하면 5년 동안 가슴을 졸여가면서 기다렸을 이북동포의 순정(純情)이 이로 말미암아 짓밟힐까 두렵다.

1950년 11월 15일

갑자기 영하 15도를 내려선 혹한이다. 동국대학에서 법과대학 개강식이 있었다. 유리창 하나 없는 강당에 삭풍(朔風)이 사정없이 불어쳐서 앞으로 올 교육면에 있어서의 우리들의 고난을 말해주는 것 같았다.

그러나 어떠한 고난과도 싸워서 이겨내리라 하고 나는 오명 오명 내 마음에 다짐하였다. 꽁꽁 언 뺨에 까닭없이 눈물이 흘러내렸다.

1950년 11월 16일

이북 수복지구의 행정에 관하여 UN측과 대한민국측과의 사이에 의견이 같지 않은 모양이다. 한쪽은 이남에서 행정요원들을 보내자 하고, 다른 한쪽에선 이북 사람들을 기용할 방침인 모양이다. 벌써 오래전부터 이북오도(以北五道)의 유령지사(幽靈知事)를 임명해놓고 대기중인 대한민국에서는 동의하기 힘들 터이지만, 우리가 보는 바로는 UN측의 견해를 지지하고 싶다.[18]

대한민국의 주장대로 해서 이남에서 그리 질이 좋지 못한 행정요원들이나 또는 감정에 치우치기 쉬운 월남동포들이 들어가서 이북동포들을 압제하고 능멸하는 일이 있다던가 그 이권을 농단한다던가 하는 일이 있어서 결국은 이북을 이남의 식민지처럼 닦달하면 그 결과는 어찌될 것인가? 마침내 남북의 동포 사이에 넘어설 수 없는 감정의 구학(溝壑, 구덩이)이 생겨서 38선이 우리들의 마음속에서 굳어져버리게 되리니, 이는 민족 백년의 대계(大計)를 위하여 결코 득책이 아닐 것이다.

우리는 이때 대한민국의 체면이니 하는 소승적(小乘的)인 입장을 버리고 민족의 장래를 위하여 UN측의 견해대로 이북은 이북 사람들에게 맡겨두고 싶다.

1950년 11월 17일

을지로의 방산(芳山)국민학교에서 사변 후 첫 강의가 있었다. 학생은 두 사람뿐, 추운 교실이 더욱 을씨년스러웠으나 나는 일찍 느껴보지 못한 새로운 감흥으로 강의를 할 수 있었다.

한편 생각하면, 나는 이미 교사로서의 자격을 상실한 사람인지도 모른다. 나를 따르는 많은 청년들의 나아갈 길을 내가 비록 적극적으로 오도(誤導)하지는 아니하였으나 그들에게 분명한 지표를 보여주지 못했기 때문에 그들은 지금 혹은 죽고 혹은 가시덤불을 헤치고 있는 것이 아닐까 생각할 때 가슴이 사뭇 쓰렸으나 "그러나 그런대로 역시 이것이 내 천직이 아닐까. 내가 분명히 좌우 어느 쪽으로 가라고 타내어 말하지 않아도 그들로 하여금 깊은 학문의 분위기에 몸을 적심으로써 어떠한 길이 인생의 올바른 길인가를 저절로 깨닫게시리 하는 것이 내 직책이 아닐까" 하는 평소부터의 내 신념을 더욱 굳게 지니고 여느때보다도 오히려 열의있는 강의를 할 수 있었다.

1950년 11월 18일

진승록(陳承錄)[19]이라는 사람이 있다. 그는 오랫동안 보성전문(普成專門)에서 교편을 잡았었고 6·25 때는 법과대학 학장으로 있었다. 그는 자기가 가르친 학생들의 손으로 붙잡혀가서 역시 자기가 가르친 학생의 구원으로 살아나왔다 한다. 교원 생활의 슬픔도 기쁨도 이러한 데 있지 않을까 싶다.

이러한 이야기도 들었다. 경국사(慶國寺)의 주지가 성북 내무서에 붙들려가서 갇혀 있는데 마침 공습경보로 내무서가 어수선한 중에 어떤 낯선 소년이 빠져나올 길을 인도해주어서 밖으로 나오면서 보초선 사람을 보고 "수고하십니다" 하니 정말 나가게 된 사람으로 잘못 알았음인지 "안녕히 가십시오" 하더라고. '부처님의 가호'라는 말이

나올 법도 한 일이다.

1950년 11월 19일

6·25 직후 "미국 트루먼 대통령이 조선에서 손을 뗀다고 성명하였다"는 벽보가 호기롭게 나붙더니, 나중에 알고 보니 이때는 이미 미국의 육해공군이 모두 출동명령을 받은 후였고, 9·28 직후 "중공은 한국전쟁에 개입하지 않기로 결정하였다"는 벽보를 써붙이더니 동궤일철(同軌一轍)이 되어버렸다. 두 편의 선전술이 난형난제(難兄難弟)이다.

중공이 나왔느니 아니 나왔느니 하던 시비도 지난 6일 맥아더가 UN안보이사회에 이를 제소함으로써 움직일 수 없는 사실이 되었다.

성윤길 씨가 풀려나와서 "김선생, 일찌감치 어디 충청도 산골로나 피란 갑시다" 한다. 그렇게 정세가 절박한 줄은 아직 깨닫지 못하고 있었다. 정용의 말에 지금 서울 주변에다 참호를 파고 철조망을 치고 있다 한다. 전선이 압록강으로 번지고 있는 이즈음 이건 또 무슨 까닭일까. "강원도 중부지방에 인민군 수만이 둔취(屯聚)해 있다더니 그 까닭인지도 모르지" 하였으나 불안이 납덩이처럼 가슴을 누른다.

전사편찬회(戰史編纂會) 일을 보아달라는 교섭이 있었다.

1950년 11월 20일

이즈음 서울신문엔 '타공선언(打共宣言)'이란 제하에 날마다 각계각층의 문화인들이 "공산당은 이 세상에서 도저히 용납할 수 없는 집단이고, 따라서 이는 기어이 쳐부셔야 한다"는 의미의 글이 실리고 있다. 전 같으면 "이 사람이?" 하고 의외로 생각됨직한 사람들이 모두들 용감한 필치를 휘두르고 있다. 또 그 내용들이 모두 누가 시켜서 억지로 쓰는 듯한 티가 보이는 그러한 것이 아니고 실감이 나는……
따라서 읽는 사람에게 어떠한 감동을 주지 않고는 말지 않는 그러한
글들이다. 이런 것도 한낱 세상의 변천이라면 변천이라고 할 수도 있
을 것이다.

1950년 11월 21일

우리나라 동해안엔 북으로부터 내려오는 한류(寒流)인 리만해류와
남에서부터 올라오는 난류(暖流)인 흑조(黑潮)가 부딪쳐서 그 때문에
어류(魚類)의 서식이 많고 따라서 어획고가 풍부하다는 말을 들었다.
이는 뭍에 미·소의 세력이 와 부딪쳐서 38선이란 금을 긋고 있는 사
실과도 비기어 생각할 수 있는 일이다.

바다의 고기들은 이 한난류의 교차란 사실을 이용하여 저들의 족속
을 늘리고 있는데 어찌하여 뭍의 사람들은 미·소 세력의 교차를 좋도
록 이용하지 못하고 이 때문에 도리어 동족상잔의 비극을 자아내고
있을까. 사람이 물고기보다도 영리하지 못하기 때문일까.

1950년 11월 22일

박선생님의 아드님들이 거리에서 담배장사를 하고 있다는 말을 듣
고 한종일 마음이 어두웠다. "나중에 우리 아이들이 그렇게 되지 않
으리라고 어찌 기필(期必)하리까" 하고 아내도 한숨짓는다.

박선생님은 내가 아는 한 가장 성실한 학자님이시고 사모님도 아마
세상에서 가장 성실한 주부의 한 사람일 것이고, 애기들은 또 순직하
고 근면한 중학교 학생들이다. 큰 항산(恒産)을 쌓고 있지는 않으나
생활은 군색지 않으신 편이었다. 그러던 것이 우창이와 규창이가 학

교엘 가지 못하고 거리에 나가서 담배를 팔고 있다니, 우리가 들어도 가슴이 억색할 노릇인데, 선생님과 사모님의 심정이 그 어떠하시랴.

동족상잔의 이 비극이 우리 겨레에게 헤아릴 수 없는 고난을 가져오리라 짐작은 되었었다. 그러나 이것은 너무나 심각한 현실이다. 학자의 학대는 인공국뿐만이 아닌 것 같다. 이러고도 이 나라의 장래에 빛을 기대할 수 있을는지?

1950년 11월 23일

작년 가을인가 싶다. 우리 마을에서 십리밖에 아니 떨어져 있는 경산군(慶山郡) 와촌면(瓦村面) 박사동에 산사람들이(우리 고향에서들은 게릴라를 산사람들 혹은 산손님들이라 부른다) 내려와서 집을 90여 호 불사르고 사람을 40여명 죽이고 수십명을 부상시킨 일[20]이 있었다. 죽은 것은 주로 20세 이상 40세 이하의 청장년들이었는데, 이들을 그저 총으로 쏘아 죽인 것이 아니고 칼과 창으로 찔러 죽이고 몽둥이로 때려 죽여서 그 참혹하기가 차마 눈으로 볼 수 없을 지경이었다 한다. 마을 사람들은 갑자기 집과 재산을 불태우고 남편과 아들을 잃어서 어찌할 줄을 몰랐었다.

무슨 원수가 그처럼 골수에 맺히어 무기 없는 백성들을 그토록 학살함일까 했더니, 그 마을 사람 중에 누가 뒷산에 있는 게릴라의 아지트를 경찰에 알려주었다는 혐의라 한다. 그들의 이른바 '무자비한 투쟁'이란 것이 과연 이러한 것인지, 부근의 주민들은 그 너무나 잔인무도함에 치를 떨었던 것이다.

그런데 경산(慶山) 출신의 이군이 이번에 평양엘 들어가서 거리를 지나다 보니 "경산군하(慶山郡下)에 농민의 의거(義擧) 운운" 하는 벽보가 붙어 있기에 자세히 들여다보니, 바로 그 와촌면사건을 보도한 것으로서, 내용은 "남반부 괴뢰도당의 학정에 못이겨 농민들이 일어나서 반동(反動) 수십명을 처단하였다"고.

1950년 11월 24일

김남수(金南洙)[21] 씨라면 아는 사람은 다 아는, 일제시대에 옥사(獄死)한 공산당의 거두이다. 그때의 공산당원이라면 반드시 투철한 볼세비끼들만이 아니었다. 민족해방을 열망하는 젊은 세대들은 그 당시의 세계정세로 보아 아무래도 소련이 아니면 우리의 힘이 되어줄 나라가 없다 생각하고 많이 공산주의운동에 가담하게 되었던 것이다. 김남수 씨가 반드시 그러했다고 하는 것은 아니지만……

김씨의 아들 둘이 장성하여 그 어머니를 모시고 서울에 살고 있었는데 6·25사변이 벌어지자 둘이 다 "아버지의 원수를 갚을 때는 왔다" 하고 자진하여 의용군에 지원해 나갔다. 그들이 죽었는지 살아 있는지는 모르거니와 지금은 김남수 씨의 늙은 부인이 며느리와 손자들을 데리고 고생살이하고 있다. 그 아이들이 자라나면 나중에 아버지와 할아버지의 이야기를 듣고 어떻게 생각이 들 것인지? 우리나라에서도 이미 공산주의가 혈연화(血緣化)함을 본다. 지난날 사색당쟁(四色黨爭)이 피와 얽히었음을 생각할 때 이는 가장 계심(戒心)을 요하는 현상의 하나이다.

1950년 11월 25일

오늘 학교에서 교수회가 있었다. 6·25 직전 교수회에서 부결된 보결 입학생이 있다 하여 그 처리 문제를 에워싸고 격론이 있었다. 주로 김선기 씨와 나 사이에.

손진태(孫晉泰) 학장이 상부의 지시를 받아서 한 부득이한 조치였고 이미 손씨가 불행히 되었으니 이제 이 문제를 끄집어내서 손씨를 욕보이고 싶지 않다는 김씨의 주장이었으나 자연인은 자연인이고 기관은 기관이니 일개 자연인을 위하여 기관을 희생할 수는 없는 일이며, 또 이것은 교수회의 권위와 체면을 위하여 도저히 용납될 수 없는 것임을 밝히었다. 그리고 이미 학교에서 정식절차를 밟아서 본인에게 서류까지 발부하였으니, 학교 내부에서 책임문제는 생길지언정 본인의 입학은 이미 부동(不動)의 사실이 되어 있다는 김씨 이외 몇몇 사람의 주장에 대하여 하자(瑕疵)있는 결정과 부정으로 얻은 권리는 언제든지 이를 무효로 할 수 있으며 또 하여야 한다고 강경히 논박하여주었다.

1950년 11월 26일

앞으로 닥쳐올 UN군의 커다란 인명손실을 미연에 막기 위하여 신의주 공략을 이달 안으로 서둘러야 한다고 맥아더 원수가 일선 장병들에게 경고하고 원수 자신 진두지휘에 나섰다는 뉴스가 있었다. 지난 8월 15일에 김일성 장군이 8월을 해방의 달로 해야만 한다는 말을 들었을 때와 같은 쇼크를 받았다.

1950년 11월 27일

(내용 일부 유실)

의용군으로 갔다 돌아온 사람은 자수를 해야 되고, 또 자수하면 그대로 내주기로 되어 있으니, 곧 경찰서에 가자 해도 "경관의 제복만 보아도 기가 질리고 가슴이 떨린다"고 몹시 겁을 집어먹은 모양이다. 억지로 끌고 중부서에 갔더니 뜻밖에도 마침 사찰과장이 동향의 정기엽(鄭起燁) 군이라서 모든 일이 무사히 되었다. 세상에는 참으로 공교로운 일이 있기도 하다.

1950년 11월 28일

"여름 사이 대구 등지에서 UN군으로 붙들려가서 일본에서 훈련받을 때의 이야긴데, 미국 사람들과 다같은 급식을 받는데도 조선 사람만 항상 배가 고파서 걸걸해하고 때로는 그 때문에 외국 사람의 앞에서 수치스러운 장면을 보여주는 일도 있었다"고 어느 학생이 와서 이야기하기에 나는 이러한 해석을 해보았다.

그것은 원체 교양이 없는 무식꾼을 닥치는 대로 붙들어갔기 때문이기도 하지만, 그보다도 조선 사람이 음식에 대하여 범연(凡然)하지 못한 이유를 두가지로 나누어볼 수가 있을 것이다. 하나는 생리적 이유이고 다른 하나는 심리적 이유이다.

생리적(生理的) 이유란, 내남없이 조선 사람은 어릴 때부터 위확장이 되어 있다는 사실이다. 일정한 에너지를 내려면 일정한 칼로리를 섭취해야 할 터인데 같은 분량의 칼로리를 얻기 위해선 조식(粗食)에 있어서 그 분량이 많음을 필요로 한다. 이리하여 우리는 누구나 위확장이 되어 있고 위확장인 사람은 음식을 보고 범연할 수 없다.

심리적(心理的)으로, 여기 내 앞에 한그릇의 밥이 놓여 있다고 가정하고, 내가 만일 내일도 밥을 먹을 수 있고 모레도 그러할 수 있음이 확실하다면, 나는 이 밥을 범연히 볼 수 있을 것이다. 그러나 내일은 먹을 길이 없고 모레는 더욱 그러하다고 한다면 그 밥을 보는 우리의 심리는 달라질 것이다. 그런데 우리는 불행히 부여조(父與祖, 아버지와 할아버지라는 말로 조상을 뜻함) 이래로 앞날의 밥에 대한 확신이 서지 않는다. 이것은 특히 최근세사에서 볼 수 있는 사실이다. 그래서 이미 앞날의 식생활에 대한 불안감이 일종의 유전적 습성이 되어 있다. 음식에 대하여 항상 걸걸한 심리가 움직임도 무리가 아닐 것이다.

오늘날 조선 사람은 흔히 조선 사람의 아름답지 못한 점을 들어서 흡사히 남의 말하듯 비난하기를 좋아하는 버릇이 있으나 우리는 그리하기 전에 그러한 민족적 결함이 어디에 유래하였나를 먼저 반성해보고, 또 어떻게 하면 그러한 결함에서 벗어날 수 있는가를 진지하게 생각해보아야 할 것이다.

1950년 11월 29일

장면(張勉) 씨가 국무총리로 들어서고 김준연(金俊淵) 씨, 공진항(孔鎭恒) 씨가 새로이 입각하였다는 소문.[22] 공씨는 우리 마을 사람이라 하여 그러한지 공진항각하만세(孔鎭恒閣下萬世)라는 첩지(帖紙)가 골목길에 많이 나붙었다. 한청(韓靑, 대한청년단)에선 이따위 권력에 대한 추세(趨勢)가 아니라도 할 일이 많을 터인데.

"나라가 망하려면 인사행정만이 두드러지게 보인다"는 말이 있더니, 이즈음 대한민국에선 부느니 감투바람뿐인 감이 있다. 그나마 며칠을 갈 것이라고. 그렇게 들고나고 해도 책임있는 행정이 될 수 있는 것일까. 하긴, 빨리 돌리면 써보고 싶은 사람은 다 한번씩 써볼 수 있어서 좋긴 하지만.

내각책임제는 정정(政情)의 불안을 초래하기 때문에 될 수 없다는 이론이 있더니 지금은 얼마나 안정하고 있는지 모를 일이다.

1950년 11월 30일

아리랑고개에서 넝마로 나도는 보스톤 가방을 한개 샀다. 9·28 직전에 인민군 장교들이 여맹 사람들을 내세워서 보스톤 가방 한개와 쌀 한가마니씩과 바꾸자고 하고 구하러 다니던 일이 생각난다.

중공군 대부대가 압록강을 넘어섰다는 오늘, 나는 그들과 꼭같은 심정으로 넉넉지 못한 주머니를 털어서 보스톤 가방을 사고 있다.

1950년 12월

1950년 12월 1일

오늘 세번째의 강의를 하였다. 처음에 두 사람의 학생을 상대로 시작한 것이 번번이 늘어서 이제는 제법 교실이 어울릴 지경이다. 열몇 학교의 학생이 한자리에 모여서 공부한다는 것은 비록 전쟁으로 말미암은 부득이한 조치이기는 하지만, 그러나 또 이 사실 자체에 있어서 픽은 재미있는 현상이기도 하다. 하기에 따라선 교육적 효과도 높을 것 같다. 여학생들의 수가 많지만 남학생도 그에 못지않은 정도의 수이다. 언제 소집영장이 내릴지 모르는 그들의 심경을 생각하니 그러한 중에서도 이렇게 나와서 공부하는 그들의 마음씨가 한없이 고맙기도 하다.

영하 10도를 오르내리는 이즈음 추위에 불기 없는 교실에서 하는 강의다. 지껄이며 떠들고 있는 나는 오히려 나을지 모르나 가만히 앉아서 이야기만 듣고 있는 학생들은 더욱 추울 것이다. 잉크도 얼어붙고 그보다도 손이 곱아들어서 필기를 시킬 수는 없다. 이야기로 열을 올리노라니 자연히 민족문제의 현재와 미래에 말이 미쳐서 때로 하는 이 듣는 이 모두 가슴이 울컥해지곤 한다.

그래도 학교에 강의를 하는 날이면 슬픈 중에도 산 보람을 느끼는 작금이다.

1950년 12월 2일

잠들지 않는 긴긴 겨울밤, 생각하면 인생이 허망하기만 하다. 10년을 두고 하루같이 사귀던 친한 벗들, 마음놓고 모든 일을 의논할 수 있던 가까운 동료들, 연구실에 밤낮 드나들던 학생들…… 모두 다 머언 딴 나라에 가버리고 나 홀로 폐허가 되어버린 시가에 남아 있다.

언제나 조국이 통일되어 그들과 손을 맞잡고 일할 수 있는 날이 올는지? 몸은 살아 있어도 내 세계는 이미 가버린 것과 같이 느껴진다. 얼마나 긴 세월이 지나면 내 이러한 마음의 허탈증이 사라지고 새로운 친구들과 더불어 생의 의욕을 가질 수 있을는지?

강경석, 이철, 홍승기, 이본녕, 김일출, 정희준, 김득중, 정찬영, 채희국, 김홍기, 최봉래, 이승년, 이원조, 김병제, 이종악, 조원제, 김충섭, 김석선, 박준규, 김장희, 유열, 박찬형…… 그들에게 언제나 건강이 따르기를.

1950년 12월 3일

오늘날 이 세상에선 '3만지'라야만 살 수 있다는 것이다. 무슨 소린고 했더니 ①밖에서 보아 있는지 만지 한 마을에 ②집인지 만지 한 집을 지니고 ③사람인지 만지 할 정도로 처신하여야만 살아남을 수 있다는 것이다. 무자비한 좌우의 항쟁이 남긴 시골 사람에의 교훈이다.

1950년 12월 4일

중공군의 대량 참전이 전해지고 UN군의 평양철수가 소문만에 그치지 아니한 어제오늘 원자탄을 쓰느냐 않느냐 하는 문제가 항간의 이야깃거리로 되어 있다. 서울신문은 하루빨리 원자탄을 써야만 한다고 강경히 주장하고 있다.[23]

무슨 소리를 한댔자 세계에서 거들떠보지도 않을 것이니까 마음 내키는 대로 아무런 말이라도 하는지는 모르지만 남이 만들어놓은 원자탄을 우리 땅에 제발 써주십사 하는 태도는 그래도 명색이 일국의 대(大)신문으로서 취할 바 태도가 아닐 것이다. 아무리 사세가 다급하기로서니, 이는 동족상잔의 전쟁을 버르집음(부풀려 떠벌리다)과 그 마음씨에 있어서 다를 바 없다 할 수 있을 것이다.

될 수만 있으면 원자탄 같은 건 다시는 살인의 무기로는 쓰지 말았으면 하는 것이 세계의 양식(良識)일 것이다. 그것을 하필 우리 땅에 던져서 동족상잔의 무기로 써줍소사 하는 마음보는 이해하기 어려운 노릇이다.

1950년 12월 5일

거리에는 일군(日軍) 상륙설이 자자하다. 상식으로 생각해보아서도 도저히 있을 수 없는 일이건만 공산측의 선전에 넘어갔음인지 사람들은 모두 진정 일본군이 참전한 것으로 알고 있다. 더러는 일본말로 길을 묻는 일군 대부대를 제 눈으로 보았다는 사람도 있다.[24] 미국은 아직 강화(講和)조약 전의 일군을 한국전선에 동원시켜야 하리만큼 그처럼 다급하다고는 생각되지 않건만.

일군의 참전설에 대해서도 두가지 견해가 있다.

"죽어도 게다짝 끄는 소리를 다시 듣고 싶지는 않다"는 축과 "일군이건 무엇이건, 설사 그보다 더한 것이라도 와서 우리를 구원해주어야겠다"는 축들과.

1950년 12월 6일

며칠 안으로 거리가 퍽은 수런수런해졌다. 군의 장교급 사람들이 가족과 세간을 자꾸만 남으로 실어나르기 때문이다. 돈있는 사람들도 이에 덩달아 움직이고 있다. 그러나 트럭 한대를 얻어서 대구까지 가려면 일백이십만원이 든다고 하니 피란도 권세와 돈이 없는 사람은 할 수 없는 것인가 싶다.

1950년 12월 7일

'중공 오랑캐'가 쳐들어온다고들 말한다. 오랑캐라는 조선말은 두만강 밖에 살던 여진족의 한 갈래인 올량합(兀良哈)족이 우리의 가장 가까운 이민족이었기 때문에 이것이 이민족의 범칭으로 쓰이게 되었다. 그것도 얼마쯤 멸시하는 의미를 덧붙여서.

이번에 말하는 '중공 오랑캐'의 '오랑캐'도 이들 이족(異族)의 범칭으로 쓴 것이라면 모르거니와 '이적(夷狄)'이란 뜻으로 쓴다면 이것은 잘못이다. 중공은 그 이념은 어찌하였든지 간에 중화(中華)의 후예이고 우리 자신이 이적(오랑캐)의 하나임을 알아야 할 것이다. 오랑캐란 욕설이 하늘을 보고 침뱉는 격이 되지 않기를 바라는 바이다. 내가 사대병(事大病) 환자라 하는 말이 아니다.

1950년 12월 8일

오늘 담당시간이 있어서 강의하러 나갔더니 학교는 갑자기 방학을 선포하고 짐을 꾸리고 있는 품이 어디로 또 도망갈 준비인 듯싶다. 일껏 애써서 강의준비를 해가지고 간 것이 소용 없이 되었다는 불평에서가 아니고 그저 모든 것이 맥이 탁 풀리었다.

1950년 12월 9일

당국에서도 늙은이와 어린이들은 시골의 연고를 찾아서 서울을 떠남이 무방하다는 발표가 있었다. 중공이 물밀듯이 쳐들어오니 하는 것이 이유가 아니었고, 서울시에선 양식이랑 시탄(柴炭)이랑 확보되지 않아서 겨울을 나기가 어려울 터이니까 하는 것이 이유였다.

하여튼 이것은 공적인 소개(疏開)의 묵인 내지 장려여서 시민에 주는 충격이 컸다. 나도 새형님께 대구로 내려가시도록 말씀드리고 김종옥(金鍾沃) 군에게도 고향으로 가라고 일렀다. 그는 다시 공부를 계속하여보겠다고 한 달 전에 상경하였으나 학교가 복구되지 않아서 집에서 자습하고 있었다. 그를 억지로 내려보내던 6월 27일 생각이 난다.

1950년 12월 10일

염소를 한마리 잡으랬더니 이웃집 군인 복색을 한 청년이 와서 고기를 달래서 난처했다고 한다. 그는 스스로 신분을 밝혀 가로되 대한결사타공대원(對韓決死打共隊員)이라고. 여름 동안 지하에 숨어서 게릴라로서의 활동을 맹렬히 하였고, 이로 말미암아 얼마 전에 군 당국으로부터 타공대(打共隊)에 대한 표창이 있었다고 한다. 그러한 기사를 며칠 전 신문에서 본 성도 싶다.

내가 집에 돌아와서 이러한 이야기를 듣고 있는데 마침 배달된 저녁 신문엔 공산당이 가면을 쓰고 나타난 대한결사타공대 수십명을 일망타진하였다는 기사가 실렸다.[25] 9·28 때 미처 도망가지 못한 당원들이 부랑(浮浪) 청년들을 규합하여 그 이름도 번듯하게 대한결사타공대란 것을 조직하고 군복을 입고 무기를 지니고 삼각산(三角山) 기슭의 숭인면(崇仁面), 신도면(神道面) 등지를 횡행하면서 살인, 약탈, 강간, 불법감금, 불법징집 등 가진 악행을 자행하였다는 것이다.

세상은 너무 복잡미묘해서 우리 같은 단순한 머리로써 해석하기가 힘들다. 이 신문기사를 본 어떤 친구의 말, "바로 며칠 전에 잘했다고 표창한 당국의 면목은 안재(安在)? 그 간부들이 공산당인지 아닌지 건뉘가 아나."

1950년 12월 11일

다시 도망꾼 봇짐을 꾸리면서도 각 기관에서 하느니 심사요, 휴직이요, 파면이다. 악질 부역자가 죽으러 남아 있다면 또 모를 일이로되, 그런 축들은 9·28과 함께 이미 자취를 감춘 지 오래다. 이제 남아 있는 사람들이란 모두가 정부에게 버림을 받고 불가항력인 큰 세력이 덮쳐와서 세상이 아주 뒤집혀지매 그 나라 백성인 체하지 않을 수 없었던 사람들뿐이다. 이것은 지금 처단하는 사람들이 그러한 처지에 놓였더라도 같은 태도를 취하지 않을 수 없었을 것이다. 그들은 정부의 직장을 사수하라는 명령을 어기고 도망간 무책임한 사람들이거나,

또는 국민에게는 염려 없으니 제자리에 머물러 있으라고 속이고 저희들끼리만 남하한 그런 비겁한 짓을 한 축들이거나, 그도저도 아니면 남하의 영관(榮冠)은 쓰지 못했을망정 마침 그럴 수 있는 계제가 있어서 용하게 지하로 숨어버렸거나 한 사람들이다.

"석달 동안 굶주리고 들볶이고 생명의 위협을 받고 해서 얼마나 애쓰이고 괴로웠었소…… 어찌어찌하다 보니 우리만 모면하게 되어서 참으로 면목이 없소이다" 하고 위로하여주고 그들의 용기를 북돋워주지는 못할망정, "우리들만이 진정한 애국자이고 깨끗한 사람들이다. 너희들은 많건 적건 정도의 차이지, 얼마쯤 부역하지 않은 자 없을 것이다" 하는 고압적인 태도로 나오고 그들을 심사 처단하기에 모든 정력과 시간을 기울여 다른 일은 돌볼 겨를이 없는 것 같다.

그나마 심사를 받고 처단을 당하고 하는 사람들이 다소라도 볼세비끼에 가깝다던가 그에 동정하는 사람들이라면 또 모를 일이로되 모두들 순수한 민족주의자들뿐이고 그리고 또 대개가 사무에 능숙하고 인격이 중후(重厚)한 사람들이다. 그러므로 인민공화국에서도 애를 써서 이들을 포섭하고 이용하려고 하였던 것이다. 그런 줄을 뻔히 알면서도 기어이 이들을 밀어내고야 말리라는 이쪽 측의 공작은 그 진의를 살펴보면 매사에 호락호락하지 아니한 이들을 치워버리고 제 사람을 그 자리에 대신 앉히려는 상사(上司)이거나 만만치 아니한 이들 경쟁자를 몰아냄으로써 안일을 탐(貪)하려는 동료이거나 그 자리를 노리는 밑엣사람들이다. 때로는 이 삼자가 공동전선을 펴니 인민공화국에 남아 있던 사람들, 억울한 처단을 받지 않을 수 없을 것이다.

언제나 하는 말이지만 가뜩이나 인재가 부족한 대한민국이 이번 동란으로 또 많은 사람을 잃어버렸는데, 얼마되지 않는 남아 있는 사람들을 또 이리하여 억지로 몰아내려는 심사(心思)들은 참으로 딱하다 하지 아니할 수 없다. 그 기관으로 보아서도 당장에 사무의 삽체(澁滯, 늦어짐)를 가져올 것이고 국가적으로 보아서 훌륭한 중견 국민을 일부러 적측으로 밀어버리려는 어리석디어리석은 짓이건만 민족의 자살이라고도 이름지을 만한 이 망할 놀음을 몇달을 두고 시키는 정치의 빈곤엔 때로 격분을 금치 못할 일이다.

아무래도 찝어내야만 할 진정한 악질 부역자도 더러는 있을 것이다. 그러나 그런 것은 수사기관이 얼마든지 있지 않느냐. 자율적으로 함이 좋으리라는 의견이 있을지도 모른다. 그러나 그런 짓은 해보면 단박에 그 폐해를 알 수 있을 것이 아닌가. 이 바쁜 때에 모든 공공기관이 이 일만에 머리를 쓰고 있는 건 참으로 딱한 일이다. 그 결과는 자살적인 비극만을 자아내고……

이러한데다가 복잡다기한 군경의 수사기관이 함부로 날치어서 거기 따르는 폐해가 또 이루 듣기 망측할 지경이고 해서 이래저래 9·28 당시의 순된 서울시민의 마음은 짓밟힐 대로 짓밟히고 있다.

1950년 12월 12일

얼어붙은 도로에 도망꾼 보따리를 싣고 달리는 트럭의 숫자가 날로 늘어간다. 그도저도 할길 없는 시민들은 불안의 납덩이를 안고 애꿎은 자동차의 뒷모양을 흘겨볼 뿐이다.

삭풍(朔風) 불어치는 황혼의 서울거리에 서서 일찍 이 순간처럼 서생(書生)의 무력함을 뼈저리게 느낀 적은 없었다. 높은 지위에 나아가서 화려한 자동차를 몰고 다니는 옛날 친구들의 모습이 그리 부럽게 생각된 일은 없건만, 그들은 이제 힘들이지 않고 그들의 아들딸들을 안전지대로 옮길 수 있으려니 생각하니 그들의 신기루 같은 권세나마 부럽게도 여겨지는 오늘 저녁이다.

1950년 12월 13일

우리도 마침내 피란짐을 꾸리었다.

어디로 가야 좋을지, 가서 안접할 곳이나 있을는지도 모를 일이며, 또 어디 가서 안접할 곳이 있기로서니 서울을 밀어버린 중공군이 천 리길을 멀다 해서 부산은 그냥 둘 것인지 기필할 수 없는 일이지만, 그렇다고 격렬한 시가전이 예상되는 이 거리에 아이들을 데리고 그냥 배겨 있을 수는 없는 일이다. 모두들 떠나간다니 덩달아 마음이 들뜨기도 하지만, 그보다도 단대목에 가서 정말로 소개령(疏開令)이 내리는 날이면 그때의 혼란통에는 참으로 어찌할 수 없이 될 것이니, 어떡해서라도 미리 서둘러서 아이들을 이 거리로부터 옮겨놓아야겠다 생각됨으로써이다.

1950년 12월 14일

아이들을 데리고 우선 남산동 이근무(李根茂) 씨 댁으로 옮기기로 하였다. 이씨는 이미 떠나가고 없으나 그 친척되는 노인이 집을 지키고 있었다. 도심지로 나가 있어야 무슨 편이라도 잡을 수 있지, 정릉리 구석에 들어박혀 있다간 설사 편이 있대도 놓쳐버릴 것만 같이 생각됨으로써이다.

이 몇해 동안 정붙여 살아온 집과 밭을 하직하는 우리들의 심중(心中)은 암담하였다. 더욱이 내 서재에 버려두고 가는 수없이 많은 책들. 그는 지난 30년 동안 내 피땀어린 수집의 결과이다. 학교 때 점심을 굶어가면서 그 한권 한권을 사 모은 것이다. 긴긴 겨울밤, 밤을 패어가면서 그 한장 한장 씨름하던 내 손때 묻은 책들이다. 내 상념(想念)이 그 페이지 위에 어리고 내 연필이 그 줄 사이에 그어진 것이다. 그는 책들이면서도 내 생명의 분신이나 다름없는 것이다. 나는 이제 그 책들을 버리고 정처없이 떠나가는 것이다.

1950년 12월 15일

미 대통령 트루먼이 UN군은 여하한 사태에 당면하여도 절대로 한국에서 철퇴하지 않는다는 성명을 하여 모두들 얼마쯤 안도의 빛을 보인다. 동족상잔의 전쟁을 일으켜서 마침내 외세를 끌어들이고, 그 결과는 외국군대가 언제까지나 있어주어야만 마음이 놓이지, 그렇지 않으면 불안해 견딜 수 없다는 이 나라의 몰골에 술이라도 억백으로 퍼마시고 얼음구멍에 목을 처박아 죽어버리고 싶은 심경이다.

1950년 12월 16일

원자탄을 썼다는 소문이 통신으로 나돌고 책임있는 측에서 벽보로 써붙이고 하여 한동안 사람들의 마음이 흥분의 도가니처럼 들끓었다. 애트리-트루먼의 회담이 있은 것이 엊그저께고 그 결과로 낸 꼬뮈니께로 보아도 도저히 아직은 원자탄을 쓰게 될 것 같지 않은데 알 수 없는 뉴스다 했더니 아니나다를까, 나중에 오보라는 기사가 실렸다.

외국 사람의 이목(耳目)이 부끄럽다. 얼마나 원자탄이 소원이면 이토록 상식에 벗어난 뉴스를 전하고 달고 할 것이냐고 그들이 내심 웃을 것만 같아서이다.

기차편도 놓쳐버리고 기대를 가졌던 자동차도 틀려버리고, 남산동에 나온 지도 이미 며칠이 되건만 떠날 방책은 아득하다. 집을 나온 순간부터 불편한 것이 한두 가지가 아니다. 그러고도 몇푼 가지지 않은 시재(時在)에 비용만 자꾸 난다. 아내의 고생하는 품이 차마 옆에서 보기 딱하다. 그릇 보퉁이를 아침저녁으로 끌렀다 묶었다 하는 형편이다. 서경석 씨 형제랑 현옥이랑 그나마 우리가 힘이 된다고 따라나섰다가 모두 돌아가는 것이 미안스럽고 애처롭다.

나는 나대로 눈보라치는 진수렁의 거리를 이루 형언할 수 없는 초조한 생각으로 헤매건만 당장에 어떠한 서광(瑞光)이 보이지도 않는다.

1950년 12월 17일

남산동에서 아무래도 싹수가 보이지 않아서 이용희(李用熙) 씨의 힘을 빌까 하여 명륜동으로 옮기었으나 남의 집에 얹혀 있는 불편함이란 매한가지다. 아내는 차라리 집으로 들어가는 것이 어떠랴고도 의논이지만 이제 다시 정릉리 구석으로 들어가는 날이면 서울을 빠져나갈 기회는 영영 잃어버리고 말게 될 것이다.

봉아가 문득, "염소가 무얼 먹고 지낼까" 해서 우리도 향수 아닌 향수에 빠진다. 새끼를 낳은 지 한 20일밖에 아니되는 염소가 있어서 이를 잡아먹으려니 새끼가 가엾고, 새끼를 삶아 먹으려니 차마 할 노릇이 아니어서 먹을 것을 얼마쯤 마련해두고 그대로 나와버렸던 것이다. 우리는 길 떠나기에 정신이 팔려서 생각이 그에 미치지 않건만 봉아가 일깨워주어서 가엾은 생각에 새삼스레 마음을 적신다.

1950년 12월 18일

오늘 오후에야 비로소 늦게 길을 떠날 수 있었다. 마침 함박눈이 쏟아지듯 내리고 있었다. 그처럼 떠나기 힘들어서 애태워하던 서울이나 막상 차 위에 올라앉아서 눈보라 속으로 사라지는 서울의 거리를 돌아다보니 일말의 감회 없을 수 없다. 그야말로 시원섭섭한 감상(感想)이었다…… 서울아, 잘 있거라.

한강의 부교(浮橋)를 건널 무렵엔 이미 날이 저물었었고 비행장 옆을 지나서 영등포로 향할 무렵에는 일망무제(一望無際)한 은세계(銀世界)에 달빛만이 교교(皎皎)하고 그 사이로 자동차의 헤드라이트가 구슬을 꿴 듯 일렬로 늘어서서 참으로 장관(壯觀)이었다. 누가 이를 시적(詩的)이라 하는가. 쎈티를 가지기엔 조선 사람은 너무나 지치었다.

1950년 12월 19일

간밤엔 수원(水原)서 어느 초라한 음식점 부엌바닥이나 다름없는 곳에서 한밤을 드새었다. 오늘도 역시 눈 내리는 경부가도(京釜街道)를 달리고 있다. 아이들은 마침 무리를 해서라도 찦차에 태울 수 있어서 저으기 안심이나 우리들은 트럭 위에 높다랗게 실은 짐 위에서 외투자락으로 눈보라를 막는 시늉을 하고 있다. 그러나 기차 꼭대기에 주렁주렁 매어달린 사람들에 비기면 이건 또 훨씬 나은 폭이다.

— 기차 지붕마루에 올라탄 어떤 어머니가 아이들을 줄로 묶어 차고 있었는데, 어머니 자신이 졸다가 떨어져서 아이들마저 함께 죽어버렸다.

— 어떤 부인이 기차 지붕마루에서 해산을 하게 되었는데 일행은 이불을 펴서 바람을 가려주노라 하였으나 엄동설한에 달리는 기차 위이므로 그 추위가 오죽할라고. 산모는 갓 낳은 새 생명을 집어서는 차 아래로 던져버리고 그 자리에 고꾸라져 의식을 잃어버렸다.

—어떤 젊은 부인은 아기를 업고 죽을 힘을 다해 기차 지붕마루로 기어오르긴 하였으나 워낙 손이 꽁꽁 얼어서 마음대로 아기를 잘 추스르지도 못하였는데 얼마를 가다 젖을 먹이려고 아기를 내려보니 이미 싸느랗게 숨죽어 있었으므로 이 가엾은 젊은 어머니는 그 자리에서 곧 미쳐버렸다.

하는 가지가지 참혹한 이야기는 그 어느 하나만이라도 듣는 사람의 가슴이 미어질 노릇이건만 오늘날 이 땅엔 하도 흔한 사실들이어서 이러한 이야기들을 들어도 큰 충격을 받지 않으리만큼 우리들의 신경이 무디어버렸다.

이제 조선 사람의 생명은 버러지에나 무엇에나 비기리만큼 되었다. 이날은 조치원(鳥致院)에서 쉬었다. 권영희(權寧熙) 군을 만났더니 연속하는 피란민의 트럭 행렬을 보고 있으려니 이곳서도 일이 손에 잡히지 않는다고 한다. 그도 그럴 것이다.

"대체 이 전국(戰局)을 어떻게 보오?" 하는 물음이나, 나도 모른달 수밖에. 아마 조선 사람이면 아무도 모를 것이다. 그만큼 대한민국은 이제 타율적으로 움직이고 있는 것이다. 그저 생명의 끈은 외군(外軍)의 무기한 주둔에나 달려 있고. 그게 나쁘다는 것이 아니다. 그러고 있으면서도 아무런 하는 일 없이 자꾸 부패만 하여가는 것이 딱하달 뿐이다.

1950년 12월 20일

날씨는 개었으나 온 천지가 은세계로 화하고 길바닥엔 눈이 켜켜로 얼어붙어서 미끄럽기 한량없다. 차바퀴가 자칫 실수하면 어느 지경에 이를지 모를 노릇이다. 더러는 차가 넘어져서 사람이 죽고 상하고 하는 일이 있다. 우리도 그러한 차를 하나 보았다. 운전수에게 신칙하여 늦어도 좋으니 천천히 조심해서 가자 하였다.

밤에는 영동(永同)에서 잤다. 깨끗이 타버리고 난 빈 자리에 바라크로 세운 명색 여관에 들렀더니 누워 자는 베갯머리에 눈보라가 쳐들어와서 잠을 이룰 수가 없었다. 그래도 이것이 앞으로 우리 겨레가 겪어나가야 할 운명이거니 생각하면 어디다 불평할 곳도 없다.

1950년 12월 21일
대구에 닿았다.

아버지께서 편찮으시다는 소문에 가슴이 내려앉는다.

집에는 곧 가뵈어야겠고 이 일행을 부산까지 데리고 가서 안접(安接)시켜야만 공사간(公私間) 내 책임이 다하여지는 것이고…… 이 한밤 또 잠들지 못하였다. 갈수록 고난의 길이 나를 기다리고 있는 것 같다.

1950년 12월 22일
김상기 선생은 그 부인이 내려오시는 길에 수원서 돈 30만원을 흘리고 왔다 하여 헌병차에 편승하여 수원으로 떠나시었다. 일행을 호송하는 내 책임이 더욱 무거워지게 되었다.

이날 대구서 늦게 떠나서 경주(慶州)까지밖에 더 갈 수 없었다. 어두워서 영천(永川)을 지났다. 찢어지도록 밝은 달밤이었다. 추풍령 이쪽으로는 눈도 덮이지 않았다. 희미한 고향 산천을 달리는 트럭 위에서 돌아다보고 눈물을 머금을 뿐.

일제시대의 어느 기원절(紀元節, 2월 11일)날 역시 오늘처럼 달밝은 새벽에 예비검속을 당하여 트럭을 타고 영천서(永川署)로 들어가면서 역시 이 고개를 지나던 스물 안쪽의 일이 생각난다. 기구하다면 기구한 반(半, '한'이라고 썼던 것을 지우고 고쳤음)평생이었다. 앞으로의 남은 세월도 결코 순탄할 수는 없을 것이다.

1950년 12월 23일

부산에 닿았다. 바다가 바라보이는 조선의 남쪽 끝이다.

손발은 꽁꽁 얼고 얼굴은 때투성이가 되어 피란 보퉁이를 안고 부산바닥에 내렸으나 당장 오늘 하룻밤을 드샐 곳이 없다. 차를 끌고 낯선 거리를 밤늦게까지 헤매었으나 하룻밤 들어가 쉴 여관방 하나를 얻을 수가 없다. 우리의 도착이 이미 늦기 때문에 방이란 방은 모두들 꽉 차 있다고 한다. 그러나 아직도 서울선 이 부산을 향하여 들이미는 사람들이 얼마나 있을지 모르는데.

동행한 신(愼)씨는 당치 않은 불평을 늘어놓더니 저 혼자만 아는 집을 찾아 들어가버렸다. 일행 10여명의 부녀자들만 거느리고 나 혼자 쩔쩔매는 판이다. 그나마도 아이들을 태운 찝차가 오지 않아서 마음은 안절부절이다. 내 가족들과 내가 맡은 이씨의 가족들은 모두 거기 타고 있는 것이다.

하는 수 없어서 밤늦게 통행금지 시간이 가까워서야 일행을 이끌고 당감동 이석태(李錫太) 군의 본댁에 가서 짐을 끌렀다.

1950년 12월 24일

양산(梁山)의 게릴라 출몰지구에서 자동차 고장으로 고생했다는 찝차도 오고 해서 우선 마음을 놓았다. 아이들이 천릿길에 시달려 왔음에도 모두 원기 발랄해서 여간한 다행이 아니다.

그러나 거리에는 이미 서울서 피란 온 사람들이 방을 얻어들지 못하고 이 추위에 남의 집 처마 밑에서 한둔하는 사람들이 보여서 방을 얻지 못하면 어떡하나 하고 가슴을 졸였더니 박영희(朴永熙) 씨가 예런 듯 반가이 맞아주시어 그 앞집 연합회(聯合會) 지부 양곡과장 사택에 방도 한칸 얻어주시고 해서 한시름을 놓게 되었다. 어떠한 세월이 되어도 역시 믿을 수 있는 분은 믿을 수 있어서 사막에서 오아시스를 만난 듯 마음 든든하다.

1950년 12월 25일

아침에 당감동에 짐 놓아둔 것을 찾으러 갔더니 집에서 아버지의 위독하시단 전보가 와 있었다. 허겁지겁 다시 길을 떠났다. 대구까지 간다는 생선 실은 화물자동차를 얻어탔는데 울산(蔚山) 이쪽 고갯길에서 고장이 나서 해를 넘기고 달밤을 달려 영천에 닿은 것은 밤도 이미 깊은 열한시였다. 마음은 사뭇 급하나 통행금지 시간이 이미 지나서 꼼짝달싹할 수 없으므로 영천 경찰서를 찾아가서 낯선 분들의 호의로 그 숙직실에서 불안한 하룻밤을 새웠다.

1950년 12월 26일

여섯시 치는 소리를 기다려서 아직도 어둘녘에 길을 떠나서 30리길을 사뭇 달리었다. 오늘만은 동행한 기돈(起燉, 외조카 정기돈) 군이 나보다도 기운이 부치는 모양이다. 대추밭재에서 어떤 의관(衣冠)한 사람을 만나서 신덕동 산다기에 원촌의 병보(病報)를 듣지 못했느냐고 물으니, 이 수삼일 동안 별다른 소문을 듣지 못했노라 하기에 저으기 마음을 놓을 수 있었다.

집에 들어가니 여덟시 십분 전이었다. 아버지는 해소를 앓으신 끝에 심장이 약해져서 매우 중태에 계시었다. 우리들을 건사하시기에 이미 늙고 지치신 아버지시다. 어떻게 해드릴 도리가 없을까 싶어도 가슴만 졸일 뿐이다. 날마다 주사로 연명해가시는 폭이다.

1950년 12월 27일

의사는 회춘(回春)하실 수 있으리라 말하나 중세가 워낙 중하서서 마음이 놓이지 않는다. 담배를 피우시는 것이 의사도 해롭다 하고 또 피우시기만 하면 곧 심한 해소의 발작이 오므로 굳이 자시지 못하시도록 하나 워낙 오랜 습성이시어서 의식이 몽롱한 중에도 헛소리처럼 담배를 찾으시어 옆에서 뵙기 참으로 딱하다. 담배와 담배 제구를 모두 감춰버렸다. 그토록 찾으시는 담배를 드리지 못하고 나 혼자 밖에 나가 피우기가 죄스러워서 나도 담배를 끊으리라 마음먹었다.

1950년 12월 28일

마을에는 흥남(興南)서 철수해온 미병(美兵)들이 들어서 여러가지 불안한 공기를 자아내고 있다. 부흥동과 치일동에서 부녀를 강간한 사건이 생겼고 아랫마을에는 여자를 내어주지 않는다 해서 무고한 백성을 쏘아 죽인 사건이 생겼다. 젊은 여자들은 모두 산중으로 피란 가고 있다.

낮에 희준의 집에 미군이 왔다는 급보가 있어서 나가보았더니 술취한 병정 둘이 바케츠에 막걸리를 하나 가득 담아가지고 와선 혼자 있는 종수(從嫂) 씨에게 먹으라고 자꾸 권하고, 내가 가니 내 앞으로 술

바케츠를 들이밀고 먹으라기에 좀 먹는 시늉을 해보이고 차워서 많이는 먹지 못하겠다는 거며, 이 집은 여염집이니 나가달라는 말을 했더니 "이놈, 너는 인민군이 아니냐, 이런 놈은 죽여버려야 되겠다" 하고 총을 내 가슴패기에 들이대어서 절그럭거리고 탄환을 잰다. 그의 혀꼬부라진 취한 목소리에 탄환을 재는 소리가 겹쳐져서 가슴이 섬찟하였으나 "나는 그런 사람이 아니다. 국립대학의 교수다" 했더니 다른 한놈이 그 총을 빼앗아 들고 함께 나가버린다.

이런 외군(外軍)이라도 제발 오래오래 계셔주시옵소서 하고 비대발괄해야(억울한 사정을 간절히 하소연하다)만 할 대한민국의 처지다. 그렇게 되지 않을 수 없도록 인민공화국이 만들어버린 것이다. 아아, 어디에 가면 진정한 우리의 조국이 있을 것인가.

1950년 12월 29일

경기, 강원, 충청 3도의 제2국민병 해당자를 깡그리 쓸어서 신병교육대라는 이름으로 남하시키고 있다. 우리 고을을 지나가는 청년만 하여도 날마다 수만명의 다수이다. 이 엄동설한에 걸어서 10여일을 내려오느라고 몹시 지쳤을 것이나, 그러나 그들의 눈동자에 새로운 정기가 돌고 있음을 보면 민족의 앞날에 희망을 붙여도 좋을 성싶다.[26]

집마다 하루 10명 이상의 배당을 받아서 하룻밤의 숙식을 제공하고 있다. 밤늦게 다리를 질질 끌고 들어와서 며칠을 굶은 듯 밥사발을 죽이고 아무데서나 쓰러져서 동여가라는 듯이 곤히 자고 나서는 새벽밥을 끌어넣고는 또 몰려가는 양을 보면, 한편으로 그들의 부모 처자들이 오죽이나 걱정하고 있으랴 싶긴 하지만 한편 이렇게 해서라도 민국(民國)의 장정들을 보전하려는 당국의 시책은 적절한 것이 아닌가 싶다. 이들은 모두 6·25 때 함몰지구(陷沒地區)에서 용하게 의용군을 피해서 살아난 청년들이다. 인민공화국이 좀더 이들을 못살게 굴지 않았던들 이들이 대한민국의 이끄는 대로 이처럼 몰려오지는 않을 것이다. 정치란 돌아선 자국에 앙갚음이 있는가보다.

1950년 12월 30일

민족 공전(空前)의 위기에 직면하여 때로 마음이 암담해지는 일이 없지 않으나 우리 겨레의 생명력은 강인한 것이라고 나는 믿는다.

상대(上代)의 일은 기록이 분명하지 않지만 고구려가 망한 후에도 발해의 헤게모니는 고구려의 유민(流民)들이 잡았었고, 고려 중기 이후로 몽고(蒙古)의 세력에 밀려 우리의 국경이 자비령(慈悲嶺)과 철령(鐵嶺)의 선으로 줄어들었건만 벋어나는 민족의 힘은 심양(瀋陽) 근처가 우리 백성들의 사는 고장이 되었었고, 이조(李朝) 말년에 정계비(定界碑) 문제가 정치적으로 해결짓지 못하고 있는 사이에 어느덧 북간도(北間島)는 사실상 우리 동포의 거류지가 되어 있었다.

일제의 그 혹독하던 착취와 탄압 아래서도 우리 겨레는 동으로 현해탄을 건너서 수십만이 나가 살고, 북으로 만주벌판에 백만으로 헤이는 동포가 벋어났었다. 그것은 물론 일제의 힘에 밀려서 쪽박을 차고 나간 것이지만, 그래도 역내(域內)에서 자멸하지 않고 그 어려운 환경 밑에서 역외(域外)로 벋어나간 그 생명력을 우리는 높이 평가하고 싶다.

우리 겨레의 앞날에 어떠한 고난이라도 오려거든 와보아라. 우리의 그렇듯한 생명력으로 이를 뚫고 나가려니, 뚫고 나가려니.

1950년 12월 31일

밤사이 바람이 드세었으나 그런 폭으론 오늘 날씨가 푹하다. 아버지의 병환을 뫼시어 긴긴 겨울밤을 자듯 말듯 새우고 새벽녘에 혼곤히 잠이 들었다가 서울 꿈을 꾸었다. 이제는 꿈으로밖에 볼 수 없는 서울이 되었다.

남창(南窓) 밑에 묻어둔 달리아 뿌리에서 새 움이 돋아날 것을, 얼른 밭에 내어다 옮겨 심어주지 않으면 자로 묻힌 흙에 짓눌려 그 새 움이 어떻게 피어나랴 하고 마음은 무척 쓰이면서도 얼핏 손이 닿지 않아 안타까워만 하다가 아버지의 헛소리에 놀라 잠이 깨었다.

정녕코 봄이 되면 달리아의 뿌리에서는 새 움이 돋아날 것이다. 이 긴긴 겨울밤을 켜켜이 얼어붙은 땅속에서 숨죽은 듯하면서도 달리아의 뿌리에선 새봄을 마련하는 생명의 힘이 움직이고 있을 것이다. 때가 오면 새 움이 돋아나고 씽씽한 줄기가 자라나서 청초하고도 소담스럽고, 그윽하면서도 향기로운 꽃이 피어나련만, 우리는 언제나 과연 서울에 돌아가게 될 것인가.

1951년 3~4월

1951년 3월 1일 〔좋은 날씨〕

다시 3·1절을 맞이했건만 우리의 주위는 그저 그 모양대로 암담할 뿐. 으레껏 거듭되는 이날의 축사들을 들어도 새로운 아무런 감흥을 느낄 수 없음은 내 감수성이 둔해진 때문일까. 그렇지 않으면 내 마음이 비뚤어진 때문일까. 마침 저번 공일(쏘日)날 면도한 것이 덧나서 얼굴이 지천으로 부어, 병원엘 찾아가노란 것이 충무로 로터리를 지나려니 광장 가득히 늘어선 씩씩한 젊은이들의 모습, 그리고 바람에 펄렁이는 깃발을 앞세우고 북치고 나팔 불며 끊임없이 모여드는 학생들의 행렬, 행렬…… 나는 무엇에 홀린 사람처럼 이윽고 이 사람들의 도가니 속을 들여다보다 병원도 치료도 모든 것을 다 잊어버리고 가슴이 뻐근하게 부풀어오르는 무엇을 안고 집으로 차고삐를 돌려세웠다.

피란생활 두세달에 꺾여버린 이 붓을 다시 잡을 수 있는 힘을 얻게 되었음을 기뻐한다.

1951년 3월 2일 〔개다〕

얼굴이 하도 부어 눈을 바로 뜰 수 없을 지경이라서 박피부과를 찾았더니, 피부염이 한고비에 이른 모양이니 그냥 내버려두어도 앞으로는 차츰 수그러지리라고, 마지못해 하는 양으로 칼슘 주사를 한대 놓아줄 뿐.

카르테(karte, 병원 진료기록부)를 쓴다 해서 이름을 대어주었더니 다시 한번 나를 훑어보고 중학을 묻기에 대구고보(大邱高普)를 좀 다니다 말았노라 하니 그제야 내 손을 덥석 잡고 자기는 박두식(朴斗軾)이라 한다. 듣고 보니 옛모습이 아련하다.

25년. 인류의 유구한 역사에 비기면 눈 깜박할 순간에 지나지 않건만 당시의 나어린 한 소년이 이제 중년의 의젓한 의사가 되어 내 아물아물한 기억의 실마리를 헝클어놓음을 볼 때 비록 진부한 표현일지 모르나 인생의 덧없음을 새삼스레 느끼지 아니할 수 없다.

그렇듯한 덧없는 인생을 앞에 놓고 우리의 시야에 펼쳐지는 이 인류의 참극은 또 무엇으로 설명하여야 좋을 것인가.

1951년 3월 3일 〔개다〕

간밤의 비에 촉촉이 젖어서 뜰앞의 나무들이 포르스름하니 새로운 윤기가 도는 듯하다. 항구의 바람은 때로 거세고 차건만 그래도 계절의 찾아옴은 어김이 없다.

무심한 아이들이 문득 우리 집 복사나무를 들추어서 피란민의 부질없는 향수를 자아내곤 한다.

꿈에 우리 집에 돌아가서 책들이 그대로 남아 있음을 보고 무척 기뻐하였다. 아내는 꿈은 현실과 반대라는데 하고 웃어버리나 꿈을 깨고 난 내 마음속은 이루 형언할 수 없이 안타깝고도 서글프다.

1951년 3월 4일 〔개다〕

오전중에는 툇마루에 나가서 한나절 햇볕을 쬐고 오후엔 아직도 부기가 가시지 않은 얼굴 그대로 법대(法大)의 강의에 나갔다. 남하한 후 처음의 강의이므로 몸이 아프다고 쉬기엔 내 마음이 허락지 않았다. 재판소 앞 변(卞)씨의 법률사무소 방 한간을 빌려서 학생 스무남은 명이 그 툇마루에까지 넘칠 지경이고 그리고 이 우리들의 교실의 한구석엔 네댓살 먹어 보이는 아기가 낮잠을 자고 있었다.

이렇듯 가열(苛烈)한 현실 속에서도 이러한 학문적 분위기를 가질 수 있는 것이 여간 다행한 일이 아니며, 또 제군은 아무리 비통한 현실 속에 처하여서도 그 현실의 힘에 짓눌리기만 하지 말고 이성적인 눈으로 현실을 볼 수 있는 젊은 학도로서의 긍지를 가져야 한다고 이야기한다는 것이 그 가열한 현실, 비통한 사태를 표현함이 좀 지나쳤는지 학생들이 이 구석 저 구석에서 훌쩍거리기 시작하여 나 자신 자꾸만 목이 메었다.

1951년 3월 5일

어제 무리한 탓인지 간밤부터 까닭 모를 열이 올라서 온종일 고열로 신음하였다.

낮에 이병도 선생이 문병 오셔서 책을 버리고 온 일이며 파묻어놓고 온 원고 이야기로 한동안 시간 가는 줄을 몰랐다.

"서울을 비워놓고 내려오긴 하였으되 그처럼 쉽사리 38선의 방어선이 무너지고 서울이 함락될 줄은 몰랐던 까닭이오" 하시기 "서울이 떨어지면 곧 부산까지 밀리어, 원고 나부랭이와 책권을 가져왔댔자 거추장스러울 것만 같이 생각되었던 것입니다" 하여 전해종 씨랑 함께 서글픈 웃음을 지었다.

1951년 3월 6일 〔비오다〕

아침에 늦날 디룻는(빗발이 죽죽 쏟아지는) 비를 맞고 아내는 주인댁 장담기를 도와주었다. 주부로서 제철에 제 장을 담글 생각도 못하고 남의 일을 도와주는 그 심경이 어떠하랴 싶어 그가 오늘은 약간의 신경질을 피워도 눈감아주리라 마음먹었다.

대치(大峙)서 함께 근무하던 이강후(李康侯) 씨가 찾아와서 10여년 만의 해후(邂逅)를 즐기었다. 그가 전재산 백만원을 가져와서 맡기고 가는 믿는 그 마음엔 감격하지 않을 수 없으나 마침 궁하디궁하여 쩔쩔매는 판에 돈보따리를 안고 있게 되어 더욱 마음이 뒤숭숭하여진다.

가주 젖을 뗀 협아가 밥물밖엔 아무것도 먹을 것이 없어 영양이 날로 못해가는 것이 가슴 저리건만 어일 길이 없다.

나 자신 여러날째 앓아누워서 모든 음식이 소태처럼 쓰기만 하다. 김이라도 한장 구할 수 있었으면 하는 아내, 김이 다 무어요, 이 판국에 목구멍에 밥알이 넘어가는 것이 외려 마음에 송구스러울 때가 있소이다 하고 아내에겐 말하나 그렇게 말하는 나 역시 생물(生物)의 하나임에는 틀림없다. 봉아와 목아는 별로 반찬투정을 하는 일은 없으나 밥상을 대하여도 심드렁해하는 그 모양들이 애처롭다.

이씨의 맡기고 간 돈 중에서 한 만원 끄집어내어 병원에도 가보고

아이들 먹일 찬거리도 좀 사고 했다가 그가 찾으러 오기 전에 벌충을
해두면 고만이겠지, 설사 그때까지 벌충이 되지 않는대도 사정 이야
기를 하면 외려 잘했다고 할 터이지 하는 생각이 하루에도 한두번씩
머리를 쳐들어서 이를 눌러버리려 안간힘 쓰는 것이 또 한가지 하나
님이 나에게 보내어주신 시련인가보다 여긴다.

1951년 3월 7일

부산 아이들이 서울 아이들을 보고 "서울내기, 다마내기, 맛좋은
고린애기" 하고 놀리면, 서울 아이들은 이를 되받아서 "꼴띠기, 꼴띠
기, 시골띠기" 한다. 이도 피란 생활의 한 토막이다.

1951년 3월 8일

사과 한개에 7백원!

언젠가 만주서 사과 한개에 15원 한단 말을 듣고 그처럼한 물가고
에 어찌 살아나간담 하고 깜짝 놀라시던 아버지는 이제 고인이 되셨
건만, 그게 불과 오륙년 사이의 일이다. 그보다도 석달 전에는 한개에
백원이던 것을 생각하면 인플레의 템포를 가히 짐작할 수 있으리라.

마침 협아 젖을 떼었는데 먹을 것을 사주지 못하니 놈이 보채기는
하고, 다락같이 올라가는 물가를 바라볼 뿐, 척푼이 없은 지 일주일에
아내의 짜증만 늘어가니 세상이 민망스럽기만 하다.

1951년 3월 9일

봉아가 이즈음 훨씬 착해졌다. 날이날수 착한 것을 헤어서 지금은
마흔두가지다. 놈이 기분이 좋아서 그 고사리 같은 손으로 마흔둘을

표시하느라 쩔쩔맨다. 그러면 목아가 옆에서 입내를 내려고 애쓴다.

⑤ 목아와 쌈하지 않는다 ⑥ 협아를 귀여워한다 ⑫ 동생 과자 바라지 않는다 ㉑ 종이접기 잘한다 ㉕ 시계를 잘 알아본다 ㉚ 음식 먹기 전에 손 씻는다, 같은 것은 그럼직한 일들이지만 ⑳ 우거지 잘 먹는다. 그게나마 남의 집에서 얻어온 거다. ⑱ 식전에 거지처럼 지부장댁에 안 간다는 더욱 절창(絶唱)이다.

1951년 3월 10일

아이들 데리고 괴정리(槐亭里) 박선생 댁에 갔다.

산마루턱 움막 앞에 앉아서 땀을 드리우고 있으려니 지나가던 중국 청년이 신분증명서를 내어 보인다. 나를 검문 검색하는 사람으로 오인한 것 같아서 한바탕 웃었다. 도회지의 길목에만 있는가 했더니 이른바 검문 검색소는 이러한 후미진 산골길에도 있음을 비로소 알았다. 행인을 하나하나씩 따져서 혹시 시민증이나 도민증을 가지지 아니한 오열(五列)이나 없는가, 병역을 기피한 장정이나 없는가를 밝히기 위함이다. 이 또한 오늘날 우리나라의 특수한 풍경의 하나이다. 그러나 무얼 하리, 헌다한 오열이라도 공작하기에 따라선 얼마든지 시민증을 가질 수 있고 자식을 병정에 내어보냄은 그 부형이 돈 없고 못난 탓이라고 생각하는 것이 상식처럼 되어 있는 오늘날에.

오후엔 감천(甘川)과 송도(松島)를 지나 집까지 강행군하였다. 아이들이 모두 다리가 아파서 업으며 안으며 늦게야 집에 돌아왔다.

1951년 3월 11일

지부장(支部長) 댁에 가서 공부하기로 되었다. 그댁 여러 식구들이 한결같이 여러모로 고마운 마음씨를 보여주어서 삭막한 피란생활에 여간 다행한 일이 아니다.

오후엔 법대강의.

우리 민족은 현재 세계에서도 가장 낙후되어 있고 가지가지 부끄러운 열등성을 지니고 있지만 탁월한 잠재역량을 간직하고 있는 것이 또한 사실이다. 체력과 또 지구력에 있어서 뛰어남은 마라톤의 연속적 제패가 무엇보다도 단적으로 이를 증명하여주는 바이고 지력(智力), 특히 그 독창력의 우수함은 한글제작(制作)으로 하여 가장 잘 나타나 있다. 그러므로 우리는 우리의 현실이 아무리 가열하고 절망적인 것이라도 결코 민족적 자신을 잃어서는 아니된다. "우리는 현재가 아무리 괴롭더라도 미래에 무한한 희망을 붙일 수 있다"고 역설.

오는 길에 문리대 임시사무소에 들러서 사학과(史學科) 과목에 관한 상의에 응하였다. 전찻길가, 구멍가게보다도 더 허술한 양철집 바라크의 한귀퉁이를 쓰고 있으나 그나마 쫓기어날 처지여서 대한민국의 최고학부가 보따리를 걸머지고 길거리에 나서야 할 지경이다.

1951년 3월 12일

밀가루 한포대씩 배급을 주되 대금으로 이만 육천원을 마련해내어야 한다 해서 이를 놓치지 않으려고 버둥거리었다. 치사스러운 삶이지만 식욕이 왕성한 아이들을 위하여선 개결(介潔)만을 지킬 수도 없는 노릇이다.

아내가 치마 한감 양복바지 한벌을 들고 시장에 나갔다. 열흘 동안 척푼 없이 가지가지 궁경을 겪은 끝이다. 현금을 몇푼 쥐어야 젖 뗀 아이의 영양도 보급하고, 쌀 배급도 타서 그 쌀을 다시 시장에 내어다 팔아서 다급한 빚을 가릴 플랜이다.

가난이 뼈에 사무치는 작금이다.

1951년 3월 13일

이희승 선생이 진해(鎭海)로 떠나신다고 하직차 들르셨다. 주위의
모든 사람이 군(軍)에 흡수되어간다. 전쟁이란 참으로 헤아릴 수 없이
무서운 힘을 가진 것이다.

선생님과 헤어진 뒤 나는 하염없는 생각으로 무심히 하늘가에 떠도
는 한조각 구름만을 이윽히 바라보았다.

1951년 4월 6일

"새 새 새 / 아침바람 찬바람에 / 울고 가는 저 기러기 / 무얼 하러 가
나 / 새끼 치러 간다 / 몇마리 쳤나 / 세마리 쳤다 / 너 한마리 갖고 / 나
한마리 갖고 / 지져먹고 볶아먹고 / 장 껜 뽀"[27]

아이들이 유희하면서 즐겨 부르는 노래다. 한살짜리 협아란 놈도
이 노래만 들으면 신명이 나서 우쭐거리는 시늉을 한다. 누가 지은 노
랜진 모르거니와 왜 하필 기러기 새끼를 나눠가져서 지져 먹고 볶아
먹을 생각을 한단 말인가. 이것이 우리 민족성과 통하는 무엇이 있어
서 널리 불리어지는 것이라면 자못 슬픈 노릇이다.

1951년 4월 7일

"전우의 시체를 넘고 넘어 / 앞으로 앞으로"[28] 봉아와 목아가 어디
서 주워 들었는지 이러한 군가 나부랭이에 목청을 돋우곤 한다.

"하필 시체란 말을 쓰지 않으면 안되는 것일까. '쓰러진 전우를 넘

어서서'라고 표현해도 될 것을" 하는 아내의 의견에 나도 찬성하였다.

이 노래의 후렴인가 어딘가에 "아아 대한, 대한 / 정의의 대한" 하는 구절이 있다. 이 대목을 들을 때마다 가슴의 한구석이 텅 빈 듯 석연치 못한 점이 있다. 입 가진 사람이면 모두들 대한민국의 부패를 말하고, 그 말하는 사람이 다 대한민국의 백성이고, 그리고 하나도 그에 대한 분명한 대책이 있는 성싶지 아니하니 더욱 딱한 노릇이다.

1951년 4월 8일

삼월 삼짇날.

거센 항구의 바람 속에서 꽃은 피고지고.

피란꾼이 고달픈 살림살이 속에서 봄을 맞이하였다.

아내와 더불어 앞으로 할 일에 대하여 이야기하였다. 힘써 아이들에 관한 책을 읽고 번역하고 그러는 중에 우리도 붓을 들어서 적어도 아미치스의 『사랑의 학교』[29]에 비길 만한 하나는 후세에 남겨두자고.

김성칠을 기억하며

사람답게 사는 길

강신항

성균관대 국어학 명예교수

1. 먼저 가신 선생님

'4284년 10월 9일 새벽 3시반~4시경 피격, 고향 자택에서

김성칠 선생님 영원히 가시다.'

선생님, 아아 선생님!

등불이 꺼졌습니다. 인도자가 없어진 사막이 되었습니다.

선생님, 아아 선생님!

선생님마저 이 최대의 민족적 비극의 희생자가 되고야 마셨습니다.

선생님, 아아 선생님!

이 민족은 어찌하라고 먼저 가셨습니까?

왜 그리도 허무하게 가시고 마셨습니까?

이 민족은 장차 어찌하라는 말씀입니까?

아아 선생님!

이 글은 1951년 10월 11일 밤, 부산시 동광동 2가 12번지에 자리잡고 있던 국방부정훈국 전사편찬위원회의 사무실에서 흐느끼며 적은 글이다. 당시까지만 해도 경북 산악지대는 아직 치안이 완전하게 회복되지 않은 상태였으므로, 부산에는 고향에 가셨던 선생이 불순분자(좌경분자)에 의해 돌아가신 것으로 전해지고 있었다. 그래서 위의 글에서 필자가 '민족적 비극의 희생자'라 표현한 것이다.

1951년 10월 10일 새벽, 국방부정훈국 전사편찬위원회 책임장교 박소령이, 필자에게 급히 연락하였다.

"강조무원, 트럭을 한대 마련했으니 김성칠 선생 부인을 모시고 빨리 대구로 떠나시오."

"무슨 일이 생겼습니까?"

"아직 확실한 것은 모르지만, 고향인 영천(永川)으로 중양절(重陽節) 차례를 지내러 가셨던 선생이, 괴한한테 피습을 당하셨다고 해요."

"돌아가셨습니까?"

"그것도 잘 모르겠어. 대구까지 가보아야 알겠으니 급히 가보오."

선생은 1951년 3월초에 전사편찬위원회 상임위원을 그만두셨으나, 위급한 일을 당하여 국방부에서는 전임예우를 해주는 것 같았다. 그 시절에 필자는 동 위원회의 조무원(助務員)이었다. 신분은 준위(准尉) 대우 문관이었으나 현역군인과 똑같은 복장을 하고, 24시간 사무실을 지켜야만 했다. 외출 때는 꼭 '자료수집' 또는 '업무연락'이라는 증명서를 지참해야 했고, 이것이 없으면 헌병대에 연행되었다.

따라서 이날도 즉시 대구까지의 출장증명서를 만들어가지고, 약속된 장소에서 사모님을 만나뵈었다. 트럭은 금융조합연합회 부산지부의 차인 듯했다. 사모님은 젖먹이 아기(기협)를 안고 운전석 옆에 앉으시고, 필자와 금융조합의 직원 한 사람은 짐칸에 올라앉았다.

1951년 가을의 우리나라 정세는, 51년초에 중공군이 38선 남쪽까지 밀고 내려왔다가 현재의 휴전선까지 다시 밀려가서, 전선이 일단 고착되기는 했으나 극도로 긴장된 전시였으므로, 민간 트럭의 왕래가 자유롭지 못했다. 그래서 새벽에 부산을 떠난 차가 가다가는 군용차 행렬에 막히고, 조금 가다가는 검문에 걸리어서, 설마설마하면서 실낱 같은 희망을 가슴에 안고 대구로 가는 사람들의 마음을 더욱 졸이게 했다. 그래서 저녁 다섯시가 되어서야 겨우 대구에 도착했다.

대구의 어느 한옥에 들어서니, 마당에 자전거 한대가 놓여 있었다. 사모님께서 잠깐 나갔다 오시더니, 자전거 핸들을 붙들고 대성통곡을 시작하셨다.

"아이구 하실 일이 태산 같으신데…… 두툼한 동양사 개설을 쓸 준비를 다 해놓으시고……"

설마설마하고 가슴을 졸이어오던 일이, 기어코 사실이 되고 만 것이다. 필자도 옆에서 울먹이고 서 있는데, 사모님께서 신음하듯이 "강선생, 강선생을 보면 내가 더 괴로우니, 나 혼자 내버려두고 딴 데로 가봐요"라고 말씀하셨다. 이에 필자는 위로의 말씀도 못 드리고, 힘없이 두 어깨를 축 떨어뜨린 채 송죽(松竹)여관으로 향했다. 이 여관은 전사편찬위원회에서 업무연락차 대구에 오면 자주 묵던 곳이었다. 방 하나를 잡은 필자는 벽을 치면서 통곡했고, 베개가 흠뻑 젖도록 울었다.

철부지 스물한살 때부터 철이 아직 덜 든 스물둘까지 이태 동안, 오

로지 선생의 그늘에서 선생의 소맷자락만 붙들고 지내온 필자로서는,
앞으로 이 어지러운 세상을 살아갈 길이 막막했다.

2. 지명연구회(地名硏究會)에서

필자는 방학 때만 되면, 시골 고향에 내려가 일을 했다. 1949년의
겨울방학은, 대학의 첫 방학이었으나, 시골에 내려가 할아버님을 모
시고 돗자리를 치고 돼지죽을 쑤어서 먹이고 있었다. 그러던 어느날,
학년은 2년 위이지만 연세는 18세나 위였던 강한영(姜漢永) 선생으로
부터, 뜻밖의 엽서가 날아왔다. 함께 할일이 있으니 국립중앙도서관
연구실로 오라는 내용이었다.

이리하여 1950년 2월초에, 국립중앙도서관 연구실(당시 남대문로
위치)에서 진행되던 고대지명연구회의 작업에 합류하였다. 연구실에
는 강한영 선생을 비롯하여 같은 국문과 남학생 셋과 여학생이 넷이
며칠 전부터 일을 하고 있었다.

이 작업은 모두 김성칠 선생의 지도와 경비부담 아래에서 진행되고
있었다. 서울대학교 문리과대학 사학과 교수이셨던 선생은, 사학자이
면서도 우리 국어에 남다른 사랑을 가지고 있었다. 특히 훈민정음이
창제되기 이전의 우리말을 알기 위해서는, 우리나라 지명에 남아 있
는 고유어를 찾아내는 길밖에 없다고 생각하고 계셨던 것이다.

그런데 당시의 국립중앙도서관과 법무부법전편찬국에는, 1910년
대의 지명자료가 보존되어 있었다. 이 자료는, 전국의 면(面)을 단위
로 리동(里洞) 이름을 한자로 적고, 그 옆에 우리말로 된 고유이름을

적은 것이다. 또 그 면에 있는 고개와 산, 개천 이름 등도 있었다.

예를 들면 다음과 같다.

〈瓦山里 지새울·피미, 水踰里 무너미, 基谷里 텃골·숯말·아랫말,
熊津 곰나루, 枾田里 감밭, 梧岩里 오리실, 安岩川 암감내〉

이러한 자료를 통해 한자명과 고유어 지명을 대조해보면, 순수한
우리의 옛말을 많이 찾아낼 수 있어, 고대국어에 대한 재구(再構)도 가
능하리라 생각하신 것이다. 그래서 고대지명연구회라는 작은 모임을
만들어 작업을 시작하게 한 것이다. 회원들은 먼저 국립중앙도서관에
보관된 38선 이남의 자료부터 베꼈다. 작업이 끝난 뒤에는 작업장소
를 동숭동 대학연구실로 옮겼다. 여기서는 법무부법전편찬국 도서과
에 보존된 나머지 자료를 베꼈다.

이 작업이 끝난 뒤, 전국 국민학교 교장선생 앞으로 베낀 자료를 부
치고, 여백에다가 1950년 봄 현재의 순수한 우리의 고유지명과 고적
(考績), 비각(碑刻), 정려(旌閭) 등의 이름을 적어주십사 하고 부탁을 드
렸다. 이것이 1950년 5월 15일의 일이었다. 38선 이북의 자료는 차차
베끼기로 하고 회신을 기다리고 있었는데, 6·25전란 직전에 몇통의
자료가 돌아오기 시작하여 선생 이하 연구회회원들이 기뻐했다.

3. 선생님과의 대화

그해는 2월 1일에 제2학기가 시작되고 2월 13일부터 강의가 개시
됐으므로 일이 일단락되자 선생의 연구실에는 1년 위인 김형과 필자
만 남고, 동급생인 정양이 가끔 나왔다. 김형과 필자 둘 가운데서도,

아침부터 저녁까지 연구실을 지키던 것은 필자였으므로, 선생의 가르침을 저절로 많이 받게 된 것은 필자였다.

선생께서는 연구에 몰두하고 계시면서도 글을 많이 쓰셔서, 출판사 직원이 늘 교정쇄를 받으러 왔다. 그래서 인쇄물 교정법도 선생의 지도 아래 익히게 되었다. 당시 대학신문 기자도 겸하고 있던 필자는, 신문 편집법을 상급생 기자들로부터 배우기는 하였으나, 교정기술은 선생의 연구실에서 익힌 솜씨였다.

그런데 선생의 글은 언제나 한글전용이었다. 연구실에서는 주로 한문책만 보셨는데, 글을 쓰실 때에는 쉽고 아름다운 우리말만 골라 한글로 쓰셨다. 문장도 이웃에 앉아 있는 친구와 말을 나누듯이 순하고 부드러웠다. 그리하여 한글전용에 약간 불만을 가지던 필자가, 어느날 한글을 전용하면 독서의 능률이 오르지 않을 것이라고 말씀을 드렸더니 "그것은 강군이 아직 우리말의 아름다움을 몰라서 하는 소리요. 천년 이상이나 우리말이 한자나 한문에 억눌려 지내오지 않았더라면 우리말은 훨씬 더 아름답게 발전하였을 것이오"라고 조용히 타이르셨다.

이러한 정신은, 바로 고대지명연구회를 만든 뜻이기도 하였다. 한글을 전용한다고 한문공부를 소홀히하라는 뜻은 아니었다. 필자에게 김시습(金時習)의 『금오신화(金鰲新話)』를 주시면서 "강군은 이 책을 가지고 한문공부를 시작하오. 학문을 하는 데 있어 한문은 중요한 기초가 되오"라고 말하셨다.

동양사가 전공이었지만 8·15 광복 이후에 우리의 고전인 『용비어천가(龍飛御天歌)』 10권을 완역하여 처음 펴낸 분도 선생이셨다. 1948년 4월 20일에 발간된 이 책을 읽으면서, 광복이 된 지 얼마 안되는데,

어느 사이에 이렇게 큰 책을 번역해내셨을까 하고 그저 놀라울 뿐이었다. 아마도 광복 전에 번역을 완료하셨는지 모른다고 김형과 필자는 추측해보기도 했다. 그렇다면, 태평양전쟁 말기에 해당되는데 학병 대신 징용(徵用)으로 공장에 강제동원되기 전인 20대 후반의 청년 시절이었을 것이다. 그러한 암담한, 이른 시기부터 '우리 것'을 사랑하신 선생께 우리들은 크게 감복했다. 서문에도 1941년 여름에 대구 팔공산(八公山)에서 번역하신 것으로 나와 있었다.

선생께서는 책을 읽으시다가, 연구실에서 마주앉아 있던 필자를 곁으로 부르시며 "강군 이리 좀 오시오. 이것이 『아정유고(雅亭遺稿)』란 것인데, 여기 재미있는 구절이 있어서 내가 읽어볼 터이니 잘 들으시오"라고 말하시기도 했다.

그 무렵에는 대학생도 어른 대접을 해서, 이렇게 공댓말을 쓰신 것이다. 그리고 비길 데 없이 어리석고 재주가 모자라는 필자였는데도 좀 키워보시겠다는 뜻이었는지, 어느날에는 선생께서 쓰신 『조선역사』라는 책을 주시며, "장차 크게 비약하시오"라고 격려해주셨다. 또 『임꺽정』을 자세히 읽도록 권하시며, "우리말의 어휘공부는, 이 책보다 더 좋은 교재가 없소. 열심히 읽어보시오" 하며 가르쳐주셨다.

4. 선생님의 생각

대학 1학년생이던 필자는 8·15광복 이후 교수님들이 모두 그러하셨듯이, 어느 어른이나 너무나도 위대한 석학(碩學)이요 사상가로 보였으므로, 김성칠 선생께서 어떠한 깊은 생각과 고매한 이상을 가지고 계셨는지 확실히 헤아릴 길은 없었다. 그러나 선생께서 철부지인 필자를 대화 상대자로 여기시고, 가끔 말씀하신 것을 통하여 선생의 생각을 짐작해보기도 했다.

1950년 5월 15일에는 점심을 대접해주시더니 약 한시간 반 동안 말씀하셨다.

"우리나라 젊은이들이, 정치학과나 법학과로만 모여드니 너무나도 한심하오. 우리 민족이 다시 외적의 수모(受侮)를 당하지 않고 굳세게 살아가려면 철저한 민족훈련밖에 없다고 보오. 그러기 위해서는 교육의 힘을 빌리는 것이 최상이라고 여기오. 먼저 한글전용운동을 펴서, 우리 겨레 누구나 좋은 글을 쉽게 읽을 수 있도록 힘차게 문화운동을 펴나가야 된다고 보오."

이 세상을 살아가는 방법도 말씀을 하셨다.

"돈암동 전차종점에서 미아리고개까지 뻗은 줄의 끝에 가 서더라도, 기다리고 있으면 언젠가는 전차를 타게 될 것이오. 급하다고 새치기를 하거나 남을 밀치고 먼저 전차를 탈 필요는 없소. 꾸준히 실력을 기르고 있으면 차례가 올 것이오""부귀영달(富貴榮達)을 목표로 하고 사는 것도 좋겠지만, 우리는 좀더 사람답게 살아봅시다. 남들이 다 바보라 하여도, 또 사회적으로 출세는 못하더라도, 이름을 날리지 못하더라도, 우리가 얼마나 정신적으로 고상하게 살았느냐, 양심이라는 것을 가장 소중하게 여기며 인간성을 유지하고 어떻게 바르게 살았느냐 하는 것이 중요한 것이오."

이러한 선생의 뜻은, 1950년 가을, 9·28수복 이후에는 우국지정(憂國之情)으로 나타났었다.

"우리 겨레가 3개월 동안 온갖 고난을 겪고 나서 이제야 모두 다시 태어난 듯이 정신적으로 순화(醇化)가 되었는데, 정치력의 빈곤으로 모든 일이 허사가 되는 일이 안타깝소. 대동단결을 도모하여, 우리 겨레가 한덩어리가 되도록 응집을 시키지는 못하고, 도강파(渡江派)니 잔류파(殘留派)니 해서 동지끼리 의심하게 하고, 서로 무고하게 만들고, 잿더미 속에서도 재화나 모으려고 날뛰는 현실이 분통하고 슬프오."

선생의 우국지정은, 1951년의 부산 피난생활에서도 변함이 없었다. 5월 3일 밤에 30대 후반의 교수와 스물둘의 제자는 선생의 셋방에서 얼굴을 맞대고 앉아, 양주를 물도 안 타고 소주처럼 병을 비우며 두시간 동안이나 어지러운 세태와 한심스러운 정계, 그리고 암담한 민족의 장래와 나라의 운명을 서로 근심하고 걱정하였다. 더욱이나 그러한 시국에 너무나도 힘이 없는 학자의 처지를 개탄했다. 그러나 이럴수록 힘을 모아서 나라를 재건해야 된다고 스승과 제자가 다짐했었다.

5. 사제(師弟)간의 그리움

1950년 6월 25일, 원한의 전란이 발발하였다. 그날 오후, 아우와 함께 정릉의 선생댁에 가서 꽃모종을 많이 얻어다가, 그 무렵에 살고 있던 돈암동의 경동고교 사택의 뜰에 심었다. 대포 소리가 멀리서 은은히 들려오는데 사태의 심각성을 깨닫지 못하고 실로 내일을 알 수 없는 짓이었다.

6월 27일에 허둥대고 고향에 내려가 숨어 살면서도 선생께 대한 그리움은 억누를 길이 없었다. 특히 서울에서 들려오는 흉흉한 소식에 선생의 안위가 제일 걱정이었다. 그래서 9월 13일에 참다못하여 글월을 올리었다.

이 글월이 선생께 우송되지는 못했을 것이다. 1950년 10월 25일은, 9·28수복 후 충남 아산지역에 우편이 처음으로 배달되는 날이었다. 그런데 뜻밖에도 선생께서 보내신 엽서가 왔다. 이것이 꿈인가 하면서 온 식구들이 돌려가며 읽었다. 불과 몇줄이었지만 하고 싶은 말씀은 다 하신 듯하였다.

"난리중에 강군과 군의 아주머님, 군의 아우님 모두 무고하십니까? 불과 몇달 동안이건만 한 세상을 지난 듯 아련하고 몹시 궁겁사오이다. 언제쯤이나 군의 씩씩한 모습을 대할 수 있을는지. 83.10.10. 김성칠""10월 10일이라면 경황중에도 특히 어수선한 때다. 이때에 선생님께서는 이 어리석은 문하생을 사랑하고 생각하시고 헤아려주시는 마음이 간절하셔서 문하생에게 친히 안부를 묻는 글월을 보내시었다. 아아 고맙고도 눈물겨워라."(50.10.25 필자의 일기에서)

선생의 글월을 받고 나니 갑자기 서울에 오고 싶었다. 그래서 11월 4일에 서울에 올라와서 바로 찾아뵈었으나 11월 10일, 성균관대 교정을 빌어서 거행된 개강식날에야 겨우 뵈올 수 있었다. 그날까지 살아 있는 필자를 보신 선생의 기쁨은 대단한 것이었고, 북쪽에서 온 사람들을 피하여 재빨리 정릉에 숨어서 지낸 덕택에 용케도 살아남을 수가 있었다고 하셨다.

6. 전사편찬위원회에서

50년 11월 10일에 개강식을 하고, 방산국민학교에서 여러 대학이 합동으로 강의를 시작했으나, 젊은이의 한 사람으로서 필자도 방황하고 있었다. 그러던 11월 24일에 선생께서 국방부에 들어가 함께 일을 해보자고 말씀하셔서, 1950년 12월초부터 국방부의 문관(군속郡屬) 신분으로 일을 하게 된 곳이 국방부정훈국 전사편찬위원회였다. 구성은 위원장, 부위원장, 위원 다섯분, 조무원 2명이 모두 문관이었고, 현역은 책임장교와 운전병뿐이었다. 선생은 동 위원회의 상임위원으로서 실질적인 업무 책임자였다.

동 위원회는 작전경과나 전투상보를 다루는 것이 아니고, 국내외에서 벌어지는 여러 사항에 관하여 실록(實錄)의 기초사료(史料)를 만들듯이 문헌, 일지, 통계 등을 작성하고 있었다. 애당초 창덕궁 안에서 발족했으나 1·4후퇴 때 부산으로 내려가 실질적으로 업무를 시작한 것은 51년 1월 하순이었다.

그러나 선생께서는 51년 3월에 동 위원회 상임위원을 그만두고 대학강의에만 전념하셨다. 선생께서 동 위원회를 떠나신 이유를 필자는 자세히 알 수 없으나, 동 위원회에 계셨다는 것을 그렇게 영예롭게 여기시지는 않는 것 같았다.

7. 너무나도 아까운 선생님

어릴 때부터 신동으로 평판이 높으셨다는 선생이다. 그런데 바야
흐로 더 많은 일을 시작하려는 참에 이렇게 허무하게 가실 수 있다는
말인가, 하고 생각하면 생각할수록 국가적으로나 민족적으로나 이루
말할 수 없는 손실일 것이라고 여겨졌다. 그리고 무엇보다도 갑자기
노를 잃어버린 일엽편주(一葉片舟)처럼 방향을 못 잡게 된 필자의 신
세가 서러워 몇차례씩 통곡하고 발버둥치며 한없이 울었다.(1993년)

조국 수난의 동반자

이남덕

전 이화여대 교수·국어학

1. 이 일기의 출판을 결심하기까지

이 일기를 세상에 내놓게 된 처음 목적은, 우리 민족사에 있어서 '동족상잔'이라는 끔찍한 전쟁을 경험하게 했던 6·25동란을 당시 치열하게 대립했던 좌·우 어느편에도 서지 않았고, 또 어디로 피란도 못 가고 앉은 자리 서울 근교에서 전쟁을 겪었던 한 '역사가의 눈'을 통하여 그 전쟁의 의미를 살피려는 데 있었다.

나는 이 일기의 출판을 결심하고 40년 만에 다시 이 일기를 읽으면서, 전쟁이라면 치가 떨린다는 말을 몇번이고 마음으로 되뇌었던 것이다. 아무리 늦어도 금세기 안에는 우리의 통일이 가능하리라고 모두들 말하고 있다. 평화적으로 통일이 된다면 그날이 빠르면 빠를수록 좋을 것이다. 그러면 왜 이 시점에서 우리들 모두의 아픈 상처를 다시 건드리려고 하느냐 할지도 모른다. 이 때문에 이 일기의 공표를 놓고 나는 오랫동안 망설였다. 이 기록을 남긴 당사자는 1951년 10월 9일에 이미 타계했고, 유족으로서 이 일기를 보관하고 있는 나의 입장에서는 그 공표 자체가 매우 어려운 결정이 아닐 수 없었다.

내 기억으로는 그가 이 일기를 쓴 동기가 6·25동란이라는 한 역사적 사건을 자기가 놓여진 상황에서 충실히 기록해야겠다는 역사학도로서의 의도가 있었던 것은 사실이다. 즉 사료(史料)로서의 의미를 갖는 기록이 되는 것도 생각했기 때문에 보통의 일기보다는 의식적인 동기가 있기는 했어도 충실하게 사실적으로 묘사한 것으로 본다.

이 일기를 공표하는 데 고인의 뜻인 '사료로서의 기록'이라는 점을 존중하여 무단히 인멸시키지 않으려는 유족으로서의 의무감도 또한 있다. 그러나 한편 동란 당시 함께 그 시대의 아픔을 겪은 분들이 아직도 많이 생존해 있고, 당시 서울대 문리대 사학과 조교수로 재직중에 전쟁을 맞이했기 때문에 지식층에서 이름이 알려져 있는 여러 분의 실명(實名)이 그대로 등장하게 되어 대단히 조심스럽고 혹 누를 끼치는 점이 있지나 않을까 염려도 되었다.

그러나 깊이 생각하면, 이 역사적 기록이라는 것은 개인적 차원을 넘어서는 문제라고 하겠다. 6·25동란이라는 사건은 한낱 개인 체험의 영역을 넘어서는 민족적 차원의 역사적 사실이며, 더 나아가서는 전쟁이라는 인간 행동에 대한 깊은 근원적 성찰이 가해져야만 하는 초개(超個) 차원의 문제라 할 것이다.

우리는 지금 민족의 통일을 앞두고 전날의 상처를 건드리지 않고 덮어두기만 하면 능사인가 반문할 필요가 있다. 민족에 있어서도 개인에 있어서와 마찬가지로 의식의 성숙을 이룩하려면 고통을 철저히 극복해야만 한다고 생각한다. 고통의 철저한 극복은 고통을 은폐하거나 회피해서는 되지 않는다고 본다. 6·25동란을 누가 먼저 저질렀느냐 하는 것이 이즈음 신문보도에서도 발표되었지만, 그것이 밝혀진다고 해서 우리의 고통이 극복되는 것도 아니다. 얼마나 집단 이데올로기의 노예가 되었으면 동족에게 총부리를 겨누었겠는가. 인간이란 왜 전쟁행위를 해야 하는가? 하는 근원적인 물음에서 해답을 얻어야 한다고 생각된다. 이것은 인류에게 주어진 커다란 숙제다. 우리 민족 전체가 피흘리고 질식상태에 있었던 6·25동란의 고통을 무엇으로 보상받겠는가? 그 고통을 극복하고 탈피해서 민족 전체가 정신적 성숙으로 재생 변신하는 길밖에는 보상받을 길이 없을 것이다.

전쟁이란 인간에게 있어서 광기(狂氣)요 병이다. 시간이 경과하면 표면으로는 치유된 것처럼 보이지만 근본적 치유가 안되었으면 또 언제 어디서 터져나올지 모른다. 어느 과학자가 말했듯이 오늘의 과학자가 걸어가야 할 두개의 커다란 다른 길이 있으니…… 그것은 '불타(佛陀)의 길'과 '핵폭탄의 길'이라고 한 말은, 인간은 평화와 전쟁의 갈림길에서 항상 양자택일을 강요당하고 있다는 것을 의미하는 것이리라.

정통적인 고통의 치료방법은 아마도 시간이 경과한 어느 단계에서 다시 한번 그것을 재체험하는 수밖에 없을 것 같다. 그 체험을 통해서 어떤 장해(障害)가 있었던가를 확인하고, 왜 그러한 장해가 일어났는지 그 원인을 이해하고, 그 사실을 받아들여서 장해에 막혀서 흐르지 못하고 있는 물길을 열어주는 것이 우리가 현재에서 재생하는 길을 발견하는 방법이 아닐까 생각된다. 나는 이 수기를 통해서 동란을 겪은 세대나 동란을 겪지 아니한 젊은 세대에게 이 재체험 내지 추체험을 주는 것도 이 시점에서 필요한 일이라고 생각하게 되었다.

2. 동란전 시기

그런데 막상 출판사 쪽으로 원고가 넘어가고 난 후에, 동란의 진상도 물론 독자의 관심이지만 이 일기를 쓴 김성칠(金聖七)이라는 필자에 대한 관심도 적지 않다는 이유에서 그를 기억하고 있는 몇분의 원고가 첨가돼야겠다는 출판사 쪽 요청이 있었다. 동란을 그와 함께 겪은 가족이란 입장에서 나도 붓을 들게 되었고, 또 그가 평소에도 일기를 쓰는 사람이었느냐는 물음 때문에 대부분의 기록이나 원고 등이 그의 장서와 함께 동란 후 1·4후퇴 때에 산실(散失)된 중에서 어떻게 용케도 남은 앞부분에 실린 1950년도의 좀 덜 정리된 일기와 그보다 앞선 1945년 12월부터 다음해 4월경까지의 일기를 찾을 수 있었다. 1945년과 46년은 우리가 해방을 맞이한 후 좌·우 두 진영으로 갈라지면서 사회 혼란상을 보이기 시작했을 때다. 나는 여기서 이 일기를 읽을 독자들의 이해를 돕기 위하여 약간의 설명을 덧붙이기로 한다.

우리는 8·15해방을 충북 봉양(鳳陽)에서 맞이했는데, 그때 필자('그'라고 부르기로 한다)는 봉양금융조합(오늘의 농협)의 이사(理事)로 재임중이었다. 그는 1937년에 경성법학전문학교를 졸업하고 첫번째로 취임한 것이 전남 담양 대치(大峙), 경북 영일 장기(長鬐) 금융조합 이사였는데, 1941년에 다시 학업을 계속하기 위하여 경성제대 사학과에 입학하였다. 내가 그를 처음 만난 것은 그 이듬해인 1942년 4월 동교 조선어문학과에 입학한 맨 처음 한문 강의시간에서 앞자리에 앉은 학우로서였다. 그때 일제 말기의 최후 발악으로 43년 겨울에 소위 학병(學兵) 사태로 전국의 학원이 강타당하게 된다. 한국인 학생들은 학병으로 전쟁터로 나가든가 아니면 출병을 거부하여 조금 후에 수용되어 징용을 나가게 된다. 그는 이 수용소에서 그의 법전 때부터의 친구인 이철(李哲) 씨와 함께(그도 43년 봄에 경성대 법문학부에 입학하자 학병사태를 맞이했었다) 풀려나게 되었는데, 그때의 수용소 소장이 우이따 카나메(海田要)라는, 법전 때의 지난날 훈련교관이어서 이들의 건강을 이유로 내보내게 된다. 그리고는 44년 봄에 다시 금융조합 이사로 부임하게 된 곳이 봉양이었다. 나는 결혼하자 그를 따라 내려와서 45년 4월에 첫아이 기봉이를 낳았다.

해방의 감격을 생생하게 기억하기 때문에 지금도 눈을 감으면 당시의 금융조합과 사택 근처의 풍경마저 함께 떠오른다. 지나가는 기차마다 사람들은 손을 흔들고 환호했다. 중국[北支]이나 만주, 그리고 북쪽에서 고향으로 돌아오는 동포들이 내리밀렸을 때 가을에서 겨울에 이르기까지 조합직원의 부인들은 날마다 점심때만 되면 주먹밥, 찐 감자, 보리차 등을 준비해가지고 봉양역으로 나가서 이 귀환동포들에게 나누어주는 일로 열심히 뛰었다.

우리는 이해 겨울(12월)에 그가 금융조합연합회 지도과장으로 발령이 났기 때문에 서울로 이사 와서 원효로(路)에 있는 연합회 사택에 짐을 풀었다. 일기는 대체로 이 무렵부터의 것인데 당시의 서울시내 혼란 상태를 알 수 있고 또 민족해방이라는 대사건으로 하여 많은 사람들의 왕래를 알 수 있다. 대학 때부터 친했던 사람들이 좌경의 길을 가는 것을 보며, 그래도 이때에는 빈번한 왕래가 있고 교유가 있었던 것인데, 같은 동일인인데도 그뒤 동란 때에는 어떻게 변모했는가를 대조적으로 느낄 수가 있다. 이런 의미에서 동란시기만 뚝 떼어 보는 것보다 전후 관련이 있는 동란 이전의 기록도 첨가함이 무의미한 일은 아닐 것 같다. 사실상 해방 후부터 동란까지는 동란으로 치달아가는 과정을 보여주는 나날이었다.

그는 이 원효로 시기에 초창기 금융조합 터전을 닦는 일도 힘들었겠지만 우리 역사를 도로 찾은 국민들의 갈증을 풀어주기 위해 『조선역사』를 집필하고 출판하였다. 여기서 그는 다시 학원으로 돌아가 연구와 교육으로 전환할 결심을 하게 된다. 또 책 출판으로 생긴 인세로 금융조합을 나온 후에 들어가 살 방 세칸짜리 조그만 한옥을 돈암동에 사게 되었는데 자기 집이 처음 생겼다고 무척이나 기뻐했었다. 기봉이 첫돌을 원효로 집에서 치르고 4월 7일 돈암동으로 이사해 나왔다.

그러나 이 돈암동 집에는 다음해(47년) 봄에 정릉리로 이사가기까지 1년 남짓 살았을 뿐이다. 농촌 출신인 그는 흙을 만질 수 없는 서울 거리의 생활은 견딜 수 없는 모양이었다. 둘째 기목이는 정릉리 아랫마을에서 그해 가을에 출산했다. 그러나 여기서도 또 윗마을로 다음해 이사를 해서 1950년 6·25동란이 일어났던 때는 통칭 손가장(孫哥莊)이란 마을(정릉리 362번지)에 살고 있었다.

3. 손가장 마을의 6·25

손가장이란 마을은 주민 대부분이 손(孫)씨 성을 가진 동족마을이라서 붙여진 이름이라 하는데, 돈암동에서 북쪽 아리랑고개를 넘으면 북한산을 배경으로 남향판으로 앉은 마을이 멀리 보인다. 아리랑고개를 넘자 길가에 정릉 본동네가 나오고 그대로 냇물 따라 올라가면 지금의 북악터널 쪽으로 가는 길은 배밭골이지만 오른편으로 지서(파출소) 앞 냇물〔沙斤川〕 다리를 건너면 소위 청수장(淸水莊, 일제 때 요리집 이름) 계곡으로 가는 길이다. 맨처음 이사 온 집은 지서다리 건너자 몇 가호 사는 중에 한 집이고(우리는 여기를 아랫마을이라 불렀다. 우리가 살던 집에 나의 친정이 이사 왔기 때문에 자주 왕래하게 된다) 여기서 청수장 쪽으로 배밭을 지나 두갈랫길에서 다시 왼편길로 비스듬히 내려서면 사근천 냇물을 건너 손가장 마을로 들어서는 돌다리가 나타난다. 아랫마을에서 손가장 마을로 오려면 양옆으로 배밭들을 지나는데 오른편에 있는 한 과수원을 사고, 거기 방 두개짜리 조그만 농막도 지었는데 일기에 나오는 '밭엣집'이란 이 건물을 말한다. 거기를 우리가 농막으로 지어서 썼지만 홍승기(洪承琪) 씨 댁이 동란 전부터 9·28 수복 전까지 살았던 것은 일기에 나온다. 나는 지금도 홍씨 부인 윤자 어머니의 부드러운 인품을 잊을 수가 없다.

우리 식구가 이사 온 손가장 마을 집은 크게 농사짓던 지주(?)의 집이라 했다. 안채, 사랑채, 문간방, 그리고 광채 이런 건물들이 입 구(口)자로 된 전형적인 한옥이었다. 대문 앞에는 채마밭도 있고 담 안도 넓어서 우물도 있고 닭장도 넓게 자리잡을 수 있었다. 문간방에는 그의 고향에서 올라온 김종옥(金鍾沃)과 그 학교 친구인 박순규(朴淳圭) 두 학생이 머무르고 있었는데, 그는 전쟁이 나자 몰아세우듯이 각각 자기들 고향으로 내려보냈다(일기 1950년 6월 27일).

건물이 컸던 이유로 해서 전쟁중 덕을 본 점도 있었다. 보통때는 항상 대문을 열어놓고 살기에 초인종이 없어도 찾아온 손님이 대문 못 열어 되돌아가는 일은 없었지만 전쟁중 밤시간에는 특히 9·28 수복

직전 인민군이 후퇴하면서 마을 유지들을 개울가에서 총살한다는 소문(소문이 아니라 실지 처형의 경우도 있었다. 일기 9월 24일 참조)이 있을 때는 대문을 열어주지 않았다. 9월 11일 밤에 인민군 장교 반찬을 위해 우리 집 오리 공출(供出)이 있었는데 그때도 대문을 어찌나 요란하게 오래 두드리는지 안 열어줄 수가 없었다. 이렇게 시간을 끄는 동안 그와 경희(璟熙) 씨(6촌 시동생) 두 남자가 마루 밑이나 댑싸리나무 그늘로 숨을 수가 있었던 것이다. 그러나 집이 커서 인민군 소대 16명이 주둔하는 어려움도 겪었고(9월 17일~20일), 수복 후에는 국군이 우리 집에 들어와 머무르기도 했다.

나는 이 넓은 집에서 양계도 한다고 씨름도 하고 염소·토끼·오리 등을 키운다고 눈코 뜰 새 없는 농가생활에 골몰하던 중인데 전쟁을 맞이하여 내 사무는 보통 바쁜 것이 아니었다. 개를 위시한 위에 든 동물가족들을 건사하는 것도 힘들었지만, 직장에서 떨려난 남편과 육촌 시동생의 신변보호에도 내가 방패막이 노릇을 안할 수가 없었다. 그해 2월에 낳은 셋째 기협이를 등에 업고 마치 그 아이가 내 수호신이나 되는 것처럼 마을에서 나오라는 무슨 회의·모임·작업 동원에 이리 뛰고 저리 뛰고 쫓아다녀야 했다. 나는 그때 옛날식 낭자머리 쪽을 찌고 있었기 때문에 동네 사람들은 내가 학교공부를 한 신식여성(?)이라고는 아무도 생각지 않아서 다행이었다. 만일 내가 똑똑한 신여성으로 보였다면 영락없이 여맹(女性同盟)감어리였다.

인간관계가 원만하다는 것은 전쟁중에는 특히 필요한 일이다. 마을에서 인심을 잃는다던가 이웃과 화합하지 못하면 이것은 치명적인 결점이다. 나는 그를 따라 몇군데 이사를 다니면서 이웃과의 화목의 길을 배웠다. 새로 이사를 가면 이웃집을 위시해서 근방 몇집에 약간의 선물(그때는 빨랫비누 같은 것이었다)을 돌리며 새로 이사 들어온 아무개네라고 아이들 이름을 대며 인사를 돌았다. 또 손가장 마을에 들어가서 첫해에 토끼 몇쌍을 키웠는데, 새끼가 나오는 대로 좀 키워서 마을 아이들에게 나누어주어서 키우게 하였다. 마음을 나누고 물건을 나누고 하는 중에 서로 가까워지고 음식도 별식만 있으면 오고 가고 하게 되면 이웃사촌이 되는 것이었다. 앞집 한분네나 그 옆에 사는 광기네 할머니는 무시로 드나드는 사이가 되었다.

그런데 전쟁이 난 지 한달쯤 지난 어느날(그의 일기를 보니 7월 25일), 우리 반 반장이자 일용품이나 찬거리를 사오는 가겟집에 정숙(貞淑)이가 채소 사러 나갔다 오더니 가겟집 부인한테 혼이 나서 들어와 울상으로 보고하는 것이었다. 반장집 가게에 가서 다마네기(양파)를 달랬더니 "그런 말 쓰려거든 이승만이 따라가지 왜 안 갔느냐. 반동분자네 아이라 다르다"고 고함을 치더라는 것이다. 정숙이가 또 똑똑한 아이라 말대꾸를 했는데, 우리집이 왜 반동분자네 집이냐고 대들었다는 것이다. 이 말을 듣고 나는 잠깐 동안 생각을 했다. 그때에는 '이승만'이나 '반동분자'란 단어는 생명에 위험을 느끼는 말이었다. 마침 남편은 외출하고 집에 없고 그 반장네는 지금 이 동네에서 기세가 당당한 '민주가정'이고 앞으로 닥칠 박해를 생각하니 그냥 이대로 있다가는 무슨 일을 당할지 모른다는 생각이 들었다. 그가 집에 있었다면 물론 잠자코 있으라고 했겠지만 나는 생각이 달랐다. 어차피 반동분자로 당할 바에야 가만히 있어서 당하나 나가서 싸워서 당하나 당하는 것은 마찬가지고 차라리 아주 첫밭(맨처음)에 이쪽에서 강하게 반격하면 안 당하는 수도 있다는 생각이 들었다. 반격의 시기는 바로 지금이지 시간이 경과하면 경과한 만큼 김도 샐 것이고 그동안은 '반동분자'인 것을 용인한 것이 되기 때문에 '즉각 반격'으로 나가기로 했다. 내가 일조에 싸움패 철학으로 무장을 한 것이다.

정숙이를 이끌고 밖으로 나가보니 조금 전에 가겟집 소란이 꽤 컸던지 아직도 사람들이 가게 앞에 모여 있다. 거기에 이 반격의 장군이 등장을 한 것이다. 어디서 그런 야무진 소리가 나왔는지 "아이가 모르고 다마네기라고 했기로서니, 반동분자가 무슨 뜻이냐?" 고함을 치고 대들었더니 고만 뒤로 비슬비슬 물러나고 구경꾼들만 모여들었다. 본래 저쪽 말문을 막으려는 것이 목적이었기 때문에 이 정도로 나는 치기만만한 개선장군이 되어 집으로 들어왔다. 그가 돌아오다가 보니 가겟집 앞에 사람들이 모여 있었는데 마을에 무슨 일이 있었느냐고 물었다. 내가 자못 비분강개조로 사건의 자초지종을 얘기했더니, 한창 서슬이 푸른 반장댁 비위를 건드렸으니 큰일이라고 했다.

사람이 전쟁을 치르면 싸움패도 되고 거짓말쟁이도 되나보다. 반장인 이윤기(李允基) 씨는 이제 이 마을 전체의 동장(洞長)으로 승격했고, 위의 반동시비가 있던 다음날은 우리 마을 인민위원회 위원장으로 선출됐다. 동란 전에 지하운동으로 감옥에 들락날락했다는 그의 두 아우와 또 누이동생들의 후광으로 그는 나중에(9월 12일) 고양군 전체에서 한 사람만 뽑는 인민심판관(배석판사)으로 선출되기까지 했다. 사람은 무던한 편이라 하겠지만 이렇게 승승장구 출세를 하게 되니 자연히 목에 힘이 들어가게 되는 것 같았다. 길에서 만나면 그전보다 자세가 뻣뻣해진 듯하고 한마디 "김교수님은 통 못뵙겠어요" 하면 나는 천연스럽게 "요즘 집에 없어요. 평양으로 강습 갔어요" 하는 것이다. 아침저녁 출퇴근 때마다 길에서 만나던 사람이 통 만나지 않게 되니 저쪽에서 이상하게 생각한다는 것은 당연하다. 다락에 숨어 지내는 사람을 평양강습 갔다고 술술 거짓말이 나올 수 있는 나도 너무나 당연하다. 그들이 9·28 수복 전에 도망을 갔기에 망정이지 그 기간이 더 길었더라면 탄로날 것은 자명한 일인데, 우리는 그렇게 아슬아슬하게 살아야 했다.

4. 전쟁의 쓰라림

그의 일기를 읽으면 사료로서의 가치라는 관점에서 사물을 봐서 그런지 정치·경제·사회·교육 등 사회적인 대역(帶域)에 대한 기술이 많은 것을 본다. 그러나 세 아이의 어머니인 나로서 겪은 전쟁경험은 어떻게 하면 이 목숨들 살아남느냐, 살리느냐 하는 생명과 육체보전에 대한 절박한 관점에 섰던 것 같다. 제일 문제는 어린애들의 건강 문제였다.

낮으로 비행기가 날아오면 땅 위에서는 일제히 포화를 뿜는다. 그 때마다 아이들이 비행기 소리, 고사포 소리에 질려 울며 달려든다. 밤에 자다가도 낮엣일이 꿈속에 되살아나는지 목아는 질겁을 하고 울며 아빠엄마를 찾는다. 목아는 그 무렵(7월) 외마마〔水痘〕로 열도 있고 온 전신이 괴롭도록 돋아 있었다. 협아도 열은 없으나 온몸에 마마가 돋았기는 마찬가지였다.

아이 셋이 6월초부터 백일해를 시작하여 마이싱(항생제)도 맞고 약도 먹고 해서 6월 한달 동안 별로 병세가 심해지지는 않았지만 그동안에도 아무 영문없이 목아와 협아가 열을 내어 의사에게 보였더니 백일해로 인해서 기관지염의 염려가 있다는 것이었다. 그러나 두 아이다 복학(腹瘧)이었다. 그 전해 여름에, 생각해도 안타까운 것은 복학 앓는 것을 의사들은 소화불량으로만 몰아서 피골이 상접하게 만들었던 일이다. 아이를 키우다 보면 반의원(半醫員)이 된다더니 아이들의 열형(熱型)이 확실히 말라리아였기 때문에 이번엔 오진이 없었던 것만 다행이었다. 전쟁 나는 해는 아이들 병도 심한가 싶었다. 그해 들어 홍진(紅疹)으로 시작하여 백일해, 외마마, 복학, 그사이에도 감기와 체(滯)를 쉴새없이 앓았었다. 그런 위에 식량난이다. 아이들이 가여웠다. 먹을 것이 딸리니 피눈물이 난다고 어머니들이 말했다. 젖먹이가 더 가엾다. 젖이 안 난다고 젖을 붙안고 우는 아기들. 용산에서 미군 폭격으로 용산 군영(軍營)이 잿더미가 되고 정릉리가 20리도 넘는 거리인데도 폭발하는 순간에 지축을 흔드는 진동이 울리건만 엄마들은 이 아이들을 어떻게 하면 살릴까 그것밖에 생각할 여유가 없었다.

이런 가운데도 아이들은 자란다. 나는 아이들 자라는 모습을 가끔 기록했다. 기협이는 날 때부터 몸이 커서 안고 있으면 그득한 충만감을 주는 아이였다. 형들이 초봄부터 홍진을 앓았는데 면역성 때문에 다행히 협아는 걸리지 않았었다. 백일 지나자 엎치기를 여반장(如反掌)으로 잘하고 '손 다우' 하면 두손을 모아 내준다. '엄, 엄' 하는 것은 '엄마' 소리를 하는 시초였다. 어찌나 근수있게 노는지 모두들 봐주기 힘들다고 안아주다가도 금방 내게 준다. 나도 저녁때가 되면 젖도 안 나오고 정말 파절임이 되는 것이었다.

목아와 봉아는 비행기가 오면 처음에는 질겁을 하여 울고 그러더니 차츰 익숙해져 오히려 법석이다. "비행기가 짜꾸짜꾸 오—면 내가 때려" 하고 공중을 향하여 작은 주먹을 내두르는 목아. 언니가 우니까 불쑥 하는 말이 "언냐 울면 비행기 뽁땅(폭탄) 떨어져" 하고 경고를 발한다. 또 딱한 질문은 "왜 자꾸 비행기 와 웅 엄마?" 하고 매번 묻는데 아무리 꾸며대도 곧이 안듣고 '왜?'를 되풀이한다. 이 '왜' 밖에도 '어떻게'라는 물음씨가 새로 등장해서 꼬치꼬치 캐어묻는데 나는 대답이 궁해서 땀을 뺀다.

봉아는 군대, 비행기, 대포 소리, 이런 것으로 해서 어렴풋이 '전쟁'을 알고 있는 듯했다. 키가 늘씬한 미운 일곱살의 소년이 되어갔다. 8월 막바지에 전국은 날로 가열(加熱)의 도(度)를 더하는 듯 서울시에 대한 폭격은 일층 강화되어서 식전부터 종일 공습경보는 불어둔 채 해제 싸이렌이 날 새가 없었다. 봉아가 이런 노래를 한다. '쨍아' 노래 곡조로 부르며 웃는다.

피란민아 피란민아
싸이렌이 났다야야
비행기가 왔다야야
나무밑에 숨어어라
피란민아 숨어라.

엄마가 밭에서 일을 할 때도 비행기가 머리 위로 지나가면 재빨리 나무그늘로 숨거나 하면서 "엄마 엄마 얼른 얼른" 하고 목아와 함께 엄마도 숨으라는 손짓을 한다. 아마 저는 숨바꼭질이나 하는 심사일지. 그러나 그보다는 더 심각한 것 같은 다급한 몸짓이다. "엄마, 우리나라 비행기는 다 어디 갔어?" 하고 야속한 듯이 하늘을 쳐다보곤 한다.

나는 이런 공습이 계속되는 가운데도 식구들의 먹을거리를 찾아 헤맸다. 우선 농촌에 살고 있다는 게 서울시민에 비해서 얼마나 감사한 일인지. 그해 호박농사를 열심히 했던 덕택으로 시내에 살고 있는 친척이나 친지에게까지 나누어줄 수 있어서 여간 다행이 아니었다. 불문과의 손우성(孫宇聲) 선생님도 그 자제분을 이 호박 메신저로 보내시곤 했던 일이 생각난다. 그 당시 대부분의 사람들이 호박죽으로 연명했는데 말이 호박죽이지 호박잎을 주재료로 한 호박시레깃국에 혹간 쌀이 보이는 그런 멀건 죽이었다. 아이들이 이 호박죽이 상식(常食)이 되자 영 먹지 않고 먹으라고 강권하면 울음을 터뜨리는 데 애를 먹게 된다.

이번 '해방'이 되던 바로 그날(6월 28일) 아침결에 마을 자치대에서 집집마다 뒤져서 한두말의 쌀이라도 "없는 사람과 나눠 먹자. 일주일 안에 상부에서 배급 준다" 하고 가져가버린 것이다. 우리도 소두 한 말쯤 남겨놓고 쌀뒤주를 다 털어 바쳤다. 다행히 우리집 살림살이는 그의 생활방식이 옛날식으로 양식이나 옷감·일용품까지 1년에 한번(겨울 전) 다 준비해놓기 때문에 1년을 지탱할 비축미는 따로 준비해두었던 것이다. 그러나 대부분의 서울시민들, 특히 서민들은 그날그날 양식을 한 됫박씩 사먹는 형편이었으므로 쌀을 걷어가고 나서 며칠 안되어 거리에 일제히 이런 삐라가 붙여졌을 때―식량문제는 자력으로 해결하자!―배급을 기다리던 시민들은 큰 실망을 안고 자, 어떻게 하면 살 수 있을까, 어떻게 자력으로 해결할까 심각한 지경에 빠졌던 것이다.

자전거 가진 사람들은 포탄이 날고 비행기가 뜬 속으로 교외로 나와서 식량 구하는 일에 매달리게 되었고 무능한 사람들은 앉아서 굶는 수밖에 없었다. 쌀시장은 6·28 후로 철시한 채 쌀 한톨 구경할 수 없게 되었으니, 돈 가진 사람들도 살래야 살 수 없는 양식이었다. 7월 11일에 우리는 조반석죽(朝飯夕粥)의 계획을 세우고 땅에 묻어두었던 비축미를 친척과 친지 몇집에 나누어 보내기로 했다. 그때 식량 구하려는 대열과 함께 의용군 지원(강제모집), 전출명령 등으로 거리가 어수선해져서 식량을 남의 눈에 띄게 운반할 수 없게 될 상황을 미리 짐작했던 것이다. 사람들은 처음에는 이 상태가 오래 가지야 않으려니 하는 한가닥 희망이 있었으나 날이 갈수록 모든 것이 허사라는 것을 깨닫게 되자 허탈에 빠지고 아래윗집에서도 굶어 죽는 사태가 일어나게 된 것이다. 가슴 아픈 일이었다. 보통때 병약하던 사람들이 식량난이 되자 제일 먼저 희생자가 되는 것이다.

8월 18일 일기에 나는 고구마가 대용식이 될까 해서 배오개(동대문) 장에 다녀온 것을 기록하고 있다. 장에서 영식 어머니란 아는 사람을 만난 얘기. 남편이 이번 해방 직전에 화물자동차를 갖고 제천 방면으로 떠났는데 거의 두달이 되는데도 안 돌아온다고 네 아이 먹여 살리려고 벌이를 나섰는데 그 벌이라는 것이 돈암동고개에 서서 서울 장으로 들어오는 곡식을 맞받아 사가지고 장에 넘기는 일인데 잘해야 보리쌀 오홉 한되 벌이라 한다. 그거나마 가지고 들어가야 호박국에 한줌씩 넣어서 죽을 쑤어서 다섯 목숨을 이을 수 있다고 한숨짓는 것이었다.

어떤 모르는 여인이 내 행색을 보고 "날 따라오소. 난 하루에 이천 원을 남겨서 다섯식구 먹여 살리오" 하기에 어디로 가느냐 물으니 동대문에서 기동차로 광나루로 나가서 오이도 사오고 열무도 사온다고 한다. 내 주저하는 기색을 보고 가엾은 듯이 "안죽 아주머이는 장에

나 댕겨가소. 그런 옷 입고는 못갑메. 내 옷 좀 보소." 과연 항라 낡은 적삼이 두 소매가 찢어져서 펄럭펄럭한다. 기동차(汽動車)에서 사람에게 밀려서 그렇다는 것이었다. 참고로 당시의 쌀값은(비록 살 수는 없다지만) 백미가 동란 당시 3천원 하던 것이 1만 2천원이고 보리도 덩달아 9천원이고 계란은 한알에 50원이던 것이 160원이라고 기록되어 있는 것으로 미루어 전쟁 때문에 3배 내지 4배가 되었던 것을 알 수 있다.

그해 여름은 가뭄이 계속되었기 때문에 몹시도 길고 짜증스러웠다. 날마다 강습이요, 선거요, 시위요, 노래요 하면서 집회 때문에 안 모이는 날이 없었는데 가장 괴로운 것은 작업에 동원되는 일이었다. 집안식구 먹거리를 찾아서 조반석죽이나마 끼니를 이어가는 일도 힘에 겨운데, 그리고 폭격이 계속되는 속에서 아이들 옷만이라도 보따리에 챙겨놓고 여차하면(어디 정한 데도 없건만) 도망갈 준비에 정신이 없는 판에 작업 동원령이 내리면 가장 괴로운 일이었다. 폭격이 하도 심하니까 능〔貞陵〕 안에서 인민위원선거를 한다는 때도 비행기가 안 뜨는 식전 새벽 시간에, 그리고 해가 뜬 다음에는 잔디밭에 사람 모습이 노출되지 않도록 나무그늘에 숨다시피 해서 선거회의를 가졌는데, 일선 장병들의 옷이나 붕대 작업은 그래도 집안에서 하기 때문에 징발된 '반동인사'(우리 마을에서는 장직상 씨네 별장이 충당되었었다)네 집안에서 할 수 있었지만 의용군 나간 집의 농사는 마을 사람들이 대신 지어주어야 한다고 비행기 안 뜨는 밤중 시간에 동원되는 것이었다. 남자들은 지휘하는 완장 두른 책임자들뿐이고 대부분 부녀자들이 동원되었다.

달이 어슴푸레하고 별들이 총총한 밤에 김장거리를 심는다고 호박 덩굴을 걷는 동원령 작업을 마치고 축 늘어져서 집으로 돌아오면 풀벌레 소리가 유난히 슬프던 생각이 난다. 시도 아니지만 이런 넋두리 소리가 적혀 있다.

언제 벌써 가을이 되었던가요.
고요한 밤에 풀벌레가 웁니다.
사람도 또한 시달린 마음에
실컷 울고나 싶은 어두운 밤입니다.
우리가 어느때 원하였던가요.
이 괴로움을 누가 원하였던가요.
우리가 오로지 바라는 것
우리가 오로지 기다리는 것
언제 우리에게 그날이 오리.
기름진 땅에 씨를 뿌리고
맑은 시냇물에 목을 축이리.
풀벌레 우는 고요한 밤입니다.
죽음과 같이 어두운 밤입니다.
사람도 또한 서러운 마음에
실컷 울고나 싶은 어두운 밤입니다.

위에 쓴 넋두리는 말은 분명히 못했지만 자유와 평화에 대한 희망을 잃어버린 슬픈 마음을 노래 흉내라도 내지 않고는 견딜 수 없었던 심정을 표현한 것이다. 사람이란 참 묘한 존재라고 생각되었다. 가장 비참한 지경에서 감상적이 된다는 것, 그리고 그것이 고통을 씻어주는 위로가 된다는 것. 8월 22일자 그의 일기에 손우성 선생님이 여주·이천 등지로 양식 구하러 가셨던 얘기가 있다. 그중에 비행기 폭격을 피해 광주(廣州) 어느 산골에 몰렸던 피란민들이 누구 입에서 먼저 나왔는지도 모르게 "동해물과 백두산이"를 목청 터지게 부르고는 마지막엔 통곡으로 변했다는 얘기가 있다. 한번은 그 장면을 변복(變服)한 인민군이 목도하고 갑자기 권총을 내어 사람들을 난사해서 사상자를 내었다 하며, 이런 얘기를 식량을 구하려고 헤매 다니는 사람들이 들었어도 산골에 호젓이 모이면 애국가를 부르고 울었다는 얘기다. 나는 그 얘기를 들으며 함께 울었다. 우리 모두 나라 잃은 슬픈 백성이었다.

동란 동안의 굶주림과 관련해서 한가지 잊지 못할 얘기가 있다. 9월 17일 낮때쯤 겨워서 인민군 1소대(통신병) 16명이 우리 집에 들어왔다. 우리는 안방 2칸에 갇힌 셈이 되고 6칸 대청서부터 건넌방·책방·사랑방·문간방까지 다 그들의 차지가 되었다. 오던 날 이들은 어디서 점심을 먹고 우리 집에 배치된 모양인데 무슨 착오로 들통 가득히 된장국과 또 한 들통에는 흰밥이 점심으로 배급되었다. 군인들도 조금은 더 먹었지만 칠팔홉이나 남은 것을 우리에게 먹으라고 돌려주는 것이었다. 이날 하루 전쟁중 단 한끼를 정신없이 포식하고 한분네와 광기 할머니한테도 돌렸던 생긱이 난다. 나는 그때 한국인의 기아감(飢餓感)의 정체를 보았던 것이다. 밥그릇에 수북이 한그릇 담아 먹으면 그 위에 두 숟갈만 더 얹어도 배불러서 먹을 수 없는 것을. 그런데 항상 그릇 밑에 정량을 채우지 못하고 먹으니까 밤낮 굶주림에 시달리는 것이었다. 한 숟가락, 단 한 숟가락의 밥을 채워서 먹여주는 정치가 되면 우리의 껄떡증은 치유되고 양식이 남아 돌아갈 것을 그 때 경험으로 알게 되었다.

5. 전쟁이 끝날 때

인민군 소대가 우리 집에 주둔했던 때(9월 17일)부터 전국은 긴박해진 듯, 유엔군의 인천상륙설도 라디오 단파를 듣는 소문으로 퍼져갔고, 진짜 대포 소리도 가까이 들리게 되었다. 군인들 들어온 지 사흘째 되던 19일부터는 남편은 학교 간다 하고 다락으로 숨었고, 나는 아이들 데리고 부엌과 뒤꼍으로 안절부절못하고 서성대는 판이었다. 그들은 그다음날 삽 한자루씩 둘레메고 출동했다. 마포 강둑에서 김포길로 쳐들어오는 유엔군을 방어하려고 가는 것 같다고 했다. 최신 무기와 대항하는 삽 한자루. 이들은 통신병이지 공병(工兵)도 아니다. 전화선을 깔려고 삽이 필요한가. 나는 쓸데없는 상상으로 마음이 설레었다. 모두가 너무나 앳된 이남(以南) 출신의 의용군들이었다.

이날부터 대문을 굳게 잠그고 안 열어주기로 했다. 신변에 위험을 느꼈기 때문이다. 그러나 북으로 가는 사람들은, 주 도로인 미아리고 갯길은 사람과 화물이 꽉 차 있으므로 정릉리 이 계곡을 빠져나가 우이동·의정부로 해서 북향하려고 그 며칠 동안은 밤에도 쉴새없이 대문 밖을 지나가는 사람들의 인기척이 끊이지 않았다. 광기네 집 마루에서 하룻밤 쉬어간 이들 일행 중에는 의사들도 있는 듯 의학에 관한 외국어 책을 떨어뜨리고 가기도 했다. 기술자·의사·예술가 들은 강제로 납치된 경우도 많았다.

이런 북향하는 사람 중에는 몇해씩 소식이 없던 옛날 친지도 있고 친척도 있어 대문을 두드리고 하룻밤을 유(留)해 가기도 하고 인사만 하고 그길로 쫓기듯 보따리 지고 떠나가기도 했다. 마지막 인사를 나 누러 들른 사람들을 생각하고 그는 몹시 비감했었다. 마치 추풍낙엽 같았다.

마을에선 마을대로 '반동인사'들의 총살설이 떠돌아 민심이 흉흉 하더니 그 첫 희생자로 유치원댁 주인이 개울가에서 학살당했다. 죄 없는 사람들이 당하는 수가 많아서 모두 전전긍긍할 수밖에 없었다. 밤이면 박격포 소리가 밤새 청수장 계곡을 박살을 내듯 터지는 소리 가 계속되고 서울 시가전의 불길은 치솟아오르고, 그런 속에도 우리 마을을 지나서 북한산으로 빠져나가는 북향(北向)하는 사람들이 줄을 이었다.

전쟁은 그 마지막판이 무섭다는 것을 이때 알았다. 서울시가 수복 되었다고 하니 전쟁은 이제 끝났다고 생각해서 오랜 질식상태에서 해 방된 기쁨으로 밖으로 뛰쳐나간 사람들 중에 사상자가 난 경우가 많 았다. 9월 28일 인민군이 마을을 떠난 뒤 마을 사람들은 그것으로 전 쟁이 끝난 것으로 알았었다. 나 역시 며칠 동안 바깥에 안 나갔고 아 랫마을에 있는 친정집에도 오랫동안 통래(通來)를 못했기 때문에 낮 때 지나서 아이들 데리고 잠깐 다녀오려 집 나온 것이 탈이었다. 정릉 리 마을에는 이때에 인민군에 대한 미군의 소탕전이 벌어진 것이다. 우리는 꼼짝없이 길 위에서 변을 만난 셈이다. 나는 길가 밭언덕 밑으 로 아이들을 엎드리게 하고 콩볶듯이 빗발치는 탄환 소리 밑에 몇시 간이나 머리를 땅에 처박고 있었다. 그렇게 해서 네 목숨 살아난 것 이다. 아이들도 끽소리 안하고 참는 것이 신기했다. 집에 오니 그 역시 총알이 사랑방 벽을 뚫고 들어와 문갑 위에 놓았던 잉크병을 깨뜨리고 머리 위를 지나는 바람에 혼은 났겠지만 무사해서 목숨 건진 셈이다.

9·28 수복이 된 후에도 손가장 마을은 바로 북한산 밑이라 미처 북으로 도망가지 못한 인민군 유격대들이 밤이면 내려와서 총격전을 벌이고 미군들의 희생자도 냈었다. 이 가까운 거리에서의 총격전 때문에 항상 이불을 바깥벽 쪽으로 쌓아놓고 식구들은 그 밑에 머리를 두고 지냈다.

6. 피란길

뒷산 게릴라 부대의 출몰은 10월 10일경 우리 국군이 함경도 원산(元山)에 이르렀다는 보도가 있을 때까지도 가끔 있었지만 평화가 찾아오는 것을 모두 기뻐했다. 마을에서 반장네 '민주가족'이 독무대로 너무 맹활약을 했기 때문에 다른 사람들은 피해자의 입장에 서게 되어 9·28 직전에 그들 가족이 도망가고 난 후에는 보복전과 같은 것은 없고 마을은 다시 조용하게 되었다. 의용군으로 나갔던 몇 사람의 희생자만 남기고. 그전대로의 일상적인 생활이 계속되었다. 남편은 학교에 나간 사이 나는 아이들 데리고 밭에 가서 풋콩을 따고 고추를 걷고 하는 동안 아이들은 밭머리에 앉아서 흙장난을 하고. 비 갠 푸른 하늘을 보며, 잔잔한 햇빛이 흠뻑 퍼붓는 그 속에서 우리는 오랜만에 행복이 다시 찾아온 것 같았다.

그러나 그것은 잠시였다. 그로부터 두달 후인 12월 10일 나는 다음과 같은 독백의 글을 쓴 것이 보인다.

따뜻한 별이 함뿍 내리 쏟아지는 마루에서 협아를 놀리고 앉아서 이 글을 씁니다. 나는 지금 누구에게 말하는지 알지 못하고 이 글을 씁니다. 인제 이 따뜻한 아늑한 나의 집을 버리고 우리는 떠나야 합니다. 비감한 마음에 가슴이 메일 듯합니다. 우리 민족이 과거에 어떠한 적악(積惡)을 하였기에 이다지도 가혹한 시련입니까. 다만 약하다는 죄밖에 없지 않습니까. 약소(弱小)민족의 서러움이 뼈저리게 느껴집니다. 외국 사람은 우리를 미개한 민족 또는 올곧지 못한 민족이라 업신여기고 우리 자신들도 우리 겨레를 할 수 없는 민족이라 스스로 모멸하나 지금 협아를 보고 이 생각을 하니 가슴이 터질 것 같습니다. 너무나 당치 않은 말입니다. 억울한 말입니다.

100만의 중공군이 남하한다는 뉴스에 온 장안이 물끓듯했다. 6·25 때에는 비행기 폭격이나 비 오듯 퍼붓는 총알이나 안 맞으면 살아남을 수 있는 전쟁이지만 100만의 사람으로 내리밀리는 이번 전쟁에서는 학살과 능욕과 같은 것에 대한 공포감이 앞섰던 것이다. 우리는 사흘 뒤인 13일에 피란짐을 꾸리고 집을 두고 떠났다. 우선 서울시내에라도 나와서 차편을 기다려보자는 것이었으니 심란하기 이를 데 없었다. 손가장 마을을 떠날 때 겨울 맞은 북한산이 더욱 수려해 보여 몇 번이고 되돌아보았다.

집을 나온 지 며칠 동안 남산 밑에 있는 친지댁에 머무르고 있었다. 그는 날마다 밖으로 나가 밤늦게까지 남행할 차편 주선 때문에 노심초사했으나 말이 없으니 나는 묻지도 못했다.

12월 18일 오후에 서울을 떠나게 되었다. 한강 기차 철교는 동란 나자 대한민국 쪽에서 끊어버려 이북군이 강을 건너는 데 시간을 끌게 할 전략이었겠지만 결과적으로 수도 서울을 적지에 버리고 달아났다는 비난을 면할 수 없게 한 것이다. 흰눈 날리는 마포강(麻浦江)을 배를 이어서 만든 부교(浮橋)로 건넜다.

“가노라 삼각산(三角山)아 다시 보자 한강수(漢江水)야” 하던 옛사람의 노래가 오늘의 우리 형편과 너무나 방불하다. 그때도 병자호란(丙子胡亂)이 북(北)에서 밀려왔을 때다.

눈보라치는 얼음길을 수원까지 와서 길가 주막에서 하룻밤을 드새고 다시 다음날 조치원에서 쉬었다.

12월 20일 아침 일찍 조치원을 떠나서 아침결에 대전에 들어갔으나 대전서 예방주사 때문에 세시간이나 지체하고 본시 그날 안에 추풍령(秋風嶺)을 넘으려던 계획이 어그러져 영동(永同)에서 잠자리를 찾게 되었다. 날마다 낯선 고장에서 눈길 속에 잠자리를 찾는 고생이 말이 아니었다. 더구나 영동 산중에 들어가니 거의 마을이 전소(全燒)하여 불탄 자리에 가슴이 멍먹했다.

불타다 남은 자리 굽어보면 무엇하리
여기가 구둘인가 장독대는 저기런가
차라리 흰눈에 묻혀 예도제도 몰라라.

추풍령을 넘어서니 딴 세상처럼 기후가 온화했다. 눈온 흔적도 없이 길엔 먼지가 일어서 차 앞이 안보였다. 길 양쪽에 보리가 파랗게 자라난 것이 봄인가 착각할 지경이다. 두고 온 산하 눈보라치던 추풍령 북쪽 풍경은 지금 생각해도 가슴이 얼어붙는 것 같다.

서울을 떠난 지 꼭 이레 만에 부산에 도착했는데 중간에 차가 여러 번 고장이 나서 예정보다 늦어진 것이다. 경주까지는 예정대로 왔다. 경주에서 하룻밤 묵고 울산 근처에서 차 고장으로 네시간을 허비한 끝에 어둠사리 길을 달리다가 부산을 80리 앞둔 양산군(梁山郡) 지경에서 미군 트럭과 충돌하는 사고가 일어났다. 만일에 저쪽 차가 비탈길을 내리 달리는 속력으로 그대로 맞부딪쳤더라면 차는 물론이고 인명 피해를 면치 못했을 것이나 다행히 마침 우리 차 바로 앞에 정거중인 트럭이 한대 있어서 저쪽 차도 블레이크를 밟고 속력을 낮춘 상태에서, 앞엣 트럭 때문에 안 보이던 우리 차가 갑자기 뛰쳐나와 충돌한 것이다. 우리가 탄 찝차에는 앞좌석에 우리를 인솔(?)하는 박대위가 탔고 ㄷ자로 된 뒷좌석에는 이용희(李用熙) 씨 부인과 아들 재명이, 그리고 박대위 부인과 아이들 둘, 그리고 우리 네 모자(母子), 운전수까지 모두 11명이 소복하게 탔으니 차가 고장이 나는 것도 당연한 얘기이고, 충돌사고로 앞자리에 앉았던 박대위가 팔목에 약간의 타박상을 입었을 뿐 전원 무사했던 것만은 천행이었다.

그날 밤 동래군 북면 어느 마을 민가에 들어가 하룻밤을 드새었는데 나무를 지폈어도 방은 사뭇 얼음장이고 열한 사람이 웅크리고 날 새기만 기다렸다. 날이 새자 길을 떠나 오전 열한시 전에 부산에 도착 아침 요기 끝에 사방으로 어제 도착했을 우리 트럭차를 찾아다니다가 오후 한시경에 영도섬에서 선착(先着)한 일행을 만났다. 그는 그 트럭을 인솔(?)할 책임을 맡았기에 우리와는 며칠 만에 처음 만나는 셈이다. 서로 무사한 모습을 보고, 지난밤 고생이 사무쳐 눈물이 났다고 기록하고 있다.

7. 그는 어떤 사람인가

주마등(走馬燈) 스치듯이 동란에서 피란까지 회상하니 한 가족이 겪은 신산함도 이럴진대 우리 겨레 한 사람 빠짐없이 겪은 고통의 크기는 말로는 헤아릴 수 없는 것이다. 그는 부산에 도착하자 숨도 돌이킬 사이 없이 아버님 위독의 전보를 받고 12월 25일 출발하여 울산고개에서 트럭 고장으로 달밤에 영천까지 달리다시피 해서 밤 1시에 도착했다고 한다. 심장이 약해지셔서 주사로 연명하시는 아버지 시병(侍病)도 우선 급한 불은 꺼놓고 그만하신 것을 보고는 1월 3일날 부산으로 그는 되돌아왔다. 서울이 함락되었다는 소식이 다음날 보도되었다. 이 뉴스에 사람들 마음이 많이 동요되는 듯. 인제 여기서 가면 어디로 가나. 그에게 하소하니 그는 묵묵부답이었다. 그는 아버지 병환 때문에 8일날 다시 고향으로 떠났다. 그러나 그가 도착하기 직전에 운명하셨으니 임종에 대지 못한 그의 애통이 얼마나 컸을까. 그의 심중도 살피지 않고 난리 걱정만 태산 같았던 나의 철없음을 생각하고 나는 몹시 부끄러움을 느꼈었다. 부자유친(父子有親)이라고 해도 그 두 부자분 사이처럼 유친(有親)한 경지는 세상에서 일찍 보지 못하였다.

그는 천성이 어버이에게나 처자에게나 지성(至誠)스런 사람이었다. 내가 늘 '안달'이란 말로 그를 놀렸지만 어려서부터도 어버이에 대한 효심이 지극했던 모양이다. 아버님이 면장으로 계실 때 저녁때만 되면 그는 어떻게나 아버지가 기다려지는지, 그건 또 오히려 누구나 어린아이들이 어버이 기다리는 마음이라 하겠지만, 돌아오실 시간이 조금만 늦으면 어린 생각에 어디 도랑에라도 넘어지시지나 않으셨나 돌부리에 채여서 다치시지나 아니했나 안절부절 잠자코 배길 수가 없었다고 언젠가 그가 아이들이 자기를 따르는 양을 보고 자신의 어렸을 때 마음에 비기어 말한 적이 생각난다. 봉아 형제도 또한 어머니인 나보다 아빠를 더 따랐다. 이래도 그는 말하기를 내 자정(慈情)은 아버님에게 대면 아무것도 아니라고 했다.

나는 그에게서 참으로 많은 것을 보고 배웠지만 소위 정(情)이 많다는 정도가 아니라 무슨 일이거나, 누구에게나 지극한 정성을 가지고 사는 생활태도에 내심 늘 감탄해 마지않았다. 시어머님은 내가 결혼하기 전에 돌아가셔서 나는 생전에 뵙지 못했으나 그의 어머니 향한 효심은 남달랐다. 그가 위로 네분 누님 뒤에 태어난 막내이자 2대독자 외아들이었기 때문에 가족들의 사랑을 많이 받았을 것은 짐작이 가나 그보다도 그가 대구고보 재학중(1928년)에 독서회사건으로 검거되어 열다섯 어린 나이에 1년간 미결수로 구금되었던 사건은 부모님의 애간장을 태웠을 것이 분명하고 가족·친척·친지 들의 관심과 동정을 불러일으키는 데 큰 몫을 차지했을 것 같다. 어머님은 아들 걱정 때문에 등창이 나셨을 정도였고 아들도 주야로 그런 어머니 걱정을 했다고 한다. 그때 이 사건을 맡았던 일본인 검사가 미결로 처리하여 기소하지 않은 이유는 그의 나이 만 15세가 미만이었기 때문에 "만 15세 미만의 사상범을 만들어내는 것이 대일본제국의 명예에 하나도 보탬이 안된다"는 술회를 했다는 일화를 남겼다. 그는 석방이 되었어도 무슨 일본 국경절(國慶節)이나 기념일 때는 밤중에 예비검속이라는 것을 당하게 되어(일기 12월 22일 참조) 잠속에 가위눌리는 일이 가끔 있었다고 한다. 그 버릇이 완전히 없어진 것은 8·15 해방으로 일제가 물러나고 난 후의 일이다.

이 소년시절의 투옥사건은 그의 인격 형성에 상당히 큰 영향을 주었으리라 생각된다. 일제시에는 한국인들 대부분이 강한 민족감정을 가지고 있었던 것이 자연스러운 일이라고 하겠으나 그에게 있어서처럼 민족을 사랑하는 마음이 유달리 강했던 것은 그의 나이 일곱살 때 3·1 운동이 일어나 그는 사랑방 벽에 태극기를 그려 붙여놓고 가슴을 파닥였다고 한다. 그 태극기를 조용히 뜯어서 불사르시면서 어머님 뺨엔 눈물이 흘러내리셨다는 그의 말(7월 3일)이 기억난다. 이것이 결국 독서회사건—소년수(少年囚)의 얘기로 이어지는 것이나 그는 일상 때 이런 얘기를 화제삼아 누구에게도 얘기한 일이 없었다. 그때 독서회사건의 '독서' 내용이 당시의 일본 지성계를 풍미했던 좌익사상을 담은 서적을 읽은 것이니, 이것이 씨앗이 되어 8·15 해방 후에는 좌익운동으로 선이 이어질 가능성을 사람들(특히 그를 기억하는 대구인들)은 기대할 수도 있었을 것이다. 그러나 그는 그 길을 택하지 아니했다. 그 이유는 무엇이었을까. 순전히 나의 추측이지만, 일제시대의 좌익사상은 순전한 공산주의라기보다는 한국인들에게는 그것도 역시 민족사랑에 뿌리가 있다는 터전 위에서, 그는 성장함에 따라 유물사상이나 공산주의이론에 연연할 필요가 없게 된 것으로 이해된다. 1년 동안의 소년수의 쓰라린 경험은 조직(組織)이라든가 '이데올로기'의 허상(虛像)이 어떤 것인지를 깨닫게 했을 것이다. 그가 늘 학생들에게 정치구호나 외치고 시위운동에 따라다니는 우(愚)를 다른 어떤 교수보다 설득력있게 나무랄 수 있었던 것도 그의 체험에서 오는 것이었다고 생각된다. 물론 그는 우익도 아니었다. 리버럴리스트로 자처했지만 이른바 우익이란 뜻은 아니다.

그는 좌익편에 서지는 않았으나 시대적 경향이 경향인지라 좌익편에 많은 친구들을 가지고 있었다. 동란 때문에 좌·우는 불구대천(不俱戴天)의 원수가 되어 중도 입장에 서 있는 그로서는 친구들 모두를 잃게 된 것이다.

그의 중도주의는 서양의 자유민주주의사상이 가장 가깝다는 뜻에서 리버럴리스트로 자칭한 것이며, 나의 이해로는 동양의 성현—공자(孔子)의 중용(中庸)의 도나 불타(佛陀)의 중도실상(中道實相)의 사상에 근원을 둔 것이 아닐까 한다. 아니 그보다도 먼저 그의 사람됨이 지성(至誠) 두 글자로 그치기 때문에 그의 천성(天性)에서 오는 것이라고 본다.

그의 거레사랑은 관념적인 것이 아니었다. 그가 법학전문학교에 입학하기 전에 동아일보의 「농촌구제책(農村救濟策)」 논문 현상공모에 1등으로 당선되었는데 농촌문제에 대해서는 남다른 열정을 가지고 있었다. 법전을 졸업한 후에는 농촌지역의 금융조합 이사로 있으면서 조합인들의 사명이 농민들에 대한 헌신적 지도계몽 그 하나뿐이라는 것을 강조하고 스스로 솔선수범했다. 금융조합이란 기관이 전국 방방곡곡에 자리잡고 조석(朝夕)으로 농촌 사람들과 손을 잡고 일을 같이하는 밀접한 기관인만큼 항상 그네들의 자각을 촉진하고자 노력하고 그네들의 생활수준이 상당한 수준에 이르도록 도와야 한다는 그의 정신에 조합원들이 호응하여 전보다 더욱 신애(信愛)와 친화(親和)를 갖고 조합에 대하게 되었다고 당시의 봉양조합원의 한 사람이었던 이성순(李性舜) 씨는 그의 수기에서 쓰고 있다.

선생님은 의(義)의 사람이요 이(理)의 사람이었다. 또한 철저의 사람이었다. 서재로 선생님을 찾을 때의 반가워하시는 그 자애스러운 얼굴과 사무실에서 결재를 하실 때의 추상(秋霜)같이 엄하신 그 얼굴과는 전혀 별인(別人)의 감을 주었다. 선생님은 초지일관(初志一貫) — 처음에 이룬 뜻은 반드시 그 끝을 보고야 말았다. 이러한 선생님의 중인(衆人)을 탁월(卓越)한 성격이 우리들로 하여금 선생님을 우러러 흠모(欽慕)케 하는 것이고 조합의 금일을 찬란케 한 것이 아닌가 한다……

그가 일찍이(1940년대) 펄 벅의 『대지(大地)』를 번역했던 것도 비록 그것이 중국을 무대로 한 소설이지만 동양의 전통사회, 즉 흙과 더불어 사는 농민에 대한 열정이 있었기 때문인 것으로 생각된다. 해방 직후에는 강용흘(姜鏞訖)의 『초당(草堂)』을 고옥남(高玉南) 선생도 돕고 해서 번역 출간했다. 강씨는 해방 직후 잠깐 귀국하여 군정(軍政)을 도운 일이 있었으나 일제 때 줄곧 미국시민으로 귀화하여 살면서 항상 두고 온 조선의 고향산천을 못잊어 향기로운 한국의 전통문화의 멋을 살린 농촌무대의 소설을 쓴 것이다.

특히 그가 46년에 금융조합을 그만두고 대학에 왔을 때 제일 먼저 한 일이 우리나라 고유지명을 조사하려고 문리대에 지명조사연구회(地名調査硏究會)를 조직했던 일이다. 설문지에 농촌지명조사표(農村地名調査票)라는 것을 만들어 조사지명(調査地名), 옛날 이름, 비고(備考)란을 만들어 지명의 유래 같은 것을 적도록 하였다. 동란 전에 몇 군데서 회답이 오기 시작했는데 지금 그중의 한통(通)이 남아 있어 살펴보면 "檀紀四二八三年 六月八日. 發信者(抱川) 一東公立國民學校長 鄭道植"이고 수신자는 "國立서울大學校文理科大學 地名硏究會長. 大韓金融組合聯合會 敎育部調査課長" 연명(連名)으로 되어 있으니 각 면단위로 면사무소나 국민학교, 금융조합에 조사를 의뢰했던 것을 알 수 있다. 만일 동란이 아니었더라면 이 일은 큰 성과를 거두어 저 『삼국사기(三國史記)』 지리지(地理志)를 훨씬 넘는 큰 역사자료, 어학 연구자료가 되었을 것을 동란으로 중단된 것은 참으로 애석한 일이며, 당시 이 일에 종사하여 젊은 열정을 쏟았던 문리대 문과학생들과 조사에 응하여주셨던 분들에게 고마움을 느낀다.

이와같은 그의 전통사회, 즉 농촌·농민에 대한 애정은 그의 학문연구에서도 나타난다. 조선조 후기에 일어난 실학(實學)에 대해서, 특히 그중에서도 '이용후생(利用厚生)'에 주력한 박제가(朴齊家), 박지원(朴趾源), 홍대용(洪大容) 등에 대한 연구에 주력하였으며 연암(燕巖) 박지원에게는 대단히 경도해 있었다. 그의 『열하일기(熱河日記)』의 번역은 동란 전에 정음사(正音社)에서 문고본(文庫本)으로 5권까지 나왔는데 동란으로 중단되었고 나머지 원고는 1·4후퇴 때 서울집에 갈무려두었으나 전쟁통에 잃어버리고 말았다. 이 원고작성에는 나의 추억이 깃들어 있다.

그는 나에게 있어서는 남편일 뿐 아니라 모든 면에서 스승이기도 했는데, 특히 한문을 가르쳐준 은공은 잊을 수 없는 일이었다. 내가 봉양 내려가서 첫아이 출산할 때까지 거의 1년 동안 씨름한 텍스트가 『열하일기』였다. 그냥 읽어내려가는 것은 그가 출근하기 전에 강(講)을 바치고, 그것을 원고지로 옮기는 작업이 낮 동안의 할일이었다. 『열하일기』를 다 끝내던 날의 나의 일기는 1945년 3월 26일. 그 감격을 이렇게 적고 있다.

"이제 자정이 넘었으니 27일. 오늘이 바로 음 2월 열나흘. 아아 바로 1년이 지났다. 밖에는 열나흘 달빛이 환히 비친다. 『열하일기』를 기어이 오늘 안에 다하고야 말았다. 기쁘다."

　돌이켜 세어보니, 그를 처음 만나서 1951년 10월에 그를 잃을 때까지 9년 반, 결혼한 후로는 7년 반 동안의 짧은 동안이었으나, 그는 52년 봄에 유복(遺腹)으로 낳은 딸 하나까지 네 아이의 아버지였고, 이 7년 반 동안에 서울 시골로 이사를 일곱번이나 시킨 가장(家長)이었다. 우리가 동란을 치르었던 손가장이 마을에서의 2년 남짓한 동안이 우리에게는 가장 길고 안정되고 활기찬 시기였으나 또한 전쟁의 쓰라림을 경험한 내 생애 최악의 기간이기도 하다. 전쟁으로 말하면, 우리는 일제 말기의 최후 발악기를 넘어선 경험도 함께하였다. 그리고 그는 서른아홉살 젊은 나이에 세상을 떠났다. 아버지 돌아가신 후 1주기 전에 중구절(重九節, 9월 9일) 제사를 모시려고 고향에 내려갔다가 괴한의 총에 맞은 것이다.

　그로부터 40년도 더 넘는 세월이 흘렀다. 내 나이 73세다. 이 세상에 태어나서 그와같은 사람을 만났다는 것을 영원히 감사한다. 사람 같은 사람을 만났고, 한국인의 대표와 같은 남자를 만나 그의 아내가 되어 조국이 겪는 수난의 시대를 함께 살았다는 사실에 감사한다. 그는 종교에 귀의하여 신도로서의 생활을 하지는 못했으나 그 어머니의 경건한 부처님 신앙을 사모해서 절에 가면 불전에 공손히 예경드리곤 했다. 민족을 사랑하고 농민을 사랑했던 그는 중생(衆生) 구제에 서원(誓願)을 세워 이 나라에 태어났던 보살(菩薩)이었다고 믿어진다. (1993년)

군계일학의 외삼촌

정기돈

전 충남대 교수·동양사

1

정년에 임하여 지금까지 살아온 길을 생각할 때, 벌써 40년 전에 돌아가신 외삼촌 김성칠(金聖七) 교수의 모습이 새삼스레 떠오른다. 어머님과 아버님 다음으로 내 인생에 큰 영향을 끼친 분이었다. 그런데 막상 생각해보면 그분을 가까이 모신 기간은 그리 긴 것도 아니었다.

그분을 처음 뵌 것은 좀 가물가물하지만, 내가 아직 코흘리개일 때 사각모를 쓴 전문학교 학생으로 고향에 다니러 오셨을 때였던 것 같다. 그러고는 아마 금융조합 일을 하실 때였을 텐데, 1년에 한두번 정도씩은 뵙곤 했다. 나중에 알고 보니 어머님께선 손아래 이모님 세분 밑에 외아들이시던 외삼촌을 몹시도 귀하고 자랑스럽게 생각하셔서, 외삼촌이 귀성할 무렵이면 꽤 떨어져 있던 친정에 자식들을 일부러 심부름을 보내서서라도 보고 배우는 바가 있기를 바라셨던 모양이다.

어머님께서는 열살 넘는 손아래의 외삼촌을 정말 끔찍하게 여기셨다. 우리집이 워낙 빈한해서 기댈 만한 데가 달리 없었던 이유도 있었겠지만, 우리 형제들로 하여금 하나같이 외삼촌의 그늘에 들도록 닦달을 하셨던 이유는 무엇보다 외삼촌에 대한 절대적인 신뢰와 존경의 마음이 있어서였던 것 같다. 몇년 전 천수(天壽)를 다하고 돌아가실 때까지도 "너희 외아재가 살아 있었더라면……" 하고 실현되지 않은 이상향을 그리는 일에 지쳐하지 않으셨다.

외삼촌을 중심으로 어머님께서 그리시던 이상향의 모습은 외삼촌이 돌아가시고 상당한 세월을 거치면서도 내 마음속에 떠올라왔다. 그 이상향은 효성(孝誠)으로 대표되는 인덕(人德), 그 위에 군계일학(群鷄一鶴)의 재능을 겸비했던 외삼촌 같은 분이 아니면 만들 수 없는 하나의 소우주(小宇宙)였다. 그런데 외삼촌에 이끌려 역사학을 공부하고 학문과 교육의 길을 걸어온 나는 소박한 촌부이신 어머님의 눈이 미치지 못했던 다른 면들, 학자로서, 교육자로서 그리고 사상가로서의 외삼촌을 살펴볼 수 있었다. 그러나 긴 세월을 지낸 오늘까지 내 마음속에 가장 뚜렷이 남아 있는 외삼촌의 모습은 역시 어머님의 그 오랜 꿈을 배경으로 한 것이다.

2

1947년초 외삼촌의 주선으로 동성중학에 입학하면서부터 서울에 와 살며 외삼촌을 가까이 모시기 시작했다. 나의 큰형님은 외삼촌께서 금융조합에 계실 때 그리로 끌어넣어주셨고, 둘째형님은 징용에서 돌아온 후 외삼촌의 신변에서 진일 마른일을 가리지 않고 수족(手足)의 역할을 자청해서 맡고 있었으니(일기에 '정용'이라는 이름으로 여러번 나온다) 셋째인 나까지 삼형제가 외삼촌의 그늘에 들어온 셈이었다.

외삼촌 곁에 오기 전, 고향에 있을 때, 내 인식 속의 외삼촌은 영웅을 넘어서서 하나의 신화적인 존재였다. 대구고보에 입학한 것만으로도 당시의 시골에서는 큰 자랑거리였는데, 외삼촌은 일찌감치 2학년 때 이 범상한 자랑거리의 울타리를 뛰어넘어버렸다. 열다섯살에 독서회사건으로 검거되었으니 이 방면의 최연소 기록이 아니었는지 모르겠다. 당시의 담당검사가 기소유예 처분을 내리면서 "15세짜리 사상범을 만들어낸다는 것이 대일본제국의 명예에 보탬이 되지 않을 것이라" 하였다는 일화가 전해진다.

대구고보에서 쫓겨나 집에서 독학을 하고 계시던 중 동아일보의 농촌구제책 논문 현상모집에 응해서 1등으로 당선된 것이 외삼촌의 두번째 신화였다. 동아일보 측에서는 막상 시상식에 나타난 19세 홍안(紅顔) 소년을 보고 아연실색했다고 한다. 이때의 수상논문에 대해 최근 김용섭(金容燮) 교수가 『한국 근현대농업사 연구』에서 언급한 것을 보았다. 아무튼 당시로서는 거금인 100원을 상금으로 받아 이것을 학자금으로 큐우슈우(九州)의 토요꾸니(豊國)중학에 편입, 1년 만에 중학과정을 마치셨다. 독서회 경력 때문에 국내의 중학에는 편입을 할 수 없었던 까닭이라고 한다.

세번째 신화는 『조선역사』의 출간이었다. 해방 후 몇달 되지 않아 출간된 이 책은 민족주의의 관점을 당당히 서술한데다가 유려한 한글 문장이 뛰어나서 나오자마자 전국 학도들의 필독도서가 되었다. 이 책은 부수도 많이 나가서 그분의 명성을 높였을 뿐 아니라 경제적 기반도 만들어드린 것으로 들었다.

내가 서울에 올 때는 외삼촌이 『조선역사』의 인세로 돈암동에 처음 '내 집'을 마련해 계시면서 서울대 사학과에 조수(지금의 조교)로 나가고 계실 때였다. 세상이 다 부러워하는 금융조합의 간부직(연합회 교무과장)을 그만두고 보수도 거의 없는 초라한 자리를 굳이 잡으신 것이 이해하기 어려운 일이었지만 어린 마음에도 역시 범상한 분이 아니라는 생각에 몹시 자랑스러웠다.

3

그분이 불의의 사고로 돌아가실 때까지 5년간 가까이 모시고 있으면서 늘 깊은 외경의 마음으로 그분을 뵙고, 그분의 말씀을 듣고 했지만, 그분이 베푸신 가르침을 새기는 데는 긴 시간이 걸렸다. 돌아가신 뒤에 깨우친 바가 그전에 얻었던 것보다 더 많았다고 해야겠다. 중요한 일을 겪고 고비를 넘길 때마다, 그분 같으면 이런 경우에 어떤 태도를 취하실까, 또는 나의 이런 모습을 보시면 어떤 말씀을 해주실까 하는 생각을 조건반사처럼 떠올리곤 해왔다.

제일 여러번 되씹어본 일은 역시 내 진로를 정해주신 일이다. 가정 사정으로 취학이 늦었던 나는 굵은 머리로 중학을 다니며 잡념도 많아서 학문의 길보다는 실제적인 분야로 나가고 싶어했다. 그러나 그분께서는 어지러운 세상에 바로 뛰어들기보다 공부할 수 있는 나이에 공부를 해두어야 한다고 권유해주셔서 그분의 분야를 따라 역사공부를 시작한 것이 오늘에 이르렀다. 이 길을 걸어오면서 간간이 무력감에 빠질 때마다, 그분이 살아계셨더라면 내게 또다른 권유를 해주시지는 않았을까 하는 생각을 마음속으로 곱씹어보던 일들도 생각난다.

그분을 회고하는 붓을 들고 막상 생각하니, 나는 사실 지금까지도 어머님의 관점을 그대로 이어받아 그분을 하나의 초인(超人)으로 생각하고 있다. 나 자신이 칠십을 바라보는 나이가 되어 이제 그분의 일기에 접하니, 생전의 모습을 대하는 것 같은 감격을 느끼면서, 한편으로는 한 인간으로 그분의 모습을 내 마음속에 정리해볼 기회를 맞았다는 생각도 든다. 그분께서 생활과 일에 임하신 태도를 이해하는 데 실마리가 될 만한 면들을 몇가지 더듬어보겠다.

4

그분은 친구가 그리 적지 않았으나, 농지거리를 나누며 편하게 대하는 상대는 몇 되지 않았다. 좋게 보면 "군자의 사귐은 물같이 담담하다(君子之交淡如水)"고 볼 수도 있지만, 나같이 젊은 사람에게는 좀 재미없고 어렵게만 보였다. 비교적 만만하게 어울린 친구로 이철(李哲, 일기 1950년 7월 20일 참조) 씨 등 법전 친구 몇, 강경석(姜慶錫, 일기 1950년 11월 3일 참조) 씨 등 대구고보 친구 두엇이 있었지만, 그들과의 사이도 마냥 흐트러진 편안한 관계가 아니었음은 일기에서 볼 수 있는 대로다.

내가 모시고 있는 동안에는 동년배 친구들과의 교류보다 윗 연배 선생님들과의 관계에 더 치중하신 느낌이다. 박종홍(朴鐘鴻), 김상기(金庠基), 명제세(明濟世) 등 여러 선생님들을 외삼촌께서는 어른으로 모셨지만, 그분들은 외삼촌을 망년지교(忘年之交) 비슷하게 대하시는 것 같았다. 금융조합 관계를 통해서나 글을 통해서 얻으신 교분도 여럿 있었는데, 모두 지극히 정중한 태도로 대하셨다. 금융조합의 박영희(朴永喜), 이재형(李載瀅) 씨, 원주여고의 이중연 씨 등이 특히 생각난다.

5

집안에서 그분은 '재주있는 사람' 못지않게 '효성스런 사람'으로 통했다. 1950년 7월 4일 일기에 "아버지의 생신에 대어가지 못한 것이 금년이 처음이 아닌가 싶다"고 하신 것, 1946년 2월 2일 일기에 "백발의 아버지가 시장한 새벽을 가지신다는 말씀이 잊히지 않아서 나는 그 잠드신 얼굴을 보고 또 보고 잠들 수 없었다"고 하신 것, 1950년 연말에 시병(侍病)하시는 모습, 주변 사람들에게는 그 절절한 효심을 그대로 회상시키는 대목들이다.

책 한자 더 읽을 시간을 세상의 무엇과도 바꾸지 않으시던 분이, 어른께서 서울에 와 계실 때는 날이면 날마다 방 앞에 시립(侍立)해서 하루해를 보내려 하시던 모습도 생각난다. 이제 남기신 일기를 봄에도 1951년 1, 2월 두달 동안 일기가 빠져 있는 것 역시 1월초에 외조부께서 돌아가신 때문에 애통이 지나쳐 일기를 계속할 기력을 잃으셨던 것이 아닐까 생각된다.

친척들에 대해서도 정성이 끝없는 분이셨다. 우리 형제들을 거두어주신 일은 앞에서도 밝혀놓았지만, 주변의 어린 사람들을 그 재능과 성격에 따라 길을 열어주는 일에 수고를 아끼지 않으셨다. 그처럼 친소(親疏)에 따르지 않고 능력과 인품에 따라 사람들을 배치하시던 일을 돌이켜 생각하면 그분께서 주변에 읽기를 많이 권하시던 『허생전』의 주인공과 같은 태도를 스스로 취하려 애쓰셨던 것처럼 생각되기도 한다.

권하시던 책에 말이 미친 김에 여기서 덧붙인다면, 홍명희(洪命憙)의 『임꺽정』, 이광수(李光洙)의 『무정』『흙』 등이 그분이 어린 사람들에게 많이 권하신 책들이었다. 한글의 중요성을 깊이 인식하고 좋은 문체를 키워내기 위해 많은 노력을 기울이셨던 것과 어울려서 생각나는 일이다.

6

그분의 학문 내용에 대해서는 내가 무어라 용훼할 수 없다. 다만 그분의 학문에 대한 태도가 '학문을 위한 학문'이 아닌, '실학(實學)'의 의미에 접근하는 것이었다는 점은 지적할 수 있겠다. 그분은 분명 학문적인 '기질'이 넘치셔서 연구주제에 '빠져드는' 성향을 가지셨다. 그러나 그분이 학문의 길을 택하신 것은 이것이 민족의 '사업'으로서 큰 의미가 있다는 믿음이 계셨기 때문이고, 연구의 주제를 택하는 데도 늘 같은 기준을 적용하셨다.

학문의 원칙에 대해 더할 수 없이 엄격한 분이면서도 상아탑 안에서만의 활동에 만족하지 못하신 까닭도 여기에 있었다. 『조선역사』 같은 책들을 내신 것도 '민족의 교육'이라는 사업을 위한 것이었고, '감당사(甘棠社)'라는 이름으로 출판사를 기획해서 우선 혜화동 로터리 부근에 서점을 열어놓으신 상태에서 6·25를 맞았다.

경제활동이 활발했던 것도 사업에 대한 목적의식이 있었기 때문이었다고 나는 생각한다. 영리(營利)를 위해 분주히 나다니신 것은 아니지만, 재산의 증식과 관리를 위해 꾸준히 궁리를 하신 것은 분명하다. 6·25일기의 무대가 된 정릉리의 농장은 1947년 이래 장만하신 것인데, 그분이 돌아가신 몇년 후 그곳이 주택지로 개발되어 서울 변두리에서 제일 먼저 땅값이 뛰어올랐을 때 주변 사람들이 모두 탄복했다.

그분의 현실에 대한 통찰력은 정평있는 것이었다. 일제 말기에 이미 일본의 패망과 조선의 독립을 전망하셨던 것이 1946년 2월 2일자 부자간의 대화에 나타나지만, 1945년 12월 19일에도 인민공화국과 한국민주당 사이의 투쟁을 개탄, "이 우매한 정치광들과 탐권배(貪權輩)들이 선량한 동포들을 항쟁의 구렁으로 몰아넣고 조국의 광복에 일말의 암운(暗雲)을 끼치게 한다면 어찌할 것인가" 하는 걱정을 보이셨다. 1948년 여름 언젠가 "북에는 중공군이 와 있다. 우리 역사를 보아도 '북침'이란 것은 없다. 남침으로 이곳까지 공산화가 되면 나도 선생 노릇 못하고 농사나 지을 수밖에 없다" 하신 말씀을 둘째형님에게 전해들은 일도 있다.

7

현역에서 물러나는 이 무렵에 외삼촌의 일기를 접하며 유별난 감회를 느낀다. 그분께 감화를 받은 마지막 세대인 우리 또래가 은퇴하는 이제 그분이 적으신 고뇌의 기록이 후진들에게 전해지게 되다니……『조선역사』를 비롯한 그분의 연구가 당신의 불행과 남은 사람들의 무능으로 더 널리 펼쳐지지 못한 것이 못내 안타까운 터에 뜻밖의 일기가 이제 빛을 보게 된 것이 반갑기 그지없다.

직접 교화를 받은 사람의 하나로서 이 일기를 읽는 이들에게 쓰신 분의 모습을 조금이라도 밝혀주기 위하여 몇가지 기억을 더듬어보았다. 정년을 넘기고 머리가 허연 이 생질(甥姪)이 사십여년 전에 뵌 삼십대 후반의 외삼촌을 지금 회상함에도 외경(畏敬)의 염(念)이 크게 변하지 않았음을 깨닫고 새삼 놀란다. 무엇 때문일까.

지사(志士)로서의 그분의 모습이 그대로 남아 있기 때문이다. 스스로 민족주의자와 자유주의자를 자임하셨지만, 그분의 민족주의와 그분의 자유주의에는 그분 나름의 체중이 실리고 체취가 배어 있었음을 세월이 지날수록 절실히 느끼게 된다. 그것은 그분의 사상이 어려운 상황 속에서 실천을 통해 빚어진 것이기 때문이리라. 그 체중과 체취가 이 일기를 통해 많은 분들에게 나누어지기 바라 마지않는다. (1993년)

동양사연구실과 김성칠 선생

고병익

전 서울대 총장

1

김성칠(金聖七) 씨와는 워낙 아득한 옛날에, 그것도 짧은 기간 동안 밖에 접촉하지 못했기 때문에, 오늘 와서 그때를 회상하려 해보니 만사가 다 아른거리기만 한다.

내가 김성칠 선생을 처음 만난 것은 해방 후 경성대학의 동양사학과에 편입하던 후의 일로 기억된다. 내가 일본의 동경제국대학의 동양사학과에 다니다가 태평양전쟁이 일어나서 학병문제가 나오자 학업을 팽개치고 귀국해버렸는데, 그후 해방이 되어 1946년 2월 나는 경성대학으로 시험을 쳐서 편입해서 들어갔다. 그때는 역사학과가 국사, 동양사, 서양사로 나누어져 있었고, 학생들의 합동연구실도 3개가 따로따로 있었다. 그 동양사학의 합동연구실에 김성칠 씨가 조수로서 오게 된 것을 만난 것이다.

동양사연구실은 중앙도서관에서 붙어 있던 동쪽 연구실 2층 맨 북쪽 끝에 위치하고 있어 방 크기도 상당히 큰 편이었다. 중간에 높은 서가로 칸막이를 만들어서 사실상으로 2개의 방처럼 되어 있었는데, 학생들은 입구 쪽의 넓은 방의 커다란 책상에 둘러앉아서 책도 보고 노트 같은 것을 베끼기도 하고 또 서로 담소도 하는 것이 예사였다. 우리는 조수칸이 하도 인기척이 없어 아무도 없는 줄 알고 마음대로 지껄이다가 나중에 보면 김성칠 씨가 거기서 유연(幽然)히 걸어 변소로 향하는 것을 보고 당황할 때도 여러번 있었다.

김성칠 씨는 조용한 분이었다. 몸집은 비교적 큰 편이었으나 말소리는 조용하고 가는 편이었고, 걸음걸이도 땅위를 미끄러지듯이 걸어가는 분이었다. 표정은 항상 미소를 띠는 것 같았고 과묵했으며, 온유한 불상을 연상케 한다고 모두 생각했다. 당시 전화가 있는 것도 아니고 또 찾아오는 사람이 많은 것도 아니어서, 그분이 책상에 조용히 앉아서 책을 보거나 글을 쓰는 것을 우리는 옆의 칸에서 그저 느낄 뿐이었다.

학생들은 아무도 그와 친근한 접촉이나 대화를 가질 생각도 못했다. 나이도 10년 이상 차이가 나는 것 같았고, 온화한 성품임에도 그의 자세와 풍모가 접근을 쉬이 허용하지 않는 것같이 보였다. 나는 그와 고향도 비교적 가까웠지만 사무적인 일 외에 별로 접촉할 기회는 없었다. 연구실 사방 벽에 쭉 늘어선 높은 서가까지 책이 꽉 차 있었기 때문에 책을 찾기 위해서 이쪽저쪽 혹은 사다리를 타고 상단까지 올라가고 내려오기 일쑤였고, 이때 책의 위치나 정보에 관해서 그에게 도움을 받는 것이 고작이었다.

이렇게 김성칠 씨와 개인적 접촉은 비교적 적었다. 그러나 어디서 들었는지 우리는 그가 젊었을 때 일제에 항거하는 학생운동으로 말미암아서 학교를 쫓겨났고 그뒤에 어떻게 금융조합연합회에 취직했으며, 이후 학문에 뜻을 두어 경성제대를 다녔다는 것은 알고 있었다. 그사이 그가 『조선역사』(1946)라는 책을 냈다는 것을 알게 되었다. 해방 직후이던 당시의 우리는 일반적으로 국사 지식을 진단학회(震檀學會)가 만든 『국사교본(國史敎本)』이라는 것에 전적으로 의지하다시피 하고 있었는데, 우연히 김성칠 씨의 『조선역사』를 손에 들고 보니 문장이 워낙 순탄하면서 서술이 평이해 금방 읽어 내려갈 수가 있었다. 당시 여전히 한자와 한문용어가 많이 쓰이던 상황이었는데, 이것은 거의 전혀 새로운 유형의 역사책같이 느껴졌다. 그후에 『열하일기(熱河日記)』의 번역본에서도 마찬가지로 그의 유려한 문장을 접할 수 있었다.

언제인지 모르지만 김성칠 씨가 동양사연구실에 출입하는 사람들을 댁으로 초대한 일이 있었다. 댁은 정릉고개를 넘어 인가(人家)가 드문 과수원 안에 위치하고 있었다. 그는 평소에도 무거운 책가방을 들고 학교까지 걸어오는 것 같았다. 시골의 독가촌(獨家村) 같은 곳에서 살고 있었던 것이다. 그 과수원은 배밭이었다. 아마 계절은 배가 가장 무르익는 가을이었는가 보다. 거기서 우리는 사모님되는 분을 처음 뵈었다. 지금 기억으로는 그때 흰 치마저고리를 입고 있던 듯한데, 이화여전을 졸업하고 다시 경성제대까지 들어가 조선문학을 공부하던 분이라 믿기 어려운 소박한 모습이었다. 외모뿐 아니라 언동(言動)이나 또 우리를 대접하는 모습도 꼭 시골의 양반댁 주부 같은 풍모를 느끼게 했다. 그때 고(故) 김상기(金庠基) 교수를 비롯해 동료인 전해종(全海宗) 교수 등이 함께 갔을 터인데, 김성칠 씨의 생질인 정기돈(鄭起燉) 씨가 우리 학과에 다니고 있었기 때문에 이런 자리가 쉽게 마련됐던 것으로 보인다. 당시 정치적 혼란도 심했고 세상도 각박했거니와 경제적으로도 모두가 극히 어려운 상황에 있었는데, 여기서는 마치 시골의 여유있고 덕망있는 장자(長者)의 생활 같은 것을 느낄 수 있었다. 아울러 김선생의 저술이나 역문(譯文)이 유달리 훌륭한 문장이 되어 나온 것이 역시 내조의 공이 컸던 때문이 아닌가도 짐작케 했다.

　　2

　　김성칠 선생은 같은 대학의 철학과 교수이던 박종홍(朴鐘鴻) 선생과 가까운 듯이 보였다. 어떤 기회에 박선생에 관한 얘기를 언급한 일이 있는데, 나중에 안 일이지만, 그가 중학교 때에 박선생이 그 학교 교사로 가 있어서 정신적 영향을 많이 끼쳐서 줄곧 사제관계가 유지되어온 것같이 보인다. 김선생은 그러면서도 스승을 겉으로 내세우지 않고 진심으로 속으로 존경하고 그 가르침을 따르는 그런 성격 같았다. 일본의 식민지배나 일본문화에 대한 결연한 태도와 민족문화의 수호와 앙양(昻揚)에 대한 끈질긴 노력 그리고 좌우대립의 정치적 혼란 속에서 그가 견지한 꿋꿋한 태도 등이 어쩐지 박종홍 선생의 철학 및 인생관과 무관하지 않은 듯한 인상을 주었다.

　　3

　　김성칠 씨는 관심을 가진 분야가 넓었던 듯한데 그중에서 우리가 보기에는 조선조의 역사, 중국의 청나라의 역사 그리고 특히 청과 조선의 지식층의 문화교류 같은 것에 관심있는 듯 보였다. 그중에 가장 두드러진 것은 물론 연암(燕巖) 박지원(朴趾源)의 『열하일기(熱河日記)』의 번역이다. 결국 완간은 못한 것 같지만 그것이 하나하나 정음문고(正音文庫)로서 간행되어 나왔을 적에 우리는 그 유려한 번역문에 탄복하면서 읽던 것을 기억한다. 『열하일기』는 한문 원문으로서도 사학과 학생이 읽어야 할 터이지만, 자세하고 정확한 번역이 나와서 한결 더 친근한 작품이 되었다. 김성칠 씨는 단순히 번역에만 치중한 것이 아니고 거기에 나오는 지명, 사건, 인물에 대한 고증까지도 해나갔다. 지금도 기억나는 것은 그가 판본(板本)에 십구북구(十口北口)라고 나오는 지명을 지도에서 찾지 못하다가 결국 그것이 고북구(古北口)의 오기(誤記)였음을 밝힌 후, 조그마한 희열감에 젖어 자랑하던 기억이 난다.

청(淸)과 조(朝)의 교류사에 관한 그의 연구는 사후에야 활자화됐다. 『역사학보(歷史學報)』 제12집 1960년 5월호에 실린 『연행소고(燕行小攷)』─조중교섭사의 일척(朝中交涉史의 一齣)』이라는 제목이었는데, 이 논문의 말미에 보면, 나와 정기돈 씨의 수고를 거쳐서 실렸다는 주기(註記)가 붙어 있다. 그러나 내가 이 원고에 특별히 힘을 쓴 기억은 전혀 없고 다만 내가 역사학회의 대표이던 시절에 이 원고가 그냥 사장(死藏)되는 것이 아깝다고 여겨 정기돈 씨에게 원고의 존재여부와 활자화 가능성을 타진했을 뿐이다.

이 논문은 비록 소고(小攷)라 되어 있으나 당시 중요한 공헌을 한 논문이었다. 공헌의 중요한 점은 두가지로 요약할 수 있는데, 하나는 조선이 청조에 파견하는 사행(使行)에 관한 모든 기초적인 사실을 밝힌 점이다. 두번째는 이 사행에 수반되어 생겨난 일종의 신사조(新思潮)로서 북학(北學)의 움직임이 일어났음을 밝힌 점이다. 이념적으로 치우친 조선조 성리학자들의 경직된 분위기 속에서 홍대용(洪大容), 이덕무(李德懋), 박제가(朴齊家), 박지원 등의 젊고 재주있는 학자들이 현실적인 관심을 청조(淸朝)의 제도·문물에 대해서 기울이기로 한 움직임, 즉『북학의(北學議)』를 소개했던 것이다. 이 논문에서 중국측의 『대청회전(大淸會典)』 등의 근본 사료들을 뒤지고 조선측의『통문관지(通文館志)』나『열하일기』 등을 종횡으로 활용했다.

이러는 가운데 김선생은 나에게 아주 편리한 책을 발견했다고 하면서 꺼내 보여주던 두툼한 책이 지금도 기억에 새롭다. 그것은『청대문집편목분류색인(淸代文集編目分類索引)』인데, 왕중민(王重民) 등이 1935년에 편찬한 찾아보기로서 청대(淸代)의 여러 문집 속에 흩어져 있는 학술문, 전기문(傳記文), 기타 잡문들의 항목들을 분류해 색인한 것이다. 나는 당시 청대에는 별 관심을 없었기 때문에 내가 직접 이를 이용한 일은 없지만 원대(元代)의 사회상을 졸업논문으로 엮어나갈 적에 이와 유사한 색인(索引)서를 이용해보고서 김성칠 씨가 편리하게 생각하던 연유를 충분히 이해할 수 있었다. 이 소논문은 아직 저자에 의해 완결된 형태에 이르지 못한 미정고(未定稿)였지만 그래도 이 문제에 대해서는 후학에게 큰 참고가 되는 논문이 되었다.

김성칠 선생과는 1946년 중엽부터 접촉하기 시작해 나와 전해종 씨가 졸업논문을 쓰느라 함께 동양사학연구실을 거의 주야(晝夜)로 이용할 적에 가장 많이 접촉했다. 그러나 나는 1947년 7월에 졸업을 하고 대학 근처 중학교 선생으로 나가면서도 연구실 출입은 계속 했으나 만나는 빈도는 줄었고, 또 김선생도 조수직에서 조교수로 올라

가서 따로 연구실을 갖게 됨으로써 그저 가끔가다 만날 수밖에 없었
다. 이후 나는 1948년부터 문리대 강사가 되어 연구실 하나를 따로 차
지했으나 6·25전쟁이 발발할 무렵 성균관대 강사로 많은 시간을 보
냈는데, 이제 6·25사변 동안의 김선생의 일기를 대하고 보니, 직접 나
와 관련되는 기술은 없으나 간접적으로 모두가 심금(心琴)에 닿는 구
절이 새삼 선생의 온화한 풍모와 견결한 의지력과 함께 아득한 기억
으로 떠오른다.(1993년)

해제

김성칠의 삶과 한국전쟁 · 정병준

1. 머리말

1993년 석불(石佛) 김성칠(金聖七, 1913~51)의 일기이자 한국전쟁 경험담인 『역사 앞에서』(창비)가 출간되었다. 서울대 사학과 조교수가 겪은 전쟁경험담은 많은 이들의 주목을 받았다. 이는 개인적 기록이자 역사학자로서의 책임감에 입각한 공적 기록이기도 했다. 일기는 중립적이면서 시대와 사람에 관한 내밀한 내용을 지식인의 입장에서 평가하고 있다. 게다가 이 인물은 중학시절 이미 비밀독서회사건으로 투옥 경험이 있는 소년 독립운동가 출신이자, 해방 후 최고의 베스트셀러이던 『조선역사』의 저자이며, 최고 학부의 교수로서 한국전쟁의 인민군 점령기에 생사의 고비를 넘었고, 전쟁중 불의의 사고로 마흔 전에 유명을 달리했다. 개인사로도 흥미진진한 인생유전을 겪었고,

한국 근현대사의 우여곡절을 개인사에 파란만장하게 드리움으로써 이 일기는 많은 이들의 공감을 얻었다. 주로 호평(好評)이었다. 신문 서평을 제외하고도 잡지에 여러 서평[1]이 실렸고, 김성칠 개인과 그의 일기에 주목한 연구들[2]도 제출되었다. 특히 타나까 류우지(田中隆二)의 연구는 개인사와 관련된 자료를 추적해 그의 삶애 뼈대와 살을 붙임으로써 본격적인 연구의 기초를 놓았다.

『역사 앞에서』는 1994년 6월 KBS 드라마로 제작·방영되었으며, 일본에서도 번역되었다.[3] 나아가 고등학교 국어교과서에 전쟁 초기의 일기가 실림으로써, 많은 이들이 이 책과 저자를 기억하기에 이르렀다. 『역사 앞에서』와 김성칠을 묘사하는 주요 단어들은 "지식인" "중도적" "중립적" "객관적" "생생한" "체험" "비극" 등이며, 그가 인용되는 대목도 주로 한국전쟁중 역사학자의 경험 및 기록이다. 그런데 해방 후 몇달간과 전쟁 초기 일부만 일기로 남아 있기에 그의 삶과 기록에 대한 전체적 조망과는 거리가 있을 수밖에 없었다.

이 글은 크게 세가지 목적하에 썼다. 첫째 김성칠 일기에 대한 문헌 비판적 검토와 해제·정리이다. 둘째 김성칠의 삶에 대한 전반적인 개관이다. 셋째 김성칠 글에 대한 분석이다. 둘째와 셋째는 밀접하게 연관된 것이며, 여기서는 김성칠의 한국역사 관련 글을 중심으로 그의 삶과 학문을 검토할 것이다. 그 속에서 한국전쟁이 다루어질 것이다.

글을 시작하기에 앞서 일기와 관련하여 밝혀둘 점이 있다. 일기는 일기일 뿐이라는 사실이다. 일기는 시대상의 한 단면이 나타난 글이며, 주관적인 개인의 기록이다. 개인의 연대기적 삶 속에서는 순간과 국면에 지나지 않았을 사실, 느낌, 평가들이 생생하게 일기에는 남아 있게 마련이다. 그것이 삶의 전체상 속에서 어떤 의미와 평가, 가치를

지니는지는 또다른 영역에 속할 것이다. 일기에 등장하는 사람들, 그
들의 말과 행동, 이에 대한 김성칠의 평가는 예리하고 분석적이지만
다른 사람들을 주어로, 즉 그들의 삶의 궤적에서 보자면 달리 해석될
수 있는 문제들이기도 하다. 긴 시간의 흐름에서 한 사람의 궤적을 통
찰해보면 일점·일획에 그칠 수도 있는 문제들이, 한국전쟁이라는 파
천황(破天荒)의 시대를 맞아 분출되다보니 크게 부각되었을 수도 있다.
때문에 이런 대목들에서 많은 이해와 아량이 전제되어야 할 것이다.

2. 식민지 시대의 학업·투옥·사회생활

질풍노도의 대구고보 시절, 독서회·동맹휴학

김성칠은 1913년 6월 18일 경북 영천군 청통면 원촌동 252번지에
서 태어났다. 청통면 면장을 지낸 부친 김상한(金相漢)과 어머니 조씨
의 다섯째 외아들이었다. 김성칠 아들인 김기협(金基協)에 따르면 김
상한은 면장을 지낸 지역유지로 지역에서 무시할 수 없는 존재였다고
한다. 김성칠은 2대 독자였고, 제일 큰 누나와는 16세 차이가 났다. 큰
누나가 시집간 후에 김성칠이 태어났다. 늦은 막내아들은 집안의 사
랑을 독차지했고, 총명함으로 기대를 한몸에 받았다.[4]
　김성칠은 1927년 신녕공립보통학교를 졸업했고, 대구공립고등보
통학교(이하 대구고보)에 진학했다. 감수성이 예민하던 15세 소년은 급
속히 민족적 현실에 대한 자각과 좌익독서회의 세례를 받는다. 대구
고보에서 그는 여러 선배와 친구들을 만났다. 이들은 해방 후까지 김

성칠과 관계를 맺었다. 1946년 2월 6일자 일기에 김성칠이 대구에서 만났다고 기록한 이상길, 김일식(金一植), 윤장혁(尹章赫), 장적우(張赤宇, 본명 장홍상) 등이 바로 그들이다. 이들의 공통점은 모두 1928년 대구고보 좌익독서회 사건으로 검거·실형을 언도받은 김성칠의 대구고보 선배·동료들이었다. 출옥 후 이들은 대구·경북지방을 중심으로 한 적색노조운동, 조선공산당 재건운동 등에 종사했고, 해방 이후에도 지역 좌익운동의 맹장으로 활약했다.

　김성칠이 관련된 대구고보의 좌익독서회는 대구·경북지방 좌익운동의 중심인물인 장적우로부터 시작됐다. 장적우는 경북 칠곡 출신으로 1927년 8월 조선공산당 경북도당 결성에 참여하고 고려공산청년회 대구야체이까[5]에 배속됐다. 그의 활동명 '적색 우주'에서 드러나듯이, 그는 일제하에서는 물론 해방 후에도 조선공산당 경북도책으로 대구 좌익운동의 중심인물이었다.[6] 대구고보생이던 윤장혁은 1927년 2월 이래 장적우 등으로부터 맑스주의 강의를 듣고 공산주의에 공명(共鳴)하는 동시에 사유재산제도를 파괴해 공산제도가 실현된 신사회를 건설함으로써 조선을 일본의 기반(羈絆)으로부터 벗어나기를 희망했다.[7] 즉 공산주의운동과 조선독립운동을 동시에 추구했던 것이다. 1927년 2월부터 10월까지 총 3회에 걸친 맑스주의 강좌를 통해 20여 명의 대구지역 학생들을 포섭한 이들은 1927년 12월 10일 대구고보생을 중심으로 신우동맹(新友同盟)이라는 비밀단체의 결성을 지도하고 장적우가 당수(黨首), 윤장혁이 책임비서가 됐다.[8] 1927년 12월 14, 15일경에는 혁우동맹(革友同盟)을 조직했는데, 장적우가 비서부위원, 윤장혁이 조직부위원을 맡았다.[9] 1928년 2월 26일 적우동맹(赤友同盟)을 결성했는데, 윤장혁이 서무부위원을 맡았고, 개편된 간부진(1928.4.22)

가운데 김성칠은 정치문화부위원과 제1그룹 책임을 담당했다. 적우
동맹은 모두 7그룹을 두었는데, 여기에 윤장혁, 김성칠, 이상길(1그
룹), 김일식(2그룹), 장적우(4그룹) 등이 포진해 있었다.[10]

대구고보의 중심인물인 윤장혁 역시 대구 좌익운동의 전설적인 인
물이다. 장적우와 함께 한 1928년 대구비밀학생결사 사건의 주범으로
3년형을 받았다. 해방 후 조선공산당의 외곽조직이자 노동운동조직
이던 전국 노동조합평의회 대구지부위원장이 되었고, 1946년 유명한
9월총파업과 '10월 인민항쟁'을 주도했다. 군정재판에서 5년형을 언
도받고, 한국전쟁기 전가족이 월북했다. 휴전 후 공작원으로 남파된
뒤 자수했으며, 경찰에서 대공담당 요원으로 근무하기도 한 영화 같
은 일생을 살았다.[11] 대구고보에는 장적우, 윤장혁의 영향하에 신우동
맹·혁우동맹·적우동맹 등의 좌익독서회와 비밀조직들이 꾸려졌고,
200여명 이상의 학생들이 이 조직의 영향을 받았다.

김성칠은 이런 대구고보의 분위기에서 1927년 11월 중순 김일식,
황보선, 정소수(鄭小秀) 등과 함께 구화회(丘火會)라는 비밀결사를 조
직했다. '구화'라는 명칭은 언덕 위의 불꽃처럼 온 들판을 불태운다는
의미와 대구(고보)의 불꽃이라는 뜻도 있는 듯하다. 조직은 3부(서무,
문화, 재무)였는데, 김성칠은 문화부위원을 맡았다. 비밀결사는 "주의
의 연구 및 선전"을 목적했는데, "주의"는 맑스주의를 의미했다. 조직
은 탈회자가 속출해 1928년 5월 중순 해산했다. 이어서 김성칠은
1928년 5월 27일 조선독립을 목적으로 하는 밝세회(曙光會)라는 비밀
결사를 조직했고, 조직부위원을 맡았다.[12] 재판과정에서 김성칠은 이
조직이 적우동맹의 연구반으로 공산주의의 연구 및 선전을 목적으로
하며, 강령은 조선독립을 위해 일신을 희생한다, 즉 조선독립을 위해

실제적인 연구와 행동이 목적이라고 밝혔다. 구화회를 함께 한 김일식은 대구고보 비밀결사 사건으로 퇴학당한 후 서울 중동중학·성봉중학 등에 편입했으나 역시 동맹휴교 사건으로 퇴학당했다. 이후 김일식은 적색노조건설대구협의회 의장을 지내는 등 대구 좌익운동의 맹장이 되었다. 해방 후 조선공산당 대구시책, 민주주의민족전선 경북지부대표와 중앙위원을 지냈다.[13]

대구고보는 3·1운동 이후 대구·경북지역 학생운동의 중심지가 되었으며, 거의 매년 학생운동 사건이 끊이지 않았다. 대구고보 학생운동은 일본인 교원의 한국인 모욕과 민족감정 자극이 표면적 원인이었다.[14] 1926년 2~3월 대구고보 3학년생들은 조선인을 야만인이라며 늘상 모욕한, 수신(修身)을 가르치는 일본인 도덕·훈육교사인 교유(敎諭)를 반대하는 동맹휴학을 전개했고, 이에 맞서 학교는 2주간 임시휴교한 후 15명을 퇴학시켰다.[15] 1927년에도 대구고보 2, 4학년이 교무주임 배척을 학교에 요구하며, 요구가 관철되지 않으면 동맹휴학하겠다는 의사를 표명했다.[16] 1928년 신학기가 되자 학교는 먼저 2~4학년 14명을 사립학교로 전학조치했고, 3~5학년 10여명에게도 다음 학기 조치를 통보했는데, 이는 사실상 퇴학처분이었다.[17] 일본인 교유가 이순신을 일본의 적이라 설명하자 이를 조선인 학생들이 질문한 것을 학교는 문제삼았다.

이미 대구고보 중심의 총 5개 비밀결사는 대구고보 퇴학처분을 계기로 학생운동을 전개하기로 협의했고, 1928년 9~10월 이들의 주도하에 동맹휴학사건이 발생했다. 동맹휴학으로 1928년 하반기 154명이 무기정학, 50명이 퇴학처분을 받았다.[18] 대구학생비밀결사 관계자 40여명 중 26명이 치안유지법 위반혐의로 구속되고 14명은 방면(放

免)됐다. 학교별로는 대구고보 출신 22명, 상업학교 1명, 농림학교 1명, 대구중학 졸업생 2명 등이 구속됐다.[19] 1929년 10월 21일 1심판결 시 김성칠은 실형을 선고받았으나, 1930년 2월 대구복심법원의 2심판결 전에 보석으로 석방됐다.[20] 김성칠은 집행유예를 선고받고, 1년여의 미결수(未決囚)를 경험했다. 가족들은 당시 검사가 "15세 소년"에게 실형을 선고하기를 꺼려해 김성칠이 석방됐다고 회고했다.

김성칠에게 대구고보 독서회 및 투옥경험은 인생의 전환점이었을 것이다. 동맹휴학의 체험자인 김성칠은 1946년 봄 학생들이 군정령(軍政令)으로 국립서울대 신설을 강행하려는 국대안(國大案)에 반대하는 동맹휴학에 비판적이었다. 그는 북한에서는 "우익학생의 주동으로 학원에 불상사가 접종(接踵) 발생"하고 남한에서는 "좌익학생의 선동으로 이처럼 학원이 불안"한 반면 "동경(東京)학생들은 (…) 악조건"에서 공부한다고 비판하며, 동맹휴학만이 해결수단은 아니며 "우리는 피상적인 사회조류에 휩쓸려서 이에 부화뇌동하지 말고 사상(事象)의 본질을 잘 파악해서 신중히 처해야 할 것"이라고 했다.[21] 김성칠은 서울대 예과생들이 동맹휴학 반대성명을 신문에 발표하자 이를 상찬(賞讚)하고 이들로 인해 "조선의 앞길에 빛을 그릴 수 있다"고 했다.[22]

동맹휴학의 나쁜 결과를 뼈저리게 경험한 김성칠은 학생들의 동맹휴학을 반대했고, 세상을 바라보는 데 좀더 현실주의적이고 온건한 입장을 취했다. 경험에서 우러나온, 즉 급진주의보다는 현실 타당한 노선을 추구했다. 그러나 독서회와 동맹휴학을 함께 한 친구들은 해방 후에도 여전히 급진주의 노선을 취했다. 1946년 2월 대구에서 만난 친구 이상길, 김일식, 윤장혁, 장적우는 모두 대구 좌익운동의 중심인물이었고, 폭풍의 '10월 인민항쟁'을 주도한 인물들이었다.

농사꾼과 현상공모 1등상

대구고보에서 퇴학 처분된 김성칠은 이후 5년간 집에서 농사를 지으며 시, 농업, 역사 관련서를 섭렵했다. 김성칠은 1932년 9월에 학업을 계속하기 위해 서울로 올라와 고등예비학교에 입학했다.

이때 김성칠에게 구원이 다가왔다. 동아일보가 1932년 7월에 농촌구제책과 상공구제책을 공모했는데, 그해 9월 총 500여편 응모작 중에 김성칠의 논문이 농촌구제책으로 당선되었다. 상공구제책은 당선작이 없었다.

김성칠은 "전도(前途)에 대한 일로(一路)의 광명"을 보았다. 김성칠은 이미 1931년 9월 동아일보에 2회에 걸쳐 자신의 글을 게재한 바 있다. 1930년 봄에 대팔주(大八洲)라는 새로운 벼품종을 일본에서 수입하여 2년간 시험재배한 결과, 높은 수확을 얻었음을 소개한 논문이다.[23] 대팔주를 소개한 김성칠의 글이 동아일보에 실리자 전국에서 480여명이 이 품종을 요구하기도 했다.

당시 적절한 학술지가 없는 한국 현실에서 신문은 지식인의 등용문이자 전문성과 대중성을 확보할 수 있는 주요 통로였다. 일찍이 소년시절 퇴학과 수형생활로 청춘의 꿈을 접은 채 농사꾼으로 전락한 19세의 소년은 1932년 동아일보가 주최한 논문공모에서 1등을 차지함으로써 "광명"을 얻은 것이었다. 이는 문사(文士)로서 김성칠의 재주와 특징이 잘 드러난 사건이었다. 시골 농사꾼 김성칠은 신문투고를 목적으로 글을 썼으며, 이미 여러차례 신문에 이름을 알리고자 시도했다.[24] 김성칠은 농사꾼이 되어 시골에서 생활하지만, 지적 수준과

능력은 누구에게도 뒤지지 않는다는 자부심이 있었으며, 신문투고를 통해 이를 공개적·대중적으로 확인받고자 하는 욕망을 갖고 있었던 것이다. 이후 김성칠의 삶에서 신문은 그가 다시 사회와 학교로 향하는 데 중요한 매개이자 통로가 되었다.

1932년 김성칠의 글은 총 9회에 걸쳐 동아일보에 연재됐다.[25] 김성칠은 농촌파탄의 원인으로 1. 농업수지의 불상상(不相償) 2. 소작제도의 결함 3. 부담의 과중 4. 부채의 과다 5. 농민의 무자각 등을 거론했다. 해결책으로는 곡물값의 인상, 부담의 경감(2정보 미만 소유자의 지세면제, 소작지 지세의 지주부담, 집집마다 징수하던 호세(戶稅)의 경감과 빈궁한 백성의 호세 면제, 산업단체의 통일, 수리조합(水利組合)의 신설중지), 소작제도의 확립, 부채정리, 금융의 원활, 토목공사 착수, 산업장려의 개선, 농촌교육의 개선, 협동조합의 조직 등을 제시했다. 이러한 김성칠의 농업구제책은 농민적 입장에 선 적극적 개혁론이 아니라 지주적 입장의 소극적 개선론일 뿐 일제의 정책과 크게 다르지 않다고 농업사 대가인 김용섭(金容燮)은 평가했다.[26] 낮에 일하고 밤에 힘들게 쓴 농업에 대한 김성칠의 글은 계속 동아일보에 연재됐다.

특히 1935년에 게재된 「도시와 농촌의 관계」 8회 연재분은 동아일보 창간 15주년 기념 논문 현상공모에 당선된 것으로 사례금 100원을 수령했다. 1932년 농촌에서 벗어나려 애쓰던 소년은 이제 동아일보에 네차례 이상 글을 연재한 농업문제 전문가이자 두차례 논문 현상공모에서 1등한 유명인사가 되었다.

김성칠은 1933년 후꾸오까(福岡)현 토요꾸니(豊國)중학교에 들어가 1934년 봄에 졸업했다. 김성칠의 조카 정기돈(鄭起燉)은 동아일보 1등

상금 100원으로 삼촌이 중학교를 마쳤다고 했으나,[27] 상금을 받은 것
은 1935년의 일이다. 일본 큐우슈우(九州) 모지(門司)시에 위치한 토요
꾸니중학교는 일제하 토요꾸니상업학교와 더불어 서울과 부산에서
입학시험을 실시하는 등 한국에서도 학생을 모집했다.[28] 모지시는 시
모노세끼(下關)시와 마주한 곳으로 한국 노동자들이 많이 거주하는
곳이었다. 김성칠이 왜 큐우슈우의 중학교를 선택했고, 어떻게 1년
만에 중학교를 졸업했는지는 알 수 없다. 대구고보 2학년 재학 및 고
등예비학교를 다녔던 학력을 인정받아 중학교 3학년에 편입해 졸업
이 가능했다고 추측하지만, 토요꾸니중학의 후신인 토요꾸니학원(學
院)에 문의했으나 회답이 없어 정확한 경위는 알 수 없다. 김성칠의
일본생활과 경험도 미상이다. 분명한 것은 20~21세의 김성칠은 또래
보다 훨씬 연장자였고, 빨리 졸업하는 것이 무엇보다 시급한 과제였
다는 사실이다.

예비법학도, 경성법학전문학교 입학

1934년 3월 김성칠은 경성법학전문학교에 입학한다. 21세였다. 김
성칠이 왜 법학전문학교(이하 법전)를 택했는지는 알 수 없다. 입신양
명에 대한 아버지의 권유 때문일 가능성이 있다. 아들 김기협은 아버
지 김성칠의 법전 진학은, 면장을 지낸 자신보다 아들은 높은 직위에
올라야 한다는 할아버지 생각에 따른 결정이었다고 증언했다. 아버지
에 대한 애정이 애틋했던 김성칠이 그 말을 따랐다는 설명이다.[29] 경
성법전은 경성제국대학(이하 경성제대)을 제외하곤 행정관리·재판소
서기 등을 가장 많이 배출하는 곳이었다. 즉 조선인들이 공직에 진출

하는 데 가장 유력한 학교 중 하나였다.

3년간의 법전교육은 법관 양성보다는 하급 행정관료와 법원 서기·통역 등의 법률전문직 양성에 초점이 놓여 있었다. 이는 법전 졸업생의 취업현황에서 잘 드러난다.

1923년 이후 법전 졸업자는 행정관서(195명), 가업/기타(158명), 재판소서기·통역생(151명), 은행·회사(54명), 금융조합(40명), 경찰관서(32명) 순으로 취업했다. 판사(7명)와 검사(1명)의 임용은 매우 소수였다. 법전 졸업생은 「조선인관리의 특별임용에 관한 건」에 따라 조선총독부와 그 소속관서의 판임(判任)문관에 임명될 자격을 얻었고,[30] 또한 경성제대와 관립 전문학교에서 3년 이상 법률과를 다닌 조선인은 문관고등시험위원의 전형을 거쳐 특별히 조선총독부 판검사에 임용될 수 있었다.[31] 그러나 극히 일부만이 판검사 혹은 변호사가 됐고, 대부분은 행정관서와 재판소 서기, 경찰관서 등에 임용됐다. 다만 1925년 이후 금융조합 취업이 늘어났는데 이는 1930년대 만연한 고학력 졸업자의 취업난과 관련이 있었다. 법전은 1925~36년간 61~68명을 매해 선발했는데, 조선인 학생은 40~52명, 일본인 학생은 13~29명의 비율로 조선인 수가 많았다. 그중 행정관서와 재판소 취업은 주로 일본인 학생의 비중이 컸을 것으로 보인다. 법전의 민족별 취업상황을 알 수 없지만, 이를 1929~41년간 경성제대와 비교해보면 대강의 추세를 알 수 있다. 해당기간 경성제대 졸업생 수는 일본인 488명, 조선인 335명이었는데, 민족별 취업자 수는 관공서(120명 대 108명), 학교(150명 대 71명), 은행·회사(136명 대 44명)에서 드러나듯이 현격한 차이를 보였다.[32] 일반적으로 식민지기 고등교육집단의 규모는 전 학생인구의 0.2퍼센트 수준을 유지하고 있었는데,[33] 이들의 취업공간은 제도적으로 협소했을 뿐 아니라 민족적 차별로 더욱 위축되어 있었다.

김성칠은 1934년 법전에 입학했는데, 동기생 71명 가운데 일본인은 24명, 조선인은 47명이었다.[34] 조선인 동기 중에는 김성칠이 평생지기로 생각한 이철(李哲)과 홍승기(洪承琪)가 있었다. 김성칠의 일기에 애정어린 모습으로 묘사되는 "철"과 "홍"이 바로 그들이다. 이철은 민족변호사이자 해방 후 검찰총장을 지낸 애산(愛山) 이인(李仁)의 동생이며, 홍승기는 해방 후 법학자동맹에서 활동한 인물이다. 모두 좌익으로 한국전쟁기 월북했다.

김성칠은 법전시절에도 여전히 글쓰기를 멈추지 않았다. 경성법전 교우회는 『육조(六曹)』라는 교우회지를 1년에 한차례씩 간행했는데[35] 김성칠은 이 잡지에 3편의 글을 실었다. 3편 모두 재학중에 게재됐다.

글들의 특징은 다음과 같다. 첫째 모두 농촌·농업문제의 해결과 관련된 것들이었다. 둘째 수필·감상문 등이 아니라 전문적인 논문의 형식과 구성을 갖춘 글들이었다. 셋째 3년 재학중 3편의 논문을 『육조』에 게재한 것은 전무후무한 일이었다. 『육조』는 법전의 교우회 잡지이지만, 시·소설 등을 게재하지 않았는데, 이는 회보가 아니라 논문집을 지향했으며, 나아가 일본 본토에서 발행되던 『법학지림(法學志林)』『법학논총(法學論叢)』『법학협회잡지(法學協會雜誌)』 등과 어깨를 겨룬다고 자부했기 때문이었다.[36]

김성칠은 이미 동아일보의 농촌문제구제책 논문현상 공모 1등으로 유명세를 얻었는데, 『육조』의 편집자도 "일찍이 중학시대에 농촌문제에 관한 논문으로 1등상을 획득했던 김성칠 군의 논문이 『육조』의 일부분을 점하게 된 것은 우리 편집부의 영광인 동시에 본교의 명예인 바이다"라고 썼다.[37] 김성칠의 농촌·농업문제에 대한 접근은 현상분석에 기초한 개량주의적·현실주의적 방안이었다.

1935~36년의 논문에서, 김성칠은 조선농업 쇠퇴의 원인이 농업의 내재적 모순 때문이라고 진단했다. 구체적으로는 토지수확체감의 법칙, 자연의 제약, 높은 기업위험률, 생산조절의 곤란, 소경영의 존속, 자본의 고정성, 생산물의 부패변질성, 다각화의 어려움 등을 거론했다.[38] 김성칠은 농가경제 몰락의 근본원인이 농가소득 분배의 불공평, 즉 현행 소작제 하에서 소작료가 전체 수확량의 50~60퍼센트를 차지하고, 공조(公租)·공과금(公課金)도 소작인이 부담하기 때문에 소작인은 영구히 빈곤해지고, 지주는 날로 토지를 겸병(兼倂)하게 된다고 분석했다.[39] 김성칠은 농민의 자작농화를 해결방안으로 들고 있다.[40]

그렇다면 김성칠의 자작농화는, 총독부가 농촌진흥운동의 일환으로 전개하던 자작농 창정사업과 일치하는 것일까? 김성칠은 총독부의 자작농 창정(創定)사업은 실패할 수밖에 없다고 진단했다. 왜냐하면 자작농지 구입가에 대해 어떤 강제규정이 없고 당사자간의 자유계약에 맡겨놓았기 때문이라는 설명이다. 김성칠은 자작농 창정사업이 성과를 거두려면 소작인이 희망하는 토지를 지주의 의사와 무관하게 강제로 매매하며, 토지의 매매가도 객관적 표준에 따라 강제로 정해야 하며, 국가가 저리자금을 융통해 소작인의 자작지 구입을 도와줘야 한다고 주장했다.[41] 표현상으로는 자작농화이지만 실질적으로는 유상(有償)몰수·유상분배의 토지개혁을 의미하는 것이었다. 그러나 큰 틀에서는 총독부의 정책이나 제도 자체의 부정이 아니었으며, 제도 안에서 실현가능한 방도를 모색해본 것이었다.

김성칠이 쓴 세번째 글 역시 고려시대 이래 성행한 사설 금융기관의 성격인 보(寶)와 계(契)에 관한 것이었다. 김성칠은 "보란 국가, 사원, 공공기관 혹은 특수 목적을 가진 단체가 사업을 경영함에 있어 그 경비 염출(捻出)의 방법으로서 일정한 기본재산을 적립해 기본재산으로부터 생산되는 이자로써 사업의 경비에 충당하는 것"으로 점찰보(占察寶)·공덕보(功德寶)·학보(學寶)·제액보(濟厄寶)·관마보(官馬寶) 등이 있으며, "계는 수인 내지 수백명이 서로 공통되는 경제적, 사회적, 교육적, 기타 생활상 이익을 도모하기 위해 약자상부하고, 빈자상의하는 정신에 의해 단결된 것"으로 규정했다.[42] 김성칠이 전통시대의 계와 보에서 금융조합의 데자뷔(dejavu)를 느꼈으리라 생각해도 크게 틀리지는 않을 것이다. 따라서 그가 졸업 후 금융조합을 선택하게 된 것은 어쩌면 자연스러운 귀결이었을 것이다. 김성칠은 1937년 2월 경성법전을 졸업한다.[43]

조선금융조합연합회 이사

경성법전을 졸업한 김성칠은 조선금융조합연합회를 선택했다. 법전을 졸업하고 왜 법조계 진출을 모색하지 않았는지는 분명치 않다. 김성칠의 법전 선배로 금융조합 이사가 된 홍재선(洪在善)에 따르면, 자신은 1932년 졸업 후 법조계 진출을 생각했지만 여의치 않아 금융조합을 택했다고 회고했다.[44] 고등문관 시험에 합격해 변호사가 되려면, 법전졸업으로도 실력이 부족해 몇년간 공부를 더하거나, 재판소 서기로 취직해 공부를 해야 했다는 것이다. 게다가 금융조합 이사견습 합격도 쉬운 일이 아니어서, 연줄을 통해 총독부 이재과(理財科) 주임의 도움을 받고서야 가능했다.[45]

김성칠의 금융조합 선택도 개인적 호오(好惡)와 취업난이 작용했을 것이다. 일반적으로 금융조합은 조선농민을 수탈하는 기관으로 평가되지만 직업으로서의 금융조합은 식민지하 전문학교 이상 졸업자가 선택할 수 있는 최고의 직업 중 하나였다.[46] 금융조합의 조선인 직원 채용은 갑종(이사견습)·을종(책임자 양성)·병종(서기채용자)의 3종류 강습회를 통해 이루어졌다.

가장 고위직인 이사견습은 재학성적을 기준으로 선발했으며, 1년가량 시골조합에서 실무견습을 마친 후 중앙연합회에서 두달 반에서 석달 반가량 집중적인 강습을 실시했다. 김성칠에 따르면 "소화 12년(1937년) 봄에 나는 학교를 졸업하자 평소에 소원을 이루워서 곧 금융조합의 말석에 참례"하게 되었는데, 그는 1년가량 시골조합에서 실무견습을 마치고 1938년 여름 3개월간 연합회 강습에 나가게 되었다.[47] 즉 김성칠은 경성법전 출신으로 이사견습을 거친 후 금융조합 이사가 되었다.

금융조합 이사는 일제하 농촌지역에서 3대 기관장으로 꼽힐 만큼 요직(要職)으로 인식되었다.[48] 군 단위에서는 군수, 경찰서장, 금융조합 이사, 면 단위에서는 면장, 주재소 주임, 금융조합 이사를 일컬었다. 조선인 이사는 1919년 이후 임명되었고, 1925년 이래 고등교육을 이수한 고학력자를 이사로 채용하는 이사견습제도를 실시했다. 채용자격은 각종 전문학교 및 대학 졸업생으로 조선총독 또는 도지사의 추천을 받은 자였다. 1933년 조선금융조합연합회 설립 이후에도, 이사견습제도가 유지되었으며, 이들은 채용 후 3개월의 실무견학과 3개월의 이론강습을 받았다. 특히 1930년대 금융조합의 조선인 이사는 학력 면에서 조선인 사회의 최상층에 속하는 사람들로, 보수도 최상급이었다. 1932년 경성법전을 졸업한 홍재선은 당시 재판소 월급은

30원, 행정관청은 40원, 관리 이외의 최고 월급은 식산은행으로 95원, 그다음이 금융조합 이사로 70원이었다고 했는데,[50] 이는 군수의 수입과도 맞먹는 것이었다.

경기불황에 따른 취업난으로 조선인 이사견습의 경쟁률은 치열했다.[49] 금융조합의 조선인 이사 연구들을 종합해보면, 이들은 말단 지배기구인 금융조합에서 근무한 식민지배의 협조자이며, 조선농촌 근대화를 위한 국가의 강력한 지도와 통제를 받는 관제협동조합의 필요성을 주장한, 즉 협력과 침묵을 선택한 엘리뜨였다.[51]

금융조합 이사는 식민지 엘리뜨들이 선망하는 직업이었지만, 일제의 지배체제에 포섭되어 구조적으로 협력할 수밖에 없는 직종이었다. 김성칠은 이사견습을 마친 후 1937년 봄부터 1941년 봄까지 전라남도 담양군의 한재〔大峙〕, 경상북도 금호(琴湖), 영일군의 장기(長鬐)에서 면단위 금융조합 이사로 근무했다.[52] 금융조합을 그만둔 후 1942년 4월 경성제대 법문학부 사학과에 입학했다. 재학중 1944년 봄 학병(學兵)을 거부해 징용 수용소에 갇히게 되었고, 여기서 풀려난 후 다시 충북 봉양 금융조합에서 이사로 근무했다.

금융조합 생활은 김성칠의 삶과 학문에 여러 영향을 미쳤다. 첫째 금융조합은 김성칠의 사회활동의 출발지이자 지식·학술활동의 근거지, 인적 네트워크의 근원지가 되었다. 둘째 김성칠은 금융조합 시절 왕성한 집필활동을 했으며, 금융조합의 기관들은 지면을 제공해주었다. 그는 거의 고정필자처럼 금융조합 기관지에 글을 투고했다. 셋째 김성칠은 금융조합 시절 농촌·농업문제에서 출발해 본격적으로 역사연구에 발을 내딛게 되었다. 그의 관심은 농촌계몽, 개량화 등에서 전문적인 역사연구로 발전해나갔다.

김성칠은 조선금융조합연합회가 간행하던 기관지인 『금융조합(金融組合)』『家庭の友』『半島の光』(鮮文版)에 집중 투고했다. 또한 문학 분야에서 국민문학을 주창하며 일본의 침략전쟁을 긍정하고 합리화함으로써 친일문학의 가교역할을 했다고 비판받는 최재서의 『인문평론(人文評論)』(1939.10~1941.4)에 글을 실었다.[53] 금융조합을 기초로 그의 인문학적 교류망은 확장됐다. 이 잡지들은 당시 최대의 독자층을 확보하던 잡지였다. 금융조합이 간행하는 한국인 조합원 대중지인 타블로이드판 신문 『금융조합』은 11만 7000~28만 5900부가 발행되었다. 1936년 12월 『家庭の友』는 『가정문고』라는 제목을 바꿔 발행한 것으로 1941년 3월까지 간행되었고, 1941년 3월 이후 다시 『半島の光』으로 이름을 바꿔 10만부 정도 발행됐다.[54]

금융조합에서 근무하면서 김성칠은 농업·농촌문제 및 금융조합과 관련된 글들을 집중적으로 썼으며, 나아가 조선역사와 관련된 고전·인물읽기(『열하일기』『산림경제』『남환박물(南宦博物)』『장기지지(長鬐地誌)』, 정몽주), 조선문화 읽기(계契, 제주도, 장승)로 발전해나갔다.[55] 김성칠의 조선역사 연구는 1940년을 전후한 시점에 전문영역으로 접어든 반면, 농업·농촌문제를 다루는 글은 보다 대중적으로 바뀌었다. 협동부락 운동, 태평양전쟁 이후 전시체제와 관련된 현상, 역사적 배경분석, 계몽적 글(남양무역, 일본남진, 새 국민도덕, 반소의 계녀서, 교육의 힘) 등이 여기에 해당한다.

특히 김성칠이 1940년대 번역한 두권의 책은 모두 농업 관련의 계몽서적이다. 김성칠은 1940년 펄 벅(Pearl S. Buck)의 『대지』를 번역했는데, 중국 농민의 땅에 대한 애정과 가족애를 그린 이 책은 저자가 노벨문학상을 수상(1938년)하면서 유명세를 탔다. 김성칠이 처음 번역했으며, 그의 사후 1970년대까지도 그 판본이 여러차례 출판된 바 있다.[56] 그에게 대중적 작가로서의 명성을 안겨준 번역서였다. 부인 이남덕(李男德)은 김성칠이 중국을 무대로 한 『대지』를 번역한 것은 "동양의 전통사회, 즉 흙과 더불어 사는 농민에 대한 열정이 있었기 때문"으로 추정했다.[57] 해방 직후 강용흘(姜鏞訖)의 『초당(草堂)』을 번역·출간한 것과 같은 맥락이었다.

1942년에 번역한 시게마쓰 타까모또(重松髜修)의 『조선농촌담(朝鮮農村譚)』도 매우 특징적이었다. 시게마쓰는 대학졸업 후 조선금융조합에 취직했으나 3·1운동 때 평안남도 양덕에서 근무하던 중 총에 맞아 한쪽 다리를 절게 되었음에도 농촌의 금융조합 일선을 떠나지 않았다. 1924년 평남 강동조합 이사로 부임한 후 개량종 병아리 300마리로 양계를 시작해, 마을을 양계마을로 발전시키면서 양계조합도 결성했다. 10년 후 이 마을은 25만개의 계란을 생산해 군대에 대량납품하는 한편, 계란 판매금으로 10년간 돼지 1959마리, 소 957마리, 경지 3만 2000여평을 마을 공동재산으로 구매하고, 소학생의 학자금 5497원을 지급했다고 공언했다. 시게마쓰는 이 책에서 "계란에서 소, 소에서 토지"라는 표어를 썼다. 이는 금융조합의 협력에 기초한 마을단위의 자급자족·협동농업의 성공사례였으며, 총독부의 농촌진흥운동과도 상통하는 바가 있었다. 시게마쓰는 자신의 경험담을 금융조합 기관지에 8년가량 연재했고, 1941년 일본 토오꾜오(東京)에서 『朝鮮農村物語』라는 제목으로 책을 출간해 선풍적인 인기를 끌었으며 조선에서도 관심이 급증했다.[58]

김성칠은 시게마쓰와 개인적 친분이 있었다. 김성칠이 금융조합 이사견습으로 입사했을 때 시게마쓰는 연합회 교무과장이었고, 그를

직접 가르쳤다.[59] 김성칠은 "언제나 봄바람이 부는 듯한 온후한 인간
미"와 "무슨 일이든 종시 성의로써 처리하며 여인수작(與人酬酢)에도
역시 지극 정성으로 일관하는 (시게마쓰의) 태도"에 감명받았다. 김
성칠은 특히 농민의 노력과 마을주민의 협동, 금융조합의 지원이 결
합되어 일종의 경제적 자립과 공동체적 번영을 이룩한다는 시게마쓰
의 자기계발적 스토리에 동의한 것으로 보인다.

그런데 시게마쓰의 "계란에서 소, 소에서 토지"라는 표어는 자신의
개인적 선전과 총독부 농촌진흥운동이라는 정책적 목적을 위해 활용
된 것이며, 강동조합의 성공은 실체가 없이 과장된 것이란 평이 적지
않았다. 일개 지방조합 이사였던 시게마쓰는 『금융조합』에 자신과 강
동조합의 성공담을 대대적으로 선전한 후 본부 교육부장·참사로 수
직 승진했다. 1940년대 금융조합연합회 본부참사가 된 하상용(河祥
鏞)은 귀에 못이 박히도록 들은 강동조합의 실체를 확인하려 했지만,
그 성공의 실체가 흔적도 없이 사라졌다기에 그만두라는 만류를 받았
다고 한다.[60]

김성칠은 시게마쓰의 허락을 얻어 『朝鮮農村物語』를 『조선농촌담
(朝鮮農村譚)』으로 바꾸어 일부 축약과 재편집하여 번역출간했다.[61] 김
성칠은 번역서를 출간한 뒤에도 두차례 번역 후일담을 잡지에 쓰기도
했다.

두 글 모두 금융조합 이사이던 시게마쓰가 농촌진흥을 위해 애쓰며
동물을 사랑하고, 금융조합 이사의 직위를 성직(聖職)으로 알고 최선
을 다했다는 내용이었다. 여담이지만, 당시 김성칠은 이미 창씨개명
을 한 상태였고, 『半島の光』(鮮文版) 제62호(1943.1)에 쓴 글이 목차에
「성전(聖戰)에의 자각(自覺)」으로 잘못 표기된 상태였다. 태평양전쟁

기였고 한창 유행이던 '성전' 운운이었기 때문에 이 글이 일제의 전시 총동원체제를 응원하는 글로 지목되기도 했다.[62] 영인출간된 『半島の 光』(鮮文版)에는 어떤 영문인지 본문이 빠져 있어 노골적인 친일(親 日)의 글이 아닐까 의심하기도 했다. 그런데 원문 확인결과 제목은 '성전(聖戰)'이 아닌 '성직(聖職)'의 오자였으며, 이는 시게마쓰가 스스 로 금융조합 이사직을 성직으로 여긴다는 내용이었다. 시게마쓰는 1945년 종전(終戰) 직전에 『續朝鮮農村物語』를 간행했다.[63]

번역서 두권에서 드러나듯이 김성칠은 농민 지도·계몽의 차원에 서 금융조합 활동에 적극적이었음을 알 수 있다. 이는 그가 1930년대 이래 계속 표명해온 농업과 농촌발전의 구상·방안과도 긴밀하게 연 결된 것이었으며, 조선총독부의 농촌정책에 포섭된 것이기도 했다.

경성제대 입학, 역사학 입문

김성칠은 1942년 4월 경성제대 사학과에 입학했다. 경성제대 입학 일을 이충우는 1937년 경성제대 예과 입학으로, 부인 이남덕은 1941 년 경성제대 사학과 입학으로 기록했으나,[64]『경성제국대학일람(京城 帝國大學一覽)』에 따르면 1942년 4월에 입학했다.[65] 1937년 이래 경성 제대 예과 합격자 명단에는 김성칠이 없다.[66] 또한 예과는 고등학교 과정처럼 정해진 교과목들을 전일제(全日制)로 이수해야 했는데, 금융 조합에 근무하던 김성칠에게는 불가능한 일이다. 김성칠은 1937년 봄 부터 1941년 봄까지 4년간의 금융조합 생활을 청산하고 경성제대 사 학과를 선택했다. 경성제대는 예과 3년을 수료해야 학부에 진학할 수 있는 씨스템이었다. 예과를 졸업하지 않은 사람이 경성제대 학부에

진학하려면, 학부에 결원이 발생해 고등학교 및 학습원 고등과 졸업
자이면서 경성제대 학부가 시행하는 학력검정시험에 합격해야 했
다.[67] 지원자가 많기 때문에 늘 선발시험이 실시됐다. 때문에 경성법
전을 졸업한 김성칠은 학부 선발시험을 거쳐 1942년 4월 법문학부 사
학과에 입학했을 것이다. 당해 사학과 입학생은 총 9명이었고, 조선
인은 2명이었다.[68]

　법학전문 시절 김성칠의 관심사는 농업·농촌문제의 역사적 기원
을 거슬러 올라가는 것이었고, 그 연장선에서 다양한 역사문제 관련
글을 쓴 바 있다. 금융조합 시절 그는 농업문제(전제田制, 보寶, 계契)
와 민속(제주도, 장승), 조선후기 실학·북학(열하일기, 산림경제), 기
타 지지地誌(장기長鬐)와 인물(정몽주)에 관한 글을 쓴 바 있다. 때문
에 김성칠이 역사학을 선택한 것은 자연스러운 귀결일 수도 있다. 구
체적으로 누가 김성칠의 역사연구를 자극했고, 사학과 진학을 유도했
는지는 미상이다. 김기협은 경성제대 사학과 일본인 교수의 적극적인
인도가 있었다고 했으나, 누구인지는 알지 못한다고 했다. 당시 경성
제대 사학과 교수는 일본사(松本重彥, 田保橋潔), 동양사(鳥山喜一, 松田
壽男), 조선사(藤田亮策, 末松保和), 서양사(高橋行八郎) 총 7명으로 구성
되어 있었다.[69]

　대구고보(중퇴), 농사·독학, 토요꾸니중학(졸업), 경성법전(졸업),
금융조합, 경성제대로 이어지는 김성칠의 수학시대는 태평양전쟁기
끝물에 시작되었다. 경성제대는 김성칠에게 학문의 토대를 마련해주
었고, 선배·동료 역사학자와 관계를 맺게 해주었으며, 그에게 직업적
학자의 길을 열어주었다.

　경성제대 동문으로 그의 일기에 거론된 동년배들은 모두 김성칠의

한국전쟁기 일기에 등장하는 주요 인물들이자, 해방공간의 한국지성
계의 대표적인 소장파였으며 전쟁에서 살아남은 사람들은 전후 남과
북을 막론하고 모두 대가가 되었다.[70]

　김성칠은 경성제대 시절에도 활발한 글쓰기를 계속했다. 특기할만
한 것은 1942년 3월 서물동호회(書物同好會) 회보(15호)에 남환박물[南
宦博物]이라는 제주도 지리지 소개글을 쓴 일이다. 이미 1940년 제주
도를 여행하고 2편의 제주도 기행에 관한 글을 쓴 바 있으므로,[71] 제주
도 관련 자료를 찾아 소개한 것으로 판단된다. 서물동호회는 서지학
을 중심으로 한국문화에 관심있는 인사들의 모임으로, 회원은 경성제
대나 조선사편수회에 재직하던 일본인 학자들과 이인영(李仁榮), 최남
선(崔南善), 고유섭(高裕燮), 조윤제(趙潤濟) 등 한국인 학자들이었다.
김성칠은 1943년 4월까지 모임의 지방회원이었다.[72] 서물동호회에 글
을 썼다는 것은, 김성칠이 조선학 혹은 조선문화에 조예있는 조선
인·일본인 학자들의 고급 써클에 이름을 올렸음을 의미했다.

　경성제대 시절 김성칠은 평생의 이화여자전문학교(이하 이화여전)를
졸업한 후 1942년 4월 경성제대 조선어문학과에 입학한 평생의 반려
인 이남덕을 만났다. 이남덕은 입학 후 첫 한문 강의시간에 앞자리에
앉은 김성칠을 만났다고 했는데, 둘의 만남에는 박종홍(朴鍾鴻)의 역
할이 컸다. 박종홍은 김성칠의 일기에 등장하는 '박선생님'이자 그가
평생 존경하고 따른 스승이자 학문적 인도자였다.

　평양고등보통학교 출신인 박종홍은 1926년 고등보통학교(이하 고보)
교사자격검정시험에 합격한 후 김성칠이 재학중이던 대구고보 교사
로 봉직했다.[73] 김성칠이 1927년 대구고보에 입학했으므로, 첫 교사
생활에서 사제지간으로 만났다.[74] 김기협의 증언에 따르면 김성칠의

420

수감기간 동안 학생지도 차원에서 감옥을 방문하며 친분을 쌓게 되었다는 것이다. 박종홍의 정신적 영향을 받아 줄곧 사제관계를 유지했고, 진심으로 존경하는 사이였다. 박종홍의 인생경로도 김성칠에게 영향을 끼쳤을 것이다. 박종홍은 1929년 선과(選科)제도를 통해 경성제대 법문학부 철학과에 입학했다. 선과제도는 경성제대에서 예과를 거치지 않은 학생 중 영어·독일어·전공과목 등의 테스트를 통하여 선발하는 제도였다. 선과생은 학위를 수여하지 않았고, 6단위의 학점을 받은 뒤에야 비로소 본과생으로 편입할 시험자격을 얻었는데, 이 시험과목은 12개로 광범했다.[75]

박종홍은 경성제대 대학원을 졸업한 후 1935년부터 이화여전에서 가르쳤는데, 자신의 경험을 살려 이화여전 여학생 고옥남(高玉南, 영문 17회), 이남덕(국문 18회)을 1942년 경성제대 선과로 입학시켰다. 당시 경성제대 예과는 여학생을 받지 않았기 때문에 여학생은 선과를 통해서만 학부에 입학할 수 있었다. 선과 시험과목은 일본어, 영어, 한문, 선택과목이었는데, 철학과 출신으로 시험경향을 알고 있던 박종홍은 철학을 선택과목으로 택해 집중지도하는 한편 한문도 열심히 공부를 시켰다. 심지어 박종홍은 시험장 밖에서 기다리기까지 했다고 한다.[76] 해방 후 고옥남은 숙명여대에서 영문학을, 이남덕은 이화여대에서 국문학을 가르쳤다.

김성칠은 평양고보 출신이던 박종홍이 교사생활을 거쳐 불굴의 노력으로 선과로 경성제대에 입학·졸업하는 것을 지켜보면서 자신의 길을 정하는데 도움을 받았을 것이다. 나아가 박종홍을 통해 경성제대에 입학한 이남덕을 소개받을 정도로 김성칠과 박종홍의 관계는 긴밀했다.

전시 경성제대는 1943년 일제의 학병지원 책동에 의해 대부분의 재학생이 학병에 끌려갔다. 당시 31세의 김성칠은 학병지원을 거부했다. 1943년의 학병지원은 일종의 블랙코미디였는데, 명목상으로는 지원이었지만 실질적으로는 강제동원이었다. 부모, 형제, 처자에 대한 위협과 공갈에 기초한 것이었다.[77] 총독, 조선주둔군 사령관, 총독부 고관들이 전원지원을 강요했고, 학병지원을 위해 문화·종교단체 등이 총동원됐다. 심지어 유명 조선인들의 명의를 도용하는 일까지 서슴지 않았다.[78] 이 결과 1944년 1월 20일 총 4385명의 학생들이 학도지원병으로 끌려 나갔다.[79] 학병지원을 거부한 사람들은 강제징용을 위해 수용됐다. 김성칠도 징용수용소에 갇혔지만, 경성법전 시절 훈련교관의 도움으로 풀려났다. 경성법전 일람(一覽)에 따르면 그는 보병 제78연대 육군보병 중좌(중령) 우이따 카나메(海田要)로 당시 배속장교로 근무했음이 확인된다.[80] 이후 김성칠은 다시 금융조합에 들어가 충남 봉양금융조합 이사로 근무했다. 경성제대에서 조선어문학을 전공하던 이남덕이 그를 찾아 봉양으로 내려왔고, 둘은 태평양전쟁의 말기를 신접살림을 했다. 1945년 4월 첫 아들 김기봉(金基鳳)이 태어났고, 8월 김성칠은 해방을 맞았다.

3. 해방 후의 삶: 학문의 길

금융조합연합회 과장

충북 봉양에서 해방을 맞은 이야기는 김성칠의 일기에 단편적으로 등장한다. 부인 이남덕에 따르면 해방 후 귀환동포가 가을부터 겨울까지 밀려왔고 "조합 직원의 부인들은 날마다 점심때만 되면 주먹밥, 찐 감자, 보리차 등을 준비해가지고 봉양역으로 나가서 귀환동포들에게 나누어주는 일로 열심히 뛰었다."[81]

김성칠은 금융조합연합회 본부과장에 임명되어 1945년 12월 서울로 올라왔다. 해방 후 금융조합의 재편·재건과정은 잘 알려진 바 있다.[82] 해방 후 일본인 간부들이 돌아가고 난 후 지방조합 대표자들은 1945년 9월 25일 서울에서 모임을 갖고, 금융조합대책위원회를 조직했다. 이들은 한국인만으로 새 임원을 선출했는데, 위원장에는 본부 참사이던 하상용(河祥鏞), 부위원장에는 경기도내 이사이던 임종관, 상임위원에는 충청도내 이사 정재억, 경기도내 이사 윤범수, 본부 부참사 박원식(朴元植)을 선출했다. 이북연락위원 3명을 선정했는데, 북강원도 담당 경기도내 이사 김창훈, 함남북 담당 함남도내 이사 오홍교, 황평삼도 담당 황해도내 이사 이덕형을 선출했다.

보급과장 박원식은 하상용 위원장에게 "충북에 있는 김성칠 이사와 충남의 김주인(金周仁) 이사를 불러오기로 합시다. 청춘을 조합에 바친 민족주의자니까 일을 잘 해줄 것입니다"라고 추천을 했다.[83] 연희전문 상과출신인 박원식은 1927년 8월 금융조합에 입사한 후 지방조합의 부이사로 오래 근무했다. 또한 문필력이 있어 금융조합의 기관지 『가정지우(家庭之友)』와 『금융조합(金融組合)』에 많은 수필을 발표했다. 그는 31세 이후 연합회의 교육부에서 『半島の光』을 편집한 인물이었다. 김성칠은 『半島の光』에 많은 글을 썼고, 이런 연유로 박원식의 추천을 받은 것으로 보인다. 또한 하상용 위원장은 김성칠의 가장 친한 친구인 이철(李哲)의 매부였으며, 이철과 고옥남의 결혼을 위해 김성칠과 함께 이인(李仁)을 함께 찾아다닌 사이였다.[84] 하상용에 따르면 대책위원회가 김성칠과 김주인을 기초위원으로 위탁했다.[85] 때문에 김성칠은 그의 실력을 인정한 박원식과 절친한 친구의 매형인 하상용의 강력한 추천을 받을 수 있었다.

1945년 11월 13일 미군정은 군정청 재무국 재무관 존 랜드리(John E. Landry) 대위를 연합회장에 임명했고, 11월 24일 하상용 참사가 서무부장 사무취급 겸 금융부장 사무취급으로 임명되었다. 실질적으로 하상용이 연합회를 주도했다. 일본인 간부가 물러간 1945년 12월 22일 하상용은 이사로 임명되어, 임흥식(林興植), 이항종 이사와 함께 금융조합연합회 실무를 담당했다. 랜드리 대위는 금융조합연합회 회장뿐 아니라 동양척식회사가 재편된 신한공사 회장을 겸임했기 때문에 하상용이 사실상 연합회 회장을 대리했다.

김성칠 일기는 이 무렵부터 남아 있다. 1945년 12월 3일자에 그가 금융조합연합회 본부 지도과 참사, 즉 지도과장에 임명됐다는 사실이 처음으로 등장한다. 일제하 금융조합 이사·부이사이던 중간간부들은 해방 후 금융조합연합회 본부의 간부급이 됐을 뿐 아니라 상당수가 정·재계의 핵심인물이 되었다. 예를 들어 하상용은 대한금융조합연합회 회장, 한국증권금융주식회사 사장, 석탄공사 총재를 지냈고, 구매과장을 지낸 이재형(李載瀅)은 제헌국회 의원으로 출발해 상공부장관, 신민당 부총재, 민정당 고문 등을 거쳐 국회 부의장과 국회 의장에 이른 인물이었다. 그와 함께 지방에서 차출된 김주인은 다선 국회의원을 지내고 전국경제인연합회 회장과 헌정동지회 의장을 역임했다. 즉 경제계에서 출발해 정치계의 핵심이 된 인물들이 적지 않았다. 금융조합이 인재풀(pool)의 역할을 한 셈이다.

그런데 김성칠은 금융조합연합회 간부직을 그리 탐탁지 않게 여겼
다. 1945년 12월 4일 서울에 올라온 김성칠은 다음날 사령장을 받았
는데 이때는 일본인 회장 등 일본인 간부들이 남아 있을 때였다. 김성
칠은 "구회장 이하 일인(日人) 간부 환시하에서 다시 미인(美人)의 사
령을 받게 되니 얼굴에 모닥불을 퍼붓는 것 같다"거나[86] "이 변란통을
이용해서 좀더 좋은 자리를 하나 얻어둘 양으로 분주하는 여러 사람
의 틈에 나도 한몫 끼이게 된 것이 아닐까 하고 혼자 어이없는 웃음을
지었다"고 썼다.[87] 금융조합 내부에서 개인적인 갈등관계도 작용했을
것이다. 그와 함께 본부로 호출된 김주인은 과장 밑의 참사였는데, 이
재형의 말을 빌리자면 "과장이 못되어서 안달"이었고, 연합회 본부내
에서 갈등을 일으켰다. 김성칠은 교무과를 별도로 만들어 자신이 과
장직을 맡고 지도과장직을 김주인에게 넘겨주었다.[88] 김성칠은 금융
조합 일을 '외도' '울울한 심회' 또는 사나운 '심사'로 묘사했다.

김성칠은 "나의 나아갈 길은 따로이 있"다고 생각했는데, 그것은 아
마도 학문의 길이었을 것이다. 김성칠은 1946년 1월 31일 연합회 회
장 랜드리에게 두가지 허락을 얻었는데, 첫째 자신의 모교인 경성법
전에서 시간강사를 한다는 것, 둘째 자신이 집필한 역사책『조선역
사』를 연합회 발행으로 해도 좋다는 것이었다. 김성칠의 선택과 수완
이 보이는 대목이다. 법전강의는 그가 학문의 세계에 접어든다는 것
을, 역사책 간행은 그가 본격적인 역사학자로 글쓰기를 시작했음을
의미했다.

『조선역사』의 출간과정을 보면 김성칠의 놀라운 필력과 집중도를
알 수 있다. 일기에 따르면 그는 1945년 12월 22일『조선역사』의 원고

를 쓰기 시작해 1946년 1월 30일 탈고했다. 김성칠은 1945년 12월 30일부터 본격적으로 작업해 한달 만에 원고를 끝냈다. 1946년 1월 17~19일 지부장회의를 전후한 1주일을 제외한다면 불과 3주 만에 완성했다는 얘기다.[89] 『조선역사』의 서문은 경성대학 사학과 교수이던 동빈(東濱) 김상기(金庠基)가 썼는데, 박종홍을 통해 김상기와 알게 된 것으로 보인다. 김상기는 1946년 2월 서문을 썼고, 자택까지 방문해 서문을 받은 김성칠은 내용이 마음에 든다며 고마워했다.[90]

한편 일부 자료에는 『조선역사』의 집필이 금융조합연합회 보급과장이던 박원식의 권유에 따른 것이라고 했는데,[91] 해방 후 금융조합연합회가 일종의 출판·문화보급처의 역할을 한 것에 비추어 본다면 근거 없는 주장은 아닐 것이다.

금융조합연합회는 놀랄 만한 출판능력을 보여줬다. 해방 후 아마 이처럼 다양한 종류의 책자를 지속적으로 간행한 민간출판사는 없었을 정도로, 금융조합연합회가 해방 후 출판·문화계의 메카였음을 알 수 있다. 읍·면 단위까지 조합이 있었고, 자금력있는 조직이었기 때문에 가능한 일이었다. 또한 이런 대중적 잡지, 도서의 간행은 일제시대 이래 금융조합의 주요 사업 중 하나이기도 했고, 박원식 등 출판·보급분야에서 활동하던 인물들이 해방 후 변화된 정세에 맞는 출판사업을 한 덕분이기도 했다. 연합회는 『조선역사』 초판 5만부를 찍었고, 그후 4판까지 6만 6000부가 판매되었다.[92] 금융조합연합회는 경성대 교수 유열(柳悅)의 『한글강좌』를 출간해 1만 3000부라는 판매량을 기록했고, 배성룡의 『농민독본』은 3만 5000부를 찍어 조합원에게 나누어주기도 했다.

『조선역사』는 해방 후 최초의 수퍼 베스트셀러였다. 많이 팔린 이

유야 여럿 있겠지만 우선 책 자체가 최초의 대중적 통사였으며 쉽고 잘 읽히는 문장으로 구성된 강점이 있었다.[93] 한국역사 연구가 걸음마 단계였기 때문에, 이 책은 해방 전 이룩된 한국사 연구성과에 기초한 것이며 김성칠의 한국역사에 대한 광범하고 보편적인 이해와 연구수준을 반영한 것이었다. 국문학자로 훗날 이화여대에서 국문학을 가르친 부인 이남덕의 도움도 컸는데, 김성칠도 일기에서 아내의 협력이 있었음을 밝히고 있다. 해방된 한국에서 한국역사에 대한 대중적 수요가 폭발적이었는데『조선역사』는 이에 응답하는 가장 적합한 책이었다. 적절한 시점에 적절한 책을 출간한 묘미와 저자의 필력, 판매망의 이점 등이 결합된 결과였다.

판매에서는 특히 금융조합연합회의 선전과 조직망이 주효했다. 연합회의 중앙보급과 보급과장이자 일제하에서『半島の光』의 편집자이며, 김성칠을 서울로 초빙한 박원식이 책의 판매를 담당했다. 박원식은 추천장 2000장을 찍어 각각의 도에 발송했고, 신문에는 박원식이 작성한 조선금융조합연합회 명의의 광고가 게재되기도 했다. 나아가 금융조합의 지방조직망이 판매처가 되었다.

김성칠은 1946년 2월 25일부터 법전에서 강의를 시작하면서 한동안 금융조합연합회 일과 강의를 병행했다. 그는 3일간(월, 화, 목) 출강해 국사와 국어를 가르쳤다.[94] 김성칠은 금융조합연합회가 점차 우경화되자 이를 그만두었다. 일기에 따르면 장덕수(張德秀) 등 민주의원이 하상용, 임홍식 등을 초청해 공작한 결과 중역들이 우익과 결탁하기를 선포했고, 김성칠은 이를 2시간이나 비판했다. 그렇다고 그가 좌익편은 아니었다. 1946년 3월 9일 인민비판사 주최로 좌익측에서 금융조합문제를 논의할 때 그는 민전·전평·전농·해방일보 등 좌익

논객들과 맞서 3시간 동안 금융조합의 입장을 두둔했다. 김성칠의 결심은 이러했다. "금융조합의 우익 편향은 이제 결정적인 사실이 되고 말았다. 이러한 의미에서도 나는 이 기관을 물러나야겠다. 나는 현하의 조선에 있어서 좌익의 경거망동을 싫어한다. 그러나 우익의 혼란도 보기 숭하다."[95]

그는 3월 22일 금융조합연합회에 사표를 냈다. 사회적 지위와 경제적 안락함이 보장된 직장을 버린 것이다. 그의 선택은 확고했지만 쉬운 것은 아니었다. 그는 서울대학 박종홍의 주선으로 법문학부에 연구실을 하나 얻었다.

서울대 교수와 역사연구

금융조합연합회를 그만둔 김성칠은 서울대 동양사 합동연구분실에 들어갔다. 1946년 4월 9일자 일기에 교수 김상기에게 졸업논문으로 청대 고증학이 조선학자에게 끼친 영향을 쓰겠다고 한 것으로 미루어 김성칠이 아직 경성제대 졸업논문을 제출하지 않았음을 알 수 있다. 김성칠은 박제가(朴齊家)가 쓴 『북학의』의 사상과 이에 대한 청나라 학자들의 반응을 쓰겠다고 했다. 졸업논문을 현재 구할 수 없지만, 그가 일제 말기 박지원(朴趾源)의 『열하일기』, 홍만선(洪萬選)의 『산림경제』를 번역·강독하며 이에 관한 글을 썼던 것과 동일선상에 놓여 있었을 것이다.[96] 1946년 4월 13일자 일기에 동양사분과회 제1회 연구발표회가 있었는데, 훗날 한국 서양·동양사학계의 태두가 된 민석홍(閔錫泓)과 전해종(全海宗)이 발표를 했다. 김성칠은 조교생활 1년 후 동양사 전임강사로 채용된 것으로 알려져 있다. 어떤 경로로 서울대 교수가 되었는지는 알 수 없다. 당시 서울대에서 동양사 교수는 김상기, 김일출(金一出), 김성칠 세 사람이었다. 그의 일기는 1946년 4월 중순 이후 1950년 초까지 빠져 있다.

1946년 이후 1951년 사망 때까지 김성칠의 연구분야는 광범했다. 전공분야로는 연행사·연행록·북학파 연구를 진행하면서 고전번역·한글연구와 통사·교과서 등 대중서 집필에 주력했다. 그의 필력과 생산력은 놀라운 것이었다. 책 말미의 김성칠저작목록에서 드러나듯이 김성칠은 해방 후에 16편 이상의 잡지글과 고전번역 7권, 외국서 번역 1권, 한국사 통사 2권, 한국사 1권, 동양사교과서 1권, 공저로 동양사 개설서·동양사교과서 각 1권씩을 출간한 바 있다. 총 14권의 단독·공동 저서를 출간한 셈이다.

연행사·북학파를 통해본 조중관계사

김성칠의 주요 연구분야는 청조대 연행사(燕行使)를 통해 본 조·중(朝中)관계사였다. 그는 동양사 교수였지만, 실질적으로는 한국사 연구자였다고 보아도 과언이 아니다. 연행록, 연행사에 대한 김성칠의 관심은 광범했는데, 1947년 이래 그가 쓴 연행에 관한 글들은 여러 편이다.

김성칠의 사후 조카 정기돈과 후배 고병익(高柄翊)이 정리·발표한 1960년 논문은, 최초의 연행연구 종합서이자 이후 연구의 토대를 놓은 것이었다. 1950년에 김성칠이 도달한 연구수준을 짐작할 수 있다. 그는 또한 연행경험이 있거나 북학에 관심을 갖던 박지원, 박제가, 홍대용(洪大容) 등 북학파와 이들의 저작에 대한 분석과 번역에 관심을 가졌다. 특히 연암 박지원과 『열하일기』에 대한 애정은 남달랐다.

김성칠은 1941년 『열하일기』에 관한 해제를 쓰면서 『열하일기』가 "연내(年來)의 애독서"라고 밝힌 바 있다. 1930년대 이후 조선학운동이 붐을 이루면서 다양한 실학자에 대한 관심이 있었고, 박지원에 대한 연구들도 적지 않았다. 훗날 북한 역사학계의 태두(泰斗)가 된 김석형(金錫亨)도 1941년 『열하일기』에 대한 글을 쓴 바 있는데,[97] 김성칠도 이런 연구경향의 영향을 받았을 것이다.[98]

김성칠은 조·중관계뿐 아니라 조·일관계에도 관심이 있었는데, 이미 1939년에 송희경(宋希璟)의 『노송당일본행록(老松堂日本行錄)』에 대한 해제를 쓴 바 있다. 세종2년(1420년)에 일본을 다녀온 그의 일본견문기는, 성종2년(1472년) 일본을 다녀와 쓴 신숙주(申叔舟)의 유명한 『동국제국기(東國諸國紀)』보다 52년 이상 빠른 것이었다.[99]

김성칠이 『열하일기』에 쏟은 애정은 사후출간(1993년)된 논문에서 잘 드러난다. 특히 『열하일기』 판본을 비교한 후, 임의로 교정·편집한 사례들을 비판적으로 분석했다. 김성칠은 박지원의 글이 후세 편집자들에 의해 "철저한 개성의 말살" "작품의 범속화"를 가져왔다고 비판했다.[100] 이 글은 일기 속에 들어있던 내용을 옮긴 것으로 편집자는 1949년 쓰여진 것으로 추정했다.[101] 김성칠이 시작한 『열하일기』 번역은 1948년 정음사에서 두권으로 출간된 이래, 1950년까지 총 5권의 문고본이 간행되었다. 김성칠의 일기에는 1950년 1월 『열하일기』를 개역했다는 기록이 있다. 부인 이남덕은 나머지 원고는 1·4후퇴라는 전쟁통에 분실했다고 전한다. 『열하일기』는 김성칠 부부의 첫 인연과도 관련이 있어, 1944년 봉양에서 신접살림을 차린 후 김성칠은 거의 1년 동안 이남덕에게 『열하일기』를 한문강독 교재로 삼아 가르쳤다.

김성칠은 또한 학위논문 주제로 삼은 북학파 박제가의 『북학의』에 대한 해제와 홍대용에 관한 글을 쓰기도 했다.[102] 이 글들은 본격적인 논문이기보다 서지학적 해제 혹은 소개의 글이었다. 김성칠은 박제가의 『북학의』를 박지원의 『열하일기』와 함께 북학론의 두 기둥으로 묘사할 정도로 중시했다.

고전번역과 한글연구

김성칠의 두번째 연구분야는 고전번역과 한글연구였다. 박지원의 『열하일기』 외에도 김성칠은 정인지(鄭麟趾) 등이 지은 『용비어천가』를 번역해 1948년에 상·하권으로 출간했다. 조선금융조합연합회의 협동문고로 간행된 이 책의 서문에 따르면 김성칠은 이미 1941년 여름 대구 팔공산에서 번역을 시작했다고 한다.[103] 『용비어천가』의 서문은 이희승(李熙昇)이 썼다. 김성칠의 『용비어천가』 번역본은 이후 1956년 향문사(鄕文社)에서, 1959년에는 정양사(正陽社)에서 출간되었고, 이후 『용비어천가』 연구의 토대가 되었다.[104] 1997년 아들 김기협이 일부를 손질해 다시 출간했다.[105]

김성칠은 고전번역과 함께 한국어에 대한 깊은 관심을 가지고 있었다. 훈민정음 이전의 언어 추적을 위해 지명에 남아 있는 고유어를 찾아내야 한다고 생각했다. 국문학자 강신항(姜信沆)의 회고에 따르면 1950년 2월초 국립중앙도서관 연구실 고대지명연구회 작업에 자신도 참여했다고 한다. 고대지명연구회는 김성칠의 지도와 경비부담으로 서울대 국문과의 강한영(姜漢永), 국문과 남학생 3명, 여학생 4명이 합류해서 국립중앙도서관과 법무부 법전편찬국에 보존된 1910년대 지명자료 중 북위 38선 이남 지역 분을 등사(謄寫)하는 작업을 진행했다. 예를 들어 수유리(水踰里)는 무너미, 기곡리(基谷里)는 텃골, 숫말, 아랫말, 웅진(熊津)은 곰나루, 시전리(柿田里)는 감밭, 오암리(梧岩里)는 오리실, 안암천(安岩川)은 암감내 등의 순우리말 지명이었다. 그뒤 1950년 봄 전국 국민학교 교장 앞으로 등사 자료를 부치고, 여백 위에 현재의 순한글 고유지명, 고적, 비각, 정려 등의 이름을 적어달라는 편지를 보냈다. "국립서울대학교 문리과대학 지명연구회장, 대한금융조합연합회 교육부 조사과장"이라는 연명(連名)으로 된 편지였다.[106] 편지들의 답장이 돌아오는 중에 전쟁이 발발했다. 전쟁 동안 김성칠은 북한정권이 한 일 중 가장 마음에 드는 일로 한글전용을 꼽기도 했다.[107]

해방 직후의 저작들에 비해 김성칠의 저작들은 읽기 편한 문장과 대부분 쉬운 한글로 구성되어 있다. 이는 김성칠이 부인과 함께 한글을 깊이 생각하고 글쓰기를 실천한 결과였다. 강신항에 따르면 김성칠은 외적의 수모를 당하지 않으려면 철저한 민족훈련이 필요하고, 이를 위해서는 교육의 힘을 빌려야 하는데 먼저 한글전용운동을 펼쳐서, "우리 겨레가 누구나 좋은 글을 쉽게 읽을 수 있도록 힘차게 문화운동을 펴나가야 된다"고 주장했다. 김성칠의 일기에도 가로쓰기와 세로쓰기의 장단점에 대한 부인과의 대화가 실려 있다.[108] 김성칠은 과학서 등은 가로쓰기를 하더라도 문학 등은 세로쓰기를 하는 것이 동양의 독특한 점일지도 모른다는 견해를 피력했다. 1951년 6월 출간된 『국사통론』의 머리말에서 김성칠은 될 수 있는 대로 한자를 버리고 한글을 써야 한다며 순한글로 책을 썼지만, "이왕이면 가로쓰기에 좇고 싶었으나 이는 좀더 시일을 기다려야 한다"고 했다.[109]

통사 · 교과서 · 기타

김성칠의 필력은 그가 출간한 다양한 한국사 대중서, 한국사 연구서, 동양사 개설서, 교과서류에 잘 드러난다. 먼저 1946년 한국사 통사로 간행한 『조선역사』는 대중적·계몽적 목적으로 저술한 것인데, 1948년에 『(고쳐쓴) 조선역사』로 개정 출간했다. 이는 이 책이 일본 토오꾜오(東京)에서 일본어로 번역되어 출판됐다는 소문을 듣고 불안함을 느꼈기 때문이었다.[110] 조선금융조합연합회에서 출간된 이 책은, 이후 1960년 대한금융조합연합회에서 4판이 나올 정도로 인기를 끌었다. 김성칠의 『역사 앞에서』가 출간된 1993년 다음해에 재출간되기도 했다.[111]

1951년 부산의 감당사(甘棠社)에서 출간된 『국사통론』은 한국전쟁기 역사서술을 대표하는 저작으로 평가받는다.[112] 『조선역사』가 초등학생이나 중학생 같은 소년소녀를 대상으로 쓰인 데 비해, 김상기의 평에 따르면 『조선역사』를 바탕으로 한 『국사통론』은 분량과 내용이 훨씬 자세하게 기술되었다. 박학다식한 김성칠에 의해 '온건정치한 입론'에서 객관적으로 재서술됐다는 것이다.[113] 김성칠은 전쟁 전 감당사(甘棠社)라는 출판사를 기획한 상태에서, 먼저 서울 혜화동 로터리 부근에 서점을 열어놓았다고 조카 정기돈은 이야기한다. 1951년 『국사통론』을 출간한 곳이 감당사였다. 이 책은 1951년 12월에 문림사에서 초판이 간행된 이래 여러차례 재출간되었다.[114]

타나까 류우지는 김성칠의 역사관이 첫째 실증을 통한 계몽사학, 둘째 문화사학이었다고 평가했다.[115] 조동걸(趙東杰)의 평처럼 『국사통론』은 해방정국에서 새롭게 간행된 저술 가운데 문화사학이 갖는 도덕주의 성향이 가장 강하게 표현된 저술이며,[116] 민족주의보다는 오히려 계몽사학 내지 문화사학적 측면이 강했다. 특히 문화 면에서 실력양성과 문화수입을 강조했다. 김성칠이 주창한 실증주의를 통한 계몽적 문화사학은 북한의 역사학과 달랐기 때문에 북한의 유물사학자들로부터 봉건사관 혹은 국수주의적 문화사관이라는 비판을 받기도 했다.[117]

한편 김성칠은 동양사 개설서 및 교과서를 집필하기도 했는데, 그가 쓴 교과서류는 모두 5종으로 확인된다. 첫 책은 『(사회생활과 이웃나라) 동양역사』라는 제목으로 1947년 간행된 간략한 동양사 교과서로 100면 분량이다. 아마도 이 동양사 개설서는 해방 후 처음으로 제작·간행된 동양사 교과서로 판단된다. 미 군정기에 간행된 이 책에서 김성칠은 동양사를 상고사, 중고사, 근고사, 근세사, 현대사, 부록(연표·세계世系·색인) 등 6편으로 나누어 서술했다. 둘째 책은 서울대 문리과대학 동료교수이던 김상기·김일출과 함께 쓴 『신동양사』라는 동양사 개론서다. 세 사람은 1949년 중학생용 『(중등사회생활과)이웃나라의 생활(역사)』을 함께 썼는데, 이는 문교부 검정을 받은 중등학교 사회생활과 교과서였다.[118] 이 책은 1947년 세 사람이 공저한 『신동양사』에 기초한 것으로, 김성칠의 1947년판 책과는 차이가 있다. 총 8장으로 구성된 이 교과서의 제1~4장은 김상기, 제5장~6장 1절은 김성칠, 제6장 2절~제8장은 김일출이 집필했다.[119] 김성칠은 중국사 가운데 수당(隋唐)시기부터 원(元)시기까지를 담당했다.

동양사 교과서와 함께 김성칠은 『(사회생활과)우리나라 역사』라는 한국사 교과서를 집필해 1950년 간행했다. 이 교과서는 중등학교 사회생활과 교과서로 문교부 검정을 통과했다(1950.5.20). 내용상으로는 1951년 출간한 『국사통론』의 축약본이라고 할 수 있다.

한편 김성칠은 1951년 중학교 국어교과서의 「신라의 문화」 부분을 집필했다. 그밖에 김성칠은 재미작가 강용흘이 1931년에 쓴 소설 『초당』을 1948년 번역·출간했다.[120] 번역은 이남덕의 경성제대 동기인 고옥남의 도움으로 출판됐다. 김성칠의 일기 1945년 12월 7일에 따르면 초당의 원고료를 받아 책을 구매했으므로, 번역에 3년 이상 걸린 것을 알 수 있다. 이외에도 김성칠은 여러 역사문제에 대한 짧은 글들을 쓴 바 있다. 1946년 쓴 사육신에 관한 글은 가족들을 데리고 참배(1946.3.24)한 뒤에 썼는데, "군사시설이라서 함부로 파헤치고 무심한 백성들이 밭을 이룩하고 나무 한그루 남은 것이 없고 풀 한포기 성한 것이 없는 기막힌 현상"이라며 퇴락한 묘지 상황을 안타까워했다.[121]

4. 한국전쟁과 『역사 앞에서』

북한군의 공격과 점령정책

1950년 6월 25일 전쟁이 발발하자 김성칠은 본격적으로 일기를 쓰기 시작했다. 부인 이남덕은 일기를 쓴 동기가 6·25동란이라는 역사적 사건을 자기가 놓여진 상황에서 충실히 기록해야겠다는 역사학도로서의 의지 때문이라고 설명했다. 즉 이 일기가 일정한 목적의식하에 작성된 사료적 가치를 지닌 기록이라고 했다.[122] 『역사 앞에서』의 핵심은 바로 한국전쟁 초기인 1950년 6월부터 12월까지의 기록이다.

개전과 전쟁의 성격

전쟁의 발발과 동시에 김성칠은 개전의 진실과 성격을 깨달았다. 정기돈에 따르면 이미 1948년 여름에 "북에는 중공군이 와 있다. 우리 역사를 보아도 '북침'이란 것은 없다. 남침으로 이곳까지 공산화가 되면 나도 선생 노릇 못하고 농사나 지을 수밖에 없다"고 생각하고 있었다.[123] 전쟁 직전 북한 조국전선의 평화통일 호소가 개전의 명분이었음도 꿰뚫어 보았다. 이승만(李承晩) 등 남한 정계요인 9명을 제외하고 통일하자는 거짓 제안에도, 조국전선 호소문 전달자를 전향시킨 한국정부의 처사에도 비판적이었다. 아마도 조국전선 호소문을 가지고 온 김태홍(金泰弘)이 김성칠의 동료인 김일출의 동생이었기 때문에 더욱 그러했을 것이다.

전쟁을 대하는 김성칠의 태도는 한마디로 불안과 불편이었다. 북한의 침공은 명백했지만, 이에 대응하는 한국정부의 태도도 신뢰하기 힘들었기 때문이다. 민족의 운명이 예측불허였다. 6월 26일 하루에만 호외가 두번 발행되고 "은은히 울려오는 대포 소리를 들으면서 괴뢰군에 대한 비방과 욕설로 가득 찬 지면을 대하니 내일이나 모레쯤은 이 신문의 같은 지면이 괴뢰군에 대한 찬사와 아부로 가득 차지지 않을까 하는 생각이 문득 머리를 스치었다"는 표현에서 그의 참담함이 묻어난다.

6월 27일은 한국정부가 패닉상태에 빠진 날이었다. 대통령 이승만은 국회와 국무위원에게 알리지 않은 채 피란길에 올랐고, 국무총리 신성모는 정부가 수원으로 옮겼다고 발표했다가 이를 부정했다. 심지어 한국정부는 의정부를 탈환하고 적을 추격중이라고 했으며, 국군이 해주를 점령했다는 유명한 '해주점령설'까지 보도했다. 국민에게 군과 정부를 신뢰하고 전선과 직장을 사수하라고 연일 방송했지만, 이미 이승만은 대구를 거쳐 다시 대전으로 올라온 후 경무대 방송국에서 거짓방송을 한 것이었다. 김성칠은 세상이 바뀌면 "나 자신은 어떠한 처지에 서게 될 것인가?"를 고민하며, 피난을 가더라도 "이 손바닥만한 38 이남에 어디는 안전한 곳이 있을 것인가" 하며 한탄했다.[124]

김성칠의 일기 1950년 9월 1일에는 전쟁을 바라보는 그의 생각이 잘 정리되어 있다. 먼저 북한에 대한 평가는 이러했다.

그들도 물론 처음부터 이렇게 될 줄 예견하고 한 노릇이야 아니겠지. 소련에서 얻은 탱크와 대포로 마구 내려 밀면 대한민국쯤이야 며칠 안으로 다 요정(了定)을 낼 수 있을 것이고 미국은 중국에서의 전례와 같이 허둥지둥 손을 떼고 말 것이니 그사이에 얼마쯤 희생이 있더라도 분열되어 있느니보다는 통일하는 것이 훨씬 나을 것이 아닌가. 아니, 어떤 무리를 해서라도 반드시 통일해야 할 것이고, 통일하려면 우리가 주동이 되어서 해야만 하지, 그렇지 아니하면 우리는 발붙일 곳이 없어질 것이고(이것은 상층부의 감각) 조선은 미제의 밥이 되고 말려니 하고(이것은 멋도 모르고 덤비는 축들의 견해) 몹시 초조하였을 것이고, 그러려면 미국의 방위선에서 조선은 제외되었다고…… 적어도 이것이 미 국무성측의 연래의 주장이라고 미국의 신문·잡지에 지도까지 넣어서 보도되던 금년 초두에 그들의 남침 결의는 굳어졌을 것이다. 하여튼 그들이 정세판단을 그르치고 무모한 경거망동을 함부로 하여 결국은 동포를 어육내고 조국을 초토화하는 것을 생각하면 그들의 죄악은 우리 민족에 있어서 영원히 지워질 수 없는 것이다. 그들도 피와 눈물이 있는 동물이라면 지금쯤은 회한(悔

恨)의 정(情)을 금치 못할 것이다. 그러나 이것은 어디까지나 결과를 두고 하
는 말이다.(강조 인용자)

북한이 압도적인 화력, 미국의 전쟁 불개입 예상, 한국을 미국의 극
동방위선에서 제외한다는 미 국무장관 애치슨(Dean G. Acheson)의
1950년 1월 연설(애치슨연설)에 근거해 1950년초 남침을 결의했으리
라는 김성칠의 결론은 1950년 9월 전쟁의 한 가운데, 그것도 북한점
령중 아무런 정보도 없이 숨어 지내던 사람의 판단으로 보기에는 너
무 정확했다. 북한의 잘못된 정세판단으로 동족살상과 국토 초토화를
가져왔으니 민족적 죄악이며, 김일성(金日成) 등 북한지도부가 '회한
의 정을 금치 못할 것'이란 비판도 정확한 것이었다. 남한에 대한 평
가도 냉정했다.

동기로써 보면 인민공화국이나 대한민국이나 조금도 다를 바 없
을 것이니, 그들은 피차에 서로 남침과 북벌을 위하여 그 가냘픈 주
먹을 들먹이고 있지 아니하였는가. 인민공화국에 있어서의 끊임없
는 남침의 기획과 선전은 이미 천하가 다 아는 뚜렷한 사실이고, 또
이미 실천을 통하여 분명히 되고 말았으니 더 말할 필요조차 없으
려니와, 대한민국의 요로(要路)에 있는 분들이 항상 북벌을 주장하고, 또 더
러는 우리의 손목을 붙들고 말리는 사람만 없다면, 우리는 1주일 안으로 평
양을 석권할 수 있다고 호언장담을 되풀이하던 일이 아직도 기억에 새롭다.
다만 이 둘 중에 다른 점이 있다면, 하나는 인민을 채찍질하여 밤낮으로 침
공의 준비에 전력을 기울였고, 하나는 큰소리만 뻥뻥 하였을 뿐 사실은 침
략에 대처할 수 있는 준비도 게을리 하였었고, 또 한편의 종주국은 졸개야

어느 지경에 가든 한번 씨름해보라고 무책임한 지령을 내렸고, 한편의 종주
국은 사려 깊게도 결코 선손을 걸어서는 아니 된다고 손목 잡고 말렸던 것.
(…) 조ㅇㅇ(조병옥 — 인용자)박사가 서울신문에 북벌단행론을 당당
히 발표하였을 때 이를 보고 눈살을 찌푸린 많은 대학교수들 중에
과연 한 사람이나마 이를 반박한 글을 쓴 사람이 있었나.(강조 인용자)

전쟁을 바라보는 김성칠의 시각은 남북이 남침과 북벌을 위해 "그
가냘픈 주먹을 들먹"였다는 것이다. 남한이 북벌론을 떠들고 호언장
담한 반면 침략에 대처할 방어계획은 소홀히 하였으며, 소련은 무책
임하게 북한의 침략을 지령한 반면 미국은 남한의 선제공격을 저지했
다는 지적은 정확한 것이었다.[125]

김성칠은 중도파를 선호했다. 이는 이른바 평양방송의 자수자 전
향방송에 대한 언급에서 알 수 있다. 내무장관을 지낸 김효석(金孝錫)
의 연설은 "그 지나치게 비굴하고 치사스러운 주책덩어리의 내용"이
었지만 안재홍(安在鴻), 조소앙(趙素昻) 같은 중립파들은 대한민국을
덜 욕하고 인민공화국에 덜 아첨하여 듣기 좋았다고 김성칠은 기록했
다.[126] 그는 방송에 나오는 김규식(金奎植)의 침통한 어조가 폐부에서
우러난 불만의 폭발인 것 같아 감개무량했다고 적었다.

조소앙은 7월 12일 평양 조선중앙방송국에서,[127] 안재홍은 7월 14
일 서울방송국에서,[128] 김규식은 7월 16일 서울방송국을 통해 연설했
다.[129] 김규식은 이승만이 국민은 물론 국회에도 알리지 않고 "도주"
했으며, 과거의 행적처럼 또다시 "하와이 미주를 다니며 대통령이라
자칭하여 해외 교포의 한혈(汗血)을 흡취"할 것이라고 비판했다. 혼란
스러운 개전 초, 이승만정부의 무책임한 퇴각으로 북한군 수중에 들

게 된 중도파들은 모두 남한이 북한을 선제공격했다는 북한의 주장에 따를 수밖에 없는 처지였다. 한편 북한에 투항한 한국정부의 전 내무장관 김효석은 7월 5일 서울방송에서 한국정부가 오랫동안 북침계획을 수립·시도한 끝에 전면전을 일으켰다고 주장했다.[130] 이같은 김효석의 주장은 북한이 내세우는 북침설의 근거로 오랫동안 활용됐다. 북한은 오랫동안 개전을 준비하면서 '도발받은 정의의 반(反)공격전'이라는 위장된 개전명분을 선전했는데, 이러한 선전은 뜻밖에 한국군과 언론의 해주점령설과 결합되면서 파장을 일으켰다. 왜냐하면 한국언론에 보도된 육군본부의 '해주점령' 발표는 북한이 주장한 '북침' 보도와 요철처럼 맞물렸기 때문이다. 개전 직후 서울에서 북한군의 수중에 든 김규식, 조소앙, 안재홍, 오세창(吳世昌), 류동렬(柳東說), 송호성(宋虎聲), 김효석, 김용무(金用茂) 등은 의심의 여지 없이 한국군의 북벌·북침을 비난했다.[131] 그러나 김규식, 안재홍, 조소앙의 발언과 김효석의 발언에는 격조와 질적 차이가 있었다.

북한 점령정책에 대한 평가

6월 28일 낮 김성칠은 붉은 기를 흔들며 만세를 부르는 사람을 본다. 서울대 깃대엔 말로만 듣던 인공국기가 나부꼈다. 김성칠의 일기에는 북한점령기 그가 당면했던 인민재판, 식량, 의용군, 토지개혁, 노동법령, 선거, 서울대의 변화 등의 여러가지 일상들이 드러나 있다. 시대의 단면을 잘 드러낸 개인적 관찰이었다.

김성칠이 최초로 목격한 대참사는 6월 30일 서울대병원에 입원해 있던 국군이 대량 살해된 사건들이었다. 김성칠은 북한군의 행위로 믿지 않았지만, 이는 1950년 6월 28일 서울대병원에서 인민군 4사단

5연대 병사들이 입원중인 국군 및 의료진 150~200여명을 살해한 개전 초기의 가장 대표적인 학살이었다.[132] 7월 5일 목격한 인민재판도 끔찍했는데, 청년 몇 사람을 끌어놓고 반동분자인지를 물어본 후 한두명이 그렇다 하니 현장에서 죽여버렸다. 군중들은 청년들의 반동행위가 무엇인지도 몰랐다.

전쟁기에 김성칠과 가족에게는 식량문제가 가장 중요했다. 북한은 점령하자마자 자치대(自治隊)를 조직해 식량을 징발하면서 1주일 안으로 북한 식량이 도착할 것이라고 호언장담했다.[133] 그러나 3년치 식량을 비축했다는 북한 주장과 달리 식량은 도착하지 않았다. 쌀값은 전쟁 전 2000원에서 7월 11일 1만원으로 치솟았고, 양식을 땅에 묻어둔 김성칠은 이를 아껴먹으며 호박농사로 연명했다. 북한은 서울시민이 굶주리는 이유가 피난가는 한국정부가 비축식량을 한강물에 버렸기 때문이라고 선전했다.[134] 개전 초 굶주림은 모든 서울시민의 생존을 위협하는 가장 큰 문제였다.

의용군 강제모집은 서울시민이 당면한 또다른 문제이자 위기였다. 전쟁은 발발 직후 사람을 뺏고 빼앗는 '사람전쟁'으로 전환되었는데, 북한은 남한에서 광범한 의용군을 동원했다. 서울점령 직후에는 자발적 자원입대 양상을 띠던 의용군 모집이, 전선이 낙동강에 다다른 8월쯤에는 의용군을 동·리와 마을별로 할당하기 시작했고 8월말에 이르면 길거리에서 강제징집하는 가두(街頭)징병의 형태가 지배적이었다.

미군의 공습과 한미 양군의 반격이 격화되면서, 7월말 북한군의 손실은 5만 8000명에 달했고, 8월 5일경 북한군 총 병력은 6만 9100명에 불과했다. 북한군의 장비도 3분의 1 이하로 감소했다.[135] 개전 후 한달만에 병력과 화력이 개전시점의 2분의 1에서 3분의 1 수준으로 급감한 것이다. 안동전선에 배치된 13사단의 80퍼센트가 남한에서 모집한 병력일 정도로 북한군 상황은 심각했다.[136] 이처럼 북한은 남한내 의용군들을 강제로 동원해 병력을 충원해야 했다.[137] 이미 7월 초순 서울에서는 마을, 학교, 직장, 길거리에서 젊은 사람들을 붙잡아 의용군에 강제입대시키는 형국이었다. 생존을 위해 혹은 신국가의 지도층이 되려면 의용군 지원이 필수라는 선전 결과, 대학생들이 대거 지원했다. 중학생은 등교 후 선전·궐기대회를 열고 선전선동으로 강제 전원 찬성케 하고 시가행진 후 곧바로 출진시켰다. 동덕여중 5, 6학년 200명 전원도 이렇게 강제지원되었다.[138] 반면 당과 관계있는 사람, 세포위원 등은 후속부대를 동원해야 하므로 지원해도 심사에서 떨어뜨려 동원되지 않았다. 9월초가 되자 정릉리에서 의용군으로 영동전선에 나갔던 청년들이 부상병이 되어 오류백리 길을 걸어 돌아왔다.[139]

김성칠은 인민군을 나이 어린 군인들이지만, 규율이 엄격하고 훈련이 철저한 듯해 첫인상이 좋았다고 했지만 곧 그 실체를 목도하고 생각을 바꾸었다. 그러나 일본을 패배시킨 미군이 참전하는데도, 인민군이 연일 승리하자 "조선 사람으로서 어깻바람이 나는 사실"이라고 언급하기도 했다.[140]

점령기 토지개혁과 관련해, 김성칠의 경험은 생생하다. 8월 26일 토지개혁 완료가 선언되었는데, 김성칠은 논의 명의를 바꾸어두었고, 과수원은 대상이 아니어서 무사했다. 그런데 토지개혁 후 농민조합비, 증권교부대, 토지개혁 축하비용 등 각종 잡세가 과중하게 부과되었다. 계획경제를 표방한 북한 점령당국은 김성칠에게 이미 심은 호박을 갈아엎고 무·배추를 파종하라고 명령했다. 결국 김성칠은 가족의 식량원이던 호박을 뽑고 무·배추씨를 파종했다. 이미 토지개혁 후 농민들이 계획파종과 현물세·성출(誠出)로 곤란을 겪고 있었기에, 그는 가을에 부과될 현물량을 걱정했다.[141]

또한 북한은 노동법령을 공포했는데, 전쟁 와중의 혼란한 상황이지만, '가능한 지역'에서라도 개혁을 하겠다는 북한의 태도를 김성칠은 이해할 수 없었다. 신속하지만 성급한 북한의 '개혁'은 김성칠에게 "초조하게 덤비는 것"으로 비춰졌다. "날마다 찾아오는 미국 비행기를 보고 땅 받은 사람들이 그렇게 탐탁하게 여기지 않는다는 말도 들었다."[142] 김성칠은 이런 공식주의를 "내심 경멸하는 사람" 중의 하나였다.

그가 살던 정릉리에서는 7월 26일 각급인민위원회 선거가 개최되었는데, 마을 주민 1만 수천여명이 새벽 5시 정각에 정릉 산 속에 모였다. 선거는 짜놓은 각본대로 거수투표에 따라 일사천리로 진행되었다. 또한 그의 눈에 비친 스딸린 생일 축하행사(1950.8.3)는 터무니없는 것이었다. 조선도 청나라 건륭제(乾隆帝) 70번째 생일에 경축사절을 보냈을 뿐 서울에서 축하행사를 하지 않았는데, 북한은 전국에 경축의 솔문을 세우고 축하행진을 벌였기 때문이다.

북한의 점령은 사람들의 마음을 흔들어 숨어 있던 극단적 본능들을 일깨웠다. 김성칠은 자신의 복숭아밭을 훔쳐본 청년들이, 밭을 빼앗은 후 주인을 반동으로 몰아 내쫓으면 그만이라는 대화를 엿듣곤 경악했다. 또한 특별한 연줄이 없는 사람은 누구나 허망하게 총살을 당할 수 있다는 공포심에 사로잡히는 것이 "인민공화국의 장기"라며 두려워했다.[143] 결국 김성칠은 8월 중순에 이르면 좌익의 황금시대는 지나갔고 누구나 공산주의를 외면하게 되었다는 판단을 내렸다. 북한 정치가 인민을 위한 것이 아니며, 미군의 참전·폭격으로 전세(戰勢)

가 역전되리라는 전망 때문이었다. 볼셰비끼들이 초조하게 나서지만 "그럴수록 백성들은 더욱 미련한 체한다"는 것이 그의 관측이었다.[144]

친구 홍승기·이철과 명제세 선생을 잃다

북한의 점령으로 김성칠은 가장 친한 친구들을 잃었다. 경성법전 동기이던 홍승기와 이철이었다. 김성칠이 양심적 법학도로 여겼던 홍승기는 북한 점령기 전혀 다른 모습으로 변했다.[145] 홍승기는 법원내 당세포사건으로 집행유예를 받았고, 이후 변호사로 개업했으나, 좌익 경력으로 보도연맹에 가입했고, 전쟁 2~3개월 전 서대문형무소에 수감된 상태였다.[146] 김성칠은 홍승기가 법정에서 담당판사에게 피차에 자리를 바꾸어 서는 날이 있을 것이라고 호통쳤다는 소문이 파다했으나 이를 처음부터 믿지 않았을 정도로 그에 대한 신뢰가 깊었다. 그런데 북한의 서울 진주로 출옥하게 된 홍승기는 자신을 보도연맹 사업에 끌어들이려 한 서범석(徐範錫)에 이끌려 법원자치위원회 위원장이 되었다.[147] 홍승기는 두차례 자신이 투옥되었을 때 가족을 돌봐준 셋째 처남이 내무서에 검거되었지만, 도움을 외면했다. 그의 집은 정릉 김성칠 집 근처였지만, 서울대에서 쫓겨난 김성칠과 만나기를 꺼려했다. 그는 가장 열성적인 볼셰비끼로 변화해 부인에게 여성동맹(女性同盟)에 나가 일하라고 권유했고, 처남과 처조카들이 의용군에 나가지 않는다고 욕설을 퍼붓고 아이들에게는 인민가요를 가르쳤다. 마침내 김성칠은 그가 새로 기른 콧수염조차 싫어하기에 이르렀다.[148] 김성칠은 한탄한다. "나에게 남은 것이 과연 무엇일까. 우리의 우정이 본시 약한 것이었을까. (…) 하필 왜 내 친구들은 모두 다 빨갱이가 되어버리는 것일까, 본시 그러한 사람들이 아니었건만."[149]

김성칠의 일기에 가장 많이 등장하는 친구 이철은 일제하 민족변호사이자 해방 후 검찰총장이던 애산 이인의 동생이었다. 둘은 경성법전에서 만나, 1943년 학병 출병을 거부하고 수용소에 함께 수용되었다가 풀려난 사이였고, 이후 10여년을 함께 한 친구였다. 1943년 경성제대 법문학부에 입학한 이철은 해방 후 "보수적 가정을 박차고 나와 좌익운동"을 했다. 이인은 공산당이 파괴를 일삼는 강도집단일 뿐 아니라 살부회(殺父會)를 조직하는 궁흉극악한 도배(徒輩)라고 매우 혐오했지만, 그의 아들딸, 동생, 누이동생, 조카 등은 모두 이철의 입장에 동조했다.[150] 김성칠은 그를 "허파에 바람구멍이 난 미친놈"이라고 윽박질렀고, 이철은 반대로 "미꾸라지에 기름 바른 놈"이라고 공박했다. 이철은 이정(而丁) 박헌영(朴憲永)이 서명한 책들을 보여줄 정도로 김성칠을 믿었다. 해방 후 이철은 "불을 때지 않은 방"에서 생활하며 인민공화국, 좌익출판문화협회 일을 했다.[151] 김성칠은 부인의 친구인 경성제대 영문학과 출신인 고옥남을 이철에게 소개했고, 이인의 승낙을 받아 둘은 결혼에 이른다. 이철의 성품과 사상은 1950년 봄 서대문형무소에 투옥되었을 때 형 이인의 보증과 가족들의 탈당성명서를 거부한 채 수형생활을 택한 데서 잘 드러났다.[152] 이철은 북한 점령기 서울시인민위원회 문화선전부에서 일했고, 수복기에 월북했다.

한편 김성칠이 존경하던 민족주의자 명제세(明濟世)는 정치보위부에 잡혀 납북되었다. 의용군에 끌려간 두 아들 중 명대목(明大木)은 돌아왔지만 명제세는 돌아오지 못했다. 명제세는 피난과 피신을 모두 거부했다. 정부가 허망하게 서울을 버렸음에도 원수의 땅 일본으로 건너가기 보다는 동포의 손에 죽겠다고 각오했고, 죄 지은 적 없으니 피신하지 않았다고 했다. "공산주의가 좋으면 국으로나 하고 있지, 왜 남의 나라의 지령을 받아서 동포들을 향해 총부리를 겨눈단 말인가"
라고 명제세는 생각했다.[153] 일제하에서 민족주의 독립운동가였고, 해
방 후 건국준비위원회·독립촉성중앙협의회에서 활동했던 명제세는
한국정부 초대 심계원장(審計院長)을 지낸 바 있었다. 그는 1956년 북
한에서 사망했다.

서울대의 변화

전쟁중 사람들에 대한 김성칠의 평가는 예민해졌다. 특히 서울대
문리대의 변화는 매우 자세하고 흥미롭다.

6월 30일부터 좌익교수와 학생들의 활동이 본격화되었다. 김성칠
은 교수모임의 예비회담을 목격했는데, 이병기(李秉岐), 이병도(李丙
燾), 최윤식(崔允植), 김구경(金九經), 성백선(成百善) 등 현직 교수와 학
교를 그만둔 김일출, 이명선(李明善), 류응호(柳應浩) 등이었다. 김성칠
은 이명선을 핵심인물로 지목했다. 7월 1일 이명선 등이 미리 짠 계획
에 따라 이병기가 좌장으로 임명되었다.[154] 곧바로 반동교수 숙청이
서울대에서 시작되었다. 중문과 교수 김구경은 인민군에 끌려가 죽을
고비를 넘겼고, 국문과의 김윤경도 인민군에 끌려갈 뻔했다.[155] 조윤
제도 두차례나 끌려갔다 생환했다.

7월 6일 서울대 자치위원회가 결성되었는데, 류응호 위원장, 김일
출 부위원장, 상임위원 성백선 외, 서기장 심리학 연구실의 조수 김○
○ 등이었다. 모든 일은 이명선의 지시에 따라 류응호가 꼭두각시처
럼 처리했다. 7월 10일 교육성은 서울대학 총책임자에 이명선, 대학
원 김일출, 문리과대학 류응호, 중앙도서관장 성백선, 상과대학 김석
규(金錫珪), 사범대학 이원학(李源鶴), 단국대학 이본녕(李本寧), 한국대

학 차낙훈(車洛勳) 등을 임명했다.[156]

이명선은 1934년 경성제대 예과 11회 입학생으로 이병기와 사제지간이며 김성칠이 "일인 중에서도 악질"로 부른 카라시마 타께시(辛島驍)의 제자였다.[157] 김성칠의 인물평은 보기 드물게 악평이었는데, "신도(辛島)의 조수라기보다도 심부름꾼처럼" 여겨졌고, "연구 발표회라도 있을 때면 언제까지든지 입을 헤 벌리고 있어서 다물지 못함을 자못 민망스럽게 여겼던 터"였다.[158] 경성제대 졸업 후 휘문중학 교사를 지냈다. 해방 직후 좌파 문학운동에 몸담았는데, 문학가동맹 고전문학회 서기장(1945.12) 시절 이병기가 고전문학위원회 위원장, 김태준(金台俊), 이희승, 조윤제, 박종화(朴鍾和)가 위원이었다. 조선문학가동맹 사무장(1946) 시절 이병기가 회장이었다. 경성제대 법문학부 자치위원회 위원장(1945)을 지냈고, 서울대 중문과 조교수(1946~1949)를 지냈다. 9·28후 월북 도중 사망한 것으로 추정된다.[159] 36세에 서울대 총책임자, 즉 총장에 임명된 이명선은 교수들이 총을 들고 일어나 학생·사회를 인도하자는 취임사를 했고, 김성칠은 경악했다. 이명선은 자신에게 "많이 협조해주리라고 믿었었는데 기대에 어긋난다"며 김성칠에게 불만을 품었다.[160] 이희승도 "전에 공산주의와 무관한 사람인 줄 알고" 있던 이명선이 책임자가 되어 "이제 조선민주주의인민공화국 천하가 됐으니 혁명과업을 완수해야 한다"는 연설을 해 아찔하고 난감했다고 회고했다.[161]

김일출은 경북 영덕 출신으로 연희전문을 졸업하고 서울대에서 강의를 맡았다. 1945년 12월 신진학자 중심으로 조직된 역사학회 간사(1945~48)를 지냈으며, 이상백이 조직한 신문화연구소(1945.8.20 설립) 간사, 서울대 국사연구실의 이순복이 주도한 역사과학연구소를 맡아 운영했다.[162] 해방 후 여운형(呂運亨)을 추종한 인물이었다. 조선인민당의 중앙위원 겸 중앙집행위원(1946)이었으며, 조선공산당과 합당을 반대한 31인파의 일원이었고, 남노당(남조선노동당) 결성에 맞서 사노당(사회노동당)에 참가했다.[163] 여운형 암살 후 정계에서 은퇴했다. 김성칠은 같은 과(사학과), 같은 고향(경상도), 같은 연배로 가까운 사이였고, "학문적으로도 매우 깊을뿐더러 인간적으로 성실하고 침착한 분"으로 묘사했다. "유물사관을 철두철미하게 이해·공명했지만 이를 함부로 휘둘러서 말썽을 일으킴과 같은 일은 없었다." 이명선, 이본녕과 함께 안호상(安浩相)에 의해 서울대 문리대 좌익교수로 문제가 되었다. 인민당 핵심이자 『조선복식고』의 저자로 월북한 이여성(李如星)이 매형이었고, 동생 김태홍은 북한 조국전선 연락원으로 38선을 넘나들었다.[164] 북한 점령기 이승엽(李承燁) 등 남로당계열이 여운형이 조직했던 근로인민당원 출신이라며 비난했다. 9·28 이전 평양에 갔으며, 이후 북한에서 1950년대 민속학, 탈놀이, 역사학 분야의 저술을 남겼다.[165]

1935년 동경제대 언어학과를 졸업한 류응호는 혜화전문, 경성제대 예과 강사를 지냈고, 해방 후 서울대 문리대 언어학과 교수가 되었다. 1950년 5·30선거 때 공주 을구에 무소속으로 출마했으나, 남로당 가입(1949) 및 국회침투 공작혐의로 국가보안법 위반으로 구속된 바 있다.[166] 9·28 이후 월북해 김일성종합대 어문학부 교수와 평양사범 교수를 지냈고, 1950년대 말 숙청되었다가 4·19 이후 복권되어 김형직 사범대학 영어강사 등을 지냈다.[167] 류응호는 서울대 자치위원장이 되자 교수들에게 8월 15일까지 날마다 학생들과 더불어 가두시위를 하라고 지시했다.

성백선은 심리학자로 1940년 와세다대 심리학과를 졸업한 후 중동학교 교사를 지냈다. 해방 후 연희대 교수(1945.10~1948.9)로 있다가 1949년 4월 서울대 교수가 되었다. 1951년 10월 성균관대로 자리를 옮겼고, 1955년 고려대 교수가 되었다.[168]

사범대 책임자가 된 이원학(李源鶴)은 일제시대 여러 편의 중국관련 논문을 쓴 중국사 전공자로, 월북한 후 1980년대 후반까지 조선왕조실록의 번역작업에 동참해 총 7권을 번역했다.[169]

단국대 책임자가 된 이본녕은 김성칠의 친구로, 이미 1934년 보통문관시험에 합격한 수재였다.[170] 1931년 대구사범학교 4학년으로 독서회사건에 연루되어 대구지검에서 기소유예 처분을 받았고, 퇴학당한 다음해 대구 계성중학교에 편입해 1935년 졸업했다. 그해 경성제대 법문학부 철학과에 선과로 합격했고, 1939년 철학과에 정식 입학했다.[171] 졸업 후 경성전기학교 영어교사, 동성상업학교 영어 및 일어 교사를 지냈고, 해방 후 1945년 12월 1일부터 1949년까지 서울문리대 심리학과 조교수로 있었다. 정치적으로는 송남헌(宋南憲)의 권유로 민족자주연맹 가입(1947)후 대의원, 민주국민당 가입(1949) 후 당무위원, 북로당 직계 남한정보공작대 가입(1949) 등의 전력이 있다.[172] 1949년 6월 서울지방법원에서 징역 2년, 집행유예 3년형을 받았는데, 국군준비대 총사령이자 경성제대 후배이던 이혁기(李赫基)와 관련된 사건이었다.[173] 9·28 수복 이후 월북한 것으로 추정된다.

한국대학 책임자 차낙훈은 법학자로 1940년 경성제대 법학과를 졸업했다. 김성칠의 친구로 1946년 함께 본정 책방에서 만났다고 일기에 등장한다.[174] 김성칠과 함께 금융조합연합회에 근무(1944~47)했으며, 1948년 고려대 정법대학 부교수가 되었다. 전후 부산대(1952~53),

서울대(1955~57), 고려대(1956~77) 교수를 거쳐 숙명여대 총장(1977~81)을 지냈다.[175]

대학은 엉망이었다. 이력서와 자서전의 작성과 심사가 일상이었다. 8세 이후 경력, 투쟁경력과 사상경향, 정당관계, 숭배하거나 영향받은 인물 등을 적어야 했는데, 김성칠은 사상경향에만 "역사적 필연성을 믿었으나 성격이 다우지지 못해 온건한 학구로 지냈음"이라고 썼다.[176] 7월말로 세번째 이력서와 자서전 2통씩을 제출했는데, 북한에서 온 사람은 5년간 50번 이상 이력서를 썼다고 해 김성칠을 경악케 했다.[177]

좌익학생 및 졸업생들도 분명히 드러났다. 사학과 이종악(李鍾岳) 임건상(林建相), 국문과 김삼불(金三不) 등이 눈에 띄었다. 특히 김성칠은 "국문과의 수재로 장래가 촉망되는 젊은 학도"이던 김삼불이 "이처럼 맹랑한 친구일 줄 몰랐"다고 한탄했다. 김삼불은 이명선과 함께 이병기의 애제자로, 이병기는 김삼불의 아들 돌잔치, 이명선 동생 결혼식에 참석할 정도로 친밀한 사이였다. 김삼불은 1949년 6월 서울대 문리대생 몇몇과 함께 동대문경찰서에 검거된 바 있었다.[178]

김성칠은 교협(敎協)에서 삐라나 써주고 붙어다니던 얼치기 친구들이 모두 문리과대 교수가 됐다고 했는데,[179] 채희국(蔡熙國) 임건상(林建相) 정찬영(鄭燦永) 등 16명이 여기에 해당했다.[180] 서울대 교수로 급조된 이들은 기존의 교수를 배제하고 서울대 직업동맹 임원이 되었다.[181] 김성칠이 거론한 이들은 모두 사학과 출신의 소장파로, 북한점령기 서울대 교수로 낙점되었고, 9·28 이후 월북해 북한 역사학계의 중심인물이 되었다.

채희국은 월북 후 사회과학원 역사연구소 연구사, 김일성종합대 강좌장으로 활동했다. 고구려 고분벽화, 고구려 산성 등 고구려의 문화유산에 관한 저작들과 발해·신라에 관한 연구성과를 냈다. 1996년 사망했다.[182] 임건상은 1948년 8월 서울대 문리대 사학과 제2회 졸업생으로, 월북 후 부곡제 등 고대사 연구성과를 냈고, 2001년 서울에서 『임건상전집』이 출간된 바 있다.[183] 정찬영은 1949년 7월 서울대 문리대 사학과 제3회 졸업생으로, 월북 후 고고학과 고구려사 중심의 연구성과를 냈다. 1980년대 초반까지 연구성과가 알려져 있다.[184]

김성칠의 일기에는 당시 남한에 내려온 다수의 경성제대 출신 사학자들이 등장한다. 그가 역사학계에 몸담았기 때문에 전쟁기 남북한 역사학자들의 움직임에 대한 관찰이 자세하다. 7월 31일 중견교원 장기강습회에는 강사로 북한에서 김한주(金漢周), 박시형(朴時亨) 등이 내려왔다. 김한주는 1935년 김성칠이 동아일보 창간 15주년 기념 논문 현상공모에 당선될 때 함께 당선된 인물로 보성전문 상과와 일본 법정대를 졸업한 후 동아일보 정치부 기자로 일하며 경제학자로 이름을 얻었다.[185] 해방 후 좌익의 과학자동맹, 민주주의민족전선에서 활동했고 경성상업전문학교 경제학 교수와 서울대 상대 교수를 지냈다. 월북 이후 김일성대학·과학원 등에서 활동했으며, 농업·농민문제와 경제사 관련 글을 발표했다.[186] 박시형은 1934년 경성제대 예과에 입학해 역사학을 전공했으며, 졸업 후 경성제대 교수를 역임하면서 이미 소장 역사학자로 손꼽히는 인물이었다.[187] 해방 후 성동중학교, 경성상업전문학교 교원으로 일하다 월북 후 김일성종합대 역사학부 교원, 과학원 역사연구소 소장, 사회과학원 역사연구소 실장, 김일성종합대학 역사학부 강좌장을 역임하며, 수많은 연구업적을 남긴 원사·박사·교수였다.[188] 한편 두계 이병도를 찾아온 한길언(韓吉彦) 역시

북한의 역사학자로 활동한 인물이었다.[189]

심사와 함께 의용군 지원이 강제되었다. 이명선은 "해방된 지 한달도 못되는 동안에 서울시와 부근 해방지구에서 이미 54만의 남녀 학생과 청년들이 솔선자진하여 의용군의 대열에 가담"했다며 문리대 교수들의 의용군 전원지원을 강요했고, 모두 강제지원을 당했다.[190] 그러나 대부분이 의용군 심사를 거부했고, 중년 이상의 이병도, 김상기, 박종홍, 김일출만이 배재학교 지원병 심사에 응했다 3일간 고생하고 풀려났다.[191] 55세의 이희승도 의용군 지원을 위한 신체검사를 당해야 했다.[192] 전후 한국 인문학의 대가들이 한낱 지원병으로 이리저리 끌려다니고 조롱당하는 것이 전쟁의 현실이었다. 김성칠은 서울대 교원심사에서 보류되었고, 결국 8월 9일 파면소식을 들었다. 단국대 책임자이던 친구 이본녕이 그에게 단국대로 오라고 권유했지만 이를 거절했다.[193]

전쟁중 만난 같은 학교 불문과 교수 손우성(孫宇聲)이 겪은 전쟁경험담도 극적이었다. 손우성은 이후 한국 불문학계의 대부가 되었는데, 전쟁기 식량을 구하러 경기도 일대를 헤매야 했고, 갖은 봉변을 당했다고 한다. 손우성은 광주(廣州) 어느 산골에서, 인민군이 극한 상황에 몰려 애국가를 부르는 피난민 다수를 죽인 사실을 언급하며 "백성들의 대한민국에 대한 충성심이 오늘날과 같이 불타오른 건 일찍 없었을 겁니다. 인민공화국 백성이 되어보고 모두들 대한민국을 뼈저리게 그리워" 하게 되었다고 했다.[194] 손우성의 소회가 그러했고, 이것을 적은 김성칠의 소회가 그러했을 것이다.

폭격을 반기다

7월 중순이 되면서 미군기의 맹폭격이 본격화되었고, 수천의 무고한 희생자가 발생했다. 그러나 김성칠은 이러한 맹폭에도 "미제에 대한 일반시민의 적개심"은 별로 없고 시민들이 자신의 머리에 퍼붓는 폭격에 "일종의 희망을 품는 것" 같다는 평을 내렸다.[195] 북한의 점령정책이 한계를 드러낸 데 대한 반감이었다. 심지어 8월초 미군이 원자폭탄을 투하하니 서울 40리 밖으로 피난하라는 소문이 서울시내에 파다하게 퍼졌다.[196] 김성칠은 미군과 한국인이 싸움을 하는데 "우리는 오히려 미군에 마음을 붙이고 있는 사람이 많게끔 되었으니 이 사실이 더욱 슬프다"고 했다.[197]

김성칠은 유엔군의 반격이 임박한 9월 9일 몸을 숨겼다. 이제 김성칠은 밤마다 들리는 명확한 대포 소리를 "너무나 강렬한 기대에 흥분되어서 밤새 잠이 들지 않는다"고 썼다.[198] 그는 대한민국에 충성한 백성도 그렇다고 인민공화국을 지지하는 것도 아니었지만, 다만 북한이 부패하지 않았다는 점 때문에 언제든 한번은 인민공화국 백성이 되는 날이 오려니 예견하기도 했다. 점령기 그를 잡으러 온 사람이 없음에도 생명의 위협을 느껴 지하에서 전전긍긍했다. 학교에서 추방되었고, 반동으로 처단될 수 있는 신분인데다, 식량이 떨어져 굶어죽게 될 처지에 놓였다. 그는 절망했다. "내 모든 생활의 길은 끊기었고, 이런 세상이 되면 힘이 되어주려니 했던 친구들은 면회사절이다."

그에게 희망은 유엔군 4만명이 증강되어 온다는 소식이었다. 희망이 절절한 김성칠은 "우리가 다 죽고 난 뒤에 서울이 수복되려나" 하고 한탄했다. 9월 15일 인천상륙작전이 시작되었고, 김성칠은 이미 9월 16일 UN군이 인천에 상륙했다는 풍설이 나돌고 있다고 기록했다.[199] 9월 17일부터 20일까지 인민군 1개 소대 16명이 그의 집에 머물렀다. 최후의 위기였다. 강경(江景)에서 차출된 의용군들은 2주 훈련 후 인민군에 편입됐는데, 순진무구한 이 청년들이 괴나리봇짐에 소총과 삽 한자루씩을 가지고 미군 대포알의 밥이 될 것을 생각하며 우울해했다.

그는 서울 수복과정에서 격렬한 시가전이 벌어질 것을 예상했다.[200] 서울대 동료 김상기 교수는 이미 1950년 8월초 북한 신문들이 수원·대전·영동 등지에서 미군·한국군의 민중학살을 강조해 보도한 것은 "이쪽에서 하려는 일을 위하여 미리 터를 닦는 것일지도 모른다고"고 예견했다. 때문에 북한이 퇴각하기 직전 며칠 동안은 어디로든 피신해야 한다는 것이었다.[201] 북한 신문들이 전한 민간인학살은 실재한 것이지만, 북한 또한 대량학살을 하리란 예상 역시 정확한 것이었다. 김성칠도 무고한 시민들의 체포·학살소문에 공포를 느끼고 있었다.

수복과 1·4후퇴

수복후의 풍경

수복 후 1950년 10월 2일 서울시내의 풍경은 이러했다. "종각은 흔적도 없고 인경은 땅에 털썩 주저앉아 있다. 중앙청의 시커먼 몰골에 찌그러진 모습은 낮에 나온 망령 같았다. 번화하던 육조거리는 타다 남은 벽돌과 기왓장의 잿더미로 변했다. 광화문 네거리의 비각은 허물어지고 남대문은 구멍이 뻥뻥 뚫리었다. 쎄브란스도 타버리고 서울 정거장은 쓰레기통 속에 담긴 찌그러진 성냥갑처럼 을씨년스럽게 보

였다." 김성칠은 서울역 앞에서 울면서 발길을 돌렸다.[202]

서울대 처지도 가련했다. 해방 직후 미군의 막사로 쓰이다, 전쟁 때 인민군, 서울시인민위원회 건물로 쓰였고, 수복 후에는 UN군, 미 8군 사령부로 쓰이게 되었다. 국군의 수복을 환영했지만, 그가 마주치는 일상은 여전히 비감(悲感)했다. 집에 내건 새 태극기를 군인이 낡아빠진 국기와 바꿔가고, 순경은 길가는 육십 노인에게 좌익집 가재도구를 자기 집으로 옮기는 일을 시키고 인사 한마디 없이 하대하고, 또다른 순경은 피난간 집 가산을 차압하고 주인이 빨갱이니 찾아오면 죽인다고 태연히 말하는 세태였다.[203] 심지어 김성칠의 집에도 육군정보국 군인가족을 자처하는 노인이 들어와 집을 차지했다.[204] 북한 점령기 3개월 동안 최대한 순화(醇化)된 서울시민의 마음은 9.28 이후 일부 군경의 난행으로 흐려졌다.[205]

금융조합 시절부터 친구이던 국회의원 이재형은 "모두가 절망일세 모처럼 외원(外援)이 극진하고 민심이 귀일하여 천재일우의 호기를 만났건만 상하교정리(上下交征利)하는 이 부패상으로 무엇을 이룬단 말인가"라고 탄식했다. 부산 역전에서 부상병들이 수십리 길을 걸어가는데 정부 고관들은 자동차를 호기롭게 타고 가면서 그들에게 먼지를 끼얹으면서도 미안한 생각이 없다는 것이었다.[206] 민심일치와 외국원조라는 천재일우의 기회를 저버리는 정부의 부패상은 절망적이었다.

대구에서 마주친 일상도 비슷했다. 군경의 강요로 피난을 갔다 돌아오니, 군경 및 끄나풀들이 모든 가재도구들을 가져갔고, CIC(방첩부대)의 끄나풀들은 피란민 처녀들을 능욕하고, 군인들은 농민의 소를 빼앗고, 술취한 순경들은 물고기를 잡기위해 수류탄을 터뜨려 저수지를 파괴했다.[207] 김성칠은 이 전쟁에서 누구의 편을 들 수 없었다. 북한은 더이상 수수께끼 같은 존재가 아니라 적나라한 정체를 드러냈다. 북의 정치는 허위선전을 일삼고, 인간을 인간으로 다루지 않는 무자비성을 보여주었다. "이때까지의 경향으로 보아 이북의 양심적인 분자들은 많이 대한민국을 그리워해서 남하하였고 이남의 이상주의자들은 인민공화국에 절대의 기대를 가지고 많이들 월북하였는데 이들이 다같이 커다란 실망을 품고 있지나 않을까 합니다. 정신적인 진퇴유곡."[208]

전쟁은 그의 친한 친구들도 뿔뿔이 흩어놓았고[209] 가장 친한 친구이던 홍승기와 그의 가족들은 서울 수복 전에 피난길에 올랐고, 이철의 부인 고옥남은 임신부의 몸으로 어린애를 업고 남편을 따라 몇백리 길을 가다가 막다른 골목에 이르러 남편을 여의고 되돌아왔다.[210] 그와 서울대 사학과에 함께 몸담았던 김일출은 평양으로 강습을 받으러 간 후 돌아오지 않았고, 그의 동생이자 조국전선 연락원으로 전쟁 직전 호소문을 가지고 남하했던 김태홍은 누가 죽인지 모르는 상태로 행방불명되었다.[211] 사학과의 강대량(姜大良)은 전쟁통에 좌익활동 경력이 드러난 줄도 모르고 서울에 나타났다가 도피생활중이었다.[212] 이후 강대량은 강진철(姜晉哲)로 개명하고 4·19때까지 부산에서 생활해야 했다. 서양사학과 전임강사 김재룡(金在龍)은 전쟁 발발 직전 국군 준비대 사령이던 이혁기의 행방과 관련해 해군CIC에 검거되었다가 개전 직후 불법적으로 한강변에서 총살되었다. 그의 아버지는 지주이자 우익반동으로 몰려 정치보위부에 검거되어 수복직전 대전에서 인민군에 의해 처형되었고, 그의 동생 2명은 의용군에 끌려가 행방불명되었다. 그의 막내동생은 1983년 버마 아웅산묘소에서 폭사한 김재익(金在益)이었다.

그의 일기에는 북진한 한국군이 평양 등지에서 약탈·강간 등을 일삼아 실망을 사고 있다는 풍문, 북한 수복지구 통치권을 둘러싼 UN과 한국정부 간의 논쟁, 맥아더가 1950년 11월내에 신의주 점령을 서둘러야 한다는 성명을 듣고 김일성의 8월 해방완성 주장을 떠올린다는 소회, 원자탄 소동 등을 기록했다.[213]

김성칠은 작가, 화가, 음악가, 영화인, 학계의 신진기예들이 모두 월북하고 "우리같이 무기력한 축들이 지천"으로 남았는데, 볼셰비끼도 아닌 중립적·양심적 이상주의자들이 모두 월북한 것을 깊이 반성해야 한다고 생각했다.[214]

서울대 부역혐의 심사

김성칠의 일기에는 서울대의 수복 후 편린이 드러나 있다. 전쟁중 다수의 서울대 교수들이 피납되었다. 서울대학교사에 따르면 총장 최규동(崔奎東), 문리과대학 학장 손진태(孫晉泰, 사학), 김구경(중국문학), 김진섭(金晉燮, 독문학), 이인영(사학), 상과대학 강정택(姜鋌澤, 농업경제), 예술대학 윤승욱(尹承旭, 조소), 안성교(安聖教, 바이올린), 사범대학 정순둔(鄭淳屯, 수학), 의과대 학장 이갑수(李甲秀, 생리학) 등이 피납되었다.[215] 한편 서울대 문리대 교수 중 한국전쟁시 퇴임한 것으로 기록된 교수들 가운데 류응호(언어학), 김일출(동양사학), 이명선(중문학), 이본녕(심리학) 등은 월북했다.[216]

수복 후 교수들의 자체심사가 이루어졌다. 최규동 총장이 납치되었기에, 문교부 고등교육국장 김두헌(金斗憲, 전 서울대 철학과 교수)이 서울대 임시관리책임자로 부임(1950.10~1951.9)했고, 각 단대에서 1명씩 차출된 심사위원회가 1950년 10월 구성되었다. 단대에서 1차 심사가 이루어졌고, 심사위원은 대개 도강파(渡江派) 교수 중심으로 이루어졌다. 『서울대학교사』에 따르면 "남하하지 못한 교수들 모두가 심사대상에 올랐고, 자술서, 투서 등을 참고하며 심사가 진행되었다"[217] 정부의 거짓 선전·방송으로 피난하지 못하고 잔류했던 사람들은 엄혹했던 북한 점령기를 보냈고, 운이 좋아 납북되지 않고 살아남자, 도강파에 의해 여지없이 부역혐의를 써야했다. 전쟁의 공포는 서울의 주인이 3번 바뀌는 과정에서 살아남은 사람들에게 더욱 가혹했다.

김성칠의 일기에 등장하는 서울대 문리대 심사위원회는 아이러니컬하다. 1950년 10월 9일 학교 교수회의에서 이병도를 의장으로 심사위원회를 구성했는데, 조윤제가 위원 구성에 불평을 제기하며 엄격한 심사를 주장했다. 자신은 북한점령기 제1차 숙청에서 서울대 교수직을 박탈당했기 때문에 다른 사람들과 다르게 "객관적으로 증명된 진실한 애국자"라는 것이었다. 김상기도 이에 동조하며 심사위원 중 인공시대 몸을 더럽힌 사람이 있다고 나섰다. 반면 신도성(愼道晟)과 김상기는 이에 반대하며 북한 점령기 1·2차 숙청은 차이가 없으며, 부적당한 심사위원이 누구냐고 반문했다.[218] 논란 끝에 문교부가 개입해 심사위원이 교체되었다. 김성칠은 북한 점령기처럼 교직원 경력조사서(3통), 신경력조사서(1통), 공무원동태조사서(5통)을 적어내야 했다.[219] 『가람일기』에도 경과보고서를 교책 방종현에게 냈다고 되어 있다.[220]

김성칠은 인공시절 '계속 남진중'이란 말이 웃음거리로 유행했는데, 수복 후에는 '남하'라는 말이 세도를 부린다며 도강파를 강하게 비판했다. 6월 27일 중앙청 집무, 국군 의정부 탈환, 시민의 서울사수 같은 거짓 방송을 하는 사이 정부와 한민당은 비밀리 남하했고, 돌아와선 "남하한 애국자"로 행세하며 남아 있던 사람들을 불순분자로 몰며, "자기의 벅찬 경쟁자를, 평소에 자기와 사이가 좋지 않던 동료들을 몰아내려고 하는 일조차 있다는 낭설"이 도는 세태를 기록했다.[221] 김성칠은 심사에 걸린 이희승, 이병기, 박종홍을 학교 임시책임자 방종현에게 부탁했다. 방종현은 경성제대 출신으로 국어학의 권위자이자 국문과 교수였다.[222] 이희승이 북한점령기 서울대 자치위원장이던 류응호에게 이용당해 끝까지 학교에 남아 있었으나 적극적 부역혐의가 없다며 대한민국이 이희승 선생 한분을 포섭할 수 없으리만큼 편협하고 고루하지 않을 것이라고 변호했다.[223] 김성칠은 이병기에 대해서는 문학가동맹 관계로 전부터 소문이 돌고 있어서, 박종홍에 대해서는 자신은 잘 알지만 방종현이 잘 아는지 몰라 변호하는 말을 피한다고 했지만, 이들의 신상을 부탁한 셈이었다. 단과대학의 심사결과는 대학본부의 전체 심사위원회의 재심 없이 1950년 11월 문교부에 통고되었다.

『서울대학교사』에 따르면 북한 점령하 활동이 현저한 소수가 파면되었고, 이때의 징계조치는 그후 수차의 사면을 통해 백지화되었다. 그러나 문리대의 많은 교수들은 학교를 떠나야 했다. 징계받은 교수는 공대, 의대, 문리대가 가장 많았다. 문리대 교수 조윤제·이병기·성낙훈이 파면되고, 이병도·이희승 등은 6개월 정직판정을 받았다.[224]

도남 조윤제는 북한점령기 두차례 인민군에게 피검되었다 석방되었으나 명륜동 1가 적위대에 강제로 끌려나가 강연을 한번 한 것이 문제가 되었다.[225] 그는 1948년 남북협상에 참가했고, 1949년 교수회의 석상에서 김일성대학을 찬양했다는 이유로 경무대 경찰에 검거되기도 했다.[226] 도남은 1950년 10월 서울대 교수직을 사임하고 성균관대로 옮겼다.

가람(嘉藍) 이병기는 1950년 6월 28일 인민군이 서울대에 진입할 때 '인민군의 서울입성을 진심으로 환영한다'는 대형 플래카드를 손수 정문에 내걸고 직접 환영을 나간 사실 등이 지적되었다.[227] 『가람일기』에 따르면 가람은 6월 29일 문리대 임시자치위원회 좌장이 되었고, 6월 30일 류응호를 위원장으로 하는 교수임시자치위원회의 상임위원이 되었다. 그는 문리대를 수호하기 위해 임시 조직한 것이라고 설명했다.[228] 가람은 1946년 좌익의 문학가동맹 부위원장으로 추천되었고, 1949년 수도경찰청 사찰과 김호익 등으로부터 문학가동맹 관련으로 심문받았으나 가맹하지 않았다고 해명한 바 있다. 수복 후 좌익학생과 김삼불, 이명선 등과의 친분으로 곤경에 처했다.[229] 가람은 고향 전북으로 낙향해 전주 명륜대, 전북전시연합대, 전북대 교수로 전시를 보내야 했다.

이병기·성낙훈의 부역은 두드러진 일이었고, 이병도·이희승 등은 동숭동 총장공관에서 투숙까지 하며 교과서 편찬에 적극 협력했다는 평이 있지만,[230] 이희승은 인공 치하에 강제로 끌려나가 교과서용으로 프린트할 등사원지(謄寫原紙)의 맞춤법 교정작업을 했을 뿐이다.[231] 이희승은 수복과정에서 집과 장서가 모두 불타는 봉변을 당했고, "그럴 사이가 아닌" 백낙준(白樂俊) 문교부 장관이 자신이 부역했다며 징계위원회 회부를 통보했다고 회고했다. 이희승은 도강파가 잔류파를 못살게 구는 한심한 작태를 탓했지만, 3개월 감봉처분을 받았다.[232] 김성준(金成俊)은 처벌수위가 형평성을 잃었으며, 그 원인은 해방직후 경성대 법문학장이던 조윤제를 반대하던 18교수단사건과 관련이 있다고 추측했다.[233]

이후 이병도는 1950년 10월부터 국방부 정훈국 전사편찬위원회의 위원장으로 근무(1950~1954)했고,[234] 이희승도 1·4후퇴 때 홀로 부산으로 피난해 해병대 문관으로 근무(1951~1952)했다.[235] 특히 국방부 정훈국장인 이선근(李瑄根) 교수(정치학과)의 주선으로 많은 교수들이 전사편찬위원회에서 전사편찬에 참여했다.[236]

전사편찬위원회

김성칠은 1950년 11월 19일 전사편찬위원회에서 일해달라는 교섭을 받았다. 김성칠은 전쟁 전 함께 지명연구회를 꾸리던 강신항에게 11월 24일 일할 것을 권유해, 12월초부터 함께 일했다. 강신항에 따르면 국방부 정훈국 전사편찬위원회는 위원장 이병도, 부위원장 김상기, 상임위원 김성칠, 위원 5명, 조무원 2명으로 구성되었다. 대령급 문관이던 이병도를 비롯해 모두 문관이었고, 현역은 책임장교와 운전병이었다. 국방부 정훈국장이던 이선근에 따르면 1950년 10월부터 역사학계의 이병도·김상기 두 사람을 중심으로 신도성, 이용희(李用熙)를 위원으로 초빙하고, 소장학자인 김원룡(金元龍), 한우근(韓佑劤), 전해종, 정병학(鄭秉學), 민석홍 등을 역원으로 초빙해 전사편찬위원회를 구성했다.[237]

김성칠은 위원회 상임위원으로 실질적 업무 책임자였다. 전사편찬위원회는 작전경과나 전투상보(詳報)가 아니라 국내외에서 벌어지는 여러 사항을 실록의 기초사료를 만들 듯 문헌, 일지, 통계 등을 작성했으며, 1·4후퇴 때 부산으로 내려가 실질적으로 업무를 시작한 것은 1951년 1월 하순이었다.[238] 전사편찬위원회는 역사학계의 인사들을 중심으로 전후 한국학계의 중심이 된 인물들이 참가했다. 위원장 이병도(한국사), 부위원장 김상기(동양사), 이관구(李觀求, 언론인), 책임장교 고병익(동양사), 함홍근(咸洪根, 동양사), 강신항(국문학), 윤무병(고고학), 원고 집필 조의설(趙義卨, 서양사), 김원룡(고고학), 번역·원고정리 민석홍(서양사), 이기문(李基文, 국문학), 주요섭(朱耀燮, 소설가) 등이 그들이다.[239] 전사편찬위원회는 1951년 『한국전란1년지(1950.5.1~1951.6.30)』를 간행한 이래, 1955년 『한국전란5년지(1954.8.1~1955.7.31)』까지 총 5권의 『한국전란지』를 발행했다. 이는 일종의 연감으로 일지, 주요 문헌, 통계 등으로 구성된 자료집이었다.

김성칠의 일기에 1·4후퇴로 피란길에 오른 1950년 12월 18~23일간이 기록되어 있다. 피란길에 들려온 참혹한 이야기들이 적혀 있다. 엄동설한 기차지붕 위에서 함께 줄로 묶인 모자가 떨어져 죽었다거나, 출산한 산모가 신생아를 차 아래로 던져버렸다거나, 아기가 얼어 죽어 실성한 애엄마 이야기 등이 그것이다.[240] 그가 전사편찬위원회에 어떤 생활을 했는지는 기록되어 있지 않다. 1951년 1월초 부친이 사망한 이후 그가 전사편찬위원회 상임위원을 그만 둔 1951년 3월초까지 일기를 쓰지 못한 것으로 보인다.

김성칠은 1951년 3월 전사편찬위원회 상임위원을 그만두고 대학강의에만 전념했다. 김기협에 따르면 이때 김성칠 부부는 크게 싸웠다. 전시생활이 곤궁할 때 안정된 직장을 박차고 나온 것은 물론이고, 사상·정치적으로 보호막이 될 수 있는 군기관을 떠난다는 것은 매우 위험한 도박이라는 부인의 만류를 김성칠이 뿌리쳤기 때문이었다.

피난 수도 부산에서 강의하던 김성칠은 1951년 10월 9일 고향 영천에서 괴한의 총에 맞아 사망했다. 경위는 정확하게 알려지지 않았다. 그는 유복자를 포함해 4명의 자녀를 남겼다. 1945년에 태어난 큰 아들 기봉은 미국에서 엔지니어로, 셋째 아들 기협은 아버지를 이어 동양사를 전공했다. 부인 이남덕은 이화여대 국문과에서 가르쳤고, 1985년 은퇴했다. 현재 병석에 있다. 그의 무덤은 고향 영천군 청통면 신학리에 있으며, 2008년 11월 22일 영천향토사연구회가 그 앞에 표석비를 세웠다.[241]

5. 맺음말

김성칠은 39세로 세상을 떠났고, 그가 남긴 역사책들은 한세대가 지난 후 잊혀졌다. 1993년 유족에 의해 일기가 공개·간행되었고, 그의 삶이 역사적으로 조명받기에 이르렀다. 한국전쟁에 관한 소련문서들이 공개되기 이전이었지만, 1950년의 현장에서 경험과 직관에 의지해 쓰인 역사학자의 일기는 날카롭게 사실을 직시했고, 전쟁에 대한 진지한 관점을 요구했다. 사실성은 이 일기의 가장 큰 장점이이며 1993년 출간은 시대를 앞선 용기있는 선택이었다. 국제 냉전은 종식되었지만, 한국은 여전히 열전(熱戰)적 냉전(冷戰)에 포획된 분단국이고, 전쟁의 경험자들과 일기의 주인공들이 여전히 생존해 있는 시점이었다. 유족들의 결정이 쉬운 선택이 아니었다. 『조선역사』가 대중적 요구와 출간시점을 잘 결합한 선택이었다면, 50여년 뒤 『역사 앞에서』의 출간도 이에 부응하는 면이 적지 않았다.

일기의 서지학적 상황에 몇마디 덧붙이자면, 우선 김기협이 제공한 복사본에 기초해 일기의 상태를 설명하면 이렇다. 복사본은 200자 원고지 2장을 함께 복사한 B4 판형으로 각각 225장, 205장의 2권 분량이다. 200자 원고지로 따지면 860장 분량이다. 내용 중 일부 빈 페이지가 있고, 일종의 감상평 혹은 논설, 기행문, 논문 등이 들어 있어 『역사 앞에서』에 수록된 내용은 실제 일기에 적힌 것보다 적다.

먼저 일기의 분량과 원본상태를 보면 첫째 권은 1947년(추정) 1월 3일~5일(俗離山紀行), 14일(浪費), 24일(趙咸), 2월 13일(俗離山紀行二), 7월 5일(模擬裁判, 敎師의 憂鬱), 1950년 1월 1일~13일, 「民族의 不滅」(원고지 10장), 6월 25일~10월 24일, 1951년 3월 1일~13일, 4월 6일~8일, 「(校正) 一五同友誌 續刊의 알림」(5장), 「사료 전재(연행록으로 추정)」(3장), 「오늘날 교정이라면~(연행록)」(44장) 등으로 구성되어 있다. 200자 원고지 총 450장 분량 가운데 1950년 1월 1일~13일, 「民族의 不滅」(10장), 6월 25일~10월 24일, 1951년 3월 1일~13일, 4월 6일~8일자의 일기(원고지 350장 분량)가 『역사 앞에서』에 수록되었다. 둘째 권은 1950년 8월 1일~9월 30일, 10월 25일~12월 31일자 일기로 백면을 제외한 200자 원고지 373장 분량이 『역사 앞에서』에 수록되었다. 1~2권을 합해 1950년 1월, 6월~12월, 1951년 3~4월분을 확인했고, 『역사 앞에서』 수록분 가운데 1945년 12월, 1946년 1~4월분은 확인하지 못했다.

한편 1947년도로 추정되는 일기는 기행문(속리산기행)의 형식이거나 특별한 제목(낭비, 모의재판, 교사의 우울)을 단 것인데, 이는 김성칠의 일기 작성방식과 관련이 있다. 김성칠은 일기작성에 있어서 일과를 전부 기술하기보다는 그날의 특징적 사건, 인물, 감상을 제목으로 정해서 일종의 논설, 비평문을 쓰는 방식을 택했다. 2권의 경우에도 마지막(205면)에 자신이 다룬 주제를 일자별로 일괄 정리하고 있다.

이 주제들은 일기 본문내용과 거의 일치한다. 또한 일자별은 아니지만 여백에 金忠燮君, 金基煥의 찾아옴, 姜大良, 孫宇聲, 防禦線, 가버린 사람들, 보스통가방 등을 적어놓았다. 이러한 주제들도 일기에서 다루었다. 1950년 6월부터 10월 24일에 대해서도 김성칠은 마찬가지로 그날의 주제·소제목 등을 일괄 정리해놓았을 가능성이 있다.

김성칠이 이러한 주제·소제목별 일기쓰기를 택한 이유는 크게 두 가지로 보이는데, 첫째는 주제·소제목을 정하고 며칠 뒤에 일기를 작성했기 때문일 가능성이며, 둘째는 일기의 사후공개 혹은 출간을 염두에 두었기 때문일 가능성이다. 특히 일기의 구성, 서술방식, 문체 등에 비추어볼 때 이것이 자신만을 위한 기록이 아니라 공개와 계몽을 위해 쓰였다는 인상이 강하다. 김성칠이 교정·윤문을 한 부분은 대개가 내용상 수정이라기보다는 표현상 수정이었고, 이는 필자가 아니라 독자를 의식한 글쓰기였을 공산이 크다.

이는 문필가로서 글쓰기를 멈추지 않은 김성칠의 직업적 본능과 관성에 따른 것일 수 있다. 이러한 글쓰기는 김성칠이 1942년 번역한 『조선농촌담(朝鮮農村譚)』의 영향일 가능성이 높다. 시게마쓰는 『조선농촌담』에서 자신이 경험한 1919~30년대를 연대기적 방식에 따라 서술하며 간단한 제목을 달아 잡지에 연재한 바 있다. 즉 김성칠은 의도했든 하지 않았든 잡지에 연재될 수 있는 분량·형식·내용의 일기를 작성한 것으로 보인다.

『역사 앞에서』에 수록되지 않은 시기의 일기〔1월 3일~5일(俗離山紀

行), 14일(浪費), 24일(趙咸), 2월 13일(俗離山紀行二), 7월 5일(模擬裁判, 敎師의 憂鬱)]를 1947년도로 추정한 것은, 본문 내용 중 국대안(1946) 이후의 대학사정을 말하는 사정으로 미루어 1947년 이후의 일이며, 남한을 남조선이라 명명하는 등 1948년 8월 정부수립 이전의 일기이기 때문이다. 또한 신문의 범람 등을 언급한 것으로 미루어 1948년이 아닌 1947년이 분명하다. 한편 「일오동우지(一五同友誌) 속간의 알림」의 일오동우는 경성법전 졸업생 동우회인데, 내용에 따르면 졸업 후 10년이라고 되어 있다. 김성칠이 1937년에 졸업했으니, 이는 1947년의 기록으로 추정된다. 「오늘날 교정이라면」은 앞에서 언급한 『열하일기』 교정에 관한 논문이다.[242] 이 일기의 특징들을 정리하면 다음과 같다.

첫째 일기는 200자 원고지 위에 대부분 세로쓰기로 작성되었다. 1947년분만 가로쓰기로 작성되었다. 원고지에는 아무 표시가 없다. 필체는 시종여일 단정한 달필(達筆)이며, 일기는 국한문혼용으로 작성되어 있다. 때에 따라 부분적으로 표현이나 문장을 수정한 흔적이 있다. 원고상태로 볼 때 김성칠이 간단한 메모나 정리를 한 후, 시간적 여유가 있을 때 일기를 정리했을 가능성이 높다. 그의 필력으로 미루어 일필휘지 일기를 적었을 가능성도 배제할 수는 없지만, 일단 메모하고 생각을 정리한 후 원고지에 옮겨 적었으리라고 판단된다.

둘째 현재 남아 있는 일기는 1945년 12월, 1946년 1~4월분, 1950년 1월, 6~12월, 1951년 3~4월분 등 총 15개월분이다. 그 가운데 분량과 내용이 충실한 것이 한국전쟁 초기인 1950년 6월부터 12월까지이다. 부인 이남덕의 글에 따르면 1·4후퇴의 과정에서 대부분의 원고를 잃어버렸다고 한다. 현재 일기의 원본은 유족들이 보관하고 있다.

셋째 일기 원본과 출판본을 검토해본 결과 책으로 출간하는 과정에서 유족들이나 출판사 편집부가 임의적으로 일기의 내용을 생략·수정·변경하지 않았다고 판단된다. 가족사나 특정 사안·인물에 대한 서술도 원문 그대로가 반영되었다. 일기 내용 중 김성칠이 수정한 부분도 책에 그대로 반영되었다.

넷째 일기라는 관점에서 볼 때 이 책은 기록적 가치가 매우 두드러진 저작이다. 이 일기는 시기적으로 1950년 6월부터 12월까지, 지역적으로 서울과 정릉이라는 서울교외에서, 직업적으로 서울대 교수라는 최고 엘리뜨집단에서, 사상적으로 중도파이거나 늘 회의하는 지성인의 입장에서, 개인적으로 가솔(家率) 4명을 거느린 가장(家長)으로서 겪은 한국전쟁 전반기를 그리고 있다. 또한 서울의 주인이 하룻밤 사이 바뀌는 파천황의 시기에 공격자와 방어자에 대해 느끼고 판단한 대로 평가하는 용기와 지성을 보여주고 있다. 김성칠의 삶의 굴곡을 따라 한국전쟁에 도달하게 되면, 그를 에워싼 시대정신, 시대와의 불화, 미소·남북·좌우 갈등 속에 소진된 사람들의 열정과 꿈을 만나게 된다.

鄭秉峻 | 이화여대 교수, 한국현대사

제1부

1945년 12월

1 임시정부 요인들은 1945년 11월 23일과 12월 2일 두차례에 걸쳐 귀국했다. 오세창
(1864~1953)은 33인의 일원으로 독립운동가·언론인·서예가로, 당시 서울신문사
명예사장이었다. 이시영(1869~1953)의 네 형제 모두 독립운동가였으며, 그는 임시정
부 재무부장(財務部長)을 지냈다. 김구와 함께 귀국했고, 초대 부통령을 역임했다.
홍명희(1888~1968)는 『임꺽정(林巨正)』을 쓴 최고의 소설가이자 비타협적 민족주
의자였다. 1948년 이후 북한 부수상 등을 역임했다. 김성칠은 이날자 서울신문을 보
았다.

2 김성칠은 1937~41년과 1944~45년을 금융조합연합회에서 근무했다. 학병을 거부해
징용수용소에 갇혀 있다가 풀려난 후 1944년 3월부터 충북지역의 봉양금융조합에
서 이사로 근무하다 해방을 맞았다. 해방 후 금융조합연합회를 재건하는 도중에 중
앙본부지도과 과장에 임명됐다.

3 김홍기는 김성칠의 경성제대 동창이다. 일제의 강제 학병동원으로 1944년 1월 20일

전문대 재학 이상의 한국인 4000여명이 학병에 강제동원됐다. 학생들은 학병을 피해 도피하거나 공장, 광산 등에 취업하기도 했다.

4 김득중은 경성제국대 출신으로 김성칠의 가장 친한 친구로 꼽힌다. 해방 후 좌익활동을 하고, 월북하여 조선역사편찬위원회 위원이 된다.

5 이철은 경성법학전문학교와 경성제대 동창으로 절친한 친구 사이다. 함께 징병수용소에 갇히기도 했다. 김성칠이 부인 이남덕의 친구 고옥남을 소개하여 결혼까지 했을 정도로 집안끼리도 가깝다. 해방 후 검찰총장을 지낸 애산 이인(李仁)의 동생이며 6·25전쟁 당시 월북한다.

6 김주인(1916~2001)은 일본 쮸우오오(中央)대를 졸업한 후 조선금융조합에서 일했다. 해방 후 금융조합연합회 과장을 거쳐 6~8, 10대 국회의원과 전경련 회장, 대한민국헌정 회장을 역임했다. 1945년 12월 19, 20일 일기와 해제 참조.

7 철학가·교육자인 박종홍(朴鍾鴻, 1903~76)을 가리킨다. 대구고보 때부터 김성칠의 스승으로 돈독한 관계였으며, 김성칠이 경성제국대학에 입학하고 서울대 교수의 길을 걷는 데 도움을 준다. 자세한 이력은 해제 참조.

8 신재영이 운영하던 서적도매상으로 서울 적선동에 있었다.

9 조선총독부 중추원에서 1937년 펴낸 인명사전으로 한국·일본·중국의 문헌에 근거해 고대부터 근세의 인물을 정리했으며 약 2500면에 달한다. 이후 1939년에는 『조선인명사서색인(朝鮮人名辭書索引)』이 간행됐으며 한국역사사전에 영향을 주었다.

10 성빈부(星斌夫) 편 『지나지명사전(支那地名辭典)』(東京: 富山房 1941)으로 추정된다.

11 재미작가 강용흘(姜鏞訖)이 1931년에 쓴 소설로 1948년 한국에서 출간된 것으로 미루어 번역료를 미리 받았음을 짐작할 수 있다. 부인 이남덕의 경성제대 동기인 고옥남의 도움으로 출판됐다.

12 김성칠은 대구고보 독서회사건으로 1년간(1929~30) 미결수로 수형생활을 한 바 있다. 자신이 소년수였음을 늘 자각하고 있었음을 알 수 있다. 해제 참조.

13 해방 후 건국준비위원회를 계승한 조선인민공화국(1945.9.6)은 독자적인 정권을 자임한 반면 임시정부 봉대(奉戴)를 내걸고 수립한 한국민주당(1945.9.16)은 인민공화국을 반대·비판했다. 한민당은 인공해체와 임정봉대를 주장하며 임정요인을 끌어들이려 한 인민공화국을 비난했고, 이후 이승만의 단정(單政)노선에 합류하면서 임정반대 노선으로 전환했다.

14 이재형(1914~92)은 일본 쭈우오오(中央)대 출신으로 금융조합연합회에서 일했으며, 정계에 투신해 제헌의원이 된 이래 다선의 국회의원과 상공부장관, 국회부의장, 국회의장직을 역임했다. 해제 참조.

15 이본녕은 경성제대 출신으로 해방 후 서울대 문리대 심리학과 조교수였으며, 6·25전쟁 당시 북한 점령기 단국대학 책임자를 지냈다. 해제 참조.

16 조선인민보(1945.12.26)에 실린 「地位밋고 맘대로 違法, 金融組合聯合會 幹部의 所行」이란 기사이다. 연합회 경제과장 조일환(曹日煥)이 5년 만기 정기적금의 제1회 불입금 770원을 납입한 후 5만원을 대부받은 비리사건이었다. 부정대출을 감추기 위해 신용산금융조합 이사 등과 공모해 불법서류 작성을 한 혐의로 용산경찰서의 조사가 진행중이었다.

17 조선문학가동맹(朝鮮文學家同盟)은 해방 직후의 좌익계열 문학단체인데, 1945년 12월 6일 조선문학건설본부와 조선프롤레타리아문학동맹이 통합한 조직으로 1946년 2월 8일 정식 출범했다.

18 모스끄바3상회의를 의미한다. 막부(莫府)는 모스끄바의 한자식 표기이다. 모스끄바에서 개최된 미국·영국·소련 3개국 외무장관회담은 한국에 대해 미소점령군 대표로 구성된 미소공동위원회가 한국의 민주적 정당·사회단체와 협의해 임시정부를 수립하며, 5년간 신탁통치 혹은 후견제를 실시한다는 내용을 결정한다. 1945년 12월말 모스끄바3상회의의 결정을 신탁통치로 이해해 전국민적 반대, 즉 반탁운동이 최고조에 달했다. 처음에는 반탁운동에 동참한 좌익들은 1946년 1월초 임시정부 수립과 후견제가 결정의 핵심이라며 찬성으로 돌아섰다. 중도파 인사들은 먼저 임시정부를 수립한 후 신탁문제를 해결하자는 입장을 표명했다.

1946년 1월

19 해방 후 최초의 대중적 한국통사이자 베스트셀러였다. 한달 만에 탈고했으며, 박종홍의 소개로 경성대(서울대) 사학과 김상기 교수가 서문을 썼다. 2월 11일자 일기에 따르면 김상기 자택을 찾아가 받은 서문 내용에 만족해했다.

20 경성대학에 가서 박종홍을 만났음을 의미한다.

21 일본 야마구찌(山口)고등상업학교를 졸업한 후 금융조합연합회에서 일했고, 해방 후 대한금융조합연합회회장과 한국증권금융주식회사 사장, 석탄공사 총재를 지냈

다. 김성칠의 절친한 친구인 이철의 매부이다.

22 군정청 재무국 재무관 존 랜드리(John E. Landry) 대위로 1945년 11월 13일 연합회
장에 임명됐다. 동양척식회사가 재편된 신한공사 회장을 겸임했다.

1946년 2월

23 이상길, 김일식, 윤장혁, 장적우는 모두 1927년 대구고보 비밀결사 사건에 연루된
김성칠의 선배들로, 일제하에서 쟁쟁한 사회주의운동가들이었다. 1946년 대구
10·1사건 혹은 '10월 인민항쟁' 의 주역으로 활동했다. 해제 참조.

24 이는 『조선역사』의 서문이다. 김상기는 단기 4297(1946)년 2월 낙산일우에서 서문
을 썼다.

25 당시 김성칠은 교무과장이었으며, 지도과장은 김주인이었다.

26 김성칠은 단기 4284(1951)년 6월 18일자 「머리말」(『국사통론』, 문림사)에서 될 수
있으면 한자를 버리고 한글을 써야 한다며 책을 순한글로 썼고 "이왕이면 가로쓰기
에 좋고 싶었으나 이는 좀더 시일을 기다리려 한다"고 했다. 한글에 대한 김성칠의
관심은 해제 참조.

1946년 3월

27 김성칠은 『조선역사』를 금융조합연합회 명의로 출간하는 동시에 금융조합연합회
보급과를 통해 판매했다. 추천장을 기안한 박원식은 김성칠을 서울 본부로 스카웃
한 인물이며, 일제하 금융조합연합회 기관지 『반도지광(半島之光)』의 편집자였다.
해제 참조.

28 박종홍 선생의 주선으로 경성대학에 연구실을 얻었다.

29 자신의 신체는 부모님에게 받은 것이니 함부로 몸을 상하게 하지 않는 것이야말로
효도의 시작이라는 의미.

30 칼 맑스(K. Marx)가 『경제학비판』(1859) 서문에서 사용한 이래 세계사의 발전과정
과는 다른 아시아 특유의 생산양식 혹은 공동체적 생산양식으로 원시공동체에서 노
예제사회로 이행하는 초기형태 등으로 논의되어왔다. 1920년대 중국혁명단계론과
맞물려 논쟁이 본격화됐으며, 스딸린의 역사발전 5단계설과 비교되면서, 아시아의
특수성과 정체성을 대표하는 개념이 됐다.

31 이긍종(1895~1951)은 언론인·정치인으로 경성법학전문학교와 일본 메이지(明治)대, 미국 컬럼비아대에서 수학했다. 귀국 후 경성법학전문학교에서 가르쳤으며 화신백화점 상무 등을 역임했다. 조선사정조사연구회(1925년) 회원, 조선어학연구회(1931년) 간사장, 조선경제학회(1933년) 간사, 국민정신총동원조선연맹(1938년) 발기인으로 이름을 올리기도 했다. 해방 후 조선금융조합연합회 이사, 협동생명보험주식회사 사장, 상공일보 사장을 역임했고, 1950년 제2대 국회의원선거에서 무소속으로 출마해 국회의원에 당선됐다.

32 차낙훈(1912~93)은 법학자로 경성제대를 졸업한 김성칠의 친구였다. 해제 참조.

33 今村鞆이 쓴 것으로 1935~40년간 총 7권이 조선총독부 전매국(專賣局)에서 간행됐다.

34 아사까와 타꾸미(淺川巧)가 1931년 토오꾜오(東京)의 조선공예간행회(朝鮮工藝刊行會)를 통해 간행했다. 심우성이 『조선의 소반·조선 도자명고』(학고재 1996)로 번역·출간했다.

35 1940년 경성제국대학 대륙문화연구회가 펴낸 것으로 이와나미쇼뗑(岩波書店)에서 출간됐다. 1943년에는 속편 『속대륙문화연구(續大陸文化硏究)』가 간행됐다.

36 명제세(1885~1956)는 민족주의자로 해방 후 건국준비위원회와 독립촉성중앙협의회에서 활동했으며, 한국정부 초대 심계원장을 지냈다. 김성칠과의 관계가 언제부터 시작됐는지는 알 수 없다. 한국전쟁중 납북됐고, 두 아들도 의용군에 끌려갔다.

1946년 4월

37 1935년 중국 상해 세계서국(世界書局)에서 간행한 『十三經注疏: 附校勘記』(상·하)였을 것이다. 중국 당나라에서 시작되어 송나라 말기에 완료된 중국유학 고전 『십삼경』에 대한 주석서로, 『주역정의(周易正義)』 『상서정의(尙書正義)』 『모시정의(毛詩正義)』 『예기정의(禮記正義)』 『춘추좌씨전(春秋左氏傳)』 『주례정의(周禮正義)』 『의례주소(儀禮注疏)』 『춘추공양전주소(春秋公羊傳注疏)』 『춘추곡량전주소(春秋穀梁傳注疏)』 『효경주소(孝經注疏)』 『논어주소(論語注疏)』 『이아주소(爾雅注疏)』 『맹자정의(孟子正義)』 등 총 416권이다.

38 김성칠의 학사논문은 현전하지 않는다. 그가 쓴 박제가와 『북학의』에 대한 해제에서 그 일면을 엿볼 수 있는데(金聖七 「朝鮮古典解題(一) 北學議의 時代性」, 『金融組

合』 제18호(협동2) 1948년 10월호), 그는 박지원의 『열하일기』와 함께 박제가의 『북
학의』를 북학론의 두 기둥이라고 평가했다.

39 전후 한국서양사학계의 중심인물인 민석홍은 서울대에서, 동양사학계의 1세대인
전해종은 서울대와 서강대에서 가르쳤다.

40 법정학교(法政學校)는 1946년 4월초 재정구조, 무자격교원 채용, 정치적 색채 문제
로 군정청 명령으로 폐쇄당했다. 원래 경성법정학교의 재산은 모두 화원(花園)여학
교의 재단으로 이전(1944.7)되어 학교는 1945년 9월에 폐쇄될 예정이었다. 해방 후
재단·시설·교원명부가 없는 야간학교를 주간학교로 바꾸고 학과와 과목을 변경해
학생을 임의적으로 모집해, 군정의 폐쇄명령을 받았다. 입학생들과 졸업생들은 강
하게 반발했고, 유억겸(俞億兼) 문교부장은 학교 설립조건을 충족시키면 개교를 허
용하겠다는 입장을 밝혔다.

41 1946년 4월 학생들의 동맹휴학 및 학생운동이 거셌다. 4월 14일 전문학교와 중등
학교의 좌익계 학생들이 「서울민주학원건설투쟁위원회」를 결성하고 학원의 민주
화, 학원에 대한 경찰간섭을 절대 배격함, 생활문제의 근본적 해결을 요구함 등의
결의사항을 채택했다. 조선인민보(1946.4.15)와 동아일보(1946.4.16)는 「학원(學園)
의 병마(病魔): 맹휴(盟休) 신칙(愼飭)하라」는 사설에서 해방 후 대학생들의 동맹휴
학이 유행처럼 번진다며 본업인 학업을 강조했다. 서울신문, 동아일보, 자유신문, 조
선인민보 등을 조사했지만, 대학 예과학생들의 동맹휴학 반대성명을 찾지는 못했다.

1950년 1월

42 도엽박사는 이나바 이와끼치(稻葉岩吉, 1876~1940)로 동양사학자였다. '남만주철
도(南滿洲鐵道)주식회사'에서 만주사와 한국사를 연구했고, 조선사편수회(朝鮮史
編修會)에서 일하며 한국사를 만주사에 복속시키는 만선사관(滿鮮史觀), 한국사의
반도(半島)적 성격론 같은 식민사관(植民史觀)을 주창했다. 1937년 박사학위를 받
은 후 1938년 환갑기념논총으로 『稻葉博士 還曆紀念 滿鮮史論叢』이 간행되었다. 이
능화(李能和), 이병도(李丙燾), 신석호(申奭鎬) 등의 한국인 논문이 실렸다.

43 청목성사랑(青木誠四郎)이 쓴 『아동심리학(兒童心理學)』(현문사 1936)으로 추정
된다. 국립중앙도서관 소장본에 문부성 추천도서로 되어 있다.

44 중국 송나라 때 고려에 사신으로 온 서긍이 쓴 고려 견문기로, 300여 항목을 글과

그림으로 설명했다. 1910년대 조선고서간행회에서 활자로 간행했다.

45 이 시는 두보의 시가 아니라 왕한(王翰)의 「양주사(凉州詞)」다. "맛좋은 포도주 야광배(夜光杯, 멋진 술잔)에 부어 / 비파소리 들으며 마시려는데 말에 오르라 재촉하는구나. / 술취해 모래벌판에 쓰러져도 비웃지 마시라 / 예부터 전쟁에 나가 돌아온 자 몇이던가"

46 김성칠은 1948년 두권짜리 『열하일기』를 정음사에서 정음문고로 간행한 바 있다. 『열하일기』 관련 글은 1941년에 쓴 바 있다. 해제 참조.

47 중국에 연행사(燕行使)로 간 박지원(朴趾源)이 중국학자들과 나눈 필담(筆談)을 『열하일기』에 수록했는데, 그중 곡정필담(鵠汀筆談)은 중국인 곡정 왕민호(王民皥)와 나눈 필담으로 주로 천문 중심의 역사·문화 이야기 등을 담고 있다.

48 「한산도야음(閑山島夜吟)」(1595.10.20)과 「무제」(1594.9.3)라는 이순신의 시이다.

49 1948년 김성칠이 김상기(金庠基), 김일출(金一出)과 함께 쓴 『신동양사(新東洋史)』(동지사)이다. 이 책의 개정판 여부는 미상이다.

50 「가의전(賈誼傳)」은 『한서』 권48로 한나라 때에 활동한 '가의'라는 사람의 일생을 다룬 열전(列傳)이다.

51 일기에는 1월 8일~15일에 『고려사』 1~15권을 읽은 것으로 나온다. 『고려사』는 세가(世家) 46권, 지(志) 39권, 연표 2권, 열전 50권, 목록 2권 등 총 139권으로 구성되어 있으며, 김성칠이 읽은 것은 모두 세가에 속한다.

제2부

1950년 6월

1 북한의 조국전선 호소문 전달은 개전명분 축적을 위한 화전(和戰)양면전술의 일환이었다. 조국전선은 6월 7일 「남북반부 전체 민주주의 정당·사회단체와 전체 조선인민에게 보내는 평화적 조국통일 추진 제의 호소문」을 발표하면서, 8월 15일 남북총선거로 구성되는 최고입법기관회의를 서울에서 소집하자는 평화통일안을 내놓았다. 조국전선은 이를 위해 평화통일을 원하는 정당·사회단체 대표자협의회를 38선 인접 해주 또는 개성에서 6월 15~17일에 걸쳐 개최하자고 주장했다. 이를 위해 이인규와 김태홍(서울대 사학과 교수이던 김일출의 동생. 해제 참조) 및 『조국전선』

기자 김재창을 남한에 파견한다고 발표했다. 조국전선이 파견한 3명의 파견원은 6월 10일 여현(礪峴)역에 도착해 유엔한국임시위원회에 호소문을 전달한 후, 11일에 38선을 넘어 남하했고 한국경찰에 체포되었다. 서울의 외교소식통들은 유엔한국임시위원회를 만나러 온 일종의 '협상대표'를 무차별적으로 고문한 한국정부에 냉소적 태도를 취했다(「무초가 국무부에 보낸 1950년 6월 11일, 12일자 전문」, RG 59, decimal file 795.00series, box 4299). 북한은 남한이 평화통일을 거부하고 있다며 목청을 드높였지만, 실제로 북한의 제안은 실현이 불가능한 것이었다. 왜냐하면 북한은 제안을 발표한 지 불과 10일내에 정당·사회단체 대표자협의회의를 개최하자고 주장했으며, 나아가 남한의 최고지도자들인 이승만, 이범석, 김성수, 신성모, 조병옥, 채병덕, 백성욱, 윤치영, 신흥우 등의 배제를 요구했기 때문이다. 남한내에 그런 요구에 응할 수 있는 합법적 정치세력은 이미 존재하지 않았다. 이와 동시에 북한의 조국전선은 6월 10일 남한에 체포된 김삼룡·이주하와 북한의 조만식을 교환하자고 제안했다. 한국정부는 이 제안을 거부했다. 예상대로 조국전선의 시도가 실패하자 북한 최고인민회의 상임위원회는 6월 19일 회의를 개최하고 북한 최고인민회의와 남한국회를 통합해 새로운 입법기관을 수립하는 방식으로 통일정부를 세우자고 제안했다. 이 제안에서 북한은 6월 21일 각각의 대표단을 평양 또는 서울로 파견해 접견하자고 주장했다. 그러나 북한은 여기서도 제안일부터 이틀 뒤 회담을 개최하자고 했을 뿐 아니라 이승만·김성수 등 남한지도자들의 배제를 주장함으로써 또 한차례 소동을 일으켰을 뿐이다. 실현 불가능성에 맞춰진 이런 제안은 실질적으로 한국정부의 붕괴와 무조건 항복을 요구하는 최후통첩에 다름없었다. 만약 한국정부가 김일성, 박헌영, 김책, 김두봉 등 북한의 최고지도부를 배제한 채 통일협상을 하자는 제안을 했을 경우 북한 지도부가 보였을 태도처럼 한국정부의 반응도 동일했다. 6월 11일 남한정부가 조국전선 특파원들을 체포하자 북한주재 소련대사 스찌꼬프(Terenti Fomitch Stykov)는 스딸린에게 남한이 조국전선의 제의를 거부했다고 보고하면서(「스찌꼬프→필리뽀프(Filippov, 스딸린)」, 1950.6.11) "이는 우리의 계획을 예정대로 실행해나가는 것이 필요함을 확인시켜주고 있다. 그것은 38도선상으로 군대를 이동시키는 일과 계속해서 평화통일을 요구하는 일을 포함한다"고 강조했다. 또한 스찌꼬프는 6월 19일 최고인민회의의 평화통일 제안에 대해서도 그 성공가능성보다는 '최대한의 선전효과'와 '남한의 부정적 반응'에 최대의 관심을 기울이고

있었다(「스찌꼬프→필리뽀프」, 1950.6.16). 북한군의 38선 인근지역으로의 병력 집
중배치는 조국전선 특파원들이 체포된 직후인 6월 12일부터 시작되었다(정병준『한
국전쟁』, 돌베개 2006, 505~507면 참조).

2 강은 서울대 국군과의 강신항이다. 김성칠의 주선으로 전사편찬위원회에서 근무했
고 이후 성균관대 국문학 교수로 재직했다. 김은 서울대 국문과의 김석선으로 추정
된다(강신항『어느 국어학도의 젊은날: 6·25의 소용돌이 속에서』 I·II, 정일출판사
1995).

3 이미 이승만은 서울을 떠난 상태였다. 주한 미 대사 무초(John J. Muccio)는 국군과
서울시민의 사기앙양을 위해 대통령이 서울을 지켜야 한다고 했지만, 이승만은 국
회와 행정부에도 알리지 않은 채 6월 27일 새벽 기차로 피란길에 올랐다. 그는 대구
에 도착해서야 기차를 돌려 대전으로 올라왔다. 대전에서 그는 서울시민을 향해 미
국의 원조사실과 국군의 선전을 소개하며 분투를 당부하는 방송을 녹음했다. 서울
에서 그의 방송연설이 울려퍼진 몇 시간 뒤 한강다리가 폭파되었다(서중석『조봉암
과 1950년대』하권, 역사비평사 1999, 660~64면). 국군이 의정부를 탈환했다는 것
역시 거짓말이었다. 연이은 허위선전과 거짓전과(戰果) 보도, 한강다리 폭파, 북한
군의 신속한 서울 진격으로 서울시민과 주요 정치인들이 피란할 기회를 놓쳤다. 서
울수복 후 한국정부는 끊긴 다리를 건너지 못한 시민들을 비도강파(非渡江派)로 몰
아 부역(附逆)혐의를 심사했다. 국군이 38선 이북의 해주시를 완전점령했다는 육군

동아일보(1950.6.27)

476

본부 정훈국의 발표가 실렸다. 이는 라디오를 통해서도 반복되었다. 서울시민들은 국군이 해주시를 점령했고, 의정부를 탈환했다는 허위보도를 믿고 피난 기회를 놓쳤다. 한편 이 기사는 1970년대 이후 한국군이 북한을 선제공격함으로써 북한군의 대규모 전면공격을 유도했다는 소위 '남침유도설'의 주요 근거가 되었다.

4 김현수 대령은 국군 17연대가 해주를 점령했다는 소위 '해주점령설'의 책임자로 지목되었다. 개전 당시 옹진에 체류중이던 최기덕 기자는 17연대장 백인엽 대령으로부터 국군의 사기가 해주로 진격할 것처럼 왕성하다는 얘기를 듣고 서울에 돌아왔다. 김현수를 만난 최기덕은 백인엽 대령의 각오를 전했는데, 이것이 육군본부 정훈국 발표를 통해 '17연대의 해주점령'으로 과대포장되어 오보로 나타났다는 것이다. 즉 실제하지 않는 사건이 오보되었다는 '오보설'이 한국정부와 한국군의 오랜 주장이었다. 반면 '해주점령' 보도와 관련자료들은 브루스 커밍스(B. Cumings) 등에 의해 남침유도설의 핵심적인 근거로 활용되어왔다. 그러나 한국군 부대의 해주진격은 실재하지 않았다. 한국군은 「육본 작전명령 제38호」(1950.3.25)라는 방어계획을 수립했고, 북한군의 남한공격이 결정적인 단계에 도달할 경우 서울로 향하는 북한의 주 공격력을 약화시키기 위해 옹진 17연대는 해주를, 8사단도 38선을 월경(越境)해 북한군의 동서 측면을 공격한다고 가정했다. 북한의 전면공격이 시작되자, 준비된 작전계획에 따라 명령이 하달되었지만, 옹진주둔 17연대는 이미 6월 25일 오전에 철수를 준비해야 할 정도로 궤멸직전에 놓였다. 17연대의 철수과정에서 부대가 이분되었고, 그중 대대 하나가 6월 28일 인천항에 들어올 때까지 행방불명 상태였다. 서울의 육군본부와 토오꾜오(東京)의 극동군사령부는 행방불명된 대대 하나가 해주를 점령했을지도 모른다는 낙관적이고 주관적인 전망을 피력했다. 이것이 해주점령설의 출발점이었다. 해주점령설은 신문기자의 오보도, 그렇다고 해주공격이 실제한 것도 아닌, 방어와 선전, 한국군 지휘부의 무능과 오판, 북한의 잘 기획된 선전이라는 3자가 기묘하게 결합된 결과물이었다(정병준 『한국전쟁』, 돌베개 2006, 684~711면 참조).

5 해방 후 난립한 우익청년단을 통합하라는 이승만의 지시로 창립(1948.12.19)된, 제1공화국 당시 가장 큰 규모의 청년조직이었다. 다섯 청년단(청총靑總, 서청西靑, 대청大靑, 독청獨靑, 국청國靑)이 통합됐으며, 조선민족청년단(朝鮮民族靑年團, 일명 족청)은 참가하지 않았다. 발단식에는 이승만을 포함한 총리와 장관 등이 대거 참가

했다. 신성모, 김윤근, 안호상 같은 이승만의 측근들이 단장을 맡았으며, 방공(防共)을 목표로 했다. 창립 당시 4000개 이상의 전국 도·시·군·읍 지부와 300만이 넘는 회원을 확보하고 있었다. 준(準)군사단체로 군사훈련을 실시하는 한편, 1949년 이후 청년방위대로 재편되어 예비군사조직으로 활용됐다.

6 홍승기(洪承璂)는 경성법전문학교 시절부터 김성칠의 절친한 친구였다. 좌익활동 때문에 해방 후 보도연맹에 가입했고, 전쟁중 법원자치위원회 위원장이 되었다. 김성칠 일기에 가장 가슴 아픈 친구 이야기 중 하나로 기록되어 있다. 해제 참조.

7 최윤식(1899~1960)은 수학자로 동경제대 이학부(理學部) 수학과를 졸업했으며, 해방 후 서울대 수학과 초대 주임교수와 문리대 학장을 지냈다. 서울대에서 최초의 수학분야 박사를 받았고, 조선수학물리학회 초대회장, 대한수학회 초대회장을 역임했다.

8 서울대 문리대 중국문학 전공교수였다. 호적(胡適)과 병자호란 삼학사(三學士) 등에 대한 글을 썼다. 일기에 나오는 것처럼 북한점령기 살해될 뻔했으며, 수복과정에서 북한에 납북되었다.

9 이병기, 이병도, 성백선, 김일출, 이명선, 유응호, 이종악 등은 해제를 참조.

10 김성칠이 습득한 것은 팔로군 사령부가 발급한 군인증이다. 1950년 11월 이후 참전한 중국인민지원군들에게는 혁명군인증명서가 발급됐다.

중국인민지원군 혁명군인증명서

11 김성칠은 북한군이 죽인 것을 믿지 않았지만, 이는 1950년 6월 28일 서울대병원에
서 인민군 4사단 5연대 병사들이 입원중인 국군 및 의료진 150~200여명을 살해한
개전 초기의 가장 대표적인 학살이었다. 해제 참조.

1950년 7월

12 "최○○"는 원문 그대로다.

13 백남운(1895~1974)은 경제학자이자 북한 정치가였다. 일제하 사회경제사학자로
이름을 얻었고, 1938년 투옥된 바 있다. 해방 후 정계에 투신해 중도좌파 정당인 남
조선신민당 위원장, 근로인민당 부위원장 등을 역임했다. 1948년 월북해 북한의 교
육상과 과학원 원장, 최고인민회의 의장, 조국전선 의장 등을 지냈다.

14 서울대 자치위원회의 유응호, 김일출, 성백선, 이명선 등은 해제를 참조.

15 조선문화단체총연맹(朝鮮文化團體總聯盟, 문련)은 1946년 2월 조직된 좌익 문화
단체연합회로 예술·과학·교육·언론·체육분야를 망라했다. 임화(林和)가 위원장
을 맡았으며, 1946~47년 미소공동위원회, 1948년 남북연석회의를 적극 지지했다.
남한정부 수립 후인 1949년 10월 등록이 취소됐다.

　조선교육자협회(朝鮮敎育者協會, 교협)는 1946년 2월 17일 대학·전문·중등·초
등교육자로 구성된 조직으로, 국립서울대학교설립안(국대안) 반대 같은 좌파적 입
장을 견지했다. 1947년 이래 여러차례 경찰에 의해 검거·숙청됐다.

　조선과학자동맹(朝鮮科學者同盟, 과맹)은 1945년 10월 21일 결성된 대표적인 좌
익 학술단체로, 여기서 '과학'은 인문사회과학을 포함한 학술전반을 의미하며 맑스
경제학자 박극채(朴克采)가 위원장을 맡았다. 『주보(週報) 민주주의(民主主義)』가
기관지였으며, 『조선해방일년지』『이조사회경제사』『조선해방과 3·1운동』 등을 간
행했다. 조선공산당과 남조선로동당의 외곽단체로 활발한 활동을 펼쳤으며, 남한정
부 수립 후 등록이 취소됐다.

　조선노동조합전국평의회(朝鮮勞動組合全國評議會, 전평)은 1945년 11월 결성된
좌익 산별 노동조합으로 조선공산당과 남조선노동당의 외곽단체로 활동했다. 북한
지부인 북조선총국은 북조선직업총동맹으로 분립됐고(1946.5), 전평은 국제노동조
합연맹에 가입(1946.6)했다. 1946년 9월 총파업을 주도한 이래 미군정의 엄격한 감
시를 받았다. 남한정부 수립 후 1949년 10월 등록이 취소됐다.

인민위원회(人民委員會, 인위)는 해방 직후 조직된 건국준비위원회가 미군의 진주를 앞두고 조선인민공화국을 선포한 후, 건국준비위원회의 지방지부가 전환된 것이다. 일종의 자주적 통치기관으로 행정·사법·입법기능이 통합된 인민위원회는 1945년 9월부터 미군정이 지방에 정착하는 1945년 12월까지 지역에 따라서는 실질적 행정권을 행사하기도 했다. 미군정의 조선인민공화국의 해산과 부인정책에 따라 중앙 인민위원회가 발전적 해소전략을 택함으로써 1946년 이후 해체되었다. 북한점령기 다시 부활했다.

조선민주청년동맹(朝鮮民主靑年同盟, 민청)은, 해방 후 조선공산당이 1945년 12월 좌익청년의 대중조직인 조선청년동맹(朝鮮靑年同盟, 청총)을 발족시킨 후 1946년 7월 청총에 개입하여 재조직한 단체다. 미군정이 민청을 1947년 5월 강제해산하자, 1946년 6월 5일 조선민주애국청년동맹(朝鮮民主愛國靑年同盟)으로 명칭을 변경했다. 그러나 여전히 좌익 청년단체이자 조선인민공화국과 남로당의 외곽단체 기능을 했다. 남한정부 수립 후 등록이 취소됐다.

조선부녀총동맹(朝鮮婦女總同盟, 여맹)은 해방직후 결성된 건국부녀동맹을 모체로 1945년 12월 23일 결성됐다. 해방 후 대중적 부녀조직으로는 최대인 좌익단체였다. 1947년 2월 제2회 전국대회를 통해 남조선민주여성동맹으로 개칭(1947.2)했으며, 유영준이 위원장, 정칠성이 부위원장을 맡았다. 남북연석회의 이후 유명무실해졌고, 1949년 10월 등록이 취소됐다.

16 해방일보는 1950년 7월 2일 서울 해방일보사에서 제1호를 간행했다. 1950년 7월 3일의 「간행사」에 따르면 조선공산당 기관지던 해방일보를 계승한 것이었다. 원래 해방일보는 정판사위폐사건(精版社僞幣事件) 이후 간행이 중지됐다.

해방일보 제1호(1950.7.2)

17 이 노래는 해방공간에서 최고 작곡가로 알려진 김순남(金順男)이 작곡하고, 천재 시인 임화(林和)가 작사한 '인민항쟁가'이다. 1946년 10월 1일 대구에서 시작된 '10·1대구폭동' 혹은 '10월 인민항쟁'이라 불리는 해방 후 최초의 대중봉기를 그린 노래였다. 한국전쟁 전후 남북한에서 널리 불렸고, 남북한의 애국가가 제정되기 전까지 널리 불리던 노래였다. 1948년 제주4·3사건 때뿐 아니라 한국전쟁기에 광범하게 불렀다고 알려져 있다. 원 가사의 1절은 이렇다. 〈원수와 더부러 싸워서 죽은/우리의 죽음을 슬퍼 말아라/기빨을 덮어다오 붉은 기빨을/그 밑에 전사를 맹서한 기빨〉

18 정식 명칭은 국민보도연맹(國民保導聯盟)이다. 1949년 6월 좌익 출소자와 사상범의 교화·전향을 목적으로 설립된 반관반민(半官半民)조직이다. 한국전쟁 발발 직전 전국에 약 30여, 서울에 2만여 조직원이 있었다고 알려져 있다. 가맹은 강제적으로 이루어졌으며, 지방에서는 지역할당제 때문에 사상범이 아닌 사람들도 가맹시켰다. 한국전쟁 발발 직후 전국에서 이들에 대한 광범한 예비검속(檢束)과 예방학살이 있었다.

19 이명선, 김일출, 유응호, 성백선, 김선규, 이원학, 이본녕, 차낙훈 등은 해제 참조.

20 북한은 남한에서 광범한 의용군(義勇軍)을 동원했다. 해제 참조. 기사는 조선인민보에 게재된 의용군 지원모습이다.

조선인민보(1950.7.5)

21 김일출은 여운형 추종자로 조선인민당과 근로인민당에서 활동했다. 여운형 사망 후 정계와 거리를 두었으며 서울대 문리대 사학과 동양사 교수였고 북한이 파견한

조국전선 연락원 김태홍의 형이다.

22 이여성(1901~?)은 정치인이자 예술인으로 일제시기 북성회(北星會)와 일월회(一月會)를 조직했으며, 여운형의 건국동맹와 건국준비위원회, 인민당, 근민당에 몸을 담았다. 한국복식사와 예술사에도 일가견이 있었으며, 『수자조선연구(數字朝鮮硏究)』를 함께 쓴 김세용(金世鎔)이 매부였다. 호는 청정(靑汀)이며, 1948년 남북협상 때 월북해 잔류해 최고인민회의 대의원과 김일성종합대 교수 등을 역임했다. 한국 근대미술의 거장인 이쾌대(李快大)가 그의 동생이며, 그 역시 한국전쟁기 종군화가로 활동하다 거제포로수용소에 수감됐다가 월북했다. 이여성과 김일출이 어떻게 '남매'지간인지는 알려지지 않았다.

23 을지로의 신문화연구소는 서울 명동입구에 있던 것으로 이상백(李相佰)이 주도해 해방 직후인 1945년 8월 20일 설립됐다. 이상백 역시 건국동맹부터 근민당에 이르기까지 여운형 그룹에 속해 있었다. 여운형 그룹에 학자, 문화·예술인, 체육인들이 많았던 점은 특기할 만하다. 『신문화』 창간호(1946.2)의 발행처가 조선문화연구소로 표기된 것으로 보아, 신문화연구소가 개명된 것임을 알 수 있다. 수록된 내용은 주로 일제의 조선침략사, 소련의 민족정책, 조선농업경제, 맑스주의와 북한소개 등 진보적 성격이 대부분이었고, 이상백과 김일출이 쓴 글은 없었다. 사학연구회는 경성대학내에 이인영 교수를 중심으로 만들어진 조선사연구회라는 학생조직 혹은 이순복이 주도해 국사연구실에 간판을 내건 역사과학연구소으로 추정된다(조동걸 『현대한국사학사』, 나남출판 1998, 329~30면 참조).

24 안호상(安浩相, 1902~99)은 교육가이자 대종교 지도자였다. 독일 예나(Jena)대에서 철학박사를 받은 후 보성전문대 교수를 지냈고, 시인 모윤숙(毛允淑)과 결혼했다. 조선어학회사건에 연루됐으나 체포는 면했다. 정부수립 후 초대 문교부장관을 지냈고, 반공주의적 민족우선·국가우선을 모토로 삼은 이승만의 일민주의(一民主義)이념을 실질적으로 주도했다. 강력한 반공주의자였지만, 단군을 국조로 숭배하는 대종교 교도로 교무행정의 최고책임자인 총전교(總典敎)를 지냈다. 북한이 단군릉을 복원하자 1995년 당국의 방북허가 없이 밀입북하기도 했다.

25 1947년 5월 여운형 주도로 창당된 중도파 정당이다. 전신은 박헌영 주도의 좌익 3당 합당, 즉 남조선노동당의 결성을 반대해 만든 사회노동당이었다. 여기에는 여운형 중심의 조선인민당과 백남운 중심의 남조선신민당, 강진과 이영 등 중심의 조선

공산당 대회파세력이 합류했다. 주로 인민당을 중심으로 조직됐고, 여운형이 위원장, 백남운이 부위원장을 맡았다. 1947년 7월 여운형의 암살 이후 급격히 세력이 위축되었고, 1948년 남북협상시 상당수 간부가 북한에 잔류해 사실상 해체됐다. 남한 내 생존한 근민당계 인사들이 1960년 4·19 공간에서 혁신정치운동을 주도했다고 알려져 있다.

26 이승엽(1905~53)은 일제하 사회주의운동가로 3차례 이상 투옥된 바 있으며 해방 후 박헌영이 주도한 조선공산당과 남조선노동당의 2인자가 되었다. 1948년 월북하여 북한 최고인민회의 대의원과 사법상(장관)을 역임했고, 한국전쟁시 서울시 임시 인민위원장을 지냈다. 1951년 조선노동당 비서가 되었지만, 1953년 남로당 숙청과정에서 '미제의 고용간첩'으로 몰려 사형당했다. 조선공산당 대회파, 사회노동당, 근로인민당 등 정치적 반대파에 인색했다는 평이 많다.

27 1946년 10월 1일 대구에서 시작된 도시폭동이자 추수(秋收)폭동이었다. 대구10·1사건, 대구폭동, 10월인민항쟁 등으로 불리는 이 사건은 도시민의 쌀배급 요구와 농민의 미곡강제공출에 대한 반대에서 출발하여, 친일경찰과 지주 등에 대한 공격 같은 정치운동이 되었다. 남로당은 광범한 대중의 불만을 정치적으로 이용하고자 했으나, 사건은 거의 자연발생적이었다. 대구에서 시작된 사건은 동심원의 형태로 번져 12월에는 전국으로 확산되었다.

28 이정(而丁)은 조선공산당과 남조선노동당의 당수이던 박헌영(1900~56)의 호로, 밭을 고를 때 쓰는 기구인 고무래를 뜻한다. 고무래가 되어 구체제를 긁어내 청산하여 혁명을 완성하겠다는 의지의 표현으로 생각된다. 박헌영은 상해 유학시절 사회주의에 접했고, 조선공산당 창당부터 경성콤그룹에 이르기까지 한국사회주의운동의 살아있는 역사이자 전설이었다. 해방 후 조선공산당을 재건했고, 이후 남조선노동당과 조선노동당의 지도자로 활약했다. 1946년 월북했고, 1948년 북한정부 수립 이후 부수상과 외무상을 지냈다. 1953년 남로당 숙청 이후 재판에 회부되었고, '미제의 고용간첩'으로 몰려 처형되었다. 혁명동지 주세죽(朱世竹) 사이에 낳은 딸과 정순년 사이에 낳은 아들이 생존해 있다. 2007년 한국정부는 주세죽에게 건국훈장을 수여했다.

29 아내 이남덕의 절친한 친구이자 이화여대 동기였던 고옥남이다. 숙명여대에서 영문학을 가르쳤다.

30 이인(1896~1979)은 수많은 독립운동가를 변호한 민족변호사이자 자신도 조선어학
회사건으로 4년여 수형생활을 한 민족주의자였다. 미군정기 검찰총장을 지냈고, 정
부수립 후 초대 법무장관을 역임했다. 제헌국회의원을 역임했고, 법무장관 시절 소
신을 굽히지 않은 것으로 유명했다. 5·16 이후 야당의 원로로 야당통합을 위해 노
력했고, 유언에 따라 사후 전재산을 한글학회에 기부했다.

31 김영재(1907~?)는 경북 안동출신으로 1937년 고등문관시험 사법부에 합격해 1939
년 이후 서울, 평양, 해주에서 지검검사를 역임했다. 해방 후 변호사로 개업했고,
1948년 서울지방검찰청 부장검사, 서울고등검찰청 차석, 서울지방검찰청 차장을 역
임했다. 1949년 7월 국회프락치사건에 연루돼 체포됐다. 남로당에 입당한 후 법조
계에서 암약(暗躍)한 것으로 알려진 세칭 법조프락치사건의 주역이었으나, 1950년
징역 2년 집행유예 3년을 선고받았다.

32 최봉래의 약력은 알 수 없다. 경신중학을 졸업했고, 일기에는 해방 후 좌익운동에
가담한 후 1949년 월북한 인물로 묘사되어 있다. 한국전쟁기 서울에 내려왔다가 다
시 월북한 것으로 추정된다.

33 손우성(1904~2006)은 프랑스 문학자이자 문학평론가였다. 해방 후 청주사범과 성
균관대, 서울대에서 한국 최초로 프랑스문학을 강의했고, 학술원 원로회원을 지냈
다. 김성칠과 정릉리 같은 마을에서 한국전쟁을 경험했고, 식량을 구하러 산골을 다
닌 경험담이 일기에 인용되어 있다. 수복 후에는 인공시절 양곡배급조서 때문에 20
여일간 경찰서에 구금되는 고초를 겪기도 했다. 일기 1950년 11월 13일 참조.

34 책은 아마 『나는 자유(自由)를 선택(選擇)하였다』(이원식 옮김, 국제문화협회
1948)였을 것이다. 빅또르 끄라브첸꼬(Vitor Kravchenko, 1905~66)는 소련공산당원
으로 2차대전중 주미 소련구매단원(Soviet Trade Mission in Washington D. C.)의 일
원이었다. 1944년 탈출하여, 1946년 탈출수기인 *I Chose Freedom*으로 이름을 얻었
다. 이 책에서 스딸린의 농업협동화로 우크라이나에서 1932~33년간 홀로도모르
(Holodomor)라 불리는 220만에서 1천만가량의 대량 아사(餓死)자가 발생했음을 폭
로했다. 탈출수기는 1946년 남한 잡지에 소개된 바 있다. 1948년 상권이 번역된 이
래 한국전쟁중 재차 축약된 번역물이 출판되었다. 이 책은 앙드레 지드(André Gide)
의 『소비에트 기행』(1936)과 함께 한국전쟁 전후기 소련에 대한 체험과 경험담을 들
려줌으로써 사회주의와 공산주의라는 환상을 깨는 데 기여했다는 평을 받는다.

35 이는 북한의 조선역사편찬위원회가 간행한 『력사제문제』이다. 북한에서 최초로 간행된 역사학 월간지였다. 북한은 정부수립 이전인 1947년 북조선임시인민위원회 결정 제182호 「조선역사편찬회에 관한 결정서」에 따라 북조선임시인민위원회 안에 「조선역사편찬위원회」를 구성했다(1947.2.7). 이때 역사편찬위원회는 25명이었고, 위원장은 리청원(李淸源)이었다. 정부수립 직후에는 내각결정 제11호로 「조선역사편찬위원회에 관한 결정서」를 채택(1948.10.2)해 교육상 백남운(白南雲)에게 편찬위원 선임을 맡겼고, 최근세사는 1949년 3월말까지, 통사는 1949년 12월말까지 공간할 것을 결정했다. 이에 따라 출간된 것이 『조선민족해방투쟁사』(1949) 『력사제문제』(월간) 『조선력사연구논문집』이다. 조선역사편찬위원회의 구성원 가운데 김성칠의 일기에 백남운, 박시형, 김석형, 한길언, 김득중, 김한주, 이여성 등 서울에서 올라간 역사학자들의 이름이 등장한다.

조선역사편찬위원회는 발전적으로 해체한 후 조선역사연구소가 구성(1952.3.27. 내각결정 제57호)되었고, 이후 과학원(원장 백남운)이 창설되면서 과학원 산하 역사연구소(소장 김석형)가 이를 계승했다. 과학원 역사연구소는 1955년부터 『력사과학』을 발행하기 시작했고, 1957년부터 『력사과학논문집』을 간행하고 있다.

36 사진은 조선인민보 1950년 7월 27일자이며 김성칠의 일기와 비교해볼 만하다. 해당 기사는 다음과 같다.

「정릉리 선거광경: 화기 넘치는 선거장, 숙망달성의 환희성 폭발!」 정릉리 리인민위

조선인민보(1950.7.27)

원회 위원선거장인 정릉묘 앞에는 이른 아침부터 유권자 4천 6백명이 모였다. 이들은 해방된 기쁨과 인민정권의 주인이 된 감격도 깊이 자기들의 리익과 권리를 옹호하는 리인민위원을 선거하게 되는 것이다.

서광욱 씨의 개회선언에 이어 해방의 노래합창이 끝난 후 주석단 선거가 있었다. 오영권씨의 선거에 대한 보고가 있은 다음 립후보자의 추천이 시작되었다. 입후보자에는 전체 유권자들의 총의에 의하야 서광욱 백완종 유홍기 리호남(녀) 조남순(녀) 리윤기 김철호 7명의 제씨가 추천을 받았다.

이어 립후보자의 등록여부에 대한 토론이 시작되었다. 전 유권자들은 입후보자에 대하여 절대지지한다는 찬성토론을 하였다. 이어서 선거에 들어갔다. 참가한 모든 유권자들은 한 사람도 빠짐없이 7명의 립후보자를 리위원으로 선거할 것을 만장일치로 거수가결하였다. 리민들은 영예로운 자기의 대표들에게 우렁찬 박수 속에 꽃다발을 드렸다.

이어서 위원 상호간의 위원장 및 서기장의 호선이 있은 결과 위원장에 서광욱 씨, 서기장에 백완종 씨가 피선되었다. 다음에 면위원을 선거하는 대표자 15명의 선거는 유권자 전체의견에 의하여 주석단 5명과 리위원 7명에게 일임하고 김일성 장군의 노래를 우렁차게 합창하였다. 이로써 정릉리민들이 갈망하여 마지않던 인민의 주권기관인 정릉리 인민위원회 위원선거는 승리적으로 끝마치었다.

36 김효석(1895~1966)은 일본 메이지(明治)대학을 졸업했고, 해방 후 한국민주당·대한독립촉성국민회 간부를 지냈다. 제헌국회 의원으로 당선된 이래 내무부차관·내무부장관을 지냈다. 북한언론들은 김효석이 한국전쟁중 자수했다고 보도했으며, 유일하게 북한군에 잡힌 전직 장관으로 라디오에 출연해 남한이 북한을 공격했다고 주장했다. 1950년대 재북 평화통일촉진협의회 상무위원을 지냈다.

37 민세(民世) 안재홍(1891~1965)은 독립운동가이자 언론인·역사학자였다. 일본 와세다(早稻田)대학을 졸업한 후, 독립운동에 헌신했다. 동제사, 3·1운동 등에 참가해 3차례 이상 투옥된 바 있다. 시대일보 이사와 조선일보 사장을 역임하며 언론운동을 펼쳤고, 신간회 총무간사로 활동하며 비타협적 민족주의자의 전형으로 이름을 얻었다. 실학연구와 조선학운동, 조선어학회에도 깊이 개입했다. 해방 후 건국준비위원회 부위원장이 되었고, 이후 국민당 당수, 좌우합작위원회 위원 등 중도우파의 길을 걸었다. 1947년 입법의원 의원에 당선되었고, 미군정 민정장관을 역임

(1947~48)했다. 제2대 국회의원에 당선되었으나 전쟁중 납북되었다.

38 소앙(素昻) 조용은(1887~1957)은 독립운동가이자 정치인·정치사상가였다. 일본 메이지대학에서 공부했고, 일본 유학시절부터 독립운동에 가담했다. 중국망명 후 박달학원·대동당을 조직했고, 1919년 대한독립선언서에 이름을 올렸다. 임시정부 수립 후 임시정부의 헌법 기초와 각종 법률의 초석을 다졌다. 임시정부 국무위원을 역임했으며, 외교방면에서 활발히 활동했다. 삼균주의(三均主義)로 대표되는 정치·경제·교육의 균등을 내세워, 임시정부 건국강령에 반영시켰다. 임시정부 외무부장과 한국독립당 집행위원장을 지냈다. 해방 후 반탁투쟁위원회 부위원장, 비상국민회의 의장을 역임했고, 중도 우파적 길을 걸었다. 1948년 4월 남북협상에 참가했으나, 이후 사회당을 창당해 전국 최고득표로 2대 국회의원에 당선되었다. 한국전쟁중 납북되었다.

39 김효석은 7월 5일 서울방송국에서, 안재홍은 7월 14일 서울방송국에서, 조소앙은 7월 12일 평양 조선중앙방송국에서, 김규식은 7월 16일 서울방송국을 통해 연설했다. 개전 초기 한국정부의 허위선전과 거짓방송으로 북한군의 수중에 들게 된 중도파들은 남한이 북한을 선제공격했다는 북한의 주장을 수용할 수밖에 없는 처지였다. 북한은 이들을 적극 활용하고자 했다. 대부분의 인사들이 라디오, 신문 등에 미국과 한국정부를 비난하는 성명전에 동원되었다.

사진은 조선인민보 제53호(1950.8.23)에 게재된 김규식·안재홍·조완구·조소앙·김미리사 등의 모습이다. 이들의 연설 내용은 차이가 있는데, 자세한 내용은 해제 참조.

©NARA

조선인민보 제53호(1950.8.23)

40 우사(尤史) 김규식(1881~1950)은 독립운동가이자 학자·정치인이었다. 미국 선교사 언더우드(H. Underwood) 슬하에서 자라 미국 로녹(Roanoke)대학·프린스턴대학원에서 공부했다. YMCA와 경신학교, 연희전문에서 일하다, 중국에 망명했다. 3·1운동을 전후해 여운형과 신한청년당을 조직해 빠리강화회의 대표로 외교활동을 펼쳤고, 임시정부 구미위원부 위원장·학무총장 등을 역임했다. 민족혁명당 주석과 임정 부주석·국무위원을 역임했다. 해방 후 반탁운동과 민주의원 부의장을 지냈으며, 중도우파로 여운형과 짝을 이루어 좌우합작운동을 폈고, 입법의원 의장을 역임했다. 이성적이고 합리적인 중도우파 지도자로 이름을 얻었다. 민족자주연맹 의장으로 남북협상에 참가했으나 정부수립에 '불반대·불참가'의 노선을 지켰다. 해방 후 정치노선을 함께한 여운형(1947.7)에 이어 김구가 암살(1949.6)된 이후 사실상 정계를 은퇴한 상태였다. 한국전쟁중 납북되어 12월 병사했다.

41 노르웨이 외무장관 출신인 트리그브 할브단 리(Trygve Halvdan Lie)는 초대 유엔 사무총장을 역임(1946~53)했다.

42 일민주의(一民主義)는 정부수립 후 이승만이 내세운 이념이었다. 하나의 민족, 하나의 국토, 하나의 정신을 주창한 일민주의는 전후 반공주의가 전면화되기 전에 강조된 이념이었다. 문교부장관 안호상, 양우정 등이 일민주의 보급과 해설의 주요 역할을 했다. 『일민주의개술(一民主義概述)』『일민주의의 본바탕』 등을 간행한 일민주의연구원과 일민주의보급회를 일민학술원이라 부른 것으로 보인다.

43 가람은 이병기, 일석은 이희승의 호이다. 박선생은 박종홍을 가리킨다.

1950년 8월

44 유열은 한글학자로 조선어학회 잡지 『한글』에 다수의 논문을 남긴 바 있다. 1948년 문화인 108인 선언에 이름이 오른 바 있고, 1949년 금융조합연합회에서 『(알기 쉬운) 한글강좌』를 출간해 베스트셀러가 되었다. 일기로 미루어 전쟁 전 월북했으며, 전쟁시기 잠시 서울에 나왔던 것으로 추정된다. 1990년대 후반까지 북한 『력사과학』에 삼국시대 이두, 고구려 무덤 등에 대한 글을 실은 바 있다.

45 이극로(1893~1978)는 한글학자이다. 조선어학회의 주간(主幹)으로 『조선어사전』을 펴냈고, 조선어학회사건으로 투옥중 해방을 맞았다. 해방 후 중도파 정치인으로 활동하다 1948년 남북협상 때 북한에 남았다. 북한정부 수립시 내각 무임소상, 최고

인민회의 상임위원회 부위원장, 조국평화통일위원회 위원장 등을 지냈다.

46 김병제는 한글학자로 조선어학회사건으로 옥사(獄死)한 이윤재의 사위다. 이윤재가 편찬한 『표준조선말사전』을 그의 사후인 1947년 간행(어문각)했다. 1947년 9월 김일성대학 초빙교원 일람표에 도유호, 이승기, 이동화와 함께 이름이 들어 있다. 1948년 문화인 108인 선언에 동참했고, 월북한 후 북한의 한글정책을 주도했다. 『방언사전』(1980) 『조선어학사』(1984) 등의 연구성과가 알려져 있다.

47 나가이 타까시(永井隆)이 쓴 『장기(長崎)의 종(鐘): 원자탄에 맞고서』(이승택 옮김, 삼일출판사 1949)는 나가사끼(長崎) 원자폭탄 투하에 관한 책이며, 『히로시마』 역시 원자폭탄과 관련된 책으로 보인다.

48 민보단은 1948년 5·10선거에 대비하기 위해 만든 향보단(鄕保團)의 후신이다. 선거후 향보단의 탈선행위가 빈발하자 미군정은 이를 해산했고, 1948년 10월 수도경찰청이 서울시 각동에 민보단을 새로 조직케 했다. 반관반민(半官半民) 조직으로 전국적으로 조직되었으며, 일종의 지역별 자위조직·경찰 보조조직으로 활동했다. 경찰과 함께 군사훈련을 받기도 했으며, 기부금 강요 등으로 사회문제가 되어 대통령이 두차례나 해산을 강조했고, 서울시 민보단중앙협의회는 1950년 6월 해산했다.

49 이들은 모두 서울대 문리대 사학과 졸업생들로 이후 월북해 북한 역사학계의 중진이 되었다. 해제 참조.

50 북한은 개전 초기 남한의 불의의 선제공격에 대응하는 정의의 반(反)공격전을 개전의 명분으로 내세웠다. 이의 증거로 내세운 것이 한국전쟁 개전 직전 38선상을 시찰한 미 대통령특사 덜레스(John Foster Dulles) 일행의 방한, 전 내무장관이었던 김효석의 북벌계획 증언, 한국군이 38선상에서 선제공격을 했다는 선전 등이었다. 덜레스의 방한(1950.6)은 개전과 무관한 것이었고, 김효석의 주장은 1949년의 상황에 대한 과장이었고, 한국군의 선제공격 주장은 말 그대로 선전이었을 뿐이다. 북한은 개전 3일 만에 수도서울을 점령했지만 한국군이 북한을 공격했다는 단 하나의 구체적인 작전명령·전투계획 등의 문서를 찾아내지 못했다. 공격자가 북한이었기 때문이다. 한편 미군은 한국전쟁기 북한군으로부터 수많은 문서를 노획했는데, 소위 이 〈북한노획문서철〉에는 북한의 공격준비와 실제 공격과정을 증명하는 총사령부과 사단, 연대, 대대급의 수많은 증거문서들이 들어 있다(정병준 「공격작전 계획의 수립과정과 특징」 『한국전쟁』, 돌베개 2006, 515~74면 참조).

51 유숙계는 1949년 6월 서울시령 제6호로 공포되었다. 치안유지를 위해 가구 중 16세 이상 60세 이하의 외박자, 유숙(留宿)자를 신고하도록 한 제도였다. 국회에서는 위헌이라 비판이 일었지만, 곧 경북·경남 등으로 확대되었다. 경찰은 정기적으로 유숙자를 단속했다. 경상북도는 1949년 10월 도민증 발급을 시작했는데, 역시 치안 확보를 위한 것이었다.

52 다부원전투는 한국전쟁기 최고의 격전지였던 대구 북방의 다부동전투(1950.8.13~9.24)이다. 대구 진출을 위해 투입된 북한군 약 3개 사단의 8월 총공세에 맞서 한국군 1개 사단이 치열한 방어전투를 펼쳤고, 이후 미 제1기병사단과 교대했다. 9월 공세 때 미 제1기병사단의 방어선 일부가 붕괴되기는 했으나 대구는 실제 함락되지 않았다. 한국군 1만여명, 북한군 1만 7000여명이 전사한 격전지였다.

53 북한은 7월 4일 남한 토지개혁을 선포했고, 7월 17일부터 경기도와 서울시 토지개혁을 시작했다. 토지개혁 완료는 서울(8.7, 10), 남강원도(8.10), 경기도(8.10), 충남(8.16), 전남(8.25)이었다. 불과 15일에서 25일내에 완료가 선언된 토지개혁은 전시 상황에서 졸속적으로 진행되고, 정치적 준비가 부족했다. 토지개혁 완료가 선언된 직후 농업현물세가 9월초부터 징수되기 실시되었다. 현물세는 부가를 위한 수확량 평가를 목적으로 1평내의 벼의 낱알 개수를 일일이 헤아리는 소위 '평뜨기' 판정으로 악명높았다. 이외에 다수의 조세·준(準)조세가 동반되었다. 사진은 경기도 고양군의 토지분배를 보도한 해방일보의 보도기사다.

해방일보(1950. 8. 10)

54 해당일의 신문은 찾지 못했다. 북한은 토지개혁 실시와 함께 현물세제(稅制)를 실시했다. 아직 추수철이 아니었으므로 현물세를 거둘 수 없었다. 북한은 조기작물,

즉 보리·밀 등 하곡(夏穀)에 대해서는 조기작물 현물세를 면제한다고 발표했다. 그런데 전쟁 수행을 위한 식량사정이 급박했으므로 실제로는 9월 6일자 조선인민보·해방일보에 나타나는 것처럼 수원·안성·평택 등의 60살 넘은 농민들까지 밤길 수백리 길을 걸어 '자발적으로' 수매한 양곡을 서울 영등포까지 짊어지고 와야 했다. 모든 것이 '자발' '자원' '의용'으로 묘사되었지만, 폭격과 전쟁의 와중에서 강제적으로 수매한 양곡을 서울까지 노력동원을 통해 제공해야 했다. 생사는 우연과 순간에 달려 있었다.

(좌)조선인민보(1950.9.6)/(우)해방일보(1950.9.6)

55 말리끄(Yakov Aleksandrovich Malik, 1906~80)는 당시 UN주재 소련대표, 오스틴(Warren Robinson Austin, 1877~1962)은 UN주재 미국대표였다.

제3부

1950년 9월

1 네모지고, 멜빵이 두개 달려 양 어깨에 메는 일본의 어린이용 책가방으로, 에도(江戶)시대 일본을 방문한 네덜란드 군인의 군장 가방 란쎌(Rancel)에서 유래했다고 한다.

2 데마고기(demagogy)의 줄임말로 대중을 선동하기 위한 정치적인 허위선전이나 인신공격을 의미한다.

3 무넘이고개는 지금의 수유리이다.

4 1930년대 후반 이후 영화배우로 명성을 얻었다. '조선영화계에 이만한 신사적 인물

도 드물다'는 인물평이 있다. 해방 전 조사에 따르면 김영식(金永植)이 본명으로 되어 있다. 1949년 12월 영화인의 일원으로 보도연맹에 가입한 것으로 보아 좌파였을 것이다(「영화·연극인의 본명 조사장」과 박기채 「조선남녀영화배우인물평」, 『삼천리』 제3권 제6호 1941.6).

1950년 10월

5 1946년 미군정이 발표한 국립서울대학교설립안(국대안)을 교수와 학생 등이 격렬히 반대한 사건을 말한다.

6 서울대 문리대 심사위원회는 해제 참조.

7 신도성(1918~99)은 정치학자이자 정치인이었다. 중앙고보 졸업 후, 동경제국대학 법학부 정치학과와 같은 대학원을 졸업했다. 해방 후 고려청년당(위원)과 한국민주당(문교부위원)에 참가했으며, 민주국민당 소속으로 3대 국회의원에 당선(1954)되었으나, 진보당과 자유당으로 당적을 이적했다. 연희전문대 조교수(1945), 서울대 정치학과 조교수(1946), 부통령 비서관과 이화여대 정치외교학과장(1950), 동아일보 논설위원을 지냈다. 경상남도지사에 임명(1959)됐으며, 이후 대구대 학장, 영남대 부총장, 통일원장관(1974) 등을 역임했다.

8 문학가동맹의 약자. 이병기는 좌파 문학가단체인 문학가동맹의 부위원장으로 추천(1946)된 바 있다. 본인은 추천되었으나 사양하고 활동하지 않았다고 기록했다.

9 김성칠 처가의 친척이다.

10 동아일보 영업국장을 지낸 국태일(菊泰一)로 추정된다.

11 Counter Intelligence Corps의 줄임말로 8·15광복 이후 남한 주둔 미군의 전투부대인 24군단에 소속되어 첩보활동 등을 담당한 미 육군 소속의 방첩부대를 말한다.

1950년 11월

12 강경석은 대구고보 이래 김성칠의 절친한 친구였다. 일기 내용처럼 해방 후 김성칠이 근무하는 충북 봉양까지 찾아와 청년교육을 위한 사숙(私塾)건립을 논의하기도 했다. 일기 1946년 3월 19일에 강경석의 취직문제를 알아보고 있다고 나와 있다. 해방 전후 정확한 이력은 알 수 없으며 한국전쟁기 아들을 데리고 월북했다.

13 김성칠이 1948년 번역·출간한 『용비어천가』(상·하, 조선금융조합연합회)의 서문

에 따르면 이 책을 1941년 여름 대구 팔공산에서 번역했다. 김성칠은 금융조합 이사를 그만두고 경성제대 입학을 준비중이었다.

14 전쟁발발 직후 정부는 긴급명령 제1호로 '비상사태하의 범죄처벌에 관한 특별조치령'을 공포(1950.6.25)했다. 실제 공포는 3일 뒤인 6월 28일이었다. 단심제에 의한 사형과 무기, 10년 이상형이 규정되었다. 정부가 허위방송 등으로 국민들을 기만한 후 한강다리를 폭파한 상태였지만, 서울에 잔류한 시민들은 비도강(非渡江)파와 잔류파로 분류되어 부역혐의자로 취급되었다. 이 법에 따라 전쟁 전 4~5년형의 범죄에 대해 사형이, 2~3년형에 대해 무기징역과 15년형이 선고되는 등 수많은 사형과 중형이 언도되었다. 부역자 수사를 위한 군검경합동수사본부는 주로 이 법과 국방경비법, 국가보안법 등에 근거해 부역자를 처리했고, 재판은 졸속적이며 약식이었다. 미 대사관 보고에 따르면 1950년 10월 1월부터 12월 15일까지 대통령 긴급명령 제1호에 따라 총 391명이 유죄를 선고받았고, 그중 242명이 총살되었다. 서울에서는 특별조치령 등 최소한의 법률적 절차가 유지되었고, 군검경합동수사본부가 부역자 불법처형을 감행한 경찰·치안대를 체포하기도 했으나, 지방에서는 법에 근거하지 않은 불법적 처형과 사적 보복 등이 끊이지 않았다. 서울수복을 전후한 시점에서 국회는 부역자 인권유린에 제동을 걸기 위해 사형(私刑)금지법(1950.9.19), 부역행위특별처리법(1950.9.29)을 통과시켰지만, 이승만 대통령은 거부권을 행사했다. 국회는 11월 13일 재차 이 두 법안을 통과시켜 법률로 확정지었다. 국회는 위의 특별조치령에 대해 1950년 11월 23일 개정법률안을 제출하여 통과시켰지만, 이대통령이 거부했고, 재차 국회의결을 거쳐야 했다(박원순「전쟁부역자 어떻게 처리되었나」, 『역사비평』1990년 여름호, 178~83면; 서중석『이승만의 정치이데올로기』, 2005 역사비평사, 127~129면).

15 역사학자 강진철(姜晉哲, 1917~91)의 옛 이름이다.

16 김재룡은 서울대 제1회 졸업생으로 서울대 서양사학과 전임강사로 발령받아 가르쳤다. 전쟁 발발 직전 해군 CIC에 검속되었고, 개전 직후 불법처형된 것으로 추정된다. 일제말 학병거부운동의 주역이었던 경성제대 이혁기와 관련되어 검거된 것으로 보인다. 이혁기는 해방 후 좌익계열 사설군사단체였던 국군준비대의 총사령이었으며, 1948년 여순사건 이후 한국군의 집중적인 검거대상이 되었다. 1949년 월북한 것으로 추정되었지만, 정확한 행방은 미상이다. 김성칠의 친구이자 서울대 심리학과

조교수였던 이본녕도 1949년 이혁기의 행방과 관련해 실형을 선고받은 바 있다. 김재룡은 역사학회(1945.12.25 창립) 회원으로 제5회 발표회(1947.6.15)에 논문 「독일 농민전쟁」을 발표했으며, 『역사학연구』(1949.5.27)에 「Chiliasmus(千年天國信仰)와 Magister Thomas' Muenzer」라는 논문을 발표했다. 김재룡의 사망 후 서울대 문리대 사학과에는 1962년까지 서양사 전임교수가 없었다(조동걸 『현대한국사학사』, 나남출판 1998, 328~29, 336면).

17 한국군 총참모장 정일권 소장은 1950년 9월 28일 육본훈령 제77호로 약탈, 부녀자 능욕, 무전취식, 부식물징발, 불법적 민간인 사형(私刑)과 자유구속 금지를 명령했다. 이는 수복 후 만연한 행위에 대한 경고이자 사후조치였다. 이는 남한에 대한 것이었지만, 북한 점령기에도 비슷한 양상이 존재했다. 지학순 주교는 한국군의 북한 점령시 가산 탈취 및 가정부인 능욕에 대한 증언을 남긴 바 있다(지학순 『내가 겪은 공산주의: 체험실기』, 가톨릭출판사 1975, 194면; 김동춘 『전쟁과 사회(개정판)』, 2006 돌베개, 318면에서 재인용)

18 1950년 10월 1일 한국군의 38선 북진 이후 한미간, 한·유엔간에는 새로운 점령지역, 즉 수복지역에 대한 통치권을 둘러싼 관할권 논쟁이 벌어졌다. 1950년 10월 12일 유엔소총회의 결의는 대한민국의 주권이 38선 이남으로 제한된다는 점과 유엔군사령부(미국 통합사령부)가 잠정적으로 북한지역에 대한 정부 및 민사행정을 담당한다고 결정했다. 미국과 영국은 1948년 12월, 3차 유엔총회의 결의가 대한민국의 통치권 범위를 유엔한국임시위원단이 접근가능한 지역, 즉 남한지역으로 한정했음을 지적하며, 한국정부가 북한 수복지구에 대한 통치권을 갖지 않는다는 입장을 견지했다. 한미간의 대립은 1950년 가을 북한 점령·수복지역, 특히 평안남북도와 평양에 대한 통치권 및 주요인사 임명권을 둘러싸고 벌어졌다. 한국정부가 임명한 인사와 유엔이 임명한 인사들이 함께 도지사·시장으로 부임하는 사태가 벌어졌다. 최종적으로는 유엔이 수복지구에 대한 잠정적 통치 혹은 군정권을 갖는다고 결정되었다. 이승만 대통령이 1950년 10월 29일 평양을 방문했을 때의 공식자격은 대통령이 아니라 개인자격이었다. 강원도 및 경기도 일부의 수복지구에 대해 형식상으로는 유엔군정, 즉 미군정이 실시되었으며, 행정권은 1954년 11월 대한민국에 이양되었다(한모니까 「유엔군사령부의 '수복지구' 점령정책과 행정권 이양(1950~54)」, 『역사비평』 2008년 겨울호; 라종일 「북한통치의 반성: 1950년 가을」, 한국전쟁연구회의

1997년 주최 '한국전쟁과 한반도 통일문제' 발표문)

19 진승록(1905~85)은 법조인이자 법학자로 일제하 보성전문, 해방 후 고려대와 서울 대 법대에서 가르쳤다. 고시위원회 위원장으로 활동했으며, 변호사로도 활동했다.

20 1949년 가을 경북 경산군 와촌면 소월리 주민이 팔공산에 나무하러 갔다가 유격대 에 잡혔고, 후환이 두려워 와촌면 박사리 주민이라 하고 풀려나 와촌 경찰서에 신고 했다. 10월 15일 군경의 대대적 토벌로 빨치산 78명이 사살되고 7명이 생포되었다. 11월 29일 밤 빨치산 60여명이 박사리를 보복공격해 마을 4~5곳에서 가옥 108채를 불태우고 주민 38명을 학살하고 28명에게 중상을 입혔다. 한국전쟁 이전 빨치산의 민간인학살 가운데 대규모로 꼽힌다. 1985년 11월 와촌면 박사리에 반공희생자위 령비가 건립되었다(경산시지편찬위원회『경산시지』, 1997).

21 김남수(1899~?)는 1920년대 노동운동, 공산주의운동의 중심 인물이다. 조선노동 공제회, 조선노동연맹회, 전조선민중운동자대회에 이름이 올랐고, 경북 안동에서 활동했다. 조선공산당과 고려공산청년회에 가입했고, 여러차례 검거·투옥된 바 있 다. 언제 옥사(獄死)했는지는 미상이다.

22 김준연은 법무부장관에, 공진항은 농림부장관에 임명(1950.11.23)되었다.

1950년 12월

23 중공군의 참전으로 전세가 다시 역전되자, 오마 브래들리(Omar Bradley) 미 합참 의장이 원자탄 사용가능성을 언급(1950.11.18)했다. 전황이 악화되어 전선이 밀려 오자 트루먼(H. Truman) 대통령은 원자탄 사용 가능성을 "지금까지 항상 적극적으 로 고려"해왔다고 발언(1950.12.1)했다. 같은 시점 미 국무부 내에서도 원자폭탄 사 용에 대한 건의와 가능성 타진이 있었다. 트루먼의 발언 직후 신성모 국방장관은 즉 각 원자폭탄 사용을 희망한다고 발언(1950.12.2)했고 국내에서는 원자폭탄을 사용 해 중공군을 격멸해야 한다는 목소리가 높아졌다. 반면 영국 등에서는 3차대전 발 발을 우려하는 반대 목소리가 높았다. 한국정부는 12월 하순 미군이 곧 원자폭탄을 사용할 것이라는 유언비어를 단속해야 할 정도로 원자폭탄 소문은 만연해 있었다.

24 1950년 10~12월간 일본 해상보안청은 21척의 특별소해대를 한국에 파견했다. 미 극동해군 참모부장 버크(Arleigh A. Burke) 소장과 오꾸보 타께오(大久保武雄) 일본 해상보안청장이 논의하고 요시다 시게루(吉田茂) 수상이 승인한 특별소해대는 인

천상륙작전, 원산상륙작전에 연 46척의 소해정, 1200명으로 구성된 옛 일본해군 출
신의 대원을 파견했다. 기뢰폭발로 소해정 2척이 침몰하고 19명이 사망하기도 했
다. 또한 항만하역, 수송 등에 일본인들이 종사했을 수 있다. 그러나 육군부대의 참
전사례는 알려진 바 없다. 패전 후 평화헌법 9조에 따라 군대를 보유할 수 없는 상태
였으므로, 일본군이 전면 참전하는 것은 불가능했다. 일본인 2세 출신의 미군 등이
포로심문관, 정보담당관으로 일한 것이 와전되었을 가능성도 있다.

25 북악산 빨치산으로 알려진 대한결사타공대는 9·28이후 우익단체를 가장해 240여
명의 지역 청년으로 조직된 경기도 고양군의 '좌익무장유격대'였다. 김창룡이 중심
이 된 군검경 합동수사본부는 1950년 11월 24일 이들을 검거했다. 이들은 고양군 오
금리 상촌주민 17명을 총살했고, 낙오군인 20여명과 우익 인사단체 100명 살해, 처
녀 11명 강간, 신도면 창고에 양민 300여명 불법구금, 무수한 고문치사라는 범죄행
위를 저질렀다. 동아일보 1950.11.30일과 12.13, 17일 참조.

26 이들은 국민방위군이다. 1950년 12월 11일 공포된 법률에 따라 제2국민병 해당자
를 대대적으로 남하시켰다. 핵심장교들이 국고와 군수물자를 착복해 아사(餓死)자
와 동사(凍死)자가 속출해 최소 9만명 이상이 사망했다. 착복액은 현금 23억원, 쌀 5
만 2000섬이었다. 이 때문에 이시영 부통령이 사임했고, 신성모 국방장관이 물러났
다. 사령관 김윤근, 부사령관 윤익헌 등은 총살됐다.

1951년 4월

27 "새새새"는 셋셋셋(せっせっせ)라는 일본어에서 온 것으로 놀이의 준비동작을, "장
껜뽀"는 장껜뽄(じゃんけんぽん)라는 일본어에서 온 것으로 가위바위보를 의미한
다.

28 유호 작사, 박시춘 작곡, 현인 노래의 '전우야 잘자라'라는 군가의 첫소절이다. 가
사에 "아아 대한, 대한 / 정의의 대한"이라는 구절은 없다. 일부 개사해 불렸을 가능
성이 있다.

29 이딸리아의 신문기자이자 소설가인 데아미치스(Edmondo De Amicis)의 아동소설
로 원제는 『꾸오레』(Cuore), 즉 마음(heart)이다. 초등학교 4학년 엔리꼬라는 주인
공의 일기형식으로 쓰인 책으로 조국과 국민, 부모님, 선생님, 가족에 대한 사랑의
마음을 담고 있다. 한국에서는 학생사(1946)와 을유문화사(1948)에서 『사랑의 학

교』로 번역·출간되었다.

해제

1 김원우 「문헌으로 남을 두 일기문학: 『역사 앞에서』(김성칠) 『행복한 책읽기』(김현)」, 『세계의문학』 68집 1993; 유원동 「6·25를 통한 한 사학자의 증언」, 『서평문화』 제9집 1993년 봄호. 전상인 「한국전쟁의 사회사를 위하여: 『역사 앞에서』 서평」, 『사회비평』 24집 2000년 5월호.

2 田中隆二 「남한 역사학자 金聖七의 한국전쟁관: 『역사 앞에서』를 중심으로」, 『동주대학논문집』 22집, 동주대학교 2000; 배경식 「중간파 지식인의 전쟁체험에 대한 비판적 인식: 김성칠의 『역사 앞에서』를 중심으로」, 『역사문제연구』 8집, 역사문제연구소 2000.

3 金聖七 『ソウルの人民軍: 朝鮮戰爭下に生きた歷史學者の日記』, 李男德·館野晳 옮김, 社會評論社 1996.

4 김기협 인터뷰 2008.10.17.

5 야체이까는 세포를 뜻하는 러시아어로 여기서는 공산당 말단조직을 의미한다.

6 강만길·성대경 편 「장적우」, 『한국사회주의운동 인명사전』, 한길사 1996, 416면.

7 「윤장혁 등 판결문」, 昭和4年 刑拱共 第737乃至 740號, 1930년 3월 11일 대구복심법원; 경상북도경찰부 『고등경찰요사(高等警察要史)』, 1934, 311면.

8 신우동맹의 결성일자는 판결문(1927.12.10)과 『고등경찰요사』(1927.11)에 다르게 나타난다.

9 혁우동맹의 결성일자는 판결문(1927.12.14,15)과 『고등경찰요사』(1927.12.29)에 다르게 나타난다.

10 같은 책 314~16면.

11 이공순 「윤장혁: 발굴 한국현대사 인물91」, 한겨레신문 1991.11.29.

12 「윤장혁 등 판결문」, 昭和4年 刑拱共 第737乃至 740號, 1930년 3월 11일 대구복심법원, 1014~16면. 『고등경찰요사』에는 이 조직의 명칭이 붉세회이며, 김성칠이 정치문화부를 맡은 것으로 되어 있다(317~18면).

13 강만길·성대경 편 「김일식」, 앞의 책 112면.

14 이하 서술은 정세현 『항일학생민족운동사연구』(일지사 1978)와 독립운동사편찬위
원회 편 『독립운동사자료집 제13집: 학생독립운동자료집』(독립유공자사업기금운
용위원회 1977, 851~70면)에 따른 것이다.

15 동아일보 1926.3.1~5.

16 동아일보 1927.11.23.

17 동아일보 1928.4.3, 12.

18 중외일보 1928.10.2; 동아일보 1928.9.28~29, 10.2, 5, 8, 16, 18, 25, 11.1.

19 동아일보 1928.12.13.

20 동아일보 1929.10.21; 중외일보 1930.2.2.

21 일기 1946.4.15.

22 일기 1946.4.17.

23 金聖七「一穗七百粒餘以上 優良水稻 大八州」上·下, 동아일보 1931.9.29~30.

24 김성칠은 문학적 재능과 열망을 갖고 있었다. 1928년에 「씨를 뿌리자」「옵쌔 생각」
이라는 동시를 『소년조선(少年朝鮮)』 1928년 4월호에 실은 바 있다. 투고자 주소가
경북 영천이므로 동일인으로 추정된다. 한편 1931년에도 「해후(邂逅)」라는 제목의
시가 동아일보(1931.8.7)에 게재되었는데 동일인 여부는 미상이다.

25 「본사 현상모집당선논책(當選論策) 농촌구제책」 제1회~9회, 동아일보 1932.9.28~
10.11.

26 김용섭 「일제 강점기의 농업문제와 그 타개방안」 『한국근현대농업사연구: 한말·
일제하의 지주제와 농업문제』, 일조각 1992, 430~33면.

27 정기돈 「군계일학의 외삼촌」, 『역사 앞에서』, 창비 2009.

28 田中隆二, 앞의 글 30면.

29 이남덕도 김성칠의 부자유친은 세상에서 일찍 보지 못할 정도였다고 회고했다(김
기협 인터뷰 2008.10.17). 김성칠의 천성은 어버이에게나 처자에게 지성스러웠지
만, 이남덕의 자정(慈情)도 시부에게 대면 아무것도 아니라고 할 정도였다는 것이다
(이남덕, 「조국 수난의 동반자」, 『역사 앞에서』 창비 2009).

30 「朝鮮人官吏の特別任用ニ關スル件抄」(明治43年9月 勅令 第396號), 경성법학전문
학교 『京城法學專門學校一覽』, 1935, 16면.

31 「朝鮮人タル朝鮮總督府判事及檢事ノ任用ニ關スル件抄」(明治43年10月 勅令第7

號), 같은 책, 17면.

32 정선이 「일제강점기 경성제국대학 졸업생의 사회적 진출양상과 특성」, 『교육비평』, 2007년 가을겨울 제23호 176면.

33 오성철 「1930년대 한국 초등교육연구」, 서울대 대학원 1996, 117면(정선이, 앞의 글 165면에서 재인용).

34 경성법학전문학교 『京城法學專門學校一覽』, 1934, 54~55면.

35 경성법학전문은 조선시대 육조(六曹)가 있던 자리에 위치했다(洪在善 『財界回顧 3: 元老企業人編III』 한국일보사 1981, 208면). 이런 연유로 교우회 잡지명이 『六曹』였던 것으로 보인다.

36 柳興相 「편집여록(編輯餘錄)」, 『육조(六曹)』 제17호, 경성법학전문학교교우회 1936, 138면.

37 林瑢圭 「편집후기」, 『六曹』 제16호, 경성법학전문학교교우회 1935, 142면.

38 金聖七 「農村問題緒論」, 『六曹』 제16호, 경성법학전문학교교우회 1935, 74~82면.

39 金聖七 「田制論小考」, 『六曹』 제17호, 경성법학전문학교교우회 1936, 87~88면.

40 같은 책 90~91면.

41 같은 책 94면.

42 金聖七 「寶と契」, 『六曹』 제18호, 경성법학전문학교교우회 1937, 45~51면.

43 「(彙報－學事) 卒業生－京城法學專門學校」, 『朝鮮總督府官報』, 1937년 3월 27일 정규호(3058호).

44 홍재선 『재계회고(財界回顧) 3: 원로기업인편III』, 한국일보사 1981, 208~09면.

45 같은 책 209~13면.

46 이들의 일반적 취업현황에 대해서는 정선이 「일제강점기 고등교육 졸업자의 사회적 진출 양상과 특성」, 『사회와역사』 77집(2008)을 참조

47 金光聖七 「聖職에의 自覺: 朝鮮農村物語譯後感(其二)」, 『半島の光』 1947년 제62호, 22~23면.

48 문영주 「금융조합 조선인 이사의 사회적 위상과 존재양태」, 『역사와현실』 2007년 상반기호(63호), 147면.

49 같은 글 140~46면.

50 홍재선, 앞의 책 209면(문영주, 앞의 글 146면에서 재인용).

51 문영주, 앞의 글 138, 160면.

52 김성칠 「序文」, 重松韻修 『朝鮮農村譚』, 김성칠 옮김, 인문사 1942, 2~3면.

53 장덕순 「人文評論」, 『한국민족문화대백과사전』; 정순진 「『인문평론』지 게재 평론의 성격」, 『어문연구』 제15집, 1986.

54 박복래 엮음 『한국농업금융사』, 농업협동조합중앙회 1963, 78~80면; 문영주 「일제 말기 관변잡지(1936.12~1941.3)와 '새로운 婦人'」, 『역사문제연구』 제17호 2007년 하반기호.

55 책 말미의 김성칠 저작목록 참조.

56 김성칠이 옮긴 『대지』는 이후 태극사(1953), 희문사(1957), 교양사(1958), 아동문학사(1961), 제문출판사(1972), 영홍문화사(1977)에서 출판됐다.

57 이남덕 「조국 수난의 동반자」, 『역사 앞에서』, 창비 2009.

58 1942년 서울에서 시게마쓰의 책에 대한 서평·소개·좌담회 등이 개최되었다. 重松韻修 外 「『朝鮮農村物語』の著者にきく: 座談會」 『(朝鮮)司法保護』 제2권 제3호, 朝鮮司法保護協會 1942.3; 岩田龍雄 「愛と熱情と實踐: 讀書の窓(重松韻修 『朝鮮農村物語』)」, 『朝鮮行政』 제21권 제4호, 京城: 帝國地方行政學會 1942.4; 「新刊紹介: 『生活哲學概說』(津田剛著)–星野相河」; 「『朝鮮農村物語』(重松韻修著) ― 前川勘夫; 「『朝鮮の市場』(文定昌著) ― 高承濟」, 『國民文學』 제2권 제4호, 京城: 人文社 1942.4; 牧田飄 「文化推薦の人人. 上, 『朝鮮農村物語』に就て」, 『東洋之光』 제4권 제5호, 東洋之光 1942.5.

59 金光聖七, 앞의 글 22~23면.

60 하상용 「河祥鏞」, 『財界回顧 9: 역대금융기관장편 I』, 한국일보사 1984, 303~04면.

61 金聖七, 앞의 글; 安含光 「農民의 書: 朝鮮農村譚을 읽고」, 『半島の光』(鮮文版) 제63호 1943년 3월호.

62 최재성 「해방: 6·25전쟁 직전 시기 금융조합의 조직재건과 그 중심인물」, 『한국근현대사연구』 제43집 2007년 겨울호 185면.

63 重松韻修 『續朝鮮農村譚』, 興亞文化出版株式會社 1945.

64 이충우 『경성제국대학』, 다락원 1980, 288면(田中隆二, 앞의 책 31면에서 재인용); 이남덕 「조국 수난의 동반자」, 『역사 앞에서』 창비 2009.

65 경성제국대학 『경성제국대학일람京城帝國大學一覽(昭和17年)』, 조선인쇄주식회

사 1943, 234면. 부인 이남덕도 1942년 4월 법문학부 선과생(選科生)으로 문학과에
입학했다.

66 경성제국대학 『경성제국대학예과일람京城帝國大學豫科一覽(昭和12~18年)』, 조선
인쇄주식회사 1937~43.

67 「경성제국대학통칙(京城帝國大學通則)」 제2장 제1절 제5조. 경성제국대학 『경성
제국대학일람(昭和6年)』, 조선인쇄주식회사 1931, 36면.

68 김성칠과 김신충(金信忠, 경북)을 제외한 나머지 7명은 일본인이었다. 일본판 위키
피디아(Wikipedia)의 경성제국대학 항목에는 김성칠이 사학과(선과) 졸업으로 되어
있다. 또한 永島廣紀도 김성칠을 경성제대 사학과(선과) 출신으로 표기하고 있다
(「日本における近現代日韓關係史硏究」, 211면). 그런데 학부생과 선과생을 분명하
게 구분하는 『경성제국대학일람(昭和17年)』에 따르면 김성칠은 선과생이 아닌 학
부생으로 표시되어 있다.

69 경성제국대학 『경성제국대학일람(昭和16年)』, 조선인쇄주식회사 1942, 183~86면.

70 이충우, 앞의 책 281~95면을 참조. 주요 인물들을 정리하면 이렇다.

이명선, 청주고보 졸업, 예과11회(1934), 문12(중문), 서울대 중문과 교수, 전시에
사망.

차낙훈, 경성일고보 졸업, 예과11회(1934), 법12(사법), 고려대와 숙명여대 총장.

김수경, 군산중 졸업, 예과11회(1934), 철12(서양철학), 이북.

김석구, 경성이고보, 예과11회(1934), 법12(사법), 대법원 총무과.

김석형, 대구고보 졸업, 예과11회(1934), 사12(국사), 이북.

박시형, 선과(1934), 사12(국사), 이북.

김득중, 춘천고보 졸업, 예과11회(1934), 사12.

이본녕, 선과(1935), 철13, 서울대 심리학과 교수, 이북.

한병옥, 경성이고보, 예과12회(1935), 예과중퇴, 이북.

김홍기, 휘문중 졸업, 예과16회(1939), 경성대(동양사), 이북.

이혁기, 경기중 졸업, 예과18회(1941), 이북.

71 金聖七 「濟州道紀行」, 『人文評論』 제2권 제8호(통권11호), 人文社 1940년 8월; 金
聖七 「濟州島の三多: 隨筆」, 『金融組合』 제145호, 1940년 10월.

72 田中隆二, 앞의 글 32면.

73 「박종홍」, 『한국민족문화대백과사전』.

74 고병익 「동양사연구실과 김성칠 선생」, 『역사 앞에서』, 창비 2009.

75 이충우, 앞의 책 243면. 경성제대는 학생, 선과생, 청강생, 전공생, 외국학생 등 다
섯 부류로 학부생을 분류했다(「경성제국대학통칙」 제2장 학부, 경성제국대학 『경성
제국대학일람(昭和6年)』, 조선인쇄주식회사 1931, 36~44면).

76 이충우, 앞의 책 249~50면.

77 오탁근 「학병 강제입대와 8·15광복」, 1·20동지회 감수 『조선인학도병! 운명의 악
몽』, 삼진출판사 1989, 33~90면.

78 京城日報社 『半島學徒出陣譜』, 京城日報社 1944.

79 一·二〇同志會 編 『靑春挽章: 太平洋戰爭에 끌려갔던 學兵手記集』, 농경출판사
1972.

80 경성법학전문학교 『경성법학전문학교일람(昭和11年)』, 1936, 46면.

81 이남덕 「조국 수난의 동반자」, 『역사 앞에서』, 창비 2009.

82 이하의 서술은 서광운 『한국금융백년(韓國金融百年)』, 창조사 1972, 563~90면; 이
승억 「8·15후 남한에서의 금융조합 재편과정(1945~1958)」 한양대학교 사학과 석사
학위논문 1993; 최재성의 앞의 글에 따른 것이다.

83 서광운 앞의 책, 566면.

84 일기 1950.7.20.

85 하상용(河祥鏞) 「하상용」, 『재계회고(財界回顧) 9: 역대금융기관장편I』, 한국일보
사 1984, 318면.

86 일기 194.12.5.

87 일기 1945.12.6.

88 김기협 인터뷰 2008.10.17.

89 일기 1946.1.30.

90 일기 1946.2.11.

91 서광운, 앞의 책 589~90면.

92 같은 곳.

93 고병익은 『조선역사』의 문장이 워낙 순탄하고 서술은 평이해서 "거의 전혀 새로운
유형의 역사책" 같이 느꼈다고 했다(고병익 「동양사연구실과 김성칠 선생」, 『역사

앞에서』, 창비 2009).

94 일기 1946.3.19.

95 일기 1946.3.19.

96 金光聖七「熱河日記を讀む」,『金融組合』제149호, 朝鮮金融組合協會 1941.3; 金聖七「(山林經濟抄譯) 治農訓」,『半島の光』(鮮文版) 11월호(48호), 朝鮮金融組合聯合會 1941.11.1.

97 김석형「박연암(朴燕岩)과 열하일기(熱河日記)」,『春秋』제2권 4호(통권4호) 1941년 5월호.

98 타나까는 김성칠의 조선후기를 정체된 사회로 파악하였던 한계를 지니고 있으며, 때문에 김석형·백남운·박시형 등 훗날 북한 역사학계의 주류들과는 평가를 달리했다고 지적했다(田中隆二, 앞의 글 41면).

99 金聖七「老松堂日本行錄を讀む」,『金融組合』12월호, 朝鮮金融組合聯合會 1939.12.

100 김성칠「옛 사람들의 문집교정(文集校正):『열하일기(熱河日記)』의 경우」,『민족문학사연구』제3집, 민족문학사학회 1993, 202면.

101 앞의 책 192면.

102 金聖七「朝鮮古典解題(一) 北學議의 時代性」,『金融組合』제18호(협동2), 朝鮮金融組合聯合會 1948.10; 金聖七「(讀書特輯) 湛軒의 友情」,『協同』통권25호, 朝鮮金融組合聯合會 1949.11.

103 김성칠 역주『용비어천가(龍飛御天歌)』上·下卷, 朝鮮金融組合聯合會(協同文庫 3~4) 1948.

104 같은 책, 鄕文社(영인본) 1956; 같은 책, 正陽社(영인판 3版) 1959.

105『(역사로 읽는)용비어천가』, 김성칠·김기협 옮김, 들녘 1997.

106 지명조사는 금융조합연합회의 문방흠(조사과장), 박원식(교육부장), 안종림(이사) 등과 함께 상의한 일이었다(일기 1950.1.14).

107 일기 1950.9.10.

108 일기 1946.2.16.

109 김성칠「머리말」,『국사통론』, 문림사 1951, 2면.

110 이 책이 일본에서 출간되었는지는 알 수 없다. 일본 국회도서관(國會圖書館)의 소

장자료 검색결과에 나타나지 않는다.

111 김성칠 『(김성칠의)고쳐 쓴 한국역사』, 앞선책 1994.

112 조동걸 『현대한국사학사』, 나남 1998, 386면(田中隆二, 앞의 글 36면에서 재인용).

113 김상기 「序」, 김성칠 『국사통론』, 금강문화사 1998, 3~4면. 김상기의 서문은 1959년 작성되었다.

114 문림사 1955(4288년 9월 15일 재판발행); 문림사 1959; 금강문화사 1961.

115 田中隆二, 앞의 논문 37~42면.

116 조동걸, 앞의 책 385면(田中隆二, 앞의 글 38면에서 재인용)

117 방기중 「해방 후 국가건설문제와 역사학」 『한국사인식과 역사이론』, 지식산업사 1997, 81면(田中隆二, 앞의 글 18면에서 재인용)

118 검정연원일은 4282년(1949년) 7월 25일, 검정유효기간은 4283년(1950년) 8월 31일로 기록되어 있다. 같은 교과서의 1950년판은 4283년(1950년) 4월 29일로 되어있는데, 김상기가 저자로 기록되어 있고, 공저자인 김일출·김성칠은 빠져있다.

119 金庠基 「머리말(1949.3)」, 『(중등사회생활과) 이웃나라의 생활(역사)』, 동지사 1949, 1~2면.

120 강용흘 『소설초당(小說草堂)』 上, 김성칠 옮김, 金龍圖書 1948.

121 金聖七 「(史話) 六臣墓」, 『協同』 통권1호, 조선금융조합연합회 1946.8.

122 이남덕, 「조국 수난의 동반자」, 『역사 앞에서』, 창비 2009.

123 정기돈 앞의 글.

124 일기 1950.6.27.

125 정병준 『한국전쟁』(돌베개 2006)의 서장 참조.

126 일기 1950.7.27.

127 「사회당 당수이며 남조선 소위 국회의원이던 조소앙씨의 방송연설」, 로동신문 1950.7.13.

128 「금후는 조국과 인민을 위해 노력하겠다: 전미군정청 민정장관이었으며 남조선 괴뢰국회 의원이던 안재홍씨 방송」, 로동신문 1950.7.17.

129 「미군정시 소위 립법의원의장이였으며 민족자주련맹주석 김규식씨 방송」, 로동신문 1950.7.18.

130 「괴뢰정부 전내무장관 김효석 미제와 역도들을 반대하여 성명: 리승만도당의 숨
은 죄상도 폭로」, 로동신문 1950.7.7.

131 정병준 『한국전쟁』, 돌베개 2006, 591면.

132 NARA, RG 153, Records of the Office of the Judge Advocate General, War Crimes
Division, Historical Reports of the War Crimes Division, 1952~54. "Final Historical
and Operational Report," War Crimes Division, Judge Advocate Section, Korean
Communications Zone, APO 234, 31 May 1954. case no. 36; U.S. Senate Committee
on Government Operations, Korean War Atrocities, Washington. D.C, Government
Printing Office, 1954; 송효순(宋孝淳) 『붉은 대학살』 1979; 김형식 「두 목격자의 증
언: 서울대병원 국군부상병 집단학살사건」, 『월간조선』 1996년 6월호.

133 일기 1950.6.29.

134 일기 1950.7.11, 8.5.

135 사회과학출판사 『조선전쟁사2』, 원서방 1976(정익우 『'조국해방전쟁론'비판』 상,
통일일보사 1991, 312~13면에서 재인용)

136 ATIS Interrogation Report no.1468(1950.9.29), 국사편찬위원회 『남북한관계사료
집』(북한군포로심문보고서 9~10호) 25집, 1996, 208면.

137 정병준 『한국전쟁』, 돌베개 2006, 735면.

138 일기 1950.7.11, 12.

139 일기 1950.9.3.

140 일기 1950.8.16.

141 일기 1950.9.5.

142 일기 1950.8.27.

143 일기 1950.7.9, 8.16.

144 일기 1950.8.19.

145 홍승기는 법학전문학교 재학시절 「법과 약자」라는 논문을 쓴 바 있다. 그의 관심
이 약자를 향해 서있었음을 보여준다(洪承琪 「法と弱者」, 『六曹』 제17호, 경성법학
전문학교교우회 1936).

146 일기 1950.6.29.

147 일기 1950.7.9.

148 일기 1950.7.22, 8.12, 19, 9.19.

149 일기 1950.9.19.

150 일기 1950.7.20.

151 일기 1945.12.5, 1950.7.20.

152 일기 1950.7.20.

153 일기 1950.8.6.

154 일기 1950.6.30; 이병기에 따르면 6월 29일 임시자치위원회 좌장으로 추천되었다
(이병기 『가람일기 II』, 정병욱(鄭炳昱)·최승범(崔勝範) 편, 신구문화사 1974,
1950.6.29).

155 일기 1950.7.1;『가람일기 II』 1950.6.29.

156 일기 1950.7.10.

157 辛島驍는 중국어학, 중국문학을 전공했고, 文學士였다(경성제국대학 『경성제국
대학일람(昭和6年)』, 조선인쇄주식회사 1941, 185면).

158 일기 1950.7.10.

159 고미숙 「이명선의 국문학연구 방법론과 유물사관」,『어문논집』 28집, 1989; 이동
영 「이명선의 조선문학산고」,『한국문학논총』 12집, 1992; 김준형 「이명선의 조선문
학사와 유물사관」,『우리어문학연구』 23집, 2004; 김준형 「길과 희망: 李明善의 삶
과 학문세계(상)·(하)」,『민족문학사연구』 29·30집, 2006; 이명선 『李明善 全集』
1~4권, 김준형 편, 보고사 2007.

160 일기 1950.7.17.

161 이희승 『딸각발이 선비의 일생: 일석 이희승 회고록』, 창비사 1996, 173면.

162 조동걸 『현대한국사학사』, 나남 1998, 329~30면. 1945년 조직된 역사학회는 1952
년에 조직된 역사학회와는 다른 조직이다. 『역사학연구』 제1집(정음사 1949)에 따
르면 서울대학의 강대량(강진철), 김성칠, 김일출, 김재룡 등의 교수·강사들과 김원
룡, 김정학, 고병익, 이덕성, 이상백, 민영규, 유홍렬, 전해종, 한우근 등의 신진 소장
들의 이름이 올라 있다.

163 조선일보 1946.2.13; 정병준 『몽양여운형평전』, 한울 1995.

164 일기 1950.7.17.

165 서울대학교사에는 김일출이 1950년 6월 의원면직한 것으로 기록되어 있다(서울

대학교20년사편찬위원회 『서울대학교20년사』, 서울대출판부 1966, 511면; 서울대학교40년사편찬위원회 『서울대학교40년사』, 서울대출판부 1986, 1101면)

166 한성일보 1950.5.27.

167 서울대학교사에는 1950년 6월 퇴임한 것으로 되어 있다(서울대학교20년사편찬위원회, 앞의 책 510면; 서울대학교40년사편찬위원회, 앞의 책 1101면); 「류근일이 걸어온 길」, 류근일의 탐미주의클럽(cafe.daum.net/aestheticismclub).

168 손인수 「성백선」, 『한국민족문화대백과사전』; 김성태 「성백선(1914~1977)」, 『한국심리학회지』 vol.2, no.3, 1979, 112~13면.

169 李源鶴 「滿洲歷史의 概要. 1」, 『新滿蒙』 제1권 제1호, 新大陵社 1932.8; 「支那の歷史上より見たる滿洲」, 『新大陸』 제1권 제4호, 新大陸社 1932.12; 「滿洲歷史 槪要. 4」, 『新滿蒙』 제1권 제4호, 新大陵社 1932.12; 「司馬遷の史觀: 論說. 2」, 『(京城帝大) 史學會報』 제8호, 京城帝大 史學會 1935; 「司馬遷の史觀. 3」, 『(京城帝大) 史學會誌』 제9호, 京城帝大 史學會 1936.

170 「啓聖校 李本寧君 京城帝大選科에 合格[肯]」, 동아일보 1935.3.7.

171 「入學許可・京城帝國大學」, 『조선총독부관보』 1939년 5월 19일 정규호(3696호) 彙報 13696호(2~2면)

172 동광신문 1949.5.29; 『좌익사건실록』 제2권(대검찰청 수사국 1968년), 545, 549~55면.

173 일기 1950.8.9.

174 일기 1946.3.29.

175 이기수 「차낙훈」, 『한국민족문화대백과사전』.

176 일기 1950.7.7.

177 일기 1950.7.24.

178 『가람일기 II』 1948.9.16, 1949.6.18, 22, 1950.1.12. 김삼불은 12월 이전에 석방되었다(1949.12.5).

179 일기 1950.7.18.

180 일기 1950.8.8, 9.4.

181 일기 1950.8.8.

182 채희국의 고구려 연구서 세권은 한국에서도 재출간되었다(채희국 『고구려력사연

구: 고구려건국과 삼국통일을 위한 투쟁, 성곽』, 白山資料院 1985;『대성산 일대의 고구려 유적에 관한 연구』, 부산 民族文化 1989;『고구려 력사 연구: 평양천도와 고구려의 강성』, 백산자료원 1999; 국사편찬위원회『북한역사학논저목록』상·하, 2001).

183 서울대학교20년사편찬위원회, 앞의 책,「부록」학사명부 3면; 림건상『조선의 부곡제에 관한 연구』, 백산자료원 1997; 채상식 편『임건상전집』, 혜안 2001, 6면.

184 서울대학교20년사편찬위원회, 앞의 책,「부록」학사명부 6면; 국사편찬위원회『북한역사학 논저목록』상·하, 2001.

185 김한주의 필명은 김혁천이었고, 1935년에「朝鮮共販制度의 實際的得失」이란 논문을 12회에 걸쳐, 1936년에는「朝鮮小作制度 特殊問題研究 洪原一帶 禾利賣買制度」란 논문을 15회에 걸쳐 동아일보에 연재했다.

186 임영태『식민지시대 한국사회와 운동』, 사계절 1985, 38~39면.

187 일제하 박시형의 논문은 다음과 같다. 박시형「契丹の燕雲十六州領有とその史的意義」,『(京城帝大) 史學會誌』제13호, 京城帝大 史學會 1938;「朝鮮의 農家者流: 農業朝鮮의 諸問題」,『春秋』제2권 제3호, 朝鮮春秋社 1941.4;「李朝田稅制度의 成立過程: 論述」,『震壇學報』제14권, 震檀學會 1941;「朝鮮史上 唯一의 大運河計劃」,『春秋』제2권 제1호, 朝鮮春秋社 1941.2;「朝鮮馬政史略」,『春秋』제3권 제1호, 朝鮮春秋社 1942.1;「箕田說顚末」,『(京城帝國大學 文學會) 學叢』제1집, 東都書籍株式會社 1943.

188 임영태, 앞의 책 44~45면; 김광운「북한 보고서: 현대사 연구자의 북한 역사학계 탐방」,『역사비평』2001년 여름호, 144~45면.

189 일기 1950년 8월 25일자; 한길언「조선법률제정 발달에 관한 고찰」,『력사제문제』3, 1948; 한길언「조선에서의 노예 소유자적 사회−경제구성체에 대하여」,『삼국시기의 사회경제구성에 관한 토론집』, 1957-6,

190 일기 1950.7.29.

191 일기 1950.8.8.

192 이희승, 앞의 책 175면.

193 일기 1950.8.9.

194 일기 1950.8.22.

195 일기 1950.7.16.

196 일기 1950.8.4.

197 일기 1950.8.31.

198 일기 1950.9.16.

199 일기 1950.9.16.

200 일기 1950.9.20.

201 일기 1950.8.9, 25.

202 일기 1950.10.2.

203 일기 1950.10.5, 6, 11.

204 일기 1950.10.21.

205 일기 1950.11.14.

206 일기 1950.10.23.

207 일기 1950.10.29, 30, 31.

208 일기 1950.11.2.

209 일기 1950.12.2.

210 일기 1950.9.21, 11.8.

211 일기 1950.9.8.

212 일기 1950.11.10.

213 일기 1950.11.14, 16, 26, 12.16.

214 일기 1950.9.26.

215 서울대학교20년사편찬위원회, 앞의 책 118~19면.

216 서울대학교40년사편찬위원회, 앞의 책 1100~01면.

217 서울대학교20년사편찬위원회, 앞의 책 120면.

218 일기 1950.10.9.

219 일기 1950.10.15.

220 『가람일기 II』 1950.10.20.

221 일기 1950.10.16.

222 방종현(1905~1952)은 1947년 8월 독도학술조사단의 일원으로 독도를 답사한 이
래 섬의 명칭인 독도가 홀로 외롭게 서있다는 한자음(獨島)와 무관하게 돌로 된 돌

섬=독섬=石島의 음차라는 점을 처음으로 논증한 바 있다(「獨島의 하루」 1947년 경성대학 예과신문 제13호, 一簑方鍾鉉『一簑國語學論集』, 民衆書館 1963, 568~72면).

223 일기 1950.10.19

224 김성준(金成俊)『역사(歷史)와 회고(回顧)』, 국학자료원 1997, 75~76면.

225 陶南趙潤濟博士古稀紀念論叢刊行委員會『陶南趙潤濟博士古稀紀念論叢』, 형설출판사 1976, 18면; 陶南趙潤濟『陶南雜識』, 을유문화사 1964, 320~29면; 김성준 앞의 책, 75~76면.

226 『가람일기(II)』 1949.1210, 15. 조윤제연보에는 경무대경찰서에 피검된 것이 1949년 11월이며, 남북협상 가담이 이유였다고 밝히고 있다(陶南趙潤濟博士古稀紀念論叢刊行委員會『陶南趙潤濟博士古稀紀念論叢』, 형설출판사 1976, 18면)

227 이는 김성준이 1960년 6월 29일 서울대 문리대 사학과 이인영 교수로부터 들은 얘기였다(김성준, 앞의 책 178면).

228 『가람일기 II』 1950.6.29, 30; 이병기(李秉岐)「일기초(日記抄)」, 『가람문선(文選)』, 신구문화사 1966, 156~57면.

229 『가람일기 II』 1946.11.1, 7.7~8, 1950.9.29~30

230 김성준, 앞의 책 73면. 김성준은 서울대학교 사학과 2회 졸업생(1948)이다.

231 이희승, 앞의 책 174, 182면.

232 같은 책 182~83면.

233 김성준, 앞의 책 73면.

234 두계(斗溪) 이병도(李丙燾)박사 구순기념 한국사학논총간행위원회「두계 이병도 박사 연보」『이병도박사 구순기념 한국사학논총(李丙燾博士九旬紀念韓國史學論叢)』, 지식산업사 1987; 강신항「두계선생과 전사편찬위원회 시절」『역사가(歷史家)의 유향(遺香)』, 일조각 1991, 33~37면.

235 이희승, 같은 책 181~91면; 일기 1951.3.13.

236 서울대학교40년사편찬위원회, 같은 책 54면.

237 이선근「『한국전란일년지(韓國戰亂一年誌)』발간(發刊)에 제(際)하여: 전사편찬회(戰史編纂會)의 발족(發足)과 그 경과(經過)」, 국방부『한국전란일년지(韓國戰亂一年誌)』, 1951, 「서(序)」 16면. 김성칠의 이름이 빠진 것은 그가 1951년 3월 사임했기 때문으로 보인다.

238 강신항 「사람답게 사는 길: 김성칠선생님에 대하여」, 『역사 앞에서』, 창비 2009; 강신항 「두계선생과 전사편찬위원회 시절」 『역사가(歷史家)의 유향(遺香)』, 일조각 1991, 33~37면.

239 대한민국 국방부 정훈국 전사편찬위원회 『한국전란2년지』, 1953.

240 일기 1950.12.19.

241 『영천뉴스24』 2008.11.24.

242 김성칠 「옛 사람들의 문집교정(文集校正): 『열하일기(熱河日記)』의 경우」, 『민족 문학사연구』 제3집, 민족문학사학회 1993.

1913년(1세) 6월 18일(음) 경북 영천(永川)군 청통(淸通)면 원촌(院村)동 252번지에서 아버지 김상한(金相漢)과 어머니 조(趙)씨의 장남으로 출생. 1남 4녀 중 막내(2대 독자). 집안은 중농으로 부친은 면장을 지냄.

1919년(7세) 3·1 만세운동 발생. 10살 무렵 태극기를 그리고 가슴이 파닥거렸고, 어머니가 이를 불태우며 눈물을 흘림.

1927년(15세) 영천군 신녕(新寧)공립보통학교 졸업.

대구공립고등보통학교 입학. 교사로 재직중이던 박종홍을 만나 사제관계를 맺고, 평생에 걸쳐 돈독함을 유지. 장적우, 윤장혁, 이상길, 김일식 등 선배·동료들과 독서회 참여.

11월 구화회(丘火會)를 조직, 문화부 위원(1928년 5월 해산).

12월 혁우동맹(革友同盟) 결성과 가입.

1928년(16세) 2월 적우동맹(赤友同盟) 결성과 가입, 중앙간부 정치문화부 위원·제1그룹 책임자.

5월 적우동맹의 연구반인 밝세회〔曙光會〕 조직, 조직부 위원.

9~10월 대구고보 중심의 5개 비밀결사가 주동이 되어 동맹휴학. 154명이 무기정학 처분, 50명 퇴학처분.

11월 6일 대구고보 동맹휴학사건으로 검거(대구학생비밀결사사건).

1929년(17세) 10월 21일 '대구학생비밀결사사건' 1심 판결에서 징역 2년(집행유예)을 언도. 1년간 미결수로 복역.

1930년(18세) 2월 대구복심법원의 2심 판결 전 보석으로 석방. 이후 3년간 집에서 가사를 도와 농업에 종사하는 한편, 독학으로 시·농업·역사 관련서를 섭렵.

봄 농업개량을 위해 일본에서 새 벼품종인 대팔주(大八洲)를 수입해 2년간 시험재배.

1931년(19세) 2월 11일 일제 기원절(紀元節)날 예비검속되어 영천서에 구금.

동아일보에 대팔주 재배경험을 소개하는 글 게재(「一穗七百粒餘以上 優良水稻 大八州」 9.29~30, 2회 연재)

1932년(20세) 9월 서울에 올라와 고등예비학교 입학.

동아일보 농촌구제책 현상공모에 1등 당선작 「本社 懸賞募集當選論策 農村救濟策」이 9회에 걸쳐 연재(9.28~10.11).

1933년(21세) 일본 쿠우슈우(九州) 후꾸오까(福岡)현 모지(門司)시 오오사또마찌(大里町) 토요꾸니(豊國)중학 입학.

1934년(22세) 일본 토요꾸니중학 졸업.

3월 경성법학전문학교 입학. 친구 이철·홍승기를 만남.

동아일보에 비료문제에 대한 글 게재(「農業經濟研究一片: 農村과 비료肥料」 11.14~11.16, 3회 연재)

1935년(23세) 동아일보 창간 15주년 기념 논문현상공모에 당선되어 사례금 1백원을 수령 「都市와 農村 關係」 5.29~6.5, 8회 연재).

1935~37년간 경성법전 교우회 잡지 『六曹』에 농촌·농업문제를 다룬 3편의 논문을 게재(「農村問題緒論」, 『六曹』제16호; 「田制論小考」, 『六曹』 제17호; 「寶과 契」, 『六曹』 제18호)

1937년(25세) 2월 경성법전 졸업.

조선금융조합연합회에 이사견습으로 입사한 뒤, 1년 동안 시골 금융조합에서 실무견습을 받음.

1938년(26세) 여름 3개월간 조선금융조합연합회 이론 강습을 수료.

이후 1941년까지 전남 담양군 한재(大峙), 경북 금호(琴湖), 경북 영일군 장기(長鬐) 등에서 금융조합 이사로 재직.

금융조합 근무 기간 동안 농업·농촌문제 및 금융조합 관련 글들을 조선금융조합연합회 기관지인 『金融組合』『家庭の友』『半島の光』 등에 투고.

1939년(27세) 11월 '조선인의 氏名에 관한 건' 공포(1940.2.11 시행).

12월 송희경(宋希璟)의 일본여행기인 『老松堂日本行錄』에 대한 해제를 씀(「老松堂日本行錄を讀む」, 『金融組合』 12월호)

1940년(28세) 펄 벅(Pearl S. Buck)의 『대지』를 번역·출간(人文社).

제주도를 여행한 후 2편의 기행기를 집필하여 『인문평론(人文評論)』과 『금융조합(金融組合)』에 게재.

1941년(29세) 여름 대구 팔공산 동화사(棟華寺)에서 지냄, 팔공산 백지사(栢旨寺)에서 『용비어천가』 역고(譯稿)작업 진행.

김광성칠(金光聖七)로 창씨개명(연월일 미상)

1942년(30세) 4월 경성제국대학교 법문학부 사학과 입학. 이남덕(李男德)을 만남. 본격적인 역사연구 시작.

시게마쓰 타까모또(重松韺修)의 『朝鮮農村譚』 번역 출간(人文社, 원제 『朝鮮農村物語』).

1943년(31세) 4월 현재 서물동호회(書物同好會) 지방회원으로 활동.

10월 일본 육군성 조선학생의 징병유예를 폐지. 전문대 재학 이상 조선인 학생에 대한 강제적 학도지원병제 실시.

11월 중추원에서 학도지원병 지원 거부자를 휴학시켜 징용하기로 결정.

1944년(32세) 1월 20일 4385명의 조선인 학생들이 학도지원병으로 강제 출전함.

학병 출병을 거부해 징용자 수용소에 수용되었다가, 당시 수용소 소장이던 경성법전 시절 훈련교관 우이따 카나메(海田要)의 도움으로 풀려남.

3월 조선금융조합연합회에 들어가 충북 봉양(鳳陽)금융조합 이사로 부임.

이화여전 졸업 후 경성제대에서 조선어문학을 전공하던 이남덕과 결혼.

1945년(33세) 4월 장남 김기봉(金基鳳) 출생.

8월 15일 일본 항복, 2차대전 종결, 해방.

해방후 친구 강경석과 함께 청년교육을 위한 사숙(私塾)설립 논의

10월 17일 경성제국대학교의 교명을 경성대학교로 변경.

11월 18일 조선금융조합연합회 본부 지도과장으로 인사발령을 받음.

12월 4일 서울로 올라와서 다음날인 12월 5일 사령장을 받음. 원효로(路) 연합회 사택 거주.

조선금융조합연합회 본부 교무과장.

12월 22일 『조선역사』 집필을 시작하여 1946년 1월 30일 탈고.

1946년(34세) 1월 30일 모교인 경성법전의 전임교수 권유를 받았으나, 시간강사로 출강하기로 함.

2월 25일부터 경성법전에 시간강사로 주3일 출강하여 국사와 국어를 가르침.

3월 22일 조선금융조합연합회 사직.

3월 『조선역사』 출간(조선금융조합연합회).

3월 경성대학교 졸업 후 사학과 조수(助手)로 임용되어 동양사연구실에서 본격적인 연구활동 시작.

4월 7일 돈암동으로 이사.

4월 9일 졸업논문으로 「淸朝 考證學의 朝鮮學人에 끼친 영향, 특히 『北學議』의 사상과 그 淸朝學人에의 반응을 중심으로」 구상.

4월 16일 제천고등여학교 교장직을 제안받으나 사양함.

7월 13일 문교부에서 국립서울종합대학안을 발표, 국대안(國大案)파동이 시작됨.

8월 22일 '국립 서울대학교 설립에 관한 법령'(군정법령 102호)이 공포됨으로써 경성대학을 중심으로 서울 시내 9개 전문학교를 통폐합하여 국립서울대학교를 설립.

문리과대학에 지명조사연구회를 조직해 한국의 고유지명 조사작업을 벌임. 한국전쟁 발발로 중단.

1947년(35세) 국립서울대학교 사학과 전임강사로 부임.

봄 정릉리 아랫마을로 이사.

가을 차남 김기목(金基牧) 출생.

8월 『(社會生活科 이웃나라) 동양역사』 출간(正音社).

1948년(36세) 5월 10일 남한만의 단독선거 실시, 8월 15일 대한민국 정부수립을 선포.

정릉리 윗마을 손가장(정릉리 362번지)으로 이사.

『용비어천가』 상·하권 출간(조선금융조합연합회).

『열하일기』 2책 출간(正音社). 1950년 전쟁 발발로 중단될 때까지 총5권 간행.

『新東洋史』(공저) 출간(同志社).

강용흘의 『소설 초당』을 번역 출간(金龍圖書).

『(고쳐 쓴) 조선역사』 출간(조선금융조합연합회).

1949년(37세) 『(중등사회생활과) 이웃나라의 생활 역사』(공저) 출간(同志社).

1950년(38세) 3월 삼남 김기협(金基協) 출생.

6월 25일 한국전쟁 발발.

8월 북한군 점령하에서 이루어진 서울대학교 교원심사 결과 파면됨. 단국대학 책임자 이본녕이 단국대학으로 초청했으나 거절함.

9월 자택에서 숨어지냄.

9월 28일 유엔군의 서울 수복 후 서울대학교 문리대의 자체 심사를 거쳐 교수직에 복귀.

11월 19일 국방부 정훈국 전사편찬위원회의 일을 해달라는 제의를 받음.

12월 초부터 전사편찬위원회 상임위원으로 재직.

12월 18~23일 중공군 참전소식을 듣고 부산으로 피란.

『동양사개설』(공저) 출간.

『우리나라역사: 사회생활과』 출간(正音社).

1951년(39세) 1월초 부친 김상한 사망.

3월초 전사편찬위원회 상임위원직을 사임하고 대학 강의에 전념.

3월 30일 『중등 국어(4284년도 전시판)』②(공저) 출간(교학도서주식회사). 「5. 신라의 문화」 부분 집필.

6월 『국사통론』 출간(부산: 甘棠社).

10월 9일 중구절(重九節) 제사를 모시기 위해 영천 고향집에 갔다가 새벽 괴한의 저격으로 사망.

1952년 봄 유복자로 장녀 출생.

1960년 「燕行小考: 朝中交涉史의 一齣」이 『歷史學報』 12집에 게재됨(정기돈·고병익 정리).

1988년 「(名著解題) 燕岩의 「熱河日記」 解題」(『學風』 1949년 3월호)가 「燕岩의 『熱河日記』」라는 제목으로 『한국한문학연구』 제11집에 재수록됨.

1993년 김성칠의 일기이자 한국전쟁 경험담인 『역사 앞에서 — 한 사학자의 6·25일기』가 출간됨(창작과비평사).

「옛 사람들의 文集校正: 『熱河日記』의 경우」가 『민족문학사연구』 제3집에 게재됨.

1994년 6월 한국방송(KBS)에서 『역사 앞에서』를 드라마로 제작 방영.

『조선역사』가 『(김성칠의) 고쳐 쓴 한국역사』(앞선책)로 개제되어 간행됨.

1996년 『역사 앞에서 — 한 사학자의 6·25 일기』가 李男德·館野晳의 번역으로 『ソゥ
ルの人民軍 — 朝鮮戰爭下に生きた歷史學者の日記 —』라는 제목 아래 일본에
서 출간됨(社會評論社).

1997년 아들 김기협이 『용비어천가』 원고를 손질하여 공동번역으로 『(역사로 읽는)
용비어천가』를 출간(들녘).

2002년 7차 교육과정 고등 국어(하)에 『역사 앞에서』의 일부 내용(일기 6월 25~27일)
이 실림.

2008년 11월 22일 영천향토사연구회에서 김성칠 묘소에 표석비를 세움.

1. 일제시대

신문투고 기사

金聖七「古都의 廢墟」「소곡집: 낙엽」, 조선일보 1928.1.17.

金聖七「邂逅(시)」, 동아일보 1931.8.7.

金聖七「一穗七百粒餘以上 優良水稻 大八州(上)」, 동아일보 1931.9.29.

金聖七「一穗七百粒餘以上 優良水稻 大八州(下)」, 동아일보 1931.9.30.

金聖七「내가 자라면(시)」, 동아일보 1931. 12.

金聖七「本社 募集 兩大論策 當選發表, 弱冠의 篤農家 金聖七君의 略歷과 感想」, 동아
　　　일보 1932.9.27.

金聖七「本社 懸賞募集當選論策 農村救濟策〔제1회, 全9回〕」, 동아일보 1932.9.28.

金聖七「本社 懸賞募集當選論策 農村救濟策〔제2회, 全9回〕」, 동아일보 1932.9.29.

金聖七「本社 懸賞募集當選論策 農村救濟策〔제3회, 全9回〕」, 동아일보 1932.10.1.

金聖七「本社 懸賞募集當選論策 農村救濟策〔제4회, 全9回〕」, 동아일보 1932.10.3.

金聖七「本社 懸賞募集當選論策 農村救濟策〔제5회, 全9回〕」, 동아일보 1932.10.6.

金聖七「本社 懸賞募集當選論策 農村救濟策〔제6회, 全9回〕」, 동아일보 1932.10.8.

金聖七「本社 懸賞募集當選論策 農村救濟策〔제7회, 全9回〕」, 동아일보 1932.10.9.

金聖七「本社 懸賞募集當選論策 農村救濟策〔제8회, 全9回〕」, 동아일보 1932.10.10.

金聖七「本社 懸賞募集當選論策 農村救濟策〔제9회, 全9回〕」, 동아일보 1932.10.11.

金聖七「農業經濟研究一片; 農村과 肥料〔제1회, 全3回〕」, 동아일보 1934.11.14.

金聖七「農業經濟研究一片; 農村과 肥料〔제2회, 全3回〕」, 동아일보 1934.11.15.

金聖七「農業經濟研究一片; 農村과 肥料〔제3회, 全3回〕」, 동아일보 1934.11.16.

金聖七「本報創刊 十五週年記念 採擇特別原稿 發表, 都市와 農村과의 關係(金聖七),
　　　共販制度의 實際的得失(金赫天), 農漁山村의 生活記錄(姜泳翰)」, 동아일보
　　　1935.5.25.

金聖七「本報創刊十五週年記念 論文, 都市와 農村과의 關係〔제1회, 全8回〕」, 동아일
　　　보 1935.5.29.

金聖七「本報創刊十五週年記念 論文, 都市와 農村과의 關係〔제2회, 全8回〕」, 동아일
　　　보 1935.5.30.

金聖七「本報創刊十五週年記念 論文, 都市와 農村과의 關係〔제3회, 全8回〕」, 동아일
　　　보 193.5.31.

金聖七「本報創刊十五週年記念 論文, 都市와 農村과의 關係〔제4회, 全8回〕」, 동아일
　　　보 1935.6.1.

金聖七「本報創刊十五週年記念 論文, 都市와 農村과의 關係〔제5회, 全8回〕」, 동아일
　　　보 1935.6.2.

金聖七「本報創刊十五週年記念 論文, 都市와 農村과의 關係〔제6회, 全8回〕」, 동아일
　　　보 1935.6.3.

金聖七「本報創刊十五週年記念 論文, 都市와 農村과의 關係〔제7회, 全8回〕」, 동아일
　　　보 1935.6.4.

金聖七「本報創刊十五週年記念 論文, 都市와 農村과의 關係〔제8회, 全8回〕」, 동아일
　　　보 1935.6.5.

金聖七「創刊十五週年記念 採擇特別原稿 筆者紹介, 都市와 農村과의 關係(金聖七);
　　　共販制度의 實際的得失(金赫天); 農村生活記錄(姜泳翰)〔肖〕」, 동아일보
　　　1935.6.13.

잡지 기고문

金聖七「씨를 뿌리자, 옵빠 생각」, 赤羅山人 撰『少年朝鮮』제4호 1928년 4월호.

金聖七「農村問題緖論」,『六曹』제16호, 경성법학전문학교교우회 1935.

金聖七 「田制論小考」, 『六曹』 제17호, 경성법학전문학교교우회 1936.

金聖七 「寶と契」, 『六曹』 제18호, 경성법학전문학교교우회 1937.

金聖七 「契小考」 『金融組合』 제129호, 조선금융조합연합회 1939.

金聖七 「(隨筆) 父性愛(哭南兒)」, 『家庭の友』 12월호, 조선금융조합연합회 1939.

金聖七 「老松堂日本行錄を讀む」, 『金融組合』 12월호, 조선금융조합연합회 1939.

金聖七 「펄 벅과 東洋的 性格」, 『人文評論』 제2권 제6호, 人文社 1940.

金聖七 「濟州道紀行」, 『人文評論』 제2권 제8호, 人文社 1940.

金聖七 「濟州島の三多 : 隨筆」, 『金融組合』 제145호, 1940.10.

金聖七 「里程長栍의 一例(研究手帖)」, 『人文評論』 제2권 제10호, 人文社 1940.11.

이헌구 「大地(金聖七譯)」(신간소개), 『人文評論』 제2권 제10호, 人文社 1940.11.

金聖七 譯 「외국사람의 눈에 비췬 삼십년전의 조선모습」, 『家庭の友』 2월호(40호), 조
    선금융조합연합회 1941.2.1.

金光聖七 「熱河日記を讀む」, 『金融組合』 제149호, 조선금융조합연협회 1941.3.

金光聖七 「長鬐地誌略攷」, 『金融組合』 제151호, 조선금융조합연합회 1941.5.

金聖七 「(高麗의 社稷과 運命을 갓치한) 鄭圃隱夢周先生」, 『半島の光』(鮮文版) 7월호
    (45호), 조선금융조합연합회 1941.

金聖七 「(山林經濟抄譯) 治農訓」, 『半島の光』(鮮文版) 11월호(48호), 조선금융조합연
    합회 1941.

金聖七 「(農村現地報告) 協同皆勞運動의 새 指標가 될 桂芝部落의 更生譚−慶尙北道
    新寧金融組合指導」, 『半島の光』(鮮文版) 2월호(51호), 조선금융조합연합회
    1942.

金光聖七 「南宦博物」について」, 『書物同好會會報』 제15호(前間恭作先生追悼號), 서
    물동호회 1942.3.

金光聖七 「南洋貿易의 回顧와 反省」, 『半島の光』(鮮文版) 5월호(54호), 조선금융조합
    연합회 1942.

金光聖七 「日本南進史譚」, 『半島の光』(鮮文版) 8월호(57호), 조선금융조합연합회
    1942.

金光聖七 「동물을 사랑하는 마음(朝鮮農村物語譯後感)」, 『半島の光』(鮮文版) 11월호
    (61호), 조선금융조합연합회 1942.

金光聖七 「聖職에의 自覺(朝鮮農村物語 譯後感 其2)」, 『半島の光』(鮮文版) 12월호(62

호), 조선금융조합연합회 1943.

金光聖七「새 國民道德의 指標」,『半島の光』(鮮文版) 5월호(65호), 조선금융조합연합
회 1943.

金光聖七「班昭의 械女書」,『半島の光』(鮮文版) 10월호(70호), 조선금융조합연합회
1943.

金光聖七「教育의 힘」,『半島の光』(鮮文版) 2월호(73호), 조선금융조합연합회 1944.

번역서

펄 벅『大地』, 金聖七 옮김, 人文社 1940.

重松韻修『朝鮮農村譚』, 金聖七 옮김, 人文社 1942 (원제『朝鮮農村物語』, 東京: 中央
公論社 1941)

2. 해방 후

신문투고 기사

金聖七「龍飛御天歌; 金聯發行(책광고)」, 동아일보 1948.6.3.

잡지 기고문

金聖七「선사시대 : 역사이야기. 1」,『婦人』제1권 제1호, 婦人社 1946.4.

金聖七「(史話) 六臣墓」,『協同 』통권1호, 조선금융조합연합회 1946.8.

金聖七「燕行攷」,『鄕土』8월호 통권 5호, 제2권 제2호, 정음사 1947.

金聖七「燕行攷(2)」,『鄕土』10월호 통권 6호, 제2권 제3호, 정음사 1947.

金聖七「燕行攷(3)」,『鄕土』1월호 통권 7호, 제3권 제1호, 정음사 1948.

金聖七「朝鮮革命家列傳① 思想의 革命家 燕巖 朴趾源」,『民主朝鮮』1월호 통권 3호,
제2권 제1호.

金聖七 옮김「燕岩文粹(御馬와 收養)」,『新天地』9월호 통권 29호, 제3권 제8호,
1948.

金聖七 옮김「燕岩文粹(玉匣夜話)」,『新天地』10월 통권 30호, 제3권 제9호, 1948.

金聖七「朝鮮古典解題(一) 北學議의 時代性」,『金融組合』제18호(협동2), 조선금융조

합연합회 1948.10.

金聖七「(名著解題) 燕岩의「熱河日記」解題」,『學風』 3월호, 제2권 제2호 통권 4호,
　　　을유문화사 1949.

金聖七「燕岩의『熱河日記』」,『한국한문학연구』 제11집 한국한문학회 1988에서 재수록.

金聖七「(讀書特輯) 湛軒의 友情」,『協同』 통권25호, 조선금융조합연합회 1949.11.

金聖七「先人의 足蹟 其四：李栗谷篇」,『民聲』 제6권 제5호, 1950.6.

金聖七「同人의 追憶：元山組合의 金陽鳳氏」,『協同』 통권33호, 1951.1.

金聖七「燕行小考：朝中交涉史의 一齣」,『歷史學報』 12집, 역사학회 1960.

金聖七「옛 사람들의 文集校正：『熱河日記』의 경우」,『민족문학사연구』 제3집, 민족문
　　　학사학회 1993.

저서와 번역서

金聖七 역주『龍飛御天歌』上・下卷, 조선금융조합연합회(協同文庫 3~4); 1956『龍飛
　　　御天歌』上卷・下卷, 鄕文社(영인본) 1948;『龍飛御天歌』上・下卷, 정양사(영인
　　　판 3版) 1959.

金聖七『조선역사』, 조선금융조합연합회 1946;『朝鮮歷史』, 史學社・正音社 1947;
　　　『(고쳐쓴) 조선역사』, 조선금융조합연합회(改訂2版) 1949; 대한금융조합연합
　　　회(4판) 1960;『(金聖七의) 고쳐 쓴 한국역사』, 앞선책 1994.

金聖七『(社會生活科 이웃나라) 동양역사』, 正音社 1947.

姜鏞訖『小說草堂』上, 金聖七 옮김, 金龍圖書 1948.

朴趾源『熱河日記 II』 2책, 金聖七 옮김, 正音社(正音文庫 1~2) 1948; 앞의 책, 正音社
　　　(正音文庫 8) 1950.

金庠基・金一出・金聖七『新東洋史』, 同志社 1948.

金庠基・金一出・金聖七『(중등사회생활과) 이웃나라의 생활: 역사』, 同志社 1949.

金聖七『우리나라역사: 사회생활과』, 正音社 1950(국립중앙도서관 소장).

金聖七『중등 국어(4284년도 전시판)』②(문교부 1951) 중「5. 신라의 문화」, 교학도서
　　　주식회사 4284.3.30.

金聖七『국사통론』 감당사 1951;『국사통론』 문림사 1951(4284년 12월 10일 초판); 문
　　　림사 1955(429년 9월 15일 재판발행); 문림사 1959; 금강문화사 1961.

펄 벅『大地』, 金聖七 옮김, 태극사 1953; 희문사 1957; 교양사 1958; 아동문학사 1961;

제문출판사 1972; 영흥문화사 1977.

김성칠 『역사 앞에서―한 사학자의 6·25일기』, 창작과비평사 1993.

金聖七 『ソウルの人民軍―朝鮮戰爭下に生きた歷史學者の日記―』, 李男德·館野晳
　　옮김, 사회평론사 1996.

김성칠·김기협 옮김 『(역사로 읽는) 용비어천가』, 들녘 1997.

역사 앞에서
한 사학자의 6·25일기

초판 1쇄 발행 / 1993년 2월 10일
초판 17쇄 발행 / 2008년 8월 30일
개정판 1쇄 발행 / 2009년 6월 25일
개정판 10쇄 발행 / 2024년 2월 13일

지은이 / 김성칠
펴낸이 / 염종선
책임편집 / 김도민
펴낸곳 / (주)창비
등록 / 1986년 8월 5일 제85호
주소 / 10881 경기도 파주시 회동길 184
전화 / 031-955-3333
팩시밀리 / 영업 031-955-3399 편집 031-955-3400
홈페이지 / www.changbi.com
전자우편 / nonfic@changbi.com